KB075333

옥토버 스카이

ROCKET BOYS

Copyright © 1998 by Homer H. Hickham, Jr.
All rights reserved.
Korean Translation Copyright © Yeonamseoga, 2012
This edition published by arrangement with Homer H. Hickham, Jr. c/o Literary
Agency East through Shinwon Agency Co.

이 책의 한국어판 저작권은 신원 에이전시를 통해 저작권자와 독점 계약한
연암서가가 소유합니다. 신저작권법에 의하여 한국 내에서 보호를 받는 저작물
이므로 무단전제와 무단복제, 전자출판 등을 금합니다.

October Sky

옥토버
스카이

호머 히컴 지음 | 송제훈 옮김

연암서가

옮긴이 **송제훈**

서울에서 태어나 한양대학교 영어교육학과를 졸업하고, 현재 서울 원묵고등
학교에서 학생들을 가르치고 있다. 청소년과 젊은이들에게 영감을 줄 수 있
는 책을 옮기는 데 관심을 기울이고 있다. 『아버지의 손』(문화체육관광부 우수
교양도서), 『내 이름은 이레네』, 『러셀 베이커 자서전: 성장』(한국간행물윤리위
원회 추천도서) 등을 번역했다.

옥토버 스카이

2014년 4월 15일 초판 1쇄 발행
2020년 11월 15일 초판 2쇄 발행

지은이 호머 히컴
옮긴이 송제훈
펴낸이 권오상
펴낸곳 연암서가

등록 2007년 10월 8일(제396-2007-00107호)
주소 경기도 고양시 일산서구 대화동 2232 장성마을 402-1101
전화 031-907-3010
팩스 031-912-3012
이메일 yeonamseoga@naver.com
ISBN 978-89-94054-47-6 03840

값 15,000원

어머니와 아버지
그리고 콜우드 사람들에게

옮긴이의 글

출판사와 역자는 출간을 앞두고 이 책을 회고록이 아닌 성장
소설로 분류할까 잠시 고민했다. 아마존닷컴에서 이 책이 회고
록으로 분류되어 있고 저자 스스로 실제 인물과 사건을 토대
로 이 책을 썼다고 밝힌 점을 고려하면 우리의 고민은 불필요
한 것으로 여겨질 수도 있다. 하지만 출간과 동시에 영화화가
되어 수많은 관객들을 극장으로 불러 모았다는 사실에서 알 수
있듯이 호머 히컴의 이 회고록은 할리우드가 주목할 만한 극적
인 요소와 구성을 완벽하게 갖추고 있다. 요컨대 이 책은 소설
보다 더 소설적인 이야기를 담고 있다.

　쇠락하는 탄광촌, 가족 간의 갈등 그리고 꿈을 위한 도전이
라는 소재에서 언뜻 영국 영화 〈빌리 엘리어트〉가 연상될지도
모른다. 하지만 출간과 영화화가 더 빨랐음은 물론이고 훨씬
다층적인 이야기 구조를 지니고 있다는 점, 그리고 단순한 성
장기를 넘어서 20세기 중반 동서 양대 진영의 냉전이 한 소년

의 삶에 어떤 영향을 미쳤는지 읽게 해준다는 점에서 『옥토버 스카이』는 분명히 차별된다. 특히 저자가 민주당 대통령 후보의 선거 유세에서 J. F. 케네디 후보와 대화를 나누는 장면은 어쩌면 미국의 우주 정책에 저자가 큰 영향을 끼쳤을지도 모른다는 재미있는 상상을 하게 한다. 만만찮은 분량의 원작을 다 담아낼 수 없었던 영화가 인물과 사건의 상당 부분을 축소, 생략 그리고 수정했다는 점을 고려하면 이 작품을 영화로 먼저 접한 이들에게도 원작은 전혀 새로운 느낌으로 받아들여지리라 믿는다.

여기에서 원제 『Rocket Boys』를 그대로 옮겨 『로켓 보이』로 2012년 가을에 출간한 이 책의 제목을 이번에 새로 찍으면서 바꾸게 된 사연을 간략하게 언급하고자 한다. 출간 당시 〈옥토버 스카이〉라는 영화 제목이 독자들에게 더 친숙하리라고 예상은 했지만 역자는 원작의 아우라를 지키고 싶은 바람이 있었다. 거창하게 말하자면 활자가 영상에, 원작이 영화에 양보하는 모습을 보고 싶지 않은 고집 같은 것이었다. 다만 로켓 보이들의 유연한 사고를 따랐다면, 그리고 독자들에게 좀 더 친절하고자 노력했다면 이 책은 처음부터 『옥토버 스카이』로 나왔을 것이다. 실제로 미국에서도 영화화 이후 이 책은 『October Sky』라는 제목으로 재출간되었다.

저자는 자신이 태어나서 청년기에 접어들 때까지의 삶을 "두 시기로 나눌 수 있으며, 그 기준은 1957년 10월 5일"이라고 적고 있다. 사실 그날은 저자의 삶뿐만 아니라 인류의 역사에서도 중요한 분기점으로 기록되고 있다. 옛 소비에트 연방이 발사한 인류 최초의 인공위성 스푸트니크Sputnik호는 온 세상을 충격과 흥분에 빠뜨렸다. 특히 동서 양대 진영의 맹주로 소련과 총성 없는 전쟁을 벌이고 있던 미국으로서는 마침내 우주 시대가 열렸다는 흥분보다는 소련의 앞선 로켓 기술로 인해 미국 본토에 언제 핵폭탄이 떨어질지 모른다는 공포가 더 크게 다가왔다. 당시 매카시즘의 광풍에 휩싸여 있던 미국 내에서 스푸트니크호는 단순한 인공위성이 아닌 국가의 존망이 달린 문제로 받아들여진 것이다. (당시 미국 정부와 국민들이 받은 충격이 어느 정도였는지를 오늘날에도 확인할 수 있다는 사실은 매우 흥미롭다. 오바마 미국 대통령은 2011년 신년 국정연설에서 미국이 '제2의 스푸트니크호 국면'을 맞고 있다면서 이 위기를 극복하기 위해 과학 연구와 교육 투자에 다시 총력을 기울이자고 역설했다.) 저자가 로켓을 만들기 시작한 시기가 바로 이때였다. 그때 스푸트니크호가 발사되지 않았더라면, 그래서 미국 사회가 교육과 과학기술 분야에 위기감과 관심을 갖지 않았더라면 저자는 평범한 광산 엔지니어로 일생을 보냈을지도 모르는 일이다.

저자 호머 히컴이 태어나서 청소년기를 보낸 웨스트버지니아 주는 미국 내에서 교육환경, 인구밀도, 평균소득 등은 최하위권인 반면 주민들의 평균 연령은 가장 높아서 2012년 갤럽이 미국인 53만 명을 대상으로 실시한 '가장 살기 좋은 주' 설문조사에서 꼴찌를 하기도 했다. 탄광산업이 번영을 누리던 시절은 그나마 나았지만 이 책의 시대적 배경은 탄광산업이 점차 쇠퇴기로 접어드는 때와 일치한다. 사내아이가 어른이 되면 당연히 광부가 되어야 한다고 믿는 가난하고 보수적인 웨스트버지니아의 탄광촌에서 호머 히컴과 친구들이 로켓을 만들겠다고 했을 때 대부분의 사람들이 냉소적인 반응을 보인 것은 그런 맥락에서 이해되어야 한다.

번역이 끝나고 출판사에서 편집 작업을 시작했을 무렵, 1년 앞서 케이프커내버럴에서 아틀라스 로켓에 실려 발사된 화성 탐사선 큐리오시티Curiosity가 마침내 화성에 안착했다는 소식이 신문의 헤드라인을 장식했다. 화성에 생명체가 살았던 흔적이 있는지 살펴보고, 현재나 미래에 생명체가 존재할 만한 환경적 요인이 있는지 조사할 이 탐사선의 착륙 장치를 고안한 NASA 제트추진연구소의 애덤 스텔츠너Adam Steltzner는 탐사선의 착륙 직후 "아름답다, 정말 아름답다!(Beautiful, really beautiful!)"는 말로 소감을 대신했다. 놀랍게도 그의 말은 이 책의 마지막 장에서 저자의 아버지가 하늘로 날아오르는 로켓을 바라보며 한 말과 똑같았다.

웨스트버지니아 방언을 포함한 여러 대목에서 미선 애나 리긴스Mison Anna Riggins 선생님은 큰 도움을 주었다. 좋은 책의 작업을 제안해 준 연암서가에 깊은 감사를 전하며, 디디고 있는 땅을 박차고 높은 꿈을 향해 날아오르고자 하는 독자들에게 이 책이 큰 영감을 줄 수 있기를 기대한다.

2014년 3월
송제훈

작가의 말

이 책에 등장하는 로켓 보이들(Rocket Boys)과 그들의 이야기는 모두 사실이다. 다만 이야기를 전개하는 과정에서 작가의 고유한 권한을 어느 정도 사용했음을 일러둔다. 로켓 보이들과 나의 부모님 그리고 대부분의 등장인물들은 실명으로 적었지만 몇몇 사람들에게는 가명을 붙였고, 명확하고 간결한 묘사를 위해 필요하다고 판단되는 경우 복수의 인물을 한 사람으로 나타내기도 했다. 또한 사건의 정확한 순서나 누가 누구에게 어떤 말을 했는지 등에 대해서는 작가로서 약간의 자유를 행사했음을 밝혀둔다. 그러나 이 이야기가 엄격한 논픽션과 약간의 거리를 둔 진짜 이유는 실제로 있었던 일을 더욱 분명하게 조명하기 위함이었다.

일러두기

1. 원서의 많은 대화문은 철자와 어법에서 웨스트버지니아의 사투리를
   반영하고 있지만 번역 과정에서 표준어로 옮겼음을 밝혀둔다.

2. 도량형의 단위는 대체로 원서를 따랐으나 일부의 경우 글의 흐름을
   고려하여 미터법을 따랐다.

차
례

우리가 진정 아이들에게 물려줄 수 있는 것은 그들의 머릿속에 있다.
교육이라고 불러도 무방한 그것은,
세속적인 소유물이 아닌 영원한 유산이며
그 누구도 앗아갈 수 없는 자산이다.

—베르너 폰 박사

내가 한 일이라곤 네게 책 한 권을 준 것밖에 없어.
그 속에 있는 내용을 모두 네 것으로 만들겠다는 의지는
온전히 네 몫이야.

—프리다 조이 라일리 선생님

1장
콜우드

내가 로켓을 만들기 시작했을 때만 해도 나는 우리 마을 전체가 자녀들 문제로 전쟁을 치르고 있다는 사실을 알지 못했다. 또한 부모님이 형과 나의 진로를 두고 조용한 전투를 벌이고 있다는 사실도 알아차리지 못했다. 한 여자 때문에 마음이 무너진 날 다른 착한 여자가 나타나 상처받은 마음을 어루만져줄 수 있다는 사실도 그때는 알지 못했다. 노즐 내부의 수렴 통로에서 감소된 엔탈피가 발산 통로로 빠져나가면서 제트 운동 에너지로 변환될 수 있다는 사실도 당시에는 알지 못했다. 이 모든 사실들이 로켓을 만드는 과정에서 내가 배운 것들이다. 물론 다른 친구들도 나름대로 배우고 깨달은 것들이 있었다.

내가 자란 웨스트버지니아의 콜우드Coalwood는 수백만 톤의 질 좋은 석탄을 캐내기 위해 조성된 마을이었다. 1957년, 내가 열네 살의 나이로 로켓을 처음 만들었을 때 콜우드에는 약 2천 명의 주민들이 살고 있었다. 아버지 호머 히컴은 탄광의 감독관이었다. 우리 집은 8백 피트 깊이의 수직 갱도로 이어지는 탄광의 입구에서 몇 백 야드 떨어진 곳에 있었다. 내 방의 창문에서는 갱도 입구에 세워진 검정색 철탑과 갱도를 드나드는 광부들의 모습이 한 눈에 들어왔다.

선로가 깔려 있는 또 다른 갱도는 석탄을 밖으로 실어 나르는 데 사용되었다. 갱도 밖으로 운반된 석탄은 곧바로 선탄장으로 보내져서 품질에 따라 분류가 되었고 상업적 가치가 없는 것은 분탄 폐기장으로 보내졌다. 평일은 물론이고 경기가 좋을 때는 토요일에도 검은 연기를 내뿜는 기관차에 길게 연결된 무개화차들이 선탄장에서 쏟아져 나오는 석탄을 가득 싣고 마을을 빠져나갔다. 온종일 증기기관차의 피스톤이 격렬하게 움직이며 내는 소음이 마을을 둘러싸고 있는 계곡에 울려 퍼졌다. 육중한 화물열차가 천천히 속도를 높이기 시작하면 쇠바퀴가 선로를 갉으며 달리는 소리에 온 마을이 진동했다. 무개화차에서 날아오른 석탄 먼지는 모든 것을 뒤덮으며 창문과 방문의 아주 작은 틈까지 파고들었다. 어린 시절 아침에 일어나 이불을 들추면 햇빛이 쏟아지는 방 안 가득 석탄가루가 반짝거리며 날리는 모습이 보이곤 했다. 밤에 신발을 벗으면 양말은 늘 석탄가루로 까맣게 변해 있었다.

콜우드의 모든 집이 그랬듯이 우리 집도 회사의 소유였다. 회사가 매달 부과하는 임대료는 광부들의 월급에서 자동으로 공제되었다. 사원 주택의 대부분은 침실이 한두 개 딸린 작은 단층집이었다. 여러 세대가 사는 2층짜리 건물도 일부 있었는데 이 건물들은 1920년대의 호황기에 미혼 광부들의 기숙사로 사용되다가 대공황을 거치면서 공동주택으로 개축되었다. 회사 소유의 모든 주택은 5년에 한 번씩 흰색으로 페인트칠을 했지만 석탄가루 때문에 얼마 지나지 않아 도로 회색으로 바뀌곤 했다. 콜우드에서는 봄이 되면 집집마다 호스와 솔을 가지고 주택의 외벽을 청소하는 모습을 흔히 볼 수 있었다.

모든 사원 주택에는 낮은 울타리가 둘러쳐진 작은 마당이 있었다. 어머니는 다른 집보다 조금 큰 우리 집 마당에 정원을 가꾸었다. 산에서 자루 가득 퍼온 흙을 정원에 깔고 비료와 물을 주며 어머니는 작은 화초 하나에도 온갖 정성을 쏟아 부었다. 봄여름으로 어머니의 정원에는 분홍색과 빨간색이 어우러진 꽃송이들과 화사한 노란색 꽃망울들이 멀리 푸르른 숲과 음울한 검정색 빛을 띠는 탄광의 풍경 속에서 두드러진 색채의 대조를 연출했다.

우리 집은 국도가 탄광 쪽으로 접어드는 어귀에 있었다. 회사가 포장을 한 도로는 국도의 반대 방향으로 마을의 한복판을 가로질렀다. 도로는 작은 계곡을 따라 이어져 있었는데 계곡이라 해봐야 한쪽에서 건너편 쪽으로 돌을 던져서 넘길 수 있을 만큼 폭이 좁았고 그리 깊지도 않았다. 고등학교에 가기 전 3년 동안 나는 커다란 가방을 어깨에 멘 채 자전거 페달을 밟으며 매일 콜우드 초등학교 앞을 지나 작은 개울을 사이에 두고 나란히 줄지어 있는 광부들의 집에 『블루필드 데일리 텔레그래프』를 배달했다. 도로를 따라 1마일 가량 내려가면 두 개의 개울이 합쳐지는 지점에 넓은 평지가 나타났다. 이곳에 광업소 건물과 회사에서 세운 교회, 그리고 회사 소유의 호텔이자 일부 독신 광부들의 숙소로 사용된 '클럽 하우스'가 있었다. 우체국 건물에는 회사에서 고용한 의사와 치과의사의 진료실이 있었고 식료품과 잡화를 파는 회사 직영매장(모든 사람들이 '빅스토어'라고 부르는)도 있었다. 이곳을 내려다보는 작은 언덕 위에 고풍스러운 저택이 하나 있었는데, 오하이오의 본사에서 탄광의 자산 관리를 목적으로 파견한 광업소장이 이 저택에 살았다. 메인 스트리트는 두 개의 산을 끼고 서쪽으로 광부들의 거주 지역인 미들타운과 프록 레벨Frog Level로 길게 뻗어 있었다. 그리고 산기슭에서 두 갈래로 길을 따라 올라가면 흑인들의 거주 지역인 머드홀Mudhole과 스네이크루트Snakeroot가 나왔다. 포장도로는 여기에서 끝나고 그곳에서부터는 다시 바퀴 자국이 깊게 파인 비포장도로가 시작되었다.

머드홀의 초입에는 작은 목조 교회가 있었다. 그 교회의 리처드 목사님은 어느 소울 가수와 얼굴이 닮았다는 이유로 "리틀" 리처드라고 불렸다. 머드홀에는 신문을 구독하는 가구가 하나도 없었지만 나는 여분이 생길 때마다 교회 앞에 신문을 한 부씩 던져놓았고 덕분에 목사님과 꽤 친해질 수 있었다. 목사님은 종종 신문을 놓고 다시 자전거 페달을 밟으려는 나를 불러 세우고는 성경의 인물들에 관한 짧은 이야기들을 들려주었다. 목사님이 낭랑한 목소리로 들려주는 이야기를 나는 재미있게 들었는데, 그 중에서도 사자 굴에 던져진 다니엘의 이야기가 가장 인상적이었다. 다니엘을 사자 굴에 던져 넣은 사람들이 사자의 머리에 태연하게 팔을 두르고 있는 다니엘의 모습에 눈이 휘둥그레지는 모습을 목사님이 연기했을 때 나는 목사님의 열연에 웃음으로 화답했다. "다니엘은 하나님이 어떤 분이신지 잘 알고 있었어." 킥킥거리는 나를 바라보며 목사님은 이야기를 마무리했다. "그래서 그렇게 용감해질 수 있었던 거지. 서니, 너는 어떠냐? 너도 하나님이 어떤 분이신지 잘 알고 있니?"

나는 그렇지 못하다는 것을 인정해야만 했다. 하지만 목사님은 괜찮다고 했다. "하나님은 바보와 술주정뱅이들도 돌봐주시는 분이시다." 목사님은 금을 씌운 앞니가 다 보이도록 활짝 웃었다. "서니 히컴, 그러니 하나님께서는 너도 돌봐주실 거야." 그날 이후 나는 어려운 일이 생길 때면 리처드 목사님을 떠올렸고 하나님의 유머 감각과 보잘것없는 이들에 대한 그분의 사랑을 생각했다. 그로 인해 나에게 다니엘의 용기가 생긴 것은 아니지만 적어도 어려운 일을 겪을 때 하나님께서 어떻게든 도와주시겠지 하는 희망은 품을 수 있었다.

마을의 백인들 대부분이 다닌 회사 소유의 교회는 작은 언덕 위에 세워져 있었다. 1950년대 후반, 회사는 감리교단의 조시아 레이니어 목사님을 초빙했다. 콜우드 주민들은 어느 교단의 목사님이 부임하느냐에 따라 그때마가 교파가 달라졌다. 우리는 감리교 신자이기 전에는 침례교도였고 1년 동안은 오순절 교단의 신자였다. 오순절 교단 소속의 그 목사님은 설교 시간에 불과 유황과 죽음의 경고를 마구 날리며 여신도들을 공포에 떨게 만들곤 했다. 그 목사님의 임기가 끝나고 부임한 분이 레이니어 목사님이었다.

나는 콜우드에 산다는 사실에 자부심을 가졌다. 웨스트버지니아의 기록에 따르면 석탄 채굴이 시작되기 전까지 맥도웰 카운티에는 사람이 살지 않았다. 19세기 초까지만 해도 체로키 인디언들이 이 지역에서 이따금 사냥을 하기도 했지만 그들조차 환경이 너무 척박해서 정착을 하지는 못했다. 여덟 살 때, 나는 우리 집 뒤편의 산속에서 오래된 참나무의 그루터기에 박혀 있는 돌화살촉을 하나 발견했다. 어머니는 아주 오래 전에 사슴 한 마리가 운 좋게 화살을 피해 도망을 갔을 거라고 말했다. 나는 그 화살촉에 강한 영감을 받아 인디안 부족을 하나 만들고 그 이름을 콜히칸Coalhicans이라고 붙였다. 나는 친구들—로이 리, 오델, 토니 그리고 셔먼—에게 그 부족이 실제로 존재했었다며 멋대로 꾸며낸 이야기를 들려주었다. 친구들은 곧 포도잼으로 얼굴에 줄을 긋고 냄새가 지독한 닭털을 머리에 꽂은 채 나타났다. 며칠 동안 우리 부족은 돌격대를 조직해서 콜우드 전역에서 학살을 자행했다. 우리는 클럽 하우스를 포위한 채 자작나무로 만든 활에 눈에 보이지 않는 화살을 걸고 퇴근해서 숙소로 돌아오는 독신 광부들을 노렸다. 우리를 만족시켜주기 위해 어떤 광부들은 화살에 맞아 쓰러진 뒤 클럽 하우스의 드넓은 잔디밭을 고통스러운 표정으로 떼굴떼굴 구르기도 했다. 근무 교대를 하기 위해 선탄장 입구를 지나던 광부들은 우리가 매복한 모습을 발견하고는 함성을 지르며 눈에 보이지 않는 총으로 응사를 하기도 했다. 이 모든 모습을 사무실 유리창으로 목격한 아버지가 밖으로 뛰어나와서야 상황은 정리됐다. 비록 모히칸 부족은 도망을 갔지만 그들의 족장은 그날 저녁 식탁에서 탄광은 일을 하는 곳이지 놀이터가 아니라는 훈계를 들어야 했다.

우리는 산속에서 매복을 하고 있다가 형뻘 되는 한 무리의 카우보이들—나의 형, 짐이 포함된—을 공격하기도 했다. 이 전투는 보다 나은 위치에서 정찰을 하기 위해 나무 위에 올라가 있던 토니가 썩은 나뭇가지를 밟으며 땅에 떨어져 팔이 부러지고 나서야 중단되었다. 나는 나뭇가지를 꺾어 들것을 만든 다음 우리의 위대한 전사를 집으로 후송했다. 회사에 고용된 의사 래시터 박사가 그의 낡은 자동차를 타고 토니의 집으로 왕진을 왔다. 래시터 박사는 머리에 깃털을 꽂고 얼굴에 포도 잼을 바른 우리의 모습을 보더니 자신이 "부족의 주술 치료사"라며 토니의 상태를 살펴보았다. 그는 뼈를 맞춘 다음 토니의 팔에 석고붕대를 감았다. 나는 지금도 토니의 석고붕대에 내가 써넣은 글귀를 기억한다. '토니, 다음엔 튼튼한 나무를 골라.' 토니의 부모님은 이탈리아에서 이민을 왔는데 그해 토니의 아버지는 탄광에서 사고로 목숨을 잃었다. 토니는 어머니와 함께 마을을 떠났고 그 후로 다시는 토니의 소식을 들을 수 없었다. 그런 일은 드물지 않았다. 콜우드에서 살기 위해서는 회사를 위해 일을 하는 아버지가 필요했다. 회사가 콜우드였고 콜우드가 곧 회사였다.

콜우드의 역사와 부모님의 어린 시절에 대해 내가 알고 있는 이야기의 대부분은 저녁 설거지가 끝난 주방의 식탁에서 들은 것이었다. 말싸움이 벌어지지 않는 날이면 어머니는 커피를, 아버지는 우유 한 잔을 앞에 두고 탄광과 마을 사람들에 관한 이야기들, 부녀회에서 나온 이야기들, 콜우드의 시시콜콜한 옛 이야기들을 화제에 올렸다. 형은 매번 따분해하면서 먼저 자리에서 일어났지만 나는 끝까지 자리를 지키며 두 분이 나누는 이야기에 귀를 기울였다.

콜우드에 마을을 세운 조지 L. 카터 씨가 1887년 당나귀를 타고 이곳에 처음 발을 들여놓았을 때만 해도 주변은 온통 황무지였다. 그러나 그는 여기저기 땅을 파보았고 그 결과 이 지역에 세계에서 가장 풍부한 탄맥이 지나가고 있음을 발견했다. 어마어마한 부를 쌓을 기회를 잡은 카터 씨는 외지에 있는 땅 주인으로부터 땅을 사들인 다음 광산을 개발하기 시작했다. 그는 광부들을 위한 주택과 학교, 교회, 잡화점, 빵집 그리고 얼음 저장고를 지었다. 의사와 치과의사를 고용해서 광부와 그들의 가족에게 의료 혜택을 무상으로 제공하기도 했다. 그의 광산은 날로 번창했다. 카터 씨는 인도와 차도를 포장하고 소떼가 마을에 들어오지 못하도록 마을 외곽에 울타리를 설치했다. 그는 광부들에게 안락한 주거 환경을 마련해주기 위해 노력했고 동시에 그에 상응하는 노동을 광부들에게 요구했다. 콜우드에서는 노동이 그 무엇보다 우선하는 가치였다. 그러나 탄광에서의 일은 힘들고 가혹했으며 때로는 목숨을 요구하기도 했다.

제1차 세계대전에 참전했던 카터 씨의 아들이 그가 소속되어 있던 부대의 지휘관을 대동하고 콜우드로 돌아왔다. 스탠포드 대학에서 기계와 토목을 공부한 육군 중령 출신의 윌리엄 레어드 씨는 탁월한 친화력을 지닌 인물이었다. 콜우드 주민들은 그에게 전폭적인 신뢰와 존경을 보냈으며 그를 '대장'으로 부르기를 주저하지 않았다. 키가 2미터에 달하는 거구의 대장

은 콜우드를 자신의 이상을 구현할 실험실로 여겼다. 그는 회
사가 주민들에게 평화와 번영 그리고 안정을 가져다줄 수 있
다고 믿었다. 카터 씨에 의해 감독관으로 임명되자마자 대장은
탄광에 최신 기술을 도입했다. 가장 먼저 환기갱을 뚫었고, 이
어서 갱도에서 석탄을 끌고 나오던 노새를 전기 모터로 대체했
다. 대장은 이후에도 곡괭이와 사람의 힘에 의존하던 채탄 작
업을 모두 기계화했다. 엄청난 크기의 굴착기가 갱도에 투입되
어 탄맥을 뚫고 들어갔다. 또한 대장은 카터 씨의 건설 계획을
더욱 확대하여 모든 광부들에게 상하수도와 난방 시설이 완비
된 주택을 제공했다. 각 가정의 석탄 보관함은 회사에서 공급
하는 석탄으로 가득 채워졌으며 식수는 지하 3백 미터의 깨끗
한 수맥에서 퍼 올려졌다. 마을 양쪽 끝에 아담한 공원이 만들
어졌고 보이스카우트, 걸스카우트 그리고 부녀회에 운영비가
지원되었다. 대장은 학교 도서관의 서고를 빼곡하게 채우는 한
편 미식축구 경기장을 지어주기도 했다. 콜우드는 주위의 높은
산에 가로막혀 방송 수신이 잘 되지 않았는데, 1954년 대장은
산봉우리에 대형 안테나를 세우고 미국에서 거의 최초로 각 가
정으로 연결되는 케이블 TV를 설치했다.

비록 완벽하지는 않았고 광부들과 회사 사이에 임금 문제
로 인한 긴장 관계는 항상 있었지만 그래도 콜우드는 웨스트버
지니아의 다른 탄광촌들에 만연한 폭력과 빈곤의 고통을 거의
겪지 않았다. 지금도 우리 집 거실에서 할아버지가 아버지에
게 하는 말을 어두운 계단에 앉아 듣던 기억이 생생하다. 할아
버지는 "끔찍한 동네"에서 벌어진 일을 이야기하고 있었다. 할

아버지는 탄광 노조원들과 회사 측 "끄나풀"들 사이에 전쟁이 벌어진 탄광에서 일하고 있었다. 권총과 기관총까지 등장한 그 싸움에서 수십 명이 목숨을 잃었고 수백 명의 부상자도 발생했다. 폭력을 피해 할아버지는 가족을 데리고 켄터키 주의 할란 카운티로 갔으나 그곳에서도 노사 간에 끔찍한 싸움이 벌어지자 다시 짐을 싸서 맥도웰 카운티의 게리 탄광으로 들어갔다. 게리 탄광은 이전에 비하면 나은 곳이었지만 파업과 직장폐쇄 그리고 유혈 사태가 아주 없지는 않았다.

1934년 스물두 살의 나이로 아버지는 다른 곳에 비해 처우가 훨씬 좋은 콜우드를 찾아 카터 씨의 회사에서 일자리를 얻었다. 대장은 게리 탄광에서 온 이 비쩍 마른 청년에게서 남다른 가능성을 발견하고 그의 든든한 후원자가 되었다. 몇 년 후 대장은 아버지를 작업반장으로 임명하고 광부들의 작업을 지휘하는 법과 탄광 운영이나 갱도의 환기 등에 관한 기술적 측면을 가르쳤다. 그는 아버지에게 콜우드의 미래에 대한 꿈도 심어주었다. 아버지는 작업반장이 된 후 할아버지에게 게리 탄광을 떠나 노조가 없는 콜우드로 와서 일할 것을 권유했다. 아버지는 게리 고등학교 동창인 엘시 라벤더에게도 편지를 썼다. 당시 플로리다에 머물고 있던 엘시는 웨스트버지니아로 돌아와 결혼을 해달라는 아버지의 청혼을 일언지하에 거절했다. 그 시절의 이야기가 나올 때마다 어머니는 그 직후에 받은 대장의 편지를 언급했다. 대장은 이 훌륭한 청년이 그녀를 얼마나 사랑하고 필요로 하는지 설명한 다음 공연한 고집 피우지 말고 콜우드에 와서 이 청년과 결혼을 하라는 조언을 덧붙였다. 어머니는 콜우드를 한 번 찾아가겠다고 약속했다. 그리고 웰치의 어느 영화관에서 아버지로부터 다시 청혼을 받게 되었다. 어머니는 아버지의 호주머니 속에 브라운 뮬 담배 갑이 들어 있다면 청혼을 받아들이겠다고 대답했다. 아버지의 호주머니에는 브라운 뮬 담배 갑이 있었고 그렇게 해서 두 분은 결혼을 하게 되었다. 어머니는 그 결정을 곧 후회했지만 마음을 바꾸지는 않았다.

할아버지는 갱도에서 당한 사고로 두 다리를 잃은 1943년까지 콜우드 탄광에서 일했다. 사고 이후 의자에 앉은 채로만 지낸 할아버지는 절단 부위의 계속되는 통증으로 힘든 나날을 보냈다. 할아버지는 통증을 잊기 위해 웰치 카운티 도서관에 있는 책을 전부 읽다시피 했다. 어머니가 아버지와 함께 할아버지를 찾아갔을 때 할아버지는 극심한 통증으로 대화조차 할 수 없었고 그 모습을 보고 돌아온 아버지는 며칠 동안 몹시 괴로워했다. 어머니에 따르면 그 후 의사로부터 진통제 처방을 받기 시작한 할아버지는 마침내 안정을 되찾았고 두 번 다시 책을 펴들지 않았다고 한다.

아버지에겐 대장과 회사가 전부였기 때문에 나는 자라면서 아버지와 보낸 시간이 많지 않았다. 아버지는 깨어 있는 시간의 대부분을 탄광에서 보냈고 집에 돌아오면 곧장 잠자리에 들었다. 1950년, 아버지는 서른여덟의 나이로 대장암 진단을 받았다. 당시 아버지는 막장에서 하루 2교대로 탄맥을 가로막고 있는 암반의 굴착 작업을 지휘하고 있었다. 감독관 레어드 씨는 암반 너머에 거대한 탄맥이 있을 거라고 믿었다. 아버지에게는 암반을 뚫어서 대장이 옳았음을 증명하는 것보다 더 중요한 일이 없었다. 혈변이 나오는 암의 징후를 몇 달이나 무시하면서 일에만 매달렸던 아버지는 결국 갱도에서 쓰러지고 말았다. 광부들이 아버지를 업고 밖으로 나왔다. 웰치로 가는 구급차에 같이 탄 사람은 어머니가 아니라 대장이었다. 의사들은 생존 가능성이 높지 않다고 판단했다. 어머니가 스티븐스 병원의 대기실에서 안절부절못하고 있는 동안 수술 장면을 직접 지켜본 사람도 레어드 씨였다. 대장大腸의 상당 부분을 절제한 뒤 한 달 만에 다시 탄광으로 돌아간 아버지의 모습에 모두들 할 말을 잃었다. 다시 한 달이 지나 아버지가 이끄는 굴착팀은 돌가루와 땀방울로 범벅이 된 채 마침내 암반을 뚫고 그 어느 탄광에서도 볼 수 없는 부드럽고 순도 높은 석탄이 매장된 탄맥을 찾아냈다. 축하 파티 따위는 없었다. 아버지는 집에 돌아와 샤워를 한 다음 방에 들어가 꼬박 이틀을 잠만 잤다. 그리고는 다시 탄광으로 출근을 했다.

가끔은 가족이 함께하는 시간이 있었다. 내가 아주 어렸을 때 우리 가족은 토요일 저녁이 되면 콜우드에서 7마일 가량 떨어진 웰치로 나들이를 갔다. 터그 포크Tug Fork 강가에 위치한 웰치는 규모는 크지 않았지만 꽤 번화한 상업도시였다. 토요일 저녁 웰치의 거리는 쇼핑을 하러 나온 광부들과 그들의 가족으로 북적거렸다. 아기를 안거나 아이의 손을 잡은 여자들이 이 상점 저 상점을 들락거리는 동안 작업복 차림의 남자들은 그 뒤를 따라 어슬렁어슬렁 걸으며 동료들과 탄광의 소식이나 고교 미식축구에 관한 이야기를 주고받았다. 어머니와 아버지가 쇼핑을 하는 사이 형과 나는 포카혼타스 극장에서 다른 수백 명의 탄광촌 아이들과 함께 서부영화와 짜릿한 모험을 그린 영화들을 관람했다. 형은 낯선 아이들에게 말을 거는 법이 없었지만 나는 주위에 앉은 아이들에게 어느 동네에서 왔는지 따위를 물으며 먼저 말을 걸곤 했다. 맥도웰 카운티의 반대편 지역인 키스톤Keystone이나 아이애거laeger의 탄광촌 아이들을 만나는 일이 내게는 아주 흥미로운 경험이었다. 동시 상영 영화를 보고난 뒤 어머니의 마지막 쇼핑을 따라다니다 보면 나는 완전히 녹초가 되었다. 집으로 돌아오는 차의 뒷좌석에서 나는 매번 잠에 곯아떨어졌다. 콜우드에 도착하면 아버지는 나를 번쩍 안아서 내 방의 침대로 옮겨주었다. 더러는 아버지에게 안기는 게 좋아서 나는 일부러 잠이 든 척을 하는 경우도 있었다.

광부들의 작업교대는 콜우드의 중요한 일과였다. 작업에 투입되는 광부들은 교대 시간에 맞춰 저마다 집을 나와 선탄장으로 모여들었다. 반대쪽에서는 근무를 마친 광부들이 석탄가루와 땀을 흠뻑 뒤집어쓴 채 줄을 맞춰 갱도 밖으로 나왔다. 월요일부터 금요일까지 근무 교대를 하기 위해 줄을 선 수백 명의 광부들이 매일 같은 시각 선탄장 앞을 가득 메웠다. 작업복에 안전모를 쓴 광부들의 모습은 마치 전선으로 투입되기 위해 도열한 군인들처럼 보였다.

콜우드 사람들 모두에게 마찬가지였지만 내게도 광부들의 근무시간이 곧 일상생활의 리듬이었다. 이른 아침에는 점심 도시락을 철거덕거리며 저벅저벅 걸어가는 광부들의 발소리에 잠에서 깼고, 늦은 오후 근무 교대를 지켜본 아버지가 퇴근을 해야 우리 집의 저녁식사가 시작되었다. 늦은 밤에는 철공소의 철야 근무조가 망치로 쇠를 두들기고 용접을 하는 소리를 들으며 잠자리에 들었다. 초등학교 시절 우리는 산속에서 뛰어놀거나 우리 집 뒤편의 작은 공터에서 피구를 하다가 따분해지면 근무교대를 위해 선탄장으로 향하는 광부들의 대열에 끼어들었다. 선탄장에 도착하면 우리는 한쪽에 서서 광부들이 개인 장비를 점검하는 모습을 지켜보았다. 종이 울리면 광부들은 리프트를 타고 수직 갱도로 내려갔다. 그들이 모두 땅 밑으로 사라지고 나면 주변은 으스스할 정도로 고요해졌다. 그런 순간의 주술 같은 고요함을 깨뜨리기 위해 우리는 일부러 더 크게 소리를 질러대며 다시 우리만의 놀이로 돌아갔다.

콜우드는 동굴과 절벽, 가스정과 산불 감시탑 그리고 폐광이 산재한 숲과 산으로 둘러싸여 있었다. 그 모든 곳들이 우리에게는 늘 새로운 놀이터가 되었다. 어머니들은 절대로 가지 말라고 했지만 우리는 철로 주변에서 놀기를 좋아했다. 가끔 누군가가 철로에 올려놓은 1센트짜리 동전은 석탄을 가득 실은 무개화차가 지나가고 나면 납작한 메달로 바뀌었다. 그러면 모두들 가지고 있는 동전이 다 떨어질 때까지 그 장난을 따라했다. 우리는 깔깔거리며 납작해진 동전을 손에 쥐고 회사의 직영매장으로 달려가 사탕을 사먹었다. 그런 동전을 숱하게 받아본 점원은 별 말 없이 우리에게 사탕을 내주곤 했다. 아마 회사의 어딘가에는 납작해진 동전을 가득 보관하고 있는 장소가 있을 것만 같았다.

귀가 즐거운 놀이 중에는 아래로 열차가 지나가는 다리에서 빈 깡통을 던지는 것보다 재미있는 게 없었다. 선탄장으로 천천히 움직이는 빈 무개화차에 깡통을 던져 넣으면 맑은 금속음이 울려 퍼졌다. 선탄장에서 석탄을 가득 싣고 나온 무개화차가 다리 밑에서 잠시 멈춰서면 용감한 아이들은 허리 깊이까지 빠지는 석탄 위로 뛰어내리기도 했다. 나는 그 장난을 딱 한 번 해보았는데 내가 부드러운 석탄이 실린 무개화차에 뛰어내리자마자 오하이오로 향하는 그 화물열차가 덜컹하며 움직이기 시작했다. 나는 기겁을 하며 석탄더미를 헤치고 무개화차 바깥쪽의 사다리를 타고 철로 옆으로 뛰어내렸다. 땅바닥에 널린 석탄가루에 손과 무릎, 팔꿈치가 긁히고 벗겨졌지만 어머니는 인정사정없이 솔과 거친 비누로 내 몸을 박박 문질러댔다. 벗겨진 피부는 일주일도 넘게 따끔거렸다.

밖에 나가 놀지 않을 때는 책을 읽으며 시간을 보냈다. 나는 책 읽기를 좋아했다. 내게 독서 습관이 형성된 것은 '6인방Great Six'으로 통하는 콜우드 초등학교 선생님들의 공이 컸다. 여섯 명의 선생님을 가리키는 그 표현은 사람들이 '1학년부터 6학년까지(grades one through six)'를 줄여서 부르다가 그렇게 굳어졌다. 콜우드의 많은 주민들은 그 선생님들로부터 배운 졸업생들이기도 했다. 콜우드 초등학교와 중학교는 한 울타리 안에 있었는데 교장 선생님은 중학교는 엄격하게 통제하면서도 초등학교는 6인방의 자율권을 용인했다. 6인방은 독서의 중요성을 강조했다. 초등학교 2학년 때 나는 『톰 소여의 모험』과 『톰 아저씨의 오두막』을 외우다시피 했다. 선생님은 마치 대단한 비밀이라도 감추려는 듯 『허클베리 핀』은 3학년이 될 때까지 읽지 못하게 했다. 마침내 그 책을 읽게 되었을 때 나는 그 이야기가 단순히 뗏목을 타고 미시시피 강을 내려가는 모험담이 아니라 미국의 영광과 수치를 모두 담아낸 위대한 서사라는 사실을 깨달았다.

학교에는 『톰 스위프트』, 『밥시 쌍둥이』, 『하디 형제』 그리고 『낸시 드류』 등의 전집이 복도의 책장에 가득 꽂혀 있어서 누구든 원하는 대로 꺼내 읽을 수 있었다. 나는 그 시리즈물의 모험 이야기에 푹 빠져 지냈다. 4학년이 되어서는 위층의 중학교 도서실에 가서 『검은 종마』 시리즈를 대출해서 읽기 시작했다. 나는 그곳에서 쥘 베른(Jules Verne, 19세기 프랑스 작가로 공상과학소설의 선구자로 평가된다-옮긴이)을 발견하기도 했다. 나는 그의 소설에 푹 빠졌다. 그의 책에는 위대한 모험뿐만 아니라 지식의 습득을 인류의 가장 위대한 탐험으로 여기는 과학자들과 엔지니어들이 등장했다. 도서실에 있는 쥘 베른의 책을 모두 읽은 다음 나는 하인라인Heinlein, 아시모프Asimov, 반 보그트van Vogt, 클라크, 브래들리 등 여러 공상과학소설 작가들이 쓴 책이 도서실에 들어오기를 기다렸다가 가장 먼저 빌려 읽는 학생이 되었다. 나는 판타지로 빠지지 않는 한 그들의 책을 대부분 좋아했다. 다른 사람의 속마음을 읽거나 벽을 통과하고 마법을 부리는 주인공들의 이야기에는 별로 끌리지 않았다. 내가 좋아한 주인공들은 악당들보다 더 많은 지식과 용기를 지닌 인물들이었다. 그런데 내 대출 목록을 우연히 보게 된 6인방 선생님들이 내 독서 취향이 지나치게 모험과 SF에 편중되어 있음을 발견하고는 내게 스타인벡과 포크너, 그리고 스콧 피츠제럴드를 처방해주었다. 나는 초등학교를 졸업할 때까지 두 부류의 책, 즉 내가 좋아하는 책과 선생님들을 만족시키기 위한 책을 함께 읽어야 했다.

독서는 초등학교 시절 내게 많은 지식과 즐거움을 주었지만 나로 하여금 콜우드 너머의 먼 미래를 보는 것은 허락하지 않았다. 콜우드에서 성장한 소년들은 어른이 되면 모두 군대를 가거나 탄광에 들어갔다. 나에게 어떤 미래가 펼쳐질지 나는 짐작조차 할 수 없었다. 한 가지 확실한 것은 어머니가 결코 나를 탄광에 보내지 않으리라는 것이었다. 어느 날 어머니는 아버지로부터 월급봉투를 건네받으며 이렇게 말했다. "당신이 아무리 열심히 벌어도 살림은 별로 나아질 기미가 보이지 않네요."

아버지는 대답했다. "그래도 눈비 안 맞고 살 집은 있잖아."

어머니는 월급봉투를 접어서 앞치마 주머니에 집어넣었다. "당신이 저 구덩이에서 하는 일을 그만두는 날 나는 바다가 보이는 집으로 이사를 갈 거예요."

카터 씨가 탄광을 매각하면서 회사의 이름은 새로운 소유주의 이름을 따서 올가 석탄회사로 바뀌었다. 어머니는 늘 회사를 "올가 양"이라고 불렀다. 누군가 아버지가 어디 있느냐고 물으면 어머니는 마치 아버지가 바람이라도 피우는 것처럼 "올가 양과 함께" 있다고 대답했다.

어머니와는 달리 외가 친척들에게서는 탄광에 대한 반감을 찾아보기 힘들었다. 외삼촌 네 분—로버트, 켄, 찰리 그리고 조—이 모두 광부로 일했고 메리 이모도 광부와 결혼을 했다.

할아버지가 당한 끔찍한 사고에도 불구하고 삼촌 두 분도 모두 광부였다. 클래런스 삼촌은 콜우드에서 멀지 않은 카레타 탄광에서 일했고, 에밋 삼촌은 맥도웰 카운티의 탄광 이곳저곳을 옮겨 다니며 일을 했다. 베니 고모는 콜우드 탄광에서 일하는 고모부와 결혼해서 철공소 근처의 사원 주택에서 살았다. 하지만 양가 친척들의 대부분이 광부라는 사실도 어머니에게는 아무런 영향을 끼치지 못했다. 어머니는 주관이 뚜렷한 분이었다. 그러한 성격은 타고났거나 아니면 있는 그대로의 현실을 직시할 수 있는 능력에 의해 만들어진 것이었다.

매일 아침 석탄가루와의 전쟁을 시작하기에 앞서 어머니는 늘 식탁에서 한 잔의 커피를 마시며 해변이 그려진 미완성의 벽화를 바라보았다. 어머니는 아버지가 감독관이 되어 우리 가족이 관사로 들어온 직후부터 그 벽화를 그리기 시작했다. 1957년 가을, 벽화에는 백사장과 조개껍질 그리고 파란 하늘을 나는 두 마리의 갈매기가 그려져 있었다. 야자수 한 그루는 스케치만 된 채 아직 색깔이 입혀지지 않은 상태였다. 어머니는 그 벽화 위에 전혀 다른 현실을 그리고 있는 것 같았다. 어머니가 앉은 자리에서는 창문을 통해 정원에 만발한 장미와 새집에 내려앉는 새들을 볼 수 있었다. 그 창문은 어머니가 회사 목수들에게 요구해서 탄광이 보이지 않는 각도로 특별히 만든 것이었다.

나는 어렸을 때부터 어머니가 콜우드의 보통 사람들과는 다르다는 생각을 했다. 내가 네 살쯤 되었을 때 우리 가족은 워리어마인 할로Warriormine Hollow에 살던 할아버지 댁을 찾았다. 할

아버지는 의자에 앉은 채로 나를 받아 안았다. 나는 새파랗게 질렸다. 할아버지의 다리가 없었기 때문이다. 다리가 있어야 할 자리에는 주름이 잡힌 담요가 놓여 있을 뿐이었다. 내가 할아버지의 품 안에서 바둥거리고 있는 동안 어머니는 옆에서 안절부절못하고 있었다. "이 녀석 아빠를 꼭 빼닮았네." 이가 다 빠진 할아버지가 입술을 오물거리며 어머니에게 말을 건네던 모습이 지금도 기억에 생생하다. 할아버지는 조금 떨어진 곳에 있던 아버지를 향해 소리쳤다. "호머, 이 녀석이 너를 꼭 닮았어."

어머니는 할아버지의 품에서 나를 번쩍 안아 올렸다. 나는 어머니의 품에 착 달라붙었다. 내 가슴은 공포로 마구 뛰고 있었다. 어머니가 내 머리를 쓰다듬으며 나를 밖으로 데리고 나갔다. "아니야, 안 닮았어." 어머니는 나만 들을 수 있는 낮은 목소리로 노래를 하듯 속삭였다. "아니야, 안 닮았어."

그때 아버지가 문을 열고 밖으로 따라나왔다. 어머니는 아버지를 외면했다. 나는 아버지의 푸른 눈동자에 물기가 어려 있는 것을 보았다. 나는 어머니의 어깨에 얼굴을 묻었다. 어머니는 품에 안은 나를 가볍게 흔들면서 낮은 목소리로 음정을 넣어 속살거렸다. "아니야, 안 닮았어. 아니야, 안 닮았어." 내가 자라는 동안 어머니는 줄곧 그 노래를 불렀다. 고등학교에 가서 로켓을 만들기 시작할 즈음에야 나는 그 말의 속뜻을 알 수 있었다.

2장
스푸트니크호

내가 열한 살이 되던 해 대장이 은퇴를 하면서 아버지가 그의 자리를 물려받았다. 그와 동시에 널찍한 감독관 관사가 우리 집이 되었다. 관사는 콜우드에서 탄광과 가장 가까이에 있는 집이었다. 관사로 이사를 하면서 나는 무엇보다도 형과 더 이상 방을 같이 쓰지 않아도 된다는 사실이 기뻤다. 형은 내가 옆에 있는 것을 못 견뎌했다. 내가 아주 어렸을 때부터 형은 부모님 사이에 흐르는 팽팽한 긴장이 순전히 나 때문이라고 했다. 따지고 보면 형의 이야기는 틀린 게 아니었다. 어머니로부터 들은 바에 의하면 내심 딸을 기대하고 있던 아버지는 내가 태어나자 적잖이 실망을 했다. 그리고 그것을 노골적으로 표현하기도 했는데 어머니는 그에 대한 반발로 아버지의 이름 '호머 해들리 히컴'의 뒤에 '주니어'만 붙여서 내 이름을 정해버렸다. 그 일 때문에 두 분의 관계가 헝클어진 것인지 나로서는 알 수가 없었다. 확실한 것은 두 분의 갈등 때문에 내 이름이 길어졌다는 것이다. 다행히 어머니는 나를 "서니Sunny"라고 부르기 시작했다. 내가 해맑은 아이라는 이유에서였다. 다른 사람들도 나를 그렇게 불렀다. 하지만 초등학교 1학년 때 담임선생님이 여자아이 이름 같다는 이유로 내 이름의 철자를 "서니Sonny"로 바꾸어버렸다.

탄광의 목수로 일하는 맥더프 씨가 내 방에 들여놓을 책상과 책장을 짜주었다. 나는 공상과학소설과 모형 비행기로 책장을 가득 채웠다. 방에 혼자 있어도 나는 전혀 심심하지 않았다.

1957년 가을, 콜우드 초등학교와 중학교에서 9년 과정을 마치고 나는 산 너머에 있는 빅 크리크 고등학교에 입학했다. 6시 반에 통학버스를 타기 위해 일찍 일어나야 한다는 것만 빼면 학교생활은 대체로 만족스러웠다. 나는 인근의 여러 탄광촌에서 온 친구들을 새로 사귀었지만 그래도 가장 친한 친구들은 역시 콜우드에서 줄곧 학교를 같이 다닌 로이 리와 셔먼 그리고 오델이었다.

내가 태어나서 웨스트버지니아를 떠날 때까지의 삶은 두 시기로 나눌 수 있으며 그 기준은 1957년 10월 5일이라고 해야 할 것이다. 모든 것이 그날 달라졌다. 토요일이던 그날 이른 아침 어머니가 나를 흔들어 깨우며 어서 내려가서 라디오를 들어보라고 했다. "무슨 일인데요?" 나는 따뜻한 이불을 끌어당기며 볼멘소리로 물었다. 콜우드는 고지대에 위치해 있었기 때문에 초가을에도 습하고 차가운 기운이 감돌았다. 평소 같으면 이불을 뒤집어쓰고 두어 시간 더 있어도 될 시각이었다.

"내려가서 좀 들어보라니까." 어머니의 목소리에 다급함이 느껴졌다. 나는 이불 밖으로 고개를 내밀고 어머니를 바라보았다. 어머니의 얼굴에서 심상치 않은 표정을 읽고는 나는 어머니의 말을 따르기로 했다.

옷을 대충 걸치고 나는 아래층 주방으로 내려갔다. 식탁에는 따뜻한 코코아와 버터를 바른 토스트가 준비되어 있었다. 콜우드에서 아침에 수신되는 라디오 방송은 웰치에서 송출하는 WELC가 유일했다. 그리고 그렇게 이른 시각에 WELC가 내보내는 방송은 거의 우리 같은 고등학생들이 신청하는 음악으로 채워져 있었다. 나보다 한 살 많고 학교 대표 미식축구 선수로 인기를 누리던 형을 위해 수많은 여학생들이 매일 신청곡을 올리곤 했다. 그런데 그날은 로큰롤 대신에 삐삐삐 하는 신호음만 계속 흘러나오고 있었다. 잠시 후 아나운서는 그 신호음이 스푸트니크호에서 수신된 소리라고 설명했다. 스푸트니크호는 러시아에서 발사되었으며 현재 지구의 궤도를 돌고 있다는 설명이 이어졌다. "서니, 이게 도대체 무슨 소리니?"

나는 그게 무엇인지 정확하게 알고 있었다. 그동안 숱하게 읽어온 공상과학소설과 아버지의 잡지 덕분에 나는 어머니의 질문에 쉽게 대답할 수 있었다. "인공위성이라는 거예요. 우리도 올해 이걸 발사하기로 되어 있었는데 러시아가 먼저 성공할 줄은 몰랐네요."

어머니는 커피 잔을 앞에 두고 나를 가만히 쳐다보며 물었다. "그게 뭐 하는 건데?"

"지구 위를 도는 거예요. 달 같은 건데 달보다는 훨씬 가까워요. 그 안에 과학 장비 같은 걸 잔뜩 싣고 우주가 얼마나 차갑고 뜨거운지 그런 걸 측정해요. 우리가 쏘아 올릴 위성도 그런 일을 하기로 되어 있었어요."

"그게 우리나라 위로 지나가니?"

나는 그 점에 대해서는 정확하게 알지 못했다. "아마 그럴 걸요."

어머니는 조용히 고개를 가로저으며 말했다. "그게 사실이라면 네 아버지가 한바탕 뒤집어지겠구나."

나도 그럴 거라 예상했다. 웨스트버지니아를 통틀어서 아마가장 열렬한 공화당 지지자였을 아버지는 러시아의 공산주의자들을 끔찍하게 싫어했다. 하지만 그것도 미국의 몇몇 정치인들만큼은 아니었다. 아버지에게 프랭클린 루스벨트는 적그리스도였다. 해리 트루먼은 제2대 적그리스도였으며, 전국탄광노조(UMWA) 위원장인 존 루이스는 사탄이었다. 켄 외삼촌이우리 집에 올 때마다 나는 아버지가 그들의 악행을 길게 나열하는 것을 듣고는 했다. 켄 외삼촌은 열렬한 민주당 지지자였다. 외삼촌은 만일 외할아버지가 살아 계셨다면 공화당 후보에게 표를 던지느니 차라리 우리 집 개 댄디에게 투표를 하셨을거라고 이야기했다. 그러면 이에 질세라 아버지도 민주당 후보에게 투표를 하느니 당신도 똑같은 선택을 하겠노라 맞받았다. 그런 점에서 댄디는 우리 집에서 꽤 인기 있는 정치가였다.

온종일 라디오에서는 러시아의 인공위성 스푸트니크호 이야기만 나왔다. 속보가 들어올 때마다 아나운서의 목소리는 흥분과 우려로 떨리고 있었다. 인공위성에 장착된 카메라가 미국을한눈에 내려다볼 수 있다는 얘기가 나왔고 인공위성에 원자폭탄이 실려 있을지 모른다는 추측도 나왔다. 아버지는 토요일인 그날도 출근을 했기 때문에 온 나라를 발칵 뒤집어놓은 그 사건에 대해 무슨 생각을 하고 있는지 나로서는 알 방법이 없었다. 아버지가 퇴근을 했을 때 나는 이미 잠들어 있었고 다음날인 일요일에도 아버지는 해가 뜨기 전에 출근을 했다. 어머니는 갱도의 굴착기에 문제가 생겼다는 얘기를 전해주었다. 굴착기 위로 커다란 바위가 떨어진 것이었다. 일요일 아침 예배의 설교 시간에 레니어 목사님은 러시아나 스푸트니크호에 대해 별다른 언급을 하지 않았다. 예배가 끝난 후 교회 마당에서 오가는 얘기들도 주로 빅 크리크 고등학교 미식축구부의 연승 행진에 관한 것이었다. 적어도 콜우드에서는 스푸트니크호가 화제에 오르기까지 시간이 좀 더 걸릴 것 같았다.

월요일 아침에도 라디오에서는 여전히 스푸트니크호 이야기만 나왔다. 방송을 진행하는 조니 빌라니는 삐삐삐 하는 그 신호음을 계속해서 들려주었다. 그는 "맥도웰 카운티의" 모든 학생들에게 "러시아인들을 따라잡기 위해서는" 공부를 더욱 열심히 해야 한다는 말도 잊지 않았다. 그는 평소처럼 로큰롤을 틀어주었다간 우리가 러시아 학생들에게 더 뒤쳐질지도 모른다고 생각하는 것 같았다. 라디오를 통해 반복적으로 흘러나오는 그 신호음을 들으면서 나는 러시아의 고등학생들이 인공위성을 거대한 로켓에 탑재하는 모습을 상상했다. 나는 그들의 명석한 두뇌가 부럽기만 했다. "꾸물거리다간 버스 놓쳐." 어머니가 내 상상의 세계에 끼어들었다.

나는 코코아를 급하게 마신 다음 이미 준비를 마치고 계단을 내려오는 형을 지나쳐서 위층으로 올라갔다. 형은 금발로 염색한 머리를 반듯하게 빗어 넘기고 곱슬머리 한 가닥을 이마 위로 늘어뜨리고 있었다. 그날도 한 시간 이상 욕실 거울 앞에서 공을 들인 게 분명했다. 형은 녹색과 흰색의 미식축구부 재킷 안에 칼라를 세운 분홍색 셔츠를 입고 있었다. 뒤에 버클이 달린 착 달라붙는 바지와 반짝반짝 윤이 나는 구두에 양말은 분홍색이었다. 형은 학교에서 옷을 가장 잘 입는 학생이었다. 언젠가 어머니는 웰치의 남성복점에서 날아든 청구서를 보면서 록펠러 가문이 휴가를 즐기다가 잃어버린 아이가 우리 집에 살고 있다고 말했다. 형과는 대조적으로 나는 평범한 플란넬 셔츠에 일주일 내내 똑같은 바지를 입고 다녔다. 신발도 전날 개울가에서 놀다가 채 마르지도 않은 것을 그냥 구겨 신고 학교에 갔다. 계단에서 서로를 스쳐지나가면서도 우리는 말 한마디 주고받지 않았다. 우리는 서로 할 말이 없었다. 나는 후일 콜우드를 떠나서도 한동안 사람들에게 내가 외아들이라고 했고 형도 마찬가지였다.

물론 형과 나 사이에 아무런 충돌 없이 냉전만 계속된 것은 아니다. 내 가장 오래된 기억에도 형과 나는 싸움을 벌였다. 비록 덩치는 작았지만 나는 형보다 영리했다. 워낙 자주 싸워봤기 때문에 나는 형이 근접전에 약점이 있다는 것도 알고 있었다. 그 무렵 형과 나는 2개월 넘게 불안한 휴전 상태를 유지하고 있었다. 두 달 전의 혈투로 인해 우리는 서로를 경계하며 섣불리 상대방을 자극하지 않았다. 앞선 싸움은 뒷마당에 세워둔 형의 자전거가 내 자전거 밑에 깔려서 넘어져 있는 것을 형이 발견하면서 시작되었다. 아마 내가 받침다리를 끝까지 당겨 놓지 않은 탓에 내 자전거가 형의 자전거 위로 넘어졌던 것 같다. 화가 난 형은 내 자전거를 개울가로 가져가서 내동댕이쳤다. 아버지는 출근을 하고 어머니는 웰치에 쇼핑을 하러 나간 사이에 벌어진 일이었다. 형이 내 방문을 벌컥 열었다. 나는 침대에 엎드려서 책을 읽고 있었다. 형은 방금 자신이 한 일과 그 이유를 이야기했다. "앞으로 네 물건이 내 물건에 스치기만 해도 넌 나한테 얻어터질 줄 알아." 형이 씩씩대며 말했다.

"지금 당장 그렇게 해봐, 이 뚱뚱보야." 나는 소리를 지르며 형에게 달려들었다. 우리는 서로 엉켜서 복도 바닥에 나뒹굴었다. 나는 형의 복부에 주먹을 꽂았고 형은 허공에 주먹을 휘두르며 몸부림을 쳤다. 우리는 계단을 굴러 현관 앞에서 몸싸움을 벌였다. 내가 팔꿈치로 형의 귀를 가격하자 형은 비명을 지르며 나를 번쩍 들어서 주방 쪽으로 집어던졌다. 나는 벌떡 일어나 어머니가 아끼는 체리목 의자로 형을 내리쳤다. 의자 다리 하나가 떨어져나갔다. 주방 안으로 쫓아오는 형을 향해 나는 주전자를 집어던졌다. 그리고는 주방 뒷문을 열고 밖으로 도망을 치려는 순간 형이 나를 덮치면서 우리는 방충망이 쳐진 문 위로 쓰러졌고 그 바람에 문짝이 뜯겨졌다. 우리는 뒷마당 풀밭 위를 뒹굴다가 마침내 먼저 몸을 일으킨 형이 엎드린 자세로 있는 나를 깔고 앉았다. 그 순간 갈비뼈가 뚝 하는 느낌이 들었다. 극심한 고통에 비명을 질렀지만 숨쉬는 것조차 쉽지 않아 목소리가 제대로 나오지 않았다. 나는 몸통을 조이고 있는 형의 다리를 있는 힘껏 깨물었다. 형이 비명을 지르며 옆으로 나뒹굴었다. 나는 몸을 뒤집어 땅바닥에 등을 대고 숨을 들이마셨다. 갈비뼈가 내려앉은 것 같았다. 코에서는 피가 흘렀다. 형의 머리에도 혹이 나 있었고 다리에도 시퍼런 멍 자국이 남을 게 분명했다. 우리는 그제야 서로 만만찮은 피해를 입었고 어머니가 돌아오기 전에 수습을 서두르지 않으면 더 큰 재앙이 닥치리라는 것을 깨달았다.

어머니가 돌아왔을 때 뒷마당에는 자전거 두 대가 나란히 세워져 있었고 우리는 얌전하게 거실에 앉아 있었다. 형은 머리에 한 손을 얹은 채 『웰치 데일리 뉴스』의 스포츠 면을 뒤적거렸다. 나는 옆에서 TV를 보며 숨을 쉴 때마다 욱신거리는 통증을 꾹꾹 참고 있었다. 갈비뼈의 통증은 그로부터 한 달이 넘게 지속되었다. 주방의 의자는 접착제로 붙여진 채 제자리에 놓여 있었다. 형과 나는 며칠 동안 아무도 그 의자에 앉지 못하게 하려고 신경을 곤두세웠다. 뜯겨져 나간 주방의 문짝은 우리 집 개들이 잘못을 뒤집어썼다. 주전자의 찌그러진 부분은 어머니가 발견을 못했거나 아니면 알면서도 모르는 척 하는 것 같았다.

내가 등교 준비를 서두르는 동안 형은 이미 현관을 나서서 통학버스를 기다리고 있었다. 나는 2분 만에 세수와 양치질을 마치고 머리에 대충 물을 묻힌 뒤 욕실 밖으로 뛰어나왔다. 내 머리카락은 어머니처럼 검고 굵으며 곱슬곱슬했다. 어머니는 30대에 벌써 머리가 희끗희끗했는데 나는 그것도 닮으면 어떡하나 걱정을 했다. 나는 외모에 관한 한 아버지를 닮은 구석이 없었다. 어머니는 내가 하나부터 열까지 외탁을 했다고 말했는데 어머니의 말에 아무 반응을 보이지 않는 아버지를 보면서 나는 그것을 사실로 받아들였다. 나로서는 오히려 잘된 일이었다. 아버지 쪽의 친척들은 하나같이 성미가 급했다. 아버지와 클래런스 삼촌, 베니 고모는 바쁜 일이 없어도 늘 뛰다시피 걸었고 말도 너무 빨랐다. 이에 반해 외가 친척들은 느긋한 편이었다. 외할아버지는 예외였다. 외할아버지는 남편이 철야근무를 하기로 되어 있는 어느 유부녀의 침실에 들어갔다가 강도로 오인을 받아 팔에 총상을 입은 일이 있었다. 어머니에 따르면 외할머니는 외할아버지의 팔이 나을 때까지 손수 옷을 입혀주었다고 한다. 어머니는 외할아버지가 딸의 도움은 한사코 받으려 하지 않았다는 얘기도 덧붙였다.

스푸트니크호가 발사되고 사흘째 되는 그날 아침 나는 형에게서 물려받은 재킷을 걸치고 계단을 뛰어내려와 현관에서 기다리고 있던 어머니로부터 도시락을 건네받았다. 나는 뛰어야 했다. 노란색 통학버스가 이미 토드의 집 앞에 와 있었다. 운전기사 잭 아저씨는 불을 붙이지 않은 시가를 입에 문 채 뛰어가는 나를 쏘아보았다. 내가 승강구에 발을 올려놓자마자 출입문이 닫혔다. "서니, 앞으론 1초만 늦어도 안 기다려 줄 거다." 나는 그 말이 농담이 아니라는 것을 알고 있었다. 잭 아저씨는 통학버스를 지배하는 독재자였다. 버스에서 말썽을 피웠다간 버스가 어디를 달리고 있든 곧바로 하차할 각오를 해야 했다. 나는 린다 드헤이븐과 마지 존스가 앉아 있는 좌석 가장자리에서 2인치 정도의 틈을 발견하고 그쪽으로 엉덩이를 디밀었다. 초등학교 때부터 줄곧 같은 학교를 다닌 두 아이는 안쪽으로 조금 움직여서 자리를 만들어주고는 다시 눈을 붙였다. 잭 아저씨가 기어를 넣고 버스를 출발시켰다. 오랜 친구이자 콜히칸 부족 전사인 오델은 운전석 바로 뒷자리에서 꾸벅꾸벅 졸고 있었다. 오델은 덩치는 작았지만 성격은 불같았다. 오델의 머리카락은 비단결처럼 가늘고 투명했다. 그 뒷좌석엔 다부진 몸집에 똘똘한 인상의 셔먼이 졸고 있었다. 어릴 때 소아마비를 앓은 셔먼은 왼쪽 다리를 절었다. 하지만 오랜 시간을 함께 보내는 동안 셔먼은 자신의 장애에 대해 단 한 번도 불평한 적이 없었고 나도 셔먼의 장애를 의식하지 않았다. 셔먼은 우리가 하는 모든 일에 뒤처지지 않고 동참했다.

마른 체구에 다리가 긴 로이 리가 다음 정차하는 곳에서 버스에 올라 내 뒷좌석의 틈새를 비집고 앉았다. 로이 리는 내가 기억하는 한 가장 오래된 친구였다. 우리는 아주 어렸을 때부터 서로의 집을 시도 때도 없이 드나들며 함께 카우보이와 우주비행사와 해적이 되어 온 동네를 휘젓고 다녔다. 로이 리는 여러모로 특별했다. 아버지를 탄광 사고로 잃은 뒤 유가족에게 지급된 보험금으로 로이 리는 자신의 차를 가질 수 있었다. 아들을 콜우드에서 계속 키우고 싶었던 그의 어머니는 회사 측에 부탁을 했고 회사는 로이 리와 어머니가 그 집에 계속 살 수 있도록 허락을 했다. 그것은 로이 리의 형이 탄광에서 일을 하고 있었기 때문에 가능한 일이었는지도 모른다. 로이 리는 외모가 출중했고 스스로도 그렇게 생각했다. 그는 석탄처럼 까만 머리를 뒤로 넘겨서 기름을 바르고 다녔는데 우리는 그 머리를 '오리 궁둥이'라고 놀렸다. 로이 리의 외모는 얼핏 아주

젊었을 때의 엘비스 프레슬리를 연상시키기도 했다. 로이 리는 스스로 여자를 낚는 천부적인 재능이 있다고 떠벌렸는데 주말마다 데이트 상대가 바뀌는 것을 보면 그 말이 틀린 것 같지는 않았다. 다만 차를 가지고 있다는 사실이 큰 도움이 되었음은 분명했다.

나는 로이 리와 셔먼 그리고 오델이 내 친구라는 사실이 새삼 고마웠다. 입학하자마자 나는 인근 지역에서 온 많은 아이들과 맞닥뜨리게 되었는데 감독관의 아들이라는 이유로 나는 곧 그들의 주목을 받게 되었다. 노조원들은 감독관 호머 히컴을 적으로 지목했고 집에서 그런 이야기를 들은 아이들은 나를 표적으로 삼아 복수의 기회를 노렸다. 형은 덩치가 크고 성격이 사납기로 유명했기 때문에 만만한 내가 그들의 목표물이 되었다. 쉬는 시간에 학교의 후미진 곳에서 또는 직영매장 근처를 어슬렁거리다가 나는 아이들에게 붙들려 얻어맞곤 했다. 피를 흘리며 집에 돌아와도 나는 어머니에게 누가 나를 때렸는지 말하지 않았다. 아버지에게는 그런 사실이 있었다는 것조차 알리지 않았다. 콜우드의 사내아이들은 밖에서 있었던 일을 집에 가서 말하지 않는 것이 불문율이었다. 나는 체구가 작고 근시도 있었지만 쉽게 당하지만은 않았다. 시간이 지나면서 나는 조금씩 강해졌고 여러 차례 상대방의 코피를 터뜨리기도 했다. 로이 리, 셔먼 그리고 오델은 내 아버지의 직책 따위에는 전혀 신경을 쓰지 않았다. 그 친구들은 우리 모두가 똑같은 콜우드 아이들이라고 생각했다.

버스가 선탄장 앞을 지날 때면 잭 아저씨는 경적을 울렸다.

졸지 않고 있던 아이들은 선탄장 입구에 서 있는 광부들을 향해 손을 흔들었다. 버스는 1마일 정도를 더 달려 식스(제6호 환기갱이 있는 곳이라 이름이 그렇게 붙여졌으며 인근에 광부들의 사택이 모여 있었다)에서 학생 몇 명을 더 태웠다. 그 아이들을 마지막으로 버스는 산길을 오르기 시작했다. 콜우드에서 빅 크리크 고등학교까지는 구불구불하고 울퉁불퉁한 8마일 거리의 산길을 달려야 했다. 눈이 오지 않는 한 학교까지는 보통 45분이 걸렸다.

콜우드 산의 도로는 경사가 가파르고 급커브가 많았다. 벤치 형태의 나무 좌석에 세 명씩 구겨 앉은 학생들은 꾸벅꾸벅 졸면서 버스가 커브를 돌 때마다 이리 휘청 저리 휘청했다. 산의 정상부를 넘으면 도로는 급한 내리막으로 바뀌었고 길고 좁은 계곡 쪽까지 내려가서야 평탄해졌다. 이 계곡을 따라 약 1마일 정도 이어지는 도로는 인근 지역을 통틀어서 가장 긴 직선 구간이었다. 이 도로의 중간쯤 되는 지점에는 철망이 쳐진 울타리 너머로 거대한 팬이 돌아가는 환기갱의 입구가 있었다. 토요일 밤이 되면 이 도로─'리틀 데이토나'라는 별칭이 붙은─는 자동차를 가지고 있는 십대들에게 경주용 트랙이 되었고, 환기갱 입구 주변은 차를 세워놓고 뒷좌석에서 은밀한 일을 벌이는 최적의 장소가 되었다. 나는 운전면허증도, 여자 친구도 없었기 때문에 이런 얘기는 모두 들은 것이었다. 로이 리가 나의 가장 중요한 정보원이었다. 로이 리는 먼저 데이트 상대를 '더그아웃'에 데리고 갔다가 나중에 차를 몰고 그쪽으로 간다고 했다. 더그아웃은 학교 건너편 '올빼미 둥지' 레스토랑의 지하에 위치해 있었는데 그곳에서는 토요일 저녁마다 댄스파티가 열렸다. 나는 더그아웃에 한 번도 가본 적이 없었지만 로이 리의 이야기를 들어보면 꽤 재미있는 곳일 것 같았다. 토요일 저녁 더그아웃의 디스크자키는 우리 학교에서 잡역부로 일하는 에드 아저씨였다. 로이 리는 에드 아저씨의 선곡은 최고 중의 최고라고 말했다.

리틀 데이토나가 끝나는 지점에서 한 차례 급커브를 돌면 버스는 카레타로 들어섰다. 카레타의 탄광은 콜우드 탄광과 같은 회사에 속해 있었다. 한 해 전 카레타와 콜우드 탄광은 지하에서 갱도가 서로 연결되었다. 두 탄광의 탄맥 사이에 놓여 있던 거대한 암반층을 뚫기 위해 아버지는 전쟁처럼 일을 했다. 일단 갱도가 연결되자 환기가 중요한 문제로 대두되었고 아버지는 두 개의 탄광을 통합 관리하는 책임을 맡았다. 어머니와 조 외삼촌이 나누는 이야기를 우연히 듣게 된 나는 카레타 주민들이 그 일과 관련해서 아버지를 "주제를 모르고 설치는" 사람으로 폄하하고 있다는 것을 알게 되었다. 사람들은 아버지가 전임 감독관인 대장처럼 대학 교육을 받지 못했다는 사실을 못마땅하게 여기는 것 같았다. 나는 그들의 태도가 이해되지 않았다. 대학 교육을 받지 못하기는 그들 역시 마찬가지였기 때문이다. 어머니는 조 외삼촌에게 카레타 사람들이 "멍청하고 웃기는 족속"이라고 말했다. 조 외삼촌도 어머니의 말에 조용히 고개를 끄덕였다.

카레타를 지나면 프리미어라고 불리는 동네에서 갈림길이 나왔다. 프리미어에는 '스파게티 하우스'라는 이름의 낡은 벽돌 건물이 있었는데 로이 리는 그곳에 가본 적이 있다고 말했다. 로이 리는 그곳의 매춘부들이 임질을 옮긴다고 했는데 나는 임질이 뭔지 몰랐지만 그다지 좋은 것으로 들리지는 않았다. 로이 리는 1달러짜리 지폐를 동전으로 바꾸기 위해 그곳에 들어갔다가 동전 대신 콘돔 네 개를 받았다고 했다. 그는 네 개의 콘돔을 고이 모셔두었고 그 중 하나를 지갑에 넣고 다녔는데 지갑 속의 그 콘돔은 꽤 오래된 물건처럼 보였다.

워War 산은 콜우드 산만큼 가파르지는 않았지만 산허리에 있는 도로의 폭은 훨씬 좁았고 두 번의 급커브는 거의 180도를 도는 것 같았다. 잭 아저씨는 그 구간에서 거의 기어가듯 속도를 줄였다. 버스의 한쪽 차창으로는 까마득한 절벽 아래로 강이 흐르는 모습이 보일 뿐 바로 아래에 한 뼘의 갓길조차 보이지 않았고, 맞은편으로는 불과 몇 인치 옆으로 거대한 바위덩어리들이 차창을 스치는 모습이 보였다. 그 지점을 통과하면 버스는 바로 내리막을 달려 워 마을로 들어섰다.

워는 한때 호시절을 누린 곳이었다. 마을의 중심가에는 오래된 상점들과 은행, 두 개의 주유소 그리고 금방이라도 무너질 것 같은 호텔이 하나 있었다. 워에 사는 아이들이 부모로부터 들은 이야기에 따르면 1920년대의 워는 무도장과 도박장이 즐비한 곳이었다. 그래서인지 어머니는 향수를 너무 많이 뿌린 여자가 지나가면 "워의 일요일 아침 같은" 냄새가 난다고 말하곤 했다.

빅 크리크 고등학교는 워의 외곽을 흐르는 강가에 자리 잡고 있었다. 벽돌로 지어진 3층짜리 학교 건물 앞에는 번듯하게 조성된 미식축구장이 있었다. 학교 건너편으로는 철길이 지나갔는데 석탄을 가득 실은 무개화차와 증기기관차의 소음으로 수업이 종종 중단되기도 했다. 가끔은 꼬리를 물고 이어지는 기차의 행렬이 끝이 없을 것 같은 느낌이 들기도 했다.

학교에 도착하면 수업이 시작되기까지 보통 한 시간 정도의 여유가 있었다. 로이 리, 셔먼, 오델 그리고 나는 강당에서 서로의 숙제를 베끼거나 지나가는 여학생들을 구경하며 시간을 보냈다. 그날 아침 나는 전날 혼자 씨름하다가 결국 마치지 못한 수학 숙제를 해결해야 했다. 하지만 아무도 수학 숙제 따위에는 관심이 없었다. 스푸트니크호라는 훌륭한 이야깃거리가 있었기 때문이다. "러시아 놈들이 로켓을 만들만큼 똑똑할 리가 없어. 그놈들이 우리의 로켓 기술을 훔친 게 틀림없다고." 로이 리가 말했다. 하지만 내 생각은 달랐다. 나는 러시아 사람들이 이미 원자폭탄과 수소폭탄을 만들어냈고 미국까지 날아올 수 있는 폭격기도 가지고 있다고 말했다. 그들은 스푸트니크호를 만들고도 남음이 있었다.

"러시아 사람들은 어떻게 살까?" 셔먼이 물었다. 우리 중 그 질문에 대답할 수 있는 사람은 아무도 없었다. 셔먼은 늘 웨스트버지니아가 아닌 다른 곳에서는 사람들이 어떻게 살아가는지 궁금해 했다. 나는 그런 궁금증이 전혀 없었다. 사람 사는 곳은 어디나 비슷할 거라 생각했기 때문이다. 물론 뉴욕이나 시카고 같은 대도시에 살려면 어지간히 닳고 닳아야 한다는 것은 TV를 통해 알고 있었다.

로이 리가 말했다. "우리 아버지가 그러는데 러시아 놈들은 전쟁 중에 자기 자식도 잡아먹었대. 그래서 독일이 러시아에 쳐들어간 건 잘한 일이래. 우리가 진작 독일과 힘을 합쳐서 러시아 놈들을 쓸어버렸으면 이렇게 골치 아픈 문제도 없었을 거아니야."

오델은 로이 리가 이야기를 하는 동안 줄곧 강당 통로에 서 있는 3학년 치어리더를 바라보고 있었다. "내가 다가가서 발등에 입을 맞추면 저 누나가 내 머리를 쓰다듬어줄까?" 오델이 치어리더에게서 눈을 떼지 못하며 말했다.

"저 누나 남자친구가 대신 쓰다듬어줄 거다." 미식축구부원 하나가 그녀에게 다가가 손을 잡는 모습을 보며 셔먼이 말했다. 미식축구부원들은 학교에서 여학생들 사이에 인기가 많았다.

수업 시간이 다가오면서 나는 초조해졌다. "누구 수학 숙제 한 사람 있어?"

세 친구 모두 나를 빤히 쳐다보았다. "너 영어 숙제는 했어?" 로이 리가 물었다.

우리는 각자의 숙제를 내놓고 서로의 것을 열심히 베꼈다. 그것은 높은 점수를 받으려는 부정행위가 아니었다. 그것은 내가 수학 과목에서 낙제를 피하기 위한 최소한의 몸부림이었다. 수학을 가르치는 하츠필드 선생님은 부분 점수를 주는 법이 없었다. 모든 문제는 맞거나 틀리거나 둘 중 하나였다. 수학뿐만 아니라 다른 과목에서도 나는 긴장을 할수록 더 많은 문제를 틀리곤 했다.

생물 시간에도 스푸트니크호는 다시 한 번 화제로 등장했다.

나는 네모난 철판 위에 놓인 지렁이를 관찰하고 있었다. 그날 나는 도로시 플렁크와 실험 파트너가 되는 엄청난 행운을 누리고 있었다. 우리 반, 아니 우리 학교에서 가장 예쁜 여학생을 꼽으라면 나는 주저하지 않고 도로시 플렁크를 꼽았을 것이다. 윤기 나는 말총머리를 길게 늘어뜨린 도로시는 우리 집에 있는 1957년식 뷰익의 색깔처럼 파란 눈을 가지고 있었다. 몸매 또한 바라보기만 해도 숨이 멎을 것 같았다. 나는 복도에서 몇 차례 그녀에게 인사를 건네 보았지만 대화다운 대화는 나눠본 적이 없었다. 드디어 기회가 왔지만 죽은 지렁이를 함께 칼로 가르면서 무슨 말을 할 수 있을지 막막하기만 했다. 내가 무슨 말을 꺼내볼 틈도 없이 생물실의 스피커에서 마이크를 톡톡 두드리는 소리가 났다. 곧이어 교장 선생님의 목소리가 들렸다.

"모두들 들어서 알고 있겠지만," 교장 선생님은 차분한 어조로 말을 시작했다. "러시아가 인공위성을 쏘아 올렸다. 그리고 미국도 이에 대응하여 무언가를 해야 한다는 목소리가 높아지고 있다. 이와 관련해서 우리 학교 학생회는 오늘 스푸트니크호의 위협에 대응하여 학업에 더욱 매진하겠다는 결의문을 통과시켰다. 나는 교장으로서 이 결의문을 승인하는 바이다. 이상."

스피커를 쳐다보고 있던 도로시와 나는 시선을 거두다가 서로 눈이 마주쳤다. 내 심장이 마구 뛰었다. "너 무섭니?" 도로시가 물었다.

"러시아 사람들?" 나는 마른침을 꼴딱 삼키며 되물었다. 사실 그 순간 나는 러시아 사람들보다 도로시가 더 무서웠고 그 이유는 나도 알 수 없었다.

그녀가 미소를 살짝 짓는 바람에 내 가슴은 거의 터질 지경이었다. 나는 코를 찌르는 포름알데히드 냄새 속에서도 그녀의 향수 냄새를 맡을 수 있었다. "에이, 바보같이, 우리 지렁이를 자르는 것 말이야."

아, '우리' 지렁이라고 했다! 지렁이가 아니라 '우리' 마음, '우리' 손, '우리' 입술 같은 건 안 될까? "하나도 안 무서워." 나는 의연하게 메스를 집어 들고 선생님의 지시를 기다렸다. 선생님이 실험의 시작을 알리자마자 나는 지렁이의 몸통을 메스로 길게 갈랐다. 도로시는 눈을 가늘게 뜨고 그 광경을 지켜보더니 손으로 입을 가리며 문 밖으로 뛰어나갔다. 그녀의 말총머리가 휘날렸다. "서니, 너 쟤한테 뭐라고 한 거야?" 로이 리가 낄낄대며 물었다. "데이트 신청이라도 했냐?"

나는 그때까지 누구에게도 데이트 신청을 해본 적이 없었고 상대가 도로시라면 더더욱 그러했다. 나는 로이 리에게 고개를 돌려 속삭였다. "내가 만나자고 하면 도로시가 승낙을 할까?"

로이 리는 눈을 가늘게 뜨며 대답했다. "나한테 차가 있잖아. 뒷좌석을 제공해줄 용의가 있어. 운전기사 노릇도 해주지."

그때 도로시의 가장 친한 친구인 에밀리 수 벅베리가 딱하다는 표정으로 나를 바라보며 말했다. "서니, 걔는 남자친구 있어. 그것도 두 명이나. 그 중 한 명은 대학생이라고."

로이 리가 실실거리며 말했다. "야, 그건 걱정하지 않아도 돼. 서니가 뒷좌석에서 실력 발휘를 하면 얼마나 대단할지 넌 모를 거다."

로이 리의 농담에 내 얼굴이 화끈거렸다. 나는 여학생과 뒷좌석은커녕 산책조차 해본 적이 없었다. 기껏해야 댄스파티가 끝나고 여학생의 이마에 입을 맞춰보았을 뿐이고 그마저도 중학교 때 테레사 아넬로에게 해본 것이 처음이자 마지막이었다. 나는 다시 실험에 집중하며 지렁이의 표피를 조심스럽게 들어냈다. 나는 속으로 생각했다. 로이 리 저 멍청한 녀석은 몰라. 도로시는 평범한 여자애가 아니야. 도로시 플렁크가 하나님의 완벽한 작품이라는 것이 저 녀석 눈에는 어떻게 안 보일까? 그녀는 숭배를 받아야 할 대상이지 가지고 놀 상대가 아니었다. 나는 행복한 공상에 젖어 지렁이의 몸통을 가르며 실험 기록을 작성했다. 문득 내가 하고 있는 일에 숭고한 가치가 깃들어 있다는 생각이 들었다. 나는 도로시를 위해, 내 파트너인 그녀를 위해 이 지렁이를 가르고 관찰하는 것이었다. 포름알데히드에 적셔진 지렁이를 가지고 실험을 마칠 때쯤 나는 그녀의 마음을 얻고야 말리라 굳게 다짐하고 있었다.

로이 리가 내 옆으로 다가오더니 행복감에 상기되어 있는 내 표정을 보고는 큰 소리로 말했다. "맙소사, 큰일 났네. 서니, 너 사랑에 빠졌구나."

에밀리 수도 내 옆으로 다가왔다. "로이 리, 네 말이 맞는 것 같아. 상태가 심각해 보여."

"지금쯤 가슴이 막 아프겠지?" 로이 리가 마치 연애 전문가가 다른 전문가의 동의를 구하듯 물었다.

"그럴 거야." 에밀리 수가 대답했다. "서니, 오늘 무슨 요일인지 알겠어? 서니, 정신 좀 차려봐."

나는 친구들의 장난을 무시했다. 한 사람의 이름이 내 머릿속을 맴도는 감미로운 노랫말의 전부였다. 그 노래가 머릿속에서 끊임없이 울려 퍼졌다. 도로시 플렁크, 도로시 플렁크.

　회사 직영매장 앞 계단은 근무를 마친 광부들이 집으로 돌아가기 전 씹는담배와 잡담거리를 가지고 삼삼오오 모이는 곳이었다. 그곳에서 탄광이나 미식축구 이외의 화제가 등장한다는 것은 그게 정말 중요한 일이라는 뜻이었다. 스푸트니크호는 발사되고 며칠이 지나서야 그곳에서 화제로 등장했다. 나는 음료수를 사러 매장에 들어가다가 어느 광부가 말하는 것을 들었다. "그 빌어먹을 스푸트니크를 미사일로 격추시켜 버려야 해." 다른 광부들이 종이컵에 침을 뱉는 동안 잠시 침묵이 흘렀다. 잠시 후 누군가가 말을 이었다. "진짜 미사일로 쏴버려야 할 놈들은 따로 있어. 진짜 열불 나게 하는 놈들은 빅 크리크 고등학교를 주 챔피언에서 떨어뜨리려고 작당을 하는 찰스턴의 그 자식들이라고. 정말 그 자식들 모가지를 비틀어버리고 싶다니까." 그의 말은 앞선 얘기보다 더 큰 호응을 얻었고 일부는 그의 말에 전적으로 동의한다는 듯이 침을 탁 뱉었다. 콜우드에서 탄광 이야기를 빼면 빅 크리크의 미식축구부보다 더 중요한 관심사는 없었다. 스푸트니크호는 물론 그 어떤 화제도 중요도로 따지면 3위일 뿐이었다.

　광부들을 "열불 나게" 한 일은 무패 행진을 거듭하고 있는 빅 크리크 고등학교 미식축구부에 대해 웨스트버지니아 주 미식축구협회가 주 챔피언 결정전 참가 자격을 인정하지 않으려

한다는 것이었다. 특정 지역의 팀들만을 상대로 승리를 거두었다는 것이 그 이유였다. 갱도로 들어가는 협궤 수송차량에서, 직영매장 앞에서, 심지어는 교회에서도 이것은 끊임없는 논란과 성토의 대상이 되었다. 빅 크리크가 연승가도를 달리고 있는데도 찰스턴의 협회 사람들은 그건 중요하지 않고 어쨌든 빅 크리크 고등학교는 주 챔피언 결정전에 나갈 수 없다고 주장하는 것이었다. 누가 봐도 그 문제는 큰 논란거리가 될 것이 분명했다. 그런데 그 논란거리를 본격적으로 들고 나온 사람은 다름 아닌 아버지였다.

형은 경기에 나서면 거칠 것이 없었다. 형은 공수의 핵이었고 상대팀의 쿼터백은 겁먹은 토끼처럼 형을 피하기 바빴다. 형은 폭주기관차처럼 공격을 했고 상대방의 공격을 엄청난 힘으로 무력화시켰다. 당시 콜우드에서 형이 누린 인기는 바깥세상에서 자니 유나이터스(Johnny Unitas, 미식축구 역사상 최고의 쿼터백으로 일컬어지는 선수 - 옮긴이)가 누린 인기에 전혀 뒤지지 않았다. 형의 활약에 힘입어 아버지는 '빅 크리크 고등학교 미식축구부 아버지 후원회'의 회장으로 뽑혔다. 하루는 이런 일이 있었다. 나는 늦은 시각 거실에서 TV를 보고 있었고 아버지는 작업반장 한 사람과 통화를 하며 형의 자랑을 한참 늘어놓았다. 어머니는 전화를 끊는 아버지에게 둘째 아들 자랑도 가끔 해보는 게 어떻겠냐고 말했다. 아버지는 한참 생각을 하다가 내가 거실에 앉아 있었음에도 아무런 거리낌 없이 되물었다. "자랑할 게 뭐가 있다고?"

사실 나 스스로도 자랑거리가 뭐가 있는지 몰랐다. 나는 미식축구에 소질이 전혀 없었고 지독한 근시까지 있었다. 내가 초등학교 3학년 때 래시터 박사가 신체검사를 하기 위해 학교를 방문했다. 학생들은 칠판 앞에 걸린 시력 검사표에서 몇 걸음 떨어진 곳에 한 줄로 서 있었다. 미리 학교의 통보를 받은 어머니들도 교실 뒤에서 지켜보고 있었다. 나는 검사표의 글자들을 미리 외운 다음 내 차례를 기다렸다. 그런데 내 차례가 되었을 때 래시터 박사가 시력검사표를 다른 것으로 바꿔 달았다. 내 눈에는 검사표의 모든 글자들이 뿌연 얼룩으로 보였다. 그는 나에게 맨 윗줄의 글자가 보일 때까지 한 발자국씩 앞으로 나오라고 했다. 나는 검사표를 코앞에 두고서야 맨 위에 있는 글자를 읽을 수 있었다. "E!" 내가 자랑스럽게 외치는 순간 어머니가 흐느끼기 시작했고 아주머니들이 안절부절못하며 어머니를 다독였다.

나는 중학교 시절 학교 미식축구부에 매년 지원했지만 훈련용 인형보다 나을 게 하나도 없다는 사실만 확인했다. "서니는 덩치가 너무 작습니다." 신입부원 테스트를 하는 날 미식축구부의 톰 모건 감독이 클래런스 삼촌에게 말했다. "하지만 덩치가 작다는 약점을 느린 발로 만회하고 있죠." 테스트를 받으러 온 모든 학생들이 배꼽을 잡고 웃었다. 하지만 나는 끝까지 포기하지 않았다. 어머니 역시 포기를 모르는 분이었다. '일단 시작을 했으면 끝을 봐라'가 어머니의 신조였다.

고등학교에 진학해서 나는 웨스트버지니아 남부 지역에서 최다승 기록을 이어가고 있는 메릴 게이너 감독을 찾아갔다. 그는 유니폼 속의 보호 장구가 헐거워서 뒤뚱거리는 내 모습을 보고는 조용히 사라지라고 말했다. 나는 학교의 브라스밴드에 가입해서 북을 맡았다. 어머니는 내게 브라스밴드의 유니폼이 잘 어울린다고 말했다. 아버지는 아무 말이 없었다. 형은 저녁 식사 자리에서 나 때문에 창피해서 얼굴을 못 들고 다니겠다고 했다. 형은 으깬 감자 두 숟가락을 입에 구겨 넣고는 브라스밴드에 있는 남학생들은 하나같이 계집애들 같다고 말했다. "미식축구를 모르는 놈들은 계집애나 다름없거든. 그런데 브라스밴드에 있는 놈들은 진짜 계집애 같더라." 형은 으깬 감자를 한 숟가락 더 퍼먹으면서 말했다. "하나 있는 동생이 계집애라니."

"그래? 나는 하나밖에 없는 형이 바보인데." 나는 지극히 논리적이고 객관적인 방식으로 대응했다.

"너희 둘 다 여기에서 멈추는 게 좋을 거다." 어머니가 힘없는 목소리로 말했다.

형의 말을 참고 넘어가기 힘들었지만 나는 그냥 입을 다물었다. 나는 미식축구에 대한 사람들의 관심을 이해하기 힘들었거니와 미식축구부원들이 영웅처럼 대접을 받는 이유는 더더욱 이해가 되지 않았다. 그들은 심판이 지켜보는 가운데 경기 규칙에 따라 뛸 뿐이었고 머리에 헬멧을 쓴 것도 모자라 온몸에 보호 장구를 차고 경기에 나섰다. 한 줄로 늘어서서 규칙대로만 뛰고 거기에 부상을 막기 위해 온갖 보호 장구까지 뒤집어쓰고 있는 것이 뭐가 그리 영웅적이란 말인가? 나는 도대체 이해가 되지 않았다.

아버지는 식탁에서 굳게 입을 다물고 있었다. 하지만 내가 브라스밴드에 들어간 것이 창피스럽다는 형에게 아버지가 비밀스러운 동의의 눈빛을 보내는 것을 나는 목격했다. 나는 어머니에게 도움을 청하는 시선을 보냈다. 하지만 어머니는 창밖을 바라볼 뿐이었다. 어머니는 새집에 내려 앉은 새들을 보고 있는 것 같았다. 나는 속으로 생각했다. 나는 브라스밴드의 유니폼이 마음에 들어. 북치는 것도 좋아. 게다가 도로시 플렁크도 브라스밴드에 속해 있잖아. 생각이 도로시에 이르자 내 입가에 절로 미소가 번졌다. 형은 나를 바라보며 어이가 없다는 표정을 지었다.

그해 가을 내내 『웰치 데일리 뉴스』와 『블루필드 데일리 텔레그래프』는 플로리다의 케이프커내버럴에서 러시아의 우주항공 기술을 따라잡기 위해 고군분투하고 있는 미국의 과학자들과 엔지니어들에 관한 기사를 쏟아냈다. 내가 줄곧 읽어오던 공상과학소설이 드디어 현실이 되는 것 같았다. 나는 소설이 아닌 현실의 이야기에 점차 빠져들었다. 나는 신문기사와 TV 뉴스를 빠짐없이 챙겨보기 시작했다. 많은 보도에서 베르너 폰 브라운 박사의 이름이 등장했다. 그의 이국적인 이름만으로도 나는 흥분이 되었다. 폰 브라운 박사는 TV 인터뷰에 나와서 그의 독특한 독일어 억양으로 상부의 승인만 떨어지면 30일 이내에 인공위성을 궤도에 올려놓을 수 있다고 말했다. 신문들은 뱅가드 프로젝트에 우선순위가 있기 때문에 그에게 돌아갈 기회는 미뤄질 것이라고 보도했다. 뱅가드 프로젝트는 국제지구관측년International Geographical Year 사업의 일환으로 위성 발사를 계획하고 있었는데, 폰 브라운 박사는 줄곧 육군에서 일을 했기 때문에 최초의 궤도 위성 사업을 맡기에는 부적합한 인물로 여겨지고 있었다. 매일 잠자리에 들기 전 나는 그 시각 케이프 커내버럴에서 폰 브라운 박사가 하고 있을 일을 생각했다. 나는 그가 발사대 옆의 높은 정비탑에 올라 미켈란젤로처럼 누워서 로켓의 연료공급 장치를 점검하는 모습을 상상했다. 나는 그의 연구팀의 일원으로 로켓의 제작과 발사를 돕는 나 자신의 모습을 상상하기도 했다. 적어도 폰 브라운 박사처럼 신념이 있는 인물이라면 루이스와 클라크(1803년 프랑스로부터 루이지애나 지역을 사들인 미국 정부는 로키산맥을 넘고 컬럼비아 강을 지나 태평양 연안에 도달하는 탐험대를 조직했는데 이때 탐험대장을 맡은 이들이 메리웨더 루이스와 윌리엄 클라크였다 – 옮긴이) 같은 이들을 우주로 보낼 수 있을 것 같았고 나는 기꺼이 그의 계획에 일조를 하고 싶었다. 나는 그에 합당한 지식과 기술을 쌓으며 준비를 해야 한다는 것은 알고 있었지만 구체적으로 뭘 어떻게 해야 하는지는 모르고 있었다. 막연하게 내가 읽은 공상과학소설의 주인공들처럼 보통사람들을 능가하는 용기와 지식을 갖추고 있어야 한다는 것이 내가 아는 전부였다. 그 즈음 나는 처음으로 콜우드를 벗어난 삶을 생각하기 시작했다. 베르너 폰 브라운. 도로시 플렁크. 내 노래에는 이제 두 사람의 이름이 있었다.

신문에 스푸트니크호가 웨스트버지니아 남부 지역 상공을 지나간다는 기사가 실렸을 때 나는 그것을 내 눈으로 직접 확인해보겠다고 마음을 먹었다. 나는 어머니에게 내 생각을 말했고, 우리 집 뒷마당에서 스푸트니크호를 관측할 예정이며 원하는 사람은 누구든 함께할 수 있다는 소식은 울타리와 울타리를 넘어 온 동네에 퍼졌다.

콜우드에서 사람들을 끌어 모으기란 그리 어려운 일이 아니었다. 관측이 예정된 날 어머니가 나를 따라 뒷마당으로 나왔고 동네 아주머니들도 꼬마들을 데리고 모여들었다. 로이 리와 셔먼, 오델도 당연히 왔다. 아주머니들은 어머니를 둘러싸고 이런 저런 이야기를 주고받았다. 아버지의 직책이 직책인지라 어머니는 탄광이 돌아가는 사정이라든가 작업반장으로 누가 승진할 예정이라는 따위에 대해 누구보다도 정보가 빨랐다. 어머니의 모습을 바라보면서 나는 어머니의 빼어난 미모에 새삼 으쓱한 기분이 들었다. 후일 그 시절을 돌아보았을 때 나는 어머니가 단순히 예쁜 것에 그치지 않았음을 깨달았다. 어머니는 아름다웠다. 어머니가 미소를 지을 때면 100와트짜리 전구에 불이 들어오는 것 같았다. 윤기가 흐르는 어머니의 곱슬머리는 어깨 아래에까지 내려왔고 투명한 푸른 눈동자와 부드럽고 고운 목소리는 형과 나를 혼낼 때를 제외하면 우아하기 그지없었다. 어머니가 짧은 반바지와 가슴이 파인 탱크톱을 입고 정원을 돌보고 있을 때면 우리 집 앞을 그냥 지나칠 수 있는 광부가 아무도 없었다. 그들은 헬멧을 살짝 들어 가벼운 인사를 건네면서 담뱃진에 누렇게 변색된 이를 환히 드러내며 미소를 보내곤 했다. "안녕하세요, 엘시. 꽃들이 참 예쁘네요." 그들은 그렇게 말하곤 했는데 나는 그들이 꽃만 보고 있었다고 생각하지 않는다.

하늘이 점점 어두워지면서 별들이 하나둘 보이기 시작했다.

나는 뒷마당 계단에 앉아 5초가 멀다하고 고개를 돌려 주방 벽면의 시계를 확인했다. 나는 스푸트니크호가 나타나지 않으면 어떡하나, 그리고 나타났는데 놓치면 어떡하나 하며 초조해했다. 우리 마을을 둘러싼 산들은 밤하늘을 조금만 열어 보여주었다. 나는 스푸트니크호가 얼마나 빠른 속도로 상공을 통과할지, 쏜살같을지 아니면 천천히 지나갈지 정확하게 알지 못했다. 나는 잠깐이라도 볼 수만 있다면 행운일 거라 생각했다.

아버지가 어머니를 찾아 뒷마당으로 나왔다. 아버지는 동네 아주머니들과 함께 하늘을 올려다보고 있는 어머니의 모습을 발견하고는 짜증부터 냈다. "뭘 그렇게 넋을 빼고 쳐다보고 있는 거야?"

"스푸트니크호요."

"웨스트버지니아에서?" 아버지가 어이가 없다는 듯이 물었다.

"서니가 신문에서 읽었대요."

"아이젠하워 대통령은 그런 일을 절대로 용납하지 않아." 아버지가 단호한 어조로 말했다.

"어디 두고 보죠." 어머니가 특유의 어조로 말했다. 그 말은 어머니가 아버지에게 수천 번도 넘게 한 말이었다.

"난―"

"탄광에 나가봐야 돼." 어머니는 아버지가 입을 떼기가 무섭게 아버지가 하는 말을 똑같이 읊었다.

아버지는 한마디 하려다가 어머니가 눈썹을 치켜뜨는 모습을 보고는 입을 다물었다. 아버지는 체구가 크고 성격도 불같았지만 어머니는 아버지와의 기 싸움에서 밀리는 법이 없었다. 아버지는 헬멧을 쓰고 선탄장 쪽으로 터벅터벅 걸어갔다. 아버지는 단 한 번도 하늘을 쳐다보지 않았다.

내 옆에 앉아 있던 로이 리가 갑자기 도로시 플렁크의 마음을 뺏을 수 있는 방법을 알려주겠다며 허튼소리를 늘어놓기 시작했다. "서니, 잘 들어봐." 로이 리는 내 어깨에 자신의 팔을 걸쳤다. "먼저 도로시를 데리고 극장에 가. 〈프랑켄슈타인, 늑대인간을 만나다〉 뭐 그런 영화 하는 데 있잖아. 극장에 가면 그 애가 앉은 의자 뒤로 이렇게 손을 뻗는 거야. 그리고는 무서운 장면이 나올 때 도로시의 어깨를 이렇게 콱 잡아. 그 다음에 손을 아래로 슬쩍 내리면서……." 로이 리가 내 가슴을 갑자기 꼬집는 바람에 나는 외마디 비명을 질렀다. 로이 리는 배를 움켜잡고 웃어댔다. 나는 별로 웃고 싶은 기분이 아니었다.

형이 뒷마당에 나왔다가 로이 리와 내 모습을 보고는 한심하다는 표정을 지었다. 초콜릿 파이를 우물거리며 형이 한마디 내뱉었다. "멍청한 놈들, 고등학생이나 되어서 하는 짓들 하고는." 형의 말투는 늘 그랬다. 손에 들고 있던 파이를 입 안에 밀어 넣은 형은 만족스러운 표정을 지으며 파이를 꿀꺽 삼켰다. 이웃에 사는 여학생 하나가 형을 발견하자마자 옆으로 다가가서 아양을 떨었다. 형이 씩 웃어 보이며 등을 가볍게 문질러주자 그 여학생은 좋아서 어쩔 줄 몰라 했다. 부러운 표정으로 그 모습을 지켜보던 로이 리가 말했다. "온몸의 뼈가 으스러지는 한이 있어도 내년엔 꼭 미식축구부에 들어가고 말 거야."

"저기 있다!" 오델이 갑자기 소리쳤다. "저기야, 저기! 스푸트니크호다!" 오델은 하늘을 가리키며 껑충껑충 뛰었다.

로이 리도 자리에서 벌떡 일어나 소리쳤다. "보인다, 보여!" 셔먼도 소리를 지르며 하늘을 가리켰다. 나는 계단에서 내려와 사람들의 시선이 향하는 곳을 바라보았다. 하지만 눈에 보이는 것은 수많은 별들뿐이었다. "저기!" 어머니가 한 손으로 내 머리를 잡고 다른 손으로 밤하늘의 한 지점을 가리켰다.

산등성이 위로 반짝이는 작은 물체 하나가 장엄하게 별들 사이를 지나가는 모습이 보였다. 하나님이 황금마차를 타고 내 머리 위를 지나갔다고 해도 그 순간만큼 황홀하지는 않았을 것이다. 밤하늘을 가로지르는 그 물체는 어떤 절대적인 목적을 가지고 하늘을 나는 것 같았고 이 넓은 우주에 그것을 가로막을 힘은 존재하지 않을 것처럼 느껴졌다. 그때까지 모든 중요한 일들은 머나먼 세상 저편에서 일어났다. 그런데 스푸트니크호는 웨스트버지니아 주의 맥도웰 카운티, 콜우드에 있는 우리 집 뒷마당에서 내 눈앞을 지나가고 있었다. 나는 믿을 수가 없었다. 팔을 뻗으면 닿을 수 있을 것만 같았다. 1분이 채 되지 않아 그 경이로운 물체는 시야에서 사라지고 말았다.

"참 예쁘구나." 어머니가 말했다. 그것은 뒷마당에 모인 사람들의 느낌을 한마디로 요약한 것이기도 했다. 어머니와 아주머니들은 다시 잡담을 나누기 시작했다. 한 시간쯤 지나 사람들은 모두 집으로 돌아가고 뒷마당에는 나 혼자 남아 있었다. 나는 여전히 하늘을 쳐다보고 있었다. 아무리 다물려 해도 입이 저절로 벌어졌다. 살아오는 동안 그처럼 놀라운 광경은 본 적이 없었다. 아버지가 탄광에서 돌아왔을 때까지도 나는 여전히

뒷마당에 있었다. 아버지가 뒷문을 열고 밖으로 나왔다. "여태
밖에 있었어?"

나는 대답을 하지 않았다. 스푸트니크호가 내게 건 마법을
깨뜨리고 싶지 않았다.

아버지가 내 옆으로 다가와 하늘을 올려다보았다. "아직도
스푸트니크호 찾고 있냐?"

"아까 지나갔어요." 나는 짧게 대답했다.

아버지는 잠시 하늘을 쳐다보다가 내가 굳게 다문 입을 뗄
기미가 보이지 않자 고개를 흔들며 지하실로 내려갔다. 잠시
후 지하실의 샤워기에서 물 떨어지는 소리와 아버지가 솔과 세
정비누로 몸을 닦는 소리가 들렸다. 아버지는 탄광에서 이미
샤워를 한 번 하고 왔을 것이었다. 하지만 어머니는 탄가루가
티끌만큼이라도 몸에 남아 있으면 아버지를 들어오지 못하게
했다.

그날 밤 방에 돌아와서도 나는 스푸트니크호를 생각하다가
잠이 들었다. 한밤중에 나는 낮은 목소리로 이야기를 주고받으
며 선탄장을 향해 걸어가는 광부들의 발자국 소리에 잠에서 깼
다. 나는 침대에서 일어나 창밖을 지나가는 그림자들을 내다보
았다. 철야근무를 하는 점검반은 돌가루를 뿌려서 폭발성이 있
는 갱도 내의 미세한 탄가루를 바닥에 가라앉히는 작업을 했
다. 그들은 또한 갱내의 선로와 버팀목, 천장의 볼트를 점검하
기도 했다. 요컨대 이른 아침부터 늦은 밤까지 2교대로 근무하
는 다른 광부들의 안전을 도모하는 것이 그들의 임무였다. 뿌
연 먼지를 일으키며 괴괴한 달빛 속을 걸어가는 그들의 모습이

마치 달 표면을 걷는 우주비행사들 같았다. 조명등이 켜진 선탄장은 달의 탐사 기지였다. 그들은 달의 분화구와 평원을 온종일 탐사하다가 기지로 돌아오는 최초의 우주비행사들이었다. 맨 앞에서 그들을 이끄는 사람은 베르너 폰 브라운 박사였다. 그들이 선로를 지나자 기지의 불빛에 철제 도시락 통이 반짝거렸다. 나는 천천히 현실로 되돌아왔다. 그들은 달 탐사에 나선 우주비행사가 아니라 콜우드 탄광의 광부들이었다. 나 또한 폰 브라운 박사의 연구진이 아니었고 그저 웨스트버지니아의 구석진 탄광촌에 사는 평범한 아이에 불과했다. 문득 현실이 답답하게 느껴졌다.

11월 3일, 러시아는 스푸트니크 2호를 발사하며 미국을 다시 한 번 충격에 빠뜨렸다. 이번 위성에는 라이카라는 이름의 암캐가 타고 있었다. 신문에 사진이 실린 라이카는 우리 집 개 포팃과 생김새가 비슷했다. 나는 마당에 나가 포팃을 품에 안아 보았다. 포팃은 몸집이 그리 크지 않았지만 묵직한 느낌이 들었다. 곧이어 어머니가 밖으로 나왔다. "너 지금 개를 데리고 무슨 짓 하려고 그래?"

"요만한 개를 궤도에 올려놓으려면 로켓의 크기가 어느 정도나 될까 궁금해서요."

"그 녀석이 내 꽃밭에 계속 오줌을 싸갈기면 로켓이 없어도 내가 우주로 날려버릴 거다." 어머니가 말했다.

포팃은 내 겨드랑이에 고개를 파묻고 낑낑거렸다. 녀석은 다른 사람은 몰라도 어머니의 말은 아주 잘 알아들었다. 어머니가 안으로 들어간 뒤 나는 포팃을 내려놓았다. 녀석은 꽃밭으로 쪼르르 뛰어가더니 뒷다리를 들었다. 나는 다음 장면을 보지 않았다.

아버지는 『뉴스위크』와 『라이프』 지를 정기 구독했다. 잡지가 도착하면 먼저 아버지가 첫 페이지부터 마지막 페이지까지 정독을 했고 내가 다음 차례였다. 『라이프』 지 11월호에는 다양한 로켓의 내부 설계에 관한 흥미로운 기사가 실렸다. 관련 기사들을 꼼꼼히 읽다가 나는 베르너 폰 브라운이 청소년기부터 로켓을 제작했다는 사실을 알게 되었다. 그 순간 내게 영감이 떠올랐다. 그날 저녁 나는 식사를 마치면서 가족들에게 로켓을 만들겠다고 선언했다. 아버지는 우유 잔을 물끄러미 들여다볼 뿐 아무 말도 하지 않았다. 아버지는 갱도 내의 환기 문제를 골똘히 생각하느라 내가 한 말을 아예 듣지 못한 것 같았다. 형은 내게 조소를 보냈다. 형은 이번에도 내가 계집애들이나 하는 일을 한다고 생각했을 것이다. 어머니는 나를 한참 바라보다가 짧게 말했다. "자폭하는 일만 없도록 해라."

나는 로이 리, 오델, 셔먼을 우리 집으로 불렀다. 어머니가 애지중지하는 다람쥐 치퍼가 내 방 커튼에 거꾸로 매달린 채 우리를 내려다보았다. 치퍼는 집 안 여기저기를 돌아다니다가 사람들이 모여 있는 곳에 함께 있기를 좋아했다. "우리, 로켓을 한 번 만들어보자." 내가 말문을 열자 치퍼가 내 어깨 위로 폴짝 뛰어내렸다. 녀석이 내 귀를 만지작거렸다. 나도 녀석을 쓰다듬어주었다.

친구들은 서로를 바라보며 어깨를 으쓱했다. "어디에서 발사하려고?" 로이 리가 시큰둥하게 물었다. 치퍼가 로이 리 쪽으로 코를 벌름거리더니 내 어깨에서 침대로, 그리고 다시 바닥으로 뛰어내렸다. 치퍼는 언제 어디에서 기습을 할지 알 수 없는 녀석이었다.

"우리 집 정원 울타리 옆에서." 내가 대답했다. 우리 집은 야트막한 산의 기슭에 자리 잡고 있었는데 어머니의 정원 뒤쪽으로는 작은 공터가 있었다.

"카운트다운도 해야 되잖아." 셔먼이 말했다.

"카운트다운은 당연히 하는 건데 문제는 그게 아니야." 오델이 목소리를 높여 말했다. "로켓을 뭘 가지고 만드느냐 하는 거지. 나한테 부탁하면 내가 재료를 구해줄 수 있겠지만 말이야." 오델의 아버지는 쓰레기를 수거하는 일을 했다. 주말이면 오델은 그의 형들과 함께 트럭에 올라 아버지의 일을 거들었고 콜우드의 각 가정에서 배출하는 모든 종류의 쓰레기와 못쓰게 된 물건들을 수거했다.

셔먼은 우리 가운데 가장 빈틈이 없고 논리적이었다. "로켓을 어떻게 만드는지는 알아?" 셔먼이 물었다.

나는 『라이프』지를 펼쳐보았다. "간단해. 원통에 연료를 채우고 밑에 구멍만 뚫으면 돼."

"연료는 뭘 넣을 건데?"

나는 이미 그 문제를 생각해 두고 있었다. "독립기념일에 쓰고 남은 폭죽이 열두 개 있어. 연말에 쓰려고 보관하고 있었는데 거기에서 화약을 빼내면 돼."

셔먼이 만족스러운 미소를 지으며 고개를 끄덕였다. "좋아.

그럼 카운트다운은 10부터 하는 거다."

"얼마나 높이 날까?" 오델이 물었다.

"꽤 높이 날 거야." 내가 대답했다.

우리는 둥글게 모여 앉아 서로를 바라보았다. 구구절절 설명할 필요가 없었다. 우리는 이 일의 중요성과 의미를 잘 알고 있었다. 우리는 원대한 우주 경쟁에 첫발을 내딛고 있었다. "좋아. 해보는 거야." 로이 리가 말하는 순간 치퍼가 그의 오리 궁둥이 머리 위로 뛰어올랐다. 깜짝 놀란 로이 리가 벌떡 일어나며 치퍼를 잡아채려 했지만 치퍼는 마치 로이 리를 놀리듯 커튼으로 껑충 뛰어올랐다.

"치퍼, 이 녀석!" 내가 소리를 질렀다. 하지만 녀석은 구슬처럼 동그란 눈을 끔뻑이며 재미있다는 듯이 몸을 부르르 떨었다.

로이 리는 『라이프』지를 말아 쥐고 커튼 쪽으로 다가갔지만 치퍼는 로이 리가 팔을 올리기도 전에 벌써 계단을 쪼르르 내려가서 어머니가 있는 주방의 안전구역으로 도망을 쳐버렸다. "다람쥐 사냥 허가 기간이 되면 내가 저 녀석을 가만두지 않을 거야." 로이 리가 씩씩거리며 말했다.

나는 설계 책임자였다. 오델은 쓰레기 더미에서 주운 손전등을 로켓의 동체로 사용하라고 건네주었다. 하지만 로켓 동체로 사용하기에는 크기가 너무 작았기 때문에 나는 그것을 연료 탱크로 사용하기로 했다. 먼저 손전등에서 녹슨 배터리를 꺼낸 다음 나는 손전등의 바닥 부분에 못으로 구멍을 뚫었다. 이어서 폭죽을 모두 칼로 찢어 속에 든 화약을 손전등 안에 털어

넣고 바닥에 절연 테이프를 감았다. 다음에는 폭죽의 도화선을 하나 뽑아서 못으로 뚫어놓은 구멍에 밀어 넣었다. 나는 방에 있던 모형 비행기—날개가 떨어져나간 F-100 슈퍼 세이버였던 것으로 기억된다—동체 안에 완성된 연료 탱크를 집어넣고 접착제로 고정을 했다. 셔먼은 달리기가 빠르지 않았기 때문에—자신이 원하기도 했거니와—카운트다운을 맡았다. 로이 리는 성냥을 발사대까지 운반하는 일을 맡았다. 오델은 성냥에 불을 붙여서 내게 건네주는 임무를 부여받았다. 나는 도화선에 불을 붙인 뒤 재빨리 안전한 곳으로 피해야 했다. 모두에게 나름의 임무가 주어졌다.

그날 밤 우리는 유선형의 멋진 로켓을 어머니의 꽃밭 울타리 위에 조심스럽게 세워놓았다. 그 울타리는 어머니의 자부심과 만족감의 원천이었다. 어머니는 맥더프 씨가 그 울타리를 만들어주기까지 아버지를 반년 동안이나 졸랐다. 맑고 차가운 밤이었다. 우리의 로켓이 어두운 밤하늘을 가르며 날아오르는 모습을 지켜보기에 기상 조건은 더할 수 없이 좋았다. 우리는 탄광을 오가는 몇 대의 차량이 사라지기를 기다렸다. 드디어 나는 도화선에 불을 붙이고 장미 덤불의 끝자락에 있는 풀밭으로 몸을 피했다. 벌써부터 흥분한 오델은 웃음이 새나오는 것을 막기 위해 자신의 입을 손으로 막았다.

도화선에서 불꽃이 튀었다. 셔먼이 10부터 카운트다운을 했다. 우리는 숨을 죽이며 카운트다운을 듣고 있다가 제로에 이르러 일제히 소리를 질렀다. "발사!" 그 순간 꽝 하며 화약이 터졌다.

길 건너 주유소 앞에서 지나가는 차를 얻어 타기 위해 서 있던 광부 한 사람이 그 광경을 목격했다. 그는 놀라서 뛰쳐나온 동네 아주머니들에게 자신이 목격한 광경을 상세히 설명해주었다. 그의 친절한 목격담에 따르면, 히컴 감독관 집의 마당에서 거대한 불꽃과 함께 마치 하나님의 박수소리 같은 굉음이 들리더니 활 모양의 불기둥이 캄캄한 하늘로 치솟으면서 환한 불꽃을 일으키더라는 것이었다. 그가 말한 대로라면 우리의 로켓은 대단한 장관을 연출한 게 분명했다. 그런데 문제는 별이 쏟아질 듯 맑고 차가운 밤하늘로 날아오른 것이 우리의 로켓이 아니라는 것이었다.

그것은 어머니가 정성들여 가꾸던 장미 꽃밭의 울타리였다.

3장
어머니

실제 상황은 이러했다. 나무로 만든 울타리의 파편들이 날카로운 소음과 함께 하늘로 치솟았고 이내 불이 붙은 울타리의 잔해들이 땅에 툭툭 떨어졌다. 인근의 골짜기에 천둥 같은 메아리가 우르르 울려 퍼졌다. 온 동네의 개들이 짖기 시작했고 집집마다 불이 켜지더니 사람들이 밖으로 뛰쳐나왔다. 나중에야 알았지만 사람들은 탄광에서 폭발사고가 일어났거나, 아니면 러시아가 침공을 했다고 생각했다. 하지만 그 순간 나는 눈앞에서 사라지지 않는 강렬한 오렌지색 섬광 때문에 정신이 혼미했다. 잠시 후 시야를 가리고 있던 섬광이 사라지면서 나는 정신을 차리고 주변을 돌아보았다. 친구들이 귀를 막고 땅바닥에 주저앉아 있었다. 다행히도 다친 사람은 없는 것 같았다. 다만 로이 리의 오리 궁둥이 머리가 헝클어져 있었고 오델의 눈은 올빼미처럼 휘둥그레져 있었으며 셔먼의 안경은 반쯤 벗겨져 있었다. 우리 집 개들은 어느새 마당의 반대편으로 도망을 가서 바닥에 납작하게 엎드려 있었다. 곧이어 어머니가 문을 열고 나왔다. "서니?" 어머니가 소리쳤다. 다음 순간 어머니는 불이 붙은 울타리를 보았다. "오, 맙소사!"

신문을 손에 쥔 아버지가 뒤따라 나왔다. "무슨 일이야?"

아버지가 나타나자 친구들은 냅다 도망을 쳤다. 아버지의 성격을 잘 알고 있는 친구들로서는 매우 현명한 판단이었다. 울타리의 온전한 부분을 로이 리가 번개처럼 뛰어넘는 모습이 보였다. 다른 두 친구는 부서진 울타리를 지나 그대로 달음박질을 쳤다. 남아 있는 울타리의 일부에도 불이 붙어 있었기 때문에 나는 친구들의 뒷모습을 또렷하게 볼 수 있었다. 나도 친구들의 뒤를 쫓아 숲에 들어가서 한두 해 살다 왔으면 좋겠다는 생각이 들었다. 하지만 현장에서 걸렸기 때문에 도망을 간다 해도 그것은 언젠가 부딪쳐야 할 일을 뒤로 미루는 것에 불과했다. 어머니가 낮은 목소리로 말했다. "서니 히컴, 너 이리와." 나는 아직 먹먹한 귀를 문지르며 두 분이 서 있는 곳으로 다가갔다. 이제 나는 죽은 목숨이었다.

"도대체 이게 무슨 일이야?" 아버지가 물었다.

아버지와 달리 어머니는 상황을 완전히 파악하고 있었다. "서니가 로켓을 만들겠다고 얼마 전에 얘기했잖아요." 어머니는 방금 무슨 일이 벌어졌는지 알아차리지 못하고 있는 아버지가 오히려 이상하다는 듯이 대답했다.

아버지는 어머니의 말에 어이가 없다는 표정을 지었다. "서니가 로켓을? 자전거 체인이 빠졌을 때 도로 끼울 줄도 모르는 애가?"

"앞으로 어떻게 되나 두고 보죠." 어머니는 시큰둥한 표정으로 말했다. "서니, 다른 애들은 어떻게 된 거니?"

나는 어머니에게 혼날 일이 생겼을 때 아예 바보처럼 행동하는 것이 최선의 방책임을 알고 있었다. "다른 애들이라뇨?" 나는 전혀 모르는 일이라는 듯 되물었다. 최악의 상황에서도 시치미를 뗄 수 있는 나의 능력은 건재했다. 한번은 썰매처럼 비탈에서 타고 놀 요량으로 어머니가 아끼는 손수레를 끌고 산자락을 오른 적이 있었다. 그런데 볼트를 풀어서 따로 떼놓은 받침대를 어디에 두었는지 그만 잃어버리고 말았다. 설상가상으로 비탈길에 튀어나와 있는 바위에 부딪치며 바퀴가 터져버렸다. 완전히 망가진 손수레를 끌고 집에 돌아와서 나는 "이 망할 손수레가 망가지지만 않았다면" 산 위에서 발견한 고운 흙을 어머니의 정원으로 싣고 올 생각이었다고 말했다. 어머니는 나의 잔꾀에 넘어갈 분이 아니었지만 나의 능청스러움에 기가 막혔는지 그냥 웃기만 했다. 나는 어떻게 되든 일단 부딪쳐보기로 했다.

"다른 애들 걱정할 게 아니라 이 녀석이나 좀 돌보지 그래. 이거 망신스러워서 얼굴을 들고 다닐 수 있겠어?"

아버지의 핀잔에 어머니는 쓸쓸한 웃음을 지으며 말했다. "그럼요, 당신이 망신을 당해선 안 되죠. 그랬다간 광부들이 감독관님을 우습게 알고 삽질을 중단할지도 모르니까요."

아버지가 어머니를 노려보았다. "광부들은 삽을 사용하지 않아. 기계를 사용한 지 벌써 20년이 넘었어."

"그거 놀랍네요!"

나는 한바탕 벌어질 말싸움을 예감하며 어둠 속으로 뒷걸음질을 쳤다. 댄디가 다가와 내 손에 코를 들이대며 킁킁거렸고 포릿은 내 다리에 몸을 기댔다. 포릿이 떨고 있는지 내가 떨고 있는지 다리가 후들거렸다. 아버지는 탄광 덕분에 우리 가족이 먹고 사는 것이라고 언성을 높였다. 어머니는 탄광은 거대한 죽음의 덫일 뿐이라고 맞받아쳤다. 두 분 사이에 언쟁이 있을 때마다 늘 나오는 얘기였다. 아버지가 고개를 절레절레 흔들며 안으로 들어가자 옆집의 샤리츠 부인이 울타리 너머에서 어머니를 조용히 불렀다. 두 분이 나누는 얘기가 들리지는 않았지만 짐작은 되었다. 이미 샤리츠 부인의 집 건너편 울타리에 토드 부인이 다음 차례를 기다리고 있었다. 샤리츠 부인은 어머니로부터 들은 이야기를 토드 부인에게 전달할 것이고 그렇게 울타리 통신을 통해 퍼져나간 소식은 한 시간이면 콜우드 전체가 알게 될 것이었다. 사람들은 내가 순진한 친구들을 꼬드겨서 로켓 비슷한 것으로 사고를 쳤다는 얘기를 주고받으며 낄낄거릴 게 뻔했다. 샤리츠 부인과 이야기를 마친 어머니는 한숨을 쉬며 내 쪽으로 다가왔다. 어머니는 연기가 피어오르는 울타리를 바라보며 다시 한 번 한숨을 쉬었다. 나는 마음의 준비를 했다. 이제 주위에는 아무도 없었고 나는 불벼락이 떨어지기만을 기다렸다. "내가 자폭은 하지 말라고 했잖니?" 의외로 어머니의 목소리가 부드러웠다.

그때 거실에서 전화벨이 울렸고 창문을 통해 전화를 받으러 뛰어가는 아버지의 모습이 보였다. 나는 속으로 폭발음에 대한 항의 전화가 아니기를 바랐다. 어머니는 창문에서 시선을 거두고 선탄장으로 향하는 길을 말없이 바라보았다. 어머니가 어떤 결정을 내리기 전에 생각에 깊이 잠겨 있을 때는 옆에서 그저 조용히 기다리는 것이 최선이었다. 잠시 후 어머니는 뒷문의 계단을 가리키며 말했다. "저기 가서 앉아라. 엄마랑 얘기 좀 하자."

"엄마, 제가 뭘 잘못했는지 알아요." 나는 선수를 쳤다.

"호머 해들리 히컴 주니어, 너는 잘못한 거 없어. 멍청한 짓을 했을 뿐이야. 가서 앉으라고 했다."

나는 교수대로 끌려가는 죄수처럼 어머니의 명령을 따랐다. 댄디가 다가오더니 내 발등에 머리를 얹고 가만히 쭈그려 앉았다. 포팃은 박쥐를 잡아보겠다고 공중회전과 착지를 반복하고 있었다. 녀석의 검정색 주둥이에 미소가 묻어났다.

나는 이번엔 제대로 걸렸다고 생각했다. 어머니는 새로운 벌을 만들어내는 특별한 재주가 있었다. 한번은 주일학교에 다녀오는 길에 나는 교회에 갈 때만 신는 가죽구두를 신은 채 로이리와 함께 개울에 들어가서 가재를 잡으며 신나게 놀다가 집에 돌아온 일이 있었다. 어머니는 물기를 흠뻑 머금은 구두를 보며 이렇게 말했다. "서니, 네 머리가 이렇게 텅 비어가면 나중엔 풍선처럼 둥둥 떠다니게 될 거다." 어머니는 일주일 후 내게 양말만 신고 교회에 가라는 벌을 내렸다. 내가 받은 벌에 대한 소문이 온 동네에 퍼지는 것은 시간 문제였다. 예상은 틀리지 않았다. 사람들은 양말만 신고 예배당에 들어서는 내 모습에 서로 옆구리를 쿡쿡 찌르며 키득댔다. 설상가상으로 구멍이 난 줄 모르고 신은 양말 밖으로 엄지발가락이 삐죽 튀어나왔다.

어머니는 고개를 들지 못했다. 목사님조차 웃음을 참지 못했다.

어머니는 내 앞에 서서 팔짱을 낀 채 턱을 앞으로 쑥 내밀었다. 아버지는 그런 모습을 볼 때마다 어머니가 영락없는 라벤더가家 여자라고 말하곤 했다. 나는 다가오는 폭풍을 예감했다.

"서니, 네가 진짜 로켓을 만들 수 있다고 생각하니?"

뜻밖의 질문에 나는 적잖이 놀랐다. "아뇨. 진짜 로켓은 못 만들죠." 나는 앉은 자세를 바로 하며 대답했다.

어머니가 눈을 부라렸다. "당장 못 만든다는 건 나도 알아. 내 말은 앞으로도 포기하지 않고 계속 도전할 생각이 있느냐는 거야."

나는 어머니가 나를 단념시키기 위해 함정을 파고 있는 것인지 궁금했다. 분명히 함정이 있을 것 같았다. 문제는 그것을 어떻게 확인하느냐 하는 것이었다. 나는 무슨 말이든 해보고 어머니의 반응을 살피기로 했다. "글쎄요, 그럴 생각이야 있지만……."

어머니가 내 말을 가로막았다. 어머니는 내가 이리저리 말을 돌리려 한다는 것을 눈치 챘다. "서니," 어머니가 한숨을 쉬었다. "넌 착한 애야. 엄마는 널 사랑한다. 하지만 정말 속이 터질 지경이다. 너는 아무 생각 없이 뜬구름이나 잡으면서 시간을 허비하고 있어. 로이 리와 셔먼 같은 애들과 어울려 다니면서 쓸데없는 짓만 하고 돌아다니고 말이야. 이제 너도 정신 좀 차릴 때가 되지 않았니?"

콜우드에서 어머니가 아들에게 "정신 좀 차리라"고 말하는 것은 현재 하고 있는 일을 그만두라는 뜻이었다. 나는 움찔했다. 어머니는 이제 열 배는 더 혹독한 말을 꺼낼 게 분명했다.
"얼마 전에 아버지와 네 얘기를 조금 했다." 어머니가 말했다.
"네가 커서 뭐가 될까 걱정이 되어서 엄마가 먼저 말을 꺼냈어.
그랬더니 네 아버지 하시는 말씀이 걱정할 것 전혀 없다는 거
다. 탄광 사무실에 일자리를 하나 얻어주시겠다고 하더라. 서
니, 그게 무슨 뜻인지 아니? 아버지 밑에서 타자기 두들기고 그
날 퍼낸 석탄이 얼마나 되는지 장부 작성이나 하는 사무원을
만들겠다는 거야. 아버지는 너를 그 정도로밖에 생각하지 않
아."

그때 나도 모르게 내 입에서 질문이 하나 튀어나왔다. 나 자
신이 깜짝 놀랄 정도였다. 어쩌면 그 질문은 오랫동안 내 가슴
속에 꾹꾹 눌려왔던 것인지도 모른다. "아버지는 왜 저를 싫어
하세요?" 나는 어머니에게 물었다.

어머니는 마치 뺨이라도 맞은 것처럼 놀란 표정으로 나를 쳐
다보았다. 침묵이 흘렀다. 어머니는 아마 머릿속으로 내 질문
을 곱씹고 있는 것 같았다. "아버지가 너를 싫어하시는 건 아니
야." 어머니가 마침내 입을 뗐다. "탄광 일이 워낙 바빠서 너를
챙겨줄 시간이 없으실 뿐이야."

어머니가 나를 위로할 생각이었다면 그 효과는 전혀 없었다.
나는 아버지가 형을 얼마나 끔찍이 챙기는지 잘 알고 있었다.
아버지는 늘 형이 얼마나 대단한 선수이며 대학팀에 가면 얼마
나 대단한 활약을 할 것인지 사람들에게 자랑스럽게 말하곤 했
다.

어머니가 옆으로 다가와 내 어깨에 팔을 둘렀다. 몸이 움찔

했다. 어머니가 마지막으로 나를 안아준 기억이 까마득했다. 우리 가족은 다정다감한 것과는 거리가 먼 사람들이었다. "서니, 너는 콜우드를 반드시 벗어나야 한다." 어머니가 말했다. "네 형은 그렇게 될 거야. 운동을 잘 하니까. 엄마는 네 형이 의사나 치과의사가 되었으면 하지만 어쨌든 미식축구 덕분에 그 애는 콜우드를 떠나서 자기가 하고 싶은 일을 하면서 살 수 있을 거다."

어머니는 내 어깨에 두른 팔에 힘을 주며 나를 끌어당겼다. 아주 짧은 순간 나는 어머니의 어깨에 머리를 기댈 뻔했지만 곧바로 정신을 차리고 공연히 어색해질 일은 하지 않기로 했다. "하지만 너에겐 그게 쉽지 않을 거야." 어머니가 말했다. "아버지가 너에 대한 생각을 바꾸시도록 엄마와 네가 방법을 찾아봐야 할 거다. 엄마가 모아둔 돈이 어느 정도 있어서 금전적으로는 너를 대학에 보낼 여유가 있지만 문제는 아버지야. 아마 대학 이야기를 꺼내면 쓸데없는 곳에 돈을 쓴다고 난리를 치실 게 분명하다. 아버지는 네가 고등학교를 졸업하면 탄광에서 일을 해야 한다고 생각하고 계셔. 너도 눈치 채고 있지?"

"저도 대학에 가고 싶어요."

"아마 그래야 할 거다." 어머니는 내 어깨에 얹고 있던 팔을 내리며 의미심장한 표정으로 말했다. 문득 밤공기가 쌀쌀하게 느껴졌다. "콜우드는 곧 황폐해질 거야. 사람이 살지 않는 곳이 될 거라고."

"네?" 나는 어머니의 말을 이해할 수 없었다.

어머니가 일어섰다. 어머니의 눈가에 눈물이 살짝 비쳤다.

어머니는 성격상 눈물을 쉽게 보일 분이 아니었다. 이내 어머니는 평정심을 되찾았다. "서니, 네가 고등학교를 졸업할 때까지 탄광이 남아 있을 거라고 기대하지 마라. 마을 자체가 남아 있을지도 의문이다. 잘 들어. 네 학교 친구들 중에 버원드나 바틀리에 사는 애들을 봐. 그 애들의 아버지는 지금 모두 실업자 신세고 그쪽 마을들은 서서히 무너지고 있어. 모든 게 돈이야. 채산성이 떨어지면 탄광은 문을 닫는 거야. 돌아가고 있는 상황을 내가 다 아는 건 아니지만 아마 똑같은 일이 여기 콜우드에서도 벌어질 거야. 시간문제일 뿐이다. 너는 이곳을 벗어나기 위해 할 수 있는 모든 일을 다 해봐야 한다. 그것도 당장."

나는 할 말을 잃었다. 나는 멍하니 어머니를 바라보기만 했다. 어머니가 짧은 한숨을 내쉬었다. "이곳을 벗어나려면 아버지가 생각하는 것보다 네가 훨씬 똑똑한 아이라는 사실을 보여줘야 한단 말이다. 엄마는 네가 로켓을 만들 수 있을 거라고 믿어. 하지만 아버지는 안 그래. 서니, 엄마가 옳고 아버지가 틀렸다는 것을 네가 증명해 주었으면 좋겠구나. 이게 무리한 부탁이니?"

어머니는 다시 한 번 깊은 한숨을 내쉬며 불에 탄 울타리를 힐끗 쳐다보더니 내가 대답할 틈도 주지 않고 안으로 들어가 버렸다. 나는 내 발등에 머리를 얹고 있는 댄디가 놀라지 않도록 조심스럽게 발을 뺐다. 계단을 내려와 나는 어둠에 싸인 뒷마당에서 한참을 혼자 서 있었다. 나는 어머니가 한 말을 곰곰이 되씹어 보았다. 댄디가 곁으로 다가와서 내 손을 핥아댔다. 녀석은 정말 좋은 친구였다. 포팃은 박쥐 사냥을 포기하고 사과나무 아래에서 잠이 들어 있었다.

집 안으로 들어갔을 때 여전히 아버지는 전화기를 붙들고 있었다. 아버지의 말 한마디 한 마디가 거의 고함이었다. "그럼 4호를 다시 가동시키란 말이야. 지금 당장!" 4호라면 지상에서 갱도로 공기를 내려 보내는 4호 환기구를 뜻하는 것이었다. 아마 수화기 건너편의 누군가는 아버지가 원하는 대답을 하지 못하고 있는 것 같았다. "내가 갈게. 내가 도착하기 전에 어떻게든 가동시켜봐!" 아버지는 수화기를 패대기치듯 내려놓았다. 아버지는 외투와 안전모를 챙겨서 마치 그 자리에 내가 존재하지 않는 것처럼 눈길 한 번 주지 않고 내 앞을 지나 뒷문으로 나갔다. 울타리 출입문이 거칠게 닫히는 소리가 들렸다.

위층으로 올라가자 어머니가 내 방 앞에서 나를 기다리고 있었다. 어머니는 아직 할 말이 남아 있는 것 같았다. "아까 엄마가 한 말 알아들었어?"

대답을 하는 내 표정이 멍했던 것 같다. "뭐, 그냥……."

"정말 답답하구나. 서니!" 어머니는 치미는 화를 간신히 참으며 손가락으로 내 코를 꾹 눌렀다. "엄마는 너만 믿는다고!" 어머니는 한 마디 한 마디에 힘을 주며 코를 꾹꾹 눌렀다. "아버지한테 당당하게 보여줘! 로켓을 만들란 말이야!" 어머니는 눈을 부릅뜨며 나를 쳐다보고는 방으로 들어가 버렸다.

아버지는 자정이 훨씬 넘어서야 돌아왔다. 나는 어머니가 한 말을 곰곰이 생각하다가 설핏 잠이 들어 있었다. 아버지가 계단을 오르는 소리에 나는 잠에서 깨어 다시 생각에 빠져들었다. 옆에 딱 달라붙어서 자고 있는 얼룩고양이 데이지 메이를 조심스럽게 침대 밑에 내려놓고 나는 창문을 열었다. 창밖으로 선탄장이 거대한 거미처럼 보였다. 어머니의 말대로라면 아버지는 나를 탄광의 사무원으로 만들 생각이었다. 선탄장 옆의 환기구를 통해 수증기가 올라왔다. 밤하늘로 날아오른 수증기의 구름은 천천히 흩어지며 커다란 황금빛 달 주위로 엷은 원을 그려냈다. 산으로 가로막힌 좁은 하늘을 따라 반짝이는 별들이 흘러갔다. 나는 먼 밤하늘에 점점이 박혀 있는 별들을 바라보았다. 나는 별자리의 이름을 제대로 아는 게 없었고 거대한 우주 공간에 대해서는 더더욱 아는 게 없었다. 로켓에 대해서도 아는 게 전무하다시피 했다. 문득 아버지의 평가처럼 나자신이 멍청하다는 생각이 들었다. 그런 나에게 어머니는 로켓을 만들어서 아버지에게 나도 할 수 있다는 것을 보여주라고 했다. 나는 베르너 폰 브라운 박사 밑에서 일할 만한 실력을 쌓고 싶다는 생각은 전부터 갖고 있었다. 아버지만 허락한다면 나는 어머니가 모아둔 돈으로 대학에 갈 수 있었다.

나는 콜우드가 죽어가고 있다는 어머니의 말을 떠올렸다. 그것은 어머니가 그날 내게 한 말 중에 가장 이해가 되지 않는 부분이었다. 콜우드는 석탄을 가득 실은 열차의 소음과 탄광을 오가는 광부들의 발자국 소리가 끊이지 않는 곳이었다. 이런 곳이 어떻게 쇠락할 수 있단 말인가?

그때 회사 직통전화의 벨소리가 울렸다. 아마 베개에 막 머리를 댔을 아버지가 기침을 하며 전화를 받는 소리가 들렸다. 잠시 후 아버지의 방문이 벌컥 열리는 소리와 함께 마치 누군가에게 쫓기듯 아버지가 계단을 달려 내려가는 소리가 들렸다.

현관을 나서기 직전 아버지는 가래가 끓는 심한 기침을 연속적으로 했다. 그 즈음 아버지는 기침을 할 때마다 알레르기가 심해졌다고 둘러댔지만 쌀쌀한 가을 날씨에 꽃가루가 날릴 리는 없었다. 나는 그 전에도 아버지의 기침소리에 종종 잠에서 깨는 경우가 있었지만 그날은 유독 심한 것 같았다. 잠시 후 나는 창밖으로 아버지가 탄광을 향해 빠른 걸음으로 걸어가는 모습을 지켜보았다. 얼마쯤 걸었을까, 아버지는 손수건을 얼굴에 댄 채 고개를 숙이더니 허리를 꺾는 기침을 다시 토해내기 시작했다. 아버지의 알레르기는 무척이나 지독해 보였다. 이내 아버지는 허리를 펴고 다시 걸음을 재촉했다. 아버지가 철로 가까이까지 걸어갔을 때 마치 기다렸다는 듯이 소형 석탄 운반 화차가 덜컹거리며 갱도 밖으로 나왔다. 아버지가 철로를 건너가자 화차가 지나가며 아버지의 모습을 가렸다. 어머니의 방은 내 방과 붙어 있었는데 그 방에서 창문의 블라인드가 내려지는 소리가 들렸다. 어머니도 아버지의 뒷모습을 줄곧 지켜보고 있었던 것이다.

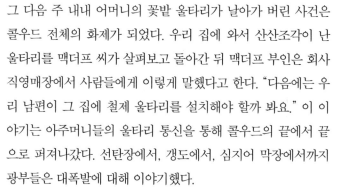

4장
아버지 후원회

그 다음 주 내내 어머니의 꽃밭 울타리가 날아가 버린 사건은 콜우드 전체의 화제가 되었다. 우리 집에 와서 산산조각이 난 울타리를 맥더프 씨가 살펴보고 돌아간 뒤 맥더프 부인은 회사 직영매장에서 사람들에게 이렇게 말했다고 한다. "다음에는 우리 남편이 그 집에 철제 울타리를 설치해야 할까 봐요." 이 이야기는 아주머니들의 울타리 통신을 통해 콜우드의 끝에서 끝으로 퍼져나갔다. 선탄장에서, 갱도에서, 심지어 막장에서까지 광부들은 대폭발에 대해 이야기했다.

"너희 계집애들은 바보 멍청이야." 통학버스의 뒷좌석에 앉아 있던 미식축구부의 벅 트랜트가 이죽거렸다. 그는 자신의 말이 재미있다고 생각했는지 혼자 히죽거리기까지 했다. 다른 미식축구부원들도 덩달아 소리쳤다. "야, 거기 멍청한 계집애들!"

벅은 잠시 후 한마디를 덧붙였다. "너희 계집애들은 엄마가 없으면 혼자서 코도 못 푼다면서?"

　로이 리와 셔먼 그리고 오델은 속으로 부글부글 끓었지만 감히 대들 엄두를 못 내고 고개를 푹 숙이고 있었다. 하지만 나는 달랐다. 형의 친구인 벅 트랜트는 요리하기 쉬운 상대였다. 벅은 얼간이일 뿐만 아니라 치명적인 약점도 가지고 있었다. "그래도 우리는 엄마가 어디 있는지는 알고 있거든요." 나는 회심의 일격을 날렸다. 그의 어머니가 몇 년 전 진공청소기 외판원과 눈이 맞아서 도망간 일을 끄집어낸 것이었다. 나는 그 말을 내뱉자마자 후회를 하기 시작했다. 하지만 이미 때는 늦고 말았다. 화가 치민 벅이 좌석에서 벌떡 일어났다. 그 순간 잭 아저씨가 급브레이크를 밟았고 벅은 앞으로 고꾸라졌다. 버스는 콜우드 산 중턱을 오르고 있었다. 버스를 세운 잭 아저씨가 몸을 돌려 손가락으로 나를 가리켰다. "너 내려!" 그리고는 벅을 가리키며 말했다. "벅, 너도!"

　"제가 왜요?" 벅이 소리쳤다. "제가 뭘 잘못했다고요? 서니가 먼저 시비를 걸었단 말이에요. 늘 저 놈이 문제라고요. 아시잖아요?"

　잭 아저씨는 통학버스에서 자신의 지시에 이의를 제기하는 것을 결코 받아들이지 않았다. 덩치가 우람한 미식축구부원이라고 예외는 아니었다. "엉덩이를 걷어차기 전에 어서 내려." 잭 아저씨가 으르렁거렸다.

　벅은 다른 미식축구부원들의 지원을 기대하며 버스 안을 둘러보았지만 모두들 잭 아저씨의 기세에 눌려 고개를 처박고 있을 뿐이었다. 벅은 뒷좌석에서 뚜벅뚜벅 걸어 나와 버스에서 내렸다. 나도 뒤따라 내렸다. 잭 아저씨가 출입문을 닫는 동안 우리는 말없이 나란히 서 있었다. 버스가 출발해서 모퉁이를 돌자마자 벅이 달려들었다. 나는 갖고 있던 책을 그의 얼굴을 향해 던지고는 길섶의 덤불로 뛰어들었다. "눈깔 네 개 달린 병신 새끼, 너는 내 손에 죽을 줄 알아." 그가 소리쳤다.

"죽일 수 있으면 죽여 봐." 나는 충분한 거리를 두고 진달래 덤불 속에서 약을 올렸다. 그는 길가에 서서 씩씩거렸지만 나를 쫓아 덤불로 뛰어들지는 않았다. 아마도 공들여 닦은 파란색 구두에 흙먼지를 묻히기 싫었던 것 같다. 잠시 후 그는 지나가는 차를 얻어 타고 사라졌다. 나도 길가로 내려와 엄지를 세워서 지나가는 차를 얻어 탔다. 나는 학교에서 온종일 벅을 피해 다니느라 진땀을 흘렸다. 점심시간에 로이 리와 친구들이 나를 찾아왔다. "우린 로켓 만드는 일 그만둘래." 로이 리가 말했다.

"마음대로 해." 나는 나대로 버스 안에서 도움을 주지 않은 친구들에게 화가 나 있는 상태였다. "나 혼자 만들면 돼." 나는 큰소리를 쳤지만 그 말을 뱉자마자 후회가 되었다. 이젠 꼼짝없이 혼자서 로켓을 만들어야 할 상황이었다.

"그럼 잘해봐." 로이 리가 말했다. 친구들이 돌아간 뒤 나는 내가 큰 실수를 저질렀다는 사실을 깨달았다. 나는 친구들의 도움이 필요했다. 혼자서 로켓을 만들어야 했지만 나는 어디에서부터 시작해야 할지도 모르고 있었다.

그날 밤 내가 수학 문제를 붙들고 씨름을 하고 있는 동안 형이 내 방에 고개를 디밀고 말했다. "멍청한 동생을 두고 있다는 게 얼마나 대단한 일인지 네가 좀 알았으면 좋겠다."

"난 그런 거 모르니까 좀 꺼지시지." 나는 퉁명스럽게 대답했다.

"너 때문에 우리 가족 전체가 웃음거리가 되고 있거든."

"꺼지라니까." 나는 신경질적으로 말했다. "나 지금 바빠."

"뭐 하느라고?" 형이 이죽거렸다. "무슨 치마를 입을까 고민 중이냐?"

내가 연필을 집어던지자 형은 머리를 빼면서 방문을 닫았다. 나도 모르게 마음속에서 형에 대한 질투심이 일어났다. 형이 무슨 생각을 하고 무슨 소리를 지껄이든 문제 삼는 사람은 없었다. 형은 생각이라는 것 자체를 하지 않아도 되는 사람이었다. 아버지는 형에게 필요한 것이라면 무엇이든 알아서 챙겨주었기 때문이다. 형은 내가 계집애 같다고 생각했다. 하지만 나는 적어도 분홍색 셔츠를 입거나 머리에 염색과 파머를 하고 돌아다니지는 않았다.

로켓 때문에 나는 통학버스와 학교에서, 그리고 이제는 내 방에서조차 놀림을 받게 되었다. 그런데 그게 끝이 아니었다. 토요일 오후 나는 음료수를 사러 직영매장에 들어가다가 푸키 아저씨와 마주쳤다.

푸키 서그스의 개인사는 콜우드에서 모르는 사람이 없었다. 그의 아버지는 12년 전 탄광사고로 목숨을 잃었는데 당시 그가 속해 있던 작업조의 반장이 바로 나의 아버지였다. 푸키 아저씨는 콜우드에 머물기 위해 6학년 때 학교를 그만두고 탄광에 들어가야 했다. 그때부터 그는 아버지를 잃고 자신이 학교를 그만두게 된 것이 모두 작업반장 호머 히컴 때문이라고 떠들고 다녔다. 하지만 그의 이야기에 공감하는 사람은 별로 없었다. 어쨌든 사고의 직접적인 책임은 버팀목이 설치되지 않은 위험한 구역에 소변을 보러 들어간 그의 아버지에게 있었기 때문이다. 푸키 아저씨 역시 학교를 그만둘 무렵 거듭된 유급으로 6학년만 5년째 다니고 있었다. 마을에서는 그가 중학교에 진학할 수 있을 거라 생각한 사람이 아무도 없었다. 사실 나는 우리 집에서도 그의 이름을 심심찮게 들을 수 있었다. 아버지는 어머니에게 푸키가 작업 중에 어처구니없는 실수를 저질렀다거나 게으름을 피우다 다른 광부들에게 핀잔을 들었다는 이야기를 종종 하곤 했다. 그러면 어머니는 당장 푸키를 해고하라고 조언을 했다. 하지만 무슨 이유에서인지 아버지는 어머니의 조언을 받아들이지 않았다. 어쩌면 아버지는 그의 아버지가 당한 사고에 대해 일말의 죄책감을 느끼고 있었는지도 모른다. 어쨌든 불만을 늘어놓으며 게으름을 피우는 광부들을 그냥 보아 넘기지 않은 아버지가 유독 푸키 아저씨에게는 관대한 것 같았다.

나보다 나이도 훨씬 많았거니와 상대해봐야 골치만 아팠기 때문에 나는 늘 그를 피하곤 했다. 그런데 그날은 직영매장 입구 계단에서 다른 광부들과 어울려 잡담을 나누고 있는 그를 미처 발견하지 못했다. "야, 이게 누구야? 감독관님의 작은아들 아니신가?" 그가 삐딱한 어조로 말했다. "네가 사고 한 번 크게 쳤다는 소식은 들었다. 그걸 만들 때 아버지가 도와주더냐?"

다른 광부들도 일제히 나를 쳐다봤다. 그들은 씹는담배를 우물거리며 침을 뱉기 위해 각자 종이컵 한 개씩을 들고 있었다. "로켓을 또 만들 생각이야?" 클럽 하우스에서 기거하는 노총각 톰 티클 아저씨가 물었다. 그는 평소에도 내게 우호적이었다.

"네, 그럴 생각이에요." 나는 공손하게 대답했다.

"대단하다, 대단해!" 광부들이 웃으며 말했다.

"지랄들 한다. 저 자식이 만드는 건 폭탄이야, 폭탄." 푸키 아저씨가 말했다.

"그래도 얼마나 멋진 폭탄이야?" 톰 아저씨가 웃으며 말했다. 푸키 아저씨가 자리에서 일어났다. 그는 안전모를 뒤로 삐딱하게 넘기면서 내 쪽으로 다가왔다. 그에게서 술 냄새가 확 풍겼다. "너희 가족들은 죄다 스스로 대단히 잘난 줄 알고 있는데 따지고 보면 나보다 나은 게 하나도 없어."

"이봐, 왜 서니한테 시비야? 공연히 말썽 피우지 말고 숙소에 들어가서 잠이나 자." 톰 아저씨가 말했다.

푸키 아저씨가 비틀거리며 주위를 돌아보았다. 그의 뾰족한 턱에 수염이 지저분하게 자라 있었다. 회사에서 고용한 치과의사 해일 박사의 진료를 받을 수 있었음에도 그의 치아는 누렇게 변색되고 금이 가 있었다. 그의 목소리가 조율이 되지 않은 바이올린처럼 갈라졌다. "우린 파업을 해야 돼. 저 빌어먹을 호머는 우리가 막장에서 일하다가 쓰러져 죽는 꼴을 보고 싶은 거야."

"이봐, 자네가 일하다가 죽을 것 같지는 않네." 톰 아저씨가 씩 웃으며 말하자 주위의 광부들이 일제히 웃음을 터뜨렸다.

"빌어먹을 놈들, 다 뒈져버려!" 푸키 아저씨가 소리쳤다. 아마도 그는 거친 말을 내뱉으며 스스로 위협적으로 보이고 싶었겠지만 오히려 그런 모습이 안쓰러웠다. 나는 그가 안됐다는 생각이 들었다. 그가 나를 다시 쏘아보며 말했다. "네놈의 아버지가 우리 아버지를 죽였어. 나는 절대로 용서 못해."

톰 아저씨가 뒤에서 그를 붙들어 나에게서 떼어놓은 다음 길 건너편을 가리키며 말했다. "푸키, 이제 숙소로 돌아가는 게 좋겠어."

나는 그 틈을 타서 광부들 사이를 비집고 직영매장 안으로 들어갔다. 탄산음료를 한 병 사서 계산을 마친 다음 나는 카운터에 몸을 기댄 채 유리문 밖의 상황을 살피며 천천히 음료수를 마셨다. 매장 안으로 들어오려는 푸키 아저씨와 그를 막는 톰 아저씨가 마치 춤을 추듯 서로의 몸을 붙잡고 실랑이를 벌이고 있었다. 다행히도 톰 아저씨가 몸싸움에서 이겼고 푸키 아저씨는 비틀거리며 거리 반대편으로 사라졌다. 다른 광부들도 계단에서 일어나 뿔뿔이 흩어졌다. 계단에 아무도 남아 있지 않은 것을 확인하고 나는 재빨리 매장에서 나와 자전거를 타고 집으로 향했다. 선탄장 앞을 지나면서 나는 한 무리의 광부들이 걸어오는 모습을 보았다. 내 자전거가 그들 옆을 스쳐 지나가는 순간 그들이 활짝 웃으며 나에게 소리쳤다. "어이, 로켓 보이!" 내가 도대체 무슨 짓을 한 거지? 나는 사람들에게 앞으로도 로켓을 만들 거라 이야기했고 이제는 꼼짝없이 내가 한 말을 책임져야 했다. 그런데 어떻게 만들지? 도대체 어떻게 해야 로켓을 하늘 높이 날려 보낼 수 있는 거야?

빅 크리크 고등학교 미식축구부는 테이즈웰 고등학교 팀을 상대로 그해 시즌의 마지막 경기를 승리로 이끌었다. 형은 상대팀의 쿼터백 두 명을 들것에 실려 경기장 밖으로 나가도록 했고, 상대의 패스를 가로채서 한 차례의 터치다운에 성공했다. 이 경기에서 이김으로써 빅 크리크 고등학교는 시즌 전승 기록을 세우게 되었다. 하지만 웨스트버지니아 주 미식축구협회는 게이너 감독이 이끄는 빅 크리크 고등학교 미식축구팀이 주 챔피언 결정전에 참가할 수 없다고 못 박았다. 이미 결정된 일이었지만 콜우드는 여전히 들끓고 있었다. '빅 크리크 고등학교 미식축구부 아버지 후원회'는 지역민들로부터 뭔가 행동에 나서라는 압력을 받았다. 형은 시즌 마지막 경기를 마친 뒤 일주일 내내 저녁식사 자리에서 아버지에게 어떻게 할 거냐고 물어댔다. 아버지는 계속 알아보고 있는 중이라고만 대답했다. 그러던 어느 날 아버지는 마침내 웰치에 있는 변호사를 만나러 가겠다고 선언했다.

어머니는 포크를 내려놓고 아버지를 쳐다보았다. "여보, 그건 별로 현명한 방법이 아닌 것 같은데요."

아버지는 콩 한 숟가락을 떠서 입에 넣으며 말했다. "내가 알아서 할 테니 당신은 상관하지 마." 아버지는 어머니에게 눈길 한 번 주지 않고 무뚝뚝하게 대답했다.

어머니는 미간을 찌푸렸다. "당신이 알아서 하는 것 같지 않으니 하는 말이에요. 찰스턴의 높으신 양반들이 우리 학교 애들을 출전시키지 않겠다는 거잖아요. 변호사라고 그걸 어쩌겠어요? 공연히 일만 크게 만들지 마세요."

"엄마, 뭔가 조치를 취해야 한다고요." 형이 말했다. "우린 챔피언 결정전에 나갈 자격이 있단 말이에요!"

"애야, 엄마도 너희들이 출전 자격이 있다는 건 알아." 어머니가 부드러운 어조로 말했다. "하지만 자격이 있다고 해서 그것을 다 누릴 수 있는 건 아니야. 그건 모든 사람이 마찬가지야. 너희들도 그렇고. 너는 납득이 되지 않겠지만 세상 일이 다 그런 걸 어쩌겠니?"

형은 불만스러운 표정을 지으며 의자를 뒤로 뺐다. "저 먼저 일어날게요."

아버지가 어머니의 시선을 외면하며 형에게 말했다. "짐, 걱정하지 마라. 내가 다 알아서 할 테니까."

"여보!" 어머니가 강한 어조로 말했다.

"그만 좀 해." 아버지가 더 이상 참견하지 말라는 어조로 받아쳤다.

형이 자리에서 일어나며 불만이 가득한 표정으로 말했다. "뭔가 조치를 취해야지 가만히 있을 순 없다고요."

나도 한마디 했다. 형을 포함한 미식축구부원들은 다루기가 쉬웠다. "형, 찰스턴에 있는 학교로 전학을 가서 거기에서 뛰면 되잖아."

형이 주먹을 불끈 쥐며 나를 바라보았다. "너 죽을래?"

"짐, 네 방으로 올라가라." 어머니는 형이 돌아설 때까지 기다렸다가 내게 엄중한 경고의 눈빛을 보낸 다음 아버지에게 말했다. "여보, 그만 단념하세요."

아버지는 귀찮다는 표정으로 목을 이리저리 돌렸다. 아버지의 목에서 뚝뚝 소리가 들렸다. 막장에서 일을 하며 늘 머리를 숙이고 있는 자세가 목뼈에 좋을 리 없었다. "당신이 참견할 일이 아니라니까." 아버지가 말했다.

"차분하게 생각을 해보라고요."

"아버지 후원회에서-"

"아버지 후원회에 나오는 사람들 뇌를 다 모아도 커피 잔 하나를 다 채우지 못할 거라고요. 회장인 당신이라도 이성적으로 생각해야 할 거 아니에요."

"우린 이미 결정을 했어. 웰치에 가서 변호사를 만날 거야."

어머니는 외우고 있는 성경 구절이 꽤 많았다. 그리고 그 성경 구절을 곤봉 삼아 아버지에게 휘두르는 때가 종종 있었다. "소경이 소경을 인도하면 두 사람 다 구덩이에 빠진다고 했어요." 어머니가 말했다. 이번에는 하나님을 등에 업고 있었기 때문에 아버지는 곧바로 반격을 할 수 없었다.

한참 동안 입을 다물고 있던 아버지가 말했다. "소경을 믿어주시니 감사합니다, 라벤더 목사님." 그때 회사 직통전화의 벨이 울렸다. 그 전화기는 우리 집의 모든 언쟁을 단번에 끝내주는 편리한 도구였다. 아버지는 여느 때처럼 수화기 너머의 누군가에게 고래고래 소리를 지른 다음 외투와 안전모를 챙겨서 밖으로 나갔다. 아버지로서는 그 전화가 무척 고마웠을 게 틀림없다. 아버지는 자정이 지나도록 돌아오지 않았다. 가끔 그런 일이 있을 때면 아버지가 사무실에서 시간을 때우다가 일부러 어머니가 잠든 후에 들어오는 게 아닌가 하는 생각이 들기도

했다.

일주일 후 어머니가 우려하던 일이 일어났다. 아버지 후원회는 소송을 제기했다. 챔피언 결정전을 일주일 앞두고 법원으로 하여금 신속한 판결을 내리도록 압박을 해보려는 노림수였다. 하지만 소장이 제출된 지 사흘 만에 블루필드의 주 법원은 소송을 기각했다. 판사는 판결문에서 사적인 모임이 주 정부의 산하기관에 소송을 제기한 전례가 없다는 점을 지적했다. 챔피언 결정전은 예정대로 찰스턴에서 열렸고, 그것으로 그해의 시즌은 공식적으로 끝이 났다. 형은 식사를 하거나 TV를 볼 때 그리고 여학생들한테 걸려온 전화를 받을 때를 제외하고는 자기 방에만 틀어박혀 있었다. 나는 형의 심기를 건드리지 않도록 조심하며 거실에서 조용히 아버지의 『뉴스위크』를 읽었다.

"일이 마무리가 되어서 다행이네요." 형이 쿵쾅거리며 계단을 올라가는 모습을 지켜보던 어머니가 말했다.

"우린 항소할 거야." 아버지가 소파에 앉아 심드렁하게 말했다. 아버지는 신문을 읽고 있었다. "상급법원에 가서 따질 거라고."

"하지만 경기는 이미 다 끝났잖아요."

"이건 원칙의 문제야!" 아버지가 언성을 높였다.

"무슨 원칙이요? 고작 애들 미식축구 경기 가지고요?"

아버지는 신문을 한 장 넘겼다. 하지만 나는 아버지가 넘긴 면에 만화가 가득 실려 있는 것을 볼 수 있었다. 아버지는 평소 만화가 실린 면은 읽지 않았다. 어머니의 시선을 의식하며 아버지가 입을 떼었다. 시선은 여전히 만화가 실린 지면에 고정되어 있었다. "이건 남자들의 일이야."

"그러시겠죠. 그런데 여기 있는 여자의 눈에는 일을 키웠다 간 결과가 더 안 좋아질 거라는 게 뻔히 보이네요."

"어떻게 되나 두고 보자고." 아버지는 어머니가 즐겨 사용하는 말을 흉내 냈다.

그해 웨스트버지니아의 겨울은 늦게 찾아왔다. 가을은 눈부시게 아름다웠다. 단풍은 11월까지 고운 갈색을 유지했고 하늘은 개똥지빠귀의 알처럼 곱고 푸른빛을 띠었다. 추수감사절 직전 캐나다의 한랭전선이 웨스트버지니아에 처음 도달했고 낙엽을 떨군 나무들은 금세 앙상한 가지를 드러냈다. 낮은 구름이 산에 걸린 채 지상의 모든 것을 칙칙한 색깔로 바꿔놓았다.

콜우드에서는 매년 겨울의 시작을 알리는 풍경이 있었다. 회사 직영매장 책임자인 디보티 댄슬러 씨의 아내 엘리너 마리 댄슬러 부인이 연례 피아노 연주회를 준비할 무렵 석탄을 가득 실은 회사 트럭이 콜우드 전역을 돌면서 집집마다 석탄 보관함을 채워주었고 부녀회는 웰치에서 열리는 재향군인의 날 행사를 앞두고 퍼레이드 차량을 장식했다. 1957년 재향군인의 날 퍼레이드에서는 형과 미식축구부원들이 해병대 제복을 입고 이오지마의 언덕에 국기를 꽂는 장면을 재연했다. 웰치 거리에서 퍼레이드를 구경하던 많은 퇴역군인들이 그 장면을 보며 눈물을 훔쳤다. 퍼레이드 차량 바로 뒤를 따라 빅 크리크 고등학교 브라스밴드가 행진을 했다. 나는 작은북을 담당한 다른 네 명의 부원과 함께 북을 두들기며 줄을 맞춰 씩씩하게 행진을 했다. 어머니와 함께 거리 모퉁이에 서 있던 아버지는 퍼레이드 차량이 지나가자 박수와 환호를 보냈다. 아버지의 시선은 퍼레이드 차량 위에서 해병대 제복을 입고 있는 형에게 고정되어 있었다. 내가 속해 있는 브라스밴드가 그 앞을 지나가기 직전 뒤에 있는 사람과 얘기를 나누기 시작한 아버지는 결국 내가 지나가는 것을 보지 못했다. "서니, 멋있다!" 타타라타— 하는 우렁찬 북소리 사이로 어머니의 목소리가 들렸을 뿐이다.

콜우드 탄광의 노조위원장은 아버지와 어머니의 고교 동창인 존 듀보네 씨였다. 제2차 세계대전 기간 동안 아버지를 포함한 콜우드의 젊은 광부들은 징집이 면제되었다. 석탄이 군수산업에서 중요한 역할을 하고 있었기 때문이다. 듀보네 씨는 징집되지 않고 웨스트버지니아에 그대로 머물 수 있었음에도 자원입대를 택했다. 듀보네 씨가 노르망디에 상륙하고 있는 동안 아버지는 "높은" 석탄이 풍부하게 매장된 탄맥을 뚫고 있었다. 탄맥이 두꺼워서 갱도의 천장을 광부들이 허리를 꼿꼿이 펼 수 있을 만큼 높이 파낼 수 있었기 때문에 그곳에서 나온 석탄에 그런 이름이 붙게 되었다. 종전이 될 무렵 콜우드의 탄광은 높은 수익성으로 다른 지역의 부러움을 샀고 전국탄광노조 역시 콜우드를 주목하기 시작했다. 이로써 50년 이상 콜우드에서 노사가 누려온 평화는 갑작스럽게 끝이 나고 말았다. 카터 씨가 노조 설립에 반대하자 광부들은 파업을 벌였고, 이에 카터 씨는 직장 폐쇄라는 강경한 조치로 맞섰다. 선탄장에서 밀고 밀리는 몸싸움이 벌어졌고 총기가 등장했다는 흉흉한 소문도 돌았다. 사태를 진정시키기 위해 트루먼 대통령은 군대를 투입해서 탄광의 문을 다시 열게 했다. 콜우드에 6개월 동안 군대가 주둔한 뒤 카터 씨는 노조와 협약을 맺어야 했고 환멸을 느낀 카터 씨는 탄광을 매각해버렸다. 하지만 대장과 아버지는 콜우드를 떠나지 않았다.

그 후 10년 동안 콜우드의 노사 간에는 불안한 평화가 유지되었다. 간헐적으로 파업이 벌어지기도 했지만 대개 신속하게 마무리되곤 했다. 콜우드는 점점 부유한 마을이 되었다. 대장은 은퇴를 하면서 아버지가 그의 자리를 물려받을 수 있도록 사측에 영향력을 행사했다. 콜우드의 많은 사람들—노조와 사측 모두—은 고졸 학력인 아버지가 감독관으로 부적합하다고 생각했다. 하지만 아버지는 온 힘을 다해 그들의 판단이 잘못되었음을 증명하려 했다. 아버지는 또한 콜우드에 이상적인 지역공동체를 만들고자 했던 대장의 꿈—사람들의 기억에서는 이미 오래 전에 사라졌음에도—을 잇기 위해 애를 썼다.

1957년경 나이가 든 대부분의 노조 지도부가 은퇴를 하면서 새로운 세력이 자신들의 존재를 드러냈다. 듀보네 씨도 그 중한 사람이었고 그는 전국탄광노조의 콜우드 지부 위원장으로 급부상했다. 듀보네 씨와 아버지가 서로 반대편에 서게 된다는 것은 갈등의 서곡이었지만 당시에는 아무도 그것을 알아차리지 못했다.

어머니가 예견한 대로 초겨울 어느 날 아버지는 선탄장에서 해고 대상자 명단을 발표해야 했다. 불황을 겪으면서 철강의 수요가 줄어들었지만 콜우드는 제철소의 주문보다 많은 양의 석탄을 생산하고 있었다. 25명의 광부들이 회사에서 잘려나갔다. 달리 표현할 수가 없었다. 그들은 회사에서 해고당했을 뿐만 아니라 사원 주택에서 퇴거해야 했으며 직영매장에서 외상거래도 더 이상 할 수 없었다. 광부들은 2주 이내에 집을 비워야 했다. 그들 중 일부는 언젠가 다시 고용되리라는 희망을 품고 스네이크루트 인근의 외딴 곳에 판잣집을 지었다. 얼마 후 해고된 광부들의 무허가 판잣집을 불도저로 밀어버리라는 본사의 지시가 내려왔다. 하지만 아버지는 그 지시를 따르지 않았다. 교회에서는 그들의 가정을 위해 추수감사절과 성탄절에 음식을 장만해서 전달했다. 먹을 것과 입을 것이 부족한 학생들이 생겨나고 있다는 이야기가 학교에서 돌기 시작했다. 내가 기억하는 한 콜우드에서 그런 일은 처음이었다.

해고 조치가 강행된 후 대응책을 고심하던 노조는 파업을 예고했다. 어느 늦은 저녁 듀보네 씨가 우리 집을 찾아왔다. "어머, 존, 들어오세요." 어머니가 반가운 목소리로 듀보네 씨를 현관에서 맞았다. 나는 거실의 양탄자에 엎드려서 A. E. 반 보그트가 쓴 『비글호의 우주여행』을 읽고 있었다. 작가는 주인공들이 타고 있는 로켓에 대해 자세히 묘사했지만 정작 로켓의 과학적 원리에 대해서는 아무 설명이 없었다. 나로서는 그 점이 아쉬울 따름이었다.

"엘시, 오랜만입니다." 듀보네 씨는 검정색 헬멧을 벗으며 인사를 했다. 그는 안으로 들어오지 않고 현관 밖에 그대로 서 있었다. "호머를 만나러 왔습니다."

주방에 있던 아버지는 아마 사과를 먹고 있었을 것이다. 암덩어리를 잘라낸 후 아버지는 사과를 가능한 한 많이 먹으라는 의사의 지시를 충실히 따르고 있었다. 아버지가 현관으로 나갔다. "할 말이 있으면 사무실로 오게." 아버지는 아주 냉랭한 목소리로 말했다.

"여보, 무슨 소리예요?" 어머니가 끼어들었다. "존, 어서 들어오세요."

노조위원장은 꿈쩍도 하지 않았다. "엘시, 괜찮습니다. 호머, 밖으로 나와서 이야기 좀 할 수 있겠나? 노조 사무실에서 회의를 갖기 전에 자네와 먼저 이야기를 나누고 싶네."

아버지는 인상을 찌푸리며 현관문을 거칠게 닫고 밖으로 나갔다. 나는 창가에 다가가서 두 분의 모습을 지켜보았지만 말소리는 들리지 않았다. 어머니가 눈치를 주었기 때문에 나는 창가에서 물러났다. 하지만 여전히 창문 너머로 두 분의 모습을 주시했다. 나는 어머니와 아버지, 듀보네 씨가 모두 게리 고등학교의 동창생임을 알고 있었다. 듀보네 씨가 고등학교를 수석 졸업했고 학교 대표 미식축구 선수로 활약했다는 사실 또한 알고 있었다. 정확하지는 않지만 아마 그 시절 듀보네 씨와 어머니가 짧은 기간 사귄 적도 있는 것 같았다. 잠시 후 아버지가 다시 현관문 쪽으로 걸어왔다. "회사는 자네에게 일자리와 집을 주고 남부럽지 않게 살도록 해주었어." 아버지가 소리쳤다. "그런데 자네는 배은망덕하게 회사를 무너뜨리려고 날뛰고 있단 말이야."

"정리해고는 노사 합의를 내팽개치고 일방적으로 강행됐네." 듀보네 씨는 논리적으로 말했다. "그건 자네도 알잖나?"

아버지는 현관문 손잡이를 잡으며 말했다. "회사는 해야 할 일을 했을 뿐이야."

"자네가 어쩌다가 이처럼 사측에 굽실거리는 사람이 되었는지 이해할 수가 없네." 듀보네 씨가 말했다. 이번에는 아주 차갑고 경멸적인 어조였다.

"존 루이스 같은 빨갱이 무리들과 어울리는 것보다는 훨씬 낫지." 아버지가 맞받아쳤다.

듀보네 씨가 고개를 저으며 말했다. "호머, 자네의 문제는 누가 진짜 친구인지 모른다는 거야. 회사는 상황이 어려워지면 자네 역시 죽은 생쥐 버리듯 내칠 걸세."

"듀보네, 자네의 문제는 내가 대장의 자리를 물려받았다는 사실을 못마땅하게 여긴다는 거야." 아버지는 뭔가를 더 말하려고 했으나 갑자기 기침을 토해내면서 가슴을 부여잡았다.

"그것 보게, 호머." 듀보네 씨는 말했다. "폐가 튀어나올 정도로 기침을 하고 있지 않나. 감독관 자리에 있다고 하지만 자네 역시 보통 광부들과 다를 게 없네."

"그만들 하세요." 어머니가 소리쳤다.

"당신이 끼어들 일이 아니야." 아버지가 거친 숨을 몰아쉬며 말했다.

"이 친구 좀 보십시오." 듀보네 씨가 어머니에게 말했다. "회사가 이 친구나 다른 광부들의 폐 따위에 신경이나 쓴답니까? 천만의 말씀입니다. 그 잘난 대장이 굴착기를 들여놓으면서 이런 일이 생긴 겁니다."

아버지는 고개를 가로저으며 간신히 말을 이었다. "자네들이 대장을 몰아낸 거야." 아버지는 숨을 헐떡였다. "대장은 훌륭한 분이었어. 내가 기침하는 건 알레르기 때문이야. 내 아버지나 자네 아버지를 보라고. 그분들은 평생을 탄광에서 일했지만 폐에 아무런 문제가 없었어."

"이보게. 그분들은 곡괭이로 석탄을 캤어." 듀보네 씨가 다시 차분해진 목소리로 말을 이었다. "굴착기로 채탄을 하면서 석탄가루가 엄청나게 날리고 있잖나. 이번 해고 문제를 해결하고 나면 자네와 굴착기 사용 문제에 대해 이야기를 좀 하고 싶네. 우리 스스로 석탄가루로부터 우리의 몸을 보호할 필요가 있지 않겠나."

"그만 가주면 좋겠네." 아버지가 숨을 고르며 말했다.

"존, 오늘은 그냥 돌아가시는 게 좋겠어요." 어머니가 듀보네 씨에게 말했다. 어머니는 아버지의 팔에 가만히 손을 얹었지만 아버지는 그 손을 뿌리쳤다.

듀보네 씨가 헬멧을 썼다. "엘시, 당신은 좋은 사람이에요. 늘 당신의 가치가 제대로 인정받았으면 좋겠다는 생각을 합니다." 그는 길을 건너 주유소 쪽으로 걸어갔다.

아버지는 비틀거리며 집 안으로 들어와서 거실의 안락의자에 털썩 앉았다. "존 루이스, 그 빌어먹을 놈이 배후조종을 하는 거라고." 아버지가 낮은 목소리로 말했다. "듀보네 저 친구는 아직도 자기가 대단한 미식축구 선수인 줄 아나 본데, 나도 집안 형편이 조금만 좋았어도 학교 끝나고 선탄장에서 일을 하는 대신에 미식축구부에서 선수로 뛸 수 있었다고."

"저도 알아요." 어머니가 현관에서 아버지를 바라보며 말했다. 어머니의 목소리가 너무 부드러워서 나는 속으로 놀랐다.

탁자에서 신문을 집어 드는 아버지의 손이 가늘게 떨리고 있었다. "엘시, 당신은 좋은 여자야." 아버지가 말했다.

"그것도 알아요." 어머니가 미소를 띠며 말했다.

"당신은 좋은 짝을 고를 수 있었어."

"그렇게 했잖아요." 어머니는 그 순간 나를 의식했는지 갑자기 소리를 버럭 질렀다. "넌 네 방에 가서 공부나 해!"

나는 재빨리 계단을 올라 내 방으로 들어갔다. 창밖으로 자동차들이 주유소 앞에 길게 늘어서 있는 모습이 보였다. 나는 무슨 일이 있는지 자세히 살펴보기 위해 창가에 다가섰다. 듀보네 씨가 맨 앞에 있는 차에 올라타는 모습이 보였다. 노조원들이 모이고 있는 것 같았다.

추수감사절 직전 래시터 박사는 아버지에게 엑스레이 사진을 찍어보자고 말했다. 하지만 아버지는 그의 권고를 따르지 않았다. 래시터 박사는 아버지에게 명령을 내릴 수 있는 유일한 사람인 밴다이크 씨에게 이 사실을 알렸다. 탄광을 소유한 제철회사에서 파견된 광업소장 밴다이크 씨는 나이가 지긋한 신사였다. 철저한 회사 사람이었던 아버지는 밴다이크 씨의 명령을 따르지 않을 수 없었다. 아버지는 웰치에 있는 스티븐스 병원을 찾았다. 아버지가 돌아왔을 때 나는 방에서 책을 읽고 있었다. "엑스레이에 뭐가 조그맣게 찍혔나 봐." 나는 방문을 살짝 열고 아버지의 말을 엿들었다. "10센트짜리 동전 만하대."

"여보, 그럼 어떡해요?" 어머니의 낮은 목소리에 불안감이 역력했다. 나는 어머니의 그런 목소리를 한 번도 들어본 적이 없었다. "이제 어떡해요?"

"어떡하긴 뭘 어떡해?" 아버지는 아무렇지 않다는 듯이 대답했다. "왜 그런 눈으로 쳐다봐? 걱정하지 마. 당신이 어떻게든 알게 될 것 같아서 미리 말했을 뿐이야. 이 동네에서는 도대체 비밀이란 게 없으니 말이야."

아버지는 거실로 들어와서 안락의자에 앉아 『웰치 데일리 뉴스』를 펴들었다. 걱정스러운 눈빛으로 아버지를 바라보던 어머니가 2층 방문 앞에 나와 있던 나를 발견했다. 어머니는 얼굴을 찡그리더니 주방으로 들어가 버렸다. 곧 이어 주방에서 식기가 달그락거리는 소리가 들렸다. 나는 다시 방으로 들어와 멍하니 허공을 바라보았다. 겁이 났다. 엑스레이에서 진폐증의 병변이 발견된 광부는 회사를 그만두어야 한다는 것쯤은 나도 알고 있었다. 진폐증 진단을 받고 퇴직한 광부들이 대낮에 직영매장이나 우체국 앞 계단에 앉아 시커먼 가래를 뱉어내는 모습은 콜우드에서 흔히 볼 수 있는 광경이었다. 그들은 임대료를 내는 조건으로 사원 주택에서 계속 사는 것이 허락되었다. 탄광촌에서는 흔한 질병이었지만 나는 아버지가 그 병에 걸릴 거라고는 생각해본 적이 없었다. 아버지는 너무나 강인한 분이었기 때문이다. 그런 아버지의 폐에 10센트짜리 동전 크기의 반점이 생긴 것이다. 나는 아버지의 병이 얼마나 심각한 상태인지 알아보기로 했다. 로이 리라면 알 것 같았다. 그의 형은 석탄가루가 가장 많이 날리는 막장에서 일을 했다. 그래, 로이 리에게 물어보자. 그 친구라면 알 수 있을 거야.

1957년 12월, 미국은 뱅가드 프로젝트에 따라 드디어 최초의 궤도 위성 뱅가드호를 발사하기로 했다. 나는 그 역사적인 장면을 지켜보기 위해 TV 앞에 앉았다. 그러나 뱅가드호는 발사대에서 고작 3피트를 오른 뒤 추진력을 잃고 폭발해버렸다. 신문들은 온 나라가 충격과 실망에 휩싸였다고 보도했다. 나 역시 그러했다. 일부 신문 사설과 TV 논평은 러시아의 기술 우위로 서구 문명이 종말을 맞이할 것이라는 음울한 전망을 내놓기까지 했다. 나 자신이 콜우드에서 로켓 문제로 씨름을 하고 있지 않았더라면 뱅가드호의 실패는 더욱 우울하게 받아들여졌을지도 모른다. 그래도 뱅가드호는 내가 만든 로켓보다는 더 많이 날았고, 무엇보다도 그 프로젝트에는 똑똑한 사람들이 워낙 많이 달라붙어 있으니 문제를 파악하는 것은 시간문제일 따름이었다. 하지만 나는 혼자였다. 때문에 별로 내키지는 않았지만 나는 쿠엔틴에게 도움을 청해보기로 했다.

5장
쿠엔틴

쿠엔틴은 별종이었다. 그는 영국식 억양을 흉내 내며 온갖 생소한 단어들을 사용했고 낡은 가죽가방에 책과 별의별 잡동사니를 잔뜩 넣어 가지고 다녔다. 우리가 체조나 피구를 할 때에도 그는—발목을 삐었다, 두통이 심하다, 여기가 아프고 저기가 아프다 등등을 핑계로—체육관 구석에 쭈그리고 앉아서 책을 읽었다. 아침에 등교해서 혹은 점심시간에 다른 학생들이 모두 강당에 모여 잡담을 나누며 시간을 보낼 때에도 쿠엔틴은 늘 혼자였다. 내가 아는 한 쿠엔틴은 친구가 없었다. 나는 다른 아이들과 마찬가지로 그를 놀리기 일쑤였지만 그 아이의 머리가 비상하다는 것은 알고 있었다. 그는 거의 모든 과목의 수업시간에 선생님이 중단시킬 때까지 자신이 아는 내용을 줄줄 막힘없이 발표했고 만점을 받지 못하는 과목이 거의 없을 정도였다.

　나는 빅 크리크 고등학교에서 로켓을 만들 수 있는 사람이 하나 있다면 그것은 쿠엔틴일 것이라 생각했다. 다음날 아침, 나는 수업이 시작하기 전 강당에서 쿠엔틴 옆자리에 슬그머니 앉았다. 그는 흠칫 놀라며 읽고 있던 책을 내려놓았다. "난 아무한테도 내가 한 숙제를 안 보여줘." 그가 경계의 눈빛을 보이며 말했다.

"숙제 보여 달라는 거 아냐." 그날 수학 숙제를 보여준다면 거절할 이유가 없었지만 어쨌든 중요한 건 그게 아니었다. "너로켓에 대해 좀 알아?"

그의 표정에 미소가 살짝 스쳤다. 쿠엔틴은 책벌레 치고는 외모가 괜찮았다. 그는 갸름한 얼굴에 오뚝한 코와 파란 눈을 가지고 있었고 검은머리는 크림 오일을 잔뜩 바른 것처럼 머리에 딱 달라붙어 있었다. "네가 왜 나를 안 찾아오나 했다. 네 로켓 얘기는 들었어. 폭발했다면서? 도대체 무슨 배짱으로 네가 로켓을 만들 수 있을 거라고 생각했냐? 넌 수학도 못하잖아."

"수학 성적은 점점 좋아지고 있어." 나는 쿠엔틴까지 그 일을 알고 있다는 사실에 놀라며 말을 얼버무렸다.

"내 여동생이 초등학교를 다니는데 수학을 꽤 잘해." 쿠엔틴이 말했다. "내가 가르쳐주었거든. 수학처럼 쉬운 과목은 없을 거야."

1분도 되지 않아서 쿠엔틴은 사람을 짜증나게 만드는 재주가 있었다. "그래서 네가 로켓에 대해 아는 게 뭐냐고? 아는 게 좀 있어?" 내가 물었다.

"모든 걸 알고 있지." 그가 대답했다.

그의 대답이 너무 자신만만해서 오히려 의심이 들었다. "그림 좀 들어보자."

그는 어깨를 으쓱해 보이며 말했다. "내가 말해주면 너는 나한테 뭘 해줄래?"

"원하는 게 뭔데?"

"네가 다음번에 로켓 만들 때 나도 끼워줘."

뜻밖의 대답이었다. "아는 게 그렇게 많으면 네가 직접 만들어도 되잖아?" 내가 말했다.

쿠엔틴은 양손의 열 손가락 끝을 맞대서 교회의 지붕 모양을 만들었다. "나도 처음엔 그럴 생각이었는데 현실적으로 쉽지 않겠다는 결론에 도달했어. 로켓 제작에는 여러 사람의 힘이 필요하고 재료도 꽤 많이 필요하거든. 그리고 그동안 너를 관찰해본 결과 너는 나한테 없는 리더십이 있는 것 같아." 그는 나를 뚫어지게 쳐다보았다. 그의 눈에서 광선이 뿜어져 나올 것 같았다. "다른 애들도 너라면 따를 거야." 그가 말했다. "게다가 너는 아버지가 감독관이니까 필요한 재료도 쉽게 구할 수 있을 거야."

나는 그의 눈빛이 부담스러웠지만 시선을 피하지 않았다. "그렇게 해서 네가 얻는 건 뭐지?" 나는 단도직입적으로 물었다.

"하하하!" 그가 웃음을 터뜨렸다. "너랑 똑같아. 로켓 제작을 공부하다보면 나중에 케이프커내버럴에서 일하게 될 가능성이 높아지겠지."

"그러려면 대학에 먼저 가야 할 걸." 내가 말했다.

"난 반드시 대학에 갈 거야." 그가 단호하게 대답했다. "하지만 지금부터 로켓 제작 경험을 쌓는다고 해서 안 될 것도 없잖아?" 그가 손을 내밀었다. "어때? 같이 해볼래?"

그것은 로켓을 만들겠다는 생각을 한 이후로 내가 받아본 최고의 제안이었지만 나는 선뜻 그의 손을 잡을 수 없었다. 학교에서 나는 인기가 많은 편은 아니었지만 그래도 쿠엔틴보다는 훨씬 나았다. 내가 머뭇거리자 그가 내 손을 덥석 잡고 흔들었다. 나는 재빨리 손을 빼서 주위를 돌아보았다. 만일 미식축구부원들이 이 광경을 본다면 쿠엔틴과 악수를 한 녀석이라고 나를 놀려댈 게 분명했다.

"그래, 네가 로켓에 대해 아는 걸 말해봐." 나는 미식축구부원들이 나를 놀리는 상상만으로도 얼굴이 붉어졌다.

"뭐가 그렇게 급해?" 쿠엔틴이 말했다. "차분하게 들어봐. 내가 모든 걸 명쾌하게 말해주지." 그는 의자 등받이에 몸을 기대고 숨을 깊이 들이마신 뒤 이야기를 시작했다. 그의 어투는 듣는 사람으로 하여금 마치 책을 읽는 기분이 들게 했다. "최초의 로켓은 중국에서 만들어졌어. 13세기 유럽과 중동 지역의 문헌에 이미 '중국식 화살'이라는 표현이 등장해. 영국인들은 나폴레옹 전쟁과 1812년 전쟁 때 해전에서 로켓을 사용했는데, 우리 국가國歌에 나오는 '로켓의 붉은 섬광'도 여기에서 유래한 거야. 러시아의 치올코프스키와 미국인 고다르, 그리고 폰 브라운이 그 뒤를 잇고 있어. 이들 모두가 각자 로켓의 지식체계에 기여를 했어. 치올코프스키는 로켓의 이론을 확립했고 고다르는 공학적 원리를 로켓에 도입했지. 그리고―"

나는 그의 말을 끊었다. "그런 건 알고 싶지 않아. 나는 로켓이 날아가는 원리를 알고 싶을 뿐이야."

쿠엔틴은 고개를 갸웃하며 말했다. "오히려 그건 간단해. 뉴턴의 운동 제3법칙이잖아. 모든 운동에는 작용과 반작용이 있다는 거지."

나는 수업시간에 뉴턴에 대해 들어본 적은 있었지만 운동 법칙에 대해서는 깜깜했다. "넌 그걸 어떻게 알았어?"

"어디선가 읽었어."

"어디서 읽었는데?"

쿠엔틴은 자꾸 말을 끊는 나의 태도에 기분이 상했는지 얼굴을 찌푸렸다. "그야 물리학 책이겠지." 그가 퉁명스럽게 말했다. "어떤 책인지는 정확하게 기억이 안 나. 나는 매주 토요일 히치하이크를 해서 웰치 공립도서관에 가거든. 그곳에 가면 아무 서가나 하나를 정해서 거기에 있는 책을 모조리 읽어."

나는 쿠엔틴과 대화를 나눌 때에는 구체적이고 특정한 주제를 파고드는 게 필요하겠다는 생각이 들었다. "로켓에 어떤 연료를 사용하는지 알아?"

"중국인들은 흑색화약을 사용했어."

"흑색화약?"

그는 내가 정말 몰라서 되묻는 건지 확인하려는 듯 나를 물끄러미 쳐다보았다. "흑색화약 말이야. 질산칼슘, 아니, 그냥 초석이라고 할게, 그러니까 초석과 목탄과 황을 섞어서 만드는 거 말이야."

"초석?" 내가 되묻자 쿠엔틴은 한숨을 내쉬며 자세한 설명을 덧붙였다. 초석은 일종의 산화제로 다른 화학물질과 결합해서 로켓의 비행에 필요한 열과 가스를 만들어낸다는 것이었다. "그런데 그건 잘못하면 이걸 완전히 끝장낼 수도 있어." 그는 자신의 바지 지퍼를 가리키며 말했다.

"뭐?"

"잘못하다간 남자의 기능을 완전히…… 다 알면서 왜 그래?"

"도대체 무슨 소리야?"

쿠엔틴은 얼굴을 붉혔다. "이거 말이야." 그는 손가락 하나를 구부렸다가 똑바로 폈다. "이거."

"정말?"

"책에 그렇게 나왔다니까."

아무래도 다시 로켓 이야기로 돌아가는 게 좋을 것 같았다. "그럼 흑색화약은 어디에서 살 수 있어?"

"그걸 파는 데는 없어. 직접 만들어야지." 그가 말했다. "초석, 황, 목탄이 필요해. 구할 수 있겠지?"

나는 확신이 없었지만 일단 큰소리를 쳤다. "당장 알아볼게."

쿠엔틴은 씩 웃더니 갑자기 내가 단짝친구라도 되는 것처럼 마구 주절대기 시작했다. 그는 자신의 가방을 열어서 속에 있는 책을 다 보여주었다. 대부분이 과학 서적이었는데 그 중 한 권은 『북회귀선』이라는 제목의 소설이었다. "너 혹시 여자에 대해 알고 싶다면 이걸 읽어봐." 쿠엔틴이 은밀한 표정으로 말했다.

"나도 여자에 대해 알 건 다 알아."

그가 책표지를 톡톡 두드리며 말했다. "아닌 것 같은데."

그때 수업 시작종이 울렸다. 우리는 교실로 이동하기 위해 자리에서 일어났다. 쿠엔틴이 입고 있는 셔츠가 너덜너덜하게 해져 있음을 발견한 건 그때였다. 바지도 여기저기 기워져 있었고 발목 높이의 구두 역시 가죽이 다 닳아 있었다. 쿠엔틴은 콜우드에 살지 않았다. 쿠엔틴의 집은 바틀리에 있었다. 바틀리는 어머니가 콜우드의 어두운 미래를 말하면서 언급한 곳이었다. 바틀리 지역은 수년간 탄광의 정리해고와 파업이 반복되면서 쇠락의 길을 걸었고 많은 가정이 빈곤의 늪에 빠져 있었다. 쿠엔틴의 아버지도 아마 실직 상태인 것 같았다. 1957년 웨스트버지니아의 남부 지역에서는 아무리 가난해도 굶어죽는 사람은 없었다. 정부에서 나오는 빵과 치즈가 있었기 때문이다. 하지만 그게 전부였다.

로이 리가 복도에서 나를 불러 세웠다. "그 머저리와 무슨 얘기를 그렇게 오래 했냐? 둘이서 악수까지 하더라."

나는 로이 리에게 여전히 감정이 좋지 않았기 때문에 처음엔 대꾸를 하지 않을 생각이었다. 그런데 가만히 생각해보니 사실을 이야기해주면 녀석이 약이 오르겠다는 생각이 들었다. "같이 로켓을 만들 거야. 쿠엔틴과 나 둘이서."

한 무리의 아이들이 우리 곁을 지나갔다. 그들 가운데 도로시 플렁크도 있었다. "서니, 로이 리, 안녕." 도로시가 천상의 목소리로 내 이름을 불러주었다. 나는 입을 벙긋했지만 입에선 아무 말도 나오지 않았다.

로이 리가 고개를 가로저으며 사물함에 몸을 기댔다. "네가 미쳤구나. 그러니까 이제 애들과 어울리기를 포기하겠다 이거지? 네가 쿠엔틴 같은 머저리랑 어울려 다니는 걸 보면 도로시 플렁크가 참 좋다고 하겠다."

나는 복도 저편으로 엉덩이를 쎌룩거리며 걸어가는 도로시의 뒤태를 바라보지 않으려 했지만 시선은 나도 모르게 그쪽으로 향했다. "도로시는 어차피 나한테 관심이 없어." 나는 대답을 하면서도 숨이 막힐 것 같았다.

로이 리는 도로시의 모습이 복도 끝에서 사라질 때까지 그녀의 뒤태를 노골적으로 감상했다. 로이 리는 휘파람을 한 번 불고는 다시 나를 쳐다보았다. "서니, 너도 여자 보는 눈은 있구나. 만나자고 한번 해봐. 다음 주말에 나도 끼어서 셋이서 볼까? 카레타 환기갱 입구에 차를 세워놓고 말이야."

"보나마나 싫다고 할 거야."

로이 리는 마치 내 짐을 자신이 대신 떠맡는다는 듯이 고개를 절레절레 흔들며 말했다. "네가 싫다면 내가 한번 꼬셔봐야겠다."

"너 죽을래?" 나는 눈을 흘기며 말했다.

로이 리는 눈썹을 씰룩거리며 능글맞게 웃었다. "미안해서 어쩌지? 하지만 내가 잘해볼게."

로이 리는 나를 막다른 골목으로 몰고 있었다. 만일 도로시가 녀석의 데이트 신청을 받아들인다면 과연 내가 제정신으로 살 수 있을지 나는 자신이 없었다. 로이 리가 그녀에게 무슨 짓을 할지 너무나 잘 알고 있었기 때문이다. 설상가상으로 도로시도 녀석과 눈이 맞아서 이상한 짓을 한다면, 혹은 녀석이 사실과 관계없이 그녀가 그랬다고 떠들기라도 한다면 내 인생은 그것으로 끝이었다. 나에겐 선택의 여지가 없었다. 나는 황급하게 도로시를 쫓아갔다. 그녀는 에밀리 수와 함께 생물실로 막 들어가려는 참이었다. "지난번 지렁이 해부 실험 때 미안했어." 도로시가 나를 보고 먼저 말을 건넸다.

"도로시," 내 심장이 뛰는 소리가 귀에까지 들렸다. "토요일 저녁에 같이 댄스파티 갈래? 로이 리도 같이 말이야. 그러니까 내 말은 로이 리의 차를 타고, 아니, 그게 아니라―"

그녀가 커다란 눈을 깜빡거렸다. "난 선약이 있어."

내 얼굴에서 피가 아래로 싹 내려가는 느낌이었다. "그래?"

"일요일 오후에 네가 우리 집에 오는 건 어때?" 그녀가 낭랑한 목소리로 말했다. "같이 생물 공부 하면 좋겠다."

그녀의 집이라고! "좋아." 나는 흥분을 감추며 말했다. "뭘 가져갈까? 그러니까 내 말은―"

"가져오긴 뭘 가져와? 그냥 몸만 오면 되지." 그녀가 나를 위아래로 훑어보며 말했다. 나는 그녀가 자신의 관찰 대상을 흡족하게 여기고 있다고 생각했다. "아주 재미있을 거야." 그녀가 말했다.

옆에 서서 대화를 듣고 있던 에밀리 수가 말했다. "도로시, 얘는 아주 조심해서 다뤄야 해."

"그게 무슨 소리야?" 도로시가 에밀리 수에게 물었다.

두 사람은 마치 내가 옆에 없는 것처럼 이야기를 주고받았다. "서니는 아주 순진한 애거든." 에밀리 수가 간단명료하게 말했다.

"그건 나도 마찬가지야." 도로시는 새침스럽게 말하고는 생물실로 들어갔다.

로이 리는 주위를 어슬렁거리며 대화를 엿듣고 있었다. 그가 에밀리 수에게 다가서며 물었다. "얘네 둘 어떤 것 같아?"

그들은 이번에도 내가 옆에 없는 것처럼 이야기를 주고받았다. "위험해." 에밀리 수가 로이 리에게 말했다. "하지만 치명적인 수준은 아니야."

수업 시간 중에 나는 개구리의 내장을 종이에 그리고 있는 도로시를 자꾸만 훔쳐보게 되었다. 그녀는 무언가에 집중할 때 도톰하고 예쁜 입술 밖으로 혀끝을 살짝 내미는 사랑스러운 버릇이 있었다. 그녀는 칼라에 파란색 리본이 달린 하얀 블라우스를 입고 있었다. 하얀 블라우스는 청초하고 순수한 그녀의 얼굴을 더욱 돋보이게 했지만 꽉 끼는 가슴 부위는 내 정신을 혼미하게 만들었다. 그녀는 나와 딱 한 번 눈이 마주쳤는데 그녀가 살짝 미소를 보내는 순간 내 얼굴은 홍당무가 되고 말았다. 나는 어쩌면 그토록 완벽한 아름다움이 한 사람에게 깃들 수 있는지 믿을 수가 없었다. 그러다 문득 나는 절망의 나락으로 떨어졌다. 도로시가 토요일 저녁에 선약이 있다면 그것은 어머니와 쿠키를 굽는 일은 아닐 것이라는 생각이 들었기 때문이다.

웨스트버지니아 남부 지역의 탄광촌에는 대개 회사에서 직영하는 대형 매장이 있었다. 어느 마을을 가든 직영매장은 외상거래가 쉬운 반면 가격이 비싸다는 공통점이 있었다. 그런데 만일 어느 광부의 외상 거래가 한도를 초과하는 경우 회사는 봉급을 현금 대신 직영매장 구매권으로 지급했다. 그것은 아주

교묘한 제도였다. 1950년대 후반에 전국적으로 큰 인기를 끈 노래 중에 테네시 어니 포드가 부른 "16톤"이라는 곡이 있었는데 이 노래의 가사에는 회사에 영혼을 판 광부가 등장한다. 그 가사는 웨스트버지니아의 많은 광부들에게 자신의 이야기나 다름없었다.

대장은 직영매장의 불합리한 관행을 과감하게 뜯어고쳤다. 그는 미시시피 출신으로 대학을 졸업한 디보티 댄츨러 씨를 관리자로 고용해서 매장의 폭리를 막도록 했다. 또한 외상거래를 허용하되 거래 현황을 면밀히 살펴서 광부들이 과도한 외상으로 빚더미에 올라앉는 일이 없도록 했다. 매장 구매권의 발급도 제한적으로만 이루어졌다. 주민들의 편의를 위해 개인 소유의 소규모 매장이 문을 여는 것도 허용되었다. 댄츨러 씨의 관리 아래 직영매장은 점차 마을의 구심점이자 사람들의 사교 장소로 자리를 잡았다.

직영매장에는 없는 것이 없었다. 안전모와 안전화, 작업용 가죽 벨트, 작업복, 도시락 통 등 광부들이 필요로 하는 물건들과 의류, 식료품, 우산, 냉장고, 유모차, 그리고 회사에서 무상으로 가설해준 케이블에 연결하는 TV 수상기, 피아노, 기타, 축음기가 진열되어 있었고 레코드판을 파는 코너도 따로 있었다. 의사의 처방전에 따른 약품과 특허를 받았다는 온갖 건강식품을 판매하는 약국과 탄산음료, 사탕, 밀크셰이크를 파는 음료 코너도 있었다. 자동차 부품과 목재, 삽, 곡괭이, 각종 농기구, 그리고 광부들이 산기슭에 일군 작은 텃밭에 뿌릴 씨앗도 팔았다. 매장의 구석에 위치한 별실에는 장례용품과 관도 진열되어 있었다. 회사 소유의 땅에 시신을 매장하는 것은 원칙적으로 불법이었지만 흑인들은 스네이크루트 위쪽의 외딴 곳을 공동 묘지로 사용했다. 아버지와 회사도 그것을 묵인했다.

직영매장에는 이처럼 없는 것이 없었지만 과연 그곳에 로켓 연료가 있을지는 미지수였다. 나는 이전에 신문 배달을 하면서 모아둔 현금과 매장 구매권 몇 장이 들어 있는 담배 상자를 들고 계산대에 있는 주니어 아저씨를 찾아갔다. 작은 체구에 동글동글한 얼굴을 가진 주니어 아저씨는 일을 똑 부러지게 했기 때문에 모든 사람들로부터 신뢰를 받았다. 그가 트럭에 무거운 물건(이를테면 냉장고 같은)을 싣고 배달을 나가면 사람들은 대개 그를 집 안으로 들여서 차를 대접했다. 그를 흑인이라고 깔보는 사람은 없었다. 특히 아주머니들이 그를 좋아했고 개중엔 그를 가볍게 포옹하며 친근감을 표시하는 사람들도 있었다. 나는 우리 집의 주방에서 그가 벽화를 감상하며 어머니의 그림 솜씨를 칭찬하는 모습을 본 일이 있다. 그의 칭찬은 어머니의 기분을 무척 좋게 만들었다. 그가 대학을 중퇴했다는 소문도 있었는데 그렇게 보면 그는 아버지보다 학력이 좋은 셈이었다. 주니어 아저씨는 내가 찾는 물건을 듣고는 고개를 갸우뚱했다. "초석? 부모님 심부름이야?"

"제가 쓸 거예요. 과학 프로젝트를 하고 있어요. 목탄과 황도 좀 주세요." 내가 대답했다.

아저씨는 안경을 고쳐 쓰며 다시 한 번 고개를 갸웃했다. 그는 잠시 후 초석과 황 한 통, 그리고 조리용 숯 10파운드를 꺼내왔다. "야, 이건 정말 조심해서 다뤄야 돼. 자칫 잘못하면 한 방에 가는 수가 있어. 알겠어?" 그가 말했다.

"네." 나는 건성으로 대답하며 구매권으로 대금을 지불했다. 나는 자전거에 내 보물을 싣고 집을 향해 페달을 밟았다. 집으로 가는 길에 나는 선탄장으로 걸어가는 광부들과 마주쳤는데 무리에 섞여 있던 듀보네 씨가 나를 불러 세웠다. "너 로켓을 만든다는 얘기가 또 들리더라?"

"네, 나중에 케이프커내버럴에 가서 베르너 폰 브라운 박사 밑에서 일하는 게 꿈이에요."

듀보네 씨의 표정이 환해지는 것 같았다. "그래, 그래야지. 너는 똑똑하니까 여기서 썩기에는 아깝다."

선로를 따라 끝없이 줄지어 서 있던 무개화차들이 갑자기 덜컹하며 서로 부딪치는 소리가 났다. 마치 자동차 백 대를 동시에 부수는 것만큼 소음이 컸지만 나를 포함해서 그쪽을 쳐다보는 사람은 하나도 없었다. 우리에게 그 소음은 이미 익숙한 일상이었다. "아저씨도 똑똑하시잖아요. 그런데 웨스트버지니아가 그렇게 형편없는 곳이면 아저씨는 전쟁이 끝나고 왜 돌아오셨어요?" 그 즈음 주변에서 내게 콜우드를 떠나야 한다고 말하는 사람들이 늘어나는 이유가 궁금했던 나는 아저씨로부터 그 대답을 듣고 싶었다.

듀보네 씨가 크게 웃었다. 껄껄껄 하는 그의 웃음소리는 듣는 사람의 기분까지 좋게 만드는 묘한 힘이 있었다. "야, 이거 난처한 질문이네." 듀보네 씨가 다시 걸음을 옮기기 시작했고 나도 자전거를 끌면서 나란히 걸었다. "저 산들, 탄광, 여기 사람들, 그런 것들이 모두 내 피에 흐르고 있더라고." 그가 말했다. "전쟁이 끝나니까 이곳 맥도웰 카운티가 무척 그립더라. 내가 있는 곳은 여기구나 하는 생각이 자연스럽게 들었지."

그의 대답은 어머니가 뒷마당에서 콜우드의 미래에 대해 이야기를 한 그날부터 내가 줄곧 고민하고 있던 바로 그 문제를 건드렸다. "그러면 아저씨는 왜 제가 이곳 사람으로 남아서는 안 된다고 생각하세요?"

마치 내가 얼토당토않은 이야기라도 한 것처럼 듀보네 씨는 걸음을 멈추고 나를 빤히 쳐다보았다. 아마도 세상 물정 모르는 나의 무지는 콜우드의 모든 사람들에게 놀라움의 대상이었을 것이다. "물론 너도 이곳 사람이야." 그가 대답했다. "이곳에서 자란 사람이라면 누구나 이곳 사람인거야. 다른 곳으로 간다고 해서 그곳 사람이 되는 건 아니니까."

끝이 보이지 않을 만큼 길게 줄지어 있는 무개화차들이 바퀴와 선로의 마찰음을 내며 선탄장 쪽으로 움직이기 시작했다. 아마도 멀리 떨어진 곳에서 육중한 기관차가 석탄 수송용 화차들을 밀어올리고 있을 것이었다. 소음이 너무 컸기 때문에 듀보네 씨가 바로 옆에 있었음에도 나는 고함을 질러야 했다. "그런데 왜 제가 여길 떠나야 하냐고요?"

그가 다시 걸음을 멈추었다. 근무 교대 시간이 다가오면서 다른 광부들이 걸음을 재촉하며 우리를 지나쳤다. "정말 몰라서 묻는 거냐?" 듀보네 씨도 큰 소리로 말했다. "몇 년이 지나면 이곳은 흔적도 없이 사라질 거야." 텅 빈 석탄 수송용 무개화차들이 선로를 따라 구르기 시작하면서 처음의 날카로운 마찰음이 점차 묵직한 바퀴 소리로 바뀌고 있었다. 듀보네 씨의 목소리도 조금씩 작아졌다. "노조가 버틴다고 해서 되돌릴 수 있는 상황이 아니야."

나는 듀보네 씨에게 아버지에 관한 질문을 해서는 안 된다는 것을 알고 있었다. 두 분 사이의 언쟁을 목격했기 때문이다. 하지만 나는 묻고 싶은 충동을 이기지 못했다. "저의 아버지도 그걸 알고 계세요?"

듀보네 씨의 표정이 일그러졌다. "알지. 알면서도 모르는 척 할 뿐이야."

"왜요?"

"그건 네가 직접 물어봐라." 듀보네 씨의 표정이 콘크리트처럼 굳어졌다. "로켓 만드는 일이 잘 되었으면 좋겠구나." 그는 선탄장을 향해 걸어가는 광부들의 무리에 섞여 무수히 많은 검정색 헬멧들 속으로 사라졌다. 나는 마을 쪽을 돌아보았다. 울타리를 맞대고 줄지어 있는 집들 앞에 아주머니 몇 분이 긴 자루가 달린 걸레와 양동이를 들고 나와서 석탄 먼지와의 끝나지 않을 전쟁을 벌이고 있었다. 텅 빈 화차들이 길게 꼬리를 물고 지나가더니 마침내 거대한 기관차가 하얀 연기를 내뿜으며 나타났다. 기관사가 내게 손을 흔들었다. 나도 큰 몸짓으로 손을 흔들었다. 이 모든 역동적인 풍경들이 머지않아 사라질 것이라는 이야기가 믿어지지 않았다. 모든 사람의 눈에 보이는 미래가 아버지와 나에게만 보이지 않는 것일까.

우리 집 지하실의 세탁기 옆에는 널찍한 탁자와 싱크대가 있었다. 나는 그곳을 로켓 연구소로 정했다. 내가 화약 재료들을 탁자 위에 올려놓자마자 1층에서 내려오는 문이 열리는 소리가 들렸다. "서니?" 어머니가 나를 불렀다. 내가 대답을 하자 어머니가 말했다. "자폭하는 일만 없도록 하라는 엄마 말 명심해라."

콜우드에서 소문은 달리는 자전거보다도 빨랐다.

일요일에 쿠엔틴이 바틀리에서부터 히치하이크를 해서 우리 집을 찾아왔다. 쿠엔틴은 팔을 안으로 접고 허리를 굽혀서 어머니에게 인사를 했는데 그 모습이 흡사 영화 『로빈 후드의 모험』에 나오는 에롤 플린Errol Flynn 같았다. 쿠엔틴은 그 영화를 본 게 틀림없었다. 어머니는 쿠엔틴의 독특한 인사에 큰 인상을 받았는지 수줍은 소녀처럼 손으로 입을 가리고 연신 웃기만 했다. 어머니는 집에서 쿠키를 굽는 일이 거의 없었는데 그날은 우리가 지하실로 내려온 직후 쿠키 냄새가 진동하기 시작했다. 잠시 후 어머니는 갓 구운 쿠키와 우유 두 잔을 들고 지하실 계단을 내려왔다. 어머니가 쿠엔틴에게 건넨 접시에는 내 것보다 족히 두 배는 많은 쿠키가 담겨 있었다. "정말 놀라울 정도로 맛있네요. 저의 생애를 통틀어서 가장 맛있는 쿠키를 오늘 맛보는 것 같아요." 쿠엔틴은 쿠키를 우물거리며 말했다. 어머니는 쿠엔틴의 말에 기분이 무척 좋은 것 같았다. 어머니는 쿠엔틴에게 더 필요한 게 없느냐고 물었다.

"없어요, 엄마. 그만 올라가세요." 내가 대답했다. 나는 빨리 어머니를 올려 보내고 로켓 연구에 착수하고 싶었다.

어머니는 조금 더 옆에 있지 못하는 게 아쉬운 표정이었다. "그럼 필요한 게 있으면 부르도록 해라."

"그럴게요. 어서 올라가세요."

어머니가 1층으로 올라간 뒤 나는 접시에 담긴 쿠키를 쿠엔틴이 남김없이 먹어치우는 모습을 조용히 지켜보았다. 마침내 우유까지 다 마신 쿠엔틴이 소매로 입을 닦고는 초석이 들어 있는 통을 집어 들었다. "순도가 높아 보이는데." 쿠엔틴이 통 안을 들여다보면서 말했다. 나는 어떻게 한 눈에 그것을 알아볼 수 있는지 궁금했다.

댄디와 포팃이 지하실 석탄 보일러 옆 어두운 구석자리에서 지켜보고 있는 가운데 우리는 작업을 시작했다. 먼저 우리는 질산칼륨과 황, 목탄을 섞어서 흑색화약을 만든 다음 성능 시험을 위해 석탄 투입구를 열고 불이 활활 타고 있는 보일러 안에 화약 한 스푼을 던져 넣었다. 화약은 쉭 소리를 내며 힘없이 탔지만 댄디와 포팃은 그 소리에도 놀라 밖으로 나가려고 낑낑거렸다. 나는 지하실 문을 열어서 개들을 내보냈다. "어때?" 내가 물었다. 쿠엔틴은 어깨를 으쓱해 보였다. 우리는 로켓의 연소 방식에 대해 아는 게 없었다.

우리는 로켓이랍시고 만든 물건에 직접 제조한 시험용 화약을 넣어보기로 했다. 우리 집 뒤뜰에는 어머니의 새장 기둥으로 사용하기 위해 아버지가 탄광에서 가져온 지름 1인치의 알루미늄 파이프가 있었다. 하지만 오랫동안 사용되지 않고 방치되어 있었기 때문에 나는 거리낌 없이 그것을 사용하기로 했다. 나는 파이프를 잘라 두 개의 로켓 동체를 만들어냈다. 쿠엔틴은 그것을 "시험용 로켓"이라고 불렀다. 우리는 톱으로 빗자루 막대의 끝을 잘라 파이프의 한쪽 끝에 망치로 두들겨 넣었다. 이어서 파이프의 반대쪽 구멍에 화약을 집어넣고 『라이프』지의 그림에서 본 로켓 '노즐'을 만들기 위해 펜치로 파이프의 끝부분을 오므렸다. 우리의 로켓은 매우 조잡했으나 그것은 어디까지나 시험용이었다. 우리는 세모 모양으로 오려낸 마분지에 접착제를 발라서 로켓의 꼬리날개를 만들었다. 순식간에 타버릴 것이라는 것은 알았지만 일단 로켓을 세워두기 위해 어쨌든 날개는 필요했다. "화약이 압력을 받으면 어떻게 되는지 알아내야 해." 쿠엔틴이 말했다. "어떤 결과가 나오든 그걸 토대로 고쳐나가면 되니까."

나는 쿠엔틴의 방식에 점차 익숙해지고 있었다. 쿠엔틴은 성공하든 실패하든 일단 일을 시작하고 나면 하나하나 알아가게 될 거라고 했다. 케이프커내버럴에서 폭발한 여러 로켓에 관한 기사를 떠올리며 나는 베르너 폰 브라운과 다른 로켓 과학자들도 이런 식으로 연구를 수행했을 거라 생각했다. 쿠엔틴이 없었다면 나는 실패로 인한 수치심을 감당하지 못했을 것이다. 하지만 쿠엔틴 덕분에 나는 그 모든 실패마저 "과학적"인 것으로 여길 수 있었다. 어쨌든 실패도 우리의 지식체계를 확장시켜 주는 것이었다. "지식체계"는 쿠엔틴이 즐겨 쓰는 표현이었는데 우리가 하나의 지식체계를 쌓아간다는 것은 정말 근사한 일이었다.

날개를 붙인 접착제가 마른 다음 나는 뒤뜰 너머 개울가에서 새 연료를 넣은 로켓을 시험 발사해보기로 했다. 그곳이라면 설령 폭발이 일어난다고 해도 아무도 신경을 쓸 것 같지 않았다. 그때 로이 리가 나타났다. 근처를 지나다가 우연히 우리를 발견했다고 했지만 녀석은 쿠엔틴과 내가 밖으로 나올 때까지 밖에서 줄곧 기다리고 있었던 것으로 보였다.

첫 번째 로켓은 고약한 냄새의 연기를 내뿜더니 날개를 붙인 접착제가 녹으면서 그냥 힘없이 쓰러졌다. "놀랍네." 로이 리가 손으로 코를 틀어막으며 말했다. 쿠엔틴은 아무 말 없이 시험 결과를 종이에 기록했다. 지식체계란 그런 것이었다.

두 번째 로켓은 폭발을 했다. 상당한 크기의 파편이 우리가 몸을 숨기고 있던 폐차로 날아와 탕 소리를 내며 부딪쳤다. 연기가 주위를 뒤덮었다. 뒤뜰에 뛰어나온 아버지가 우리를 향해 고함을 질렀다. "서니! 너 당장 이리 와!" 우리는 군말 없이 뒤뜰을 향해 무거운 발걸음을 옮겼다. "내가 다시는 이런 짓 하지 말라고 했지?"

어머니가 뒤뜰에 나오는 바람에 나는 아버지의 호통에 대답할 기회를 얻지 못했다. "여보, 전화 받아보세요." 어머니는 손을 휘저어 연기를 날려 보내면서 우리에게 빙긋 미소를 지었다.

전화를 받으러 집 안으로 들어갔던 아버지가 잠시 후 다시 뒤뜰에 나왔다. 아버지는 쿠엔틴과 로이 리는 쳐다보지도 않고 오로지 나만 쏘아보았다. "전화를 끊자마자 다른 데서 전화가 또 왔다. 냄새와 연기 때문에 온 동네가 난리란 말이야. 더 이상은 안 돼. 내 말 알아들어?"

어머니가 재빨리 아버지의 말을 수정했다. "집 근처에선 하지 말란 말이야. 어디 다른 데를 찾아보도록 해."

아버지가 어머니에게 고개를 돌렸다. "애들이 콜우드를 통째로 날려버리는 꼴을 보고 싶어서 그래?"

어머니는 여전히 입가에 미소를 띠고 있었다. "너희들, 약속 해라. 이 아름답고 훌륭한 마을을 날려버리지 않을 거지?"

"그럼요!" 우리는 합창을 하듯 대답했다.

"들으셨죠?" 이번에는 어머니가 아버지를 향해 고개를 돌리며 말했다.

아버지는 어머니를 뚫어지게 쳐다보더니 고개를 저으며 집 안으로 들어갔다. 어머니도 아버지를 따라 들어갔다. 우리는 밖에 남아서 고약한 냄새와 그을음만 남긴 실패의 원인을 따져보았다. 무엇인가 열심히 기록을 하고 있던 쿠엔틴이 마지막 마침표를 찍고는 입을 열었다. "첫 번째 화약은 너무 약했고 두 번째 것은 너무 강했어. 이제 원인을 파악했으니까 실험은 나름의 성과를 거둔 거야. 아주 좋아."

개울가에 때가 꼬질꼬질한 코흘리개 꼬마들이 모여들었다. "형! 무슨 로켓이 날지도 못해?" 아이들이 합창을 했다.

로이 리가 돌멩이를 집어 들자 아이들은 킥킥거리며 도망을 쳤다.

일요일 오후 나는 지나가는 차를 얻어 타고 위를 향했다. 도로시의 집은 철로 건너편으로 마을을 내려다보는 산기슭에 있었다. 도로시의 어머니는 마치 남은 평생 더 귀한 손님이 없을 것처럼 나를 반갑게 맞아주었다. 얼굴 생김에서 딸이 어머니를 닮았음을 알 수 있었지만 도로시의 아담한 체구와는 달리 어머니는 몸집이 컸다. 도로시의 머리가 연한 금발인 반면 어머니의 머리는 짙은 오렌지 색깔이었다. 마른 체형에 머리가 벗겨진 도로시의 아버지가 무뚝뚝한 표정으로 악수를 청했다. 위에서 주유소를 운영하는 도로시의 아버지는 아내가 딸의 손님과 대화를 나누는 동안 묵묵히 자리만 지켰다. 두 분이 주방으로 들어간 뒤 도로시와 나는 거실에서 생물 교과서를 펴들었다. 하지만 도로시의 관심은 생물 공부보다 내 로켓에 있었다. "너처럼 대단한 아이를 알고 있다는 게 너무 자랑스러워."

도로시의 말에 힘을 얻어서 나는 내친 김에 로켓에 대해 더 많은 것을 공부해서 장차 케이프커내버럴에 있는 베르너 폰 브라운 박사의 연구팀에 들어가겠다는 포부를 밝혔다. "서니, 넌 정말 대단해." 도로시가 말했다. "나는 네가 나중에 굉장한 인물이 될 거라고 믿어. 네가 플로리다에 가게 되면 나한테 편지 쓸 거지?"

나는 편지가 아니라 그녀가 내 곁에 있어 주기를 바란다는 말을 하고 싶었다. 하지만 내가 우물쭈물하는 사이 그녀가 말을 이었다. "나는 나중에 선생님이 된 다음 결혼해서 훌륭한 엄마가 되고 싶어. 세상에서 제일 좋은 엄마 말이야. 난 아이들을 정말 좋아하거든."

"나도 애들을 좋아해!" 나는 마음에도 없는 소리를 엉겁결에 내뱉었다. 하지만 도로시가 원하는 일이라면 그것은 내가 원하는 일이기도 했다.

우리는 계속해서 이야기를 나누었다. 친구들과 부모님에 대한 이야기를 나누면서 나는 어머니가 애지중지하는 다람쥐 치퍼와 우리 집 주방의 벽화에 대해서도 이야기를 했다. 아버지에 대해서는 탄광의 감독관으로 탄광의 모든 일을 실질적으로 책임지며 밤낮없이 일에 매여 있다는 것과 학교 미식축구부를 대신해서 소송을 제기했다는 이야기까지 했다. "학교에서 제일 인기 있는 학생의 동생으로 사는 기분은 어때?" 나는 형에 대해 일언반구도 언급하지 않았음에도 도로시가 먼저 물었다.

나는 그 문제에 대해서라면 생각조차 해본 적이 없었다. "그냥 그렇지 뭐." 내가 할 수 있는 최선의 대답은 그것이었다.

"형이 그렇게 대단한 선수인데?"

나는 어깨를 으쓱했다. "글쎄······."

"하지만 나는 네가 더 대단하다고 생각해." 도로시가 말했다.

나는 그 말에 큰 힘을 얻었다. 드디어 데이트를 신청할 기회가 온 것 같았다. "도로시, 로이 리가 차를 가지고 있다는 건 너도 알 거야. 그래서 말인데 너랑 나랑ㅡ"

"나는 말이야," 도로시가 내 말을 끊었다. "이제까지 웨스트버지니아를 벗어나본 적이 한 번도 없어. 나 정말 불쌍한 것 같지 않니? 너는 멀리 여행 다녀본 적 있어?"

도로시의 질문에 나는 입에서 맴돌던 말을 결국 꺼내지 못했다. 나는 사우스캐롤라이나 주에 있는 머틀 비치에 몇 번 가본 적이 있다고 대답했다. 그리고 초등학교 3학년 때 아버지가 모는 차를 타고 온 가족이 캐나다의 퀘벡을 여행한 적이 있다는 이야기도 했다.

도로시는 내 대답에 큰 관심을 보였다. "어머, 좋았겠다. 서니, 퀘벡 이야기 좀 해줄래?"

나는 그 도시가 매우 깨끗했으며 그곳 사람들이 프랑스어를 사용하는 모습이 인상적이었다는 얘기를 들려주었다. "프랑스 어는 발음이 아주 예쁜 것 같아." 내가 말했다.

"언젠가 나도 퀘벡에 가서 직접 들어보고 싶어." 도로시가 진지한 표정으로 말했다.

집으로 돌아오는 길에 나는 도로시가 의도적으로 화제를 바꾸었다는 사실을 깨달았다. 하지만 다음날 아침 나는 다시 한 번 용기를 냈다. 강당을 둘러보다가 나는 도로시가 여학생 몇 명과 함께 3학년 미식축구부원 세 명을 둘러싸고 이야기를 나누는 모습을 발견했다. 몸에 꽉 끼는 분홍색 스웨터와 검정색 치마를 입은 도로시는 미식축구부원 하나가 무슨 말을 내뱉자 손으로 입을 가리며 웃고 있었다. 내가 그녀 곁으로 쭈뼛거리며 다가갔을 때 그녀는 여전히 그 축구부원과 히득대고 있었다. "그럼 토요일 저녁 어때?" 그가 묻자 도로시는 기다렸다는 듯이 고개를 끄덕였다.

"어머, 서니, 안녕?" 그녀가 밝은 표정으로 인사를 건네며 내 앞을 지나갔다. 그녀는 토요일 저녁의 데이트 상대와 사이좋게 복도를 걸어갔다. 나는 그 자리에 우두커니 서 있었다. 내 발밑으로 심장이 툭 떨어졌다.

6장
비코프스키 씨

1958년 1월 31일, 폰 브라운 박사가 이끄는 미 육군 탄도미사일국(ABMA)은 익스플로러-1 인공위성을 탑재한 주피터-C 로켓의 발사 준비를 완료했다. 나는 로켓의 발사가 예정된 늦은 밤까지 TV를 켜놓고 반가운 뉴스가 나오기를 기다렸다. 밤 11시경 〈투나잇 쇼〉의 방송이 중단되고 로켓 발사의 성공을 알리는 속보가 화면에 큼지막하게 떴다. 발사 장면을 곧 내보내겠다는 안내 자막도 나왔다. 나는 TV 수상기 앞의 양탄자에 누워서 발사 장면이 나오기를 기다렸다. 하지만 TV에는 '잠시만 기다려주십시오'라는 문구만 계속 떠 있었다. 어머니와 아버지 그리고 형은 이미 오래 전에 잠자리에 들었다. 데이지 메이가 양탄자 위로 올라와 내 옆에서 몸을 웅크렸다. 추운 날씨 때문에 집 안에 들어온 수고양이 루시퍼도 아버지의 안락의자 위에 올라가 몸을 웅크렸다. 고양이 두 마리가 곁에 있는 것만으로도 포근한 느낌이 들었다. 나는 손을 뒤로 돌려서 데이지 메이의

머리를 쓰다듬어주었다. "넌 정말 착한 고양이야." 데이지 메이
는 야옹 소리를 내며 내 손을 핥았다.

털이 복슬복슬한 얼룩무늬 고양이 데이지 메이는 나에게 아
주 특별한 존재였다. 4년 전 산에서 내려와 우리 집으로 기어
들어온 데이지 메이를 나는 지하실에 숨겨놓고 하루 동안 먹을
것을 가져다주며 보살폈다. 어머니는 우리 집에서 키우고 있
던 두 마리의 개와 다람쥐 한 마리, 그리고 수고양이 루시퍼를
가리키며 더 이상의 애완동물은 곤란하다고 말했다. 다음날 온
종일 시무룩해 있는 내 모습에 어머니는 결국 두 손을 들었다.
"대신 이 고양이는 네가 책임지고 돌봐야 한다." 어머니가 말
했다. 나는 기쁜 마음으로 그렇게 하겠다고 약속했다. (약속하
기란 어려운 일이 아니다) 데이지 메이는 곧 새끼들을 낳았고,
어린 새끼들은 이웃집으로 한 마리씩 보내졌다. 어머니는 데이
지 메이를 가족처럼 여겼다. 내가 예상한 대로 어머니는 다른
동물들에게 그랬던 것처럼 정성을 다해 데이지 메이를 돌봐주
었다. 어머니는 데이지 메이가 귀엽기는 하지만 몸이 너무 약
해서 불임 수술을 시켜주는 게 좋겠다고 말했다. 당시 콜우드
의 개와 고양이들 가운데 불임 수술을 받은 것은 아마 데이지
메이가 최초였을 것이다. 어머니는 아버지의 뷰익을 직접 몰고
집에서 40마일 떨어진 블루필드의 수의사를 찾아갔다. 나는 무
릎에 데이지 메이를 앉혀 놓고 어머니의 옆자리에 동승했다.
집에서 키우는 애완동물을 데리고 동물병원에 가본 것도 그때
가 처음이었다. 수술을 마치고 집에 돌아온 후 더욱 귀엽고 사
랑스러워진 데이지 메이는 내가 학교에서 돌아올 때면 늘 현관

앞에서 나를 기다렸고, 밤에는 내 침대에서 같이 잠을 잤다. 나는 데이지 메이에게 자주 말을 건넸다. 특히 두렵거나 걱정되는 일이 있을 땐 속마음을 다 털어놓았다. 식구들과 불화를 겪을 때에도 데이지 메이는 내 편이었다. 물론 나는 누구에게도 고양이와 이야기를 나눈다는 말은 하지 않았다. 특히 친구들이 그 사실을 알게 된다면 나를 정신병자 취급할 게 분명했다.

자정이 다 되어서 (그날은 금요일이었기 때문에 다음날은 학교에 가지 않았다) 누군가 현관문을 조용히 노크하는 소리가 들렸다. 로이 리와 셔먼, 오델이 내가 깨어 있을 줄 알고 찾아온 것이다. 우리는 각자 소파와 거실 바닥에 엎드린 채 잡담을 나누었다. 마음에 드는 여자애들이 주요 화제였는데 이야기를 나누다 보니 오델과 셔먼이 둘만의 화제에 푹 빠져 있었다. 로이 리에게 아버지의 흉부 엑스레이에 대해 물어볼 생각을 하고 있던 나는 그 기회를 놓치지 않았다. 내가 낮은 목소리로 자초지종을 설명하자 로이 리가 말했다. "형한테 한번 물어볼게."

"왜 물어보는지는 형에게 말해선 안 돼. 아버지는 사람들이 알게 되는 걸 원치 않으셔."

로이 리가 딱하다는 표정으로 나를 바라보며 말했다. "서니, 나는 진작부터 알고 있었어. 아마 콜우드에서 그 사실을 모르는 사람은 하나도 없을 걸."

나는 고개를 떨어뜨리고 곧 잠이 들었다. 한밤중에 잠에서 깼을 때 TV 화면은 하얀 눈밭이 되어 있었다. 그때부터 나는 자다 깨기를 반복했다. 새벽녘 잠에서 다시 깼을 때 화면에는 아나운서가 등장해 있었고, 곧 로켓 발사 장면을 내보내겠다는 안내가 흘러나왔다. 내가 친구들을 흔들어 깨우기가 무섭게 별다른 예고도 없이 로켓 발사 장면이 화면에 나오기 시작했다. 폰 브라운 박사의 로켓은 불꽃과 연기를 내뿜으며 발사대를 박차고 밤하늘로 힘차게 날아올랐다. 우리는 그 장면을 지켜보며 함성을 질렀다. 오델이 자리에서 벌떡 일어나 호들갑스럽게 춤을 추더니 다시 소파 위에 드러누워 두 다리를 올리고 열심히 자전거 페달을 밟는 시늉을 냈다. 나는 그렇게 요란을 떨지는 않았지만 마음 깊은 곳에서 벅찬 애국심이 솟구치는 것을 느낄수 있었다. 아버지가 계단을 내려와 현관문을 열어서 루시퍼와 데이지 메이가 밖으로 나가게 해준 다음 거실의 TV 앞에 모여 있는 우리에게 다가왔다. 아버지가 우리를 물끄러미 쳐다보며 말했다. "성공했대?"

아버지가 로켓과 우주 개발에 관심을 표현한 것은 내가 기억하는 한 그때가 처음이었다. "네!" 우리는 큰 소리로 대답했다.

아버지는 로켓이 날아오르는 장면이 반복해서 나오고 있는 TV 화면을 말없이 바라보았다. "저게 도대체 무슨 의미가 있는 건지 나는 모르겠구나." 아버지가 그런 식으로 관심을 내비치는 것에 나는 내심 놀랐다.

"저건 우리가 우주로 간다는 뜻이에요." 내가 말했다.

"너는 벌써 우주여행을 몇 번 다녀온 애 같아." 아버지가 말했다. 그 말을 칭찬으로 알아들은 나는 아버지를 향해 씩 웃었고 아버지는 그런 나를 떨떠름한 표정으로 쳐다보았다.

그때 어머니가 두꺼운 가운을 걸치고 나타났다. 어머니는 잠이 덜 깬 표정으로 나와 친구들에게 미소를 보냈다. "성공했어?"

"네!"

"잘됐구나. 그렇죠, 여보?" 주방으로 들어간 아버지를 향해 어머니가 큰 소리로 말했다.

"잘됐네." 아버지의 목소리가 들렸다.

어머니가 우리를 쳐다보며 말했다. "아침 먹어야지? 와플 어때?"

"네, 좋아요!"

그날 오후 나는 로이 리, 셔먼, 오델을 다시 내 방으로 모이게 했다. "잘 들어봐. 앞으로의 내 계획이야." 내가 말했다.

로이 리가 침대에 드러누우며 구시렁거렸다. "네가 계획만 세우면 꼭 사고가 터지더라."

먼저 나는 폰 브라운 박사의 ABMA에서 이름을 본뜬 빅 크리크 미사일국(BCMA)이라는 로켓 동아리를 만들어서 쿠엔틴과 함께 로켓에 대해 공부하며 직접 제작을 해볼 생각이었다. 나는 이 모임에서 재미가 아니라 정말 진지한 연구를 추구할 것이며 가입을 희망하는 사람은 언제든 환영이라는 말도 덧붙였다. 나는 쿠엔틴이 함께한다는 소리를 들으면 로이 리가 자리를 박차고 나가버릴 줄 알았다. 그런데 예상과 달리 로이 리는 침대에서 벌떡 일어나더니 손으로 턱을 괴고 곰곰 생각을 하는 표정이었다. "서니, 그거 마음에 든다. 아주 재미있을 것 같아. 나도 끼워줘." 로이 리는 익스플로러호의 성공에 자극을 받은 것 같았다. 셔먼과 오델도 의기투합했다.

"이제 빅 크리크 미사일국이 출범한 거야." 내가 말했다. "내가 모임의 회장이야. 오델, 너는 재정과 자재 공급을 맡아. 로이리, 너는 차가 있으니까 수송을 담당해. 셔먼, 네가 홍보와 발사장 관리를 맡아주면 좋겠다. 쿠엔틴은 우리의 수석연구원이야. 질문 있어?"

로이 리가 말했다. "이 모임에 여자애는 없냐? 바지 안에 꼭로켓 같은 게 달려 있어야 가입이 되는 거냐고?"

"야, 너는 로켓이 아니라 연필이잖아?" 오델이 킥킥거리며로이 리에게 말했다.

"너 조심하는 게 좋을 거다." 로이 리가 눈썹을 치켜뜨며 말했다. 장난스럽던 오델의 표정이 굳어졌다. 오델처럼 영민한 친구라도 로이 리를 놀렸다간 그리 좋을 일이 없었다.

"발사장은 어디로 정할 거야?" 셔먼이 물었다.

"그건 생각해 봐야 돼." 내가 대답했다.

"탄광 뒷산에 있는 분탄 폐기장 어때? 거기가 괜찮을 것 같은데." 다시 셔먼이 말했다.

분탄은 불순물이 많이 들어가 있는 석탄으로 탄광에서는 쓰레기로 취급되었다. 분탄을 매립한 곳에서는 어떤 식물도 자라지 않았다. 나는 셔먼의 제안이 그럴 듯하다고 생각했다. "좋아. 일단 그곳으로 정하자."

"자, 그럼 이제 뭘 하지?" 오델이 물었다.

"로켓을 만들어야지."

"어떻게?"

"쿠엔틴과 나는 이미 시작했어." 나는 사실대로 말했다.

다음 주말에 다시 모이기로 한 것 이외에는 아무것도 정하지 못한 채 첫 모임이 끝났고 친구들은 제각기 집으로 돌아가기 위해 일어섰다. 나는 현관에서 로이 리를 붙잡고 말했다. "어젯밤에 내가 한 말 못 들은 걸로 해. 형한테 절대 말하면 안 돼."

로이 리가 고개를 끄덕였다. "상태가 어느 정도인지 정말 확인 안 해도 되겠어?"

"알고 싶지 않아." 그것으로 얘기는 끝이었다. 어차피 내가 그 문제에 대해 아버지를 도울 방법은 없었다.

월요일부터 나는 쿠엔틴과 함께 점심시간을 이용해서 로켓의 도안을 그려보며 우리 나름의 이론을 세우기 시작했다. 우리는 직관에 의존할 수밖에 없었다. 맥도웰 카운티의 도서관을 샅샅이 뒤졌지만 쿠엔틴은 로켓에 관해 도움이 될 만한 책을 찾지 못했다. 함께 연구를 수행하면서 쿠엔틴과 나는 점심 도시락을 나눠 먹었다. 쿠엔틴은 음식 섭취량이 많으면 건강에 해롭기 때문에 자신은 보통 점심을 거른다고 말했지만 그러면서도 내 도시락의 절반 이상을 매일 먹어치웠다. 이 얘기를 집에 와서 하자 어머니는 다음날부터 도시락 가방에 샌드위치를 하나씩 더 넣기 시작했다. "너는 한창 먹을 나이잖니." 어머니는 그렇게 말했지만 나는 바보가 아니었다. 어머니는 그 샌드위치에 '쿠엔틴'이라는 글씨를 큼지막하게 써 붙인 것이나 다름없었다.

어느 날 점심 도시락을 먹고 교실로 향하는 길에 쿠엔틴과 나는 교장실 바로 앞에 있는 미식축구부의 트로피 진열장을 지나치게 되었다. 쿠엔틴이 발걸음을 멈추더니 진열장의 유리에 손을 얹으며 말했다. "서니, 우리가 로켓을 만들어서 받은 트로피가 언젠가 여기에 놓이게 될 거야."

"무슨 헛소리야?"

"잘 들어봐. 매년 봄에 각 학교의 과학 동아리가 참가하는 과학경진대회가 카운티마다 열려. 거기에서 우승하면 주 대회에 나가고, 또 거기에서 우승하면 전국대회에 나갈 수 있어. 우리학교는 카운티 예선도 통과해본 적이 없지만 우리는 해낼 수 있어. 두고 보라고."

그때 진열장 유리에 뒤쪽에서 다가오는 미식축구부원들의 모습이 비쳤다. 형의 친구인 벅과 몇몇 3학년 부원들이었다. "두 얼간이께서 우리가 받은 트로피 앞에서 뭘 하고 계시나?" 벅이 우리를 옆으로 밀치며 말했다. "뭐야, 이거? 네가 감히 우리 트로피 진열장에 손도장을 찍어?"

"이 년들 그냥 죽여 버리자." 무리에서 누군가 말했다. 우리를 둘러싼 거인들의 분위기가 심상치 않았다.

"형들이 오해하시는 것 같은데요……." 쿠엔틴이 해명에 나섰다.

"형들이 오해하시는 것 같은데요." 벅이 조롱하듯 쿠엔틴의 흉내를 냈다. "너희들 계집애 맞지?" 벅이 수염이 거뭇거뭇한 턱을 우리 쪽으로 내밀며 말했다. 그의 입에서 담배냄새가 났다. "오늘 내가 쭉 찢어진 너희들 가랑이를 걷어 차버리려고 하는데 특히 너, 서니, 나한테 빚진 거 기억하지? 너 오늘 잘 만났어."

때마침 형이 새로 사귄 여학생을 옆에 끼고 지나가다가 우리를 발견했다. 형은 그 여학생을 먼저 보내고 우리 쪽으로 다가왔다. "벅, 걔들 그냥 보내줘."

벅은 형에겐 상대가 되지 않았다. "눈 네 개 달린 네 얼간이 여동생은 건드리지 않을 거야. 다만 이 계집애는 손을 좀 봐주려고." 벅이 쿠엔틴을 턱으로 가리키며 말했다. "이 년 가랑이를 걷어차서 날려버리려고."

"둘 다 걷어차든 말든 상관없는데 딴 데 가서 해." 형은 혹시 나를 보호한다는 인상을 줄까봐 신경을 쓰는 눈치였다. 형은 교장실을 가리키며 말했다. "공연히 미식축구부가 사고 친다는 말 듣기 싫어."

바로 그때 교장실의 문이 열렸다. 교장 선생님을 따라 젊은 여자 하나가 걸어 나왔다. 콘코드 대학에서 우리 학교로 교생 실습을 나온 과학 교과의 라일리 선생님이었다. 내가 들은 얘기가 정확하다면 그분은 이듬해 우리 학교에서 화학을 가르치기로 되어 있었다. 교장 선생님은 학교를 자신의 뜻대로 들었다 놓았다 하는 싸움닭이었다. 교장 선생님은 트로피 진열장 앞에 모여 있는 우리를 보자마자 소리를 꽥 질렀다. "거기 미식축구부, 너희들 2초 안에 사라지지 않으면 앞으로 운동 못 할 줄 알아."

형과 벅 그리고 다른 미식축구부원들은 쿠엔틴과 나를 남겨놓고 연기처럼 사라졌다. 교장 선생님이 우리를 쳐다보았다. "너희 둘은 거기서 무슨 흉계를 꾸미고 있어?"

쿠엔틴이 바짝 얼어서 대답했다. "흉계가 아니라요, 그냥 여기 진열장에 빅 크리크 미사일국의 트로피가 놓이면 좋겠다고 얘기하고 있었습니다."

교장 선생님이 이마를 찌푸리며 물었다. "빅 크리크 미사일 국은 또 뭐야?"

"저희 로켓 동아리 이름입니다." 쿠엔틴이 머뭇거리는 사이 내가 대답했다.

교장 선생님이 나를 물끄러미 쳐다보았다. "아, 히컴 군, 짐의 동생 맞지? 어머니의 정원 울타리를 날려버렸다는 얘기는 익히 들어서 알고 있네. 내 생각엔 동아리 이름에 로켓 대신 폭탄을 넣는 게 나을 것 같은데 자네 생각은 어떤가? 내가 분명히 얘기하는데 우리 학교에 폭탄 동아리는 안 돼. 그리고 트로피라면 말이야, 자네의 형이나 미식축구부가 자네들 도움을 필요로 할 것 같지는 않네."

"하지만 교장 선생님, 제 생각엔 이 학생들이 아주 훌륭한 생각을 하고 있는 것 같습니다." 라일리 선생님이 말했다. 내게 살짝 미소를 보내는 라일리 선생님의 주근깨투성이 얼굴에 장난기가 엿보였다. "저도 이 학교를 졸업했지만 제가 학생 때도 온통 미식축구 얘기밖에 없었거든요. 진열장에 과학 분야의 트로피가 놓이는 것도 좋을 것 같습니다."

"저희가 하고 있던 얘기가 바로 그거예요." 쿠엔틴이 신이 나서 말했다.

"라일리 선생, 나는 지금 학생들을 훈계하는 중입니다." 교장 선생님이 쿠엔틴을 노려보며 낮은 목소리로 말했다. 그때 타종과 동시에 학생들이 우르르 뛰어가기 시작했다. "이제 수업 들으러 가야지?" 교장 선생님이 말했다.

"학생들, 혹시 과학경진대회에 참가해볼 생각이 있으면 선생님을 찾아오세요." 라일리 선생님이 복도를 지나가는 학생들의 소음 속에서 말했다.

"네, 선생님!" 쿠엔틴이 밝은 목소리로 대답했다.

나는 쿠엔틴의 목을 조르고 싶었다. 우리가 한 일이라곤 울타리를 날려버리고 콜우드 모든 주민으로부터 망신을 당한 것밖에 없었다. "아니에요, 저희는 과학경진대회에 못 나가요." 내가 말했다.

라일리 선생님이 나를 빤히 쳐다보았다. 선생님은 마치 내 마음을 훤히 들여다보고 있는 것 같았다. "왜 못 나간다는 거지?"

"그냥 못 나가요." 나는 똑같은 말을 반복했다. 이유를 설명하고 싶지 않았다. 나는 그저 그 자리를 벗어나고 싶을 뿐이었다.

"자, 이제 가봐." 교장 선생님이 손짓을 하며 말했다. "어서."

교장 선생님의 지시가 무척이나 고맙게 느껴졌다. 나는 도망치듯 자리를 피했다. 쿠엔틴이 커다란 가방을 바닥에 질질 끌다시피 하며 나를 쫓아왔다. 역사 수업이 있는 교실에 들어서는 나를 붙잡고 쿠엔틴이 말했다. "서니, 내 말 좀 들어봐." 쿠엔틴이 가쁜 숨을 몰아쉬며 말했다. "우리가 로켓으로 과학경진대회에서 우승을 하면 나중에 케이프커내버럴에 가는 데 도움이 된다니까."

우리가 로켓에 대해 아는 게 아무것도 없다는 사실 이외에도 나는 우리가 과학경진대회에 참가할 수 없는 중요한 이유 한 가지를 쿠엔틴에게 설명했다. "쿠엔틴, 우리는 망신만 당할 거야. 우리가 과학경진대회 카운티 예선을 통과하려면 웰치 고등학교 애들을 상대해야 돼." 나는 그것 하나만으로도 이유가 충분하다고 생각했다. 웰치 고등학교는 아버지가 의사, 변호사, 판사, 사업가인 부유한 가정의 아이들이 다녔고 학교 시설도 지역 내 최고였다. 『웰치 데일리 뉴스』에는 명문 대학에 진학한 웰치 고등학교 졸업생들의 소식이 빼곡하게 실리곤 했다. 미식축구에서는 우리가 웰치 고등학교를 매번 눌렀지만 과학경진대회라면 얘기가 달랐다. "너는 우리가 웰치 애들한테 완전히 밟혔다는 기사가 신문에 대문짝만하게 실리면 좋겠어? 만일 베르너 폰 박사가 그걸 본다면 어떻게 생각할 것 같아? 네가 생각이 있는 애라면 그냥 단념해." 나는 쿠엔틴을 아무 생각이 없는 애 취급을 했다.

"왜 그렇게 비관적으로만 생각하는 거야? 정말 너답지 않다. 실망이야." 쿠엔틴이 차가운 어조로 말했다. 내가 아무런 반응을 보이지 않자 쿠엔틴이 덧붙였다. "그저 놀랍고 유감스럽고 비통할 뿐이다."

나는 쿠엔틴의 의도에 낚일 생각이 전혀 없었다. 나는 고개를 가로저으며 복도에 쿠엔틴을 세워놓고 혼자 교실로 들어가버렸다. 그 얘기라면 더 이상 하고 싶지 않았다.

매주 일요일 오후 나는 도로시와 함께 공부를 하기 위해 워 방향으로 가는 차를 얻어 타고 그녀의 집을 찾아갔다. 도로시는 나와 함께 보내는 시간이 흡족한 눈치였다. 그렇다고 내가 도로시를 짝사랑하게 된 것이 그녀의 탓은 아니었다. 어느 일요일, 그녀가 공부를 하다 말고 탁자 너머로 나를 물끄러미 쳐다보며 말했다. "서니, 우리가 친구라는 사실이 너무 기뻐."

"나도 그래, 도로시." 나는 거짓말을 했다. '친구'라는 단어가 그렇게 끔찍하게 여겨진 적이 없었다.

어느 날 아침 강당에서 비참한 표정으로 도로시를 바라보고 있는 내 모습을 에밀리 수가 발견했다. 도로시는 3학년 농구부 선배와 손을 맞잡고 있었고 그 모습을 바라보는 내 마음은 참담하기만 했다. 에밀리 수가 내 앞자리로 와서 의자 등받이 위에 팔을 걸치며 나를 돌아다보았다. 포동포동한 몸집에 우등생인데다가 올빼미 눈처럼 커다랗고 동그란 안경을 쓴 에밀리 수는 언뜻 보면 그다지 인기가 없을 것 같았지만 사실은 정반대였다. 에밀리 수는 학교를 통틀어서 최고의 춤꾼으로 통했고 남학생들 사이에서도 인기가 꽤 높았다. 하지만 나에게 에밀리 수는 속내를 털어놓을 수 있는 속 깊은 친구였다. 그녀는 또래들보다 훨씬 어른스러웠고 부끄러운 속내를 털어놓아도 질책을 하지 않을 친구였다. "그래, 앞으로 어쩔 작정이야?" 에밀리 수가 턱으로 도로시를 가리키며 물었다.

"어쩌긴, 내가 할 수 있는 일이 없는데." 나는 애써 태연한 표정을 지으며 대답했다.

에밀리 수가 내 표정을 유심히 살피며 말했다. "도로시도 너를 좋아하는 건 틀림없어. 하지만 그저 친구로서 그럴 뿐이지. 그 점은 앞으로도 변하지 않을 거야."

그 말이 내 심장을 후벼 파는 칼날처럼 느껴졌다. 나는 거짓

표정을 집어치웠다. "왜? 내가 뭐가 모자라서?"

"너는 모자란 게 없어. 너는 학교에서 가장 착하고 좋은 아이야. 애들도 다 너를 좋아하잖아. 왜 그런지 알아? 네가 너 자신을 사랑할 줄 알기 때문에 그래. 네 형을 한번 봐. 옷 잘 입고 미식축구 잘하고 춤도 잘 추고, 그래서 따라다니는 여자애들도 많아. 하지만 학교에서 제일 유명하면서도 정작 진짜 친구는 없어. 내가 볼 때 여자 친구가 자주 바뀌는 이유도 그것 때문이야. 자기를 대단한 미식축구 선수로서가 아니라 있는 그대로의 모습으로 좋아해주는 여자애를 찾고 있는 거지. 도로시도 마찬가지야. 그 애는 너를 친구로서 좋아하지만 사랑을 찾기 위해서는 자꾸 다른 데를 쳐다보는 거라고."

에밀리 수가 이야기를 하고 있는 동안 나는 점점 의자 깊숙이 몸을 파묻었다. 형과 도로시가 비슷하다고? 나는 인정할 수 없었다. 나는 영원히 도로시의 친구일 수밖에 없고 결국 아무것도 아닌 존재란 말인가? 나는 탄광의 막장보다 더 깊은 절망으로 빠져들었다. 수업종이 울리면서 나는 에밀리에게 고맙다는 말을 건네고 도망치듯 그 자리를 빠져나왔다. 나는 에밀리 수의 말을 떨쳐버리려 노력했지만 온종일 그녀의 말이 머리를 떠나지 않았다. 나는 그녀의 말을 받아들일 수 없었다. 도로시의 마음을 얻기 위한 방법이 분명히 있을 것 같았다. 그것이 전략이든 꼼수이든 간에 로켓을 만드는 것과 마찬가지로 내가 열심히 파고들기만 하면 그 방법을 알아낼 수 있을 것 같았다.

그로부터 몇 주에 걸쳐서 쿠엔틴과 나는 주말을 온전히 로켓 연구에 바쳤다. 우리는 흑색화약의 혼합 비율을 조금씩 달리하면서 연소 실험을 계속했다. 쿠엔틴이 과학경진대회 이야기를 다시 꺼내지 않는 게 나는 내심 고마웠다. 거듭된 시행착오 끝에 마침내 우리는 가장 강력한 불꽃과 연기를 얻을 수 있는 혼합 비율을 알아냈다. 쿠엔틴은 연료의 효율을 더욱 높이기 위해 한 가지 아이디어를 냈다. "내가 생각해봤는데," 쿠엔틴이 말했다. "우리가 만든 화약은 결합력이 약해. 화약에 가연성 접착제를 첨가해서 고형체로 만들면 어떨까? 그렇게 고체 연료를 만든 다음, 가운데에 구멍을 뚫어서 연소 면적을 넓히는 거야. 그러면 추진력이 강해질 것 같아."

나는 쿠엔틴의 제안에 동의했다. 나는 곧바로 직영매장으로 가서 주니어 아저씨에게 접착력이 강하면서도 불에 잘 타는 물건이 있는지 물어보았다. 아저씨는 그런 게 왜 필요한지 꼬치꼬치 캐물었다. 나는 사실대로 이야기할 수밖에 없었다. 잠시 후 아저씨는 분말 접착제 한 통을 들고 나왔다. 지금 생각해도 어떻게 직영매장에 그런 물건이 있었는지 이해가 되지 않는다. "우표 뒷면에 있는 접착제 성분이 바로 이거야. 화약에 이걸 섞어서 물로 반죽을 해. 그리고 건조를 시키면 고체 연료가 만들어 질 거야. 15센트야."

"고맙습니다." 나는 동전을 세어서 계산대 위에 올려놓았다. 구매권은 이미 다 써버렸고 이제 남은 건 몇 장 되지 않는 소액 지폐뿐이었다.

"네가 케이프커내버럴에서 일하고 싶어 한다는 얘기를 들었다." 그가 말했다. "나는 그곳에서 멀지 않은 플로리다에서 살

앉아. 바닷가에서 수영을 하곤 했지. 물론 흑인 전용 해수욕장이었지만."

나는 흑인 전용 해수욕장이 있다는 사실을 그때 처음 알았다. 콜우드에 흑인 전용 학교와 교회가 있음을 생각해보면 그 정도는 짐작할 수 있었음에도 나는 그러지 못했다. "그곳이 마음에 들었나요?" 내가 물었다.

주니어 아저씨는 불편한 표정을 지었다. "뭐, 그럭저럭. 하지만 어머니는 그곳을 좋아하지 않으셨어. 어머니는 산골에 살고 싶어 하셨지." 그는 잠시 생각에 잠겼다가 말을 이었다. "나중에 돌아가시고 나서야 리틀 리처드 목사님의 교회 뒤편에 어머니를 묻었다."

"리처드 목사님께 안부 전해주세요."

"난 흑인 전용 교회엔 안 나가." 그가 딱 잘라서 말했다. "기도를 하고 싶을 땐 혼자 산에 올라가지." 그의 표정이 밝지 않았다. "자, 이제 가서 로켓 만들어야지. 항상 조심하도록 해. 알았어?"

나는 주니어 아저씨가 나 때문에 마음이 상했다는 것은 눈치챘지만 도무지 그 이유를 알 수 없었다. "네, 조심할게요."

아저씨는 계산대에 줄을 선 다른 손님들을 맞았다. 내가 문을 열고 나가려고 할 때 주니어 아저씨가 약간 누그러진 목소리로 말했다. "목사님께 안부 전하마."

집에 돌아오자마자 나는 주방의 찬장에서 계량스푼, 컵, 반죽 그릇 그리고 달걀 휘젓는 도구를 꺼내 들고 지하실로 내려갔다. 쿠엔틴과 나는 최적의 비율로 만든 화약에 분말 접착제와 물을 넣고 반죽을 한 다음 걸쭉해질 때까지 기다렸다. 나는 우리의 연구 노트에 그 과정을 모두 기록했다. 그런 게 바로 '지식체계'였다. 나는 걸쭉해진 반죽을 그릇에 담아 석탄 보일러 밑에 내려놓았다. 이틀이 지나자 반죽은 케이크 모양으로 딱딱하게 굳어졌다. 사라진 주방기구들을 찾아서 주방을 다 뒤진 뒤 지하실에 내려온 어머니는 우리의 연구실을 보며 한숨을 내쉬고는 그 길로 직영매장에 가서 똑같은 물건들을 다시 샀다. 나중에 어머니는 주니어 아저씨와 우리 얘기를 하면서 한참을 웃었다는 이야기를 전해주었다. 그 다음 토요일 쿠엔틴과 나는 화약 케이크를 석탄 보일러 속에 던져 넣었다. 우리의 새 연료는 맹렬한 불꽃을 내며 타올랐다. "야, 경이로움에 할 말을 잃을 것 같다(prodigious)!" 새로운 단어를 하나 익힐 때마다 실제 대화에 꼭 사용하곤 했던 쿠엔틴이 황홀한 표정으로 말했다.

우리는 로켓에 관해 '어떻게'뿐만 아니라 '왜'를 이해하기 위해 노력했다. 로켓 관련 서적은 아직 구하지 못했지만 쿠엔틴은 웰치의 도서관에서 이전에 읽은 적이 있다는 그 책을 마침내 찾아냈다. 뉴턴의 운동 제3법칙을 다룬 그 책은, 바람을 잔뜩 불어넣은 풍선의 주둥이를 틀어막고 있다가 손에서 놓는 순간 풍선이 미친 듯이 날아다니는 현상을 통해 작용과 반작용의 원리를 설명했다. 즉 풍선 안에는 압력을 받고 있는 공기가 가득 들어 있는데, 공기가 풍선의 주둥이로 빠져나오면서(작용) 풍선이 앞으로 날아가게 된다(반작용)는 것이었다. 그렇게 보면 로켓 역시 공기가 가득 들어 있는 풍선이라고 할 수 있었다.

우리는 풍선의 주둥이에 해당하는 로켓의 노즐(로켓의 바닥에 있는 구멍)이 동체보다 작아야 한다는 것을 직관적으로 이해했다. 하지만 그 크기가 얼마나 작아야 하는지, 노즐의 작동 원리는 어떠하며 제작은 어떻게 해야 하는지에 대해서는 아는 게 없었다. 우리가 할 수 있는 것은 추측뿐이었다. "동체 바닥에 와셔(washer, 물체를 고정시킬 때 볼트나 너트 밑에 끼우는 둥글고 얇은 쇠붙이 - 옮긴이) 같은 것을 용접해서 붙이면 어떨까?" 어느 날 점심시간에 내가 쿠엔틴에게 제안했다.

쿠엔틴은 내 도시락에서 집어든 쿠키를 우물거리며 곰곰이 생각을 했다. "괜찮은 생각 같은데 용접을 누가 하지?"

탄광에는 세 사람의 용접공이 있었다. 그 중 두 명은 직영매장 건너편의 철공소에서 일했다. 철공소의 책임자는 레온 페로 씨였는데 그분 역시 아버지처럼 철저한 회사 사람이었기 때문에 그곳에서 도움을 얻기는 어려울 것 같았다. 하지만 선탄장의 기계실에서 철야근무를 하는 아이작 비코프스키 씨라면 기대를 해볼 만했다. 비코프스키 씨에게는 뇌성마비에 걸린 에스더라는 딸이 있었는데 그 아이는 어렸을 때 나와 같은 반에 있다가 기숙사가 있는 특수학교를 다니기 위해 콜우드를 떠났다. 어머니는 비코프스키 씨 부부가 나의 안부와 학교생활에 대해 종종 묻는다고 말했다. 학교에서 연극을 공연했을 때 비코프스키 씨 부부는 마치 아들을 보듯 흐뭇한 미소로 나를 바라보기도 했다. 어쩐지 용접은 잘 해결될 것 같았다.

그날 밤, 작업을 마친 광부들이 퇴근을 한 뒤 철야근무를 하는 시설 점검반이 갱도로 내려간 시각 나는 몰래 뒷문을 빠져

나가 선탄장을 향했다. 혹시 아버지가 전화를 받고 집을 나서는 경우를 대비해서 나는 선탄장으로 곧게 난 길을 피해 숲길을 걸어 오래 전 친구들과 인디언 놀이를 하면서 발견한 비밀 통로로 향했다. 철조망으로 둘러쳐진 광업소의 모든 출입문은 밤에는 굳게 잠겨 있었다. 하지만 나무가 줄지어 있는 비탈 쪽의 철조망 아래에는 배수로가 있었고 그곳에 있는 작은 틈이 우리의 비밀 통로였다. 배수로 위쪽 울타리 너머에는 기계실로 이어지는 길이 있었다. 나는 칠흑 같은 어둠을 더듬어 철조망에 다가갔다. 나는 양손으로 철조망을 꼭 붙든 채 비탈 아래 배수관 쪽으로 발을 뻗어보았다. 발을 배수관 위에 올려놓은 다음 나는 몸을 낮춰 철조망과 배수관 사이를 기어들어갔다. 철조망 안쪽으로 들어가면 기계실까지의 거리는 10야드 정도에 불과했다. 저만치 기계실에서 불빛이 새어나왔다.

나는 기계실 뒷문의 유리창을 통해 안을 들여다보았다. 작업복을 입은 비코프스키 씨가 선반旋盤 작업을 하고 있었다. 작은 체구의 비코프스키 씨는 귀가 앞쪽으로 많이 들려 있어서 안전모를 쓰면 마치 귀가 안전모를 떠받치고 있는 것처럼 보였다. 나는 용기를 내서 문을 열고 안으로 들어갔다. 그는 나를 보고는 말없이 고개를 끄덕였다. 나는 그의 작업이 끝나기를 기다렸다. 잠시 후 기계가 멈추며 소음이 잦아들었다. "서니, 잘 지냈냐?" 비코프스키 씨는 내가 한밤중에 예고도 없이 찾아온 게 대수롭지 않다는 듯이 물었다.

비코프스키 씨의 말에 남아 있는 외국어의 억양이 내게는 그리 낯설지 않았다. 콜우드에는 외국에서 이민을 온 사람들이 상당수 있었다. 1920년대 이후 이탈리아계 광부들이 파업을 벌이는 노조의 대체 인력으로 콜우드에 처음 들어왔다. 그들은 제2차 세계대전 기간 동안 노조에 대거 가입했다. 전쟁 후에는 헝가리인, 러시아인, 폴란드인들이 들어왔다. 아일랜드와 잉글랜드에서 온 광부도 몇 명 있었고 멕시코 출신도 한 명 있었다. 이들 이민 가정의 부모들은 대개 모국어의 억양이 남아 있었지만 아이들은 달랐다. 콜우드 초등학교의 6인방은 정확한 철자와 발음과 억양을 매 수업시간마다 강조했다. 이 지역에서 태어난 아이들조차 웨스트버지니아 사투리로 'fire'를 'far'처럼, 또는 'hollow'를 'holler'처럼 발음하는 경우 곧바로 선생님의 지적을 받았고 우리는 정확한 발음을 할 때까지 그 단어를 수없이 반복해야 했다. 선생님들의 지도는 무척 엄격했기 때문에 'library'를 'liberry'처럼 발음했다가는 엄청난 시련을 각오해야 했다.

나는 비코프스키 씨에게 내가 로켓을 만들고 있는 중이며 볼트 와셔 같은 것으로 동체의 바닥을 용접할 필요가 있다는 이야기를 했다. "그러니까 나보고 도와달란 말이지?" 비코프스키 씨가 물었다.

"도와주시겠어요?" 나는 조심스럽게 되물었다.

그는 안전모를 벗고 숱이 거의 없는 머리의 땀을 소매로 닦았다. "쓰다가 남은 알루미늄 파이프가 있기는 한데 와셔는 용접해서 붙이기가 쉽지 않아. 차라리 납땜을 하는 게 나을 것 같다."

"좋아요." 나는 납땜이 뭔지 잘 몰랐지만 와셔가 동체에 잘 붙을 수만 있다면 그게 무엇이든 상관없었다.

비코프스키 씨가 나를 뚫어지게 쳐다보며 물었다. "이곳에서 하는 일은 모두 네 아버지의 지시를 받도록 되어 있어. 아버지가 네가 여기 온 걸 아시냐?"

나는 고개를 가로저었다. "아뇨." 나는 비코프스키 씨가 어떤 분인지 알고 있었다. 나는 사실대로 이야기해야 했다. "아버지는 제가 로켓을 만드는 것에 반대하시지만 어머니는 괜찮다고 하세요. 아저씨가 저의 유일한 희망이에요. 부탁드릴게요."

그는 나를 말없이 바라보았다. 내 감정이 얼굴에 그대로 드러났다면 나는 아주 불쌍해 보였을 것이다. "너 납땜할 줄 아냐?" 마침내 비코프스키 씨가 입을 열었다.

"아뇨."

"그럼 내가 가르쳐주지. 네 아버지도 그건 문제 삼지 않으실 거다. 이리 와봐. 내가 일하는 동안 너도 옆에서 해봐. 동체의 길이는 어느 정도면 되겠니?"

나는 그런 구체적인 부분은 생각해보지 않았지만 30센티미터 정도면 좋겠다고 대답했다. 그는 이어서 동체의 지름을 물었지만 나는 그것도 생각해본 적이 없어서 그냥 2.5센티미터면 좋겠다고 대답했다. 그는 내가 말한 규격의 알루미늄 파이프를 잘라냈는데 막상 잘라내고 보니 너무 작았다. 그는 다시 길이 35센티미터, 지름 3센티미터 규격의 파이프를 잘랐다. 이번에는 그럴 듯해 보였다. 그는 내게 납땜하는 요령을 가르쳐주었다. 납땜 작업은 무척 단순하고 쉬워 보였다. 뜨겁게 달궈진 쇠막대로 납 코일을 녹여서 원하는 자리에 떨어뜨리기만 하면 되었다. 하지만 실제 해보니 만만치 않았다. 열에 녹은 납이 알루미늄 파이프를 따라 흘러내리는가 하면 와셔는 제대로 붙지도 않았다. 한 시간 후 비코프스키 씨가 다가와서 내가 납땜질하는 모습을 지켜보았다. "처음 하는 것치고는 괜찮게 하는구나." 그는 거짓말을 했다. "내가 휴식시간에 틈틈이 해놓을 테니까 내일 밤에 와서 가져가라."

나는 그의 제안이 눈물 나게 고마웠다. 잠이 쏟아져서 기절할 지경이었기 때문이다. 다음날 밤, 비밀 통로를 거쳐 기계실로 올라간 나는 출입문 옆에 있는 상자에 로켓 동체가 놓여 있는 것을 발견했다. 납땜은 와셔를 따라 완벽한 원을 그리며 깔끔하게 마무리되어 있었다. 비코프스키 씨는 총알 모양의 노즈콘(nose cone, 원뿔 모양의 로켓의 머리 부분 – 옮긴이)도 만들어서 동체에 접착제로 붙여 두었다. 그것은 내가 본 로켓 중에서 가장 근사한 외관을 가지고 있었다. 나는 절연 테이프를 이용해서 마분지로 만든 날개를 동체에 붙인 다음 어머니의 매니큐어를 빌려서 동체 옆면에 로켓의 이름을 써 넣었다. 나는 그 로켓을 오크 1호Auk I로 명명했다. 오크는 이미 멸종된 날지 못하는 새였다. 그 전날 쿠엔틴은 난데없이 멸종된 조류에 대해 온종일 떠들어댔는데 덕분에 나는 멸종된 새들에 대해 상당한 지식을 얻게 되었다. 내가 그 이름을 붙인 데는 이유가 있었다. 설령 로켓이 발사대에서 날아오르지 못한다고 해도 우리가 지식체계를 쌓고 있었음을 친구들에게 분명히 보여주고 싶었던 것이다.

나는 오크 1호의 동체 안에 흑색화약과 분말 접착제를 넣고 노즐을 통해 연필을 깊숙이 밀어 넣은 다음 석탄 보일러 밑에서 건조를 시켰다. 연필을 사용한 것은 굳어진 연료의 중심에 구멍을 뚫어서 연소 면적을 넓히자는 쿠엔틴의 아이디어를 따른 것이었다.

토요일에 쿠엔틴이 히치하이크를 해서 우리 집에 왔다. 친구들이 모두 도착한 뒤 우리는 오크 1호를 점검했다. "이름이 정말 마음에 든다." 쿠엔틴이 말했다. "파멸의 운명에 기꺼이 경의를 표하는 우리를 보고 혹시 하늘의 신들이 도와줄지 알아?"

다른 친구들이 멍한 표정으로 쿠엔틴을 바라보았다. "자신감이 지나치면 안 된다는 뜻이야." 내가 통역을 했다.

"우리의 연구가 진전되고 있다는 건 분명해." 쿠엔틴은 다른 친구들은 안중에도 없다는 듯이 나만 쳐다보고 말했다. 쿠엔틴은 로켓의 바닥을 만져보고 납땜이 되어 있는 와셔를 자세히 살피더니 코를 갖다 대고 새로 만든 연료의 냄새를 맡아보았다. "시행착오를 겪었다고 해서 반드시 성공한다는 보장은 없어. 이 로켓이 날 수도 있겠지. 설령 이번에 실패하더라도 다음엔 날 수 있을 거야. 다만 이 로켓이 날아가는 것을 그저 독립기념일의 불꽃놀이 쳐다보듯 한다면 도대체 우리가 배울 수 있는 게 뭐겠어? 이 로켓의 의미는 그런 게 아니야. 우리는 로켓이 왜, 어떻게 나는지 이해를 해야만 해."

"쿠엔틴, 네가 맡은 일이 바로 그거잖아?" 나는 언성을 높였다. 자신의 요구대로 모든 준비를 다 끝냈는데 이제 와서 딴소리를 하는 게 밉살스러웠다. "네가 찾기로 한 책은 도대체 언제 보여줄 거야?"

쿠엔틴은 고개를 천천히 가로저었다. "있을 만한 곳은 다 찾아봤는데 아무래도 너무 비밀스러운 내용이라 책으로 펴내지 않은 것 같아."

친구들은 우리의 대화에 따분해 하는 표정이었다. "야, 그냥 빨리 나가서 발사하자." 오델이 짜증을 내며 말했다.

"오델," 쿠엔틴이 진지한 표정으로 말했다. "만족을 모르는 너의 탐욕이 우리 모임에 결코 이롭지 못할 거라는 우려가 든다."

오델이 자리에서 벌떡 일어났다. "만족을 모르는 나의 탐욕으로 너를 한 대 갈겨줄까?"

나는 상황이 악화되는 것을 막아야 했다. 쿠엔틴이 놀라운 어휘력을 뽐내는 것을 나는 전혀 신경 쓰지 않았지만 다른 친구들은 그가 밉상을 떤다고 생각하는 것 같았다. 물론 쿠엔틴이 밉상을 떨기는 했다. "셔먼, 나가자. 오델, 네가 로켓을 들어. 로이 리, 성냥 챙겼지? 쿠엔틴, 너는 내 옆에 붙어 있어."

우리는 분탄 폐기장을 향해 워터탱크 산을 올랐다. 우리는 탄광에서 2백 야드 이상 높은 지대에 있었다. 멀리 키 큰 나무들 너머로 선탄장의 꼭대기가 보였다. 오델이 돌덩이를 받쳐서 로켓을 세워놓았다. 우리는 근처에 있는 바위 뒤에 몸을 숨기기로 했다. 오델이 로이 리로부터 성냥을 건네받았다. "로켓이 그냥 날아가니? 누군가 도화선에 불을 붙여야 날지." 오델이 말했다. 셔먼은 벌써부터 바위 뒤에 숨어 있었다. 오델이 도화선에 불을 붙이고 재빨리 바위 뒤로 뛰어왔다. 우리는 서로 마주보며 싱긋 웃었다.

도화선이 타들어가더니 순식간에 오크 1호가 불꽃을 날리며 땅을 박차고 올랐다. 6피트 쯤 올라갔을까, 로켓이 피식 소리를 내더니 회색 연기를 내뿜으며 땅에 떨어졌다. 노즈콘이 떨어져 나간 로켓은 연료가 다 탈 때까지 연기를 내뿜었다. 쿠엔틴이 제일 먼저 달려가서 무릎을 꿇고 로켓의 밑부분을 살펴보았다. "납땜 부위가 녹아버렸어." 지독한 황 냄새에 쿠엔틴이 인상을 찌푸리며 말했다. "날아오르긴 했는데 납땜이 녹은 거야."

로켓이 완전히 식은 다음 나는 동체를 집어 들었다. 아직도 냄새가 고약했다. 하지만 로켓은 날았다. 비록 6피트 높이에 불과했지만 우리의 로켓이 날아오른 것이다!

"경이로움에 할 말을 잃을 것 같다." 쿠엔틴이 말했다.

일요일 밤 나는 오크 1호를 들고 비밀 통로를 지나 비코프스키 씨를 다시 찾아갔다. 비코프스키 씨는 로켓을 이리저리 살펴보았다. "로켓이 너무 뜨거워서 납땜이 녹아버린 것 같구나. 용접을 하면 괜찮을 거다." 그는 무엇인가 골똘히 생각하는 표정으로 안전모를 고쳐 썼다. "알루미늄은 용접이 까다로우니까 강철로 해보자."

그는 자재 선반에서 쇠파이프를 하나 골라 35센티미터 길이로 잘라냈다. 그가 내게 파이프를 건네주었다. "무게가 꽤 나가는데요." 내가 말했다.

"그래. 하지만 강철이 튼튼해." 그가 말했다. "알루미늄으로 이만한 강도가 나오려면 상당히 두꺼워야 하거든. 그런데 강철은 얇아도 상관없어. 나라면 이걸로 하겠다. 볼트 와셔도 생각을 해봤는데 아마 열을 견디지 못 할 거다. 차라리 굵은 철근 끝을 얇게 잘라서 거기에 구멍을 뚫고 용접을 하는 게 나을 거야."

나는 귀를 쫑긋 세우고 그의 말에 집중했다. "철근을 잘라서 구멍을 뚫고 용접하는 것까지 전부 가르쳐주세요."

비코프스키 씨는 시계를 들여다보면서 말했다. "이번에는 내가 직접 해주는 게 빠르겠다. 가르쳐주는 건 다음으로 미루자."

나는 약간 걱정이 되었다. "저 때문에 공연히 아저씨가 곤란해지실까 봐 그래요."

그가 어깨를 으쓱해 보였다. "내 걱정은 하지 마라. 아무럼 네 아버지가 나처럼 기술도 좋고 철야근무도 마다하지 않는 사람을 자르기야 하겠니? 그래도 아버지한테 말씀은 꼭 드려라. 네 아버지는 네가 하고 있는 일을 정말 자랑스럽게 여기셔야 해."

"우리 로켓이 진짜로 날면 그때 말씀드릴게요." 나는 그다지 내키지 않는 마음으로 말했다.

그가 미소를 지었다. "좋아, 이번에는 잘 날 거야. 수요일까지 준비해 놓으마."

나는 욕심을 부렸다. "아저씨, 죄송하지만 두 개 만들어주실 수 있어요?"

비코프스키 씨는 세 개를 만들어주었다. 일주일 후 오크 2호, 3호, 4호가 준비되었다. 우리는 다시 탄광 뒤편에 있는 산에 올라갔다. "로켓이 그냥 날아가니? 누군가 도화선에 불을 붙여야 날지." 오델이 말했다. 오델은 지난번 로켓을 쏠 때도 자신이 그렇게 말했다는 사실을 상기시켰다. 오델은 그 말이 행운을 가져다준다고 믿는 것 같았다.

셔먼은 이번에는 자신이 도화선에 불을 붙이겠다고 했다. 나는 다리를 저는 셔먼이 불을 붙이고 제때 몸을 피할 수 있을지 걱정이 되었다. "야, 내 걱정은 하지 마." 셔먼의 뜻이 너무나 강했기 때문에 나는 물러설 수밖에 없었다. 여러 면에서 셔먼은 어느 누구보다도 장애를 모르는 친구였다. 셔먼이 도화선에 불을 붙이고 바위 뒤로 뛰어왔다. 오크 2호에서 불꽃이 일어났다. 로켓은 연기와 불꽃을 맹렬하게 내뿜으며 제자리에서 들썩하더니 순식간에 10피트 높이로 날아올랐다. 그리고는 방향을 바꿔 우리의 머리 위를 지나 뒤편으로 날아가서 참나무에 부딪친 다음 다시 분탄 폐기장 쪽으로 날아왔다. 로켓은 우리가 몸을 숨기고 있는 바위에 날카로운 금속음을 내며 부딪친 뒤 20피트 가량을 치솟아 한 차례 기침을 하듯 연기를 내뿜고는 마치 죽은 새처럼 땅바닥에 털썩 떨어졌다. 나는 줄곧 로켓의 비행 궤적을 살폈지만 쿠엔틴은 양손으로 머리를 감싼 채 분탄더미에 얼굴을 처박고 있었다. 내가 어깨를 툭툭 치자 쿠엔틴은 그제야 고개를 들었다. 쿠엔틴의 코에서 석탄가루가 떨어졌다. "이제 일어나도 돼." 나는 옷에 묻은 석탄가루를 털어내며 말했다. 오델이 오크 2호가 떨어진 곳으로 달려가더니 춤을 추기 시작했다. "날았네! 날았어!" 오델은 노래까지 불렀다.

"야, 저 로켓 때문에 죽을 뻔했다." 로이 리가 투덜거렸다. 로이 리는 로켓이 있는 곳으로 다가가서 오델의 춤이 멈추기를 기다렸다. 그리고는 뜨겁게 달궈진 로켓 동체를 툭 걷어차며 말했다. "그래도 생각보다 잘 나네."

우리는 모두 기쁨에 들떠 있었다. "도화선에 불을 붙인 건 나라고!" 셔먼이 소리쳤다.

옷에서 석탄가루를 털어낸 쿠엔틴이 오크 2호를 자세히 살펴보았다. 그의 코는 탄가루로 새까매져 있었다. "다시 발사하기 전에 유도방식을 개선해야만 해." 그가 말했다.

우리는 그의 이야기를 귓전으로 흘려버렸다. 우리의 로켓이 정말 날 줄이야! 우리는 다음 로켓은 어떻게 날지 궁금해서 견딜 수가 없었다. 이번에는 로이 리가 도화선에 불을 붙였다. 뛰어오다가 돌부리에 걸려 넘어진 로이 리가 혼잣말로 욕설을 내뱉으며 바위 뒤로 몸을 숨기는 순간 로켓이 땅을 박차고 올랐다. 이번에도 로켓은 수직으로 날아오르는 대신 단풍나무에 탕소리를 내며 부딪친 다음 땅바닥에 곤두박질치더니 다시 우리쪽으로 날아와서 근처의 흙더미에 처박히고 말았다.

오델과 함께 우리가 막춤을 추며 들뜬 기분을 만끽하는 사이 쿠엔틴이 오크 3호를 흙더미에서 파냈다. "로켓이 수직으로 날게 하는 방법을 알아낼 때까지 발사를 보류하는 게 좋겠다고 내가 분명히 말했지?" 쿠엔틴이 화가 난 표정으로 말했다.

로이 리가 오크 4호를 세우면서 말했다. "우리는 여기에 로켓을 발사하러 왔어. 그럼 그렇게 하는 거지 무슨 잔소리가 그렇게 많아?" 말을 마치기가 무섭게 로이 리가 다짜고짜 도화선에 불을 붙였다. 우리는 엉겁결에 바위 뒤로 뛰어갔다.

쉭 소리를 내며 오크 4호는 공중으로 부드럽게 솟구치더니 산 아래쪽을 향해 날아갔다. 나는 처음엔 환호성을 질렀지만 로켓이 탄광 쪽으로 날아가고 있다는 사실을 깨닫고는 일순간 숨이 멎는 것 같았다. 마치 유류탱크 안에 던져진 횃불처럼 우리의 로켓이 환기갱으로 떨어지는 모습이 머릿속에 그려졌다. 로켓의 꼬리에서 나오는 연기가 선탄장 왼쪽으로 비껴가는 것을 확인하고 나서야 대재앙은 피했다는 안도감이 들었다. 그때까지만 해도 나는 한바탕 소동이 벌어지리라는 것을 전혀 예상하지 못하고 있었다. 내장이 모두 발가락으로 빠져나가는 것처럼 속이 거북했다. 나는 탄광 쪽으로 로켓을 날린 나 자신을 걷어차 버리고 싶었다. BCMA의 회장은 나였다. 그러므로 모든 책임은 나에게 있었다. '내가 왜 그렇게 멍청한 짓을 했을까?' 스스로에게 던진 그 질문에 대해 답을 알고 있었던 나는 누구도 탓할 수 없었다. 로이 리가 로켓을 탄광 쪽으로 세웠을 때 나는 암묵적으로 동의를 했다. 그렇게 멀리 날아갈 줄은 몰랐기 때문이다.

로켓을 찾으러 모두 함께 움직이는 것은 그다지 현명한 생각이 아니었다. 간단한 논의 끝에 쿠엔틴과 나만 가는 것으로 정해졌다. 갑자기 태도가 바뀐 오델의 표현에 따르자면 "그 빌어먹을 물건"을 만든 건 어쨌든 쿠엔틴과 나였기 때문이다. 다른 친구들은 탄광을 멀리 돌아서 집으로 돌아갔다. 나는 잠시 후 맞닥뜨릴 상황을 상상하며 마음의 준비를 했다. 그러면서도 한편으로는 부디 사람들의 눈에 띄지 않은 곳에 로켓이 떨어져 있기를 바랐다. 우리는 조용히 산을 내려가서 매복을 하는 인디언처럼 후문을 통해 선탄장 안으로 들어갔다. 후문 근처에는 석탄가루에 뒤덮인 아버지의 사무실 건물이 있었다. 그날은 토요일이었지만 아버지는 여느 때처럼 사무실에 나와 있었다. 아버지가 먼저 우리를 발견했다. 광부들은 갱내에서 서로를 부를 때 "어이!" 하고 소리를 치곤 했는데 지상에서도 그 버릇이 튀어나올 때가 있었다. 아버지가 "어이!" 하는 소리가 들렸다. 아버지는 정장을 빼입은 두 남자와 사무실 건물 현관에 서 있었다. 그들은 오하이오의 본사에서 나온 사람들이 틀림없었다. 교회에 갈 때와 클럽 하우스의 파티에 갈 때를 제외하고 콜우드에서 넥타이와 신사복을 빼입고 다니는 사람은 없었기 때문이다. 나는 오크 4호가 철로 옆에 떨어져 있는 것을 발견했다. 사무실 건물의 외벽에는 크게 파인 자국이 있었다. 이곳에서 무슨 일이 벌어졌는지, 사람들이 어떤 반응을 보였을지 누가 설명해주지 않아도 모두 알 수 있었다. BCMA는 석탄회사를 공습한 것이었다.

막장의 어둠 속에서 광부들은 동료에게 가까이 오라는 신호를 보낼 때 헬멧에 달린 헤드램프의 불빛이 허공에 원 모양을 그리게끔 목운동을 하듯 고개를 돌리곤 했다. 몸에 밴 그들의 습관은 환한 대낮에 헬멧을 쓰지 않고 지상에 있을 때조차 무의식적으로 튀어나왔다. 아버지가 나를 향해 고개를 돌렸다. 나는 아버지에게 뛰어갔다. 화가 머리끝까지 치민 아버지는 숨이 가쁠 정도로 씩씩대고 있었다. 나는 아버지가 발작적인 기침을 시작할까봐 걱정이 되었다. "때려치우라고 내가 분명히 얘기했지?" 아버지가 버럭 소리를 질렀다. "이것 때문에 사람이 죽을 수도 있었단 말이야!"

적어도 우리의 로켓이 사람을 죽이지는 않았구나 하는 안도감이 들었다. 아버지가 로켓을 집어 들었다. "이건 회사에서 쓰는 자재 같은데 어디서 났어?"

나는 겁에 질려서 아무 대답도 하지 못했다. 아버지에게 맞는 게 무서워서가 아니었다. 나는 아버지로부터 딱 한 번 맞아본 적이 있었다. 일곱 살 때 내가 우리 집 강아지 리틀빗을 데리고 선탄장 아래쪽의 폐광에서 놀고 있었을 때의 일이다. 나는 낡은 갱목으로 막아놓은 입구를 비집고 들어가 깊고 어두운 수직갱 아래를 내려다보고 있었다. 리틀빗이 안으로 따라 들어와 나에게 달려왔다. 녀석은 내 앞에 깊은 구덩이가 있다는 사실을 전혀 알아차리지 못했다. 리틀빗이 내 앞으로 풀쩍 뛰었으나 그곳에 내디딜 땅은 없었다. 수직 갱도의 깊이는 640피트였다. 그날 밤 아버지가 축 늘어진 리틀빗을 안고 집에 돌아왔다. 울음을 그치지 못하고 있는 나를 아버지는 무릎에 엎어놓고 엉덩이 세 대를 때렸다. 아버지는 내가 철로 건너편에 땅을 파고 리틀빗을 묻는 것을 도와주었다. 나는 기도를 하기에 앞서 아버지에게 헬멧을 벗으라고 했다. "하나님 아버지," 나는 다시 울컥했다. "제가 리틀빗을 죽게 했으니까 저도 죽여주세요."

"무슨 기도가 그 모양이냐?" 아버지가 한숨을 쉬었다. "다시 해. 리틀빗의 영혼이라든가 뭐 그런 걸 위해서 기도해야지."

"네." 나는 다시 눈을 감았다. "하나님 아버지, 리틀빗이 천국에서 행복하게 살게 해주세요. 그리고 잘못을 저질렀지만 저를 죽이지는 마세요."

"도대체 넌 교회에서 뭘 배웠냐?" 아버지가 내 어깨에 손을 얹고 기도를 했다. 아버지는 교회에 나가는 일이 거의 없었다.

"하나님, 이 아이는 아직 어립니다. 축복하여 주시옵소서." 아버지는 잠시 머뭇하더니 한마디를 덧붙였다. "주실 수 있는 가장 큰 축복을 내려주시옵소서." 짧은 기도를 마친 아버지가 헬멧을 다시 썼다. "엄마가 저녁을 얼마나 맛있게 차려놓았는지 가서 보자."

본사에서 나온 두 사람 중 하나가 아버지와 나를 번갈아 쳐다보며 어색하게 웃기 시작하자 나머지 한 사람도 따라서 웃었다. "호머, 자네의 아들이 로켓 과학자가 되고 싶은 모양일세."

"이 녀석은 앞으로 뭐가 되겠다는 생각 따위가 없는 놈입니다." 아버지가 차가운 눈빛으로 나를 쳐다보며 말했다. "이 녀석은 이런 놈입니다." 아버지가 로켓을 들어 보이면서 말했다. "도둑놈이죠." 아버지는 로켓 바닥의 용접 부위를 들여다보며 말했다. "이런 녀석을 도와준 사람도 도둑놈이긴 마찬가지죠."

7장

케이프 콜우드

아버지는 쿠엔틴에게는 눈길 한번 주지 않았다. 덕분에 쿠엔틴은 별 탈 없이 탄광 입구에서 지나가는 차를 얻어 타고 콜우드를 빠져나갈 수 있었다. 그 시각 조용히 집에 틀어박혀서 부모님들이 우리의 로켓에 관한 이야기를 듣지 않게 되기를 빌고 있을 친구들의 모습이 머릿속에 그려졌다. 아버지는 내게 집에 가 있으라고 명령했다. 한 시간쯤 뒤에 집에 들어온 아버지가 나를 뒷마당으로 불러냈다. 아버지가 지하실에 내려가서 내 로켓 연구실의 물건들을 모두 상자에 담아 가지고 나오는 모습을 나는 지켜볼 수밖에 없었다. "따라와." 아버지가 말했다. "네 눈으로 직접 봐라." 나는 뒷문을 통해 아버지를 따라 나갔다. 아버지는 상자에 담긴 물건들을 개울에 쏟아 부었다. 통제가 되지 않는 로켓을 탄광 쪽으로 발사한 내 어리석음을 생각하면 아버지가 화를 내는 것도 충분히 이해가 되었다. 하지만 개울에 버려지는 것들은 모두 내 돈으로 산 내 물건이었다. 그 돈을 벌기 위해 나는 추위와 눈보라가 몰아치는 새벽에도 자전거를 타고 신문을 배달했다. "이젠 다 끝난 거야." 초석이 든 봉지를 마지막으로 개울에 털어 부으며 아버지가 말했다. "분명히 말해두는데 우표 수집이든 곤충 채집이든 네가 하고 싶은 건 다 해라. 하지만 로켓은 안 돼." 아버지가 빈 병과 봉지만 남은 상자를 내게 건넸다. "널 도와준 사람이 누구냐?"

나는 대답을 하지 않았다. "비코프스키겠지. 네가 말 안 하면 모를 줄 알았어?" 내 얼굴이 하얗게 질리는 게 느껴졌다. 콜우드에서 아버지가 모르는 일이 뭐가 있겠는가? "이번 일은 절대로 그냥 넘어가지 않을 거다." 아버지는 나를 똑바로 쳐다보며 말했다.

"어떻게 하시게요?" 눈앞이 캄캄해지는 기분이었다.

"그건 네가 알 바 아니야. 네 방에 올라가서 엄마가 올 때까지 꼼짝 말고 있어."

집에 들어오는 어머니를 아버지가 현관 앞에 세워 놓고 이야기를 나누었다. 두 분의 말소리가 들렸지만 무슨 이야기를 나누는지는 알 수 없었다. 잠시 후 어머니가 계단을 올라오는 소리가 들리더니 방문이 열렸다. "어떻게 된 일이니?" 어머니의 목소리는 힘이 없었다.

나는 그날 있었던 일과 비코프스키 씨에 관한 이야기를 모두 털어놓았다. "네가 늦은 밤에 몰래 어딜 가나 궁금했다." 어머니가 말했다. "놀란 표정 지을 것 없다. 이 집에서 벌어지는 일을 엄마가 모를 줄 알았니?"

"엄마, 저 좀 도와주세요."

어머니가 고개를 가로저었다. "내가 해줄 수 있는 일이 없는 것 같구나. 오하이오 본사에서 나온 사람들이 밴다이크 씨에게 오늘 있었던 일을 이야기했다더라. 아버지도 지금 난처한 상황이야."

"제가 뭘 어떻게 해야 되죠?"

"나도 모르겠다. 네가 이번에는 사고를 너무 크게 쳤어."

"이제 다 끝이에요."

"그렇게 쉽게 포기를 한다면," 어머니가 어깨를 으쓱하며 말했다. "끝이겠지."

"비코프스키 씨가 걱정될 뿐이에요."

"당연히 그래야지." 어머니의 표정은 차가웠다. "너는 아저씨를 이용한 거야. 비코프스키 씨 부부는 너를 항상 각별하게 생각하셨다. 너도 그걸 알고 있었다면 이 일에 아저씨를 끌어들이기 전에 나중에 어떤 일이 벌어질 수 있는지 생각했어야 할 거 아니야?"

나는 불안한 마음으로 오후를 보내고 늦은 밤 비코프스키 씨를 찾아갔다. 그가 기계실에 있는 모습에 일단 마음이 놓였다. 그는 대형 굴착기의 커터 헤드를 수리하고 있었다. 문 앞에 서 있는 나에게 그가 안으로 들어오라고 손짓을 했다. "이거 좀 봐라." 그가 파손된 커터 헤드를 가리키며 말했다. "굴착기 기사가 실수로 암반을 건드리는 바람에 헤드의 이빨이 나가버렸어. 지금 이빨을 새로 끼워 넣고 있단다."

나는 작업대에 놓여 있는 부속품을 만져보았다. "혹시 아버지에게 무슨 말씀 못 들으셨어요?"

"네 아버지가 무척 화가 났더구나." 절삭기의 소음에 그의 목소리가 묻혔다. "기계실 근무는 오늘밤이 마지막이야. 탄광으로 다시 돌아가게 되었어. 내일 저녁부터 굴착기 운전을 맡게 되었다."

마음속에서 혐오감과 수치심이 끓어올랐다. 내가 어리석은 짓을 저지르긴 했지만 아버지의 대응은 너무나 치사하고 졸렬했다. "아버지는 콜우드에서 가장 비열한 사람이에요." 나는 분을 참지 못하고 소리쳤다.

비코프스키 씨는 절삭기를 멈추고 다가오더니 내 어깨를 잡고 가볍게 흔들었다. "아버지에 대해서 그렇게 말하면 못써. 네 아버지는 좋은 분이시다. 내가 규정에 어긋난 행동을 했으니 처벌받는 건 당연한 거야." 그는 내 팔을 가볍게 두드렸다. 그의 얼굴에 슬픈 미소가 비쳤다. "어떻게 보면 잘된 거야. 갱도에 내려가면 봉급을 더 많이 받을 수 있으니까."

"아저씨, 죄송해요. 어머니는 제가 아저씨를 이용했대요. 그 말이 맞는 것 같아요."

"무슨 소리 하는 거냐? 자, 너한테 줄 게 있다." 그는 공구함으로 가더니 상자를 하나 꺼냈다. 상자 안에는 노즈콘까지 붙어 있는 로켓 동체 네 개가 들어 있었다. "이미 만들어 둔 건데 이 정도면 한동안은 버틸 수 있을 거다. 이제 그만 가봐. 아저씨는 할 일이 많아."

나는 마치 금과 다이아몬드가 가득 들어 있기라도 한 것처럼 상자를 꼭 안았다. "아저씨, 뭐라고 감사를 드려야 할지 모르겠어요."

"감사하다고?" 그는 상자를 쳐다보며 고개를 끄덕였다. "그럼 이 로켓들을 높이 날려라. 아버지에게 너와 내가 만든 작품을 확실히 보여드리라고."

아버지는 내게 더 이상 로켓을 만들지 말라고 분명히 경고했다. 이제 BCMA는 불법 단체가 된 셈이었다. 하지만 아버지 몰래 로켓을 만든다는 생각을 하자 왠지 기분이 좋아졌다. 나는 비코프스키 씨를 와락 껴안고 싶었지만 그렇게 하지 않았다. 대신 꼿꼿한 자세로 다짐을 하듯 대답했다. "네, 꼭 그렇게 하겠습니다."

비코프스키 씨는 고개를 끄덕이더니 다시 작업을 시작했다.

다음 월요일, 나는 오전 수업이 시작하기 전 강당으로 친구들을 불러 모았다. 예상했던 대로 울타리 통신을 통해 부모님들도 광업소 공습 사건을 알고 있었다. 그런데 놀랍게도 친구들은 집에서 전혀 꾸중을 듣지 않았다. 로이 리의 어머니는 그일을 그냥 웃어넘겼고, 오델의 아버지는 로켓이 그렇게 멀리 날아갔다는 사실이 놀랍다며 아무도 다치지 않았으니 다행이라는 반응을 보였다. 셔먼은 무슨 일이든 실행하기 전에 좀 더 조심하라는 가벼운 훈계만 들었을 뿐이다. 집에서 야단을 맞은 건 나 하나였다. 가만히 생각해보니 친구들의 집에선 우리가 오하이오 본사 사람들을 기겁하게 만들었다는 사실을 통쾌하게 여긴 것 같았다. 본사에서 나온 임원들은 콜우드에서 그리 환영받는 존재가 아니었다. 로이 리는 형으로부터 들은 노조원들의 일반적인 정서를 전했다. 오하이오 본사의 높으신 분들은 자신들의 이익에만 관심이 있을 뿐 콜우드의 광부들에 대해서는 눈곱만큼도 관심이 없는데 감독관 호머 히컴은 오로지 본사 사람들을 행복하게 해주는 것을 자신의 임무인 줄 알고 있다는 것이었다. 하지만 아버지야 어떻든 나는 나 자신을 행복하게 하는 데 관심이 있었다. "콜우드를 벗어난 곳에서 발사장을 새로 찾아보자." 내가 친구들에게 말했다.

"그만둘 생각이 아니었어?" 오델이 물었다.

"우린 이제 불법 단체야." 나는 '불법'이라는 단어를 음미하며 말했다. "하지만 절대로 중간에 그만두는 일은 없을 거야."

"파인 노브 산에는 나무가 없으니까 그쪽이 어떨까?" 셔먼이 제안했다. "거기는 회사 소유 땅도 아니니까 괜찮을 거야."

"너 제정신이냐?" 로이 리가 퉁명스럽게 말했다. "거기까지 가려면 산을 두 개나 넘어야 한다고."

"그럼 너는 더 좋은 계획이라도 있어?" 셔먼이 되물었다.

"당연히 있지. 로켓 따위는 다 잊어버리고 여자애들이나 꼬셔보는 거야."

오델이 즉각적인 반응을 보였다. "어떻게?"

"아무래도 내가 비결을 가르쳐줘야겠구나."

"비결?"

로이 리의 눈썹이 씰룩거렸다. "예를 들면 한 손으로 브래지어를 푸는 방법 같은 거."

"야, 파인 노브 산으로 정하자." 로이 리의 허튼소리를 무시하며 내가 말했다. "이번 주 토요일에 다들 우리 집으로 와. 구체적인 건 일단 모여서 얘기하자. 쿠엔틴, 괜찮겠지?"

"어, 어, 그래." 딴 생각을 하고 있었는지 쿠엔틴이 화들짝 놀라며 대답했다.

"그리고 화약의 성능을 시험할 때 석탄 보일러에 넣는 것 말고 다른 방법을 찾아봐야 할 것 같아. 네가 수석연구원이니까 머리를 좀 써봐."

"알았어."

"좋아."

토요일 오후 아버지가 탄광에 있는 동안 BCMA 회의가 내방에서 열렸다. 쿠엔틴은 일주일 내내 궁리한 끝에 화약의 성능 시험을 위한 새로운 방법을 찾아냈다. 알루미늄 파이프, 스프링, 피스톤 등을 이용한 복잡한 시험 과정에 대해 쿠엔틴이 설명을 했다. 쿠엔틴의 아이디어는 베르너 폰 브라운 박사라도 감탄하지 않을 수 없을 것 같았다. 쿠엔틴의 설명이 끝나자 시큰둥한 표정을 짓고 있던 오델이 툭 던지듯 말했다. "그러지 말고 화약을 음료수 병에 넣고 폭발력이 어느 정도인지 알아보면 되잖아?"

일제히 찬성의 목소리가 터져 나왔다. 모두의 시선이 나를 향했다. "좋아, 음료수 병으로 하자." 쿠엔틴의 기를 꺾고 싶지는 않았지만 우리의 한정된 자원으로 그가 고안한 실험 도구를 제작할 방법은 없었다. "하지만 쿠엔틴, 네가 생각해낸 방법도 아주 훌륭했어." 나는 누군가를 격려하는 데 대단한 노력이 필요하지 않다는 것을 알고 있었다.

쿠엔틴이 이의를 제기했다. "서니, 우리는 과학적인 방식으로 이 일을 해야 한다고!"

"우리는 그렇게 하고 있어." 나는 차분한 어조로 말했다. "다만 여기가 케이프커내버럴이 아니라는 사실을 고려해야 할 때도 있는 거야."

쿠엔틴은 다른 친구들을 설득해보려 했다. "애들아, 우리는 로켓을 제작하는 방법을 배우려고 이 일을 하는 거지 재미로 하는 게 아니잖아."

"쿠엔틴, 너 말 한번 잘했다." 로이 리가 나에게 눈을 찡긋하며 말했다. "재미는 여자애들한테나 얻어야지." 그러면서 로이 리는 재킷 안주머니에서 꺼낸 브래지어를 의자 등받이에 걸었다. "애들아, 이제 실습을 통해서 배워볼 시간이야."

쿠엔틴은 로이 리의 장난스러운 태도에 화가 난 표정이었다. 하지만 나를 포함해서 셔먼과 오델은 이미 로이 리만 쳐다보고 있었다. 우리는 침을 꼴깍 삼키며 로이 리가 그 비결을 가르쳐주기를 기다렸다. 로이 리는 브래지어가 감겨진 의자 옆에 다른 의자를 가져다놓고 앉았다. 그리고는 등받이 위에 팔을 걸친 채 브래지어의 뒤쪽 고리를 만지작거렸다. 눈 깜짝할 사이에 브래지어가 바닥에 툭 떨어졌다. "와!" 우리는 모두 탄성을 질렀다. 쿠엔틴도 예외가 아니었다. 쿠엔틴은 브래지어를 집어들고 고리의 구조를 유심히 살피더니 인상을 찌푸리며 말했다. "이것보다 좀 더 나은 구조로 만들 수도 있을 텐데." 그는 바지자락에 달라붙어 있는 씨앗—웨스트버지니아에서 흔히 볼 수 있는—을 떼어냈다. 솜털에 싸여 있는 그 조그마한 씨앗은 숲속을 걷다보면 어김없이 옷에 붙어오곤 했다. 댄디와 포텃도 토끼를 쫓아 숲속을 뛰어다니다가 집에 돌아오면 온몸에 그 씨앗이 달라붙어 있어서 그걸 떼어내는 데 한참이 걸리곤 했다. 쿠엔틴은 그 씨앗을 바지에 붙여보았다가 다시 떼어냈다. "이걸 현미경에 놓고 관찰해보고 싶어. 이게 바지에 붙는 원리를 알아내면 브래지어에도 적용해볼 수 있을 거야."

"됐어." 로이 리가 브래지어를 낚아채서 다시 의자 등받이에 채우며 말했다. "너는 생각이 너무 많아서 탈이야."

우리는 한 사람씩 돌아가며 브래지어 풀기 실습을 해보았다. 나는 동네에서 빨랫줄에 걸린 브래지어는 숱하게 보았지만 직접 만져보기는 처음이었다. 브래지어의 고리를 한 손으로 푸는 것은 보기보다 쉽지 않았다. 맨 위의 고리를 푸는 게 특히 어려웠다. "그렇게 굼뜨다간 도로시한테 벌써 따귀 한 대 날아왔겠다." 로이 리가 내 서툰 솜씨를 보면서 말했다.

"분명히 경고하는데 도로시에 대해 그런 식으로 말하지 마." 내가 인상을 쓰며 말했다.

"왜? 걔가 천사인 줄 아냐? 걔가 웰치 남자애들과 어울려 다닌다는 소문이 쫙 퍼져 있어."

그건 처음 듣는 얘기였다. 웰치의 아이들은 "진도가 빠르기로" 유명했다. 만일 도로시가 그런 녀석들과 만나고 있다면…… 갑자기 속이 메스꺼웠다. "로이 리, 그 얘긴 그만해라." 나는 갑자기 비참한 기분이 들었다. 도로시에 관한 이야기는 나를 세상에서 가장 행복한 사람으로 만들어주다가도 한순간 가장 비참한 사람으로 만들곤 했다.

로이 리는 천연덕스럽게 두 손을 들어 보이며 말했다. "알았어. 하지만 너도 그 사실을 몰랐다고 하지는 마."

그날 오후 내내 브래지어 풀기 실습에 매달린 우리는 마침내 완벽한 기술을 터득하게 되었다. 쿠엔틴조차 그 기술이 가져다 줄 놀라운 효과에 대한 로이 리의 설명에 넘어가고 말았다. 브래지어를 재킷 안주머니에 도로 넣은 로이 리와 다른 친구들이 모두 돌아간 후 어머니는 쿠엔틴을 따로 불러서 저녁을 먹고 가라고 했다. 쿠엔틴은 허리를 숙이며 깍듯하게 대답했다. "자리에 함께할 기회를 주신다면 정말 기쁘겠습니다."

어머니가 환하게 웃으며 말했다. "서니, 쿠엔틴한테 이런 예의범절 좀 배워봐라."

"이게 다 가정교육 탓인 걸요." 내가 대꾸했다.

"서니, 그렇게 버릇없이 굴다간 크게 혼날 줄 알아." 어머니가 경고했다. "지하실을 엉망으로 해놓았더구나. 당장 내려가서 치우고 와."

"네." 나는 어머니가 결코 빈말을 하지 않는다는 사실을 상기하며 지하실로 내려갔다.

그 다음 주 오델은 동네의 쓰레기통을 뒤져서 탄산음료 병을 주워 모았다. 쿠엔틴과 나는 배합 비율을 조금씩 다르게 한 화약 샘플을 만들었다. 토요일 오후 우리는 화약이 담긴 병을 종이봉투에 가득 담아 들고 파인 노브 산을 향해 출발했다. 우리는 먼저 워터탱크 산을 넘어야 했다. 그 산의 정상부에는 콜우드에 식수를 공급하는 두 개의 대형 물탱크가 있었는데 산의 이름도 거기에서 비롯되었다. 일단 물탱크가 있는 곳에 도달하면 거기서부터는 계곡을 따라 내리막이 나왔고, 다시 시작되는 오르막이 파인 노브 산이었다. 대규모 벌목이 이루어지고 10년이 넘게 지났지만 파인 노브 산의 정상부에는 보기 흉한 그루터기들만 남아 있을 뿐 아직 나무가 자라지 않고 있었다.

발이 아프고 온몸이 쑤신다는 쿠엔틴의 불평을 다 들어준 다음 우리는 화약 성능 시험을 시작했다. 그루터기 뒤에 몸을 숨긴 채 우리는 화약이 들어 있는 병을 하나씩 차례대로 터뜨렸다. 셔면이 폭발의 강도를 기록했다. 쿠엔틴은 우리의 연구 방법이 비과학적이라며 볼멘소리를 냈다. 사실 폭발의 강도를 객관적으로 비교하기는 힘들었다. 나는 마지막으로 터뜨릴 병에는 다른 것들에 비해 화약을 더 곱게 갈아 넣었다. 그런데 그 병에 든 화약은 폭발하면서 땅에 30센티미터 깊이의 구덩이를 남길 만큼 엄청난 폭발력을 보였다. 쿠엔틴마저 눈이 휘둥그레졌다. "다음 로켓에는 마지막 병에 넣은 이 화약을 사용해야겠어." 내 말을 듣고는 쿠엔틴의 표정이 조금 밝아졌다. 과정이야 어떻든 우리는 결국 과학적인 결론을 얻게 되었다. 바로 화약의 가루가 미세할수록 폭발력이 커진다는 것이었다.

회사 부지가 아닌 곳에서 폭발 실험을 했음에도 불구하고 콜우드의 일부 주민들은 여전히 우리가 하고 있는 일을 못마땅하게 여겼다. 폭발음에 놀란 사람들이 탄광에서 사고가 난 줄 알고 집밖으로 뛰쳐나오는 소동이 벌어진 것이었다. "이번에도 로켓 보이들 짓이야!" 누군가 소리를 친 다음에야 사람들은 투덜거리며 집 안으로 들어갔다. 어머니는 집에 돌아온 내게 아버지가 주민들의 항의 전화를 많이 받았으며 그 중에는 밴다이크 씨의 전화도 포함되어 있었다고 전했다. 그런데 놀랍게도 아버지는 그날 나에게 단 한마디의 잔소리도 하지 않았다. 아버지는 회사 부지가 아닌 곳에서 일을 벌인 만큼 적어도 내가 지시를 어기지는 않았다고 여기는 것 같았다. 하지만 여전히 문제는 남아 있었다. 파인 노브 산은 폭발 실험을 하기에는 괜찮았지만 로켓 발사장으로는 적합하지 않았던 것이다. 우리는 멀지 않으면서도 사람들의 불평을 듣지 않을 만한 발사장을 찾아야 했다. 하지만 그런 곳이 어디에 있을까? 해결책은 우리가 전혀 생각하지 못한 곳에서 얻어졌다.

매주 목요일 저녁에 열리는 콜우드 부녀회 정기 모임에서 6인방 선생님들이 어머니와 밴다이크 부인을 만나 로켓 보이들의 활동이 제약받고 있는 상황에 대해 우려와 충고를 전달했다. 다음날 아침 어머니가 나를 깨웠다. 아직 창밖이 어두운 이른 시각이었다. "어서 일어나. 같이 가서 아버지와 얘기 좀 해보자."

잠이 덜 깬 채로 나는 어머니를 따라 주방으로 들어갔다. 우리가 나타나자 아버지는 깜짝 놀라 커피 잔을 떨어뜨릴 뻔했다. 어머니가 그렇게 일찍 일어나는 경우도 드물었거니와 내가 그 시각에 주방에 나타나는 일은 더더욱 없었기 때문이다. "깜짝 놀랐잖아! 발소리 좀 내고 다녀."

"여보, 할 얘기가 있어요." 어머니가 말했다.

아버지는 나를 쳐다보며 의자에 몸을 기댔다. "듣고 있어."

"서니가 사람들에게 불편을 끼치지 않고 로켓을 발사할 수 있도록 당신이 좀 도와줘요."

"내가 그런 일을 왜 해?"

"콜우드에는 서니가 친구들과 함께 하고 있는 일을 기특하게 생각하는 사람들도 있으니까요."

나는 어머니가 무슨 이야기를 하는 건지 전혀 눈치를 채지 못했지만 아버지는 어머니가 가리키는 사람들이 누구인지 단번에 알아차렸다. "학교 선생이란 그 여자들은 자기들이 손가락만 딱 튕기면 콜우드가 다 자기들 뜻대로 움직이는 줄 아는가 보군." 아버지는 잔에 남아 있는 커피를 들이켰다. "미안하지만 이 문제는 내 마음대로 할 수 없어. 소장님도 로켓은 더 이상 안 된다고 하셨으니까."

"당신이 상황을 잘 이해하지 못하고 있는 것 같군요." 어머니는 싸늘한 어조로 말한 뒤 주방에서 나갔다.

아버지는 혼자 남아 있는 나를 뚫어지게 쳐다보았다. "네가 어떤 문제를 일으키고 있는지 알기나 해?" 아버지는 불편한 심기를 감추지 않았다.

나는 아버지가 말하는 문제가 정확하게 무엇인지 몰랐다. 나는 로켓을 더 이상 쏘지 말라는 아버지의 명령을 그대로 따르고 있었기 때문이다. 어쨌든 나는 아버지와 단 둘이 있는 흔치 않은 기회를 이용하기로 했다. "콜우드 탄광이 곧 문을 닫게 될 거라는 게 사실인가요?"

아버지는 마치 정신 나간 사람을 바라보듯 어이가 없다는 표정을 지었다. "그게 도대체 무슨 소리야?"

"석탄을 예전처럼 쉽게 캘 수 없기 때문에 회사가 탄광을 폐쇄할 거라는 이야기를 들었어요."

아버지는 탄광 쪽을 바라보려는 듯 고개를 돌렸지만 그쪽 벽면에는 어머니의 벽화가 있었다. 아버지는 마치 그 벽화를 처음 본 사람처럼 움찔하더니 다시 내게 시선을 돌렸다. "탄광에는 50년은 족히 파낼 만한 석탄이 있어."

"듀보네 씨는 다르게 말씀하시던데요."

아버지가 자리에서 벌떡 일어나더니 식탁의 가장자리를 꽉 움켜쥐었다. 잠시 후 흥분을 가라앉히며 다시 자리에 앉은 아버지가 말했다. "듀보네가 선량한 광부들을 선동하고 있는 거야. 너도 그 사람과는 상종하지 않았으면 좋겠다. 나는 회사 사람이니 너도 회사의 방침을 잘 따르도록 해. 알겠어?"

나는 아버지가 생각하는 것보다 더 많은 것을 알고 있었다. 노조가 파업을 벌일 때마다 나는 감독관의 아들이라는 이유로 동네 형들에게 뭇매를 맞곤 했다. 아버지는 그 사실을 알지 못했다. 그 얘기를 해버릴까 하는 충동을 느끼는 순간 전화기가 울렸다. 아버지는 황급히 거실로 나가서 전화를 받았다. 수화기 건너편의 상대가 누구인지는 몰라도 아버지는 그에게 말 한마디 제대로 할 틈도 주지 않고 소리를 버럭 질렀다. "이 멍청한 자식, 당장 갈 테니 기다려!"

일요일 아침, 나는 어머니와 형과 함께 평소처럼 교회에 갈 준비를 했다. 아버지도 정장에 넥타이를 매고 계단을 내려왔다. 아버지가 알몸으로 나타났다고 해도 어머니는 그보다 더 놀라지는 않았을 것이다. 스스로 원해서 교회에 간 적이 거의 없는 아버지는 그날 광업소장 밴다이크 씨 부부와 예배 후에 클럽하우스에서 식사를 하기로 약속이 되어 있었다. "특선 메뉴를

드시겠군요?" 어머니가 비꼬듯 말했다. "좋으시겠어요."

아버지의 표정이 일그러졌다. "소장님께 우리 내외가 같이 갈 거라고 말씀드렸어."

어머니는 한 손으로 내 넥타이를 바로잡아주면서 퉁명스럽게 대답했다. "생각해보죠." 아버지는 입을 꾹 다물었다.

어머니와 아버지는 밴다이크 씨 부부, 래시터 박사 부부와 나란히 뒷줄에 앉았다. 형은 미식축구부원들과 한데 어울려 앉았다. 그들은 주 챔피언 결정전 참가 자격이 박탈된 것에 대해 아직도 분이 풀리지 않은 것 같았다. 사실 아버지는 형의 기분을 풀어주기 위해 무척 애를 썼다. 형에겐 토요일 저녁에 아버지의 차를 몰고 나갈 수 있는 특권이 주어졌다. 세차를 해놓아야 한다는 조건도 붙지 않았다. 하지만 나는 형이 누리는 특권이 별로 부럽지 않았다. 나는 아직 운전면허증을 발급받을 수 있는 나이가 아니었고 무엇보다 형처럼 차에 태우고 다닐 여자 친구가 없었기 때문이다. 당시로서는 여자 친구가 영원히 생길 것 같지 않았다.

나는 서먼과 오델을 발견하고 함께 앞줄에 가서 앉았다. 성가대가 합창을 하기 위해 일어서자 독창을 맡은 댄슬러 부인이 앞으로 나왔다. 갈색 성가대복을 입은 댄슬러 부인의 머리카락이 창문으로 쏟아져 들어오는 햇볕을 받아 은색으로 반짝거렸다. 독창이 끝난 뒤에도 댄슬러 부인의 청아한 목소리가 예배당 전체에 긴 잔향을 남겼다. 레이니어 목사님이 자리에서 일어나 설교대 앞으로 나왔다. 목사님은 어딘가 불편해 보였다. 제의祭衣도 어쩐지 잘 안 맞는 것 같았고 머리도 조금 헝클어져 있었다. "오늘," 목사님은 떨리는 목소리로 설교를 시작했다. "저는 아버지와 아들이라는 주제를 가지고 말씀을 나누고자 합니다."

목사님은 오늘날 아버지들은 아들에게서 마땅히 받아야 할 존경을 받지 못하고 있다고 말했다. 이 말에 내 안테나가 곤두섰다. 회사는 목사님에게 상당한 액수의 봉급을 지불했기 때문에 설교의 주제, 특히 회사와 관련된 주제에 대해서는 영향력을 행사할 수 있었다. 세상에 어떤 아들이 아버지를 존경하지 않는단 말인가? 로켓 때문에 아버지의 속을 썩이는 우리 말고는 아무도 없었다.

레이니어 목사님은 예화를 하나 들려주었다. 나쁜 행실을 일삼는 아들이 하나 있었다. 그의 아버지는 아들이 나쁜 짓을 할 때마다 비통한 마음으로 문에 못을 한 개씩 박았다. 마침내 아들이 정신을 차렸을 때 아버지는 아들의 허물을 용서하고 못을 모두 뽑아냈다.

"못은 모두 뽑아졌지만 못 자국은 아버지의 마음에 남은 고통의 흔적을 그대로 보여주었습니다."

레이니어 목사님이 나를 바라보았을 때 나도 모르게 몸이 움츠러들었다. 목사님은 내가 아무 죄책감도 가지고 있지 않던 일에 죄책감을 느끼도록 마법을 부렸다. 목사님들은 그런 재주가 탁월했다. 목사님은 못 자국 얘기를 조금 더 하다가 잠언의 구절을 인용했다. 목사님은 아직 자신의 설교에 담긴 속뜻을 알아차리지 못하고 있는 나를 똑바로 쳐다보았다. "미련한 아들은 그 아비의 재앙이니, 내 아들아, 지식의 말씀에서 떠나게 하는 교훈을 듣지 말지니라."

나는 의자 아래쪽으로 몸을 더욱 파묻었다. 아버지가 어머니를 향해 회심의 미소를 날리는 모습이 눈앞에 그려졌다. 나는 아버지가 오랜만에 교회에 온 진짜 이유를 알 것 같았다. 그날 목사님은 회사의 입장을 대변하는 설교를 하고 있는 것이었다.

하지만 설교는 아직 끝난 게 아니었다. 이번에는 내가 아닌 뒷줄을 바라보면서 목사님은 숨을 크게 들이마셨다. "저는 신학교에 다닐 때 그 이야기를 처음 들었는데 이후 제멋대로 행동하는 젊은이들을 만나면 그 이야기를 종종 들려주곤 했습니다. 그런데 최근 콜우드에서 벌어지는 일들을 지켜보면서 저는 다시 한 번 생각을 해보았습니다. 문에 못을 박은 아버지는 과연 어떤 분이었을까? 문에 분노의 못질을 하기 전에 아들에게 다가가서 사랑과 이해와 관용을 베풀었다면 어땠을까 하고 말입니다. 어쩌면 그 못 자국은 아버지의 사랑이 아닌 분노를 보여주는 것인지도 모릅니다."

목사님은 헛기침을 한 번 하고 말을 이었다. "최근 콜우드에 문제가 좀 있었습니다." 목사님의 목소리가 조금 갈라졌다. "바로 아버지와 아들의 문제입니다. 물론 아들은 아버지를 존경해야 합니다. 하지만 잠언 23장 24절을 떠올려 봅시다. '지혜로운 자식을 낳은 자는 그로 인하여 즐거울 것이니라.' 배움에 목마른 아들을 둔 것은 아버지에게 주어진 가장 큰 선물입니다."

신자들 사이에는 여느 때처럼 침묵이 흘렀지만 성가대석에서 몇몇 사람이 "아멘!" 하는 소리가 들렸다. 그제야 나는 누가 설교의 후반부에 영향을 끼쳤는지 알 수 있었다. 회사는 물론 아니었다. 그것은 성가대에서 활동하고 있는 콜우드 초등학교의 6인방이었다. 목사님은 성가대를 향해서가 아니라 그들을 대신해서 설교를 하고 있는 것이었다.

목사님의 설교는 이제 거침이 없었다. "아들은 아버지에게 순종해야 합니다. 하지만 아버지도 아들이 꿈을 꿀 수 있도록 도와주어야 합니다. 아들이 혼란을 겪을 때 대화를 나누고 그들이 길을 잃었을 때 집으로 인도해야 합니다. 주님께서는 말씀하셨습니다. '너희 중에 어느 사람이 양 일백 마리가 있는데 그 중에 하나를 잃으면 아흔아홉 마리를 들에 두고 그 잃은 것을 찾도록 찾아다니지 아니하느냐?' 여러분, 그 양을 찾은 사람의 심정이 어땠겠습니까? 나머지 아흔아홉 마리보다 그 한 마리 때문에 더욱 기쁘지 않겠습니까? 이 자리에 모인 아버지들에게 부탁합니다. 길 잃은 아들들을 찾아 그들이 계속해서 꿈을 꿀 수 있도록 도와주십시오. 이 아들들이 누구인지 우리는 다 알고 있습니다. 로켓을 만들고 있는 이 아이들은 위대한 꿈을 꾸고 있는 것입니다. 이 아이들은 질책이 아닌 도움을 받아야 합니다."

"아멘!" 6인방의 목소리가 크게 들렸다.

셔먼과 나는 서로를 쳐다보며 빙긋 미소를 지었다. 미식축구 부원들이 앉아 있는 쪽에서 웅성거리는 소리가 들렸다. 부모님이 앉아 있는 곳에서는 차가운 침묵만 흘렀다. 레이니어 목사님은 그쪽을 응시하면서 제의의 소매로 이마에 맺힌 땀을 닦았다. 조금 전까지만 해도 자신의 수사에 도취되어 하늘에 둥둥 떠 있는 것 같았던 목사님은 뒤쪽에 앉아 있는 신자들의 차가운 반응을 의식한 듯 다시 지상으로 내려왔다. "물론 이것은 보잘것없는 어느 목사의 개인적인 의견에 지나지 않습니다." 목사님의 목소리와 시선이 떨리는 것 같았다. "이어서 성가대의 찬양이 있겠습니다."

목사님이 자리에 돌아가서 앉았다. 설교대에 가려 목사님의 모습은 보이지 않았지만 성가대는 그 어느 때보다도 우렁찬 목소리로 "우리 아버지들의 신앙"을 합창했다. 예배의 마지막 순서로 목사님이 축도를 할 차례였지만 목사님은 어쩐 일인지 자리에서 일어나지 않았다. 잠시 어색한 침묵이 흐르더니 댄슬러 씨가 일어나 성가대의 퇴장을 알렸다. 고개를 뒤로 돌리자 아버지와 밴다이크 씨의 착잡한 표정이 눈에 들어왔다. 어머니와 밴다이크 부인의 얼굴엔 천사의 미소가 흐르고 있었다. 6인방 선생님들은 다른 성가대원들과 우리 옆을 지나가면서 짐짓 엄한 표정을 지어보였다. 나는 그 표정의 의미를 이해할 수 있었다. 그것은 우리를 위해 기꺼이 어려운 일을 감당했으니 앞으로 더욱 열심히 하라는 채찍질이었다.

형과 다른 축구부원들은 예배가 끝나자마자 교회에서 연기처럼 빠져나갔다. 유일하게 벽이 계단에서 우리를 불러 세웠다. "목사님한테 가서 너희 같은 멍청한 계집애들 말고 우리 미식축구부나 신경 쓰라고 해."

"왜 또 시비야?" 오델이 재킷을 벗으려는 시늉을 했다. "한번 붙어볼까? 누가 계집애인지 한번 가려보자고."

그때 어머니가 계단을 내려오면서 상황을 파악했다. "잘 지냈어, 부캐넌?" 어머니가 벽에게 인사를 건넸다.

"안녕하세요?" 벅이 자세를 고치면서 공손하게 인사를 했다. "건강하시죠?"

"그럼. 너는 어떻게 지내니?"

"잘 지내요." 벅은 대답을 마치고 우리를 힐끗 노려본 다음 계단을 뛰어 내려갔다.

벅이 뛰어간 직영매장 방향의 반대쪽으로 오델과 셔먼이 사라진 뒤 어머니가 말했다. "서니, 너는 여기 잠깐 있어 봐라. 아버지가 너한테 하실 말씀이 있는 것 같다." 어머니는 밴다이크 부인과 함께 담소를 나누며 클럽 하우스 쪽으로 걸어갔다. 주차장 쪽을 쳐다보자 아버지와 밴다이크 씨가 콜우드 초등학교 선생님들에게 둘러싸여 있었다. 선생님들과 악수를 나누며 헤어진 뒤 아버지와 밴다이크 씨는 두 분끼리만 이야기를 좀 더 나누었다. 밴다이크 씨가 클럽 하우스 쪽으로 사라지자 아버지가 나를 불렀다. 아버지는 내가 다가가자 자동차 열쇠를 던져주며 말했다. "운전 연습 좀 해봐." 아버지의 표정과 말투에 못마땅한 기색이 역력했다.

"정말이요?" 나는 운전을 해본다는 생각에 뛸 듯이 기뻤다. 평소 같으면 며칠을 졸라야 겨우 얻을 수 있는 기회였다.

아버지가 조수석에 앉았다. "프록 레벨 쪽으로 몰아봐."

아버지는 내가 도로에 깊이 파인 구덩이를 미처 피하지 못했을 때 잠시 으르렁거렸을 뿐 내내 침묵을 지켰다. 차가 프록 레벨에 도착하자 아버지는 턱으로 빅 브랜치 쪽으로 이어지는 비포장도로를 가리켰다. 나는 차체 바닥의 오일팬이 돌부리에 긁히지 않도록 조심스럽게 차를 몰았다. 비포장도로를 따라 2마일 쯤 내려간 곳에서 아버지가 차를 세우게 했다. 오래 전에 분탄 폐기장으로 사용되던 곳이었다. "내려서 한번 둘러보자."

수백만 톤의 분탄을 불도저가 밀고 지나간 자리에 만들어진 검은 사막이 멀리 계곡 아래까지 이어졌다. 나무 한 그루, 풀 한 포기조차 자라지 못하는 곳이었다. "로켓을 발사하고 싶으면 여기에서 해." 아버지가 말했다. "여기라면 사람들이 들을 수도, 볼 수도 없을 테니 여기에서 네 맘대로 해봐."

나는 그 광대한 공간에 입이 다물어지지 않았다. "여기에서 저 끝까지 거리가 얼마나 될까요?"

"1마일 정도 될 거다."

나는 뜨거운 태양이 내리쬐는 분탄 폐기장과 주위의 산을 둘러보았다. 온갖 상상 속의 장면들이 머릿속에 펼쳐졌다. 눈 앞에 이미 관제소와 발사대가 지어졌고 로켓은 가파른 언덕을 배경으로 하늘 높이 날아오르고 있었다. "여긴 케이프 콜우드야……." 나는 혼잣말을 내뱉었다.

아버지는 황량한 풍경을 둘러보며 고개를 흔들었다. "너 말고는 여기 올 사람도 없겠다. 그만 가자."

"아버지, 한 가지 부탁드릴 게 있어요."

"뭔데?"

나는 눈 딱 감고 말을 꺼냈다. "로켓을 발사할 때 우리가 들어가서 몸을 피할 작은 건물을 지어야 하는데요, 목재를 좀 주실 수 있어요?"

아버지는 중절모를 벗어서 바지를 툭툭 털어냈다. "회사의 물건은 회사를 위해 쓰라고 있는 거지 로켓이나 쏘라고 있는 게 아니다."

"못 쓰는 목재나 자투리도 괜찮아요." 나는 상황이 나에게 유리하다는 것을 알고 있었기 때문에 과감하게 밀고나갔다. "그리고 지붕에 덮을 양철도 좀 주셨으면 해요."

아버지는 자동차를 향해 터벅터벅 걸어가다가 갑자기 뒤돌아서더니 손가락으로 나를 가리키며 말했다. "못 쓰는 목재도 적잖은 돈을 받고 팔 수 있다는 건 분명히 알아둬라. 여하튼 내가 너한테 못 쓰는 목재를 내주면 오늘 이후로 콜우드에서 로켓은 영원히 사라지는 거다. 알겠어?"

"네, 약속할게요. 고맙습니다."

아버지는 만족스러운 표정을 지으며 중절모를 다시 썼다. 하지만 곧 아버지의 얼굴에 불안한 표정이 지나갔다. "빨리 가자." 아버지가 다급하게 말했다. "네 엄마가 소장님 내외분께 무슨 소리를 늘어놓고 있을지 모르니까."

나는 차에 오르기 전 드넓은 분탄 폐기장을 다시 한 번 돌아봤다. BCMA는 드디어 기지를 마련했다. 케이프 콜우드! 나는 쿠엔틴에게 이 사실을 어서 전해주고 싶었다.

8장
기지의 건설

케이프 콜우드의 저편, 플로리다의 케이프커내버럴은 분주했다. 공군은 매주 탄도 미사일 발사 실험을 했다. 하지만 대부분은 공중에서 폭발했고 일부만 예정된 낙하지점에 떨어졌다. 1958년 2월 5일, 뱅가드 프로젝트의 과학자들은 인공위성을 궤도에 올리기 위해 재도전에 나섰으나 또다시 실패하고 말았다. 그나마 이번에는 로켓이 발사대를 완전히 벗어난 지점에서 폭발했다. 3월 17일, 그들은 다시 로켓을 발사했고 드디어 '그레이프프루트'라는 별칭을 얻은 무게 3.24파운드의 소형 위성을 궤도에 올렸다. 3월 26일, 폰 브라운 박사는 무게 31파운드의 '익스플로러'를 궤도에 올리는 데 성공했다. 이제 미국의 인공위성 계획도 큰 걸음을 내딛는 것으로 보였다. 그러나 두 달 후 러시아의 과학자들이 무게가 2,925파운드에 이르는 스푸트니크 3호를 궤도에 올리자 일부 미국인들 사이에는 차라리 우주 개발을 포기하는 게 낫겠다는 여론이 일었다. 나는 그들이 밸리 포지(Valley Forge, 독립전쟁 당시 영국군의 공세에 밀려 퇴각한 조지 워싱턴 장군의 군대가 겨울을 보낸 곳으로 많은 병사들이 혹한과 식량 부족으로 동사하거나 탈영했다 – 옮긴이)에서 도망을 쳤거나 진주만 공습 직후 전쟁에서 발을 빼자고 주장한 사람들과 다를게 없다고 생각했다.

그럼에도 폰 브라운 박사는 포기하지 않았다. 신문 보도에 따르면 그는 '새턴'이라는 초대형 로켓을 만드는 중이었다. 1958년 봄, 의회와 아이젠하워 정부는 미국항공우주국NASA을 설립해서 우주개발 계획에 박차를 가했다. 그 즈음 폰 브라운 박사는 어느 인터뷰에서 미 육군을 떠나 미국항공우주국에서 일할 수도 있음을 밝혔다. 만일 그가 자리를 옮긴다면 나의 궁극적인 목표 역시 그의 결정을 따라 바뀔 수밖에 없었다.

1학년 종업식이 며칠 앞으로 다가온 어느 날 교장 선생님이 전교생을 강당으로 집합시켰다. 우리는 교장 선생님이 애교심을 들먹거리며 새 학년과 함께 새로운 시즌을 맞는 우리 학교 미식축구부에 아낌없는 성원을 보내자는 내용의 일장연설을 할 것으로 예상했다. 나는 로이 리와 나란히 앉았다. 누군가 뒤에서 내 어깨를 쳤다. 뒤를 돌아보자 2학년생 밸런타인 카미나가 나를 보며 환하게 웃고 있었다. 밸런타인은 남학생들 사이에서 "아찔한 몸매"의 소유자로 통했다. "안녕, 서니." 그녀의 입술 사이로 가지런한 하얀 이가 드러났다.

이유는 알 수 없었지만 밸런타인은 늘 내게 호감을 보였다. 어쩌다 친구들이 강당에 늦게 오거나 해서 내 옆자리가 비어 있는 경우 그녀는 어김없이 내 옆에 와서 수다를 떨곤 했다. 그녀는 카운티를 통틀어서 가장 거칠고 험한 동네로 알려져 있는 버윈드에 살았다. 그녀는 집에 돌아가면 "녹초가 되어 있는" 어머니를 대신해서 7남매 중 맏이인 자신이 동생들을 보살핀다고 했다. 그녀는 교장실에도 자주 불려갔다. 그녀는 멋깨나 부리고 화장도 진하게 하는 한 무리의 여학생들을 몰고 다녔는데, 그들은 가슴골이 다 드러나는 상의와 화장실에서의 흡연 그리고 수업을 빼먹고 브라스밴드의 창고에서 남학생들과 벌인 아슬아슬한 행각 때문에 여러 차례 엄중한 경고를 받았다. 그녀는 가슴을 겨우 가리고 아랫단이 허벅지 위까지 올라오는 드레스를 입고 나타남으로써 "몸통을 제대로 가리고" 다니라는 교장 선생님의 명령에 정면으로 도전했지만 그 무리의 여학생들이 똑같이 입고 다니는 재킷을 그 위에 걸침으로써 더 이상의 말썽은 피했다. 그녀가 복도에 나타나면 남학생들은 일제히 다리가 후들거리며 그녀가 나타난 방향에서 사라지는 방향으로 목이 저절로 돌아가는 경험을 했다. 그녀는 가끔 복도를 지나갈 때 내 뒤에서 갑자기 팔짱을 끼며 자신의 교실까지 함께 가달라고 말하기도 했다. 그녀가 그런 행동을 보일 때마다 나는 우쭐한 기분이 들었다.

로이 리가 의자에서 몸을 돌려 노래를 부르듯 이죽거렸다. "오, 밸런타인, 나의 사랑 밸런타인!"

"닥쳐라, 로이 리." 그녀는 로이 리를 매섭게 노려본 다음 나를 향해 상냥한 미소를 지었다. "서니, 잘 지내지?"

나는 머뭇거리며 대답했다. "네, 잘 지내요. 누나는요?"

"나도 잘 지내. 너랑 조용한 곳에 가서 둘만의 시간을 보낼 수만 있다면 더 바랄 게 없을 텐데 말이야."

나는 의자에서 녹아내리는 기분이었다. 로이 리가 옆구리를 쿡쿡 찌르며 말했다. "야, 도로시는 그만 잊고 쟤랑 한번 잘해 보라고."

내가 대꾸를 하려는 순간 갑자기 강당이 쥐 죽은 듯이 조용해졌다. 단상에 올라선 교장 선생님은 속닥거리는 소리가 나는 곳을 향해 눈을 부라렸다. 평소에는 잠시도 가만히 있지 못하는 학생들조차 일제히 부동자세가 되었다. 교장 선생님은 두 가지 중대 발표를 했다. 둘 다 너무나 충격적인 내용이었다.

교장 선생님은 빅 크리크 고등학교 미식축구부의 1958년 시즌 참가 자격이 박탈되었다고 발표했다. 그것은 단 한 경기도 나갈 수 없다는 뜻이었다. 이유는 간단했다. 우리 학교 미식축구부를 사랑하는 일부 부모님들이―아버지 후원회를 가리키는 말이었다―웨스트버지니아 고교 체육위원회를 상대로 1957년 주 챔피언 결정전 출전을 금지시킨 조치를 철회하라는 소송을 제기하면서 물의를 일으켰기 때문이라는 것이었다. 학생들은 모두 큰 충격을 받았다. 교장 선생님이 학교에 불을 지르겠다고 발표를 했어도 그만큼 충격적이지는 않았을 것이다. 미식축구부원들이 동요를 하자 게이너 감독이 벌떡 일어나서 그들을 진정시켰다. "남자답게 행동해라. 침착하고 의연하게 행동해."

이어서 교장 선생님은 교육과정을 개정해서 보다 어려운 내용의 심화 과정 수업을 실시하겠다고 발표했다. 그것은 스푸트니크호의 충격과, 러시아 학생들에 비해 미국 학생들이 이수하는 교육과정이 너무 쉽다는 여론에 떠밀린 조치였다. 교장 선생님은 학생들을 내려다보며 목소리에 힘을 주었다. "이제 우리 학교에서 쉽게 이수할 수 있는 과목은 더 이상 없을 것이다."

우리는 두 가지 이야기 모두 믿을 수가 없었다. 교장 선생님의 연설이 이어졌다. "미식축구부의 출전 금지 조치에 대해 우리가 할 수 있는 일은 전혀 없다." 교장 선생님의 시선이 미식축구부원들을 향했다. "그것을 받아들이고, 힘들겠지만 각자의 위치에서 최선을 다하기 바란다. 하지만 교실에서 일어날 변화는 전혀 다른 문제다." 교장 선생님은 연단의 모서리를 힘껏 움켜쥐었다. "여기 있는 남학생들은 졸업과 동시에 탄광에서 일을 하거나 군대에 가게 될 것이다. 많지는 않겠지만 대학에 진학하는 학생들도 더러 있을 것이다. 여학생들은 전업주부가 되거나, 간호사, 교사, 비서 같은 일을 하게 될 것이고 어쩌면 먼 훗날 미합중국의 대통령이 되는 학생이 있을지도 모른다." 여자 대통령이라는 잠꼬대 같은 소리에 여기저기에서 웃음이 터져 나왔지만 대다수 학생들의 심각한 분위기에 눌려 이내 강당은 다시 조용해졌다.

교장 선생님은 학생들을 내려다보며 확신에 찬 어조로 말했다. "신문과 텔레비전은 러시아 학생들이 세계 최고라고 떠들고 있다. 그들이 똑똑하고 모든 면에서 앞서고 있기 때문에 온 세상이 그들 앞에 결국 머리를 숙이게 될 거라고 말한다. 하지만 나는 우리 빅 크리크의 학생들이 세상 누구에게도 뒤질 것이 없다고 생각한다. 이 자리에 모인 학생들은 훌륭하신 선생님들의 탁월한 지도를 받고 있다. 그리고 이 세상 어느 누구보다도 근면한 부모님들의 보살핌을 받고 있다. 뿐만 아니라 우리는 미국에서도 가장 강인한 사람들이 모여 있는 웨스트버지니아에 살고 있다. 그런 학생 제군들 앞에서 러시아 사람들이라고? 가소로울 따름이다. 나는 그들이 나만큼 학생 제군들을 잘 알게 된다면 아마 무서워서 벌벌 떨게 될 것이라고 믿는다."

전교생 6백 명의 시선이 땅딸막한 체구의 교장 선생님을 향하고 있었다. 쥐 죽은 듯이 조용한 장내의 침묵 속에서 어느 미식축구부원이 피식 하고 웃음소리를 냈다. 교장 선생님이 그쪽을 매섭게 노려보자 게이너 감독이 벌떡 일어나 그 학생을 쏘아보았다. 주위에 있는 다른 미식축구부원들도 일제히 그에게 날카로운 시선을 보냈다.

교장 선생님의 시선이 다시 전체 학생을 천천히 훑었다. "지금부터는 새로운 교육과정에 대해 간단하게 설명하겠다. 분명하게 말해두는데 대충대충 해서는 따라가기가 쉽지 않을 것이다. 단순히 내용만 어려워진 게 아니다. 새로운 교육과정을 면밀히 검토해본 결과 학습량이 이전에 비해 두 배 이상 늘어난 것으로 분석되었다. 이는 곧 수업활동과 숙제의 양이 늘어날 것임을 의미한다. 빅 크리크의 모든 학생들은 이제 오로지 학업에만 전념해야 한다. 그렇게 하지 않는다면 우리 미국과, 웨스트버지니아의 주민들과, 부모님들과, 이 자리에 계신 선생님들과, 무엇보다도 학생 제군 스스로를 실망시키게 될 것이다. 분명히 기억하길 바란다. 가치 있는 시민이 되기 위해서는 교육을 받아야 한다. 지금부터 윌리엄 어니스트 헨리의 시를 한

편 읽어주겠다." 교장 선생님은 안경을 고쳐 쓰며 책을 한 권 펴들었다.

"어휴, 오늘 왜 저러신대?" 로이 리가 몸을 비비 꼬며 투덜거렸다. 조용하던 강당의 분위기가 갑자기 어수선해졌다. 이제까지 학생들의 눈과 귀를 잘 붙들어 놓고 있다가 갑자기 웬 시람?

교장 선생님이 낭독한 시의 제목은 '인빅투스(Invictus, '패배를 모르는'이라는 뜻의 라틴어-옮긴이)'였다. 놀랍게도 교장 선생님이 낭독하는 시에 모든 학생들, 심지어 로이 리까지 완전히 빨려 들어갔다. 그 시는 이렇게 끝났다. "나는 상관치 않노라. 천국의 문이 아무리 좁고 내 죄목의 두루마리가 아무리 길다 해도 내가 내 운명의 주인이며 내 영혼의 선장이니."

교장 선생님이 책을 탁 덮었다. 숨소리조차 들리지 않는 침묵 속에서 책 덮는 소리가 총성처럼 크게 울렸다. "이제 교가를 제창하겠다. 응원단원들은 무대 위로 올라오도록!" 응원단원들은 모두 한데 모여 앉아 있었다. 그들이 쭈뼛쭈뼛 무대 위로 올라갔다. 예정에 없었던 일이기 때문에 응원단원들은 유니폼을 입고 있지 않았다. "응원단이 선창하겠다." 교장 선생님이 지시했다. "모두 우렁차게 부르도록!"

"앞으로 나아가자, 푸르른 기상과 순백의 찬란함으로……." 응원단원들은 서로 눈치를 보며 힘없는 목소리로 선창을 했다. 그런데 학생들이 하나둘 교가를 따라 부르기 시작하더니 이내 강당 전체가 우렁찬 노랫소리로 울렸다. "오늘의 승리는 우리의 것이니 저 공을 잡고 라인을 넘어 빅 크리크의 모든 별이여, 빛을 발하라. 우리는 싸우고 또 싸워 푸르른 기상과 순백의 찬란함을 위하여……."

교가가 끝나자 강당에 모인 학생들은 마치 우리 학교 미식축구팀이 상대팀의 공격을 터치다운 직전에 막아내기라도 한 것처럼 일제히 박수를 치며 환호를 했다. 하지만 환호할 대상이 없는 까닭에 함성은 곧 잦아들었고 강당엔 어색한 침묵이 내려앉았다. 교장 선생님이 연단 뒤로 물러서며 고갯짓을 보내자 선생님들이 학생들을 강당 밖으로 인솔해서 나가기 시작했다.

"웃겨, 정말. 무슨 헛소리를 저렇게 한대니?" 내 뒤에서 통로를 빠져나오는 밸런타인의 목소리가 들렸다. 하지만 로이 리는 나처럼 큰 충격을 받았는지 입을 굳게 다물고 있었다. 미식축구부원들은 게이너 감독을 둘러싸고 어떻게든 좀 해보라며 부질없는 애원을 하고 있었다. 나는 도로시를 찾기 위해 주위를 둘러보았다. 그녀는 에밀리 수와 함께 있었다. 도로시의 뺨은 눈물에 젖어 있었다. 나는 그녀를 위로해주고 싶었지만 학생들이 너무 많아서 그녀가 있는 쪽으로 다가갈 수가 없었다. 내가 강당을 빠져나왔을 때는 더 이상 그녀의 모습이 보이지 않았다. 내가 사물함에서 책을 꺼내고 있는 사이 벅이 다가와서 자신의 철제 사물함을 주먹으로 내리쳤다. "개자식들, 다 뒈져버려!" 그의 고함소리에 주위에 있던 학생들이 모두 놀라 그를 쳐다보았다. 그때 교장 선생님이 나타났다. 벅과 나를 제외하고는 모두들 순식간에 도망을 갔다. 나는 열려진 내 사물함 바로 앞에 벅이 서 있었기 때문에 꼼짝도 할 수 없었다.

"트랜트 군, 사물함 문짝을 찌그러뜨리지는 않았겠지?" 교장 선생님의 어조는 얼음장만큼이나 차가웠다. "혹시 그랬다면 변상 조치를 해야 할 거야. 그리고 방금 욕을 했나? 이 학교에서 욕설은 절대로 용납되지 않아."

덩치가 큰 벅은 땅딸막한 교장 선생님을 내려다보고 있었다. "이제 체육특기생 장학금을 받을 수 없단 말이에요." 그의 입술이 떨렸고 눈에선 굵은 눈물방울이 뚝뚝 떨어졌다. "저는 평생 탄광에서 석탄이나 캐면서 살게 되었단 말입니다. 이건 옳지 못하다고요!"

"그래, 네 말이 맞다. 이번 결정은 옳지 않았어. 옹졸한 복수에 불과했지. 그렇다고 해도 이런 식으로 감정을 표출하는 것은 용납할 수 없다."

벅의 얼굴이 일그러졌다. "그럼 저보고 뭘 어떻게 하라는 거예요?"

"뭘 하긴? 다른 학생들처럼 매일매일 최선을 다하는 거지. 다 징징거렸으면 어서 수업이나 들어가!" 교장 선생님의 시선이 내게로 옮겨졌다. "우리 폭탄 제조 전문가께서는 여기서 뭘 하고 계시나?"

"아무것도 아닙니다." 나는 책을 챙겨 들고 벅의 뒤를 따라 부리나케 복도 반대쪽으로 뛰었다. "복도에서 뛰지 마!" 교장 선생님이 내 뒤통수에 대고 고함을 질렀다.

오후 수업의 분위기는 가라앉아 있었다. 도로시는 생물 시간 내내 눈가를 훔쳤다. 수업이 끝나자마자 그녀는 책을 챙겨서 교실을 나섰다. 나는 황급히 그녀를 따라 나갔다. 하지만 그녀는 복도에서 3학년 미식축구부원 버넌 홀부르크의 품에 머리를 묻고 흐느끼고 있었다. 버넌이 그녀의 등을 도닥거리며 손으로 그녀의 뺨에 흐르는 눈물을 닦아주었다. 에밀리 수가 내 옆에 다가와서 그 모습을 지켜보았다. "어쩌면 좋니, 어쩌면 좋아?"

나는 숨조차 쉴 수 없었다. "나한테 아무 말도 하지 마."

"말할 생각도 없어. 상황이 모든 것을 말해주고 있잖니."

"에밀리 수, 너……." 나는 그녀에게 고함이라도 지르고 싶었지만 그녀는 휙 돌아서서 다음 수업이 있는 교실을 향해 종종걸음으로 사라졌다. 뒤돌아보니 도로시와 버넌도 사라진 뒤였다. 분주히 복도를 오가는 학생들 사이에서 나는 혼자였다.

학교에서 돌아온 형이 현관문을 들어서는 순간부터 집 안에는 무거운 분노의 기운이 감돌았다. 형은 거실 바닥에 책을 집어던지고 계단을 쿵쾅거리며 올라가더니 자신의 방에 들어가버렸다. 아버지가 퇴근을 해서 집에 들어오자 형은 아버지 앞에서 마구 고함을 지르며 이 모든 일을 아버지의 탓으로 돌렸다. "이제 그만해라, 지미." 죄인처럼 아무 말도 못하고 있는 아버지 옆에서 어머니가 말했다.

"아버지 때문에 이렇게 된 거예요! 이제 체육특기생 장학금으로 대학에 가는 것도 다 틀렸다고요!"

"대학에 보내줄 테니 걱정하지 마라." 아버지가 담담한 표정으로 말했다. "내가 등록금을 댈 테니까 장학금 못 받아도 괜찮다."

"저는 대학에서 미식축구를 하고 싶은 거라고요! 시즌 내내 경기에 나서지도 못하는 3학년생을 어느 대학이 받아주겠어요? 아버지가 제 인생을 망쳐버렸다고요!"

"제임스 베나블 히컴, 그만하라고 했다." 어머니의 목소리는 단호했다. 그것은 어머니가 마지막 경고를 보낼 때의 어조였다. 형은 무슨 말을 하려다가 어머니의 인내가 한계에 다다른 것을 알아채고는 씩씩대며 계단을 올라가 문을 쾅 닫고 방에 들어갔다. 늦은 오후 미식축구부원들이 우리 집에 몰려와 형의 방에서 머리를 맞대고 공허한 대책회의를 했다.

나는 그들에게 아무런 연민도 느끼지 못했고 오히려 약을 올리고 싶은 생각이 들었다. 나는 형의 방문을 살짝 열고 진지한 표정으로 브라스밴드에 자리가 있는데 들어올 용의가 있느냐고 물었다. 형이 자리에서 벌떡 일어나는 모습을 보고 나는 내 방으로 도망을 가서 문을 잠갔다. "서니, 넌 오늘 죽은 목숨이야." 문 밖에서 들리는 형의 목소리는 흥분한 기색이 전혀 없이 너무나 차분했다. 게다가 덩치가 어마어마한 형의 친구들까지 몰려나와 내 방 앞을 지키고 있었기 때문에 나는 등골이 오싹해졌다. 어찌하다 보니 그들에게 닥친 모든 불운이 모두 나 때문에 일어난 것처럼 되고 말았다.

콜우드 마을 전체에도 침울한 분위기가 감돌았다. 울타리 통신은 아버지의 어리석음을 성토하는 장이 되었다. 사람들은 아버지가 주제넘게 설쳐댔다는 데 이견이 없었다.

아버지는 내게 약속을 했음에도 케이프 콜우드 기지의 건설을 위해 필요한 목재와 양철을 내주지 않았다. 일주일을 기다린 끝에 나는 직접 행동에 나서서 목공소의 맥더프 씨를 찾아갔다. 깔끔하게 정돈된 목공소에서 갓 베어낸 소나무와 참나무 냄새가 났다. 맥더프 씨는 전기톱을 켜고 있었다. 나를 발견하고 작업을 멈춘 맥더프 씨에게 나는 아버지가 주기로 약속한 물건들에 대해 이야기를 했다. 그는 손등으로 모자를 들어 올리더니 머리를 긁적였다. "아버지가 그런 얘기 안 하시던데. 어쨌든 저 뒤에 쌓아둔 목재는 가져가도 된다. 양철은 페로 씨에게 말씀드려봐라. 그나저나 어머니는 새로 만든 울타리가 마음에 든다고 하시더냐?"

어머니는 맥더프 씨가 새로 만든 꽃밭 울타리를 마음에 들어 했다. 이번 것은 전신주처럼 두꺼운 기둥과 튼튼한 가로보로 만들어져서 폭격을 맞아도 날아가지 않을 것 같았다. 그가 가져가라고 한 목재는 은촉이음이 된 소나무 합판이었다. 맥더프 씨는 내가 부탁을 하자 못도 한 상자 내주었다. 나는 오델에게 전화를 했다. 한 시간 정도 지나 귀에 익은 트럭의 소음이 목공소 밖에서 들렸다. 우리는 합판을 트럭에 싣고 레온 페로 씨가 관리를 맡고 있는 철공소로 향했다.

각종 선반, 연마기, 사출기, 프레스, 공작기계 등의 소음이 우리를 맞았다. 철공소의 낮 근무 시간에는 스무 명의 기계공들이 탄광에서 사용하는 각종 기계 부품과 갱도에 들어가는 배관과 지지 구조물 등을 제작했다. 우리가 페로 씨를 찾자 작업을 하고 있던 기계공들이 유리창 너머로 작업장이 한눈에 내려다보이는 그의 사무실을 가리켰다. 페로 씨는 깍지 낀 두 손을 머리 뒤에 대고 의자 깊숙이 몸을 묻은 채 양철을 얻으러 왔다는 내 얘기를 들었다. "오늘 아침까지는 여분이 있었는데 주니어 카셀이 개집을 짓는다고 조금 가져갔고 리처드 목사님도 들러서 교회 지붕에 얹겠다고 남은 걸 모두 가져가버렸어. 그리고 설령 남는 게 있어도 공짜로 가져갈 수는 없지. 네가 원하는 게 있으면 나도 얻는 게 있어야 하지 않겠어? 그래, 뭐 좀 가지고 온 게 있나?"

"없는데요." 내가 대답했다.

페로 씨는 어깨를 으쓱했다. "그럼 얘기 끝났네. 다음에 준비가 되면 그때 다시 와라."

나는 리처드 목사님을 찾아가보기로 했다. 목사님은 교회 마당에서 철판의 치수를 재고 있었다. 나는 목사님이 페로 씨에게 양철을 얻기 위해 무엇을 건넸는지 궁금했다. 목사님은 방금 장례식에 다녀온 사람처럼 검정색 정장에 검정색 넥타이를 매고 있었다. "안녕?" 목사님은 우리가 그냥 지나가는 아이들인 줄 알고 건성으로 인사를 건네다가 나를 알아보고는 반색을 했다. "야, 서니구나! 네가 놓고 가는 신문 받아본 지가 까마득하네."

"저도 목사님이 들려주시는 얘기 들어본 지가 까마득하네요."

오델이 우리가 찾아온 용건을 이야기했다. "여기 있는 걸 좀 나눠줄 수 있으면 좋으련만 교회 지붕에 쓰기에도 모자란데 이걸 어떡하지?" 목사님이 말했다.

나는 위를 올려다보았다. "지붕에는 널판이 깔려 있는데요?"

목사님이 고개를 끄덕이며 말했다. "구할 수만 있다면 널판을 덧대면 좋지. 그런데 양철밖에 못 구하겠더라고."

"에밋 존스 씨네 석탄 보관함 옆에 널판이 잔뜩 쌓여 있던데요." 오델이 말했다. "색깔도 교회 지붕 널판과 거의 똑같아요."

"그래?" 목사님이 말했다. "그럼 너희들이 말씀을 드려서 좀 얻어 와라. 그러면 내가 여기 있는 철판을 다 줄게."

우리는 콜우드의 어른들 방식대로 무엇을 가져다주어야 존스 씨로부터 널판을 얻을 수 있을지 고민했다. 존스 부인은 잔디를 깎고 있었다. "아저씨는 출근하고 안 계셔." 존스 부인이 우리가 타고 간 트럭을 힐끗 쳐다보며 말했다. "하지만 화단에 채울 좋은 흙을 너희들이 한 트럭 실어다주면 널판을 주마."

'좋은' 흙은 빅 브랜치에 가면 퍼올 수 있었다. 우리는 오델의 집에 들러서 삽 두 자루와 곡괭이 한 자루를 챙겨서 다시 트럭을 몰고 케이프 콜우드를 지나 오르막길을 따라 숲속으로 들어갔다. 우리는 냇가 옆에 있는 고운 부식토를 트럭에 퍼 올렸다. 적재함에 흙을 다 실었을 때 우리는 흙과 땀으로 범벅이 되어 있었다. 존스 부인은 우리가 싣고 간 흙을 보고 좋아서 어쩔 줄 몰라 했다. "너희 덕분에 우리 집 꽃들이 예쁘게 피겠구나!" 부인은 마치 활짝 핀 꽃들을 눈앞에 보고 있는 것처럼 들뜬 표정으로 말했다.

해질녘이 되어서야 오델과 나는 양철과 합판을 케이프 콜우드에 내려놓을 수 있었다. 다음날 이른 아침 쿠엔틴이 히치하이크를 해서 우리 집에 도착했다. 아침식사 시간에 맞춰 온 쿠엔틴을 위해 어머니는 팬케이크를 접시에 수북하게 담아냈다. 식사를 마친 쿠엔틴은 너무 많이 먹어서 제대로 걷지도 못했다. 나는 지하실에서 챙긴 망치와 톱을 로이 리의 고물차에 실었다. 우리는 케이프 콜우드를 향해 가는 길에 셔먼과 오델을 태웠다.

오델은 종이에 그린 관제소의 도면을 가지고 왔다. "나는 목수도 아니고 목수의 아들도 아니지만," 톱질과 망치질을 함께 하는 동안 오델이 콧노래를 불렀다. "목수가 오기 전까지는 목수 노릇을 해야 한다네."

해가 중천에 뜨자 분탄 폐기장은 펄펄 끓는 가마솥이 되었다. 우리는 기운을 내기 위해 아무 노래나 불러대기 시작했다. 우리는 "Be-Bop-A-Lula", "The Great Pretender", "Blueberry Hill" 그리고 "That'll Be the Day"를 불렀다. 중간에 가사가 기억나지 않으면 아는 부분의 가사를 붙여서 계속 불렀다. 로이 리는 노래를 잘했다. 로이 리가 장난기가 가득한 표정으로 에벌리 브라더스의 "All I Have to do Is Dream"을 개사해서 불렀다.

> "꿈, 꿈, 꿈만 꿔요.
> 서니는 오로지 꿈, 꿈, 꿈만 꿔요.
> 도로시를 품에 안고 싶을 때
> 그녀의 속삭임을 듣고 싶을 때
> 도로시를 간절히 원할 때마다
> 서니가 하는 일은 꿈을 꾸는 거예요.
> 어쩜 좋아요, 문제는 하나
> 이놈이 꿈만 꾸고 자빠져 있다는 거죠……."

나는 그냥 웃고 말았지만 로이 리의 노래는 내 속을 후벼 팠다.

결국 더위에 지친 우리는 분탄 폐기장의 뒤쪽을 흐르는 개울 가에 가서 바위 위에 걸터앉아 차가운 물에 발을 담갔다. 쿠엔틴은 더위를 먹어서 현기증이 난다며 개울물에 그냥 드러누워 버렸다. 우리는 쿠엔틴을 내버려두고 다시 일을 시작했다. "그나저나 발사대도 만들어야지." 오델이 말했다.

"시멘트 발라본 적 있는 사람?" 내가 친구들에게 물었다.

오델이 선창을 하자 친구들이 따라 부르며 노래로 대답했다. "나는 시멘트공도 아니고 시멘트공의 아들도 아니지만……." 잠시 후 쿠엔틴이 가재에게 물렸다고 투덜대며 우리가 있는 곳으로 돌아왔다. 첫날 작업을 마칠 무렵 우리는 완전히 기진맥진해 있었다.

어머니는 쿠엔틴을 보자마자 도대체 얼마나 부려먹었으면 아이의 몰골이 이 모양이냐며 나에게 잔소리를 퍼부었다. 어머니는 쿠엔틴에게 전함을 침몰시킬 만큼 많은 양의 물을 마시게 한 뒤 옥수수 빵과 콩을 내놓았다. 그리고는 피곤할 테니 우리 집에서 자고 가라며 내 방을 내주었다. 나는 그날 밤 이불을 가지고 거실에 내려와 소파에서 잠을 잤다. 늦은 시각 퇴근을 한 아버지가 거실의 전등 스위치를 켜다가 소파에 누워 있는 나를 발견했다. "오늘 목공소와 철공소에 자재를 얻으러 들렀더구나."

나는 이불 밖으로 고개를 내밀었다. "못 쓰는 거나 자투리는 가져가도 된다고 하셨잖아요?"

"내가 그랬었지." 아버지는 무표정하게 대답하고는 그제야 내가 거실에 있는 이유가 궁금한 듯 물었다. "네 방 놔두고 왜 여기에서 자고 있어?"

"온종일 친구들과 관제소 짓는 일을 했는데 쿠엔틴이 너무 피곤해 보인다고 엄마가 제 방에서 자고 가라고 하셨어요."

"벌써 다 지었어?"

"아뇨, 절반 정도 끝난 것 같아요. 한번 와서 보실래요?"

아버지는 대답 대신 하품을 했다. "약속은 꼭 지켜라. 콜우드에서는 로켓이 보여서도, 들려서도 안 된다."

"알았어요." 나는 기운이 빠졌다. 만일 형이 BCMA의 활동을 하고 있었다면 아버지는 아마 분탄 폐기장에 와서 우리와 함께 못질을 하고도 남음이 있었다.

"참, 오늘 막장에서 아이크를 만났다." 아버지는 별로 중요하지 않은 일이 갑자기 생각났다는 듯이 말했다. "너에게 가르쳐줄 게 있다면서 철공소에 잠깐 들어가도 되겠느냐고 묻더라. 그냥 그러라고 했는데 대신 근무시간엔 안 되고 회사 자재를 사용해서도 안 된다고 했다."

'비코프스키 씨가 기억을 하고 계셨구나!' 나는 미소가 절로 나왔다. "고맙습니다."

내 반응이 의외였는지 아버지는 떨떠름한 표정이었다. "내가 정해놓은 선은 절대로 넘지 마라." 아버지가 말했다.

"네, 걱정하지 마세요."

"회사 자재는 절대로 안 된다고 했다." 아버지는 다시 한 번 강조했다. "알았어? 철공소에 있는 기계는 써도 되지만 알루미늄이든 철이든 자재는 네가 직접 사서 써야 한다."

"신문 배달하면서 번 돈이 아직 남아 있어요." 나는 대답을 하면서도 여전히 싱글벙글했다.

아버지는 갑자기 생기를 되찾은 내 모습에 마치 낯선 사람을 대하듯 어색한 표정을 지었다. "그만 자라." 아버지가 전등 스위치를 내리며 말했다.

나는 다시 이불을 뒤집어쓰면서 까치발로 계단을 오르는 아버지의 발소리를 들었다. 거실의 천장 바로 위에는 어머니의 침실이 있었다. 아버지가 계단을 오르는 동안 위층의 바닥이 삐걱거리는 소리가 들렸다. 발소리가 방문 앞에서 멈추는가 싶더니 아버지가 2층 복도를 지나는 동안 잠시 침묵이 흘렀다. 그리고는 다시 침대 쪽으로 되돌아가는 발소리와 이어서 침대가 삐걱하는 소리가 들렸다. 아버지의 방문이 조용히 열렸다가 닫히는 소리와 함께 위층엔 다시 정적이 흘렀다. 돌이켜보면 나는 그날 밤 어른이 되기 시작했다는 생각이 든다. 그 시절 우리 집의 공기를 종종 뒤덮던 쓸쓸함과 음울함의 정체를 나는 그날 밤 처음 이해하게 되었다.

9장

제이크 모스비(오크 5~8호)

매년 오하이오의 본사는 새로 입사한 젊은 엔지니어들을 콜우드 탄광으로 보내 현장을 경험하게 했다. 아버지는 그들의 교육을 담당했다. 풋내기 엔지니어들이 도착하면 아버지는 제일 먼저 그들을 갱도 안으로 데리고 들어가서 막장까지 몇 마일을 걷게 했다. 갱도 천장의 높이는 평균 5피트에 불과했다. 때문에 갱도에서는 허리를 굽히고 머리는 쳐든 자세로 걸어야 했다. 광부들은 아버지가 풋내기 엔지니어들을 데리고 갱내에 들어왔음을 직접 보지 않아도 알 수 있었다. 젊은 엔지니어들의 헬멧이 천장에 연신 부딪치는 소리와 아버지가 이것저것 쉬지 않고 설명하는 말소리가 멀리서부터 들렸기 때문이다. 아버지로부터 지독한 고문을 받은 엔지니어들 중 몇 명은 며칠을 버티지 못하고 짐을 싸서 오하이오로 돌아가곤 했다. 그해에 현장교육을 와서 중도에 포기하지 않은 엔지니어들 중의 한 사람이 제이크 모스비였다. 그는 얼마 후 BCMA에 없어서는 안 될 인물이 되었다.

내가 제이크 아저씨를 처음 만난 것은 9학년 때였다. 내가 배달하는 신문의 구독자들 중 일부는 직영매장 건너편 작은 언덕에 위치한 클럽 하우스에서 살았다. 클럽 하우스는 처음에 제1차 세계대전에서 돌아온 카터 씨의 아들이 거주할 저택으로 지어졌다. 그러다 1920년대에 석탄의 수요가 폭발적으로 늘어나고 광부들의 숫자가 늘어나면서 기숙사로 개축이 되었다. 이후 증축을 거듭한 건물은 수십 개의 방을 갖추고 미혼 광부들과 단기 체류자들을 위한 숙소가 되었다.

어느 날 클럽 하우스의 지배인인 대번포트 부인이 내게 모스비 씨의 방에 올라가보라고 했다. 클럽 하우스에 투숙한 지 일주일이 지난 그가 아마도 신문을 정기구독 할 만큼 장기간 체류할 것 같다는 이유에서였다. 객실에 올라가보자 그는 작업복 차림 그대로 바닥에 엎드려서 자고 있었다. 그의 머리맡에는 빈 유리병 하나가 뒹굴고 있었다. 술 냄새가 진동하는 것으로 보아 유리병에는 존 블레빈의 밀주가 담겨 있었던 게 분명했다. 존 블레빈은 탄광에서 사고로 한 쪽 발목을 잃은 뒤 독한 밀주를 만들어 팔며 생계를 유지하는 사람이었다. 그가 밀주를 만든다는 것은 공공연한 비밀이었지만 회사는 그런 사실을 묵인했다. 남은 신문 한 부를 유리병 옆에 놓고 조용히 방을 나서려는 순간 그가 몸을 뒤척였다. "너 뭐야?" 눈도 뜨지 않은 채 그가 물었다.

"신문 배달원인데요. 정기구독 하실 용의가 있는지 여쭤려고 왔습니다."

그는 몸을 뒤집어 바닥에 앉으며 손등으로 입가를 닦았다. 그는 신문을 옆으로 치우고 유리병에 손을 뻗었지만 병이 비어 있다는 것을 확인하고는 손으로 병을 밀쳤다. "빌어먹을." 그는 내게 한쪽 눈을 찡긋하며 머리를 쓸어 넘겼다. "지금 몇 시야?"

"6시 10분쯤 됐을 겁니다."

"오전 아니면 오후?"

존 블레빈의 밀주는 확실히 독했다. "오전이요."

그는 혼잣말로 욕설을 내뱉으며 바닥에 무릎을 대고 몸을 일으키려 했으나 감자 자루처럼 다시 바닥에 털썩 쓰러졌다. 그는 배를 움켜쥐며 신음소리를 냈다. "아, 죽을 것 같다."

"의사를 부를까요?" 내가 물었다.

그는 나에게 가까이 오라고 손짓을 했다. "의사는 필요 없고, 네 이름이 뭐야? 죽더라도 옆에 있던 사람의 이름은 알고 죽어야지."

내가 이름을 말하자 그가 고개를 들고 축축한 손을 내밀며 악수를 청했다. 손을 놓자마자 나는 바지 뒷주머니에 손바닥을 문질렀다.

"혹시 호머 히컴의 가족이나 친척은 아니겠지?"

나는 그의 질문에 대답했다.

"야, 네 아버지는 말이야……." 그는 말을 잇지 못했다. "네 아버지는……." 그는 적당한 말을 찾으려 머리를 쥐어짜는 것 같더니 도로 바닥에 벌렁 드러누워 팔로 눈을 비볐다. "네 아버지는……."

"신입 엔지니어들에게는 아버지가 '개새끼'로 통한다면서요? 저도 들어서 알고 있어요." 나는 내 나이다운 무관심한 어투로 말하려 노력했다.

제이크 아저씨가 웃음을 터뜨렸다. "아이고, 머리야." 그가 한쪽 눈만 뜬 채 머리를 들었다. "서니, 네 말이 맞다. 그 양반은 개새끼야."

"콜우드에 오신 걸 환영합니다." 내가 말했다. "『텔레그래프』 정기구독 하실래요?"

그는 구독료를 낼 여유가 없다면서 거절했다. 나는 방에 놓고 나오려던 신문을 다시 집어 들었다. 그날 집에 돌아와서 그 얘기를 꺼내자 어머니는 웃음을 참지 못했다. "그 제이크 모스비라는 사람에 대해 네가 모르는 걸 알려줄까? 그 사람의 아버지는 콜우드 탄광을 소유한 제철회사의 대주주야. 엄청난 부자란 말이야."

내가 그를 다시 본 것은 클럽 하우스에서 열린 회사 주최의 크리스마스 파티에서였다. 그가 서 있는 모습을 본 것은 그때가 처음인 셈이었다. 그는 1층 홀의 벽난로 옆에서 술잔을 든 채 밴다이크 씨의 새 여비서에게 말을 걸고 있었다. 그녀는 뉴욕에서 온 금발의 미인이었다. 제이크 아저씨는 내가 이전에 구경조차 해본 적이 없는 근사한 턱시도를 입고 있었다. 그는 키가 꽤 큰 편이었지만 어머니의 표현을 빌리자면 팔다리가 몸통과 따로 노는 것 같았다. 어머니는 다른 아주머니들과 함께 제이크 아저씨를 곁눈질하며 이야기를 나누었다. "저 총각, 헨리 폰다 닮은 것 같지 않아요?" 누군가 말했다. 광업소장의 새 여비서도 화제가 되었다. "북부 사람들은 저렇게 다다다다 하면서 어떻게 서로 말이 통하는지 모르겠어요."

파티가 무르익을 무렵 제이크 아저씨는 그 여비서를 데리고 밖으로 나갔다. 마을 악단인 '세실 서터와 광부들'의 요란한 불협화음에도 불구하고 나는 제이크 아저씨의 콜벳이 굉음을 내며 출발하는 소리와 여비서의 웃음소리를 들을 수 있었다. 얼마 후 두 사람은 만취 상태로 다시 나타났다. 그들이 홀의 중앙으로 나와서 외설적인 춤을 추기 시작하자 사람들은 기겁을 하며 뒷걸음질을 쳤다. 모든 사람들이 지켜보는 가운데 제이크 아저씨가 여비서의 등 뒤에서 허리를 앞뒤로 흔들며 그녀의 엉덩이를 만지기 시작하자 악단의 연주 소리가 조금씩 작아졌고 아코디언의 연주자는 입을 떡 벌린 채 그 광경을 지켜보았다. 제이크 아저씨가 악단 쪽을 향해 혀가 꼬인 소리로 말했다. "거, 왜 음악을 멈추는 겁니까?" 그는 디저트가 놓인 테이블 쪽으로 다가가 몸을 기대다가 그만 테이블을 쓰러뜨리고 말았다. 음식이 담긴 접시들이 우르르 쏟아졌다. 그는 알록달록한 케이크를 얼굴에 잔뜩 뒤집어쓴 채 배시시 웃음을 흘리며 바닥에 누워 있었다. 아버지는 광부들에게 그를 밖으로 끌어내라고 지시했다. 그는 여전히 제대로 몸을 가누지 못하며 1층 현관 계단에 앉아 막 내리기 시작한 눈을 맞고 있었다. 나는 형을 설득해서 그를 양쪽에서 부축해 방에 데려다놓았다. 밴다이크 씨의 여비서는 일주일 후 콜우드를 떠났지만 제이크 아저씨는 그대로 남아 있었다. 아버지의 설명에 따르면 밴다이크 씨가 그를 "장래가 촉망되는" 젊은이로 평가하고 있다는 것이었다.

"어련하시겠어요?" 어머니가 실소를 머금고 아버지에게 말했다. "제이크의 아버지가 누구인지는 전혀 고려되었을 리가 없잖아요. 그렇죠?"

제이크 아저씨는 산에 오르는 것을 좋아했다. 그는 콜우드의 주변 지형을 훤히 꿰뚫고 있는 나에게 종종 수고비를 주며 등반 안내를 부탁하곤 했다. 우리가 산을 오를 때마다 그의 곁에는 항상 새로운 여자 친구가 있었다. 제이크 아저씨는 한국전쟁에 전투기 조종사로 참전한 경력이 있었고 아시아 여러 나라들을 두루 다녀보기도 했다. "야, 내가 한번은 적진 상공에서 말이야," 그의 여자 친구가 덤불 뒤에서 소변을 보고 있는 동안 그가 말했다. "미그기 한 대를 거의 잡을 뻔했거든. 그런데 정말 한 뼘 차이로 그놈을 놓치고 말았어. 얼마나 열불이 나던지 지상에 내려오자마자 매춘부들을 한 줄로 세워놓고 그냥 조져버렸다니까."

나는 미그기보다 여자 이야기에 흥미가 있었다. "아저씨는 이제까지 여자들 몇 명이랑 해보셨어요?"

그가 큰 소리로 웃었다. "너부터 말하면 대답해주지."

나는 손가락으로 '0'을 만들어보였다.

"아, 이런 불쌍한 친구를 봤나." 그가 고개를 흔들며 말했다. "웨스트버지니아 여자들은 자기 오빠들보다도 경험이 빠르다고 하던데 넌 도대체 어떻게 된 거냐?"

"그야 서니는 신사라서 그렇지." 그의 여자 친구가 덤불 뒤에서 큰 소리로 말했다. "남자들이 다 자기 같은 줄 아나봐."

"야외 화장실에서 들려오는 지혜의 말씀이로구나." 제이크 아저씨가 낄낄거리며 말했다.

나는 여자를 능수능란하게 다루는 그가 부러웠다. 동시에 나도 그와 같이 될 수 있을까 하는 의문이 들었다. 여자애들 앞에만 가면 혀가 굳어버리는 나로서는 그런 날이 올 것 같지 않았다. "걱정할 필요 없어, 서니." 고민을 털어놓는 나에게 그가 말했다. "여자들이 바라는 건 딱 두 가지야. 남자가 자신을 진정으로 사랑해주는 것과 그의 사랑이 결코 식지 않는 거지. 내 기준으로는 애석한 일이지만 너는 그런 남자의 기질이 충분해. 너의 진면목이 알려지면 아마 여자들이 네 앞에 줄을 서게 될 거다."

나이와 생각의 차이에도 불구하고 제이크 아저씨와 나는 친구가 되었다. 직영매장에서 우연히 다시 마주쳤을 때 그는 내 근황을 물으며 로켓 제작이 어떻게 되어 가는지를 물었다. 내가 진척 상황을 이야기하자 그는 케이프 콜우드에 직접 와서 우리의 로켓을 보고 싶다는 뜻을 밝혔다. 나는 그가 꼭 그래 주기를 바랐다.

1958년의 여름은 하늘을 표류하는 게으른 구름들과 함께 찾아왔다. 이따금 하늘가에 닿은 구름이 소나기를 퍼부으며 지상의 집과 차에 쌓인 먼지를 씻어주었다. 저녁이면 여치가 울고 산에서 내려온 토끼들은 언덕을 따라 토마토와 양상추 밭에서 만찬을 즐기다가 갑자기 나타난 데이지 메이와 루시퍼에 놀라 잽싸게 도망을 쳤다. 밤하늘에 별의 융단이 펼쳐지면 언덕을 넘어온 시원한 바람이 계곡을 쓸고 지나갔다. 나는 어둠이 내린 뒷마당의 잔디밭에 누워 깜빡거리는 인공위성을 찾아 하늘을 올려다보곤 했다. 인공위성은 보이지 않았지만 그냥 밤하늘을 쳐다보는 것만으로도 좋았다.

그해 5월 회사는 카레타에 대규모 선탄장이 완공됨에 따라 콜우드 탄광에서 캐낸 석탄을 모두 그곳에서 처리하겠다고 발표했다. 얼마 지나지 않아 사람들은 그 조치가 무엇을 의미하는지 깨달았다. 콜우드는 큰 변화를 맞고 있었다. 콜우드 탄광에서 캐낸 석탄은 더 이상 선탄장으로 올라오지 않고 대신 카레타와 연결된 갱도를 따라 그곳에 새로 지어진 선탄장으로 보내졌다. 그것은 이제 석탄가루를 날리며 마을 한복판을 달리던 화물열차가 더 이상 운행하지 않게 될 것이라는 뜻이었다. 어느 날 저녁식사를 하는 자리에서 아버지는 어머니에게 철로마저도 곧 철거될 것이라고 이야기했다. 물론 그 소식은 반길 만한 것이 아니었다. 콜우드의 일부 주민들은 이 모든 일에 음모가 있다고 생각했다. 로이 리가 형으로부터 들은 바에 따르면 노조는 콜우드 탄광을 폐쇄하기 위한 사전 작업이 시작되었다고 판단했다. 카레타에서 모든 것이 가능해졌는데 콜우드가 더 이상 존재할 이유가 무엇이겠는가?

한편 케이프 콜우드에 발사대를 짓기 위해 우리는 시멘트가 필요했다. 오델이 온 마을을 샅샅이 뒤졌지만 시멘트를 찾을 수 없었다. 결국 나는 아버지에게 도움을 청해보기로 했다.

사무실에서 일하는 대브 씨는 아버지가 갱도에 내려가 있다고 말했다. 나는 리프트를 타고 오르내리는 광부들을 바라보며 갱도 입구에서 아버지를 기다렸다. 광부들이 '새장'이라고 부르기도 하는 리프트는 한 대가 올라오면 다른 한 대가 내려가는 구조로 두 대가 나란히 설치되어 있었다. 올라온 리프트는 지상에서 6피트 높이에 멈추었는데 그것은 기계를 통제하는 직원이 없이는 아무도 리프트에 오르지 못하도록 하기 위함이었다. 수직 갱도를 내려가고자 하는 광부가 새장 옆에 있는 버튼을 누르면 벨이 울렸다. 버튼을 한 번 누르면 리프트를 지상 높이로 맞춰달라는 뜻이었고, 두 번 누르면 광부들이 모두 다 탔다는 신호였으며 세 번 누르면 리프트를 내려보내도 좋다는 신호였다.

토드 씨는 헬멧에 부착하는 헤드램프를 충전해서 갱도에 내려가는 광부들에게 나눠주는 일을 담당했다. 리프트에 오르는 광부들이 성냥을 소지하고 있는지(콜우드 탄광은 갱내에 가스가 많기로 악명이 높았다), 헬멧과 안전화를 제대로 착용했는지 검사하는 것도 그의 일이었다. 토드 씨가 건네준 탄산음료를 마시면서 나는 광부들이 들어가고 나가는 모습을 지켜보았다. 모든 광부들은 고유번호가 새겨진 놋쇠 메달을 두 개씩 소지했다. 헤드램프를 받기 위해서는 그 중 한 개를 제시해야 했고 토드 씨는 이것을 보관대에 걸어두었다. 따라서 보관대만 봐도 갱도 내에 누가 들어가 있는지를 쉽게 확인할 수 있었다. 다른 메달 한 개는 광부의 주머니 속에 있어서 혹시 사고가 발생하더라도 그가 누구인지 쉽게 식별을 할 수 있었다. 아버지와 작업반장들이 안전대책에 아무리 만전을 기해도 탄광에서는 누구든 부상을 당하거나 목숨을 잃을 가능성이 상존했다.

초등학교 시절, 수업 중에 갑자기 불려나간 친구가 교실에 돌아오지 않는 날이면 나는 으레 그 친구의 아버지가 사고로 죽었다는 얘기를 집에 와서 듣게 되었다. 어머니는 사고 소식을 들려줄 때마다 감정이나 표정이 없는 사람 같았다. 아버지 역시 자세한 이야기를 들려주는 법이 없었다. 사고에 관한 자세한 소식은 대개 학교에서 친구들로부터 듣게 되었다. 초등학교 4학년 때 드리마라는 우리 반의 여학생이 수업 중에 불려나갔다. 나는 그 아이를 두 번 다시 보지 못했다. 그 아이의 아버지는 작업 중이던 갱도가 무너지면서 날카로운 석편에 목이 잘리고 말았다. 아버지는 그날 밤 피범벅이 된 붕대를 손에 감고 들어왔다. 매몰된 광부들의 구조작업을 지휘하다가 부상을 입은 것이었다. 아버지는 사고 지점의 천장에 지지대를 설치하지 않은 책임을 물어 해당 구역의 작업반장을 해고했다. 그날 이후 그 사고에 대해 언급하는 사람은 아무도 없었다. 회사는 목숨을 잃은 광부의 가족에게 2주 이내로 임대주택에서 퇴거해줄 것을 요구했다. 회사의 의도는 탄광에서 남편을 잃은 미망인들을 콜우드에 남겨두지 않는 것이었다. 그들의 존재는 끔찍한 사고의 기억을 사람들에게 끊임없이 되살려줄 것이었기 때문이다.

듀보네 씨와 몇몇 광부들의 모습이 보였다. 그는 유인물을 나눠주고 있었다. "서니, 네가 로켓을 날리고 있다는 얘기 들었다." 그가 말했다.

"얼마나 높이 날았어? 달에는 아직 못 갔나?" 다른 광부가 말했다.

"와서 보시면 알아요." 내가 대답했다.

"언제 발사하니?" 듀보네 씨가 물었다. "직접 가서 보고 싶은

데. 나뿐만 아니라 구경하고 싶은 사람들이 꽤 있을 거다."

그 말을 듣고 나는 즉석에서 아이디어를 냈다. "그럼 직영매장과 우체국 앞에 공고를 붙일게요."

리프트의 종이 울리자 광부들이 올라탔다. "좋아, 꼭 가서 보마." 내려가는 리프트에서 듀보네 씨가 말했다.

올라오는 리프트에는 아버지가 타고 있었다. 아버지는 거무스레해진 손수건을 꺼내 쿨룩쿨룩 기침을 하며 바닥에 가래침을 뱉었다. 뒤늦게 나를 발견한 아버지는 손을 흔들어 보이며 샤워장 건물로 들어갔다. 아버지는 탈의실에서 헬멧과 작업복을 벗고 샤워를 하러 들어갔다. "네가 여기 웬일이야?" 얼굴에 묻은 탄가루를 비누로 빡빡 문지르며 아버지가 물었다.

"시멘트 좀 얻을 수 있어요?"

"안 돼." 아버지의 몸에서 탄가루가 진흙처럼 씻겨 내려갔다. "어디 쓸 건데?"

"발사대를 만들어야 하는데 남는 시멘트가 좀 있을까 해서요."

"남는 시멘트 같은 건 없다." 아버지가 수건으로 귀를 후비며 말했다. "물건이 남아도는 회사가 어떻게 제대로 굴러가겠어? 몇 포나 필요한데?"

"네 포 정도요."

아버지는 수건으로 몸을 닦았다. 집에 돌아가면 아버지는 탄가루를 완전히 닦아내기 위해 다시 한 번 샤워를 할 것이었다. 아버지의 눈가에는 여전히 거무스레한 탄가루가 묻어 있었다. 콜우드에서는 클레오파트라가 눈 화장을 한 것 같은 모습으로 거리를 활보하는 광부들을 쉽게 볼 수 있었다. "가만 있자, 며칠 전에 3호 환기구 주위에 보도를 깔라고 지시를 했는데 거기에 시멘트가 좀 남았다던가? 그런데 그 사이 비가 와서 아마 지금쯤 못쓰게 되었을 거다. 그래도 쓰겠다면 네가 가져가라. 어차피 그걸 치우는 데도 회사 비용이 들 테니까 네가 치워주면 고맙지."

다음날 오델이 집에서 허락을 받고 트럭을 몰고 왔다. 셔먼과 나는 오델이 모는 트럭을 타고 3호 환기구를 향해 구불구불한 산길을 올라갔다. 자물쇠로 잠긴 환기구 통제실 옆에 시멘트 네 포가 쌓여 있었다. 빗물이 닿은 흔적은 전혀 없었다. 바로 옆에는 상태가 좋은 모래와 자갈도 있었다.

"야, 네 아버지가 이거 정말 가져가도 된다고 하셨어? 상태가 너무 좋은데." 셔먼이 미심쩍은 표정으로 말했다.

나는 어깨를 으쓱했다. "비에 젖었을 거라고 하셨는데."

"비는 무슨 비?" 오델이 말했다. "한 달째 비가 내리지 않았는데 무슨 헛소리야? 네 아버지가 너를 놀린 거야. 서니, 저기 새로 깔린 보도 보이지? 원래 공사가 끝나면 남은 자재는 싹 치운다고."

나는 혼자서 오델의 말을 곰곰 생각해보았다. 아버지가 나를 도와주시는 걸까? 아니면 학교 미식축구부가 받은 징계 조치와 카레타에 새로 지은 선탄장 때문에 정신이 없어서 실수를 하신 걸까? 도무지 알 수가 없었다. 하지만 그런 걸 따지고 있을 시간이 없었다. "서둘러." 내가 말했다. "누가 가지러 오기 전에 우리가 먼저 싣고 가자."

우리는 분탄 폐기장에 가로 5피트 세로 5피트의 구덩이를 파고 콘크리트를 부어 발사대를 만들었다. 케이프 콜우드에서의 첫 로켓 발사 준비가 끝났다. 확보된 목재가 충분하지 않았기 때문에 우리는 처음 계획했던 것보다 작은 규모로 발사대에서 30야드 떨어진 개울가에 관제소를 지었다. 쿠엔틴은 그 조악한 구조물을 "불규칙 다면체"라고 그럴 듯하게 불렀지만 사실 그것은 판자로 대충 지은 헛간보다 나을 게 없었다. 관제소 내부의 바닥에는 흙과 분탄이 날렸고 머리위에는 양철 지붕이, 그리고 문이 달리지 않은 출입구가 발사대 반대 방향으로 나 있었다. 발사대를 바라보는 정면에는 직영매장의 카운터에 있던 직사각형의 두꺼운 투명 아크릴판을 고정시켰다. 댄슬러 씨는 매장 카운터의 유리를 보호하기 위해 아크릴판을 덧대어 사용했는데 여기저기 흠집이 난 것을 새로 갈아 끼우면서 이전에 사용하던 것을 직영매장 뒤에 있는 쓰레기장에 내다버렸고 오델이 그것을 주워왔다. 우리는 머드홀의 가스 분출지에서 주워온 2인치 두께의 아연 도금 파이프로 관제소 옆에 깃대도 세웠다. (회사 배관공인 던컨 씨가 버려져 있는 파이프를 발견하고 우리에게 위치를 알려주었다.) 깃대 끝에서 오델의 어머니가 손수 만들어준 BCMA의 깃발이 나부꼈다. 나는 그 깃발이 자랑스러웠다. 깃발에는 로켓 위에 앉아 있는 올빼미(빅 크리크 고등학교의 마스코트)의 문양과 B-C-M-A의 이니셜이 아치 형태로 새겨져 있었다.

나는 사람들을 초대해 케이프 콜우드의 완공을 기념하는 자리에서 로켓을 발사하기 위해 유리병 폭발 실험을 거친 새로운 연료와 가연성 접착제를 오크 5호에 집어넣고 석탄 보일러 밑에서 5일간 건조를 시켰다. 듀보네 씨와 그의 동료들에게 한 약속을 지키기 위해 셔먼이 직영매장과 우체국의 게시판에 공고문을 써서 붙였다.

로켓 발사!

빅 크리크 미사일국(BCMA)은

이번 주 토요일, 오전 10시

케이프 콜우드(프록 레벨 남쪽 옛 분탄 폐기장)에서

로켓을 발사할 예정입니다.

듀보네 씨는 약속한 대로 자신의 폰티악을 몰고 나타나 관제소 맞은편에 주차를 했다. 토요일 이른 아침에는 보통 노조의 회의가 있었기 때문에 나는 그가 시간에 맞춰 오기 위해 무척 서둘렀으리라는 것을 짐작할 수 있었다.

제이크 아저씨도 톰 뮤직이라는 동료 엔지니어와 함께 그의 콜벳을 타고 나타났다. 발사대에서 멀리 떨어진 나무 뒤쪽에 조심스럽게 주차를 한 뒤 그는 듀보네 씨와 함께 폰티악의 펜더에 걸터앉아 맥주병을 높이 들어 나에게 인사를 건넸다.

그때 멀리서 또 다른 차 한 대가 다가왔다. 에드셀을 몰고 나타난 그는 제이크 아저씨의 초대로 케이프 콜우드를 찾아온 바질 오그소프라는 사람이었다. 제이크 아저씨가 우리를 불러 그에게 소개를 시켜주었다. 바질 오그소프 씨는 이카보드 크레인

(Ichabod Crane, 워싱턴 어빙의 단편소설 「슬리피 할로의 전설」에 등장하는 인물로 마른 체격에 겁이 많고 유약한 성격을 가지고 있다 – 옮긴이)을 연상시키는 외모를 가지고 있었다. 그는 실크 조끼를 받쳐 입은 흰색 정장에 챙이 넓은 모자를 쓰고 있었고 볼이 좁은 구두의 앞부분은 섬세하게 장식이 되어 있었다. 그는 또한 줄이 달린 회중시계를 허리에 차고 있었다. 그처럼 별나게 차려입은 사람을 한 번도 본 적이 없었기 때문에 나는 그의 모습에 입이 딱 벌어졌다. 오그소프 씨는 내 표정을 읽고도 태연했다. 아마도 맥도웰 카운티를 두루 다니면서 그런 표정에 이미 익숙해진 것 같았다. 그는 우리를 유명인사로 만들어주겠다고 말했다. "서니, 내가 너의 로웰 토머스(Lowell Thomas, 토머스 에드워드 로렌스를 서구에 알린 인물 – 옮긴이)가 되어 주마." 그가 말했다. "너는 나를 통해서 아라비아의 로렌스가 되는 거야."

"바질은 『맥도웰 카운티 배너』에서 일하고 있어." 제이크 아저씨가 내 반응을 살피며 재미있다는 듯이 말했다. "식료품점에서 파는 삼류 신문이지."

"제이크, 우리 신문사는 비약적으로 발전하고 있어." 바질 아저씨는 코를 킁킁거리며 조끼 주머니에서 꽃무늬가 새겨진 손수건을 꺼내 코에 가져다 댔다. "서니, 나는 편집장이면서 특집 기사도 담당하고 있단다."

"그리고 사무실 청소도 직접 하시지." 제이크 아저씨가 말했다. "그래도 너희가 주목을 받는 데 도움이 좀 될까 해서 내가 특별히 모셨다. 너희들이 여기에서 이렇게 열심히 노력하고 있는데 사람들이 관심을 좀 가져줘야 하지 않겠어?"

나는 우리가 기자에게 얼마나 흥미로운 대상으로 보일지 궁금했지만 그가 우리를 어떻게 생각하는지는 알 수가 없었다. 나는 어깨를 으쓱해 보인 뒤 관제소로 돌아갔다. 잠시 후 로이 리가 도화선에 불을 붙이고 관제소를 향해 달려왔다. 그가 관제소 안으로 들어오기도 전에 로켓은 쉭 소리를 내며 발사대를 박차고 날아올랐다. 50피트 정도를 수직으로 올라간 로켓은 갑자기 방향을 틀어서 마치 의도적으로 조준이라도 한 것처럼 폰티악 승용차 펜더에 걸터앉아 있던 아저씨들을 향해 곧장 날아갔다. 듀보네 씨, 바질 아저씨, 그리고 동료 엔지니어와 함께 있던 제이크 아저씨 모두 화들짝 놀라서 바닥에 엎드렸다. 자동차의 지붕 위를 스치듯 날아간 로켓은 땅바닥에 여러 번 튕기며 진흙탕에 처박히고 말았다. 너무나 순식간에 벌어진 일이라 나는 그 상황을 지켜보고만 있을 수밖에 없었다. "야, 저렇게 동작이 빠른 어른들은 내 평생 처음이다." 로이 리가 말했다.

우리는 로켓을 회수하러 갔다. 셔먼은 몸을 일으키는 듀보네 씨를 부축하기 위해 중간에 멈춰 섰다. 깔깔거리며 환호를 내지르던 바질 아저씨는 갑자기 생각이 났다는 듯이 수첩을 꺼내 뭔가를 열심히 적었다. "이거 케이프커내버럴하고 똑같잖아. 아주 좋아!" 그가 큰 소리로 말했다.

제이크 아저씨는 도로의 아래쪽으로 빠른 걸음으로 내려갔다. 그가 떨리는 손으로 담배에 불을 붙이더니 술병을 입에 가져다 대는 모습이 보였다. 나는 그에게 다가가서 괜찮은지를 물었다. 그가 담배를 든 손을 내저으며 말했다. "로켓이 날아오는 순간 갑자기 한국전쟁 때가 생각나서 말이야." 그는 태연한 척했지만 목소리는 떨리고 있었다.

"아저씨, 정말 죄송해요." 나는 할 말이 그것밖에 없었다.

"괜찮아. 죄송하긴 뭐가 죄송하냐?" 그가 떨리는 손으로 입에 술병을 가져다 대며 말했다.

듀보네 씨는 관제소에서 뛰어나온 친구들에 둘러싸인 채 로켓을 직접 살펴보고 있었다. 바질 아저씨는 자동차 안에서 여전히 수첩에 뭔가를 적고 있었다. "다음에 여기 올 때는 생명보험 회사에 보험료를 제대로 내고 있는지 확인부터 해야겠다." 듀보네 씨가 껄껄 웃으며 말했다. 그는 로켓 노즐에 코를 대고 냄새를 맡아보더니 나를 쳐다보며 말했다. "연료가 타면서 찌꺼기가 너무 많이 나오는 것 같다. 이거 흑색화약 맞지?"

나는 우리의 연료 성분을 이야기했다. 듀보네 씨가 동체를 툭툭 치자 타지 않은 연료와 재가 후드득 떨어졌다. 그는 그것의 일부를 손바닥 위에 올려놓고 문질러보았다. "아직 젖어 있네." 그가 말했다. "이거 얼마나 건조시켰어?"

"5일이요."

"서니, 나라면 2주는 건조시킬 거다." 그가 손가락으로 화약의 찌꺼기를 비비면서 말했다. "굴착기가 들어오기 전까지 나는 막장에서 화약을 다뤘거든. 화약은 바짝 말라 있어야만 해."

듀보네 씨와 제이크 아저씨가 동료와 함께 돌아간 뒤 우리는 회의를 가졌다. 바질 아저씨는 우리 곁에 남아서 취재를 계속했다. "어떻게 하면 로켓을 수직으로 날릴 수 있는지 방법을 찾아야 해." 셔먼이 말했다.

"점화 방식도 바꿔야 돼." 로이 리는 자신이 관제소를 향해 뛰어오던 중에 발사된 로켓이 만일 그의 등을 향해 날아왔다면 어떻게 되었을지 생각해본 것 같았다.

쿠엔틴이 말했다. "내가 생각을 좀 해보고 방법을 찾아낼게."

"지난번의 그 이상한 실험 장치 같은 얘기라면 아예 꺼내지도 마라." 오델이 말했다.

"오델, 그만해." 내가 끼어들었다. "우리는 한 팀이야. 쿠엔틴도 나름대로 열심히 노력하고 있어. 자, 그러면 탄광의 휴가가 끝나고 다시 모이는 것으로 하자. 다들 괜찮겠지?"

"좋아." 로이 리가 말했다. "아까 로켓 날아가는 거 봤지? 그게 똑바로 날지 않은 게 뭐 대수냐? 우리는 지금 아주 잘하고 있는 거야!"

"로이 리의 말이 맞아." 내가 말했다. "우리는 조금씩 나아지고 있어." 나는 손바닥을 아래로 향한 채 손을 내밀었다. "자 미식축구부 애들이 하듯이 너희도 손을 얹어봐."

셔먼, 오델, 로이 리, 그리고 쿠엔틴이 진지한 표정으로 손을 포갰다. "가자, 가자, 로켓 보이스!"

"좋아, 아주 완벽해." 옆에 있던 바질 아저씨가 수첩에 뭔가를 계속 적으면서 중얼거렸다. "가자, 가자, 로켓 보이스. 이거 정말 맘에 든다!"

콜우드 탄광은 맥도웰 카운티와 웨스트버지니아 남부의 다른 탄광들과 마찬가지로 7월의 첫 2주간 일제히 문을 닫고 휴가에 들어갔다. 아버지는 모든 광부들이 동시에 휴가를 떠남으로써 지역 경제에 미치는 탄광 산업의 영향력을 확실하게 보여주는 효과가 있다고 말했다. 광부들의 봉급이 전액 2달러짜리 지폐로만 지급되는 것도 아버지는 같은 이유로 설명했다. 지역 상인들에게 석탄회사의 힘을 분명히 보여줄 수 있다는 것이었다. 이유야 어떻든 휴가 기간이 되면 콜우드는 버려진 마을처럼 고요해졌다. 버지니아 주의 헝그리 마더 주립공원과 테네시 남부의 스모키 산은 광부들의 가족들이 휴가를 보내는 곳으로 인기가 높았다. 사우스캐롤라이나의 머틀 비치 역시 전통적으로 인기가 있는 곳이었다. 어머니의 고집으로 우리 가족의 행선지는 머틀 비치로 정해졌다. 어머니가 아버지를 곁에 둘 수 있는 유일한 시기가 바로 이때였고 아버지도 이 기간에는 탄광 얘기를 꺼내는 법이 없었다. 나는 어머니가 아버지의 손을 잡거나 늦은 밤 모텔 앞의 그네에 앉아 아버지가 어머니의 어깨에 팔을 두르는 모습을 볼 수 있었다. 휴가 기간에 두 분은 한 침대를 쓰기까지 했다. 한번은 낚시를 마치고 숙소에 돌아갔을 때 객실의 문이 잠겨 있었다. 모래가 잔뜩 묻은 샌들 두 켤레가 밖에 놓여 있었기 때문에 두 분이 안에 있는 것은 확실했지만 아무리 노크를 해도 문은 열리지 않았다. 나는 두 분의 낮잠을 방해하지 않기 위해 해변으로 돌아갔다. 휴가를 마치고 돌아오는 날 모텔 주차장에서 짐을 싣는 동안 어머니는 울음을 터뜨렸다.

아버지가 뒷마당에 주차를 하기가 무섭게 집 안에서 전화벨이 울렸다. "콜우드가 당신이 돌아온 줄 아는군요." 전화를 받기 위해 급하게 뛰어가는 아버지의 뒤에서 어머니가 말했다. 나는 연료를 넣은 오크 6, 7, 8호를 지하실에 두고 가족 휴가를 떠났다. 그렇게 해서 충분히 건조된 로켓을 돌아오는 토요일에 모두 발사할 계획이었다. 셔먼이 직영매장과 우체국의 게시판에 로켓 발사 공고문을 붙였다. 로켓 유도 방식에 여전히 문제가 있었기 때문에 나는 며칠 동안 날개를 가지고 씨름했다. 나는 금속을 자르는 가위로 오델이 쓰레기통에서 주워 온 얇은 알루미늄 판을 오려내서 여러 개의 날개를 만들었다. 이어서 삼각형 모양으로 오려낸 날개의 안쪽 가장자리에 못으로 구멍을 여러 군데 낸 다음 철사로 묶어서 동체에 고정시켰다. 펜치로 철사를 꽉 조이자 모양은 볼품없었지만 날개는 동체에 단단히 고정되었다. 이번에는 로켓이 수직으로 날 수 있으리라는 기대감이 들었다. 토요일 오전, 로이 리가 차를 가지고 우리 집에 왔다. 나는 세 개의 로켓을 앞좌석에 조심스럽게 실었다. 로이 리는 로켓의 날개를 보면서 연신 감탄사를 쏟아냈다. "오늘도 사람들이 많이 모일지 궁금하네."

"도로시가 와 있다면 정말 좋을 텐데." 나도 모르게 그 말이 튀어나왔다.

로이 리가 어깨를 으쓱했다. "네가 직접 초대하면 되잖아?"

"기껏 초대했는데 남자 친구를 데려오면 어떡해?" 나는 속내를 내비쳤다.

"야, 그럼 도로시가 다른 남자애들 만나는 걸 알면서도 미련을 못 버리고 있단 말이야?" 로이 리가 고개를 절레절레 흔들며 말했다. "서니, 너 아무래도 나랑 진지하게 얘기 좀 해야겠다."

"나는 도로시가 정말 좋아." 내가 말했다. "그리고 언젠가는 개도 나를 좋아하게 될 거야."

로이 리가 다시 고개를 저으며 말했다. "야, 그런 일은 일어나지 않을 거야."

차가 직영매장 앞을 지날 때 그곳에 모여 있던 사람들이 우리를 향해 손을 흔들었다. "어이, 로켓 보이들!"

미식축구부원들은 그들의 출전 금지에 대해 누구든 입만 놀려보라는 표정으로 그해 여름 내내 떼를 지어 몰려다녔다. 우리는 형을 포함한 거구의 미식축구부원들이 모여 있는 클럽 하우스 앞을 지나갔다. 그들은 우리를 조용히 노려볼 뿐 별다른 반응을 보이지 않았다. 중간에 셔먼을 태워서 우리가 케이프 콜우드에 도착했을 때 프록 레벨부터 걸어온 오델이 우리를 기다리고 있었다. 오델은 관제소와 발사대를 말끔하게 정돈해 놓고 있었다. 듀보네 씨는 오지 않았지만 제이크와 바질 아저씨는 이번에도 모습을 드러냈다. "너희들에 대한 기사를 곧 내보낼 거다." 바질 아저씨가 말했다. "조금 있으면 언론의 힘을 실감하게 될 거다."

우리는 제이크 아저씨가 점화를 해보도록 했다. 도화선에 불을 붙인 그는 긴 다리를 겅중거리며 관제소로 뛰어왔다. 그는 만면에 웃음을 머금고 있었다. 이번에는 도화선을 길게 해놓았기 때문에 그는 여유 있게 우리가 기다리고 있는 관제소로 들어올 수 있었다. 우리는 기대감에 부푼 채 로켓이 날아오르기를 기다렸다. 연료를 보다 오래 건조시키라는 듀보네 씨의 충고가 옳았다. 로켓은 이전의 것들보다 훨씬 큰 폭발음을 내며 발사대를 떠나 순식간에 하늘 높이 솟구쳐 올랐다. 나는 관제소에서 뛰어나와 로켓의 꼬리가 그리는 비행운飛行雲을 관찰했다. 모두들 껑충껑충 뛰며 기뻐했다. 오크 6호는 그때까지 발사한 로켓들 가운데 단연 최고였다. "얼마나 높이 난 거야?" 제이크 아저씨는 마치 자신의 로켓이 날아오른 것처럼 흥분된 목소리로 물었다.

"저쪽 산보다 두 배는 더 높이 날았을 걸요." 셔먼이 우쭐거리며 말했다.

그런데 정말 얼마나 높이 난 거지? 우리는 그걸 알지 못했다.

"삼각법을 알면 높이를 계산하는 데 도움이 될 텐데." 제이크 아저씨가 말했다.

우리는 삼각법이 뭔지 몰랐다. "나도 머리에 녹이 좀 슬어서 말이야." 제이크 아저씨가 머리를 긁적이며 말했다. "다음에 정리를 해서 가르쳐줄게."

오크 7호와 8호는 삼각법이 필요 없었다. 오크 7호는 50피트쯤 올라가더니 말발굽 모양으로 유턴을 해서 땅바닥에 처박히고 말았다. 오크 8호는 관제소 앞에서 한 차례 튀어 올라 공중에서 폭발을 했다. 양철 지붕에 쇳조각이 후드득 떨어지는 소리가 들렸다. "야, 이거 짜릿한데!" 바질 아저씨가 소리쳤다.

"여기 올 때마다 한국전쟁 당시로 돌아간 것 같은 기분이 든단 말이야." 제이크 아저씨가 말했다. "입대할 때까지 너희가 살아만 있다면 군에서 아주 좋아하겠다."

그 다음 주말 우리는 철판을 절단하는 법과 기본적인 용접 요령을 배우기 위해 선탄장 옆 철공소에서 비코프스키 씨를 만났다. 아버지가 쉽게 허락을 해준 이유는 어쩌면 비코프스키 씨를 막장으로 내쫓은 것에 대한 미안함 때문일지도 모른다는 생각이 들었다. 물론 그것을 확인할 방법은 없었지만 나는 그런 생각을 떨칠 수가 없었다. 비코프스키 씨는 막장 일이 재미있다고 말했다. 나는 그날 우리가 사용할 금속 파이프의 비용으로 5달러를 준비했다. 비코프스키 씨가 시키는 대로 나는 그 돈과 간단한 메모를 철공소 작업대 위에 올려두었다.

우리가 실습을 마치고 밖으로 나왔을 때 아버지가 사무실 앞의 계단에 서 있었다. 나는 철공소를 사용하도록 허락해준 것에 대해 감사하다는 말을 하려고 아버지에게 다가갔다. "그래, 이제 용접과 철판 자르는 일에는 전문가가 되었겠구나."

"아뇨." 내가 대답했다. "뭐든 잘하려면 연습을 엄청나게 해야죠."

아버지는 고개를 끄덕였다. "서니, 세상에 쉽게 얻어지는 건 하나도 없다. 만일 그런 게 있다면 의심을 해야 돼. 그런 건 대개 가치가 없는 것들이니까."

"아버지가 이제까지 배운 것들 중에서 가장 힘든 건 뭐였어요?" 내가 대뜸 물었다.

아버지는 계단 난간에 팔을 걸치며 먼 산을 응시했다. "엔트로피였지, 아마." 마침내 아버지가 입을 열었다.

나는 그 단어의 뜻을 몰랐고 아버지도 그런 내 표정을 읽었다. "쉽게 말하면 시간의 경과에 따라 모든 것이 혼란과 무질서 쪽으로 움직인다는 게 엔트로피다. 열역학 제1법칙의 한 부분이지." 아버지가 설명했다.

나는 무슨 말인지 도무지 이해할 수가 없었다. "아무리 완벽한 것이라 해도 창조되는 순간부터 이미 파괴되기 시작한다는 거야." 아버지의 설명이 이어졌다.

"그게 왜 배우기 어려웠는데요?"

아버지가 미소를 지었다. "왜냐하면 머리로는 그게 사실이라는 걸 알면서도 마음으로는 부정하고 싶기 때문이지. 그게 사실이라는 게 정말 끔찍하게 싫은 거다." 아버지가 사무실을 향해 돌아서면서 말했다. "도대체 하나님이라는 양반이 무슨 꿍꿍이인지 알다가도 모르겠다."

그해 여름 새 학년의 시작을 며칠 앞둔 저녁이었다. 제이크 아저씨가 우리 집으로 전화를 걸었다. 물론 전화를 받은 사람은 아버지였다. 아버지는 미심쩍은 표정으로 내게 수화기를 건네주었다. "통화 빨리 끝내라."

"서니, 오늘밤에 친구들을 데리고 클럽 하우스 옥상으로 와봐. 내가 보여줄 게 있어." 제이크 아저씨가 말했다.

갑작스러운 호출이었기 때문에 당장 부를 수 있는 친구는 가까이에 사는 셔먼밖에 없었다. 셔먼은 건물 내부에서 옥상으로 올라가는 철제 계단을 한쪽 발로 껑충껑충 뛰어서 올라갔다.

제이크 아저씨는 하늘을 향해 있는 긴 원통에 눈을 대고 있었다. "멋있지?" 그가 씩 웃으며 말했다. "내가 예전에 사용하던 천체망원경이야. 집에 부탁해서 오늘 소포로 받았지. 내가 너희들 나이 때 밤마다 붙들고 있던 거다. 그동안 까맣게 잊고 있다가 너희들이 로켓을 발사하는 걸 보고 갑자기 생각이 났어." 나로서는 난생 처음 구경하는 천체망원경이었다. 그는 나에게 너덜거리는 책을 한 권 건넸다. "어머니에게 이것도 보내 달라고 부탁했어. 내가 예전에 보던 삼각법 교재야. 이 책을 들여다보면 너희들 로켓이 얼마나 높이 날아갔는지 계산을 할 수 있을 거다."

밤하늘은 청명했고 검정색 벨벳 위에 뿌려진 다이아몬드처럼 하늘 가득 별이 수놓아져 있었다. "이리 와봐." 제이크 아저씨가 환하게 웃으면서 말했다. "목성에 맞춰놓았어."

셔먼이 먼저 접안부에 눈을 갖다 댔다. "띠가 보여요!" 셔먼이 소리쳤다.

나는 안경을 벗고 제이크 아저씨로부터 초점 조절 노브의 조작법을 배웠다. 갈색 띠를 두른 노란색 원이 가물거리며 눈앞에 나타났다. 손을 뻗으면 잡힐 것만 같았다.

제이크 아저씨는 산등성이 위로 흘러가는 별들의 시냇물을 가리켰다. "네가 지금 보고 있는 게 은하수야. 우리는 은하의 가장자리를 보고 있는 거지." 그가 술병의 마개를 따서 한 모금 들이켜는 소리가 들렸다. 그는 길게 휘파람을 불었다. "거문고자리가 보일 거고 그 아래로 쭉 내려오면 궁수자리가 보일 거야. 이제 거문고자리 옆에 뭐가 보이나 말해봐." 그가 접안렌즈 노브를 조금 돌렸다.

나는 셔먼에 이어서 접안부에 눈을 대보았다. 밝게 빛나는 도넛이 보였다. "구멍이 뚫린 별이요?"

제이크 아저씨가 웃음을 터뜨렸다. "비슷해. 가락지 성운이라고 하지. 팽창하는 가스 때문에 별의 바깥 표면이 밀려나가면서 그렇게 보이는 거야."

자정이 넘도록 제이크 아저씨는 셔먼과 나에게 여러 행성과 별을 보여주었다. 설명을 하면서 잠깐씩 술을 홀짝홀짝 들이켜던 그는 결국 굴뚝에 몸을 기대고 앉아 잠이 들고 말았다. 셔먼이 망원경을 들여다보고 있는 동안 나는 옥상 가장자리로 가서 우리 마을을 내려다보았다. 검푸른 산등성이의 실루엣을 배경으로 교회 건물이 별빛에 잠겨 있었고 우체국 건물 뒤편의 언덕 위로 광업소장 밴다이크 씨의 저택이 선명하게 보였다. 산에서 불어오는 서늘한 바람에 나뭇잎들이 속살거렸고 멀리서 외로운 부엉이 한 마리의 울음소리가 들렸다. 철공소 옆을 흐르는 개울가에서는 개구리들이 리듬에 맞춰 노래를 부르고 있었다. 나는 다시 셔먼이 있는 곳으로 가서 천체망원경으로 콜우드를 보려고 했지만 초점을 맞출 수가 없었다. 백만 광년 떨어진 별을 보여주는 천체망원경이 정작 우리 마을은 보여줄 수 없다는 사실이 역설적으로 느껴졌다. 나는 우주에서 미래의 꿈을 보았지만 콜우드에서의 현실은 흐릿하기만 했다.

셔먼이 내지르는 탄성에 나는 하늘을 올려다보았다. 북쪽 하늘에서 파란 유성이 노란 불꽃을 일으키며 떨어졌다. 조용히 하늘을 가로지른 유성이 산등성이 너머로 사라진 뒤 나는 그 장엄한 광경을 말로 표현해보고 싶었지만 적당한 말이 떠오르지 않았다. 셔먼과 나는 서로를 쳐다보았다. "와!" 우리가 할 수 있는 말은 그것밖에 없었다. 제이크 아저씨는 코를 골고 있었다.

10장
라일리 선생님(오크 9~11호)

기자의 눈에 비친 미래는 매우 밝았다. 2주 전 '케이프 콜우드'를 찾은 기자는 '빅 크리크 미사일국'의 고교생들이 그들의 놀라운 창조물을 하늘로 쏘아 올리는 현장을 목격했다. 그들의 은빛 미사일이 콘크리트 발사대를 박차고 하늘 높이 솟구치는 순간 기자의 입은 다물어지지가 않았다. 우주를 향해 날아가는 그들의 로켓은 한마디로 장관이었다. (중략) 물론 실패도 있었다. 그들의 벙커 안에서 함께 웅크리고 있던 기자는 이 용감한 소년들과 함께 우박처럼 쏟아지는 금속 파편들을 피해야 했다. 하지만 이들은 포기를 모르는 불굴의 정신을 지니고 있다. 기자는 이 기사를 읽는 모든 독자들에게 전하고 싶다. 위대하고 영광스러운 미래에 대담하게 도전하는 사람들 앞에 어떤 미래가 펼쳐지는지 알고 싶다면 콜우드에 와서 이 소년들을 만나보라고 말이다.

—『맥도웰 카운티 배너』 1958년 8월

1958년 새 학년의 첫날은 미식축구부의 징계가 공식적으로 시작되는 날이기도 했다. 미식축구부 재킷을 걸치고 거드름을 피우며 복도를 지나다니는 그들의 모습은 더 이상 볼 수 없었다. 대신 건드리기만 해도 폭발할 것 같은 표정으로 그들은 교실 맨 뒷자리에 앉아 있었다. 매년 그맘때면 첫 경기를 앞두고 있는 미식축구부에 온 학교의 관심이 쏠리게 마련이었다. 미식축구부원들은 손가락만 한번 까딱해도 빅 크리크 고등학교 미식축구 선수의 여자 친구가 되기를 열망하는 수많은 여학생들을 한걸음에 달려오게 할 수도 있었다. 그런데 그런 분위기가 거짓말처럼 사라지고 말았다. 그들은 이제 근육질이 아닌 몸집만 큰 미련퉁이로 보였다. 그래도 내게는 여전히 위협적인 존재들이었기 때문에 나는 그들과 늘 거리를 두려 했고 친구들에게도 그들을 자극하지 말라고 말했다. "약을 올리고 싶은 충동이 시시때때로 들어." 쿠엔틴이 말했다. "쟤들 좀 보라고. 꼭 길 잃은 양떼 같잖아?"

미식축구가 사라진 학교에는 더 큰 변화가 예고되어 있었다. 선생님들은 우리를 조용히 시킨 뒤 스푸트니크호 때문에 개정된 새로운 교육과정을 설명했다. 숙제의 양이 엄청나게 늘었고 교재의 종류도 늘어났다. 우리는 책을 한 아름 안고 등사된 학습 자료가 나뒹구는 복도를 바쁜 걸음으로 오가야 했다. 온 나라의 고등학교에서 똑같은 일이 벌어지고 있었다. 러시아는 1957년 가을에 스푸트니크호를 발사했다. 1958년 가을, 미국 정부는 이에 맞서서 미국의 고등학생들을 우주로 날려버릴 생각인 것 같았다.

"안녕하세요?" 갓 입학한 여학생 한 명이 복도에서 쿠엔틴과 나에게 인사를 했다. "오빠들, 이번 주 토요일에 더그아웃에 한 번 오세요. 같이 춤 한번 춰요." 그 여학생은 미식축구부원들에 게는 눈길 한번 주지 않고 복도를 지나갔다.

"와," 쿠엔틴이 말했다. "내 평생 이런 일은 처음이야."

"신문에 실린 것도 우리 평생 처음이었어." 나는 기사가 실 린 이후 일어난 변화를 쿠엔틴에게 상기시켜 주었다.

트로피 진열장 앞을 지나다가 나는 밸런타인을 발견했다. 그 녀는 책을 한 아름 안은 채 혼자 서 있었다. 체크무늬 치마에 꽉 끼는 스웨터를 입은 그녀는 머리를 뒤로 묶고 있었다. 폭포수 처럼 길게 내려오는 그녀의 머릿결이 눈부시게 반짝거렸다. 그 녀는 조금 침울한 표정이었다. "안녕, 서니?" 나를 보자마자 그 녀의 얼굴에 화색이 돌았다. "우리 조용한 곳에서 서로 목덜미 나 좀 만져볼까?"

나는 그녀의 말을 짓궂은 농담으로 받아들였다. 그녀는 나보 다 한 학년 위였고 나이는 두 살이나 많았기 때문이다. 나는 그 녀에게 다가갔다. "그거 좋죠." 나도 농담을 했다. "아무 때나 불러만 주세요."

그녀는 나를 빤히 쳐다보면서 말했다. "수업에 들어가는 여 학생을 교실까지 데려다줄 용의는 있겠지?"

"물론이죠."

밸런타인은 복도를 걸어가는 동안 내게 거의 몸을 기대다시 피 했다. "신문에서 너에 대한 기사 읽었어. 네가 정말 자랑스러웠어. 다음번에 로켓 발사할 때 나도 친구들과 함께 가서 구경해도 돼?"

그녀가 뜻밖의 관심을 보이는 것에 나는 적잖이 놀랐다. "그럼요. 와주시면 영광이죠." 나는 대답했다. 그것은 진심이었다.

미식축구부원 패거리가 우리 옆을 지나가면서 험악한 표정을 지어 보였다. 그들 중 바비 조는 일부러 밸런타인과 부딪치기까지 했다. 그녀가 그의 팔을 홱 낚아챘다. "이 멍청아, 눈 좀 똑바로 뜨고 다녀."

밸런타인과 마찬가지로 바비 조도 3학년이었다. 나는 그 두 사람이 한 해 전 손을 잡고 다니는 것을 본 적이 있었다. 그는 1957년 시즌에는 선배에게 밀려 후보로 뛰었지만 교체 선수로 출전한 경기에서 절묘한 패스로 터치다운을 멋지게 성공시킨 적이 있었다. 그는 1958년 시즌이 기대되는 선수였다. 하지만 그 모든 기대는 이제 물거품이 되고 말았다. "어린애 데리고 노니까 좋냐?" 그가 말했다.

"너 까불지 마라." 밸런타인은 그와 거의 얼굴을 맞대고 눈을 부라렸다. 그는 뒷걸음질을 치면서 나를 한번 노려보고는 복도 반대편으로 사라졌다. 그녀가 다시 내 옆으로 다가섰다. "바비 조나 다른 애들이 못살게 굴거든 나한테 말해. 내가 해결해줄게." 그녀는 내게 윙크를 한 뒤 교실로 들어갔다.

뒤따라온 쿠엔틴이 내 옆에 다가와서 밸런타인의 모습을 바라보았다. "우리는 지금 전교에서 가장 경이로운 여학생을 보고 있는 거야." 쿠엔틴이 넋이 나간 표정으로 말했다. 도로시를 제외한다면 나는 기꺼이 그 말에 동의할 수 있었다. 나는 도로시를 떠올리는 것만으로도 1마일을 달린 직후처럼 심장이 쿵쾅거렸다. 게이너 감독은 보건 교육 시간에 고등학교 남학생들의 신체에 일어나는 변화와 호르몬의 작용에 대해 설명해준 적이 있었다. "다 한때다. 그런 느낌을 즐겨라. 대신 그것을 행동으로 옮길 생각은 하지 마라. 그건 너희들의 뇌가 시키는 게 아니라 미쳐서 날뛰는 호르몬이 하는 짓이니까. 이 점만 명심하면 별탈이 없을 거다."

그날 수업이 끝나고 통학버스를 향해 걸어가고 있을 때였다. 도로시가 내게 다가왔다. 그녀는 풀 먹인 빳빳한 흰색 블라우스에 파란색 치마를 입고 있었다. "이번 주 일요일에 우리 집에 올래?" 그녀가 물었다. "평면기하학 공부를 하고 있는데 네가 좀 도와줬으면 좋겠어."

"그래, 갈게."

그녀가 주위를 살피더니 미소를 띠며 말했다. "여름 내내 네가 보고 싶었어." 그녀의 목소리는 너무나 감미로웠다.

"저, 정말?" 나는 말을 더듬었다.

"응." 그녀의 푸른 눈이 나를 응시하고 있었다. "너에 대한 기사도 읽었어. 올해 입학한 여학생들이 모두 너만 쳐다보고 있던데 솔직히 질투가 나서 견딜 수가 없어."

나는 바보처럼 입을 헤 벌리고 웃었다. "지, 질투하지 마. 내, 내 말은 그러니까…… 도로시, 나도 네가 보고 싶었어."

"서니, 할 얘기가 너무 많아. 일요일까지 어떻게 기다려야 할지 모르겠어."

그때 로이 리가 뛰어오더니 내 앞에 멈춰 서서 도로시에게 노골적으로 싫은 표정을 지어보였다. 그는 아직도 도로시의 완벽함을 깨닫지 못하고 있었다. "서니, 잭 아저씨가 5초 안에 버스에 타든지 집까지 걸어가든지 네가 알아서 하래."

발걸음이 떨어지지 않았지만 나는 어쩔 수 없이 버스에 올랐다. "서니, 너 도로시하고 끝난 거 아니었어?" 로이 리가 물었다.

"그럴 일은 절대로 없어." 내가 대답했다.

나는 버스 안에서 도로시에게 손을 흔들었다. 그녀도 내게 손을 흔들더니 손으로 가볍게 키스를 날려주었다. 콜우드로 돌아가는 동안 나는 버스가 아닌 구름을 타고 있는 것 같았다. 잭 아저씨가 내리라고 소리를 지르고 나서야 나는 정신을 차렸다.

나는 고 1 때 수학에서 좋은 성적을 얻기 위해 안간힘을 썼지만 겨우 B를 받는 데 그쳤다. 하지만 2학년이 되어서는 평면기하학의 첫 시험부터 높은 성적을 받았다. 나는 평면곡선과 기울기, 도형에 관한 지식이 로켓을 설계하는 데 도움이 되리라 생각했다. 또한 공부를 하면서 동체의 면적과 꼬리날개의 면적 사이에 상관관계가 있을 것 같다는 생각이 들기도 했다. 하지만 그런 걸 어떻게 혼자서 알아내겠는가? 하츠필드 선생님은 평면(꼬리날개)의 면적과 곡면(동체)의 면적을 비교해서 계산하는 방법에 대한 내 질문을 간단히 무시하고, 오로지 유클리드 기하학의 공리와 증명만 강조했다. "자네는 해석기하학과 미적분에 관한 질문을 하고 있는 거야." 선생님은 안경 너머로 나를 쳐다보며 말했다. "그런데 내 기억으로 자네는 대수도 제대로 이해하지 못했거든. 히컴 군, 대수조차 제대로 이해하지 못하면 수학에서 이해할 수 있는 건 아무것도 없어."

삼각형에 관한 수업을 듣던 중, 나는 삼각형의 세 변과 세 각 사이에 일정한 상관관계가 있다는 것을 직관적으로 깨달았다. 내가 그것에 관해 질문을 하자 하츠필드 선생님은 떨떠름한 표정으로 나를 쳐다보았다. "히컴 군, 그건 삼각법이라고 하는 건데, 평소에는 그리 명석하지 않은 자네의 머리에 궁금증을 일으키는 그 내용을 우리는 얼마 후에 배우게 될 걸세."

평소에는 그리 명석하지 않은 내 머리의 관심사는 우리의 로켓이 얼마나 높이 나는지 측정하는 것이었다. 나는 제이크 아저씨로부터 받은 책을 꼼꼼히 읽었다. 쿠엔틴 역시 그 책을 정독했다. 우리는 점심시간에 강당에 앉아서 삼각법을 독학했다. 나는 내용이 아무리 어렵고 복잡하더라도 그것을 알아야 할 이유가 있다면 배움은 그리 어렵지 않다는 사실을 깨달았다. 삼각법을 이해했기 때문에 우리는 이제 각도를 잴 도구만 있으면 우리의 로켓이 얼마나 높이 나는지 알 수 있었다. "그건 나한테 맡겨." 쿠엔틴이 말했다.

"서니, 너는 정말 머리가 좋은가봐." 내가 삼각법을 어떻게 공부했는지 들려주자 도로시는 감탄을 했다. 소파에 함께 앉아 있던 그녀가 나를 가볍게 안아주며 말했다. "그 머리로 내가 평면기하학 공부하는 걸 좀 도와줘."

드디어 로이 리가 전수해준 기술을 써먹을 기회가 찾아온 것 같았다. 나는 도로시의 어깨에 슬쩍 팔을 걸쳤다. 그러자 그녀가 자리에서 벌떡 일어났다. "참, 쿠키가 다 타버리겠네. 금방 올게." 초콜릿 칩 쿠키 한 접시를 들고 온 도로시는 조금 전과는 달리 맞은편 소파에 앉았다. "우리가 친구라는 사실이 정말 기뻐." 그녀로부터 그 말을 들은 것이 백만 번째는 되는 것 같았다. 그래도 나는 실망하지 않았다. 나는 그녀와의 관계가 조금씩 진전되고 있다고 믿었다.

그해 가을 내내 나는 일요일 오후 히치하이크로 도로시의 집을 찾아가서 그녀와 함께 평면기하학을 공부했다. 유클리드의 공리와 정리를 하나씩 공부하면서 나는 그녀가 각각의 정리를 유도하는 과정에서 나보다 뛰어나다는 사실을 깨달았다. 그녀는 내게 좋은 선생님이기도 했다. 그녀는 하나의 증명이 어떻게 다른 증명으로 이어지는지를 차분하게 설명해주곤 했다. 그녀는 한번 익힌 것은 절대로 잊지 않는 뛰어난 기억력도 가지고 있었다. 하지만 수학적 개념을 시각화하는 것은 내가 그녀보다 훨씬 나았다. 다른 하나의 직선과 수직을 이루는 두 개의 직선은 서로 평행이라는 사실을 나는 그림을 통해 그녀에게 설명해주었다.

나는 로켓 제작에 필요한 지식을 얻기 위해 하츠필드 선생님의 수업을 열심히 들었다. "이번 시간에는 연역추론을 배워보도록 하겠다." 하츠필드 선생님은 옆자리의 여학생에게 수작을 걸고 있는 로이 리의 머리에 분필을 던져서 정확하게 명중시켰다. "이봐, 내가 자네에게 일반 명제 하나를 제시해보겠네." 하츠필드 선생님이 로이 리에게 말했다. "모든 인간은 두뇌를 가지고 있다. 이게 나의 대전제일세. 동의하나?"

로이 리가 머리를 긁적이자 그의 오리 궁둥이 머리에서 분필 가루가 떨어졌다. "네, 선생님."

하츠필드 선생님이 로이 리에게 다가서면서 말했다. "모든 십대 소년은 인간이다. 이게 소전제야. 물론 이 전제가 의심스 러울 때도 있지만 말이야. 자, 대전제와 소전제가 이렇게 제시 된다면 결론은 뭐지?"

로이 리가 우물거리며 대답했다. "모든 십대 소년은 두뇌가 있다?"

"잘했네." 하츠필드 선생님이 학생들을 돌아보며 말했다. "그럼 과연 자네에게도 이 결론이 적용된다고 생각하나?"

연역추론은 나름 훌륭한 공부가 되었지만 나는 수많은 직선 들이 교차하면서 점을 만들되 부피는 생겨나지 않는, 무한한 평행선들이 끝없이 뻗어나가는 우주를 상상하는 것이 더 좋았 다. 나는 무한성에 대해 생각하기 시작했다. 무한이란 어떤 것 일까, 이 세상의 모든 공리와 정리와 이론들이 무한한 우주에 도 적용되는 것일까, 생각은 끝없이 이어졌다. 늦은 밤 옆에서 데이지 메이가 잠들어 있는 동안 나는 어둠을 응시하며 끝없는 우주를 유영했다. 어떤 때는 실제로 내가 하늘을 날아다니는 것 같은 기분이 들기도 했다. 나는 밤하늘을 날아 달빛이 내려 앉은 콜우드의 계곡과 산등성이를 내려다보았다. 그러던 어느 늦은 밤, 나는 불현듯 평면기하학이 사실은 하나님의 메시지라 는 강렬한 깨달음을 얻었다. 그 순간 내 방 전체가, 책상과 의 자와 서랍장과 모형 비행기와 책들이 너무나 생생한 실재가 되 어 나를 둘러쌌다. 데이지 메이가 잠시 뒤척였지만 잠에서 깨지는 않았다. 나는 이 세상에서 가장 안전한 내 방에 있었지만 두려움으로 몸이 부들부들 떨렸다. 나는 그 계시가 머릿속에서 사라지기를 바랐다. 하지만 다음날, 그 다음날이 되도록 평면기하학에 대한 하나님의 계시는 머리를 떠나지 않았다. 나는 레이니어 목사님을 찾아가 봐야겠다고 생각했다.

레이니어 목사님이 서재에서 나를 맞아주었다. 우리에게 케이프 콜우드를 선물로 안겨다준 지난번 설교의 후폭풍에서 목사님은 간신히 살아남았다. 목사님은 밴다이크 씨가 찾아와서 잠언 17장 19절("다툼을 좋아하는 자는 죄과를 좋아하는 자요 자기 문을 높이는 자는 파괴를 구하는 자니라." – 옮긴이)을 잘 읽어보라고 충고하더라는 이야기를 전했다. 광업소장이 전달하고자 한 메시지는 분명했다. 목사님은 그 이후로 설교 내용에 주의를 기울여야 했다.

나는 차분하게 평면기하학의 공리와 정리—우주 전체를 관통하는 진리—가 하나님의 메시지라는 계시를 받았다고 이야기했다. "서니, 그건 수학일 뿐이야." 목사님은 손가락으로 성경책을 톡톡 두드리며 말했다. "하나님의 말씀은 전부 여기에 있어."

나는 그 위대한 계시에 대해 좀 더 이야기해보고 싶었지만 목사님은 거듭 성경책만 두드렸다. 나는 리처드 목사님을 찾아가보기로 했다. 자그마한 예배당 안에서 나는 리처드 목사님에게 평면기하학에 하나님의 뜻이 숨어 있다고 이야기했다. 목사님은 내가 받은 위대한 계시에 큰 감명을 받은 것 같았다. "놀랍구나. 그래, 하나님의 계획이 틀림없는 것 같다." 목사님은 설교대에 올라가서 성경책을 들고 내려와 맨 앞줄의 의자에 앉았다. 나도 그 옆에 앉았다. 목사님이 성경책을 펼치면서 말했다. "서니, 여기에 쓰여 있는 것은 모두 하나님의 말씀이야." 목사님은 무작위로 펼친 페이지에 손가락을 짚으며 말했다. "숫자 역시 하나님의 말씀이겠지." 그는 턱을 긁으며 정면 벽에 걸려 있는 나무 십자가를 응시했다. "그런데 나는 평면기하학에 숨어 있는 하나님의 뜻을 잘 모르겠다." 그가 나를 쳐다보았다. "너는 알겠니?"

나는 어깨를 으쓱해 보였다. "저도 몰라요. 저는 그저 평면기하학을 이용해서 로켓을 만들고 싶을 뿐이에요."

"그래? 그것이 너의 소망이라면 기도를 해라. 구하면 주신다고 하셨으니까." 목사님이 말했다. "네가 한 가지 약속을 하면 나도 너를 도와주마. 네가 쏜 로켓이 아주 높이 날아오르면 사람들은 네가 대단한 일을 했다고 치켜세울 거야. 너는 그 영광을 조금도 받지 마라." 그가 잠시 말을 멈추고 십자가를 향해 고개를 끄덕였다. "세상의 모든 영광이 바쳐져야 할 곳은 바로 저기니까."

나는 십자가를 바라보다가 이내 고개를 푹 숙였다. 로켓으로 하늘을 들쑤시고 있는 나를 하나님이 탐탁찮게 내려다볼 것 같았기 때문이다. "네, 명심할게요." 나는 마른침을 삼키며 대답했다.

"으스대거나 교만해져서는 안 된다."

"네, 목사님." 나는 주눅이 들었다.

목사님은 내 표정이 재미있었는지 별안간 웃음을 터뜨렸다.

"야, 그렇다고 겁먹을 필요는 없어. 하나님은 사랑이시다. 너도 알잖아? 하나님이 너에게 고통을 주시진 않을 거야. 그분은 너와 친구들을 위한 놀라운 계획을 가지고 계실 거다."

나는 말없이 고개를 끄덕였다. "그럼 가봐." 목사님이 말했다. "나는 기도를 해야겠다. 평면기하학에서 하나님의 말씀을 발견한 아이를 위해서라도 내가 정말 기도를 많이 해야 할 것 같다."

어느 이른 아침 아버지는 주방에 있는 낡은 토스터기에 식빵을 넣고 손잡이를 누른 다음 커피를 타기 위해 스토브로 가서 뜨거운 물을 받았다. 토스터기가 있는 곳으로 돌아왔을 때 손잡이는 여전히 내려져 있었고 빵은 구워지지 않은 채로 남아 있었다. 아버지는 토스터기 속에 있는 전열 코일이 사라진 것을 발견했다. 전기 점화장치를 시험해보기 위해 전열 코일을 빼낸 것은 바로 나였다.

비슷한 일이 오델의 집에서도 일어났다. 오델은 아버지의 청소 트럭에서 배터리를 빼냈다. 로이 리가 전기 점화장치 시험을 위해 오델을 태우고 우리 집에 왔다. 결과는 성공적이었다. 전열 코일은 흑색화약에 불을 붙일 수 있을 만큼 충분히 달궈졌다. 우리는 '아메리칸 밴드스탠드'의 방송시간에 맞춰 거실에 올라가 TV를 보았다. 한 시간 후 오델은 로이 리의 차를 타고 집으로 돌아가면서 배터리와 와이어를 챙기는 것을 깜빡했다. 우리 집에서는 아버지가 그날 토스트를 못 먹는 것에 그쳤지만 오델의 아버지는 다음날 아침 트럭에 시동이 걸리지 않는 난감한 일을 겪어야 했다. 두 집의 가장이 겪은 일은 울타리 통신을 통해 온 마을에 알려졌는데 그 이후로 마을에서 어떤 물건이 사라질 때마다 로켓 보이들이 유력한 용의자로 지목되곤 했다. 한번은 어머니가 잭슨 씨의 전화를 받았다. "엘시, 서니한테 혹시 제시 못 봤는지 물어봐 줄래요?"

제시는 잭슨 씨가 키우는 늙은 사냥개였다. "왜 그러시죠, 잭슨 씨?"

"케이프커내버럴에서 과학자들이 원숭이를 로켓에 태워 우주에 보낸다는 얘길 들었거든요. 그래서 혹시 서니가 제시를 데리고 엉뚱한 짓을 벌이려는 건 아닌지 해서요."

어머니는 웃음을 참으며 대답했다. "잭슨 씨, 걱정하지 마세요. 제시는 어디 좀 돌아다니다가 집에 들어갈 거예요. 우리 애가 제시를 데리고 있지는 않아요."

제시는 집으로 곧 돌아갔지만 잭슨 씨는 그 후에도 내가 자전거를 타고 지나갈 때마다 의심의 눈초리를 거두지 않았다.

케이프 콜우드에 통신장비를 들여놓을 방법을 찾고 있던 오델과 로이 리는 오래된 노새 축사畜舍에 눈독을 들였다. 그 축사는 갱도에서 더 이상 일을 할 수 없게 된 노새들을 위해 1930년대에 지어진 것이었다. 카터 씨는 회사를 위해 열심히 일한 노새들이 늙고 병들었다고 해서 도축장에 보낼 수는 없다며 그들에게도 안락한 노후를 보장해주려 했다. 문제는 오랫동안 어두운 갱도에서 일을 하며 시력이 손상된 노새들을 방목해서 키울 수 없다는 것이었다. 축사는 그렇게 해서 지어졌다. 그러나 카터 씨가 회사를 매각한 후 축사는 비워졌다. 탄광을 인수

한 오하이오 본사의 직원들은 노새들을 트럭에 태워 개 사료를 만드는 공장에 보냈다. 노새들이 여러 대의 트럭에 실려 마을을 빠져나가는 동안 길가에 늘어선 부인들은 울음을 터뜨렸다고 한다. 우리는 어렸을 때 축사 주변에서 뛰어놀다가 먼지가 잔뜩 낀 방충망 안을 들여다보곤 했다. 축사 안에는 노새들이 한 마리씩 있었던 칸막이와 오래된 마구馬具들이 보였고, 가운데에는 여러 대의 전화기가 놓인 탁자가 있었다. 오델은 그곳에 방치된 전화기들은 회사가 버린 것이나 다름없기 때문에 BCMA가 가져도 된다고 생각했다. 회사의 허락을 얻으면 간단했을 것을 오델은 제 딴에 재미있을 것 같은 방식을 택했다.

오델과 로이 리는 금요일 늦은 밤 축사에 접근했다. 다음날 아침 나는 거실에서 TV를 보다가 전화 한 통을 받았다. 마을의 보안관 태그 파머였다. "서니, 너 지금 당장 광업소장님 사무실로 뛰어와." 그가 말했다. "문제가 생겼어."

태그 아저씨로부터 자초지종을 들은 후 나는 오델의 목을 조르고 싶었다. 그 일로 인해 우리는 회사의 소유지인 케이프 콜우드에서 쫓겨날 수도 있었기 때문이다. 나는 자전거를 타고 광업소장의 사무실을 향해 달렸다.

밴다이크 씨는 책상에 앉아 눈을 부릅뜨고 있었다. 로이 리와 오델은 아무 말 없이 천장만 쳐다보고 있었다. 두 친구의 몰골은 말이 아니었다. "서니," 밴다이크 씨가 입을 열었다. "너희들은 전화기가 필요했어." 그는 굳은 표정으로 손가락 끝을 마주 댔다. "그래서 회사의 물건을 훔치기로 한 거야. 그렇지? 너희들은 아무도 모를 거라 생각했겠지만 우리는 마을에서 벌어지는 일들을 너희들이 생각하는 것보다 훨씬 잘 알고 있어. 안 그런가, 태그?"

구석에 있는 목재 서류 캐비닛에 기대 서 있던 태그 아저씨가 고개를 끄덕였다. 20대의 젊은 보안관 태그 아저씨는 회사 배지가 달린 카키색 제복을 입고 있었다. 그는 빅 크리크 고등학교를 졸업하자마자 한국전쟁에 파병되어 중공군이 언제 밀려올지 모르는 고지를 지켰다. 하지만 그 고지가 전략적으로 중요하지 않았는지 중공군은 전쟁이 끝날 때까지 나타나지 않았다. 복무 기간을 채운 후 그는 탄광에서 일하기 위해 콜우드로 돌아왔다. 그는 리프트를 타고 땅속 깊은 곳까지 내려갔지만 리프트에서 내리지를 못했다. 그는 참전 용사였기 때문에 대장은 그에게 다른 일을 맡기기로 했다. 태그는 마을의 보안관이 되었다. 마을엔 범죄가 거의 일어나지 않았다. 하지만 가정주부들이 집 안의 가구를 옮기거나 갑자기 차편이 필요할 때 그는 호출을 받자마자 출동했다. "절도를 저지를 목적으로 무단 침입하는 경우, 그걸 뭐라고 하나? 법률 용어로 말일세."

태그 아저씨는 어깨를 으쓱했다. "제가 법률 용어는 잘 모르겠고 일단 중범죄에 해당한다고 생각합니다." 로이 리와 오델이 고개를 푹 숙였다. 나는 무릎이 후들거렸다.

밴다이크 씨는 의자 등받이에 천천히 등을 기댔다. 의자에서 삐걱 소리가 났다. "중범죄라고? 그럼 감옥에 가게 된다는 뜻이지, 태그?"

"그렇습니다, 소장님."

폰 브라운 박사의 연구팀은커녕 감옥이 나를 기다리고 있는 것 같았다. 나는 무릎을 꿇고 용서를 빌어볼까 생각했다. 오델이 마른침을 꿀꺽 삼키는 소리가 내 귀에까지 들렸다. 로이 리는 침묵을 지키고 있었다. 태그 아저씨가 캐비닛에 기대고 있던 자세를 바로하며 말했다. "소장님, 저와 얘기 좀 나누실 수 있겠습니까? 웰치의 법정까지 가지 않고도 이 일을 해결할 방법이 있을 것 같은데요."

밴다이크 씨가 어깨를 으쓱했다. "이러면 법을 어기는 게 아닌지 모르겠지만 일단 들어나 보세."

태그 아저씨가 손가락으로 문을 가리켰다. "너희들은 잠깐 나가 있다가 내가 부르거든 다시 들어와."

우리는 광업소장 사무실과 붙어 있는 비서실로 나왔다. 비서실의 책상은 깨끗하게 정돈되어 있었고 타자기에는 덮개가 씌어져 있었다. 밴다이크 씨의 비서 자리는 또다시 비어 있었다. 그해 여름 오하이오에서 온 여비서는 제이크 아저씨의 방에서 거의 살다시피 하다가 한 달을 못 채우고 쫓겨나고 말았다. 그 결과 제이크 아저씨에게는 회사 여직원과 두 번 다시 사귀지 말라는 지시가 떨어졌고, 광업소장의 부인이 새 비서를 뽑겠다고 직접 나서는 상황이 벌어졌다. "제이크 모스비가 과연 내가 고른 아가씨도 좋아하게 될지 한번 지켜보세요." 밴다이크 부인은 그렇게 공언했다. "밴다이크 씨가 과연 부인 말을 들을지 한번 지켜보자고요." 울타리 통신은 사람들의 호기심과 궁금증을 자극하며 빠르게 퍼져나갔다.

오델이 전날 밤 있었던 일을 내게 귓속말로 건네는 동안 로이 리는 말없이 오델을 노려보았다. 자정 무렵 축사에 도착한

두 친구는 뒷문에 채워져 있던 자물쇠를 로이 리의 차에서 꺼
내온 망치로 부쉈다. 오델이 손전등을 비추며 조심스럽게 축사
안으로 들어갔고 로이 리가 그 뒤를 따랐다. 오델이 축사 안의
공기가 백 년은 묵은 것 같다고 투덜대는 순간 삐걱거리던 바
닥이 갑자기 꺼지면서 두 친구는 지하실로 떨어졌다. 사방에서
박쥐들이 요란스럽게 퍼덕거리며 깨진 창문을 통해 밖으로 날
아갔다. 그리고는 침묵이 흘렀다. 두 친구는 아침에 태그 아저
씨에게 발견될 때까지 말라붙은 노새 똥을 뒤집어쓴 채 꼼짝없
이 갇혀 있어야 했다.

마침내 로이 리가 입을 열었다. "난 네가 정말 싫어." 그는 오
델을 쳐다보며 말한 뒤 나에게 시선을 돌렸다. "너도 정말 싫
어." 로이 리는 다시 입을 다물었다.

잠시 후 태그 아저씨가 우리를 안으로 불러들였다. 무엇인가
곰곰이 생각하고 있는 밴다이크 씨 앞에서 우리는 고개를 푹
숙였다. "너희들은 그 전화기의 가격이 얼마나 된다고 생각하
니?" 그가 말했다.

우리는 뭐라고 대답을 해야 할지 몰라 우물쭈물했다.

밴다이크 씨가 구식 계산기의 자판을 몇 번 누르고 손잡이를
당기자 숫자가 찍힌 종이가 튀어나왔다. 그는 종이를 들여다보
며 말했다. "자, 그럼 이렇게 하지. 전화기 값은 25달러만 내라.
그리고 자물쇠를 파손했으니까 2달러, 거기에 회사 시설에 무
단 침입한 벌금 10달러를 포함해서 모두 37달러를 내라. 너희
들을 이렇게 특별히 봐주는 것은 가뜩이나 좋지 않은 너희들의
평판이 더 나빠지지 않도록 하기 위해서다. 이유는 모르겠지만

태그가 너희 편을 드는구나. 너희가 태그의 차에 오물을 묻히거나 차를 타고 다니면서 길을 걷는 노인들을 깜짝 놀라게 만드는 그런 애들이 아니라면서 말이다. 요컨대 태그가 너희들을 용서해달라고 했다. 사실 나는 이번 기회에 너희들이 앞으로 로켓을 영영 날리지 못하게 할 생각이었는데 말이다. 너희가 결정해라. 합의를 하든 아니면 재판을 받든."

"부모님들한테는 뭐라고 하실 거예요?" 내가 조심스럽게 물었다.

밴다이크 씨는 움찔하는 눈치였다. "나는 사업상의 비밀을 제3자에게 흘리는 사람이 아니다."

그렇게 해서 BCMA는 밴다이크 씨와 사업상의 비밀 거래를 맺게 되었다. 우리는 1년 안에 37달러를 갚아야 했다. 로켓을 계속 만들 수 있게 된 것은 다행이었지만 그 돈을 어떻게 마련할지에 대해서는 아무 대책이 없었다. "나에게 돈을 마련할 방법이 있어. 그것도 아주 많이." 광업소장의 사무실을 나서면서 오델이 말했다. "주철 파이프를 캐는 거야. 내년 여름에." 오델은 진담인지 농담인지 알 수 없는 표정을 지었다.

"나는 빠질래." 로이 리가 말했다.

2학년 때 내가 제일 좋아했던 과목은 라일리 선생님이 가르치는 화학이었다. 선생님은 학생들이 수업 내용과 무관한 이야기를 꺼내는 것을 허용하지 않았지만 우리가 수업에 집중할 수 있도록 종종 농담을 던지곤 했다. 선생님이 수업에 열성적이었던 만큼 우리도 선생님의 수업을 열심히 들었다. 새로 바뀐 교육과정에 따라 우리는 화학 수업의 첫 주에 주기율표를 배웠고 둘째 주부터는 화학 방정식을 배우기 시작했다. 선생님은 우리가 이해하지 못하는 부분에 대해 반드시 질문을 하도록 했고 이미 배운 내용이라고 해도 모르는 부분은 처음부터 다시 설명을 해주곤 했다. 선생님은 질문이 더 이상 없는 것을 확인하고 나서야 다음 내용으로 넘어갔다. 나는 매일 한 시간 이상을 화학 숙제를 하는 데 보냈다. 모든 과목의 숙제를 마치는 데 보통 세 시간이 걸렸지만 나는 늘 화학 숙제를 가장 먼저 끝냈다.

빅 크리크 고등학교는 새로운 화학 교과서에 등장하는 실험을 학생들이 직접 해볼 수 있는 환경을 제공해주지 않았지만 라일리 선생님의 수업은 늘 창의적이었다. 어느 날 선생님은 우리를 미식축구 경기장으로 데리고 나갔다. 미식축구부가 1년간 경기에 나서지 못하게 되면서 경기장 관리 역시 제대로 되지 않고 있었다. 웃자란 잔디는 군데군데 갈색으로 변해 있었고 흰색 가루로 반듯하게 그어져 있던 야드 라인은 거의 지워진 상태였다. 텅 빈 관중석과 기자석은 을씨년스럽기만 했다. 라일리 선생님은 두 개의 종이봉투에서 하얀 가루를 바닥에 조금씩 부어놓고 나무 스푼으로 휘저었다. 나는 도로시의 옆에서 라일리 선생님을 지켜보고 있었다. 갑자기 도로시가 팔짱을 끼며 내 팔을 자신의 가슴으로 지그시 눌렀다. 몇 초 간 내 정신을 혼미하게 만든 뒤 도로시는 라일리 선생님 바로 옆으로 다가갔다. 그 광경을 지켜보고 있던 로이 리가 인상을 찌푸렸다. 나는 어색한 웃음을 지어 보였다.

"이건 염소산칼륨과 설탕을 섞은 건데요," 라일리 선생님이 말했다. "우리는 이제 산화가 빠른 속도로 일어나는 모습을 보게 될 거예요. 쿠엔틴, 빠른 산화와 느린 산화의 차이를 말해보세요."

이미 과제물로 다룬 내용을 쿠엔틴이 모를 리 없었다. "산소가 다른 물질과 오랜 시간 결합하면 느린 산화가 일어납니다. 금속에 생기는 녹이 좋은 예입니다." 쿠엔틴은 거침없이 대답했다. "하지만 산소가 아주 짧은 시간 동안 다른 물질과 결합하면 빛과 열의 형태로 에너지가 방출됩니다."

"고마워요, 쿠엔틴. 그럼 우리 같이 염소산칼륨과 설탕의 혼합물이 빠른 산화 반응을 일으키는 모습을 지켜볼까요?" 라일리 선생님은 성냥을 그어서 작은 피라미드를 이루고 있는 가루 위에 떨어뜨렸다. 쉭 하는 소리와 함께 초록색 불꽃이 확 일어났다. 우리 BCMA 회원들은 의미심장한 눈빛을 교환했다. 서로 무슨 생각을 하는지 물어볼 필요가 없었다. 그것은 로켓 연료였다.

그날 수업을 마치고 나는 라일리 선생님을 찾아가서 염소산칼륨이 들어 있는 종이봉투를 가리키며 말했다. "선생님, 저기 남아 있는 것 좀 얻어갈 수 있을까요?" 나는 라일리 선생님이 혹시 BCMA에 대해 들어보지 못했을까봐 간단한 설명을 덧붙였다. "저희는 케이프 콜우드라는 발사장도 갖추고 있고 로켓의 고도도 조금씩 올리고 있어요. 지금은 더 나은 연료를 찾고 있는 중이고요."

"과학경진대회에 참가하는 문제는 생각 좀 해봤어? 내가 대회 준비위원회 일을 지금도 거들고 있어서 묻는 거야."

"저희는 아직 그 정도까지 준비가 되어 있지는 않아요." 나는 솔직하게 대답했다. "여전히 우왕좌왕하고 있어요. 로켓의 제작 원리 같은 게 나와 있는 책이 있으면 도움이 될 텐데 찾을 수가 없어요."

"책?" 라일리 선생님은 고개를 갸웃했다. "나도 그런 책은 못 본 것 같은데 한번 알아보기는 할게."

"정말이요? 고맙습니다, 선생님. 그러면 저희는 그동 안……." 나는 손으로 종이봉투를 가리켰다.

선생님은 고개를 저었다. "미안하지만 나도 저게 전부야. 게 다가 염소산칼륨은 열과 압력을 받으면 매우 불안정해지기 때 문에 로켓 연료로 사용하기에는 위험해. 부모님께서는 BCMA 의 활동에 대해 뭐라고 하시니?"

"어머니는 자폭만 하지 말래요."

선생님은 웃음을 터뜨리더니 나를 물끄러미 쳐다보았다. "너 는 로켓을 왜 만드니?"

라일리 선생님은 편한 대화 상대였다. 거의 친구 같은 느낌 이었다. "저는 우주로 나아가는 데 작은 역할이라도 하고 싶어 요. 케이프커내버럴에서 로켓을 발사하는 장면을 볼 때마다 뭐 랄까, 저도 그 일을 돕고 싶다는 생각이 들어요. 하지만 지금 당 장은 할 수 있는 일이 없어요. 만일 제가 만든 로켓이……." 나 는 말을 멈추었다. 내가 횡설수설하고 있는 것은 아닌가 하는 생각이 들었다.

선생님이 내 말을 이었다. "만일 네가 만든 로켓이 성공을 거 두면 그땐 너도 우주로 나아가는 데 작은 역할을 할 수 있을 거 라는 얘기지? 네 마음을 알 것 같아. 나는 시를 쓸 때 그런 생각이 들어. 내가 쓰는 시가 보잘것없다는 것은 알지만 시를 쓰다 보면 내가 존경하는 시인들과 연결이 되는 느낌이 들어. 내 말이 이해되니?"

"네. 이해할 수 있을 것 같아요." 나는 대답했다. 라일리 선생님처럼 자신의 속마음을 털어놓는 선생님은 없었다. 나는 라일리 선생님으로부터 내가 대등한 상대로 인정받고 있다는 느낌을 받았다.

선생님이 내게 미소를 지었다. 그 순간 마치 선생님의 인생에서 내가 가장 중요한 인물이 된 것 같은 기분이 들었다. "내가 부탁 하나 할까?" 선생님이 말했다. "자폭하는 일만 없도록 해. 네가 내 수업에 계속 들어오기를 바라니까. 알았지?"

"네, 알았습니다!"

쿠엔틴이 복도에서 나를 기다리고 있었다. "어떻게 됐어?"

"염소산칼륨은 못 주시겠대. 너무 위험하다고."

쿠엔틴은 내 어깨를 툭 쳤다. "걱정 마. 질산칼륨이 염소산칼륨과 성질이 거의 비슷하거든. 산소 원자의 개수도 같고. 초석과 설탕을 섞으면 아마 우리가 수업 시간에 봤던 것과 똑같은 화학반응이 일어날 거야."

쿠엔틴은 가방에서 화학 교과서를 꺼내서 분자식을 찾았다. "여기 봐. 질산칼륨. KNO_3. 염소 원자 대신에 칼륨 원자를 가지고 있다는 것만 빼고 나머지는 같아." 그는 사물함에 종이를 대고 화학반응식을 갈겨썼다. "이걸 설탕과 섞어서 열을 가하면 산소 셋, 이산화탄소 둘에 다른 부산물이 나오는데 그게 엄청난 팽창력이 있어. 대단한 로켓 연료가 될 거란 말이야!"

쿠엔틴은 확신에 찬 표정이었다. "오늘밤에 실험을 해볼게." 내가 약속했다.

집에 오자마자 나는 주방의 찬장에서 필요한 물건들을 챙겨 지하실로 내려갔다. 나는 커피 잔에 설탕 한 스푼과 초석 한 스푼을 넣고 나무 스푼으로 저었다. 그리고는 그 혼합물을 보일러의 석탄 투입구 안으로 던져 넣었다. 라일리 선생님의 수업 시간에 보았던 것처럼 불꽃이 확 일어났다. 불꽃의 색깔이 초록색이 아니라 분홍색이라는 점이 달랐을 뿐이다. 불꽃의 세기나 연소 시간은 우리가 이전에 만들었던 어떤 연료보다도 나아 보였다. 나는 배합 비율을 조금씩 달리하면서 실험을 계속했다.

우리 집 굴뚝에서 마치 작은 화산처럼 연기와 불꽃이 뿜어져 나왔을 때 어머니는 울타리에서 옆집 샤리츠 부인과 담소를 나누고 있었다. 내가 새 연료의 샘플을 다시 한 번 보일러에 던져 넣으려는 순간 두 분이 지하실로 뛰어내려왔다. 나는 석탄 투입구를 얼른 닫고 내가 지을 수 있는 가장 천진난만한 미소를 지어보였다. "안녕하세요?" 나는 아무 일 없었다는 듯이 샤리츠 부인에게 인사를 했다.

"엘시, 내가 뭐랬어요? 서니가 집에 와 있을 거라고 했잖아요?" 샤리츠 부인이 말했다.

"서니, 네가 학교에서 돌아왔다는 것을 연기를 보지 않고도 알았으면 좋겠구나." 어머니의 얼굴에서도 연기와 불꽃이 나는 것 같았다.

나는 두 분에게 내가 하고 있던 실험을 그대로 보여주었다. 초석과 설탕을 섞어서 석탄 투입구에 던져 넣는 과정은 물론 안전을 위해 뒤로 물러서는 모습도 잊지 않았다. 보일러 안에서 불꽃이 일어나자 샤리츠 부인은 눈을 휘둥그레 뜨며 탄성을 질렀다. "정말 예쁘구나!"

어머니의 표정은 떨떠름했다. "알았다. 다시 말하지만 자폭하는 일만 없게 해라. 알았어?"

나는 해맑은 표정을 지으며 대답했다. "네, 엄마."

그날 밤 나는 로켓 동체에 설탕과 질산칼륨 혼합물을 넣었다. 그런데 동체의 중심에 막대를 꽂아두기에는 입자가 너무 굵었다. 나는 일단 혼합물을 다 부은 다음 동체를 톡톡 두들기며 혼합물의 알갱이들이 바닥에 최대한 다져지도록 했다. 그때 아버지가 지하실에 내려왔다. "이번엔 또 뭘 하는 거냐?"

"새로운 연료예요."

"만일 그게 터지면 이 집이 들썩하는 거냐?"

"1, 2피트 정도 들썩할 걸요."

"좋아, 잘하고 있어." 아버지는 그렇게 말하고는 다시 계단을 올라갔다. 나는 아버지의 반응에 놀라지 않을 수 없었다. 좋아, 잘하고 있어? 내가 방금 제대로 들은 건가?

토요일 오후, BCMA는 시험 발사를 위해 케이프 콜우드로 올라갔다. 이번 발사는 사람들에게 알리지 않았다. 새로운 연료가 어떤 결과를 낳을지 우리도 몰랐기 때문이다. 오크 9호는 쉭 소리를 내며 힘차게 날아올랐지만 100피트도 채 되지 못하는 높이에서 갑자기 추진력을 잃고 땅으로 곤두박질쳤다. 우리는 로켓을 회수해서 관제소로 가지고 왔다. 동체를 톡톡 두드리자 소량의 연료 찌꺼기가 떨어졌다. 대부분의 연료는 연소가 된 상태였다. "이거 사탕 냄새가 나는데." 냄새를 맡아본 셔먼이 말했다.

"그럼 로켓 캔디네!" 오델이 말했다. 그리고 그것이 우리의 새 연료에 붙여진 이름이 되었다.

"가스는 엄청나게 분출하는데 너무 빨리 타버렸어." 쿠엔틴이 말했다. "혼합 연료의 결합 상태가 너무 느슨해. 좀 빽빽하게 채울 필요가 있어."

"다음에는 분말 접착제를 반죽해서 연료에 넣어볼게." 내가 말했다.

"설탕의 가용성이 너무 좋다는 게 문제야." 쿠엔틴이 말했다. "수분을 오래 머금을 수 있다는 말이지. 서니, 그래도 시도는 해봐. 결과는 발사대에서 드러나겠지."

"좋아." 나는 우리의 토론이 과학적이고 전문적인 느낌이 들어서 기분이 좋았다.

"야, 너희들이 스스로 생각해봐도 지금 뭐라고 지껄이는 건지 모를 거다." 로이 리가 말했다.

노새 축사 사건 직후의 공언과는 달리 로이 리는 여전히 우리와 행동을 함께했다. 쿠엔틴이 로이 리를 노려보았지만 나는 로이 리의 예리한 통찰에 웃음을 참을 수 없었다. 그의 지적이 정확했기 때문이다.

우리는 그 다음 주말에 다시 로켓을 발사하기로 했다. 나는 질산칼륨과 설탕의 혼합물에 물과 분말 접착제를 섞어서 로켓 동체에 넣어두었다. 그 사이 BCMA에 새로운 회원이 들어왔다. 그의 이름은 빌리였다. 우리와 같은 학년인 빌리는 스네이크루트에 살았다. 우리의 모임에 관심을 보인 친구들이 더러 있었지만 빌리는 그 중에서도 가장 끈질겼다. 나는 빌리를 새로운 회원으로 받아들이게 되어서 기뻤다. 그는 달리기를 잘했다. 우리의 로켓이 점점 멀리까지 날아가리라는 점을 고려할 때 그의 달리기 실력은 우리에게 꼭 필요했다. 학교 성적으로만 따진다면 빌리는 나보다 똑똑했다. 빌리의 아버지는 1957년에 해고를 당했지만 콜우드를 떠나지 않고 흑인들이 주로 거주하는 스네이크루트에 무허가 주택을 짓고 살았다. 빌리가 BCMA에 가입하고 우리 집에 처음 왔을 때 어머니는 그의 옷차림을 유심히 살폈다. 빌리가 집에 돌아가기 위해 인사를 했을 때 어머니는 그를 내 방으로 데리고 가서 옷장의 문을 활짝 열었다. 빌리는 옷가지의 무게로 휘청거리며 로이 리의 차에 올랐다.

오크 10호는 하얀 연기만 잔뜩 내뿜고는 발사대에서 날아오르는 데 실패했다. 로켓이 식은 뒤 우리는 캐러멜 같은 진득한 액체가 흘러나오는 것을 발견했다. "일주일 내내 건조시켰는데도 아직 다 마르지 않았어." 내가 말했다.

쿠엔틴이 고개를 가로저었다. "설탕은 가용성이 너무 좋다고 했잖아."

접착제 반죽을 넣지 않은 오크 11호는 날카로운 소리를 내며 날아올랐지만 몇 초 후 공중에서 폭발을 했다. 우리가 관제소 안의 땅바닥에 엎드리자마자 동체의 파편들이 양철 지붕을 요란하게 때렸다. 우리는 밖으로 나와서 발사대 주위를 살펴보았다. "내가 추론해보건대 연료가 한꺼번에 아래로 쏠린 거야." 쿠엔틴이 말했다.

동체는 바나나 껍질처럼 벗겨져 있었다. 쿠엔틴이 자신의 가설에 대한 설명을 이어갔다. "로켓이 발사되면서 결합상태가 느슨한 연료가 아래쪽으로 밀려 내려온 거지. 그래서 너무 많은 연료가 한꺼번에 연소한 거야."

"그래서 노즐이 막혔겠지." 빌리가 말했다. 로켓의 발사를 처음 관찰한 것 치고는 상당히 예리한 분석이었다.

우리는 오크 10호를 다시 살펴보았다. 액체 상태로 흘러나왔던 연료 찌꺼기가 그새 딱딱하게 굳어 있었다. 나는 그것을 막대기로 건드려보았다. "이 상태라면 아래쪽으로 쏠리는 일이 없을 텐데." 내가 말했다.

"하지만 처음엔 녹아 있었잖아." 셔먼이 말했다. "지금 그 상태에서도 연소가 될까?"

우리는 굳어 있는 연료 찌꺼기를 조금 떼어내서 불을 붙여보았다. 지글지글하는 소리를 내며 불꽃이 올라왔다. 우리 모두가 속으로 생각하고 있던 것을 셔먼이 말했다. "그러면 아예 처음부터 로켓 캔디를 녹여서 동체에 넣으면 어떨까?"

나는 로켓을 만들기 시작한 이래 처음으로 망설였다. "글쎄, 어쩌면 우리 머리통이 다 날아갈 수도 있겠지."

친구들이 심각한 표정으로 나를 에워싸고 있었다. "아주 조심해서 하면⋯⋯." 빌리가 입을 뗐다.

"한 번에 아주 조금씩만 녹이는 거야." 셔먼이 말을 이었다.

"야, 그건 결국 내가 해야 할 일이잖아." 내가 말했다. "내 생각엔 아마 그 자리에서 폭발하고 말 것 같다."

"우리가 도와줄게." 셔먼이 말했다.

"내가 보호 장비를 만들어 올게." 오델은 이미 머릿속에서 보호 장비를 설계하고 있는 것 같았다.

"싫어." 내가 대답했다. "그건 미친 짓이야."

우리는 연료 찌꺼기를 발로 툭툭 차보면서 서로의 표정을 살폈다. "그래도 해야 한다고 생각해." 로이 리가 조용히 말했다.

"쿠엔틴, 넌 어떻게 생각해?" 내가 물었다.

쿠엔틴은 어깨를 으쓱했다. "서니, 네가 결정할 일이야. 우리는 지금 미지의 영역에 발을 들여놓는 거라고. 하지만 확실한 것은…… 빌어먹을, 이게 너무나 훌륭한 연료가 될 거라는 거야."

그 다음 주의 어느 밤, 나는 로이 리와 셔먼과 함께 제이크 아저씨의 망원경이 있는 클럽 하우스의 옥상에 올라갔다. 그즈음 NASA는 38파운드 무게의 파이어니어 1호를 쏘아 올렸다. 그것은 달 탐사를 위한 최초의 시도였기 때문에 우리는 흥분하지 않을 수 없었다. 그렇게 작은 물체를 관측할 수 있으리라 생각하지는 않았지만 어쩐지 옥상에 올라가면 우주 전체가 우리에게 다가오는 느낌이 들었다. 파이어니어 1호는 달까지 1/4 남짓한 거리인 6천 마일을 날고는 추진력을 잃고 대기권에 재진입하여 타버리고 말았다.

신문들은 파이어니어 1호가 실패했다고 보도했지만 콜우드의 클럽 하우스 옥상에 모인 광부의 아들들에게 그것은 실패가 아니었다. 제이크 아저씨가 내려간 뒤에도 우리는 옥상에 남아 달이 어떤 곳일지 각자의 상상을 이야기했다. 이야기를 나누는 중에도 우리는 그새 달에 무슨 변화가 일어나지는 않았는지 망원경을 들여다보았다.

사실 달은 이미 변해 있었다. 우리의 마음이 이미 그곳에 가 있었기 때문이다. 우리는 작은 우주선을 타고 뾰족한 봉우리들 위를 날아 원초의 시간에 소행성들이 남긴 충돌의 흔적들을 내려다보았다. 그 모든 크레이터와 봉우리들 그리고 고요의 바다가 우리에게 경외심을 불러일으켰다. 나는 우리가 언젠가는 달에 도달할 수 있으리라 확신했다. 여기서 '우리'라 함은 인류가 아니라 옥상에 있는 우리 로켓 보이들을 뜻하는 것이었다. 우리가 충분한 지식과 용기를 갖추기만 한다면 우리는 그 꿈을 이룰 수 있을 것이었다. 초석과 설탕을 녹여보기로 결심한 것도 그 때문이었다.

11장
로켓 캔디(오크 12~13호)

토요일 아침, 나는 지하실에서 끌어온 전선을 계단과 뒷마당을 거쳐 울타리 너머 차고 맞은편의 공터까지 연결했다. 그곳에는 낡은 피크닉 테이블이 하나 놓여 있었다. 오델은 안면 보호대를 만들어왔다. 명칭은 그럴듯했지만 사실은 야구 모자에 쓰레기통에서 주워 온 투명한 플라스틱판을 테이프로 칭칭 감아놓은 것에 불과했다. 나는 오래된 해군 코트(조 외삼촌이 해군에 복무하던 시절 입었던)와 겨울 장갑을 준비했다. 전열기와 냄비는 주방의 수납장에서 꺼내왔다. 어머니가 그 물건들을 급하게 찾을 것 같지는 않았다.

전열기가 밝은 오렌지색을 띠며 달궈졌다. 친구들은 내가 초석을 냄비에 조금 넣어보는 동안 뒤로 물러서 있었다. 나는 코앞에서 폭발이 일어나지 않기만을 기도했다. 잠시 후 초석이 녹아 몇 방울의 액체로 변하더니 금세 증발을 했다. 용기를 얻은 나는 초석 한 스푼을 냄비에 넣고 주방에서 '빌려온' 나무

숟가락으로 천천히 저었다. 투명한 액체가 냄비 바닥에 고였다. 오델 역시 야구 모자로 만든 안면 보호대와 장갑을 착용한 채 초석을 조금씩 더 넣었다. 냄비의 바닥에서 1인치 높이까지 액체가 고이며 김이 나기 시작했다. "자, 이제 설탕." 긴장을 한 탓에 목소리가 갈라졌다.

오델이 몸을 뒤로 뺀 채 팔만 뻗어서 설탕을 한 스푼 넣었다. 순식간에 설탕이 녹은 것 이외에는 아무 일도 일어나지 않았다. 용액에서 가느다란 연기 한 줄기가 올라오며 바닐라 퍼지 같은 달콤한 냄새가 났다. 오델은 설탕을 조금 더 넣어보았다. 나는 용액이 우윳빛 점액이 될 때까지 계속해서 저었다.

"염병할, 심장 떨어지는 줄 알았다." 로이 리가 안도의 한숨을 내쉬며 말했다. "그래도 폭발은 안 하네."

"야, 욕 하지 마." 나는 신경을 곤두세우며 말했다. "기도나 하라고."

셔먼 역시 안면 보호대를 쓰고 로켓 동체를 테이블 위에 거꾸로 세우며 말했다. "깔때기가 있어야겠는데."

어머니가 주방에 들어섰을 때 로이 리는 정신없이 찬장을 뒤지는 중이었다. "아주머니, 안녕하세요?" 로이 리가 어색한 미소를 지으며 인사를 했다. "서니가 깔때기를 찾아오라고 해서요."

어머니는 미심쩍은 표정을 지었다. "깔때기는 차고에 있어. 자동차 엔진 오일을 넣을 때 사용하는 건데 그건 갑자기 왜 찾니?" 이내 어머니는 뒷문으로 길게 연결된 전선을 발견했다. "너희들 또 무슨 짓을 벌이고 있는 거야?"

"아, 별거 아니에요. 로켓 연료를 조금 녹이고 있을 뿐이에요."

어머니는 차고에서 직접 깔때기를 찾아서 공터로 왔다. "퍼지 냄새가 나는구나." 어머니가 냄비에 코를 갖다 대며 말했다. 어머니의 등장에 우리는 바짝 얼어붙었다. "어서 하던 일들 계속해." 어머니가 한숨을 쉬며 말했다.

로이 리는 거꾸로 세워놓은 로켓 동체에 어머니로부터 건네받은 깔때기를 끼워 넣었다. 나는 냄비를 들어서 깔때기 안으로 로켓 캔디를 조심스럽게 부었다. 그런데 점성이 있는 용액은 빨리 내려가지 않고 깔때기 위로 차오르더니 거의 넘칠 지경이 되었다. 그 모습을 지켜보고 있던 어머니가 차고로 달려가 낡은 빗자루에서 기다란 밀짚 하나를 뽑아왔다. "이걸로 해보자." 어머니가 깔때기의 구멍으로 밀짚을 쑤셔 넣었다.

"엄마!" 나는 깜짝 놀라서 소리를 질렀다. 로이 리가 어머니를 뒤에서 잡아끌었다. 어머니는 우리가 착용하고 있는 알량한 보호 장비조차 없는 상태였다.

로이 리가 어머니를 모시고 차고 쪽으로 물러서는 동안 오델이 깔때기 목까지 차오른 로켓 캔디를 밀짚으로 조심스럽게 밀어 내렸다. "다음번엔 유리막대를 꼭 준비하자고." 오델의 불안한 표정을 지켜보며 셔먼이 말했다.

냄비에 담긴 로켓 캔디로는 동체의 절반 높이밖에 채우지 못했다. 나는 로켓 캔디를 조금 더 만들기 위해 빈 냄비를 전열기 위에 올렸다. 그것이 실수였다. 냄비에는 그 사이 소량의 로켓 캔디가 말라붙어 있었던 것이다. 쉭 하는 소리와 함께 냄비가 튀어 올랐다.

"악!" 우리는 뒤로 넘어졌다. 냄비가 공중으로 날아오르고 있었다. 주위엔 인디언들이 피운 봉화처럼 연기가 올랐다.

때마침 탄광으로 출근을 하던 광부들이 그 광경을 지켜보았다. "안녕하세요, 엘시?" 그 중 한 사람이 소리쳤다. "애들한테 요리를 가르쳐주고 있나 보죠?"

헬멧을 뒤로 느슨하게 걸친 광부들이 껄껄대며 가까이 다가왔다. 그들은 새로 뚫은 탄맥에서 발견된 거대한 암반을 폭약으로 제거하기 위해 아버지가 애너월트 광산에 일시 파견을 요청한 작업팀이었다. 그들은 뉴캠프에 있는 사원 주택 한 채를 임시로 사용하고 있었다. "너희들 바보 아니야?" 그들 중 한 사람이 씹는담배를 잘근거리며 말했다.

어머니가 눈을 부릅떴다. "가던 길들 가시죠. 이 아이들은 바보가 아니에요. 얘들은 과학자예요. 어서 가시라니까요."

광부들은 어머니를 힐긋 쳐다본 뒤 낄낄대며 발걸음을 탄광 쪽으로 돌렸다. 공터엔 어머니와 우리만 남아 있었다. 내 몸의 모든 근육이 뛸 준비를 하고 있었다. 다른 친구들도 마찬가지인 것 같았다. 어머니는 새까맣게 그을린 냄비를 가만히 내려다보았다. "냄비를 처음 사용하고 나서 씻어 두었더라면 폭발하지 않았을 거다." 어머니는 우리가 뒤집어쓴 안면 보호대의 플라스틱판을 톡톡 쳐보고는 코트와 장갑도 자세히 살펴보았다. 나는 난감한 상황을 무마하기 위해 적당히 둘러댈 말을 찾았으나 어머니가 먼저 손을 들어 올리며 말했다. "일단 저 테이블을 차고에서 멀리 치워라. 아버지의 차까지 태워버릴 생각은 아니겠지?" 어머니가 나를 쳐다보았다. "네 돈으로 새 냄비 사와."

"네."

어머니는 우리를 한 명 한 명 쳐다보았다. "자꾸 똑같은 말하는 것도 지쳤다. 자폭만 하지 말라고!"

"방금 하신 말씀 전부 적어둘게요." 나는 어머니를 안심시키기 위해 안간힘을 썼다. "냄비는 한 번 사용할 때마다 씻고, 다음번에는 차고에서 멀리 떨어져서 작업을 할게요."

"아주머니의 말씀 명심하겠습니다." 다른 친구들도 쭈뼛거리며 말했다. 그들은 아직도 상황이 이대로 종료될지 확신을 하지 못하는 표정이었다.

"이걸 만들면 로켓이 더 잘 날아가니?" 어머니가 물었다.

우리는 서로의 얼굴을 쳐다보았다. 우리는 사실대로 대답할 수가 없었다. "아마 그럴걸요." 우리가 할 수 있는 대답은 그것밖에 없었다.

어느 늦은 저녁, 평소 같으면 TV 앞에서 꾸벅꾸벅 졸고 있을 아버지가 내 방문을 열고 들어왔다. 아버지가 들어왔을 때 나는 산더미 같은 숙제를 옆에 밀쳐두고 달까지 날아갈 수 있는 로켓을 그리고 있었다. "엄마한테 엔지니어가 되고 싶다고 했다면서?" 아버지가 물었다.

"엔지니어가 하는 일이 뭔지는 잘 모르지만 그냥 로켓과 관련된 일을 하고 싶을 뿐이에요." 나는 아버지가 무슨 트집을 잡으려고 하나 조심스럽게 눈치를 살폈다.

"로켓 따위를 만드는 것보다는 엔지니어가 하는 일이 훨씬 복잡할 거다." 퉁명스러운 반응이었지만 아버지의 태도는 곧 부드러워졌다. 아버지는 내가 로켓을 그려놓은 종이를 손에 들고 찬찬히 살펴보았다. "엔지니어가 되는 건 좋은데, 그 전에 사람들이 먹고 살려고 어떤 일을 하는지는 알아야 하지 않겠어?" 아버지는 종이를 내려놓고 방을 천천히 둘러보았다. 아버지의 그런 행동은 내가 기억하는 한 처음이었다. 아버지는 옷장 위에 올려둔 로켓 동체 두 개를 유심히 살펴보았다. "케이프 커내버럴에서 로켓을 가지고 하는 짓거리들은 다 세금 낭비야. 러시아 놈들을 겁주려고 국민들 세금을 불에 태워 없애는 꼴이라고. 진짜 엔지니어는 회사에 돈을 벌어다주는 사람이야."

"그렇군요." 나는 군말 없이 동의를 해서 아버지를 빨리 내보낼 생각이었다.

"진짜 엔지니어가 하는 일을 너한테 직접 보여주었으면 한다." 아버지가 말했다.

아버지는 자신의 계획을 내게 말해주었다. 나는 놀라서 입이 다물어지지 않았다. "정말이요?" 나는 우쭐한 기분이 들었다. 형에게는 아버지가 그런 제안을 한 적이 없었기 때문이다.

"그래. 이제 너도 콜우드가 어떻게 돌아가는 곳인지 눈으로 확인할 때가 됐다."

편집장 바질 아저씨는 그 다음 로켓을 발사하는 날에도 취재 수첩을 들고 나타나 열심히 기사를 작성했다. 첫 번째 기사에 대한 반응이 너무 좋았기 때문에 바질 아저씨는 우리에 대한 후속 기사를 계속 내보내기로 결정했다. 대략 50명 정도의 구경꾼들이 모여들었다. 기사를 읽었거나 우리가 붙인 공고문을 보고 온 사람들이었다. 나는 그들을 실망시키고 싶지 않았다. 발사대에 놓인 오크 12호는 나름대로 규격과 절차를 정해서 만들었지만 녹여서 주입한 로켓 캔디를 사용했을 때 어떤 결과가 나올지는 미지수였다. 나는 폭발을 염려했다. 쿠엔틴은 폭발을 기정사실로 받아들였다. "제대로 된 배합 비율을 알아내기까지 세 개는 날려버릴 각오를 해야 해." 쿠엔틴이 말했다. 셔먼은 구경 나온 사람들에게 멀리 물러나 있으라고 했고 가급적이면 차량 뒤에서 지켜볼 것을 권고했다. 벅과 몇몇 미식축구부원들도 모습을 드러냈다. 하지만 그들은 못마땅한 표정을 지으며 다른 사람들과 떨어진 곳에 서 있었다.

미식축구부원들을 제외한 모든 사람들이 축제 분위기였다. "가자, 가자, 빅 크리크!" 몇몇 사람들은 마치 미식축구 경기의 응원이라도 온 것처럼 구호를 외쳤다. 이윽고 우리가 BCMA 깃발을 올리자 그들은 일제히 학교 응원가를 부르기 시작했다. "앞으로 나아가자, 푸르른 기상과 순백의 찬란함으로 오늘의 승리는 우리의 것이니 저 공을 잡고 라인을 넘어 빅 크리크의 모든 별이여, 빛을 발하라⋯⋯."

응원을 받는 기분이 아주 묘했다. 미식축구부원 한 명이 야유를 보냈지만 그러거나 말거나 사람들은 노래를 계속 불렀다. 여학생 몇 명이 마치 치어리더들처럼 응원구호를 외쳤다. "가자, 가자, 로켓 보이스!" 심사가 뒤틀린 벅의 패거리들이 자동차에 타더니 먼지를 일으키며 사라졌다.

이날은 우리가 전기 점화 시스템을 처음으로 시도한 날이기도 했다. 내가 (오델이 고물상에서 공짜로 얻어 온) 자동차 배터리에 연결된 전선의 스위치를 누르자 오크 12호가 발사대를 박차고 날아올랐다. 로켓은 우리가 의도했던 비행경로로 날아갔다. 쿠엔틴은 자신이 직접 만든 '세오돌라이트theodolite'를 들고 벙커 밖으로 뛰어나갔다. 그것은 빗자루 막대의 한쪽 끝에 거꾸로 고정시킨 각도기를, 반대쪽에는 눈금자를 못에 매단 고도 측정 장비였다. 쿠엔틴은 땅바닥에 막대를 세워놓고 무릎을 꿇은 채 눈부시게 푸른 하늘 위로 하얀 연기를 내뿜으며 날아가는 로켓의 궤적을 추적했다. 오크 12호의 고도가 최고점에 이르자 쿠엔틴은 각도를 확인한 다음 귀에 꽂아둔 연필로 그것을 종이에 옮겨 적었다. 쿠엔틴의 세오돌라이트가 정확하다면 우리는 이제 삼각법을 이용해 로켓이 얼마나 높이 올라갔는지 확인할 수 있었다.

오크 12호는 빠른 속도로 하얀 꼬리를 그리며 날아가다가 이윽고 지상으로 떨어지기 시작했다. 로켓은 분탄 폐기장에 처박힌 다음에도 여전히 연기를 내뿜었다. 구경꾼들이 환호를 하는 동안 우리는 로켓이 떨어진 곳으로 달려갔다. 로켓 캔디는 기침을 하듯 연기를 푹푹 뿜어냈다. 나는 우리의 로켓이 추진력을 잃은 이유를 단번에 알아차렸다. "노즐이 나갔어. 그것 때문에 연소가 다 되지 않은 거야." 내가 친구들에게 말했다.

우리는 로켓을 자세히 들여다보았다. 용접 부위는 손상이 되지 않았다. 그러나 노즐의 가운데가 완전히 녹아 있었다. 그때 쿠엔틴이 걸음의 수를 세면서 우리 쪽으로 다가왔다. "348이니까," 그가 두 발을 모으며 멈춰 섰다. "보폭이 2.75피트라고 가정하면," 쿠엔틴은 재빨리 암산을 했다. "948피트야." 쿠엔틴은 옆구리에 끼고 있던 삼각법 교재를 펼쳐서 맨 뒤에 있는 함수표를 손으로 짚었다. "어디 보자, 40도의 탄젠트는 0.84야. 대략 0.8로 잡고 그걸 948에 곱해보면……."

우리는 쿠엔틴이 암산을 하는 동안 숨을 죽이고 기다렸다. 계산은 오래 걸리지 않았다. "760피트야!"

오델은 환호를 내지르며 호들갑스럽게 춤을 추었다.

오크 13호도 12호와 마찬가지로 힘차게 날아올랐다. 로켓 캔디는 확실히 대단했다. 로켓은 하얀 연기를 내뿜으며 빠른 속도로 솟구쳐 올랐다. 최고점을 찍고 지상으로 떨어지기 시작한 로켓은 가까운 숲에 곤두박질쳤다. 나뭇가지가 부러지는 소리가 들렸다. 커다란 참나무가 황금빛 잎사귀를 흔들며 마치 '로켓이 여기 있으니 회수해 가세요'라고 신호를 보내는 것 같았다. 흥분한 오델이 쿠엔틴의 세오돌라이트를 넘어뜨리는 바람에 이번에는 고도를 측정하지 못했지만 오크 12호만큼 높이 날지 못한 것은 확실했다. 회수한 로켓의 노즐은 이번에도 완전히 녹아 있었다. "이게 열을 견디지 못하나 봐." 빌리가 말했다.

나는 노즐을 살펴보았다. "내가 보기엔 산화가 된 것 같은데." 내가 말했다.

"그래, 급속 산화야!" 쿠엔틴이 손가락으로 딱 소리를 내며 말했다. "서니, 너 제법인데! 이거 우리가 배운 거야. 라일리 선생님 수업 시간에 말이야. 과도한 산소의 흐름이 열과 결합된다 이거지. 그래, 말이 된다. 애들아, 우리는 열과 산화를 견딜 수 있는 재료를 찾아야 해."

우리가 로켓을 회수해서 발사대로 돌아왔을 때 구경을 나왔던 사람들은 모두 돌아가고 없었다. 대신 일찌감치 발사장을 떠났던 벅의 패거리들이 돌아와 있었다. 그들은 타이어 레버로 우리의 관제소를 뜯어내고 있었다.

우리는 소리를 지르며 그들에게 달려갔다.

"덤벼봐, 이 멍청한 년들아!" 벅은 얼굴이 시뻘게져 있었다.

우리는 그들에게 상대가 되지 않았지만 그렇다고 멍하니 바라만 보고 있을 수는 없었다. 내가 돌멩이를 집어 들자 친구들도 따라서 돌멩이를 손에 쥐었다. 우리가 던진 돌멩이들이 빗나가자 벅의 패거리들이 일제히 돌격을 해왔다. 우리는 이제 죽은 목숨이었다. 그때 자동차 경적소리가 들렸다. 보안관 태그 아저씨가 낡은 머큐리 순찰차를 타고 나타났다. 우리—미식축구부원들과 로켓 보이들—는 모두 그 자리에 얼어붙었다. 태그 아저씨가 차에서 내려 보안관 모자를 삐딱하게 뒤로 넘기며 다가왔다. "여기서 지금 무슨 일이 벌어지고 있는 거냐?" 그가 느린 남부 사투리로 말했다.

"아무 일도 안 벌어졌어요." 내가 대답했다. 나는 벅의 패거리가 저지른 일을 이야기할 생각이 없었다. 콜우드의 사내아이들은 무슨 일이 있어도 고자질을 하지 않았다. "형들이 발사장 청소를 도와주고 있었어요."

태그 아저씨가 고개를 끄덕이며 벅의 패거리를 쳐다보았다. 그들은 아직 주먹을 꽉 움켜쥔 채 다른 손엔 타이어 레버를 들고 있었다. "얘들이 너희를 도와주고 있었단 말이지?"

"네."

태그 아저씨는 관제소로 다가가서 여기저기 뜯겨져 나간 널빤지를 살펴보았다. "벅?" 그가 부드러운 어조로 말했다.

벅은 순한 짐승처럼 보안관에게 다가갔다. "네."

"너 목수냐?"

"아닙니다."

"그럼 오늘 목수 일 좀 배워봐라. 여기 널빤지들 떨어져나간 거 보이지?"

"네."

"네가 붙여줘라."

"네, 알겠습니다."

태그 아저씨는 만족스러운 듯 고개를 끄덕였다. 벅은 허리를 굽혀 땅바닥에 내팽개쳐진 널빤지들을 집어 들었다. 나는 발사장에 들고 온 공구 상자에서 망치와 못을 꺼내 벅에게 건네주었다. 벅의 패거리는 열심히 관제소를 보수했다. 태그 아저씨는 뭐가 그리 재미있는지 혼자 낄낄거리며 작업이 끝날 때까지 자리를 지켰다.

일요일 아침 나는 늦잠을 자는 척했다. 그것은 아버지와 미리 말을 맞춘 계획의 일부였다. 어머니가 방문을 벌컥 열고 들어왔다. "어서 일어나. 교회에 늦겠다."

나는 선의의 거짓말을 할 생각이었다. 어머니를 위해서라도 그렇게 하는 편이 낫겠다는 생각이 들었다. "어제 늦게까지 숙제를 했더니 너무 피곤해요. 오늘만 빠지고 다음 주부터는 꼭 갈게요. 오늘 한 번만요, 네?"

어머니가 돌아서며 말했다. "네가 이교도가 되겠다는데 어떻게 말리겠니?" 어머니는 2층 화장실 문을 두들기며 형에게 빨리 나오라고 소리를 쳤다. 형은 화장실에 들어온 지 2, 3분밖에 되지 않았다며 투덜댔지만 내가 보기엔 거의 한 시간이 되어가고 있었다.

형이 모는 차를 타고 어머니가 교회로 출발한 뒤 나는 곧바로 옷을 챙겨 입고 아버지가 기다리고 있는 선탄장으로 달려갔다. 가슴이 두근거렸다. 나는 태어나서부터 줄곧 콜우드에서 살았지만 그날 아버지가 나를 데리고 가려는 곳에는 단 한 번도 가본 적이 없었다. 그런데 드디어 그 안을 들여다보게 된 것이었다. 무엇보다도 아버지가 형이 아닌 나를 택했다는 사실이 내게는 큰 의미로 다가왔다. 사무실에 들어서는 나를 아버지가 가만히 바라보았다. "엄마한테는 아무 말 안 했지?"

"그럼요." 나는 들뜬 목소리로 대답했다.

"좋아. 이따가 샤워를 깨끗이 하고 들어가면 엄마도 눈치를 못 채실 거다."

나는 그 점에 대해서는 아버지와 생각이 달랐다. 하지만 기쁜 마음으로 아버지의 계획을 따르기로 했다. 어쨌든 어머니를 더 잘 아는 사람은 내가 아니라 아버지였으니까. "이리 와 봐라." 아버지가 탁자 위에 지도를 펼쳤다. 지도 위를 지나가는 구불구불한 검정색 선을 가리키며 아버지가 말했다. "이게 제 4 포카혼타스 탄맥이다. 세상에서 가장 순도가 높고 질이 좋은 석탄이 나오는 곳이지. 여기 그어져 있는 선은 우리가 파 들어간 갱도를 나타내는 거다." 아버지는 서랍을 열어서 또 다른 도면을 꺼냈다. "이건 일반적인 탄맥의 단면을 보여주는 거다. 탄맥은 보통 여기 보이는 것처럼 두 개의 이판암층 사이에 있어. 위쪽의 이판암층이 무너지지 않도록 지지를 하고 아래쪽의 암반층을 제거하면서 채탄 작업이 안전하고 원활하게 이루어지도록 하는 것이 엔지니어가 하는 일이다."

아버지는 내가 제대로 이해를 하고 있는지 살피려는 듯 내 눈을 쳐다보며 말을 이었다. "탄광에서 일하는 엔지니어에게는 많은 경험과 정확한 계산이 요구된다. 광부들이 갱도에서 제대로 작업을 하기 위해서는 엔지니어의 역할이 정말 중요하다. 로켓인지 뭔지 연구한답시고 하늘에다 쓸데없이 쇳덩어리나 쏘아대는 독일 과학자들과는 비교할 수가 없는 거다."

나는 아버지의 말을 반박하고 싶은 충동을 꾹 참았다. 이어지는 아버지의 이야기는 대강 이러했다. 회사는 탄맥을 따라 가로 75피트, 세로 90피트의 구역을 설정해서 작업 계획을 세우고 그 구역을 빙 둘러싸는 갱도를 팠다. 작업 구역의 가장자리를 따라 갱도가 뚫리면 그때부터는 네 개의 방향에서 안쪽으로 파 들어가면서 석탄을 캐기 시작했다. 굴착기를 이용한 채탄 작업은 15평방피트 넓이의 '기둥'이 남을 때까지 계속되었는데 그 기둥 역시 마지막에는 파내어졌다. 이렇게 작업이 이루어지는 동안 정확한 계산을 토대로 버팀목과 천장 볼트가 설치되어야 했다.

이어서 갱내의 환기에 관한 설명이 이어졌다. 그것은 아버지가 제일 좋아하는 분야이기도 했다. "공기 순환이 이루어지지 않으면 석탄에서 나오는 메탄가스가 갱내에 가득 차게 된다. 그러면 작은 불꽃 하나에도 탄광 전체가 날아갈 수 있지. 그런 일이 일어나지 않도록 압력의 차이를 이용하는 강제 순환 시스템을 가동하는 거다. 거대한 환기팬을 돌려서 갱내의 기압을 지상보다 조금 높게 만들면 메탄가스가 환기 통로를 따라 밖으로 빠져나가게 되는 거지."

"아버지가 이걸 설계하셨어요?" 내가 물었다.

"내가 상당한 역할을 했지." 아버지는 단면도를 내려다보며 말했다.

나는 이 대목에서 약간 혼란스러웠다. "그러면 아버지도 엔지니어시네요?"

아버지는 계산자를 만지작거렸다. "아니, 엔지니어가 되려면 학위가 있어야 해."

나는 하츠필드 선생님의 연역추론을 사용해보기로 했다.

"제이크 아저씨는 엔지니어죠." 내가 말했다.

"그래."

"그런데 아버지는 제이크 아저씨보다 탄광에 대해 훨씬 많은 걸 알고 계시잖아요."

"그래."

나는 어깨를 으쓱했다. "그럼 아버지도 엔지니어 맞네요."

아버지는 고개를 가로저었다. "서니, 대학에서 학위를 받은 사람만 엔지니어가 될 수 있는 거다. 나는 학위가 없어. 그 말은 내가 엔지니어가 될 수 없다는 뜻이다." 아버지는 나를 뚫어지게 쳐다보았다. "하지만 너는 될 수 있어."

나는 할 말을 찾지 못하고 단면도만 계속 들여다보았다. "직접 보면 재미있을 것 같아요." 그것은 진심이었다.

아버지는 나를 샤워장의 라커룸으로 데리고 가서 위아래가 붙은 작업복과 안전화, 작업용 벨트 그리고 작업반장용 흰색 헬멧을 꺼내주었다. 리프트를 타기에 앞서 아버지는 헤드램프를 헬멧에 부착하는 요령과 배터리 팩을 작업용 벨트에 끼우는 법을 가르쳐주었다. 헤드램프가 부착되자 헬멧이 꽤 묵직하게 느껴졌다. 나는 헬멧이 머리에 잘 맞도록 이리저리 돌려보았다. 아버지는 내가 헬멧을 제대로 썼는지 살핀 다음 벨트의 착용 상태와 배터리 팩이 오른쪽 허리 부분에 정확하게 위치해 있는지 확인했다. 나는 검열을 받는 군인이 된 느낌이었다. "이제 좀 작업반장 같아 보이는구나." 아버지가 말했다. "자, 가자."

리프트 승강구에서 근무하는 직원이 출입문을 열어주었고 나는 난생 처음 리프트에 발을 올려놓았다. 어린 시절 광부들이 어둠 속으로 꺼지는 모습을 지켜보던 기억이 떠올랐다. 이제는 내가 그 어둠 아래로 내려갈 차례였다! 심장 박동이 빨라지는 것이 느껴졌다. 리프트 바닥에 깔린 두꺼운 판자의 틈으로 까마득한 어둠이 새나왔다. 갑자기 이대로 추락할 것만 같은 공포가 엄습했다. 벨이 세 번 울리며 리프트가 내려갈 것임을 알려주었다. 나는 숨을 깊이 들이마셨다. 리프트는 삐걱하는 소리와 함께 빠른 속도로 내려가기 시작했다. 뱃속에 있는 모든 것이 목구멍으로 밀려올라오는 느낌이었다. 나는 무의식적으로 아버지의 팔을 잡았다가 다시 놓았다. 창피했다. 아버지는 아무 말이 없었다. 차창으로 풍경이 지나가듯 검은 암벽이 쏜

살처럼 위로 올라갔다. 이런 수직갱을 사람들이 어떻게 파내려 갔는지 상상이 되지 않았다. 문득 친구들과 함께 그 작은 관제소를 짓기 위해 온종일 땅을 팠던 일이 생각났다.

리프트 바닥 사이의 틈으로 아주 희미한 불빛이 새나오기 시작했다. 머리 위의 네모난 공간으로 쏟아져 내려오던 빛이 어느새 까마득한 별이 되어 있었다. 우리는 땅속 깊은 곳을 향해 내려가고 있었다. 좋은 건지 싫은 건지 느낌조차 불분명했다. 나는 보안관 태그 아저씨가 수직갱의 바닥에 이르러 리프트에서 내리지 않으려 했다는 일이 생각났다. 나도 그 공포를 이해할 수 있을 것 같았다.

바닥이 가까워지면서 속도가 줄어든 리프트가 몇 차례 심하게 덜컹거리더니 마침내 암반 플랫폼에 도착했다. 나는 헬멧의 램프를 켰다. 플랫폼에는 지상으로 올라가기 위해 대기하고 있던 광부들이 있었다. 듀보네 씨도 그 중 한 사람이었다. 그는 나를 보자 깜짝 놀란 표정이었다. "신참 광부인가, 호머? 그 친구도 노조에 가입시켜야겠네."

"서니는 광산 엔지니어가 될 거야." 아버지가 매섭게 받아쳤다. "회사 사람이 되는 거지."

"그래?" 듀보네 씨는 별 관심 없다는 투로 대답했다. "뭐 놀라울 것도 없네."

단단한 회색 벽이 우리를 둘러싸고 있었다. 마치 낯선 행성에 온 느낌이었다. 익숙했던 풍경들—나무, 산, 하늘—이 모두 사라지고 공기조차 젖은 화약처럼 낯선 냄새가 났다. 오른쪽으로 길게 깔린 선로에는 막장까지 광부들을 실어 나르는 노란색의 소형 전기 기관차와 그 뒤에 딸려 있는 몇 칸의 협궤 차량이 보였다. 왼쪽으로 연결 터널이 시작되는 지점에는 단층 콘크리트 건물이 하나 있었다. 건물의 창문으로 푸른 아지랑이 같은 빛이 새나오는가 싶더니 밝은 불꽃과 쉭 하는 소리가 그곳에서 누군가 용접을 하고 있음을 알려주었다. 그쪽을 쳐다보고 있는 나에게 아버지가 말했다. "저곳은 간이 철공소다. 수리할 장비를 지상으로 올리는 시간을 절약해주지."

"비코프스키 씨가 저곳에서 일하나요?" 내가 물었다.

아버지는 고개를 흔들었다. "아이크는 더 이상 기계공이 아니야. 그 친구는 적재기를 운전하고 있다. 아주 잘하고 있지." 아버지가 발걸음을 떼었다. "이제 내려가자."

아버지는 전기 기관차가 있는 곳으로 가서 기관사 위버 씨와 짧게 이야기를 주고받았다. 위버 씨의 아들 해리는 빅 크리크 고등학교의 5년 선배로 해병대에 입대했다가 아이젠하워 대통령의 결정에 따라 레바논에 파병된 부대에서 근무하고 있었다. 위버 씨는 앞좌석에 앉아 전기 모터에 동력을 전달하는 레버를 잡았다. "어이, 서니!" 그가 내게 인사를 건넸다.

"안녕하세요?"

"프랭크, 출발하게." 아버지가 말했다.

"알겠습니다."

아버지와 나는 전기 기관차 바로 뒤에 붙은 차량에 올랐다. 차량 내부는 좌우의 철제 벤치에서 서로를 마주보며 앉는 구조로 되어 있었다. 기관차가 덜컹거리며 우리가 탑승한 차량을 끌고 끝없는 암흑의 터널을 달리기 시작했다. 아버지는 우리가 '간선幹線'을 타고 있다고 했다. 그로부터 20분 동안 발밑에서 철커덕거리는 바퀴의 진동과 소음이 올라왔고 눈앞으로는 암벽 천장을 받치고 있는 버팀목들이 지하의 숲에 늘어선 나무들처럼 어지럽게 지나갔다. 직선구간에 들어서자 점점 커지는 소음만큼 진동도 심해졌다. 기관차 전기 모터의 뜨거운 기운이 코끝에 느껴졌다. 곡선 구간에 접어들기 전에 위버 씨가 브레이크를 조작하자 마치 도살장에 끌려온 천 마리의 돼지가 동시에 꽥꽥대는 것처럼 강철 바퀴가 요란한 마찰음을 냈다. 곡선 구간에서 나는 밖으로 튕겨나가지 않도록 다리 사이에 손을 넣어 의자를 꽉 붙잡았다.

터널의 중간 중간 곁가지처럼 뻗어 있는 터널에서 광부들의 헤드램프 불빛이 희미하게 보였다. 너무 어두워서 그들이 무엇을 하고 있는지는 볼 수 없었다. 내가 그 불빛들에 대해 묻자 아버지는 그들이 하고 있는 일을 설명해주었다. 공기와 결합해서 폭발력이 생길 수 있는 미세한 석탄가루를 가라앉히기 위해 그들은 돌가루를 뿌리고 있었다. 문득 탄광이 내가 상상했던 것처럼 차갑고 눅눅하며 지저분한 곳이 아니라는 생각이 들었다. 오히려 시원하고 건조한 공기가 기분까지 상쾌하게 했다. 석탄을 실은 운반 차량이 지나갈 수 있도록 우리가 대기 선로에서 기다리는 동안 터널의 암벽에서 다이아몬드처럼 반짝거리는 운모가 눈에 들어왔다.

아버지는 언젠가 탄광에서 가지고 온 운모 결정結晶을 카드 한 장과 함께 식탁 위에 올려놓은 적이 있었다. '당신은 늘 다이아몬드를 원했지만 내가 줄 수 있는 건 이것뿐이오. 나도 이게 다이아몬드라면 좋겠소.' 다음날 아침 식탁 위에는 어머니의 답장이 놓여 있었다. '나는 다이아몬드를 원한 적이 없어요. 내가 원한 것은 당신과 함께하는 시간이었어요. 그건 지금도 마찬가지예요.' 그럼에도 어머니는 아버지의 다이아몬드를 내다버리지는 않았다. 나는 알고 있었다. 찾는 물건이 있어서 어머니의 책상을 뒤지다가 우연히 서랍 안에서 운모 결정과 쪽지를 보았기 때문이다.

우리는 마침내 선로가 끝나는 지점에 도착했다. 아버지가 먼저 내렸다. "따라와. 우리가 막장에서 하는 일을 보여주마." 나는 차량에서 내려 허리를 펴다가 헬멧이 천장에 부딪치며 중심을 잃을 뻔했다. 몸을 숙여 고개를 들자 암반이 깎여나간 갱도 천장에 볼트가 몇 피트 간격으로 촘촘하게 박혀 있는 것이 보였다. 아버지는 뒤도 돌아보지 않고 앞으로 성큼성큼 걸어갔다. 나는 스타카토로 헬멧을 연신 천장에 부딪치며 아버지를 쫓아갔다. 걸음걸이의 리듬을 좀 찾았다 싶으면 여지없이 헬멧이 천장에 부딪쳤다. 그러다 결국은 헬멧이 벗겨질 정도로 강하게 부딪치면서 나는 뒤로 나자빠지고 말았다. 다행히 벨트의 배터리 팩에 연결된 전선 덕분에 헬멧이 멀리 굴러가지는 않았다. 헬멧을 다시 쓰고 앞을 보자 아버지는 이미 갱도의 모퉁이를 돌아 시야에서 사라졌다. 아버지의 헤드램프에서 나오는 불빛이 벽면을 따라 점점 멀어지고 있었다. 나는 황급히 아버지의 뒤를 쫓아갔다. 헬멧이 계속해서 천장에 부딪쳤다. 목이 뻐근했다. 불빛이 점점 멀어지면서 아버지를 따라잡지 못할 것 같은 생각이 들었다. 불현듯 공포가 밀려왔다. 여기에서 길을 잃으면 어떡하지? 헤드램프가 꺼지면 아무도 나를 찾지 못할 거야!

그때 탄광 전체가 내려앉는 듯한 굉음이 들렸다. 나는 달아나고 싶었다. 하지만 달아날 곳이 없었다. 모퉁이를 한 번 더 돌자 어마어마한 크기의 기계가 눈앞에 나타났다. 양쪽에 거대한 조명등을 달고 있는 그 기계는 석탄의 벽을 찢어내고 있었다. 아버지는 그 기계 옆에 서 있었다. 아버지가 내게 가까이 오라고 손짓을 했다.

"이게 굴착기라는 거다!" 아버지가 큰 소리로 말했다. 그것은 기계라기보다는 선사시대의 거대한 짐승 같아 보였다. 적재기가 굴착기 뒤에서 접근해오자 아버지는 나를 옆으로 비켜서게 했다. 적재기는 게의 다리처럼 생긴 장치로 굴착기가 토해낸 석탄을 퍼 담았다. 뒤쪽에 두꺼운 전선이 길게 연결된 적재기는 석탄을 가득 실은 다음 후진을 했다. 나는 비코프스키 씨가 적재기를 운전한다는 아버지의 말을 떠올렸다. 나는 혹시 그가 적재기에 타고 있는지 살펴보았다. 하지만 운전자는 학교의 1년 후배인 완다의 아버지 커크 씨였다. 노래를 잘 부르는 완다는 학교 합창단에 속해 있었다. 커크 씨는 적재기를 몰고 선로가 있는 지점으로 이동해서 대기 중인 석탄 운반 차량에 석탄을 쏟아 부었다.

석탄이 쏟아지는 소리에 귀가 멍멍했다. 아버지는 내가 보고 있는 작업을 하나하나 설명하기 위해 고래고래 소리를 질러야 했다. 작업 중인 구역에서 기둥만 남을 때까지 채탄은 계속되었다. "엔지니어들은 이 기둥들 위에 어떤 암반층이 있는지 알아내야 한다. 만일 하중이 어느 기둥 하나에만 집중되면 천장이 무너질 수도 있지. 지난번에 기둥이 무너지는 바람에 적재기 한 대가 박살이 났어."

나는 석탄을 운반 차량에 싣고 다시 돌아오는 적재기를 보면서 저런 기계를 박살낼 정도라면 그 힘이 과연 어느 정도일까 상상해보았다. 나는 사고를 당한 적재기의 운전자가 어떻게 되었는지 아버지에게 물었다. 하지만 아버지는 동문서답을 했다. "서니, 진짜 엔지니어는 이런 일을 하는 거다!" 아버지가 눈앞의 작업 현장을 손으로 가리키며 큰 소리로 말했다.

그곳에 있던 작업반장이 우리에게 다가왔다. 새까매진 얼굴에 작업반장용 흰색 헬멧을 쓴 사람은 로버트 외삼촌이었다. "어이, 매제! 이건 또 누구야, 서니!" 외삼촌은 놀란 표정으로 나를 바라보았다. "엘시는 잘 지내?"

"그럼요, 잘 지냅니다." 아버지는 난감한 표정으로 대답했다.

"서니가 여기 온 걸 엘시도 아나?"

"안전하지 않다면 애를 데리고 오지도 않았습니다. 중요한 건 그거죠." 아버지가 말했다.

"애 엄마가 동의를 했는지 궁금해서 물은 거야." 말투는 부드러웠지만 외삼촌의 눈썹은 찡그려져 있었다.

"제 안식구는 제가 알아서 합니다." 아버지는 딱 잘라 말했다.

아버지와 외삼촌은 작업의 진척 상황에 대해 이야기를 나누었다. 나는 자리를 비켜서 굴착기와 적재기의 작업을 보다 가까이에서 볼 수 있는 위치로 다가갔다. 외삼촌이 와서 나를 붙잡았다. "여기 서 있으면 안 돼." 외삼촌은 들고 있던 막대기로 천장을 툭 쳤다. 톱니 모양의 커다란 석탄 덩어리가 내가 서 있던 자리로 쿵 떨어졌다. 나는 화들짝 놀라 뒤로 물러서다가 또다시 헬멧이 천장에 부딪치고 말았다. 목이 정말 아팠다. 외삼촌이 껄껄 웃었다. "서니, 여기서는 잠시도 한눈을 팔아선 안 돼."

나는 외삼촌이 가리키는 곳으로 자리를 옮겼다. 천장 볼트가 단단히 죄어져 있는 곳이었다. 나는 작업을 조금 더 지켜본 뒤 아버지와 함께 우리가 차량에서 내렸던 곳으로 돌아갔다. 덜컹거리는 협궤 차량 안에서 나는 그곳에서 본 모든 것들을 머릿속으로 되짚어보았다. 어서 친구들에게 얘기해주어야겠다는 생각이 들었지만 나는 이내 그럴 수 없다는 것을 깨달았다. 그날 일을 비밀로 하기로 아버지와 약속했기 때문이다. 친구들에게 입단속을 시키고 얘기를 해줄까 고민하고 있을 때 아버지가 갑자기 입을 열었다. "나는 탄광이 좋다." 아버지가 말했다. "탄광의 모든 것이 좋다. 해가 뜨기 전에 일어나서 선탄장으로 걸어가는 길도 좋고, 근무 교대를 하거나 작업에 투입되기 위해 승강구에서 대기하고 있는 광부들을 지켜보는 것도 좋다."

나는 속으로 깜짝 놀랐다. 아버지가 그런 생각을 가지고 있다는 것은 조금도 놀랄 일이 아니었지만 당신의 속마음을 내 앞에서 털어놓는다는 것은 정말 놀랄 일이었다. 문득 내가 어른이 되었다는 생각이 들었다. 아버지는 헬멧을 벗고 머리를 긁적였다. 이어지는 아버지의 말 한 마디 한 마디를 나는 마치 금화 한 닢씩이라도 되는 것처럼 귀 기울여 들었다. "나는 막장에 내려가는 게 좋다. 그렇게 하라고 시키는 사람은 아무도 없지만 나는 매일 막장을 둘러본다. 그곳에 내려가면 내가 계획한 대로 작업이 진행되는지가 보이지. 며칠 후의 상황이 보이는 거다. 굴착기가 파 들어가야 할 방향, 적재기의 동선, 볼트가 설치되어야 할 위치, 메탄가스가 고일 수 있는 곳이 한눈에 들어온다. 며칠 후 내가 머릿속으로 그린 대로 작업이 진행되고 있는 것을 보면 정말 뿌듯한 기분이 든다."

나는 무엇인가에 홀린 사람처럼 아버지를 바라보았다. 나 스스로도 놀랄 일이었다. 내 헬멧의 헤드램프는 마치 무대의 배우를 비추는 조명처럼 아버지의 얼굴을 비추고 있었다. "나는 매일 소장님과 엔지니어들을 만난다. 비록 학위는 없지만 나는 그 사람들보다 훨씬 많은 것을 알고 있지. 나는 매일 막장에 내려가지만 그들은 그렇게 하지 않기 때문이다. 간선을 타고 내려가서 막장에 도착하면 얼굴에 기압의 차가 느껴져. 내겐 탄광이 마치 감정이 있는 사람처럼 느껴진다. 점검표에는 아무 이상이 없더라도 어딘가에 문제가 있으면 나는 그걸 느낄 수 있다. 이곳에는 매일 손을 볼 곳이 생긴다. 그걸 제때 손보지 않으면 사람이 다치거나 생산량을 맞추지 못하게 되지. 석탄은 이 나라의 핏줄이야. 우리가 계획대로 일하지 않으면 철강회사가 돌아가지 못하고 그렇게 되면 나라 전체도 돌아가지 않게 된다."

아버지의 헤드램프 불빛이 내 눈을 비추고 있었다. "서니, 이 세상엔 광부들처럼 착하고 강인한 사람들이 없다. 네가 앞으로 어디서 무슨 일을 하면서 살게 될지는 모르지만 이 사람들처럼 착하고 강인한 사람들을 만나지는 못할 거다."

아버지는 고개를 돌렸다. 헤드램프의 불빛이 터널의 벽면을 비추었다. "너는 내 아들이야." 그 순간 연결 터널에서 일을 하고 있던 광부들의 헤드램프가 마치 아버지가 지나가는 것을 알기라도 한 것처럼 일제히 우리 쪽을 향했다. "나는 탄광 감독관으로 일할 운명을 가지고 태어난 것 같다. 그건 너도 마찬가지일 거다."

'너는 내 아들이야.' 터널의 어둠 속에서 나는 표정을 들키지 않고 그 말을 곱씹어보았다.

협궤 차량이 멈춰 서자 아버지가 리프트 승강구를 향해 앞장을 섰다. 리프트는 승강구의 위치보다 아래에 내려가 있었다. 아버지가 버튼을 누르자 벨이 한 번 울리며 리프트가 올라왔다. 아버지는 나를 데리고 리프트에 올라 버튼을 두 번 눌렀다. 승강구 관리실에서 광부 한 사람이 밖을 내다보았다. 아버지가 고개를 끄덕이자 벨이 세 번 울리며 리프트가 올라가기 시작했다. 그런데 100피트 정도 올라간 지점에서 갑자기 리프트가 멈췄다. 나는 불안한 마음으로 주위를 둘러보았다. 울퉁불퉁한 수직통로의 벽면이 리프트 안으로 밀려들어오는 느낌이 들었다. 머리 위로 까마득히 높은 곳에서 바늘구멍만한 빛이 보였다. 잠시 후 어둠에 익숙해진 눈에 철제 계단이 보이기 시작했다. 아버지는 리프트의 고장에 대비해서 수직통로의 바닥부터 꼭대기까지 계단이 설치되어 있다고 설명해주었다. 리프트와 계단 사이에는 빈 공간이 있었다. 그 계단에 발을 올리기 위해서는 끝없는 어둠의 허공을 건너야 했다. 갑자기 심장이 마구 뛰며 손바닥에 땀이 나기 시작했다. "걱정하지 마라." 아버지가 내 속마음을 읽은 것 같았다. "아마 리프트 로프에 기름칠을 하고 있을 거다."

우리는 한참 동안 그렇게 서 있었다. "그래, 직접 보니까 어떤 생각이 들어?" 아버지가 침묵을 깨고 물었다.

나는 아버지가 듣고 싶어 하는 대답이 무엇인지 알고 있었다. 그렇게 대답해버릴까 하는 유혹도 들었다. 하지만 거짓말을 할 수는 없었다. 나는 잠시 궁리를 해보고는 어머니에게 주로 사용하던 모호한 대답을 하기로 마음먹었다. "많은 것을 배웠어요." 나는 그 정도로 얼버무릴 생각이었다.

아버지는 어머니와 달랐다. 어머니는 내가 부리는 빤한 잔꾀를 알면서도 모르는 척 넘어가 주었지만 아버지에게는 그런 유머감각이 없었다. "나는 네가 광산 엔지니어가 되고 싶은 생각이 있느냐고 묻는 거다." 아버지가 단도직입적으로 물었다. "만일 네가 그럴 생각이 있다면 대학 등록금을 대줄 생각이 있다."

나는 신중을 기해서 대답했다. "엔지니어가 되고 싶은 생각은 있어요."

"광산 엔지니어?" 아버지가 재차 물었다.

역시 아버지는 호락호락하지 않았다. 나는 진실을 이야기할 수밖에 없었다. "아버지, 저는 폰 브라운 박사 밑에서 일하고 싶어요."

아버지는 실망의 빛을 감추지 않았다. "이 나라에 기어들어와 있는 그 망할 독일 놈들에 관해서라면 아이크 비코프스키한테 물어봐라."

"네?"

"아이크가 유대인이라는 거 몰라?" 아버지가 차갑게 말했다. "아이크에게 물어보면 폰 브라운이라는 개자식은 목을 매달아 죽여도 시원치 않을 거라고 대답할 거다."

리프트가 덜컹하더니 다시 올라가기 시작했다. 나는 우울한 마음으로 암벽이 스쳐 지나가는 모습을 지켜보았다. 나 자신이 한심하게 느껴졌다. 아버지는 단순히 화가 난 것이 아니라 마음의 상처를 입은 것이었다. 아버지가 폰 브라운 박사와 비코프스키 씨의 이름까지 들먹인 이유가 무엇이겠는가? 모든 것이 내 탓이었다. 나는 아버지를 따라나서지 말아야 했다. 나는 아버지의 의도를 알고 있었고 내 생각이 바뀌지 않으리라는 것도 알고 있었다. 그런데도 나는 왜 아버지를 따라나선 것일까? 나는 가끔 멍청할 때가 있었다. 그건 의심의 여지가 없었다.

지상이 가까워지면서 산에서 내려오는 서늘한 공기가 오싹하게 느껴졌다. 리프트가 환한 지상으로 올라가는 순간 교회에 입고 간 옷차림 그대로 어머니가 승강구 앞에 서 있는 모습이 보였다. 어머니와 조금 떨어진 곳에서 한 무리의 광부들이 이 상황을 지켜보고 있었다. 석탄 마스카라가 새까맣게 칠해진 내 눈을 어머니가 똑바로 쳐다보았다. 다음 순간 뜻밖에도 어머니는 울음을 터뜨렸다. 주위의 광부들이 한 걸음 뒤로 물러섰다. 그들 중 일부는 당혹스러운 표정으로 헬멧을 벗고 머리를 긁적이며 시선을 다른 곳으로 돌렸다. 아버지는 어머니를 진정시키려 했다. "진정해, 엘시. 사람들이 보고 있잖아." 아버지가 리프트의 잠금장치를 풀면서 말했다.

"엄마, 전 괜찮아요." 나는 그렇게 말을 하는 동안에도 속이 울렁거렸다. 이제 사람들이 지켜보는 가운데 부부싸움이 벌어지려는 참이었다. 나는 그것보다 더 창피스러운 일은 상상할 수가 없었다.

"서니는 광산 엔지니어가 되려고 생각하고 있어." 아버지는 집요했다.

그 순간 어머니의 눈가에 고여 있던 눈물이 마치 눈물샘 안으로 다시 빨려 들어간 듯 순식간에 사라졌다. "내 눈에 흙이 들어가기 전에는 안 될 거예요." 어머니의 목소리는 가슴 깊은 곳에서 울려나왔다.

아버지가 내 등을 떠밀었다. "가서 샤워나 해." 아버지의 목소리가 갈라졌다. 딴청을 피우면서도 이 모든 상황을 지켜보고 있던 광부들에게 아버지가 버럭 소리를 질렀다. "자네들은 일 안 할 거야?"

광부들은 걸음을 천천히 옮기면서도 여전히 귀를 쫑긋 세우고 있는 것 같았다. 나 역시 샤워장으로 걸어가다가 입구에서 걸음을 멈추었다. 너무 창피해서 쥐구멍이라도 들어가고 싶었지만 한편으로는 두 분의 대화를 더 듣고 싶었기 때문이다. 그때 듀보네 씨가 사복으로 갈아입고 샤워장에서 나오다가 이 상황을 맞닥뜨리게 되었다. 그는 팔짱을 낀 채 벽에 몸을 기대고 낄낄거렸다. 나는 그가 무슨 생각으로 웃고 있는지 이해할 수가 없었다.

"당신 도대체 왜 그래?" 아버지가 어머니의 팔을 붙잡으며 말했다.

어머니는 아버지의 손을 뿌리쳤다. "이 탄광이 당신은 죽일지 모르겠지만 애들만은 안 된다고요!"

"도대체 그게 무슨 소리야!"

"당신의 폐 말이에요." 어머니는 손가락으로 아버지의 가슴을 밀치며 말했다. "여기 말이에요!"

아버지는 코웃음을 치더니 땅바닥에서 석탄가루를 한 움큼 집어서 공중에 뿌렸다. 그리고는 숨을 크게 들이켜며 그 가루를 마셨다. "나는 평생 이걸 들이마시고 살았어. 이건 나에겐 모유 같은 거라고!"

어머니는 석탄가루가 바닥에 가라앉는 것을 말없이 지켜보았다. 화장을 한 어머니의 얼굴에도 가루가 떨어졌지만 어머니는 꿈쩍도 하지 않았다. 잠시 후 어머니는 뒤로 돌아서 내가 들어와 있던 샤워장 문을 벌컥 열고 들어와 내 팔을 잡았다. 알몸의 광부들이 타월로 몸을 가리느라 한바탕 소동이 벌어졌다. "집에 가서 씻어." 어머니가 눈을 부릅뜨며 말했다. 우리가 밖으로 나오자 듀보네 씨가 헬멧을 벗으며 어머니에게 인사를 건넸다. 어머니는 그에게 경멸의 눈빛을 보냈다. 주위에 있던 광부들은 슬금슬금 꽁무니를 뺐다. 오직 아버지만 헬멧을 든 채그대로 서 있었다. 아버지는 아무 말 없이 어머니와 내가 지나치는 모습을 지켜보았다. 선탄장에서 내려오는 동안 나는 줄곧 아버지의 시선이 내 뒤통수에 꽂혀 있는 것을 느낄 수 있었다.

12장
기계공들(오크 14~15호)

어머니는 지하실에서 주방 기구들을 모조리 거둬갔다. 남은 것이라곤 찌그러진 로켓 캔디 냄비뿐이었다. 어머니가 화났을 때 어떻게 해야 하는지 나는 풍부한 경험을 통해 알고 있었다. 가장 좋은 방법은 무조건 싹싹 비는 것이었다. 나는 어머니가 있는 주방으로 들어갔다. "엄마, 정말 죄송해요." 나는 고개를 푹 숙이며 말했다. 나는 어머니의 반응을 살피기 위해 고개를 숙인 채 눈을 살짝 위로 떠보았다.

어머니는 굳은 표정으로 잠시 나를 쳐다본 뒤 냄비의 콩을 계속 저었다. "넌 나한테 거짓말을 했어. 그것도 주일 예배까지 빼먹으면서." 어머니가 말했다.

"제가 무슨 생각으로 그랬는지 저도 모르겠어요." 나는 후회의 감정이 잘 드러날 수 있도록 힘없는 목소리로 말했다.

"내가 볼 때 너는 도대체 생각이란 게 없는 애야." 어머니는 신경질적으로 콩을 저었다.

"정말 죄송해요."

얼마나 세게 오래 저었는지 콩은 푸딩이 되고 있었다. 어머니가 갑자기 내게 앞치마를 집어 던졌다. "괜히 죽는소리 하지 말고 일이나 거들어. 저기 돼지 콩팥 보이지? 씻은 다음 삶아서 고양이들 갖다 줘."

나는 어머니가 나를 주방에서 내쫓지 않은 것만으로도 감사했다. 나는 앞치마를 두르고 싱크대에서 돼지 콩팥을 씻은 다음 냄비에 물을 받아 끓일 준비를 했다. "이 콩도 네가 저어." 어머니가 말했다. "바닥에 눌어붙지 않게 잘 저어. 나는 거실에서 발을 올리고 록펠러가의 귀부인처럼 TV나 봐야겠다."

"네." 나는 풀이 죽은 목소리로 대답했다. 하지만 속으로는 쾌재를 불렀다. 어머니는 내게 용서의 조건을 제시한 셈이었는데 그 조건이란 게 별로 까다롭지 않았기 때문이다. 나는 비릿한 냄새 때문에 코를 틀어막고 돼지 콩팥을 삶았다. 더 이상 저을 필요가 없어 보이는 콩도 열심히 저었다. 데이지 메이가 다가와서 내 다리에 몸을 비벼댔다. 밖에서는 루시퍼가 들여보내 달라고 야옹거리고 있었다. 녀석들은 가르랑거리며 김이 모락모락 나는 돼지 콩팥에 달려들었다. 나는 지하실에 내려가서 댄디와 포팃에게 줄 캔 사료의 뚜껑을 땄다. 위층에 있는 숙적 고양이들에게 해준 것과 똑같이 나는 녀석들을 쓰다듬어 주었다. 이어서 나는 바깥으로 나가 새들에게 모이를 뿌려주고 토끼들에게 상추와 당근도 던져주었다. 치퍼에게도 다가가서 먹이를 주었다. 치퍼는 꼬리를 세우고 맥더프 씨가 만들어준 쳇바퀴 위를 열심히 뛰고 있었다. 쳇바퀴에 걸려 꼬리가 1/4쯤 잘려나가는 사고를 겪은 후 치퍼의 꼬리는 짧아져 있었다. 어머니는 탄광에서 사용하는 공업용 테이프로 잘린 꼬리를 붙여보려고 했지만 잘 되지 않았다. 치퍼는 쳇바퀴를 좋아했다. 어머니는 그렇게 열심히 달려봐야 아무데도 갈 수 없겠지만 그래도 신나게 달릴 수 있는 게 어디냐고 했다.

나는 열심히 일을 하고 있음을 알리기 위해 일부러 우당탕거리며 거실을 지나갔다. 어머니가 고개를 돌리며 말했다. "네 연구실 물건들은 잘 씻어서 찬장에 넣어두었다."

"고맙습니다."

"그리고 충분히 빌었으니까 사내 녀석이 너무 비굴하게 굴지 마라. 그리고 너 말이야," 어머니가 말했다.

"네?"

어머니는 진지한 표정으로 말했다. "너 한 번만 더 탄광에 내려가면 내가 보관하고 있는 외할아버지의 권총으로 그 자리에서 쏴버릴 줄 알아."

어머니가 외할아버지의 권총을 보관하고 있다는 사실을 나는 그때 처음 알았다. 어머니는 거짓말을 하는 분이 아니었다. 그리고 외할아버지가 사용한 권총이라면 어머니가 들기 위해서는 아마 두 손을 받쳐야 할 것이고 총알 역시 호두 만할 것이라는 생각이 들었다.

로이 리가 집에서 들은 바에 따르면 선탄장에서 벌어진 아버지와 어머니의 언쟁은 상세한 분석이 곁들여져 울타리 통신을 통해 빠르게 퍼져나가고 있었다. 모든 사람들이 히컴 부부 주연의 드라마 후속편을 기다리고 있었다. 형은 이 모든 망신스러운 일이 나 때문에 일어났다며 나더러 아주 사라져줄 수 없겠느냐고 물었다. 한바탕 고성이 오갔고 우리는 중간에 통학버스에서 내려 집까지 터벅터벅 걸어와야 했다.

형은 요리하기 쉬운 상대였다. 나는 입에서 나오는 송곳으로 형의 아픈 부분을 찌르고 비트는 법을 알고 있었다. "형, 궁금한 게 있어." 나는 진지한 표정으로 말했다. "형이 요즘 돼지가 되는 이유가 미식축구를 안 해서 그런 거야, 아니면 밤마다 냉장고의 음식을 다 먹어치워서 그런 거야?" 형은 흥분을 하며 주먹을 불끈 쥐었지만 차마 사람들이 지나다니는 길에서 나를 때리지는 못했다. 그랬다가는 곤욕을 치르게 될 것임을 알고 있었기 때문이다.

나는 형에겐 아예 관심이 없었고 어머니를 다루는 방법은 오랜 경험을 통해 터득하고 있었지만 아버지는 여전히 까다로운 상대였다. 나는 전에도 아버지를 실망시킨 적이 있었지만 그때는 이번처럼 직접적으로 대면한 상황이 아니었다. 나는 어떻게 용서를 청해야 할지 고민에 고민을 거듭했지만 적절한 방법이 떠오르지 않았다. 아버지 역시 내게 기회를 주지 않았다. 그 일이 있고 몇 주 동안 아버지는 내가 일어나기 전에 출근을 했고 내가 잠든 후에 퇴근을 했다. 나는 아버지와의 일에 신경이 쓰였지만 그 문제만 생각하고 있을 수는 없었다. 내가 로켓을 제작하면서 배운 것 중의 하나는 다른 각도로 생각을 할 줄 알게 되었다는 것이다. 로켓을 설계하고 제작하는 과정에는 해야 할 일과 기억해야 할 것들이 무척 많았다. 나는 그 모든 것들을 체계적으로 정리해야 했다. 나는 로켓 하나를 제작하는 데 필요한 모든 과정을 몇 개의 범주로 나누었다. 그런 다음 각각의 범주 내에서 순서와 중요도에 따라 할 일을 정해 놓았다. 그것은 머릿속에 여러 개의 서랍을 만들어 놓고 언제 어떤 서랍을 열어야 하는지 미리 정해두는 것과 비슷했다. 쿠엔틴은 그것을 "순차적 접근방식"이라고 부르며 내게 찬사를 보냈다. "나는 이것이야말로 제대로 된 연구방식이라고 늘 생각해왔어." 쿠엔틴이 말했다. "우리는 로켓을 만들면서 이전에 전혀 예상하지 못했던 변화를 겪어 왔고 앞으로도 그럴 거야. 서니, 네가 그 좋은 예야. 너는 이제 정돈된 사고가 무엇인지 깨달은 것 같아. 내가 너를 처음 만났을 때만 해도 네가 이렇게 달라질 것이라고는 전혀 생각하지 않았거든."

나는 쿠엔틴의 말을 칭찬으로 받아들였다. 나는 그 시점에서 아버지와의 문제를 해결할 방법이 없었다. 그렇다면 해결책이 생길 때까지 그 문제를 서랍에 넣어두는 수밖에 없었다. 하지만 한 가지 문제—아버지가 비코프스키 씨에 관해 한 말—는 아무리 달리 생각하려 해도 머릿속에서 떨쳐지지가 않았다. 그 문제가 담긴 서랍은 열린 채로 방치되어 있었다. 그것을 닫기 위해 나는 도움이 필요했다.

비코프스키 씨 댁에는 전화기가 없었기 때문에 나는 학교를 마치고 그의 집으로 직접 찾아갔다. 현관문을 열어준 비코프스키 부인은 초인종을 누른 사람이 나였음을 확인하는 순간 표정이 굳어졌다. 부인은 뺨이 움푹 들어간 창백한 얼굴에 바짝 마른 몸집을 가지고 있었다. 짧은 갈색머리는 직접 잘랐는지 가지런하지 않았다. 어머니는 늘 비코프스키 부인이 "수척해" 보인다고 했다. "아저씨는 지금 주무셔." 부인이 말했다. "막장 일이 무척 힘드신가 보다."

나는 비코프스키 씨가 막장으로 내려가게 된 일에 대해 부인에게 용서를 구했다. "괜찮다, 서니." 부인의 목소리가 한결 부드러워졌다. "덕분에 월급은 전보다 많아졌거든."

부인이 비코프스키 씨를 깨우러 2층으로 올라간 사이 나는 거실 소파에 앉아 있었다. 콜우드 주민들의 주식인 옥수수빵과 콩 냄새가 집 안에 가득했다. 소파 옆의 탁자에는 안경과 책이 한 권 놓여 있었다. 자세히 들여다보니 제목이 『원천 *Fountainhead*』(『마천루』라는 제목으로 국내에 소개된 Ayn Land의 소설 - 옮긴이)이었다. 내게는 제목조차 생소했다. 소파의 맞은편에는 우중충한 색깔의 TV가 있었고, 그 위에 비코프스키 씨의 딸인 에스더의 사진 액자가 놓여 있었다. 사진 속의 에스더는 고개를 어깨에 파묻은 채 휠체어에 앉아 있었고 양옆에 비코프스키 씨 부부가 서 있었다. 아무도 웃고 있지 않았다.

잠시 후 비코프스키 씨가 내려왔다. 그는 어깨의 멜빵끈을 쭉 늘어뜨리며 기지개를 켰다. "반가운 얼굴이 왔네." 비코프스키 부인이 뜨거운 김이 나는 찻잔을 탁자에 내려놓는 동안 그가 미소를 지으며 말했다. 부인은 내게도 뭘 좀 마시겠느냐고 물었다. "아뇨, 전 괜찮습니다." 내가 사양을 하자 부인은 주방으로 사라졌다. 내가 TV 위의 사진을 바라보는 모습을 보며 비코프스키 씨가 말했다. "언젠가 에스더가 집에 돌아와서 서니와 학교를 같이 다닐 날이 올 거야."

"저도 그랬으면 좋겠어요." 내가 말했다. 사실 에스더는 초등학교 1, 2학년 때 누구도 가까이 하려 하지 않은 아이였다. 부끄러운 일이지만 나는 그 아이가 학교를 떠나게 되었을 때 속으로 기뻐했다. 에스더는 수업 시간에 초점 없는 눈으로 선생님을 바라보거나 엎드려 있는 경우가 많았다. 그러다가 갑자기 혼잣말을 하면서 책과 펜을 교실 바닥에 집어던지기도 했다. 선생님들은 에스더가 진정될 때까지 가만히 기다렸다가 남학생들을 시켜서 바닥에 떨어진 물건들을 에스더의 책상에 도로 올려놓게 했다. 모든 학생들이 칠판에 쓰인 선생님의 글씨를 똑같이 따라 쓰느라 고사리손을 열심히 놀리는 동안 에스더는 글자와 비슷하게 생긴 낙서 자국 하나만 남겨도 칭찬을 받았다. 2학년이 끝나가던 어느 날, 에스더는 갑자기 발작을 일으키더니 앞에 앉은 남학생의 머리에 구토를 하고 바닥에 쓰러져 숨을 헐떡였다. 교장 선생님이 달려와 혀를 깨물지 않도록 에스더의 입속에 공책을 끼워 넣었다. 우리가 겁에 질린 채 교실 벽에 붙어 서 있는 동안 의사가 도착해서 에스더를 들것에 실어 갔다. 그날 이후 에스더는 학교에 돌아오지 않았다. 어떻게 된 일인지 비코프스키 씨 부부는 에스더의 토사물을 뒤집어쓴 학생이 나라고 생각했던 것 같다. 나는 비코프스키 부인이 직영매장 앞에서 우연히 만난 어머니에게 그 일에 대해 사과를 하더라는 이야기를 나중에 듣게 되었다. 하지만 그건 내가 아니었다.

"그래, 무슨 일로 왔냐?" 비코프스키 씨의 질문에 나는 에스더의 기억에서 현실로 돌아왔다.

나는 숨을 크게 들이마신 뒤 아버지와 막장에 내려갔던 일과 베르너 폰 브라운에 대해 아버지가 한 말을 전했다. "아버지는 폰 브라운 박사가…… 독일을 위해 일했다면서 아저씨의 생각을 들어보라고 하셨어요." 나는 폰 브라운 박사에 대해 이야기하면서 차마 '나치'라는 단어를 내뱉을 수는 없었다. 나는 그 단어를 언급하는 것 자체가 비코프스키 씨에게는 상처가 될 거라고 생각했다.

비코프스키 씨는 천천히 찻잔을 내려놓았다. 찻잔이 받침에 딸그락 부딪치는 소리가 거실의 정적을 깼다. "쉽지 않은 얘기구나." 비코프스키 씨는 별로 꺼내고 싶지 않은 얘기를 억지로 하는 눈치였다. 그는 굵은 손가락으로 소파의 팔걸이를 톡톡 두들겼다. "네가 좋아하는 폰 브라운 박사는," 그는 아주 천천히, 조심스럽게 입을 열었다. "괴물들을 도왔어. 그 점에 대해서는 비난받아야 마땅하다." 그는 잠시 입술을 굳게 다물었다. "용서와 속죄라는 개념이 있기는 하지." 그는 얼굴을 찌푸리며 고개를 흔들었다. "그런 얘기는 랍비에게 들어야겠지만 그러려면 블루필드에 있는 유대교 회당까지 가야 하잖아." 그는 차를 몇 모금 더 마시며 생각에 잠겼다. "서니, 내가 무식한 사람이라는 것을 감안하고 들어주었으면 좋겠다."

비코프스키 씨는 사람은 변할 수 있으며, 과거를 잊지 않되 용서를 할 수 있다고 말했다. "서니, 네가 죄를 지은 건 아니잖니. 그건 폰 브라운 박사의 죄일 뿐이야. 네가 현재의 폰 브라운 박사를 존경하기 위해 내 허락을 받으려고 찾아왔다면 나는 그럴 필요가 없다고 말해주고 싶다."

그때 비코프스키 부인이 주방에서 큰 소리로 말했다. "어느 아버지가 로켓 과학자를 시기하나 보죠."

"여보!" 비코프스키 씨가 경고조로 말했다.

"아주머니는 저의 아버지가 베르너 폰 브라운을 시기한다고 생각하세요?" 나는 주방 쪽을 쳐다보며 물었다.

"저 사람은 그럴 가능성이 있다고만 얘기한 거야." 비코프스키 씨가 대신 대답했다. 그는 주방 쪽을 쳐다보며 얼굴을 찌푸린 뒤 다시 내게 시선을 돌렸다. "네 로켓 연구는 잘 되고 있냐?" 화제를 돌리려는 듯 비코프스키 씨가 물었다.

나 역시 화제를 돌리고 싶었다. "로켓이 800피트까지 올라갔어요. 다음번엔 1,000피트를 돌파할 수 있을 것 같아요."

"그거 잘됐구나! 철공소에서 연습은 좀 해봤어?"

"조금요. 그런데 좀 더 해봐야 할 것 같아요." 나는 노즐이 녹아내리는 문제를 해결하기 위한 방법을 찾았으며, 그 해결책을 실제로 적용하기 위해 우리로서는 감당하기 힘든 기계 작업이 필요하다고 말했다.

"내가 레온 페로에게 말해보마. 그 사람이라면 어렵잖게 그 작업을 해낼 수 있을 거야."

"정말로 말씀드리게요? 저 때문에 또 아저씨가 곤란해지지 않았으면 해요."

비코프스키 씨가 어깨를 으쓱했다. "레온은 거래를 하려고 들 거야. 준비할 수 있겠어?"

"그럼요." 나는 오델과 함께 관제소 지붕에 사용할 양철을 얻으러 갔던 일을 떠올렸다.

그때 주방에서 아주머니의 목소리가 들렸다. "거래를 하는 참에 우리 집에 새 변기를 들여놓을 수 있으면 참 좋겠구나."

"여보!"

"그냥 그랬으면 좋겠다고요."

"아주머니, 제가 알아볼게요." 내가 대답했다. 비코프스키 씨가 껄껄 웃었다.

그 다음 주, 쿠엔틴이 나와 함께 통학버스를 타고 콜우드에 왔다. 우리는 철공소를 찾아갔다. 페로 씨가 사무실에서 손을 흔들며 우리를 맞았다. "너희들이 올 거라고 아이크한테 들었다." 그는 몸을 의자에 묻으며 두 발을 책상 위에 올려놓았다. "그래, 너희들이 원하는 게 뭐냐?"

나는 열과 압력, 산화를 견딜 수 있는 노즐의 재료를 찾고 있다고 대답했다. "저희가 사용하던 것은 불에 타서 녹아버렸어요."

"들어보니까 금속이 꽤 두꺼워야 하겠는데?" 페로 씨가 말했다. 왜 그러는지는 알 수 없었지만 그는 연필을 꺼내 윗입술과 코 사이에 끼우고 고개를 흔들어서 연필이 떨어지지 않는다는 것을 보여주었다.

"네." 나는 그의 묘기를 지켜보며 대답했다. "적어도 1인치는 되어야 할 것 같아요. 그리고 가운데에 구멍도 뚫어야 해요."

"SAE-1020 정도면 되겠네." 페로 씨가 연필을 다시 귀 뒤에 꽂으며 말했다. "융해점融解點도 높고 장력도 세니까. 문제는 비싸다는 거야. 거기에 쇠를 깎아서 형태까지 만들어야 한단 말이지. 따라와 봐."

쿠엔틴과 나는 페로 씨를 따라서 작업장으로 들어갔다. 기계
공들이 드릴 프레스, 절삭기, 선반 등 각종 기계에 매달려 작업
을 하고 있었다. 그들은 우리를 보고는 작업을 멈추고 씩 웃으
며 손을 흔들었다. "아까 너희들이 말한 그 뭐냐, 그걸 고정시
키기 위해서 둘레 부분에 나사를 조이는 게 좋을 것 같다. 그게
이름이 뭐였냐?"

"노즐이요."

"동체 상단의 개구부를 봉인할 기술적 조치도 필요해요." 쿠
엔틴이 덧붙였다.

페로 씨가 멍한 표정으로 나를 쳐다보았다. "윗부분에 마개
가 필요하다고요." 내가 통역을 했다.

페로 씨는 고개를 끄덕이더니 작업대에서 종이 한 장을 꺼낸
다음 귀 뒤에 꽂아둔 연필을 내려놓았다. 기계공 몇 명이 싱글
벙글하며 다가왔다. "반장님, 이제 우리도 로켓 제작에 참여하
는 겁니까?"

페로 씨는 연필을 내 앞으로 굴리며 말했다. "원하는 걸 그려
봐."

나는 두 개의 평행선을 그어 동체를 그리고 위쪽에는 마개
를, 아래에는 노즐을 그렸다. 노즐 내부에는 지름의 1/3 정도
되는 구멍을 함께 그려 넣었다. 페로 씨는 내가 그림을 그리는
모습을 가만히 지켜보았다. "서니, 철공소에 일을 맡기려면 제
대로 된 도면을 넘겨줘야 해. 측면도는 물론이고 평면도도 있
어야 되고 마개와 노즐의 세부 도면도 있어야 한다고. 내가 도

면의 예시를 줄 테니까 그려볼 수 있겠어?"

"네, 할 수 있어요." 나는 대답했다. 그 즈음 도로시의 마음을 얻는 것만 제외한다면, 나는 무엇이든 최선을 다하면 그것을 해낼 수 있다고 생각했다.

우리는 다시 페로 씨의 사무실로 돌아갔다. 그는 쿠엔틴과 나를 세워둔 채 자신의 의자에 앉았다. 그가 우리를 가만히 쳐다보았다. "서니, 우리 집이 어딘지 알아?"

그는 내가 그의 집을 알고 있음을 알면서도 물었다. 그의 집은 댄슬러 씨의 집과 가까웠다. 나는 그의 집에 조간신문을 여러 해 동안 배달했고 한번은 『블루필드 데일리 텔레그래프』를 접어서 던지다가 현관문 앞에 쌓아둔 우윳병을 넘어뜨릴 뻔한 적도 있었다.

"비만 내렸다 하면 우리 집 뒷마당이 진흙탕으로 변하거든." 그는 의자 등받이에 몸을 기대고 양손을 머리 뒤에서 깍지 낀 채 말했다. "거기에 자갈을 좀 깔아야 할 것 같아."

거래 조건이 제시되는 순간이었다. 콜우드의 모든 물자가 그렇듯이 자갈 역시 아버지의 서명만 있으면 얻을 수 있었다. 노즐의 도면을 완성한 뒤 나는 아버지의 사무실로 향했다. 선택의 여지가 없었다. 아버지는 사무실에 들어서는 나를 덤덤한 표정으로 쳐다보았다. "아이크 비코프스키를 찾아갔다는 얘기는 들었다. 방금 전에는 레온 페로한테 들렀다 오는 길일 테고. 너 아주 바쁘구나."

내가 하는 일을 아버지가 어떻게 거의 실시간으로 알고 있는지 궁금할 따름이었다. "아버지, 좀 도와주세요."

"자갈을 달라는 거지?" 아버지가 고개를 가로저었다. "레온 페로가 벌써 몇 주째 계속 자갈을 달라고 사정하고 있는데 나는 줄 생각이 없다. 포기해."

"제가 어떻게 하면 주시겠어요?"

"안 된다니까. 자갈을 주면 네가 얻는 건 뭔데?"

나는 노즐과 동체의 도면을 아버지에게 보여주었다. 아버지는 도면을 가만히 살펴보았다. "괜찮게 그렸구나." 아버지가 말했다. "여기에 동체의 두께를 표시해야지." 아버지는 도면에 두께를 표시하는 법을 가르쳐주었다.

"고맙습니다."

"이제 나가봐. 난 지금 바빠."

나는 도면을 둘둘 말았다. "자갈은요?"

아버지가 나를 빤히 쳐다봤다. "포기하라고 했잖아."

"엄마는 제가 포기를 모르는 게 라벤더의 피가 흘러서 그렇대요."

아버지는 양미간을 찌푸렸다. "그게 무슨 소리야? 그건 히컴가의 기질이야."

나는 상황이 유리하게 돌아가기 시작했음을 감지했다. "막장에 내려갔던 날 정말 죄송했어요."

"너에겐 광부의 피가 흐르고 있다. 너도 조만간 깨닫게 되리라 생각한다."

"저는 지금도 폰 브라운 박사 밑에서 일하고 싶어요."

"어떻게 되나 두고 보자." 아버지가 말했다.

"자갈은요?"

아버지가 한숨을 쉬었다. "알았어. 기다려봐."

"그리고 아버지⋯⋯."

"뭐?"

"비코프스키 부인이 변기를 바꿔야 한대요."

"나가!"

다음날 페로 씨네 뒷마당에 2.5톤 트럭 세 대 분의 자갈이 부려지는 동안 비코프스키 씨 집의 화장실에선 던컨 씨가 새 변기를 설치하고 있었다. 아버지에게 감사를 전해야 마땅한 일이었지만 어떤 개들은 따뜻한 햇살 아래 낮잠을 자고 있을 때 그냥 내버려두는 편이 더 낫다는 것을 나는 알고 있었다. 나는 로켓이 완성되었기를 기대하며 철공소에 들렀지만 기대는 곧 실망으로 바뀌었다. 페로 씨는 동체로 사용할 강관이 다 떨어졌다고 했다. "선탄장에 있는 기계실엔 강관이 좀 있을 거다." 그는 내게 사과도 없이 어물쩍 넘어갈 생각이었다.

"하지만 아저씨가 약속하셨잖아요!" 나는 강하게 항의했다.

"사실 우리 집 테라스에 나무 바닥을 새로 깔아야 하거든." 그가 머뭇거리며 말했다. "나무 바닥이 여기저기 삭았더라고."

철공소에서 비코프스키 씨의 자리를 맡게 된 기계공은 윌리 브라이트웰 씨였다. 그의 아들 윌리 주니어는 머드홀의 다른 아이들과 함께 교회와 클럽 하우스 중간에 있는 공터에서 우리와 함께 터치풋볼을 하며 놀곤 했다. 브라이트웰 씨는 동체를 만들어 달라는 내 부탁에 고개를 흔들었다. "서니, 미안하지만 나로선 어쩔 수가 없다. 네 아버지가⋯⋯ 너도 알잖아."

퇴근을 한 아버지가 신문을 들고 소파에 앉자마자 나는 브라이트웰 씨에게 했던 똑같은 부탁을 아버지에게 했다. "안 돼." 아버지가 신문을 한 장 넘기려는 순간 전화기 벨이 울렸고 아버지는 전화를 받으러 일어나면서 나를 쳐다보며 말했다. "절대로 안 돼. 이 얘기는 이걸로 끝이다."

이틀 후, 동체와 노즐을 만들 수 있는 강관과 쇠막대 몇 개가 우리 집 뒷마당 구석에 세워져 있었다. 나는 늙은 개가 햇살을 조금 더 쬐도록 내버려두기로 하고 조용히 그 물건들을 챙겼다. 나를 도와준다는 사실을 아버지가 드러낼 생각이 없는 이상 공연히 내가 수선을 떨 필요는 없었다.

며칠 후 철공소의 페로 씨는 우리의 최신 디자인이 반영된 오크 14호가 완성되었음을 알려주었다. 로켓 제작을 도운 기계공들이 주위에 모여든 가운데 쿠엔틴은 로켓을 들고 꼼꼼히 살펴보았다. "로켓 동체 내부의 전체 체적에 비해 추진체가 들어갈 수 있는 체적의 비율이 너무 낮은 것 같아요. 이 두 체적 사이의 비율은 일정 한도 안에 있어야 한다고 판단되거든요."

"너무 무겁다고 얘기하는 거예요." 내가 기계공 아저씨들에게 통역을 해주었다. 나는 쿠엔틴으로부터 로켓을 넘겨받았다. 정말 무거웠다. 실제로 노즐과 동체 상단의 마개가 볼트로 조여진 상태에서 연료를 넣을 공간이 넉넉하지 않았다. 날개와 노즈콘까지 달게 되면 무게는 더 늘어날 것이었다. 아무리 로켓 캔디를 사용한다 하더라도 이렇게 무거운 로켓이 과연 날 수 있을까 하는 의문이 들었다.

"동체의 부피는 조금만 늘리면서 연료 탱크의 체적은 크게 증가시켜야 해요." 쿠엔틴이 말했다.

"동체를 더 길게 만들자는 얘기예요." 내가 다시 통역을 했다.

철공소에 일하는 기계공 중의 한 사람인 클린턴 케이턴 씨가 손을 들고 말했다. "반장님, 제가 해보겠습니다."

페로 씨는 고개를 끄덕였다. "그럼 자네가 맡아서 해봐."

케이턴 씨는 통찰력이 있는 사람이었다. 내가 별다른 조언을 하지 않았음에도 그는 2.5피트 더 길어진 동체를 제작했다. 체적이 커진 만큼 나는 한 냄비 반 분량의 로켓 캔디를 준비해야 했다. 주입한 로켓 캔디가 아직 굳지 않은 상태에서 나는 라일리 선생님의 실험실에서 빌려온 유리 막대를 꽂아두었다.

그 다음 주말, 발사대에 세워진 우리의 로켓은 케이프 콜우드에 몰아친 세찬 바람에 흔들리고 있었다. 우리는 오델이 철공소 뒤에서 주워 온 6피트 길이의 쇠파이프를 유도誘導 막대로 사용하기로 했다. 셔먼과 빌리가 발사대 바로 옆에 쇠파이프를 단단하게 박아 넣었다. 우리는 로켓의 맨 위와 아래에 올가미 모양으로 철사를 두르고 그것을 유도 막대에 연결했다. 철공소의 기계공 아저씨들이 발사를 지켜보기 위해 나와 있었다. 제이크 아저씨와 듀보네 씨도 일찌감치 와 있었다. "효과가 있을 것 같은데." 제이크 아저씨가 유도 막대를 가리키며 말했다. "한국전쟁 때 내가 몰았던 전투기에도 저런 유도 장치가 달려 있었지."

"아이크 비코프스키를 찾아갔다고 들었다." 듀보네 씨가 말했다. "그 다음엔 레오 페로를 찾아가고 마지막으로 아버지를 찾아가서 부탁했다면서? 이리저리 뛰어다니느라 고생이 많았겠다."

나는 어깨를 으쓱했다. 설명을 덧붙일 필요도 없이 그는 이미 모든 것을 알고 있었다.

"노조 사무실에서는 소속 노조원들 일부가 로켓 제작에 참여하는 문제를 전국탄광노조 루이스 위원장이 어떻게 생각할지 걱정하는 목소리가 있어."

나로서는 몹시 불편한 이야기였다. 듀보네 씨는 마음만 먹으면 철공소의 기계공들이 나를 도와주는 일을 언제든지 중단시킬 수 있었다. 그 즈음 콜우드의 노사관계가 어떻게 흘러가고 있는지 나는 전혀 아는 바가 없었다. "아저씨 생각에는 루이스 위원장이 뭐라고 할 것 같아요?" 나는 조심스럽게 물었다.

그가 특유의 호탕한 웃음을 터뜨렸다. "그 양반 눈썹이 씰룩거릴 게 눈에 선하다. 당연히 좋다고 하겠지! 그 얘기를 들으면 아마 전국탄광노조와 별도로 전국로켓노조를 만들자고 할 걸."

제이크 아저씨와 듀보네 씨 그리고 철공소의 기계공들을 모두 관제소와 자동차 뒤로 안전하게 대피시킨 뒤 우리는 오크 14호를 발사했다. 로켓은 훌라후프가 돌듯 유도 막대를 중심으로 빙그르르 돌며 공중으로 날아올랐다. 쿠엔틴이 세오돌라이트를 들고 관제소에서 뛰어 나가 고도 관측을 시작했다. 셔먼도 발사와 비행 정보를 공책에 기록했다. 우리가 '로켓 산'이라고 이름 붙인 뒷산 봉우리 쪽으로 각도가 약간 기울긴 했지만 로켓은 거의 수직으로 날아갔다. 오크 14호는 우리가 그때까지 발사한 로켓들 중에서 단연 최고였다. 파란 하늘 높은 곳에서 점을 찍은 로켓은 지상으로 떨어지기 시작하더니 로켓 산의 정상 너머로 사라졌다. 우리는 로켓을 회수하러 출발했다. 빌리가 멀찌감치 앞장을 섰다. 빌리는 달리기만 빠른 게 아니라 연소된 로켓 캔디의 냄새도 기가 막히게 잘 맡았다. 바위에 무릎을 부딪치며 우리는 산 속을 한 시간 가량 뒤져 오크 14호를 발견했다. 로켓은 반경 100야드 내에서 유독 도드라진 바위에 부딪쳐 노즈콘은 산산조각이 났고 동체는 찌그러져 있었다. 하지만 노즐은 멀쩡했다. 미세한 융해가 일어났지만 그 정도면 열과 압력을 잘 견딘 셈이었다. 쿠엔틴이 숨을 헐떡이며 제일 마지막으로 도착했다. 다리를 저는 셔먼조차 산을 오를 때는 쿠엔틴보다 빨랐다. 쿠엔틴은 양손으로 무릎을 짚고 잠시 숨을 고른 다음 삼각법 교재를 펼쳤다. 그가 계산을 마치고 말했다. "3,000피트야."

3,000피트라고!

"야, 우리 케이프커내버럴에 전화 한 통 해야겠다." 로이 리가 말했다. "우리한테 와서 한 수 배우라고 말이야."

일주일 후 철공소의 기계공 아저씨들이 스스로 제작한 로켓을 내게 보여주었다. 디자인은 앞의 것과 똑같았지만 동체가 6인치 더 길어져 있었다. 동체 상단 마개와 노즐은 기계 나사로 단단하게 고정되었고, 맨 위와 아래에는 철사 대신 고리 볼트가 씌워져 있었다. 나는 말로 다 표현할 수 없을 만큼 감사한 마음으로 로켓을 받아 집으로 돌아왔다. 나는 친구들과 함께 전열기를 꺼내 로켓 캔디를 만들었다. 그 다음 주말, 오크 15호는 기계공들의 환호 속에서 하늘로 솟구쳐 올랐다. 하지만 크기가 작았던 오크 14호가 기록한 고도에도 많이 모자랐다. 정확하게 말하자면 오크 14호의 절반 높이밖에 날지 못했다. 구경을 나온 기계공들은 그 정도의 결과만으로도 흥분을 감추지 못했지만 쿠엔틴과 나는 그 원인을 밝히기 위해 일주일 내내 머리를 싸매야 했다.

"우리가 로켓 캔디의 한계에 부딪친 것인지도 몰라." 쿠엔틴이 말했다. "어쩌면 모든 연료에 그런 한계가 있을 수도 있어."

"시험을 더 해보고 결론을 내리자." 내가 말했다.

쿠엔틴의 얼굴이 환해졌다. "야, 결국 이런 순간이 오고야 마는구나. 가끔 의심이 들 때도 있지만 너는 스스로 연구하고 배우는 법을 아는 애야. 그런 의미에서 올해 과학경진대회에 참가해 보는 건 어때?"

"우린 아직 멀었어." 내가 대답했다. "우선 로켓의 원리를 이해하기 위해 제대로 된 책부터 구해야 해."

쿠엔틴이 어깨를 으쓱했다. "이런 식으로 가면 우리가 책을 써도 되겠다."

빅 크리크 고등학교의 브라스밴드에는 여학생이 남학생보다 월등히 많았다. 출전 금지 처분 이전만 해도 미식축구부원들이 여학생들의 마음을 송두리째 사로잡았지만 이제는 브라스밴드의 남학생들도 그에 못지않은 인기를 누렸다. 1958년 가을, 미식축구 경기는 더 이상 열리지 않았지만 우리 브라스밴드는 종종 인근 지역 축제에 초대를 받아 연주 여행을 다녔다. 80명의 부원들과 악기를 모두 실어 나르기 위해서는 두 대의 버스가 필요했다. 퍼레이드를 마치고 늦은 밤 콜우드로 돌아오는 버스의 분위기는 늘 포근했다. 몸은 피곤했지만 뿌듯한 기분으로 우리는 좌석에 몸을 기댔고 운이 좋은 녀석들은 어두운 뒤쪽 좌석에서 좋아하는 여학생과 나란히 앉아 키스를 하기도 했다. 도로시는 색소폰 주자들 중의 한 명이었다. 그녀는 늘 내 옆자리에 앉았고 가끔은 내 어깨에 머리를 살포시 기대기도 했다. 그럴 때면 나는 천사의 휴식을 방해할까봐 콜우드에 도착할 때까지 미동도 하지 않고 바위처럼 앉아 있었다.

우리 부원들은 밤길을 달리는 버스 안에서 나지막이 노래를 부르곤 했다. 오붓한 분위기에서 우리가 가장 즐겨 부른 노래는 "Tell Me Why"였다.

> "밤하늘에 왜 별이 빛나는지 말해주세요.
> 담쟁이가 왜 벽을 오르는지 말해주세요.
> 바다가 왜 저리도 푸른지 말해주세요.
> 그럼 저도 당신을 왜 사랑하는지 말해줄게요."

언젠가 도로시는 내 어깨에 머리를 기대고 눈을 감은 채 그 노래의 다음 부분을 속삭이듯 불렀다.

> "하나님이 별을 총총 빛나게 하셨으니
> 하나님이 담쟁이를 오르게 하셨으니
> 하나님이 바다를 푸르게 만드셨으니
> 하나님이 당신을 만드셨으니 저는 당신을 사랑합니다."

애가 지금 뭐라고 한 거지? 내게 꿈결에 이야기를 한 걸까? 나는 그랬기를 바랐다. 아니, 그렇게 믿으려 했다. "나도 널 사랑해." 너무 작은 목소리로 말했기 때문에 그 말은 내 귀에조차 들리지 않았다. 하지만 그렇게 고백을 한 나 자신의 용기에 가슴은 마구 뛰었다. 버스는 부푼 꿈을 싣고 밤길을 달렸다.

11월 하순의 어느 주말 나는 여느 때처럼 도로시와 함께 공부를 하다가 용기를 내서 크리스마스 파티에 파트너가 되어달라고 말했다. "나도 그러고 싶지만," 도로시가 안타깝다는 표정으로 고개를 저었다. "지난여름에 만난 오빠가 먼저 신청을 해서 승낙을 해버렸어."

그 '오빠'는 웰치에 사는 대학생이었다. 도로시는 이미 그에 관한 이야기를 내게 한 적이 있었다. "그 사람은 너를 이용하려고만 했다면서! 어떻게 그런 사람을 다시 만날 수가 있어?"

"그 오빠가 어떤 사람인지 확실하게 깨닫기 전에 승낙을 한 거야." 도로시가 말했다.

"그래서 크리스마스 파티에 같이 가겠다는 거야?"

"이미 약속을 했기 때문에 어쩔 수가 없어." 도로시가 한숨을 쉬며 말했다. "하지만 나는 항상 너를 생각하고 있어. 앞으로도 그럴 거야, 서니."

나를 바라보는 도로시의 표정이 너무나 애처로웠기 때문에 나도 공연히 마음이 아팠다. 파티가 열리던 밤, 나는 집에서 혼자 끙끙 앓았다. 아버지의 책장에서 꺼내온 책—스타인벡의

『달콤한 목요일』—을 펴들었지만 아무것도 눈에 들어오지 않았다. 나는 늦은 시각까지 책상에 앉아 온갖 상상을 하다가 도로시가 무사히 집에 도착했을 새벽 2시가 되어서야 억지로 잠을 청했다. 다음날 나는 로이 리를 만났다. 나는 그가 파티에 다녀왔다는 것을 알고 있었기 때문에 도로시에 대해 물어보고 싶은 충동을 결국 이기지 못했다. "응, 봤어." 로이 리는 건성으로 대답했다.

"도로시가…… 파티에서 어땠어?"

로이 리는 나와 눈을 마주치지 않으려 했다. "나한테 무슨 말을 듣고 싶어?"

"있는 그대로의 사실."

로이 리가 내 어깨를 토닥거렸다. "그놈에게 홀딱 빠져 있더라."

1958년 성탄절엔 눈이 내리지 않았다. 날씨는 지독하게 추웠지만 수십억 톤의 고품질 석탄을 깔고 앉아 있는 마을에 추위는 아무런 문제도 되지 않았다. 매년 그랬듯이 어머니는 가장 큰 크리스마스트리를 사왔고 형과 나는 진땀을 흘리며 트리를 집안으로 들여놓았다. 트리를 단 1인치도 잘라내고 싶지 않던 어머니는 트리를 약간 기울여서 천장에 맞닿게 했다. 집에 돌아온 아버지는 아무 말 없이 사다리를 꺼내 와서 트리의 윗부분을 2인치 정도 잘라냈다. 어머니는 트리를 볼품없이 만들어놓았다며 아버지를 타박했다. 우리가 트리 장식을 마치자 데이지 메이와 루시퍼가 기다렸다는 듯이 달려들어 앞발이 닿는 위치에 매달린 전구와 장식물을 죄다 떨어뜨렸고 치퍼는 트리를 타고 올라가서 깍깍 소리를 질러댔다.

성탄절 아침 내 방에 들어와 침대 귀퉁이에 앉은 어머니가 커다란 갈색 서류봉투를 내밀었다. 별 생각 없이 봉투를 열어 본 나는 깜짝 놀랐다. 봉투 안에는 베르너 폰 브라운 박사가 직접 서명을 한 그의 사진과 친필로 쓴 짧은 편지가 들어 있었다. 내 눈으로 편지를 읽으면서도 나는 믿을 수가 없었다. 그는 내게 로켓 제작의 성공을 축하하며 앞으로 꾸준히 공부를 한다면 장차 우주 항공 분야에서 일할 수 있을 것이라고 적었다. 편지의 마지막 줄에는 이런 글이 적혀 있었다. '학생이 열심히 공부하면 뜻하는 바를 얼마든지 이룰 수 있을 겁니다.'

나는 사진과 편지를 보고 또 보았다. 그 위대한 인물의 손끝이 닿은 것들을 내가 만지고 있다는 사실이 도무지 믿기지 않았다. "엄마, 도대체……."

방긋 미소를 짓는 어머니의 표정에 뿌듯함이 가득했다. "내가 박사님한테 편지를 써서 네 얘기를 했어. 훗날 박사님의 로켓 제작을 돕기 위해 열심히 준비하고 있는 학생을 소개해 드리고 싶었지."

나는 어머니를 와락 끌어안았다. 그런 행동은 어머니는 물론 나 자신조차 놀랄 일이었다. 나로서는 그런 놀라운 선물은 태어나서 처음 받아보는 것이었다. 성탄절 방학이 끝날 때까지 나는 폰 브라운 박사의 편지를 읽고 또 읽었다. 심지어 형에게도 편지를 읽어보라고 건네주었다. 물론 형은 폰 브라운이 뭐 하는 사람인지 관심 없다는 반응을 보였다. 나는 아버지에게도 편지를 내밀었지만 아버지는 한번 읽어보겠다고 대답하고는 실제로 읽지는 않았다.

나는 성탄절 방학이 끝나고 학교가 다시 문을 연 첫날 폰 브라운 박사의 사진과 편지를 들고 갔다. 쿠엔틴은 마치 성물聖物을 모시듯 그것들을 조심스럽게 만져보며 넋이 나간 사람처럼 말했다. "경이로움에 할 말을 잃을 것 같다!"

13장

로켓 책

1월의 어느 밤, 눈이 내리기 시작했다. 가늘던 눈발은 이내 함박눈으로 바뀌었다. 침대에 들어가기 전 나는 소복이 쌓인 눈길을 걸어 선탄장으로 올라가는 철야 근무조의 희미한 발자국 소리를 들었다. 밖을 내다보았으나 굵어진 눈발 때문에 그들의 모습은 보이지 않았다. 데이지 메이가 가르랑거리며 내 옆으로 파고들었다. 나는 녀석의 머리를 쓰다듬어주다가 잠이 들었다.

나는 눈길을 할퀴는 자동차들의 체인 소리에 잠에서 깼다. 침실 창밖으로 모든 것이 하얗게 변해 있었다. 오로지 선탄장과 리프트 승강구만이 검은 형체를 드러냈고 그 바로 아래의 수직갱에서는 하얀 김이 올라오고 있었다. 나는 바지와 셔츠 위에 두터운 스웨터를 걸치고 서둘러 주방으로 내려갔다. 어머니는 아침식사를 준비하며 조니 빌라니가 진행하는 라디오 방송을 듣고 있었다. 그는 유쾌한 목소리로 눈길을 조심하라고 얘기했지만 임시 휴교령에 관한 이야기는 나오지 않았다. 내가 주방에 내려갔을 때 형은 이미 식탁에서 일어나고 있었다. 형은 이런 날은 학교를 하루 빠지고 썰매나 타러갔으면 좋겠다고 구시렁대며 2층으로 올라갔다. 나는 식탁에 차려진 코코아와 토스트를 허겁지겁 먹은 후 내 방으로 올라가서 과제물과 교과서를 챙겨들고 다시 아래층으로 내려왔다. 책을 계단 난간 위에 아슬아슬하게 올려놓고 나는 데이브 개러웨이가 진행하는 〈투데이 쇼〉에 혹시 우주 경쟁에 관한 이야기가 나올까 싶어서 TV를 켰다. 기대했던 내용은 나오지 않았고 형이 2층 화장실에서 나오는 소리를 듣자마자 나는 TV를 끄고 계단을 뛰어올라가 화장실에서 급하게 이를 닦았다. 내가 부랴부랴 외투를 챙겨서 현관문을 뛰어나가던 시각에 형은 이미 통학버스에 오르고 있었다. 어머니가 슬리퍼를 신은 채 도시락을 들고 뛰어와 버스에 막 오르려는 나를 뒤에서 불렀다. "너 또 늦었어!" 잭 아저씨가 버럭 소리를 질렀다. 다음 순간 내 등 뒤로 어머니의 모습을 발견한 그의 목소리가 부드러워졌다. "오랜만입니다. 잘 지내시죠?"

"서니가 아침에 부지런만 좀 떨어주면 잘 지낼 것 같아요." 어머니가 잭 아저씨에게 미소를 지으며 말했다.

"이 녀석도 언젠가 철이 들겠죠." 잭 아저씨는 어머니에게 인사를 건네고 버스 문을 닫았다. 어머니도 손을 흔들어 인사를 하고 집을 향해 돌아섰다.

나는 제인 토드와 글린다 콕스 사이를 비집고 앉았다. 통로 건너편 좌석에는 제인의 사촌 캐롤 토드와 클로디어 앨리슨이 앉아 있었다. 차창 밖으로 앞마당에 있는 석탄 보관함에서 석

1 서니 히컴, 5살 때

2 할아버지 댁에서: (왼쪽에서 오른쪽으로) 할머니,
  프랜시스(사촌 누나), 할아버지, 나(할아버지에게 안겨서),
  형. 할아버지는 탄광 사고로 다리를 잃었다.

3 아버지와 어머니, 1957년경

4 콜우드 올가 석탄회사 선탄장

5 콜우드 탄광: 비코프스키 씨가 일한 기계실은 사진 오른쪽 아래의 벽돌 건물에 있었다. 우리 집은 그 건물에서 1000야드 오른쪽에 있었다.

6 우리 집. 사진의 왼쪽 방향으로 도로를 따라가면 직영매장, 클럽 하우스, 교회 등이 있는 콜우드의 "중심가"가 나왔다. 포장도로가 끝나는 프록 레벨에서 비포장도로로 2마일을 더 간 곳에 케이프 콜우드가 있었다.

7 선탄장에 있는 감독관 사무실. BCMA
  가 발사한 오크 4호가 이 건물의 외벽
  을 때렸다.

8 갱도에 있는 아버지. 이 날 아버지는
  무슨 이유에서인지 평소에 쓰는 작업
  반장용 흰색 헬멧을 착용하지 않았다.

9 갱도 내를 오가며 광부들을 수송하는
  전기 기관차. 아버지가 나를 데리고
  갱도로 내려갔을 때 탄 것과 같은 종
  류이다.

10 콜우드의 전형적인 사원 주택. 튼튼해 보이는 울타리에 주목할 필요가 있다. 우리가
날려버린 어머니의 꽃밭 울타리도 이와 같은 것이었다.

11 콜우드 교회. 회사가 초빙하는 목사의 소속 교단에 따라 주민들의 교파도 그때그때
달라졌다. 로켓보이들의 활동 시기에 주민은
감리교도들이었다.

12 콜우드 교회 성가대: "6인방"을 포함한 성가대는
회사를 설득해서 로켓보이들에게 발사장 부지를
내주도록 했다. 첫 번째 줄 맨 오른쪽이 엘시 히
컴(어머니)이다. 우리가 로켓을 제작하기 시작했
을 때 어머니는 성가대를 그만두고 주일학교 교
사로 활동했다.

13 서니의 방에서 열린 BCMA 회의: (왼쪽에서 오른쪽으로) 셔먼, 오델 그리고 나. 사진 속에서 우리는 신발을 벗고 있다. 어머니는 우리의 신발 바닥에 박힌 로켓 연료의 찌꺼기에 실내의 바닥이 긁힐까봐 걱정했다.

14 1959년 겨울, 빅 크리크 미사일국: (왼쪽에서 오른쪽으로) 나, 쿠엔틴, 로이 리 그리고 오델. 셔먼과 빌리는 이날 사진 촬영에 오지 못했다. 어머니가 찍은 이 사진은 『맥도웰 카운티 배너』와 학교 신문인 『올빼미』에 실렸다. 사진 아래에 내 이름의 철자가 잘못 나와 있다. 이 사진에서 보이는 로켓은 사실 모조품이다. 쿠엔틴과 나는 로켓의 날개를 연구하기 위해 이 모조 로켓을 사용했다.

Members of the Big Creek Missle Agency make ready to launch a rocket. From left to right they are "Sonny" Hickham, Quentin Wilson, Roy Cooke and Jimmy Carroll.

15 1960년, 빅 크리크 고등학교 졸업 앨범

16 로켓보이 시절 나의 가장 소중한 친구였던 데이지 메이의 유일한 사진

나

쿠엔틴

오델

로이 리

셔먼

짐(형)

빌리

17 라일리 선생님: 선생님은 학생이라면 마땅히 학업을 자신의 직업으로 여겨야 한다고 믿었다. 그러므로 학업은 신성하기까지 했다. 웨스트버지니아에서는 누구나 자신의 직업에 최선을 다해야만 했다. 자신의 일을 소홀히 여기는 사람은 용납되지 않았다. 내가 로켓의 성공에 우쭐해하거나 실패에 좌절했을 때 선생님은 단 몇 마디의 꾸중이나 격려로 내가 냉정을 되찾도록 해주었다.

18 베르너 폰 브라운 박사: 나는 1958년 성탄절에 그의 자필 서명이 있는 이 사진을 받았다.

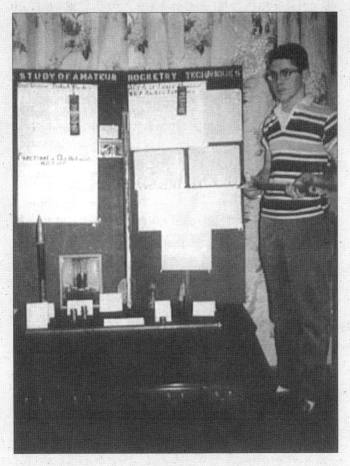

19 전국과학경진대회: 나는 오크 14호를 들고 있다. 중앙에 세워져 있는 로켓은 오크 27호이다. 테이블에 놓여 있는 노즐들은 파업이 극적으로 타결된 후 급하게 제작되어 아슬아슬하게 인디애나폴리스에 도착했다.

탄을 퍼 담는 아주머니들의 모습이 보였다. 양동이에 담긴 석탄은 거실에 있는 소형 난로에 사용될 것이었다. 대부분의 아주머니들은 맨발에 슬리퍼 차림이었으며 낡은 양모 코트 아래로 파스텔 색조의 짧은 잠옷이 살짝 비쳤다. 그 잠옷은 탄광이 호황을 누리던 시절 광부들이 아내에게 주는 크리스마스 선물로 인기가 있었다. 어머니는 그 잠옷에 얽힌 신혼 시절의 일화를 종종 들려주곤 했다. 어느 눈 내리는 아침, 어머니는 잠옷 바람으로 양동이를 들고 석탄을 담으러 나왔다가 출근길의 광부들과 마주치게 되었다. 광부들이 짧은 잠옷 차림의 어머니를 보고 그냥 지나칠 리 없었다.

"엘시, 조금만 기다리면 호머가 겨울 코트 하나 사드릴 겁니다." 오리어리 씨가 안쓰러운 표정으로 말했다.

"그 친구가 안 사주겠다면 저한테 말씀하세요." 라슨 씨는 공연히 씩씩댔지만 눈은 어머니의 다리에 고정되어 있었다.

"아, 그 호머라는 친구의 부인이신가? 그 친구 참 운도 좋네." 살바도 씨가 입술에 손가락을 가져다 대며 말했다.

어머니는 황급히 양동이를 들고 현관문을 향해 돌아서다가 그만 미끄러지고 말았다. 눈밭이 어머니의 등을 쿠션처럼 받쳐주었지만 잠옷과 색깔을 맞춘 분홍색 슬리퍼가 머리 위로 날아가고 두 다리는 하늘을 향하고 있었다. 광부들이 어머니를 부축하기 위해 울타리를 넘으려는 순간 어머니는 다가오지 말라고 소리쳤다. 어머니는 광부들에게 괜찮다고 하면서도 눈밭에서 일어나지는 않았다. 그 자리에서 일어나게 되면 광부들은 물론 아버지에게조차 보여주고 싶지 않은 모습을 보여주어야 했기 때문이다. 한사코 괜찮으니 어서 가라고 말하는 어머니에게 광부들은 다친 곳이 없느냐고 집요하게 물었다. 그들은 정말 괜찮으냐고 거듭해서 물은 뒤에야 집 앞에서 사라졌고, 그때까지 어머니는 꼼짝도 않고 쌓인 눈을 엉덩이로 녹여야 했다. 그들의 모습이 시야에서 완전히 사라진 것을 확인한 어머니는 현관문으로 냅다 뛰어 들어갔다. 그날 어머니는 너무 창피해서 집밖으로 한 발자국도 나가지 않았고 저녁에 집에 돌아온 아버지는 난로가 차갑게 식어 있는 것을 발견했다.

"이 추운 날씨에 난로를 꺼뜨린다는 게 말이 돼?" 아버지는 차가운 재만 남아 있는 난로 속을 들여다보며 말했다. "온종일 힘들게 일하다 온 사람이 집에 와서 몸이나 좀 녹일까 했는데 이게 뭐야?"

"당장 난로를 피울까요?"

"그래."

"알았어요." 어머니는 2층에서 크리스마스 선물로 받은 분홍색 잠옷과 슬리퍼를 들고 와서 난로 속에 집어던진 다음 불을 붙였다. "이제 좀 따뜻해졌나요?" 어머니가 이 얘기를 꺼낼 때마다 아버지는 꼭 한마디를 덧붙였다. "그걸 태우고 나서 며칠 동안 집 안에 냄새가 얼마나 심했는지 알아?" 어머니는 그 이듬해에 우리 집에 보일러가 설치되었다고 했다. 당시 콜우드에는 보일러가 설치된 집이 별로 없었다.

뉴 캠프와 서브스테이션에서 열 명 남짓의 학생들이 통학버스에 올랐다. 로이 리도 그 중의 하나였다. 그는 귀찮아하는 표정의 린다 부코비치 옆에 앉아서 그녀를 청중으로 삼아 그날 수업 시간의 발표 연습을 했다. 식스에서 칼로타 스미스가 버스에 오르자 남학생들의 시선은 일제히 빈자리를 찾는 그녀의 모습을 향했다. 칼로타는 앞이 트인 재킷에 몸에 꽉 끼는 스웨터를 입고 있었다. 그녀는 얼굴이 그리 예쁘다고 할 수는 없었다. 통통한 얼굴엔 여드름이 잔뜩 나 있었고 머릿결은 부스스했다. 그러나 그녀의 몸매는 남학생들의 가슴을 쿵쾅거리게 만들기에 충분했다. 로이 리가 내 쪽으로 몸을 기울이며 속삭였다. "국기 게양했다." 나도 모르게 웃음이 피식 나왔다. 그것은 몸매는 좋지만 얼굴은 못생긴 여자아이를 가리키는 잔인한 표현―"국기로 얼굴만 가리면 완벽해."―에서 따온 은어였다. 물론 우리가 칼로타의 얼굴을 국기로 가릴 일은 결단코 없었다. 빈자리가 없자 칼로타는 내 옆에 와서 섰다. 그녀의 둥그런 엉덩이가 바로 몇 인치 눈앞에 있었다. 죄의식 때문이었는지 아니면 당혹감 때문이었는지 나는 자리에서 벌떡 일어나 자리를 양보했다. 그녀는 내게 우물거리듯 고맙다고 말하고는 제인과 글린다 사이를 비집고 앉았다. 두 여자애는 칼로타가 앉을 수 있도록 가장자리 쪽으로 조금씩 더 움직여 주었다.

"오!" 로이 리가 이죽거렸다. 그는 자리에서 일어나 내게 귀엣말을 했다. "괜히 여자애들한테 친절을 베풀면서 뭔가 해볼 작정인가 본데 너의 사랑 도로시가 너의 그 시커먼 속을 알면 뭐라고 할까?" 그는 자리에 다시 앉아서도 계속 낄낄거렸다. 나는 녀석의 어깨를 잡으려고 했지만 그는 재빨리 피하며 약을 더 올렸다.

잭 아저씨가 백미러를 통해 우리를 지켜보고 있었다. "거기,

히컴가 아드님," 그가 소리를 질렀다. "너 여기서 내리고 싶어? 쫓겨나기 싫으면 여기 와서 앉아. 당장!" 나는 버스 앞쪽으로 가서 운전석 옆 승강구 계단에 쪼그리고 앉았다. 잭 아저씨는 기어를 1단에 넣고 오르막의 첫 번째 커브를 돌았다.

다섯 번째 커브는 특히 조심해야 했다. 그 지점은 버스가 구르더라도 충격을 완화해줄 나무 한 그루 없는 100피트 높이의 낭떠러지가 있는 곳이었다. 잭 아저씨가 버스를 세웠다. "다 내려. 저 앞 커브 돌아서 오르막 중간쯤에 가서 기다려. 짐은 놓고 내려."

버스의 문이 열렸다. 내가 제일 먼저 내렸고 졸고 있던 아이들도 모두 따라서 내렸다. 우리는 아무 말 없이 잭 아저씨가 기다리라고 한 곳까지 눈길을 걸어 올라갔다. 버스가 엉금엉금 모퉁이를 돌아 우리가 있는 곳에 와서 멈췄다. 우리는 다시 버스에 올랐다. 내 자리는 여전히 승강구 계단이었다. 콜우드 산 정상에 도달하기까지 버스는 낭떠러지를 끼고 있는 커브를 몇 차례 더 돌아야 했다. 잭 아저씨는 저단 기어로 오르막을 천천히 올랐다. 잠시 직선 구간이 나오다가 이내 또 다른 커브길이 나왔다. 오른쪽 암벽 위에 길이가 족히 30피트는 되어 보이는 수정 빛 고드름이 매달려 있었다.

버스는 내리막에서도 속도를 내지 못하고 리틀 데이토나를 거쳐 카레타로 들어갔다. 다시 워 산을 오르며 잭 아저씨는 가장 위험한 커브 구간에서 우리를 다시 한 번 내리게 했다. 우리는 한 시간 늦게 학교에 도착했다. 교장 선생님이 교문 앞에서 우리를 기다리고 있었다. "모두 곧바로 교실로 들어가. 1교시 수업 놓친 사람들은 친구들한테 숙제가 뭔지 물어보고. 빨리빨리 움직여!"

화학 수업이 시작되기 전에 라일리 선생님이 나를 불렀다. "서니, 너한테 줄 게 있어." 선생님이 말했다. "수업 끝나고 집에 가기 전에 나한테 들러." 눈 내리는 풍경과 한 시간 단축수업에 흥분을 한 나머지 나는 버스에 오른 뒤에야 선생님의 말이 생각났다.

눈은 밤새 퍼부었다. 집 안에 들어온 루시퍼는 지하실 계단참을 차지했다. 댄디와 포텃도 마당에서 용변을 볼 때만 제외하고 줄곧 지하실에 있었다. 다음날 아침 나는 정적 속에서 침대를 빠져나왔다. 출근하는 광부들 이외에는 창밖의 모든 풍경이 정지해 있었다. WELC의 조니 빌라니는 임시 휴교령은 내려지지 않았지만 통학버스의 운행은 전면 중단되었다는 소식을 전했다. 도보로 등교가 가능한 학생은 학교에 가되 나머지는 집에서 쉬어도 좋다는 얘기였다.

나는 모처럼 〈투데이 쇼〉를 끝까지 다 볼 생각으로 거실에서 TV를 켰다. 화면에 J. 프레드 머그스(NBC의 『투데이 쇼』에 고정 출연한 침팬지 - 옮긴이)가 등장하는 순간 어디선가 날아온 눈덩이가 거실 유리창을 때렸다. 밖을 내다보자 오델, 로이 리, 셔먼이 썰매를 들고 서 있었다. 형은 이미 친구들과 함께 썰매를 가지고 교회와 클럽 하우스 사이의 비탈길로 나간 뒤였다. "빨리 나와!" 오델이 들뜬 표정으로 소리쳤다. "우린 학교에 갈 거야! 이제까지 콜우드에서 썰매를 타고 학교에 간 사람은 아무도 없을 걸. 우리가 오늘 최초의 기록을 세우는 거야."

어머니는 열대 해변을 바라보며 커피를 마시고 있었다. 야자나무 그림은 이미 완성되어 있었지만 어머니는 야자열매를 몇 개 더 그려 넣으려는 것 같았다. "엄마, 저희 학교까지 썰매 타고 갔다 올게요." 내가 말했다.

"갔다 오는 건 좋은데 얼어 죽지만 마라." 어머니는 커피 잔을 든 채 한숨을 쉬었다.

나는 계단참에 웅크리고 있는 루시퍼 위를 넘어서 조심스럽게 지하실 계단을 내려갔다. 댄디와 포툿은 들뜬 내 표정에 덩달아 흥분을 해서 제자리를 뱅글뱅글 돌았다. 나는 썰매를 찾아 밖에 내놓은 다음 내 방으로 올라가서 두꺼운 플란넬 셔츠를 껴입고 양말도 두 겹을 신었다. 마지막으로 외투를 입고 장화를 신음으로써 외출 준비가 끝이 났다. 모자는 쓰지 않았다. 특별한 파티에서 검정색 펠트 모자를 쓰는 경우를 제외하곤 웨스트버지니아의 10대들은 모자를 쓰는 것을 촌스럽게 여겼다. 어머니가 현관문을 나서려는 나를 불러 세우더니 비니 모자를 내밀었다. "이걸 안 쓰면 머리가 꽁꽁 얼 거다." 어머니는 밖에서 기다리고 있는 친구들에게 손을 흔들며 큰 소리로 말했다. "너희들 모두 미쳤구나?"

"네, 저희 미쳤어요!" 친구들이 합창을 했다. "아주머니도 같이 가실래요?"

"딴 데 가서 알아봐라." 어머니가 대답했다. 나는 어머니의 기분을 생각해서 모자를 뒤집어썼지만 현관문이 닫히자마자 곧바로 벗어서 외투 주머니에 집어넣었다. 자동차들이 체인을 철컹거리며 거리를 지나갔다. 우리는 길 건너 주유소 앞에서 콜우드 산 방향으로 가는 차를 기다렸다. 잠시 후 체인을 감고 천천히 달리는 자동차의 뒤쪽으로 로이 리가 달려가서 재빨리 범퍼를 잡고 썰매에 올라탔다. 우리는 그 뒤를 이어 한 사람씩 앞 사람의 허리를 잡고 썰매의 사슬을 만들었다. 내가 맨 뒤였다. 우리는 식스에 이르러 그 차를 보내고 눈 덮인 콜우드 산을 오르기 시작했다.

눈 덮인 오르막엔 사람도, 자동차도 지나간 흔적이 없었다. 긴 오르막에 펼쳐진 눈밭을 처음으로 밟는다는 생각에 우리는 뽀드득 뽀드득 눈길을 걸어 신나게 정상까지 올라갔다. 산 정상에서 우리를 따라온 발자국을 돌아본 뒤 우리는 요들송을 부르며 썰매를 타고 구불구불한 내리막을 내려갔다. 리틀 데이토나를 지나 카레타에 도착한 우리는 또 다른 차의 꽁무니에 붙어 스파게티 하우스 앞까지 갔다. 벼랑 끝에 아슬아슬하게 매달려 있는 몇 채의 집을 지나 우리는 다시 썰매를 타고 워까지 미끄러져 내려갔다. 정오가 다 되어서야 우리는 학교에 도착했다. 우리는 현관 출입문 안쪽에 썰매를 세워놓고 마치 온 세상을 정복하고 온 사람들처럼 위풍당당하게 건물 안으로 걸어 들어갔다. 1층 복도에서 교장 선생님이 우리를 불러 세웠다. "너희들 혹시 수업을 받으러 왔다면 헛걸음한 거다. 교육청 지시로 오늘 오후 수업은 없다. 하지만 이왕 학교에 왔으니 선생님께 들러서 과제나 하나씩 받아가!"

나는 라일리 선생님을 찾아갔다. 다행히도 선생님은 자리에 있었다. "어제 뵙고 갔어야 하는데 깜빡했어요. 죄송해요." 내가 말했다.

내 몰골이 말이 아니었는지 선생님이 안쓰러운 표정을 지으며 물었다. "학교까지 어떻게 왔어?" 내가 대답을 하자 선생님이 내 손을 잡아보았다. "세상에, 손이 얼음장이구나. 일단 매점에 내려가서 따뜻한 코코아라도 한 잔 마시고 와."

나는 선생님이 시키는 대로 했다. 내가 돌아오자 선생님은 책상 서랍에서 책 한 권을 꺼냈다. 교과서의 느낌이 드는 책이었다. 표지는 빨간색이었다. "어제 도착한 거야." 선생님이 말했다. "브라이슨 선생님과 같이 찾았어. 널 위해 주문한 거야. 자, 받아."

브라이슨 선생님은 학교 도서관의 사서였다. 나는 책을 받아서 제목을 살펴보았다. 검정색 바탕에 금박으로 인쇄된 제목은 그때까지 내가 보았던 모든 책들 가운데 가장 근사했다.

『유도 미사일 설계의 원리』

나는 책을 쭉 넘기며 각 장의 제목을 살펴보았다. "공기역학과 미사일의 설계", "풍동風洞과 탄도", "운동량 이론과 추진력", "노즐 내부에서의 공기의 흐름" 등등의 놀라운 소제목들이 눈앞으로 지나갔다. 그 가운데서도 가장 놀라운 소제목은 "로켓 엔진의 기본 원리"였다.

"미적분과 미분 방정식 개념이 나올 거야." 라일리 선생님이 말했다. "그건 하츠필드 선생님께 여쭤봐. 도움을 주실 거야."

나는 두 손으로 책을 꼭 쥐었다. "좀 오래 읽다가 돌려드려도 되죠?"

"서니, 그건 네 거야. 네가 가져."

나는 마치 하나님이 내려주신 선물을 받는 기분이었다. "뭐라고 감사를 드려야 할지 모르겠어요." 나는 너무 얼떨떨해서 말이 제대로 나오지 않았다.

"감사는 무슨? 내가 한 일이라곤 네게 책 한 권을 준 것밖에 없어." 선생님이 말했다. "그 속에 있는 내용을 모두 네 것으로 만들겠다는 의지는 온전히 네 몫이야. 자, 그만 나가자. 주차장까지 같이 가줄 거지?"

나는 선생님과 함께 복도를 나섰다. 1층 현관 앞에서 마주친 교장 선생님이 뭔가 수상쩍다는 표정으로 나를 쳐다봤다. 주차장에서 선생님은 내 팔을 붙들고 말했다. "서니, 시간은 좀 걸리겠지만 나는 네가 이 책에 있는 내용을 모두 이해해내리라 믿어. 그리고 그때가 되면," 선생님이 미소를 지었다. "쿠엔틴과 내가 과학경진대회에 참가하자고 너를 설득할 수 있겠지?"

"선생님," 내가 말했다. "선생님이 그렇게 원하시면 참가할게요."

"네가 준비가 되면." 선생님이 말했다.

나는 선생님이 나를 믿고 있다는 이유 하나만으로도 어떤 일도 해낼 자신이 생겼다. 선생님이 차를 타고 주차장을 빠져나간 뒤 나는 친구들이 있는 곳으로 돌아갔다. "서니, 에밀리 수네 집에 가서 카드놀이하자." 내 반응이 시큰둥했는지 오델이 한마디 덧붙였다. "도로시도 온대!" 이번에는 로이 리의 표정이 심드렁해졌다. 무슨 이유에서인지 로이 리는 내 운명의 연인을 탐탁지 않게 생각했다.

에밀리 수는 학교 앞을 흐르는 개울 건너편 언덕 위의 집에 살고 있었다. 학교에서 100야드도 떨어지지 않은 곳이었다. 그녀의 아버지는 워에서 고물상을 운영했고 어머니는 워 초등학교의 3학년 담임교사였다.

임시 휴교도 아니고 정상 수업도 아닌 어정쩡한 오후, 눈이 쌓인 풍경이 내다보이는 에밀리 수의 집 주방은 유난히 따뜻하고 아늑하게 느껴졌다. 그녀의 어머니가 우리를 반갑게 맞아주었다. 우리는 식탁에 둘러 앉아 사과 주스와 오븐에서 갓 구워낸 쿠키를 먹으며 카드놀이를 했다.

오델의 말대로 도로시도 와 있었다. 나는 식탁 건너편에 앉은 도로시를 마치 처음 만난 사람처럼 넋을 빼고 바라보았다. 그녀는 눈부시게 예뻤다. 연이어 딸꾹질을 하는 듯한 그녀의 웃음소리까지 매력적이었다. 로이 리가 나를 쿡쿡 찌르며 거실로 불러냈다. "제발 불쌍한 강아지처럼 그만 좀 쳐다봐. 네 모습을 보고 있으려니까 내가 속이 터질 것 같다."

"왜 그래?"

"멍청아, 도로시는 널 안 좋아한다고!"

나는 녀석에게 주먹을 한 방 날리는 대신 이렇게 말했다. "내가 말만 하면 도로시는 나한테 키스를 해줄 수도 있어."

"멍청아, 언제?"

"지금."

"그럼 해봐." 로이 리가 말했다.

우리는 다시 주방으로 들어갔다. "도로시," 심장이 팔딱거리기 시작했다. "네가 나한테 키스를 해줄 거라고 로이 리와 내기를 했어. 여기서, 지금."

도로시가 카드를 든 채 놀란 눈으로 나를 쳐다봤다. "내기로 뭘 걸었는데?"

"뭘 걸지는 않고 그냥 네가 해줄 거라고 했어."

식탁에 침묵이 흘렀다. 도로시가 로이 리를 쳐다보았다. 로이 리는 창밖을 쳐다보며 딴청을 피웠다. 도로시는 카드를 내려놓고 일어나서 내 이마에 입을 맞추었다. "됐지?" 그녀가 말했다.

"안 돼." 로이 리가 말했다. "입술에 해야지."

우리는 내기를 하면서 그렇게 구체적인 얘기는 하지 않았다. 하지만 나는 이의를 제기할 생각이 전혀 없었다. 나는 침을 꿀꺽 삼키며 도로시를 쳐다보았다. "로이 리의 말이 맞는 것 같아." 내가 말했다.

그녀는 조금 언짢은 표정으로 짧은 한숨을 내쉬었다. "일어나." 그녀가 말했다. 나는 시키는 대로 했다. 그녀는 식탁을 돌아와서 새가 모이를 쪼듯 내 입술에 살짝 입을 맞추었다. "이제 됐니?" 그렇게 말하고는 그녀는 주방에서 나가버렸다.

"도로시?" 내가 다급하게 불렀지만 그녀는 문을 쾅 닫고 화장실로 들어갔다.

에밀리 수가 킥킥대며 말했다. "인류 역사상 가장 빠른 키스였어."

"이제 속이 시원하냐?" 나는 로이 리를 노려보며 말했다.

"내가 뭘 어쨌다고? 중요한 건 지금 벌어진 역사적인 사건을 네가 제대로 이해하고 있느냐는 거야."

"뒈져버려라, 자식아."

더 이상 카드놀이를 할 분위기가 아니었다. 로이 리, 셔먼 그리고 오델은 집으로 돌아가기 위해 외투를 챙겼다. "셔니, 그만 가자." 셔먼이 말했다. "바로 출발 안 하면 곧 어두워지겠다."

나는 굳게 닫혀 있는 화장실 문을 바라보았다. "먼저 가. 나도 금방 갈게."

친구들이 모두 나간 뒤 도로시가 화장실에서 나왔다. "걔는 정말 왜 그러니?" 그녀가 입술을 살짝 깨물면서 말했다. "느끼하고 역겨워."

나는 그녀에게 라일리 선생님으로부터 받은 책을 보여주었다. 그녀는 소파에 앉아 책을 펼치더니 나에게 옆에 와서 앉으라고 했다. "나도 미적분을 배우고 싶어." 그녀가 말했다. "배울 수 있는 건 다 배우고 싶어."

그때 전화벨이 울렸다. 에밀리 수가 도로시에게 전화를 바꿔주었다. 도로시의 어머니가 차를 가지고 도로시를 태우러 오는 길이었다. 나는 그녀를 따라 밖으로 나갔다. 울타리에 내 썰매가 덩그러니 세워져 있었다. 집 앞에서 눈을 쓸고 있던 에밀리 수의 어머니가 말했다. "친구들은 지나가는 트럭을 얻어 타고 가더구나."

도로시의 어머니가 나를 위까지 태워다주었다. 도로시의 집 앞에서 나는 트렁크에 실린 썰매를 꺼냈다. "괜찮겠어?" 도로시가 다가와서 물었다. 눈이 다시 내리기 시작했다.

"그럼. 썰매 타고 가면 재미있을 거야."

그녀는 지켜보는 사람이 없나 확인하려는 듯 주위를 살폈다.

주차를 한 그녀의 어머니는 이미 집 안으로 들어간 뒤였다. 그녀는 느닷없이 나를 껴안더니 내게 입을 맞추었다. 이번에는 아주 길었다. "조심해." 그녀가 내 귓가에 속삭였다. "네가 없으면 나는 아무것도 할 수 없을 거야."

그녀가 집으로 들어간 뒤에도 나는 황홀경에 빠져 한참을 그 자리에 서 있었다. 콜우드 방향으로 두 대의 자동차가 지나갔지만 나는 멍한 상태에서 손을 들지 못했다. 그리고 그 두 대를 마지막으로 더 이상 지나가는 차가 없었다. 나는 히치하이크를 포기하고 걷기 시작했다. 날이 조금씩 어두워졌다. 워 산의 중턱에 다다랐을 무렵 바람과 눈발이 거세지면서 산 아래 마을의 불빛이 보이지 않았다. 칼바람에 귀가 떨어져 나갈 것 같았다. 나는 아침에 어머니가 건네준 모자를 떠올리고는 외투 주머니에서 모자를 꺼내 귀 아래까지 완전히 뒤집어썼다. 라일리 선생님으로부터 받은 책은 허리띠의 버클 안쪽에서 내 배를 지그시 누르고 있었다. 나는 바람에 맞서며 계속 걸어갔다. 다행히도 워 산 정상에서 스파게티 하우스까지는 썰매를 타고 비교적 쉽게 내려갈 수 있었다.

카레타에는 학교 친구들은 물론 클래런스 삼촌의 집도 있었기 때문에 하룻밤 신세지는 것은 어렵지 않았지만 나는 집에 돌아가고 싶었다. 리틀 데이토나를 절반쯤 지날 무렵 아무래도 판단을 잘못한 것 같다는 생각이 들었다. 허리케인처럼 강한 바람에 몸을 가누기조차 힘들었다. 진눈깨비가 얼굴을 할퀴었고 눈썹에는 얼음조각들이 달라붙어 있었다. 나는 카레타로 돌아갈까 잠시 망설였지만 쉬지 않고 걸어가면 조금 늦더라도 집에 도착할 수 있을 것 같았다. 이때까지만 해도 겁이 나지는 않았다.

주위가 완전히 깜깜해졌다. 나는 썰매를 옆구리에 꼈다. 수북이 쌓인 눈에 썰매도 무용지물이 되었기 때문이다. 콜우드 산 정상에 조금 못 미친 곳에서 길을 잘못 드는 바람에 나는 깊은 눈구덩이에 빠지고 말았다. 겨우 눈구덩이를 헤치고 나오긴 했지만 바지와 외투는 완전히 젖어 있었다. 걸음을 내디딜 때마다 차가운 바지가 살에 닿으면서 다리가 얼어붙는 것 같았고 외투는 무게가 백만 파운드는 나가는 것처럼 느껴졌다. 그때 처음으로 공포가 밀려들었다. 아직 공황 상태는 아니었지만 나는 동상―게이너 감독이 보건 시간에 자세히 설명해준―이 무엇인지 알고 있었고 영하의 온도에서 옷이 젖어 있다는 것이 얼마나 위험한지도 알고 있었다. 나는 자동차의 소음이 들려오기를 바랐지만 주위는 정적 그 자체였다. 나는 계속 걸을 수밖에 없었다.

겨우 산 정상에 도달해서 나는 썰매를 깔고 앉아보았다. 하지만 수북이 쌓인 눈 위에서 썰매는 꿈쩍도 하지 않았다. 나는 다시 썰매를 들고 한 걸음 한 걸음 발끝으로 눈밭을 더듬으며 걷기 시작했다. 가파른 경사가 이어지는 길의 가장자리에는 표지판이나 가드레일이 없는 곳이 많았기 때문에 자칫 잘못하면 낭떠러지 밑으로 구를 수도 있었다. 만일 그렇게 되면 눈이 녹을 때까지 아무도 나를 발견하지 못할 것이었다. 나는 도로 안쪽을 따라 걸었다. 몸이 덜덜 떨리고 이가 딱딱 부딪쳤다. 나는 계속 걸어야 했다.

오들오들 떨면서 몇 걸음을 채 옮기기도 전에 나는 앞으로 고꾸라지며 눈밭에 얼굴을 처박았다. 거친 숨을 몰아쉬면서 나는 이대로 잠시만 쉬면 다시 힘이 날 것 같다는 생각을 했다. 하지만 나는 다시 일어났다. 북극 탐험을 나섰다가 잠이 든 채 얼어 죽은 사람들에 대해 게이너 감독이 수업 시간에 한 이야기가 생각났기 때문이다. 그는 눈밭에서 잠드는 것이 사람이 가장 쉽게 죽을 수 있는 방법이라고 했다. 나는 그의 말이 맞는지 시험해볼 생각은 없었다. 나는 로켓을 만들어야 했고 도로시를 얻어야 했다. 설령 죽는다고 해도 사람들의 기억에 콜우드 산에서 얼어 죽은 고등학생으로 남고 싶지는 않았다. 그렇게 되면 사람들은 내가 얼마나 멍청했는지 두고두고 이야기할 것이 아닌가? 나는 정신을 차리고 다시 걷다가 정상에서 100피트 정도 내려온 지점에서 희미한 불빛이 새나오는 집을 한 채 발견했다. 다 쓰러져 가는 오두막이었다. 나는 이전부터 그 집에 사람이 산다는 것은 알고 있었다. 굴뚝으로 늘 연기가 나왔기 때문이다. 하지만 누가 사는지는 몰랐다. 나는 눈 덮인 내리막을 계속 걸어갔다. 웨스트버지니아에서는 아무리 급하더라도 모르는 사람의 집에 밤늦게 찾아가는 것은 있을 수 없는 일이었다.

"얘, 너 이 시각에 여기서 뭐 하고 있니?"

눈보라 속에서 손전등을 들고 있는 여자가 보였다. 그녀는 긴 외투에 장화를 신고 있었다. "집에 가는 중인데요." 입이 얼어서 말도 제대로 나오지 않았다. 얼굴엔 아무 감각이 없었고 신발 속에는 내 발이 아닌 얼음 덩어리 두 개가 들어 있는 것 같았다.

"집이 어딘데?"

"콜우드요."

"들어와서 몸 좀 녹이고 가. 지금 상태로는 못 갈 것 같은데."

내가 머뭇거리자 그녀가 다가와서 내 팔을 잡았다. "괜찮아, 들어가자."

나는 못 이기는 척 그녀를 따라 오두막 쪽으로 완만한 경사를 올라갔다. 그녀가 문을 열고 나를 안으로 들어가게 했다. 좁은 오두막의 한가운데에는 구식 난로가 있었고 여기저기 헝겊을 덧댄 소파가 그 앞에 놓여 있었다. 산 아래를 내려다보는 창가엔 작고 낡은 탁자와 의자가 있었다. "이쪽으로 와서 앉아." 쭈뼛거리고 있는 나에게 그녀가 말했다. 그녀는 외투와 장화를 벗고 가죽으로 만든 실내화를 신었다. 그녀는 난로 위의 주전자에서 컵에 뭔가를 따라 나에게 가져다주었다. 나는 탁자 위에 놓인 희미한 등불로 그녀의 모습을 처음으로 제대로 볼 수 있었다. 그녀는 데님 바지와 체크무늬 셔츠를 입고 있었고 긴 금발에 나이는 서른 전후로 보였다. 외모는 평범했지만 인상은 좋았다. "사사프라스 차야. 마셔봐." 그녀가 말했다.

나는 목구멍으로 넘어간 뜨거운 차가 뱃속에 확 퍼지는 느낌을 만끽하며 홀짝홀짝 차를 마셨다. 그녀는 아직 차가 조금 남아 있는 컵을 치웠다. "옷을 벗어서 말려야겠어. 다 벗어, 어서."

나는 낯선 사람 앞에서 옷을 벗는다는 사실이 창피하고 께름칙해서 머뭇거리고 있었다. "부끄러워할 것 없어." 그녀가 말했다. "안 볼 테니까 걱정하지 마."

오두막 내부의 한쪽 구석에는 커튼—여기저기 기워진 낡은 홑이불 같은—이 둘러쳐져 있었다. 그녀는 손가락으로 그쪽을 가리켰다. 나는 커튼 뒤로 가서 외투와 셔츠를 벗었다. 허리춤에 차고 있던 책이 젖지 않은 것에 나는 안도했다. 나는 옆에 있는 서랍장에 책을 올려놓고 커튼 밖으로 그녀에게 옷을 넘겨주었다. "난로 옆에 널어둘게." 그녀는 옷을 널고 다시 다가오더니 커튼을 확 젖혔다. "바지는 안 벗었네." 나는 두 팔로 가슴을 가렸다. "애, 아무 짓도 안 할 테니까 바지 벗어. 어서!"

나는 부끄러움을 참으며 낡은 의자에 앉아 장화를 벗은 다음 바지도 마저 벗었다. "거봐, 아무렇지도 않잖아. 안 잡아먹을 테니 걱정하지 마. 속옷은 그냥 입고 있어." 그녀가 바지를 받아들면서 말했다. "세상에, 바지가 완전히 젖었네. 너 동상 걸린 거 아니야?"

"발가락이 좀 쓰라려요." 나는 사실대로 말했다.

"그럼 양말도 벗어!" 그녀는 양말까지 받아서 난롯가에 널어놓았다. 그리고 나를 소파에 앉게 한 다음 무릎을 꿇고 내 발가락 상태를 살펴보았다. "아니야, 동상은 안 걸렸어." 그녀가 말했다. "하지만 조금만 늦었으면 걸릴 수도 있었어." 그녀는 커다란 옷가방을 뒤지더니 플란넬 셔츠를 한 벌 꺼냈다. 그것은 내게도 헐렁할 정도의 남자용 셔츠였다. 나는 그녀가 왜 그렇게 큰 남자 옷을 가지고 있는지 궁금했다. "이거 입고 있어. 그리고 여기 차 더 있으니까 마셔. 몸을 녹일 땐 속부터 따뜻하게 덥혀주는 게 최고야. 그나저나 너 콜우드 어디에 사니? 부모님은 누구시니?"

나는 감사한 마음으로 난롯가에 앉아 그 온기를 빨아들였다. 나는 발가락을 꼼지락거려 보았다. 아직 아팠다. 하지만 상태는 조금씩 좋아지는 것 같았다. "저는 서니 히컴이에요. 탄광 감독관 호머 히컴이 저의 아버지세요."

"아버지가 호머 히컴이라고?"

깜짝 놀라며 되묻는 그녀의 어조에 나는 불안한 마음이 들었다. 아버지에겐 적이 많았기 때문이다. 이 여자도 그 중의 하나일까? 아니면 남편이나 오빠가? "네, 어머니는 엘시 히컴이고, 저는 둘째 아들입니다."

그녀는 의자를 내 쪽으로 당겨서 앉았다. "나는 네 아버지를 잘 알아." 그녀가 내 얼굴을 빤히 들여다보았다. "그런데 그 얼굴이 안 보인다."

나를 가까이에서 쳐다보는 그녀의 시선이 불편하게 느껴졌다. 나는 셔츠자락을 당겨서 무릎을 덮었다. "네?"

"네가 아버지를 안 닮았다고. 아버지는 요즘 어떻게 지내시니? 잘 계시지?"

나에게 아버지의 안부를 묻는 사람은 처음이었다. 콜우드에서는 아버지의 근황을 모르는 사람이 없었기 때문이다. "아버지는…… 잘 지내세요. 밤낮없이 일하고 계세요. 지난 크리스마스엔 어머니가 아버지에게 전기면도기를 선물하셨어요."

"그러셨구나."

"네."

"아버지는 행복하시니?"

아버지가 행복하냐고? 행복이나 슬픔 따위는 내가 아버지에게 적용해본 적이 없는 단어들이었다. "그러신 것 같아요."

모호하긴 했지만 내 대답이 그녀를 만족시킨 것 같았다. "잘 됐구나. 정말 잘됐어. 내 이름은 제네바 에거스야." 그녀가 손을 내밀며 악수를 청했다. 앙상하지만 따뜻한 손이었다. "만나서 반가워. 내가 네 아버지를 처음 안 건 아주 오래 전의 일이야. 얘, 너 토스트 좀 먹을래?"

내가 대답을 하기도 전에 그녀는 커다란 검정색 프라이팬을 꺼내서 커피 깡통에 들어 있는 베이컨 기름을 부었다. 그녀는 난로 위에 프라이팬을 올려놓은 다음 창가의 탁자 위에 있는 식빵 상자를 열었다. 이어서 또 다른 커튼이 쳐 있는 곳에서 달걀 두 개를 가지고 나왔다. 그녀는 달걀을 깨서 그릇에 넣고 포크로 휘저은 다음 계란에 적신 식빵 네 장을 프라이팬에 올렸다. 고소한 달걀과 베이컨 기름 냄새가 작은 오두막 안에 가득 찼다.

"네 아버지와 나는 게리 홀러의 같은 동네에 살았어." 그녀가 토스트를 구우며 말했다. "나는 기저귀를 차고 있을 때부터 네 아버지를 따라다녔대. 네 아버지는 동네 꼬마들과도 잘 놀아주고 노인들의 집에 석탄이나 음식이 떨어지지 않았는지 항상 신경을 쓰는 분이셨대. 부자는 아니지만 남들을 도와주기를 좋아하셨던 거지." 그녀가 잠시 말을 멈추고 내 표정을 살폈다. "네 아빠가 나를 알고 있다는 걸 너는 몰랐지?"

"네, 몰랐어요." 그것은 사실이었다. 아버지는 그녀에 관해 이야기한 적이 없었다.

"그럼 네 할아버지가 탄광에서 사고로 다리가 절단되었다는 건 알아?"

"네."

"그게 전부가 아니야. 네 할아버지는 그 전에도 탄광에서 머리를 크게 다치신 적이 있어. 그래서 거의 1년을 쉬셨는데 그때 네 아버지가 가족들의 부양을 떠맡으신 거야." 그녀가 말했다. "그런데 이상하게도 사람들은 네 아버지를 무척 싫어했어."

그녀는 접시에 토스트를 담아서 탁자 위에 올렸다. 꿀도 함께 내왔다. "식기 전에 먹어."

구식 난로에 구워서 그런지 토스트는 아주 맛있었다. 음식을 모두 먹고 나는 화장실에 가고 싶다고 말했다. 그녀가 내게 손전등을 건네주었다. "장화 신고 뒷문으로 나가면 있어."

나는 옥외 화장실이 어떤 건지 잘 알고 있었다. 외할아버지는 탄광 일을 그만두고 외할머니와 함께 버지니아의 앱스 밸리에 있는 작은 농가로 이사를 했는데 그 집에도 옥외 화장실이 있었다. 나는 뒷문을 나가 눈밭에 찍힌 발자국을 따라 오두막에서 얼마간 떨어진 옥외 화장실에 들어갔다. 옥외 화장실이라면 예외 없이 놓여 있는 시어즈 로즈벅 우편판매업체의 카탈로그가 한쪽 구석에 있었다. 너무 추워서 오래 앉아 있을 수가 없었다. 나는 볼일을 보고 서둘러 따뜻한 오두막으로 돌아갔다. 오두막에 들어서자 난롯가에 널어져 있던 옷들이 그녀의 침대 위에 펼쳐져 있었다. "거의 다 말랐어." 그녀가 내 바지를 펴면서 말했다. "이제 입어도 되겠어. 커튼 뒤에 가지 않아도 돼. 안 볼게."

나는 손전등을 바닥에 내려놓고 아직 난로의 온기가 남아 있는 바지와 셔츠를 입었다. 그리고는 라일리 선생님으로부터 받은 책을 다시 허리띠 안쪽에 찼다. 고개를 들었을 때 나는 그녀가 나를 계속 지켜보고 있었음을 알아챘다. 그녀가 얼마나 오래 나를 보고 있었는지는 알 수 없었다. "에거스 부인, 정말 고맙습니다." 나는 어색하게 인사를 했다. 어머니를 제외하고 내가 옷을 입는 모습을 그렇게 지켜본 여자는 없었다.

"내 이름은 제네바야. 아버지한테 나를 만났다고 얘기해줄 거지? 내가 네 옷도 말려주고 음식도 대접해주었다고 꼭 전해드려."

부탁을 하는 그녀의 목소리가 왠지 안쓰러웠다. "네, 그럴게요."

그녀는 내가 외투를 입는 것을 도와주었다. "어머니가 안 계실 때 말씀드려. 공연히 오해하지 않으시게."

나는 그게 무슨 뜻인지 이해하지 못했지만 물어보진 않았다. 어쩐지 예의에 어긋난 것 같았기 때문이다. 그녀는 손전등을 들고 배웅을 나왔다. 멀리서 트럭 한 대가 타이어에 감은 체인으로 눈길을 철썩철썩 때리며 오르막을 힘겹게 오르는 소리가 들렸다. 그 트럭이 지나간 후에는 타이어가 다져놓은 눈길을 썰매를 타고 내려갈 수 있을 것 같았다.

"아버지한테 꼭 말씀드릴 거지?"

나는 고개를 끄덕였다. "네, 꼭 전해드릴게요. 도와주셔서 정말 감사합니다."

"별 것도 아닌데 감사는 무슨."

잠시 후 석탄을 가득 실은 덤프트럭이 요란한 엔진 소음을 내며 지나갔다. 나는 그녀에게 인사를 하고 타이어 자국이 길게 남은 길 위에 썰매를 내려놓았다. 나는 산 아래의 탄광까지 이어지는 길을 썰매를 타고 내려왔다. 마침내 우리 집이 시야에 들어왔다. 모든 창문에 불이 켜져 있었다. 내가 뒤뜰 계단에 올라서자 문이 벌컥 열렸다. 나는 어머니의 얼굴에서 걱정이 안도로 바뀌는 순간을 읽을 수 있었다. 하지만 어머니는 내색을 하지 않으려는 표정이었다. "눈 다 털고 들어와." 어머니는 대수롭지 않은 듯 말하며 나를 위아래로 훑어보았다. "꽁꽁 얼어 있을 줄 알았는데 별로 고생 안 했나 보네."

아버지도 손에 신문을 든 채 밖으로 나왔다. "트럭을 몰고 널 찾으러 나가려던 참이었다."

나는 우쭐한 기분으로 말했다. "학교까지 썰매를 타고 갔다 왔어요." 그리고는 책을 꺼내 아버지 앞에 내밀었다. "라일리 선생님이 주신 거예요."

아버지는 책의 제목을 확인한 다음 몇 페이지를 대충 훑어보았다. "자세하게 나와 있네." 그때 회사 직통전화의 벨이 울렸고 아버지는 내게 책을 돌려주며 전화를 받으러 황급히 뛰어갔다. "그쪽이 말썽이면 2호 환기구를 가동시키면 되잖아!" 아버지가 전화기에 대고 버럭 소리를 질렀다. 아버지는 폭설 때문에 환기구의 전력 공급에 문제가 생기지 않을까 예민해져 있었다.

나는 위층으로 올라가 형의 방을 들여다보았다. 형은 침대에 누워 잡지를 읽고 있었다. "나 오늘 친구들이랑 학교까지 썰매 타고 갔어. 우리 학교 역사상 썰매를 타고 등교한 건 우리가 처음일 걸."

"이 멍청한 자식들, 학교에 갔었다고?" 형이 으르렁거렸다. "휴교라면 잠자코 집에 있을 것이지, 앞으로 폭설이 내려도 등교하라고 하면 그건 너희들 때문인 줄 알아."

나는 뒤도 안 돌아보고 내 방으로 갔다. 나는 책상에 앉아 라일리 선생님으로부터 받은 책을 펼쳐서 각 장의 제목을 천천히 살펴보았다. 그러다 문득 제네바 에거스 부인의 부탁이 생각났다. 나는 다시 아래층으로 내려갔다. 아버지는 신문을 읽고 있었고 어머니는 주방에 있었다. "아버지, 오늘 산에서 내려오는 길에 에거스 부인이 저를 집으로 들여서 몸을 녹이게 해주셨어요. 그러면서 아버지께 오늘 있었던 일을 꼭 전해달라고 하셨어요."

아버지가 신문 너머로 눈을 치켜뜨고 물었다. "누구라고?"

"에거스 부인이요. 제네바 에거스 부인."

아버지는 나를 뚫어지게 쳐다보더니 신문을 내려놓았다. "제네바 에거스의 집에 들어갔단 말이야?"

"네, 산꼭대기에서 100피트쯤 아래에 있는 오두막집이요. 제가 몸을 녹이는 동안 에거스 부인이 토스트도 만들어 주셨어요. 그러면서 아버지께 이 이야기를 꼭 전해달라고 하셨어요."

그때 전화벨이 울렸지만 아버지는 전화를 받으러 달려가지 않았다. 나는 아버지가 회사 직통전화의 벨 소리에 반응을 보이지 않는 모습을 그때 처음 보았다. 아버지의 시선은 내게 고정되어 있었다. "그 여자가 또 무슨 짓을 했냐?"

"무슨 짓은요, 그냥 제 바지를 말려주셨어요."

"뭐? 너 그럼 바지를 벗었단 말이야?" 아버지는 날카로운 목소리로 물었다.

"바지 대신 입고 있으라고 긴 셔츠를 내주셨어요."

아버지는 얼굴을 찡그렸다. "다른 일은 없었지? 확실한 거지?"

"네, 그게 다예요."

전화벨이 계속 울리자 어머니가 전화를 받으러 주방에서 뛰어나왔다. 어머니는 수화기를 들고 잠시 상대방의 말을 들은 후 대답했다. "그러게 말이에요. 해가 서쪽에서 뜰 일이네요. 저양반 숨은 쉬고 있나 확인 좀 해봐야겠어요."

아버지는 혹시 내가 숨기는 게 있지는 않은지 잠시 내 표정을 살피더니 전화를 받으러 자리에서 일어났다. 아버지는 수화기 너머의 상대방에게 평소처럼 고함을 질러댔다.

폭설의 여파로 학교는 다음날에도 휴교를 했다. 하지만 우리는 다시 산을 넘을 생각은 하지 않았다. 그것은 한 번이면 충분했다. 우리는 전날 세운 위업만으로도 콜우드의 역사에 길이 남을 것이라고 확신했다. 그날 밤 아버지가 내 방에 조용히 들어왔다. "너한테 해줄 이야기가 있다." 아버지가 말했다. 나는 읽고 있던 책을 덮었다. 아버지가 내 침대 귀퉁이에 걸터앉았다. 무슨 이야기를 하려는지 몰라도 아버지의 표정은 어두워 보였다.

"내가 너보다 조금 어렸을 때의 일이다." 아버지가 말문을 열었다. "동네의 어느 집에 불이 났어. 그 시절 탄광촌의 집들은 판자를 대충 이어 붙여서 그 위에 방수포를 덮어놓은 것에 불과했다. 그러니 일단 불꽃이 튀면 짚단처럼 불이 확 번질 수밖에 없었지. 나는 우리 집 뒷마당에 있다가 우연히 그 집에서 연기가 나는 것을 보았다. 주변엔 도움을 청할 사람이 아무도 없었다. 그래서 일단 집 안에 갇혀 있는 사람이 없는지 확인하기 위해 그 집으로 뛰어 들어갔다. 자욱한 연기 때문에 실내는 암흑이었다. 그때 아기 울음소리가 들렸어. 아무것도 보이지 않았지만 나는 더듬거리며 소리가 들리는 방향으로 가보았다. 그리고 자욱한 연기 속에서 숨이 넘어가게 울고 있는 아기를 발견했지. 나는 아기를 안고 창틀을 뛰어넘어 그 집을 빠져 나왔다. 나중에야 알았지만 집 안에는 일가족 모두가 있었다. 하지만 나는 그 아기 말고는 아무도 보지 못했어. 결국 아기의 부모와 여덟 명의 오빠는 모두 불에 타서 숨진 채 발견되었다."

아버지는 양손으로 침대 매트리스를 누르며 자세를 조금 고쳤다. "그 일이 있고 나서 오랫동안 자책감에 시달렸다. 별로 크지도 않은 집에 그 많은 사람들이 있었는데 왜 그들을 보지 못했을까 해서."

나는 아버지를 바라보았다. 아버지가 왜 갑자기 그런 끔찍한 이야기를 꺼냈는지 알 수가 없었다. 이유야 어떻든 나는 더 이상 듣고 싶지 않았다. 설명하기는 힘들지만 나는 아버지에 대해 너무 많은 것을 알게 되는 것이 두려웠다.

아버지가 내 눈을 똑바로 쳐다보며 말했다. "그 아기가 제네바 에거스야."

"아······." 외마디 말고는 아무 말도 할 수 없었다. 가족들이 모두 죽어가고 있는 집에서 혼자 살아나온 아기를 생각하자 눈물이 핑 돌았다. 나는 간신히 눈물을 참았다.

아버지는 먼지를 떨어내듯 침대 매트리스를 툭툭 쓸어보고는 천장을 올려다보았다. "서니," 아버지가 말했다. "너 생명의 신비에 대해 얼마나 알고 있냐?"

나는 아버지의 말뜻을 이해하지 못했다. "글쎄요, 잘 몰라요."

"내 말은 그러니까…… 여자를 아느냔 말이다."

"네?"

"너 아직 한번도……."

얼굴이 화끈 달아올랐다. "아니에요. 저는 그런 거 몰라요."

아버지는 옷장 위에 있는 모형 비행기들에 시선을 고정했다. "네가 제네바 에거스의 집에 갔었다는 얘기는 아무에게도 하지 않으마. 그 여자는 자신의 집에서 영업을 하고 있다. 총각 광부들이 그 집을 종종 찾아간다. 그 친구들에게 제네바 에거스는 여자 친구인 셈이다."

나는 여전히 아버지의 말을 이해하지 못했다. "누구의 여자 친구인데요?"

아버지는 움찔하는 표정이었다. "한 명이 아니라…… 여러 명이야. 간혹 결혼한 남자들 중에도 가는 사람이 있다."

나는 말문이 막혔다. 그제야 나는 아버지의 말뜻을 알아차렸다. "그 여자는 거기서 밀주도 만든다." 아버지는 여전히 모형 비행기를 쳐다보며 말했다. "5년 전 게리 탄광에서 사고로 남편을 잃고 그 동네에서 그런 일을 하다가 경찰에 의해 쫓겨나는 바람에 여기까지 흘러온 거야. 내가 그 여자에게 낡은 오두막을 내주고 태그에게는 모르는 체하라고 부탁을 했다. 그녀가 그렇게라도 먹고 살게 말이다." 아버지는 침대에서 일어나 문 쪽으로 다가갔다. "이제 이해가 됐을 테니 다시는 그 집 근처에 얼씬도 하지 마라. 그리고 엄마한테는 절대로, 절대로 얘기해선 안 된다."

아버지가 조용히 문을 닫고 나간 뒤 여러 가지 생각이 머리를 스쳤다. 내게 친절을 베푼 오두막의 그녀가 생각났고, 불이 붙은 집에 뛰어드는 아버지의 모습이 그려졌다. 나라면 그 상황에서 그렇게 행동할 수 있었을까? 갑자기 아버지가 자랑스러워졌다. 단지 오래 전의 영웅적인 행동 때문만이 아니라 게리에서 평범한 광부로 시작해서 콜우드 탄광의 감독관이 되기까지 우직하게 일해 온 아버지가 새삼 다르게 보였다.

다음날 통학버스의 운행이 재개되었다. 그날 이후 나는 버스를 타고 그녀의 집 앞을 지날 때마다 창밖을 유심히 살피곤 했다. 어떤 날은 길가에 서 있는 그녀의 모습이 보이기도 했다. 그녀도 지나가는 버스를 유심히 쳐다보았다. 그러다 나를 발견하면 그녀는 엷은 미소를 지었다. 물론 손을 흔들지는 않았다. 나도 마찬가지였다. 그녀는 아버지의 비밀이었고 나는 그녀의 비밀이었다.

14장
무너진 기둥(오크 16~19호)

폰 브라운 박사의 편지를 받은 이후 나는 마치 그의 연구팀에 이미 합류한 것 같은 기분이 들었다. 2월 1일, 러시아의 과학자들이 루나 1호를 발사했다는 뉴스가 라디오에서 나왔다. 루나 1호는 인간이 만든 물체로는 처음으로 지구의 중력권을 벗어났는데 그러기 위해서는 시속 2만 5,000마일의 속도가 요구되었다. 다시 말해 1초에 7마일을 날았다는 얘기였다. 7마일이면 콜우드와 웰치 사이의 거리였으므로 나는 그 거리를 쉽게 가늠할 수 있었다. 러시아의 우주선이 달을 향해 날아가고 있는 동안 나는 클럽 하우스의 옥상에서 제이크 아저씨의 천체망원경을 들여다보았다. 제이크 아저씨는 옥상에 올라오지 않았다. 오하이오에서 새로 온 밴다이크 씨의 여비서와 데이트 약속이 있었기 때문이다. 밴다이크 부인은 남편의 새 비서로 못생긴 여자를 뽑겠다고 호언장담했지만 어떻게 된 일인지 이번에도 빨간 머리의 새 여비서는 미모가 보통이 아니었다. 제이크 아저씨가

1층 현관 앞에서 옥상 쪽을 향해 소리쳤다. "서니, 달 위에 러시아 사람들이 돌아다니는 게 보여?"

나는 옥상 난간에서 머리를 내밀고 손을 흔들었다. "아직요. 거기서는 보이세요?"

그는 고개를 뒤로 젖힌 채 위를 올려다보다가 빨간 머리의 여비서가 현관으로 또각또각 구두 소리를 내며 걸어 나오자 달을 향해 울부짖는 늑대 울음을 흉내 냈다. 그는 여비서를 포옹한 뒤 그녀의 한쪽 가슴을 손으로 가볍게 받치며 마치 춤을 추듯 그녀를 빙그르 돌게 했다. 그는 나를 향해 씩 웃어 보이면서 그녀를 자신의 차로 안내했다. 제이크 아저씨는 빨간 머리를 태운 채 요란한 타이어 마찰음을 내며 콜벳을 몰고 어디론가 사라졌다. 나는 그가 정말 부러웠다. 그리고 언젠가는 나도 그의 자신감과 아찔한 즐거움을 얻을 수 있었으면 좋겠다고 생각했다. 하지만 마음 깊은 곳에서는 그런 날은 결코 올 것 같지 않다는 서글픈 예감이 들었다. 웨스트버지니아에서 태어나고 자라면서 나는 쾌락을 죄악으로 받아들이도록 길들여져 있었다.

나는 다시 천체망원경의 접안부에 눈을 갖다 댔다. 왠지 러시아의 우주선은 빨간색 페인트 통처럼 생겼을 것 같은 생각이 들었다. 나는 그날 밤 두꺼운 코트를 입고 굴뚝에 기대앉아 졸다 깨다 하면서 혼자 옥상에서 망원경을 들여다보며 밤을 새웠다. 다행히도 그날 혁명의 붉은 별은 달 표면에 뜨지 않았다. 다음날, 『웰치 데일리 뉴스』는 루나 1호가 달에서 3,728마일을 빗나갔다고 보도했다. 정치인들과 신문사의 논설위원들은 러시아가 다음 발사에는 무인 탐사선을 달에 착륙시킬 것으로 예상하면서 그렇게 되면 우리가 과연 어떤 세상에 살게 될 것인지를 우려했다. 나 역시 걱정이 되었다. 미국은 우주 경쟁에서 러시아를 따라잡을 수 없단 말인가? 미국이 위성을 하나 발사할 때마다 러시아는 그보다 더 크고 나은 것을 발사했다. 나는 베르너 폰 브라운 박사가 뭔가를 준비하고 있으리라 믿었다. 그리고 나 역시 나름의 방식으로 무언가를 해야 했다.

나는 매일 학교 수업을 마치고 집에 돌아오면 곧바로 로켓책과 씨름을 했다. 주말에는 쿠엔틴이 산을 넘어오는 차를 얻어 타고 우리 집에 와서 그 책을 읽었다. 쿠엔틴은 뒷마당 계단에 앉아 집중을 하느라 양미간을 찡그린 채 한 페이지 한 페이지를 꼼꼼하게 읽었다. 나도 그의 옆에서 같이 읽고 싶었지만 모르는 내용이 너무 많아 오히려 그에게 방해가 될 것 같았다. 치퍼는 쿠엔틴의 어깨 위에 앉아 그 작고 까만 눈을 굴리면서 쿠엔틴이 책장을 넘기는 모습을 가만히 지켜보았다. 나는 치퍼가 그 책에 관심을 보이는 것이 불안했다. 치퍼는 대대로 내려온 우리 가족의 성경책을 창세기부터 요한계시록까지 야금야금 갉아놓은 전력이 있었다. 그때 어머니는 치퍼가 한 짓이 귀엽다고 했다. 하지만 만일 내 로켓 책의 한 페이지에라도 이빨 자국이 발견된다면 나는 털이 복슬복슬한 설치류에게 사냥 허가 기간을 선포할 준비가 되어 있었다.

어머니는 점심으로 샌드위치를 준비해놓고 쿠엔틴과 나를 주방으로 불렀다. 쿠엔틴은 식탁에서도 책을 놓지 않았다. 이윽고 그가 입을 열었다. "이 책에는 독자들이 이미 알고 있을 거라고 가정하고 생략한 부분이 너무 많아. 열역학과 미적분은 특히 더 그래. 등엔트로피isentropic와 단열 흐름adiabatic flow에 대한 부분 자세히 읽어봤어?"

나는 의자를 그의 옆으로 끌고 가서 앉았다. 나는 쿠엔틴이 펴놓은 '가스 역학의 기초'를 대충 훑어보았다. "이 부분은 로켓을 만드는 데 직접적인 관련이 없을 것 같은데." 말은 그렇게 했지만 사실 나는 미분 방정식에 기가 꺾인 상태였다.

"과연 그럴까?" 그는 내 의지 박약에 실망했다는 표정으로 말했다. "하지만 이거야말로 네가 알고 싶어 했던 것 아니야? 여기 있는 방정식들은 기체가 유동 통로 안에 들어갔을 때 어떤 일이 일어나는지를 설명하고 있는 거야." 그가 내 표정을 살피며 말했다. "서니, 유동 통로와 로켓 노즐은 같은 거라고!"

내 표정이 멍했던 게 틀림없다. 쿠엔틴은 한숨을 쉬며 책을 뒤적거리더니 어느 단면도를 찾아서 내 앞에 펼쳐보였다. 그것은 두 개의 사다리꼴이 각각 짧은 변을 서로 마주하고 있는 단면도였다. 그 밑에 '아음속과 초음속 상태에서의 유체의 팽창과 수축을 위한 유동 통로의 특징'이라는 제목이 붙어 있었다. "바로 이거라고!" 그는 의기양양하게 말했다. "이게 모든 것에 대한 해답이야. 이제 보이냐?"

나는 단면도를 들여다보았다. "뭐가 말이야?"

"자세히 좀 봐! 이건 노즐의 구조와 원리를 보여주는 거라고. 너 드 라발De Laval 노즐에 대해서는 읽어본 적 있지?"

물론 읽어본 적이 있었다. 스웨덴의 엔지니어인 칼 구스타프 드 라발은 수렴하는 노즐(좁은 구멍을 향해 내부의 지름이 점차 작아지는)에 발산 통로를 이으면 유체(또는 가스)의 팽창력이 제트 운동 에너지로 변환될 수 있음을 증명했다. 다시 말해, 가스는 들어갈 때보다 나올 때 더 빨라진다는 얘기였다. 드라발 노즐에 대해 내가 아는 바를 이야기하자 쿠엔틴은 고개를 끄덕였다. "좋아, 좋아, 알고 있구나."

"그럼 우리가 이걸……."

말을 다 마치지 않은 나를 향해 쿠엔틴이 특유의 자신만만한 표정을 지었다. "그래, 우리는 완벽하게 설계된 드 라발 노즐을 만들어야 해. 서니, 우린 해낼 수 있을 거야." 그는 의자에 천천히 등을 기대며 볼로냐 샌드위치를 흔들어보였다. "이제 몇 천 피트가 아니라 몇 마일 높이까지 쏘아 올리는 거야." 그는 샌드위치를 한 입 크게 베어 물고 우물우물 씹었다. 양상추 조각이 그의 입 가장자리로 삐죽 튀어나왔다.

"먼저 여기 있는 미분 방정식들을 이해하고." 내가 말했다.

쿠엔틴이 고개를 끄덕였다. "그래, 그게 관건이지."

한밤중에 땅이 흔들리는 느낌에 나는 잠에서 깼다. 심장이 마구 뛰었다. 온 동네의 개들이 마구 짖어댔다. 아버지의 방에 있는 전화가 울렸고, 곧 이어 아버지의 방문이 열리는 소리가 들렸다. 나는 아버지가 계단을 급하게 내려가는 소리를 들었다. 창밖을 내다보니 외투를 급하게 입으면서 뛰어가는 아버지의 모습이 보였다. 아버지는 중간에 멈춰서 심하게 기침을 한 다음 다시 뛰기 시작했다.

선탄장의 커다란 조명등들이 일제히 켜졌다. 사람들이 몰려나와 웅성거리는 소리가 들리기 시작했다. 어머니가 외투를 걸치고 계단을 내려갔다. 형과 나도 잠옷 위에 외투를 걸치고 어머니를 따라 마당으로 나갔다. 샤리츠 부인이 울타리에서 소식을 전해주었다. 탄광에서 붕괴 사고가 일어났다는 것이었다. 그것은 기둥이 무너졌다는 뜻이었다. 나는 막장에서 아버지가 해준 이야기를 떠올렸다. 아버지는 몇 톤이 나가는 바위의 하중이 기둥에 집중되지만 공학적으로 치밀하게 계산되어 있기 때문에 그 무게를 충분히 지탱할 수 있다고 했다. 나는 어머니의 팔을 잡아끌어서 울타리 반대쪽으로 갔다. 내가 알고 있는 바를 말하자 어머니는 언짢은 표정으로 말했다. "네 아버지가 알아서 하실 거다."

"하지만 뭔가 잘못된 거라고요." 내가 말했다. "기둥이 무너질 리가 없단 말이에요."

어머니는 갑자기 언성을 높였다. "서니, 나는 평생 탄광을 코앞에 두고 살았다. 계산된 일과 실제로 일어나는 일 사이에 엄청난 차이가 있는 곳이 탄광이야. 네 할아버지가 다리를 절단해야 했던 것도 계산된 일이었다고 생각하니?"

"하지만 아버지는 계산만 정확하게 이루어지면……."

"베르너 폰 브라운 박사도 계산은 정확하게 할 것 아니야?" 어머니가 흥분한 목소리로 말했다. "그런데 그 사람이 만든 로켓이 폭발한 게 어디 한두 번이야?"

어머니는 외투를 여미면서 집 안으로 들어가 버렸다. 컹컹거리던 개들의 짖는 소리가 어느새 잦아들고 있었다. 사람들도 각자 집으로 들어갔다. 다음날 오전이 지나고 늦은 오후가 되도록 아버지는 돌아오지 않았다. 하지만 우리는 울타리 통신을 통해 막장에서 멀리 떨어진 기둥이 하나 무너졌으며 사상자는 없다는 사실을 알게 되었다. 아버지는 구조팀—그들은 스스로를 '연기 흡입기'라고 자랑스럽게 불렀다—을 이끌고 혹시 있을지 모르는 사상자 구조를 위해 탄광에 도착하자마자 바로 현장으로 들어갔다. 나는 어머니와 아버지가 언쟁을 벌이는 바람에 그 사실을 알게 되었다. 나는 지하실에 있다가 두 분이 주방에서 언성을 높이는 것을 들었다. "그건 당신이 해야 할 일이 아니잖아요!" 어머니가 말했다.

"구조팀은 내가 훈련시킨 사람들이야."

"그럼 그 사람들한테 훈련받은 대로 하라고 시키면 될 거 아니에요. 당신은 밴다이크 씨처럼 지상에서 지휘만 해도 된다고요."

"당신은 이해 못 해." 아버지가 말했다.

"여보," 어머니가 한숨을 쉬었다. "이 세상에서 내가 정확하게 이해하는 게 딱 하나 있는데 그건 바로 당신이라는 사람이에요."

그 다음 토요일, 바람이 약간 불고 추웠지만 하늘은 청명했다. 우리는 오크 16호를 발사대에 올려놓았다. 스무 명 안팎의 사람들이 구경을 하러 나와 있었다. 바질 편집장은 자신의 자동차 후드 위에 앉아 있었다. 그리고 그들과 조금 떨어진 곳에 발사장에 처음 모습을 드러낸 여학생들이 보였다. 가까이 가보니 학교에서 문제 깨나 일으키는 여학생들 무리와 함께 밸런타인 카미나가 있었다. 몸에 착 달라붙는 검정색 스커트와 V자로 파인 스웨터를 입은 그녀의 모습에 나는 숨이 멎을 것 같았다.

"서니, 네 로켓을 꼭 보고 싶었어." 그녀가 내 팔짱을 끼더니 일행으로부터 조금 떨어진 곳으로 나를 끌고 갔다. 그녀와 함께 온 여학생들은 담배를 문 채 그들에게 야유를 보내는 남학생들을 향해 중지를 내밀어보였다. "창피해서 쟤들을 데리고 어딜 다니질 못 한다니까." 그녀가 자신의 친구들을 바라보며 말했다.

"여기서 만나니까 정말 좋네요." 내가 말했다. 그 순간 밸런타인이 힘을 주며 팔짱을 꼭 끼었고 내 팔에 물컹한 그녀의 가슴이 느껴졌다.

그녀는 팔짱을 풀고 나를 바라보았다. "서니, 그동안 너한테 하고 싶은 말이 있었는데 그냥 오늘 할게. 네가 도로시 플렁크를 좋아한다는 건 나도 알아. 하지만 걔는 너한테 아무 관심이 없어. 너처럼 근사한 애가 왜 그런 대접을 받아야 해?" 그녀는 내게 미소를 지으며 눈을 찡긋했다. "너에겐 너의 진가를 알아봐주는 여자 친구가 필요해. 그게 누구라고 말하진 않겠어. 하지만 눈을 크게 뜨고 찾아봐."

내가 뭐라고 답을 해야 할지 몰라 우물쭈물하는 사이 로이 리가 다가왔다. 내 혀에 누가 매듭을 매어놓은 것 같았다. "분위기 좋은데 방해해서 미안해. 진심이야." 로이 리가 말했다. "하지만 이제 로켓을 발사하러 가야지?" 그가 내 팔을 잡아끌었다. "너 드디어 진짜 여자 친구가 생겼구나." 로이 리가 내 귀에 속삭였다.

나는 잡념을 떨쳐내기 위해 애를 썼다. 그러다 문득 로이 리가 밸런타인과 서로 짠 게 아닌가 하는 의심이 들었다. 내가 로이 리에게 사실 여부를 확인하려는 순간 쿠엔틴의 목소리가 수화기를 타고 흘러나왔다. 쿠엔틴은 오델과 로이 리가 노새 축사에서 가져온 전화기를 들고 발사장 아래쪽으로 멀리 떨어진 곳에 가 있었다. 우리가 아직 전화기 값을 물어내지 못했다는 생각이 잠시 머리를 스쳤다. 그날은 우리가 전화기를 처음으로 시험해보는 날이었다. 셔먼과 오델은 고물상에서 얻어온 자동차 배터리에 전선을 연결하고 오전 내내 매설 작업을 했다. 내가 관제소로 들어갔을 때 셔먼이 수화기를 들고 있었다. "여기는 관제소, 내 말 들리나?" 잠시 후 수화기에 귀를 대고 있던 셔먼이 소리쳤다. "된다! 돼!"

우리는 한 사람씩 수화기를 들고 쿠엔틴과 통화를 해보았다. "준비 됐어?" 나는 흥분된 목소리로 물었다.

"준비 완료!" 수화기 너머에서 쿠엔틴이 대답했다.

"자, 그럼 발사 준비!" 나는 친구들을 돌아보며 말했다. 로이 리는 밖으로 뛰어나가 깃대에 BCMA 깃발을 올렸다. 로이 리가 관제소로 들어온 다음 나는 카운트다운을 시작했다. 셔먼은 쿠엔틴이 내 목소리를 들을 수 있도록 수화기를 내 앞에 들고 서 있었다.

"10, 9, 8, 7⋯⋯."

카운트다운이 제로에 도달하는 순간 나는 배터리에 연결된 점화선의 단추를 꾹 눌렀다. 점화선에서 불꽃이 튀더니 동시에 오크 16호가 발사대를 떠나 하늘을 향해 수직으로 날아올랐다. 로켓은 하얀 꼬리를 길게 남기며 날아갔다. 비행운이 선명했기 때문에 비행 궤적을 추적하기는 쉬웠다. 오크 16호는 하늘 높은 곳에서 하나의 점이 되었다가 포물선을 그리며 예상했던 지점으로 떨어지기 시작했다. 잠시 후 묵직한 파열음을 내며 로켓이 분탄 폐기장에 떨어졌다.

우리는 그날 오크 19호까지 2피트 길이의 로켓 두 개와 3피트짜리 로켓 하나를 더 쏘았다. 모든 로켓이 최적의 포물선을 그리며 분탄 폐기장에 떨어졌다. 빌리는 관제소 바로 옆에서, 그리고 쿠엔틴은 조금 멀리 떨어진 곳에서 각자 세오돌라이트를 가지고 고도를 측정했다. 관측지점이 두 군데가 되면서 삼각법을 이용한 고도 측정은 더욱 정확해졌다. 쿠엔틴은 2피트짜리 로켓은 고도가 대략 3,000피트였고, 3피트짜리 로켓은 2,000피트에 이른 것으로 계산했다. 측정 결과는 로켓의 성능과 크기 사이의 관계에 대한 우리의 가설을 확인시켜주었다. 고도에 관한 한 크다고 좋은 게 아니었다. 우리가 이야기를 나누는 동안 바질 편집장이 옆에 서서 취재수첩에 뭔가를 열심히 적었다.

그때 자동차 경적소리가 들렸다. 밸런타인의 일행이 자동차를 타고 발사장을 떠나고 있었다. 뒷좌석 유리창 밖으로 누군가 분홍색의 헝겊을 흔들고 있었다. 자세히 보니 그것은 팬티였다. "난 여자들이 왜 저런 걸 입는지 모르겠어." 모두의 눈이 쿠엔틴에게 쏠렸다. "저 손바닥만 한 헝겊 위에 있는 엉덩이가 얼마나 불편하겠냐고?"

"닥쳐라, 쿠엔틴." 로이 리가 말했다.

"나는 여자들이 스타킹을 따로 신는 이유도 모르겠어. 팬티와 한 벌로 붙어 있으면 훨씬 편할 텐데."

"닥쳐라, 쿠엔틴." 이번엔 모두 한목소리로 말했다.

우리가 회의를 갖기 위해 케이프 콜우드에서 돌아왔을 때 소파에서 TV를 보고 있던 형이 불만스러운 표정으로 우리를 쳐다보았다. "어이, 언니들 조용히 좀 해줄래?" 로켓에 대해 이야기를 나누고 있는 우리에게 형이 말했다.

쿠엔틴은 우리의 소식이 실린 『맥도웰 카운티 배너』 한 부를 가지고 있었는데 형은 갑자기 그 신문을 낚아채더니 기사의 제목을 확인하고는 신문을 바닥에 내팽개쳤다. "도대체 너희 같은 얼간이들에 대해서 뭘 쓸 게 있다고 기사를 쓰는 거야? 그래, 너희들이 로켓을 쐈어. 그래서 뭐 어쨌다고?"

"사람들이 질투심을 표출하는 방식은 다양하지." 쿠엔틴이 말했다. "그런데 형, 그걸 너무 노골적으로 표현하지는 마세요."

형이 나를 노려보았다. "저 머저리 같은 자식한테 방금 한 말 취소하라고 해. 안 그러면 내가 저 자식을 가루로 만들어버릴 테니까."

그러자 쿠엔틴이 주먹을 허공에 휘두르며 말했다. "그래요? 그럼 한번 붙죠."

"야, 너 같은 건 한 손을 뒤로 묶고 있어도 한 방이면 끝낼 수 있어." 형이 말했다.

쿠엔틴이 코웃음을 치며 받아쳤다. "나는 한쪽 뇌를 뒤로 묶고 있어도 형보다는 똑똑할 걸요."

얼굴이 달아오른 형이 소파에서 벌떡 일어났다. 나를 밀쳐서 바닥에 내동댕이친 형이 쿠엔틴에게 달려드는 순간 로이 리가 그 앞을 가로막았다. 로이 리도 형의 덩치를 감당할 수는 없었지만 내가 일어나서 다시 엉겨 붙을 시간은 벌어주었다. 모두가 힘을 합치면 어떻게 해볼 수 있을 것 같았다. "멍청한 년들." 형은 분을 삭이지 못하고 씩씩대며 다시 소파에 앉았다.

"자리를 피하는 게 좋겠다." 나는 로이 리에게 속삭였다. 우리는 씩씩대고 있는 쿠엔틴을 끌고 내 방으로 올라갔다. 치퍼가 우리 앞을 날쌔게 가로질러 창문의 커튼을 타고 올라갔다. 나는 로켓 책자를 펼쳐서 쿠엔틴을 제외한 다른 친구들에게 보여주었다. "여기 있는 내용을 전부 이해하려면 미적분을 알아야 해." 내가 말했다.

"미분 방정식도 알아야겠지." 쿠엔틴이 덧붙였다.

"너희들 제정신이냐?" 로이 리가 말했다. "우리는 수학 시간에 선생님이 내주는 숙제도 제대로 못 해가는 실력이라고."

"그래도," 쿠엔틴이 말했다. "이건 반드시 배워야 해."

"난 배워볼래." 셔먼이 말했다. 그러자 오델과 빌리도 고개를 끄덕였다.

로이 리는 한숨을 쉬며 말했다. "정신이 나간 웨스트버지니아 촌놈들이 이젠 아인슈타인이 되기로 작정을 했구나."

"아인슈타인이 아니라 베르너 폰 브라운이야."

"그게 그거지 뭐." 로이 리가 투덜거렸지만 그의 목소리는 우리와 뜻을 같이할 것임을 말해주고 있었다.

15장

경찰관

하츠필드 선생님은 내 로켓 책을 책상 한쪽으로 밀어냈다. "이런 걸로 내 점심시간을 방해할 생각인가? 대수도 제대로 모르면서 어떻게 미적분을 배울 수 있을 거라 생각하나?" 그건 나를 두고 하는 말이었다. 다른 친구들은 대수에서 모두 A를 받았기 때문이다.

쿠엔틴이 끼어들었다. "선생님, 저희들은 이미 독학으로 삼각법을 익혔습니다." 그는 제이크 아저씨의 책을 꺼내 보였다. "저희가 만든 로켓이 얼마나 높이 나는지 알아내기 위해서 저희가 공부한 책이에요. 그런데 미적분은 아무래도 독학이 어려울 것 같습니다. 선생님의 도움이 절실합니다."

하츠필드 선생님은 안쓰럽다는 표정으로 쿠엔틴을 쳐다보았다. "자네라면 이걸 이해할 수 있겠지." 선생님은 하얗게 센 머리를 가로저으며 말했다. "하지만 이게 무슨 의미가 있는지 나는 잘 모르겠네."

"선생님, 저희가 더 나은 로켓을 만들려면 이걸 꼭 배워야 해요." 내가 말했다. "저희의 미래가 달린 문제라고요."

하츠필드 선생님은 잠시 눈빛을 반짝거렸지만 이내 평소의 엄한 표정으로 돌아갔다. "히컴 군, 나도 자네들이 뭘 하고 있는지는 들어서 알고 있네. 교장 선생님께서도 언급을 하신 적이 있으니까. 하지만 그리 호의적이시지는 않았네."

"그럼 저희가 교장 선생님의 허락을 받아오면 가르쳐주실 거죠?" 내가 물었다.

하츠필드 선생님의 얼굴에 언뜻 미소가 스쳤다. "물론 교장 선생님께서 하라고 하시면 그대로 따라야겠지. 하지만 이 수업이 개설될 가능성은 없네. 아예 희망을 갖지 말게."

"왜요?" 빌리가 물었다.

"왜냐하면," 하츠필드 선생님이 책상 아래를 내려다보며 고개를 흔들었다. "여긴 빅 크리크 고등학교니까. 웰치 고등학교라면 장학관도 쉽게 허락을 할 거야. 하지만 이 학교는 아닐세. 사람들은 빅 크리크를 미식축구와 탄광촌 학교로만 알고 있네."

우리는 화가 치밀었다. "그건 공평하지 않잖아요!"

하츠필드 선생님이 우리를 똑바로 쳐다봤다. "누가 자네들에게 인생이 공평하다고 가르치던가?" 선생님이 반문했다.

"폭탄 제조가들이 오셨군." 교장 선생님이 시큰둥한 표정으로 말했다. "라일리 선생님은 무슨 일로 오셨습니까? 혹시 이 학생들이 화학 시간에 폭탄이라도 터뜨렸습니까?"

라일리 선생님은 우리가 교장실을 찾아온 이유를 대신 설명하면서 내 로켓 책을 교장 선생님 앞에 내밀었다. "교장 선생님, 이 학생들은 이 문제를 아주 진지하게 받아들이고 있습니다." 라일리 선생님이 말했다.

"하츠필드 선생님은 동의를 하던가요?"

"교장 선생님만 허락하시면 하츠필드 선생님도 가르쳐주시겠다고 하셨습니다." 내가 나서서 대답했다.

"히컴 군, 자네 아주 영악하군." 교장 선생님이 한쪽 눈썹을 찡그리며 나를 쳐다보았다. "라일리 선생님은 이 학생들의 요구가 타당하다고 생각합니까?"

"네, 교장 선생님."

교장 선생님은 반들반들한 책상을 손가락으로 톡톡 두드렸다. "라일리 선생님, 아직 경력이 짧아서 잘 모르시는 것 같은데 학교 행정에 대해서 좀 더 배우셔야겠습니다. 설령 내가 원한다고 해도 이건 내 맘대로 할 수 있는 일이 아닙니다. 이 문제는 카운티 장학관의 승인을 받아야 하는 건데 승인을 해줄 것 같지가 않군요. '터너 교장, 괜히 잘난 체하지 마시오.' 아마 그럴 겁니다." 교장 선생님은 우리에게 나가라고 손짓을 했다. "얘기 끝났습니다. 선생님도 이제 나가보시죠."

라일리 선생님은 그날 수업을 가르치면서 평소답지 않게 의기소침했다. 그 모습을 만약 어머니가 보았다면 아마 '아일랜드 사람 기질'이 나온다고 했을 것이다. 나 역시 아일랜드사람인 라일리 선생님의 기질이 보통이 아니라는 것을 알고 있었다. 영어 수업을 듣기 위해 복도를 지나가다가 나는 라일리 선생님이 하츠필드 선생님과 함께 교직원 휴게실에서 나오는 모습을 보았다. 하츠필드 선생님은 시선을 복도 바닥으로 향한 채 고개를 절레절레 흔들었다. 라일리 선생님은 나를 발견하고는 한쪽 눈을 찡긋했다.

다음날 쿠엔틴과 나는 타자 수업 도중에 교장 선생님의 호출을 받았다. 교장 선생님의 부인이자 비서이기도 한 터너 부인이 당황한 기색으로 우리를 맞았다. 우리는 터너 부인의 안내를 받아 교장실에 들어갔다. 교장실에는 웨스트버지니아 주 경찰 소속의 경찰관 두 명이 우리를 기다리고 있었다. "저 아이들입니다." 교장 선생님이 말했다. 뭔가 문제가 심각한 것 같았다.

큰 덩치에 제복을 입은 경찰관들의 모습이 위압적이었다. 한 경찰관이 우리에게 다가와 불에 그슬린 금속 튜브를 내밀며 말했다. "이거 알아보겠지?" 우리는 그가 내민 물건을 들여다보았다.

"그거 너희들 물건 맞잖아?" 교장 선생님이 추궁하듯 말했다.

쿠엔틴이 먼저 냉정을 찾았다. "좀 자세히 살펴봐도 될까요?" 경찰관이 금속 튜브를 건네주자 쿠엔틴은 그것을 손에 들고 이리저리 살펴보았다. "야, 이것 좀 봐." 쿠엔틴이 나에게 말했다. "꼬리날개가 부착된 곳에 스프링이 달려 있어. 이거 획기적인데."

"어디 좀 보자." 나도 냉정을 되찾았다.

"너희들, 잔꾀 부리지 말고 사실대로 말해. 그게 뭔지 알잖아. 너희들 로켓 맞지?" 교장 선생님이 말했다.

"아니에요." 내가 대답했다. "이거 저희들 물건 아니에요. 여기 날개를 보시면⋯⋯." 나는 쿠엔틴으로부터 금속 튜브를 건네받았다. 금속 튜브의 정체를 알 수는 없었지만 그게 무엇이든 간에 나는 꼬리날개의 면적과 금속 튜브의 표면적 사이의 상관관계를 살펴보고 싶었다. 어쩌면 로켓 제작에 도움이 될 만한 정보를 얻을 수도 있을 것 같았다. "그런데 이거 저희가 가져도 돼요?"

경찰관은 화가 난 표정으로 금속 튜브를 낚아챘다. "가지긴 뭘 가져? 이건 증거물이야. 너희가 만든 이 로켓 때문에 산불이 났어. 데이비 산 정상부를 다 태우고 자칫 52번 고속도로 인근 주택가까지 불이 번질 뻔했다고."

나는 『웰치 데일리 뉴스』에서 산불에 관한 기사를 읽은 기억을 떠올렸다. 그 기사에는 산불이 방화에 의해 일어난 것으로 추정된다는 내용이 있었다. "우리가 한 게 아니에요!" 나는 큰 소리로 말했다.

"너희들에 관한 기사를 신문에서 다 봤어." 내 말을 무시하며 다른 경찰관이 말했다. 넓적한 얼굴의 그는 내 표정에서 거짓말의 기미를 읽어내려는 듯 나를 뚫어지게 쳐다봤다. "이 지역에서 로켓을 쏘는 사람은 너희들밖에 없어. 그러니까 너희가 범인이지." 그는 수갑을 꺼내들었다. "우리와 같이 가줘야겠다. 너희 둘 다 체포하겠다."

"저 애들 말고도 몇 명 더 있습니다." 교장 선생님이 말했다. "걔들도 부르죠."

그때 라일리 선생님이 교장실 문을 벌컥 열고 들어왔다. "이

보세요. 왜 아이들에게 겁을 주고 그러세요?" 라일리 선생님은 수갑을 꺼내든 경찰관 앞을 가로막으며 말했다.

"저 아이들이 인근 지역을 모두 태워먹을 뻔했단 말입니다." 경찰관이 말했다.

"이 로켓이 증거물입니다." 다른 경찰관이 거들었다.

"화재가 일어난 곳이 어디죠?" 라일리 선생님이 차분한 목소리로 따졌다.

"데이비 산입니다. 콜우드와 웰치의 경계선이죠."

그때 터너 부인이 인근 지역의 상세 지도를 들고 교장실에 들어왔다. 터너 부인은 남편을 힐끗 쳐다보았다. 라일리 선생님을 부른 사람이 누구인지 짐작되는 순간이었다. "도움이 될까 해서 가져왔어요." 얼굴이 일그러진 교장 선생님에게 지도를 건넨 부인은 곧바로 교장실을 나갔다. 교장 선생님 내외가 집에 돌아가서 이 문제로 언성을 높이리라는 것은 불을 보듯 뻔했다.

"얘들아, 이리 와서 로켓 발사대가 어디 있는지 짚어봐." 라일리 선생님은 교장 선생님 책상 위에 가지런하게 놓여 있던 서류를 한쪽으로 치우고 지도를 펼쳤다. 교장 선생님은 라일리 선생님의 거침없는 행동을 우두커니 바라보기만 했다.

나는 책상으로 다가가 떨리는 손가락으로 지도에서 콜우드를 찾은 다음 빅 브랜치 강으로 이어지는 계곡을 짚어 내려갔다. "여기예요." 나는 케이프 콜우드의 위치를 가리키며 말했다.

경찰관들도 지도를 들여다보았고 그 중 한 사람이 손으로 데이비 산을 짚으며 말했다. "이거 보십시오. 1인치 거리잖아요."

"이 지도상에서 1인치는 10마일이에요." 라일리 선생님은 어이가 없다는 표정으로 말했다.

그때 금속 튜브를 계속 들여다보고 있던 쿠엔틴이 소리쳤다. "알았다! 왜 이걸 진작 못 알아봤을까? 여기에 스프링이 달려 있는 이유는 발사관을 통과할 때 날개가 접혀 있어야 하기 때문이에요."

모두가 쿠엔틴의 입을 주시했다.

"이건 항공기 조명탄이에요. 어쩐지 어디서 봤다 싶더라고요. 얼마 전에 항공 정찰에 관한 책을 읽었거든요." 쿠엔틴은 지도를 자세히 살펴보았다. "여기 좀 보세요. 데이비 산 바로 옆에 웰치 공항이 있잖아요. 이건 틀림없이 항공기에서 투하된 조명탄이라고요."

경찰관들은 쿠엔틴에게서 금속 튜브를 건네받은 다음 스프링이 달린 꼬리날개를 접었다 폈다 하면서 금속 튜브를 이리저리 살펴보았다. 그리고는 서로를 멀뚱멀뚱 쳐다보다가 다시 지도를 들여다보았다. 마침내 그들은 우리에게 시선을 돌렸고 우리는 교장 선생님을 쳐다보았다. 교장 선생님은 자신에게 집중된 시선을 의식하며 몸을 앞으로 굽혀서 책상 위의 지도를 자세히 들여다보았다. 잠시 후 교장 선생님이 몸을 일으켰다. "이제 그만 학교에서 나가주시는 게 좋겠습니다." 교장 선생님이 경찰관들에게 조용히 말했다. "라일리 선생님은 여기 잠깐 남아 계세요. 그리고 자네들⋯⋯." 교장 선생님이 나를 뚫어져라 쳐다보며 말했다. "빨리 수업에 들어가지 않고 뭐 해?"

일주일 뒤, 교장 선생님이 쿠엔틴과 나를 다시 불렀다. 우리를 기다리는 경찰관은 없었다. 대신 하츠필드 선생님이 교장실에 와 있었다. "미적분 수업을 개설하기로 결정했다. 2주 후에 첫 수업이 시작될 거다. 단 수강생은 여섯 명으로 제한하겠다. 장학관은 다섯 명을 이야기했지만 자네들 폭탄 제조 동아리 학생들이 모두 수강할 수 있도록 내가 여섯 명을 고집했다. 곧 수강 신청 안내 공지문이 붙을 거다." 교장 선생님이 자리에서 일어났다. "그만 나가봐. 이제 원하는 것을 얻었지? 하츠필드 선생님의 수고를 헛되게 만드는 일은 없도록 해라."

며칠 뒤 나는 다시 교장실로 불려갔다. 팔짱을 끼고 앉아 있는 교장 선생님의 표정이 조금 어두워 보였다. "여섯 명만 수강할 수 있다고 내가 얘기한 것 기억하지?" 교장 선생님이 말했다. "그런데 일곱 명이 수강 신청을 했다."

교장 선생님은 문서철을 톡톡 두드렸다. "그런데, 그 중에서 자네의 성적이 제일 낮더군." 교장 선생님이 나를 바라보았다. "히컴 군, 자네는 이번 일로 큰 교훈을 얻었을 거야. 그건 바로 세상일은 알 수 없다는 거지. 이 수업이 개설되기 위해 자네는 온갖 노력을 다 기울였지만 정작 그 수업을 듣지 못하게 되었으니까."

나는 할 말을 잃었다. 머리가 빙빙 돌고 속이 울렁거렸다. "저 대신에 수업을 듣게 된 학생이 누군지 말씀해주실 수 있습니까?" 나는 겨우 마음을 추스르고 물었다.

"도로시 플렁크라네."

나는 비참한 심정으로 교장실을 빠져나왔다. 당장 라일리 선생님을 찾아가서 이 부당한 상황을 호소하고 도움을 청하고 싶었다. 여섯 명은 되는데 일곱 명이라고 안 될 이유가 있겠는가? 하지만 나는 그렇게 하지 않았다. 어쨌든 교장 선생님은 약속을 지켰고 나보다 성적이 좋은 도로시는 그 수업을 들을 자격이 충분했다. 내가 로켓 책을 보여주었을 때 자신도 미적분을 배우고 싶다고 했던 도로시의 말이 생각났다. 도로시는 나만큼이나 그 기회를 잡고 싶었던 것이다.

"미적분은 내가 가르쳐줄게." 쿠엔틴이 말했다.

우리는 생물 수업을 듣는 1학년 학생들과 라일리 선생님의 뒤를 따라 얼어붙은 미식축구 경기장을 향하고 있었다. 생물을 가르치는 맴즈 선생님이 유기물의 부패와 관련된 실험을 라일리 선생님에게 부탁한 것이었다. 쿠엔틴은 그 실험에서 확인해볼 것이 있다면서 1학년생들의 수업을 기어이 따라나섰다. "난 잘 모르겠어. 그냥 네가 배워서 미분 방정식은 네가 다 맡아. 너 혼자서도 잘할 수 있어."

"웃기지 마." 쿠엔틴이 말했다.

라일리 선생님이 땅바닥에 회색 가루를 뿌리며 말했다. "이건 아연 가루예요." 이어서 선생님은 가루 위에 황을 조금 붓고 막대로 두 종류의 가루를 섞었다. "썩은 달걀 냄새가 나죠? 바로 이산화황이에요. 유기물이 부패하면서 생성되는 가스이기도 하죠. 이제 아주 지독한 냄새가 날 거예요." 선생님은 소복하게 쌓여 있는 가루에 불을 붙인 성냥을 떨어뜨렸다. 그러자 엄청난 불꽃과 함께 연기가 피어올랐다.

"웩!" 1학년생들이 코를 틀어막았다. 라일리 선생님은 냄새를 맡고 멀찌감치 도망을 간 학생들을 인솔해서 다시 교실로 들어갔다.

쿠엔틴과 나는 자리를 뜨지 않았다. "서니," 쿠엔틴이 말했다. "우리의 다음 로켓을 위한 새 연료를 발견한 것 같다."

나 역시 그 화합물이 만들어낸 엄청난 연기와 가스에 강한 인상을 받았다. 하지만 나는 아직 혼란스러웠다. "쿠엔틴, 새 연료가 왜 필요해? 로켓 캔디가 뭐가 어때서?"

"야, 너는 나 같은 친구를 둔 걸 행운으로 생각해야 해. 내가 없었으면 너는 여태 알루미늄 파이프나 터뜨리고 있을 거다." 마음만 먹으면 언제든지 밉상을 떨 수 있는 그의 특기는 여전했다. "아직도 모르겠어? 우리는 로켓 캔디의 한계를 이미 확인했어. 아무리 발악을 해도 로켓 캔디로는 고도를 더 올릴 수 없다고. 우리는 새로운 연료가 필요해."

나는 이산화황이 연소되고 남은 재를 발로 툭 차보았다. "아까 이걸 뭐라고 했더라?"

"아연 가루와 황이야."

"이걸 연료로 쓴단 말이지."

아둔한 학생으로부터 마침내 정답을 얻어낸 선생님처럼 쿠엔틴이 고개를 끄덕였다.

1959년 겨울이 지나고 눈과 얼음이 녹으면서 전해에 해고되었던 많은 광부들이 탄광으로 돌아왔다. 오하이오의 제철회사에 주문이 밀려들면서 석탄의 수요가 폭증한 것이었다. 탄광은 몇 년 만에 처음으로 하루 3교대로 휴무일 없이 돌아갔다. 스포일러를 달고 크롬 도금을 한 자동차들이 광부들의 집 앞에 세워지기 시작했고, 뒷마당에 그네를 새로 설치한 집도 늘어났다. 거실에는 TV와 전화기―회사 직통 전화기가 아닌 전화회사에서 가설한―가 새로 놓였다. 아버지는 여전히 전화기에 고함을 질러대며 한밤중에도 탄광으로 뛰어가곤 했다. 어머니는 주방의 벽화를 계속해서 그렸다. 해변의 풍경에 어머니는 집을 한 채 새로 그리기 시작했다.

그 즈음 우리 집 앞에 종종 낯선 자동차들이 세워졌다. 대학 미식축구팀의 감독들이 형을 스카우트하기 위해 우리 집을 찾아오기 시작한 것이다. 걱정했던 것과 달리 1년간의 출전 금지 조치도 형의 명성을 훼손하지는 못했다. 나는 손님들이 오면 거실에 들어갈 수 없었다. 대신 주방의 식탁에 앉아 거실에서 들려오는 이야기를 엿듣곤 했다. "여보, 제발 표정 관리 좀 하세요." 웨스트버지니아 대학에서 손님들이 와 있는 동안 주방에서 어머니가 아버지에게 말했다. "그러다 심장마비 걸리겠어요."

"당신은 우리 집 거실에 지금 누가 와 있는지 알아?" 아버지는 흥분을 가라앉히며 애써 낮은 목소리로 말했다. 아버지는 여러 잔의 아이스티를 쟁반에 담아 손수 거실로 들고 나가다가 식탁에 앉아 있는 나를 발견했다. 만면에 미소를 짓고 있던 아버지의 표정이 순식간에 굳어졌다. 내 표정이 그리 밝았을 리가 없다. "넌 왜 그러고 있어?" 아버지가 물었다.

"성적이 안 좋아서 미적분반에 못 들어갔어요." 나는 어깨를 으쓱하며 그동안 있었던 일을 간단하게 설명했다. 좀 더 자세히 얘기하고 싶었지만 대학에서 온 손님들에게 돌아가고 싶어서 안달이 난 아버지를 오래 붙잡고 싶지 않았다.

아버지가 나를 가만히 바라보았다. "그러니까 그 수업이 개설되도록 싸워서 얻어내기는 했는데 정작 너는 듣지 못하게 되었다는 얘기구나."

"네."

"내가 교장 선생님을 한번 만나볼까?"

나는 고개를 가로저었다. "아니에요. 교장 선생님은 공정하셨어요."

아버지가 고개를 끄덕였다. "그래, 그런 것 같다. 네가 그걸 이해한다니 다행이다." 아버지는 쟁반을 들고 거실로 들어갔고 나는 2층으로 올라갔다. 거실에서 와자지껄한 웃음소리가 들렸다.

2층 계단참에서 복도가 시작되는 곳에는 여섯 단짜리 커다란 책꽂이가 있었다. 나는 복도의 불을 켜고 꽂혀 있는 책들을 천천히 살펴보았다. 그 중 한 권에 눈길이 갔다.『고등 수학: 독학 안내서』라는 책이었다. 손때가 묻은 책은 군데군데 접힌 페이지들이 있었다. 목차를 펼치자 미분 방정식과 미적분에 대한 장들이 눈에 띄었다. 여기저기 끼워져 있는 노란색 종이에는 아버지가 문제를 푼 흔적이 가득했다. 나는 아버지가 탄광에서 일을 하며 필요한 수학적 원리들을 이 책으로 독학했다는 사실을 깨달았다. 나는 아버지가 왜 나에게 그 책에 대해 언급하지 않는지 궁금해졌다. 그리고 다음 순간 은근히 화가 났다. 아버지는 내가 그 책에 담긴 내용을 이해하지 못할 거라 생각하는 것 같았다.

언젠가 레이니어 목사님은 설교를 통해 하나의 문이 닫히더라도 걱정하지 말라고 얘기한 적이 있었다. 참고 기다리면 하나님께서 다른 문을 열어주실 거라는 이유에서였다. 하지만 어머니의 생각은 달랐다. 그날 예배를 마치고 나오면서 어머니는 나에게 만일 문이 닫히면 창문으로라도 넘어가야 한다고 말했다. 나는 아버지의 책—그 순간부터 내 것이 된—을 들고 방으로 들어갔다.

16장
오기의 발동(오크 20호)

1959년 3월의 마지막 주, 아버지는 광산 엔지니어 총회에 참석하기 위해 오하이오 주의 클리블랜드로 출장을 갔다. 아버지는 갱내 환기 장치에 대해 주제 발표를 하게 되었는데, 공학 학위가 없는 사람으로서 그것은 크나큰 영예였다. 아버지가 콜우드를 떠나 있다는 사실에 나는 묘한 감정을 느꼈다. 아버지가 곁에 없다는 사실에 생소한 불안감이 느껴졌지만 그 이유는 알수 없었다. 잠자리에 들기 전 나는 습관적으로 어머니와 아버지, 형, 콜우드에 사는 친척들, 할아버지와 할머니(하늘나라에 계시든 아니든), 모든 군인들, 데이지 메이, 루시퍼, 댄디, 포팃그리고 치퍼를 위해 기도를 했다. 그 주 내내 나는 아버지가 먼 출장길에서 무사히 돌아올 수 있게 해달라는 기도를 추가했다.

내 기도는 효과가 있었다. 아버지는 선물을 한 꾸러미 들고 무사히 집으로 돌아왔다. 어머니는 모조 진주 목걸이를 선물로 받았고, 형은 망원경을, 나는 만년필을 받았다. 그날 밤 아버지가 내 방에 들러서 내가 뭘 하고 있는지를 물었다. "미적분을 공부하고 있어요." 나는 아버지와 그 문제를 가지고 길게 이야기하고 싶지 않았다. 기껏해야 시간 낭비하지 말라는 핀잔만 들을 것 같았기 때문이다.

"너는 미적분 수업을 들을 수 없다고 했잖아?" 아버지가 나를 힐난하듯 물었다.

"혼자 공부하는 거예요." 나는 마지못해 책꽂이에서 찾은 책을 내보이며 대답했다.

아버지의 인상이 찌푸려졌다. "그래? 그런데 네가 이 책을 가져가서 보겠다고 나한테 허락을 받은 적이 없는 것 같은데."

나는 아버지의 추궁을 피하기 위해 딴청을 피웠다. 직선의 기울기를 정의하는 방정식을 가리키며 내가 말했다. "이 삼각형 모양이 뭘 뜻하는지 모르겠어요."

"그걸 모르면 아무것도 이해할 수 없어." 아버지가 말했다. "그건 델타라고 하는 거야. 델타는 변화량을 뜻한다. 시간의 경과에 따른 두 값의 차이를 말하는 거지." 아버지는 책상 옆에서 한쪽 무릎을 꿇고 내 손에 쥐고 있던 연필을 빼앗았다. "여기 봐. x좌표와 y좌표가 변하면 좌표점도 변하잖아. 여기에 시간 간격을 변화시키면……." 아버지가 갑자기 설명을 멈추고 나를 쳐다보았다. "수업을 듣지도 못하는데 이건 배워서 뭐 하게?"

"아버지, 케이프 콜우드에 한번 와보세요. 일단 저희의 로켓을 보면 아시게 될 거예요."

"시간이 나면 한번 들르마." 아버지가 일어나면서 말했다.

"형에게는 늘 시간을 내주시잖아요." 아버지는 물론 나 자신조차 놀랄 정도로 불쑥 튀어나온 말이었다. 잠시 어색한 침묵이 흐른 뒤 나는 말을 이었다. "아버지, 한번만 와서 보세요." 그렇게 말하는 나 자신이 싫었음에도 내 목소리는 간절했다.

아버지가 방문을 열면서 말했다. "나는 네가 광산 엔지니어가 될 거라는 기대를 아직 접지 않았다. 우리 부자가 같이 일하는 날이 왔으면 좋겠구나."

나는 고개를 흔들었다. "저는 싫어요."

"싫겠지. 하지만 너도 어른이 되면 알 거다. 세상에는 하기 싫어도 해야 하는 일들이 많다."

"알아요. 하지만—"

"너에게는 아버지의 소원이 아무 짝에도 쓸모가 없는 거냐?"

"그 말이 아니라요!" 이걸 도대체 어떻게 설명해야 하나? 나는 폰 브라운 박사의 연구팀에서 일하고 싶다고 해서 그것이 아버지를 거스르는 것은 아님을 설명하고 싶었다. 미식축구를 하는 형을 자랑스러워하는 만큼 아버지는 로켓을 만드는 나를 자랑스럽게 생각할 수 없는 걸까? 어차피 형은 곧 콜우드를 떠날 게 아닌가?

"너는 내가 바라는 건 할 생각이 전혀 없는 거잖아?" 아버지가 추궁하듯 물었다.

"아버지, 전……." 할 말을 찾을 수가 없었다. 아버지 앞에서 주눅이 드는 나 자신이 싫었다.

아버지의 실망하는 표정을 보는 순간 울컥하며 눈가가 뜨거워졌다. 아버지는 문을 닫고 방을 나갔다. 눈물이 뺨을 타고 흘렀다. 나는 셔츠 소매로 눈물을 닦았다. 바보같이 울고 있는 나 자신이 싫었다. 나를 일방적으로 몰아세우는 아버지 앞에서 왜 변명조차 제대로 하지 못한 걸까? 아버지는 내가 하는 일을 이 해하지 못하지만 사실 내가 옳지 않은가? 콜우드에는 미래가 없었다. 나는 다른 곳에서 미래를 찾고 준비를 해야만 했다. 어머니와 많은 사람들은 그렇게 믿고 있었다. 내가 옳고 아버지가 그르다면 왜 내가 상심하고 있어야 하는가? 아버지가 케이프 콜우드에 한번 와보기만 한다면…….

울고 있는 나 자신이 혐오스러웠지만 눈물은 그치지 않았다. 기분 전환을 하고 싶을 때면 늘 그랬듯이 나는 창가에 다가갔다. 데이지 메이가 눈물이 채 마르지 않은 내 뺨에 코를 들이댔다. 나는 선탄장으로 올라가는 광부들을 바라보았다. 굳게 잠겨 있는 리프트 승강구의 불빛을 받아 그들의 도시락 통이 반짝거렸다. 근무를 마치고 선탄장에서 내려오는 광부들도 보였다. 그들은 모두 자신이 누구이며 자신에게 맡겨진 일이 무엇인지 알고 있었다. 문득 나도 그들처럼 내가 할 일이 무엇인지 확신하게 될 날이 올까 하는 의문이 들었다. 나는 자신이 없었다.

다음날 학교에서 돌아와 보니 책상 위에 쪽지가 한 장 놓여 있었다. '철공소의 페로 씨가 전화로 메모 남기셨다. 한쪽이든 양쪽이든 노즐 구멍을 접시머리 나사 모양으로 깎는 게 어떻겠냐고 하시더라. (서니, 그런데 이게 네가 대답할 수 있는 문제니?) 엄마가.'

나는 곧바로 페로 씨에게 전화를 걸어서 노즐 구멍 안쪽을 깎는 것에 동의했다. 그렇게 하면 동체의 무게가 줄어서 로켓이 좀 더 높이 나는 데에도 도움이 될 것 같았다.

"서니, 다들 네가 동의할 줄 알고 있었어." 페로 씨가 말했다. "사실 네 대답을 듣기 전에 벌써 케이턴이 그렇게 작업을 했어. 3피트짜리로 하나 만들어두었다. 지금 가지러 올래? 이번 주말에 발사할 건지 다들 궁금해 하고 있다."

내가 그렇게 하겠다고 대답하자 페로 씨는 내 대답을 기계공들에게 전했고 수화기를 통해 그들의 환호성이 들렸다. "거기 로켓 보이한테 우리도 구경하러 가겠다고 전해주세요!" 누군가 큰 소리로 말하는 것이 들렸다. 이어서 모든 사람들이 일제히 카운트다운을 흉내 내는 소리도 들렸다. "5, 4, 3, 2, 1, 발사!"

나는 자전거를 타고 곧장 철공소로 달려갔다. 철공소 탁자에 3피트 길이의 로켓이 검정색 천 위에 놓여 있었다. 케이턴 씨는 노즐의 모양뿐만 아니라 꼬리날개의 디자인에도 변화를 주었다. 그는 날개보다 1인치 정도 긴 플랜지(flange: 내부 압력이 높은 강관의 이음 부위에 사용하는 둥근 테두리 모양의 부품 – 옮긴이)를 동체의 양 끝에 붙이고 그것을 동체의 곡면 모양에 맞게 구부려놓았다. 그리고 냉연강판을 잘라 플랜지를 덮어서 날개를 동체에 단단하게 고정시켰다. 디자인은 괜찮아 보였는데 문제는 무게였다. 한꺼번에 너무 많은 부분에 손을 댄 것도 걱정이었다. "서니, 한 번에 한 가지만 바꿔서는 평생 걸려도 완벽한 설계를 할 수가 없어." 케이턴 씨가 말했다.

나는 케이턴 씨의 말에 일리가 있다고 생각했지만 쿠엔틴이 납득을 할지가 걱정이었다. 쿠엔틴은 설계를 변경할 때는 한

번에 하나씩만 해야 실패를 하더라도 그 원인을 알 수 있다고 생각했다.

케이턴 씨는 반짝거리는 동체의 옆면에 빨간색 페인트로 각각 '오크 20호'와 'BCMA'라는 글씨를 써넣었다. 나무 재질의 노즈콘에도 빨간색 페인트가 칠해졌다. 나는 한 발 뒤로 물러서서 로켓의 디자인을 살펴보았다. 전문가가 만든 최고의 작품으로 보였다. 다음날 나는 학교에서 친구들과 로켓의 발사 일정을 의논했고, 우리는 금요일에 로켓 캔디를 넣어서 토요일에 발사를 하기로 결정했다. 금요일 오후, 쿠엔틴이 학교를 마치고 로켓 캔디를 넣는 작업을 함께 하기 위해 우리 집에 왔다. 쿠엔틴은 설계가 변경된 로켓을 보자마자 표정이 굳어졌다. "케이턴 씨가 일류 기술자일지는 모르지만 과학적 원리에 대해서는 아는 게 없어." 쿠엔틴이 말했다. "우리가 성공을 바란다면 설계 변경은 아주 신중하게 해야 한단 말이야."

나는 케이턴 씨와 나눈 이야기를 쿠엔틴에게 들려주었다. "내 생각엔 케이턴 씨의 말이 맞는 것 같아. 네 방식대로 하다간 평생이 걸릴지도 몰라."

"만일 로켓이 폭발했는데 원인을 찾을 수 없다고 해봐." 쿠엔틴이 화가 난 표정으로 말했다. "우리가 뭘 얻을 수 있는데?"

"케이프커내버럴의 연구원들은 성공보다 실패에서 얻는 게 많다고 했어." 나도 받아쳤다.

"그 사람들은 멍청하니까 실패에서 얻는 게 많겠지."

"너 지금 나한테 하는 말이야?" 나는 목소리를 높였다. "나도 멍청하단 말이지?"

"그런 뜻이 아니야." 쿠엔틴이 차분한 목소리로 대답했다. "서니, 넌 너무 서두르고 있어. 네가 왜 그러는지 이해할 수가 없어."

나는 어떻게 하면 쿠엔틴의 기분을 좋게 해줄 수 있는지 알고 있었다. "그래, 그건 인정해. 내가 너무 서두르고 있다는 건 맞아. 하지만 이제는 너도 그래야만 해. 내년에 우리가 과학경진대회에 참가하려면 어쩔 수 없잖아?" 사실 나는 과학경진대회에 대해 줄곧 생각하고 있었다. 특히 라일리 선생님이 대회에 참가할 의사가 있는지 물어볼 때마다 그 문제를 진지하게 생각하지 않을 수 없었다. 라일리 선생님은 로켓과 관련된 책을 직접 찾아보는 수고를 마다하지 않았고 나는 그런 선생님에게 기꺼이 보답을 하고 싶었다. 하지만 내가 마음을 굳히게 된 가장 큰 요인은 아버지에 대한 분노였다. 나는 과학경진대회의 우승 메달을 아버지의 눈앞에서 흔들어 보이고 싶었다. 설령 실패한다고 해도 더 나빠질 것은 없었다.

쿠엔틴의 표정이 순식간에 밝아졌다. "너 진심이야? 그래, 바로 그거야. 우린 지역 예선뿐만 아니라 주 대회와 전국 대회까지 휩쓸 수 있다니까. 내가 장담해."

나는 로켓 캔디의 원료 배합 비율을 맞추기 위해 들고 있던 스푼을 내려놓았다. "모든 대회에서 다 우승한단 말이지? 원래 너는 한 번에 하나씩 하는 걸 좋아하지 않았어?"

쿠엔틴은 잠시 말을 멈추고 나를 빤히 쳐다보았다. "네 부모님은 너를 대학에 보내줄 능력이 있지?"

난데없는 질문에 나는 그 문제에 대한 부모님의 갈등을 어디까지 털어놓아야 할지 난감했다. "엄마가 대학 얘기를 하시긴 해." 나는 조심스럽게 대답했다. "만일 내가 대학에 가겠다고 하면 방법을 찾아보실 것 같아."

"우리 집은 안 그래. 부모님은 나를 대학에 보낼 여유가 없어. 동생들과 나를 먹이고 입히는 것만으로도 빠듯하니까. 다른 애들은 모르겠어. 그 애들도 아마 집에서 대학을 보내줄 형편이 안 될 거야. 하지만 나도 그렇고 다른 애들도 마찬가지겠지만 우린 대학에 가고 말 거야. 서니, 네가 열쇠야. 네가 우리의 대학 문을 열어줄 열쇠라고."

"내가?" 쿠엔틴이 나에게 돌 한 무더기를 떠안기는 느낌이 들었다. "야, 설령 전국 대회에서 우승한다고 해도 대학 등록금이 하늘에서 뚝 떨어지는 건 아니야. 우승 메달이 전부일 거라고. 그건 그냥 영예일 뿐이지 아무것도 아니야."

늘 참을성이 많던 쿠엔틴이 고개를 세차게 흔들었다. "넌 우리의 도전이 사람들에게 어떻게 비쳐지고 있는지 모르겠어? 웨스트버지니아의 탄광촌에서 우리 같은 촌놈들이 지금까지 얼마나 대단한 일을 해왔는지 모르겠냐고? 네 말대로 우승을 해도 상금 따위 없을 거야. 하지만 우리의 성공을 주목하는 사람들이 틀림없이 있을 거라고. 서니, 그게 우리에겐 기회야. 그리고 내겐 유일한 희망이고."

쿠엔틴이 떠안긴 돌무더기가 더 무거워졌다. 나는 우리의 로켓이 언젠가 폰 브라운 박사의 연구팀에서 일할 기회를 얻는 데 도움이 될 거라고 막연하게 생각하는 정도였지만 쿠엔틴에게는 그것이 너무나 절박한 현실적 요구였다. 나는 쿠엔틴에게 기대를 접으라고 말했다. 우승은 터무니없는 목표였다. 그러다가 나는 아버지를 떠올렸다. 나 스스로도 우승을 해야 할 이유는 충분하지 않은가?

내가 다시 로켓 캔디를 넣는 작업을 시작했을 때 불현듯 그때까지 한 번도 경험하지 못한, 뭔가 강력하면서도 분노와 자신감이 뒤섞인 새로운 감정이 일어났다. 그것은 유쾌한 오기 같은 것이었다. 나는 쿠엔틴에게 말했다. "좋아, 한번 해보자!"

오크 20호는 발사대를 떠나 순식간에 100피트 높이까지 날아올랐다. 계속해서 200, 300피트까지 고도를 높이며 로켓은 봄날의 파란 하늘 위로 날아갔다. 쿠엔틴과 빌리가 세오돌라이트를 들고 나가 로켓의 각도를 잡으려는 순간, 로켓이 섬광과 함께 폭발했다. 로켓 파편들이 소나기처럼 후드득 떨어지기 직전 우리는 황급히 관제소로 몸을 피했고 기계공들도 기겁을 하며 길 아래로 흩어졌다. 파편이 떨어지는 소리가 그친 후 우리는 밖으로 나와서 잔해를 수거했다. 기계공들이 침울한 표정으로 관제소 앞으로 모여들었다. 나는 가장 큰 파편인 동체의 중간 부분을 케이턴 씨에게 들고 갔다. 동체 파편엔 로켓의 이름이 불에 그슬린 채 오크Auk의 'k'와 20호XX의 'X' 하나만 남아있었다. "노즐 구멍 안을 깎는 바람에 이렇게 됐나?" 케이턴 씨가 중얼거리듯 물었다.

"그런 것 같지는 않아요." 내가 대답했다. "폭발은 동체의 3분의 1 위치에서 일어난 것 같거든요."

"폭발 원인을 알아낼 방법이 없어." 쿠엔틴이 손에 든 파편을 보면서 중얼거렸다. "한 번에 너무 많은 부분을 손댔어. 그러니 원인을 어떻게 알아내?"

케이턴 씨는 씁쓸한 표정으로 동체가 찢어진 부분을 손가락으로 만져보았다. "이런 쇠파이프를 찢어버릴 만큼 연료가 강력할 거라고는 생각하지 않았어. 폭발 압력이 평방인치당 2만 파운드는 됐을 텐데. 용접한 걸 감안하더라도 말이야."

"용접이라뇨?" 쿠엔틴이 물었다.

케이턴 씨가 어깨를 으쓱하며 말했다. "맞대기 용접butt weld을 한 파이프를 사용했어. 이음매가 없는 강관은 우리도 늘 부족하거든. 비싸서 말이야. 마지막으로 남아 있던 걸로 지난번 로켓을 만들어준 거야." 그가 동체를 뒤집어 보이며 말했다. "여기, 이게 용접한 부분이야."

동체가 찢어진 부분에서 언뜻 봐서는 눈에 띄지 않는 용접의 흔적이 보였다. 그 순간 나는 폭발의 원인을 찾을 수 있었다. 맞대기 용접이란 냉연강판을 둥글게 말아서 파이프를 만들 때 이음부에 용접을 하는 것을 말한다. 그렇게 만든 파이프는 로켓의 동체로 쓰기에는 너무 약했다. 연료가 폭발하면서 생성되는 압력을 견딜 수 없기 때문이다.

다른 기계공들도 가까이 와서 동체의 파편을 살펴보았다. "이건 겹치기 용접lap weld을 하면 되겠네." 그 중 한 사람이 말했다. "그러면 폭발 압력을 1만 파운드는 더 견딜 테니까." 겹치기 용접이란 냉연강판의 양쪽 끝을 조금 겹치게 해서 용접을 하는 것이었다.

"맞아, 그래야 했어." 케이턴 씨가 말했다. "내가 도대체 무슨 생각으로 그랬는지 모르겠네."

"용접을 하지 않은 강관은 얻을 수 없어요?" 나는 어떤 형태
의 용접도 마음에 들지 않았다.

"그러려면 주문을 해야 돼." 케이턴 씨가 대답했다. "네 아버
지의 승인을 거쳐서 말이야."

"그건 걱정하지 마세요." 나는 자신 있게 말했다. "제가 알아
서 할게요. 곧바로 주문서를 올리세요."

케이턴 씨가 주문서를 올리는 건 별 문제가 없을 것 같았다.
만일 아버지가 승인을 하지 않는다 해도 나는 어떻게든—사기
나 절도를 저지르는 한이 있더라도—그것을 구할 생각이었다.
나는 더 이상 아버지의 도움을 구걸하고 싶지 않았다. 나는 마
음속에서 솟구치는 분노와 반감을 억누르지 않고 그대로 내버
려두었다. 그러한 감정을 혐오하기는커녕 오히려 희열을 느꼈
다. 나는 이제 강해지고 있었다. 아버지라는 이름의 그분처럼.

17장

밸런타인

그 시절은 로큰롤의 황금기였다. 웨스트버지니아의 촌구석에 살고 있던 우리에게도 로큰롤의 인기는 대단했다. 밤이 되면 우리는 테네시 주의 갤러틴에서 송출되는 라디오 방송에 주파수를 맞췄다. 중간 중간에 광고로 나오는 리조이드 로얄 크라운 헤어크림을 사지는 않았지만 우리는 척 베리, 라번 베이커, 코스터스, 팻츠 도미노, 셜리 앤 리, 아이보리 조 헌터, 조 터너 같은 가수들에 열광했다. WLS에 주파수를 맞추고 엘비스 프레슬리, 칼 퍼킨스, 제리 리 루이스 등의 노래를 듣기도 했지만 우리는 갤러틴 방송에서 나오는 흑인 밴드의 음악을 더 좋아했다.

우리는 에드 아저씨가 틀어주는 음악도 좋아했다.

"이번 주말엔 에드 아저씨의 음악을 어디서 들을 수 있어?" 금요일이면 우리가 예외 없이 주고받던 질문이었다. 에드 존슨 씨는 빅 크리크 고등학교의 학생들을 로큰롤의 황금시대로 안

내해준 장본인이었다. 그는 태평양 전쟁 당시 해병대원으로 타라와에서 이오지마에 이르는 태평양의 여러 섬에서 전투를 치른 뒤 나이 스물에 끔찍한 전쟁의 기억을 잊기 위해 웨스트버지니아로 돌아왔다. 그는 탄광에서 잠시 일하다가 우리 학교의 잡역부로 일하기 시작했다. 결혼을 두 번 했고 아이들도 있었지만 자녀가 몇 명인지는 확실하지 않았다. 후일 그는 웨스트버지니아를 떠나서 플로리다로 갔는데 그곳에서 수영장의 청소부로 일하다가 감전사했다는 소식이 들려왔다. 하지만 우리와 함께한 젊은 시절의 에드 존슨 씨는 콜우드의 연예인이나 다름없었다. 그는 청바지와 스웨터 차림으로 자신이 직접 조립한 하이파이 시스템에 최신 음반을 걸어놓고 우리에게 춤을 추는 즐거움을 선사했다.

에드 아저씨의 주 활동무대는 '올빼미 둥지' 레스토랑의 지하에 위치한 '더그아웃'이었다. 더그아웃의 내부는 벽을 따라 길게 놓인 벤치들과 춤추는 공간 중간 중간의 기둥들을 빼놓고는 집기나 장식이라 할 만한 것이 거의 없었다. 조명 역시 낮은 천장에 달린 분홍색과 파란색 전구 몇 개가 전부였다. 한쪽 구석에는 난로 옆에 석탄 더미가 쌓여 있었다. 그 자체로는 결코 매력적인 공간이 아니었지만 우리는 더그아웃을 즐겨 찾았다. 우리에게 그곳은 로큰롤의 작은 천국이었다. 더그아웃에서 춤을 얼마나 열심히 추었는가는 집에 돌아가서 양말을 벗고 발목에 석탄가루가 얼마나 묻어 있는지를 보면 알 수 있었다.

에드 아저씨는 컨트리 음악을 싫어했다. 그는 컨트리 음악이 너무 경박스럽다고 생각했다. 당연히 우리도 그의 취향을 따라갔다. 그는 느린 곡과 빠른 곡을 번갈아가며 틀었지만 엘비스 프레슬리의 곡은 거의 틀지 않았다. 엘비스의 음악은 춤을 추기엔 너무 빠르고 지나치게 통속적이라는 게 그의 생각이었다. 그가 좋아하는 느린 곡들은 대개 애잔한 분위기를 띠었다. 딘 마틴의 "Return to Me", 빌리 워드의 "Stardust", 조니 마티스의 "Chances Are", 토미 에드워즈의 "It's All in the Game", 그리고 플래터스의 모든 곡이 그러했다. 에드 아저씨는 늘 마지막 곡으로 제시 벨빈의 "Goodnight, My Love"를 틀었다. 에드 아저씨의 선곡은 탁월했다. 처음에는 어색한 분위기를 없애는 곡을, 이어서 경쾌하고 신나는 곡을 간간이 로맨틱한 곡과 함께 틀었고 마지막에는 어김없이 "Goodnight, My Love"를 틀었다. 마지막 곡이 흘러나오면 십대 커플들은 마치 더그아웃에서 나갈 시간이 아니라 세상을 떠날 때가 된 것처럼 서로의 몸을 꼭 끌어안고 떨어지지 않았다.

4월의 어느 토요일, 셔먼이 전화를 해서 하루쯤 로켓을 잊고 더그아웃에 놀러 가자는 제안을 했다. 나는 흔쾌히 동의했다. 아버지처럼 강하고 자신만만해진다는 것은 무척 피곤한 일이었다. 나는 다시 댄스파티를 즐기는 평범한 또래들 중의 하나가 되고 싶었다.

나는 셔먼에게 형이 나갈 때 차를 얻어 타자고 말했다. 하지만 전화를 끊고 부탁을 하기 위해 방으로 찾아갔을 때 형은 이미 외출한 뒤였다. 어머니는 형이 평소보다 훨씬 많은 시간을 들여 멋을 부렸다면서 그날 '아주 특별한' 여학생을 만나는 것 같다고 했다. 나는 차마 어머니에게 말할 수는 없었지만 형에겐 모든 여학생들이 '아주 특별'했다. 형은 들판의 풀을 베듯 수많은 여학생들을 거치며 그들을 간단하게 차버렸다.

셔먼과 나는 주유소 앞에 서 있다가 카레타 방향으로 가는 차를 얻어 탔다. 카레타에서 우리는 엄지손가락을 몇 분도 채 들지 않고 다시 워까지 가는 차를 얻어 탈 수 있었다. 우리는 스위트 숍Sweet Shoppe에 들어가서 핫도그를 하나씩 사 먹으며 점원과 잡담을 나누었다. 그는 우리의 분홍색 셔츠와 몸에 딱 달라붙는 바지 그리고 흰색 양말과 갈색 구두가 아주 잘 어울린다고 했다. 기분이 으쓱해진 우리는 당구장에서 포켓볼 한 게임을 한 뒤 어둠이 깔리기 시작한 거리로 나섰다. 워 중학교 3학년에 다니는 수잔 린커스가 집 앞에서 우리에게 손을 흔들어주었다. 우리도 손을 흔들어 인사를 했다.

더그아웃에서 한 블록 떨어진 곳에서부터 음악 소리가 희미하게 들리기 시작했다. 댄스파티는 이미 한 시간 전부터 시작해 있었다. 입구에 들어서는 순간 뜨거운 열기와 어두운 조명 아래에서 춤을 추고 있는 그림자들이 우리를 맞았다. 빅 크리크 고등학교에 다니는 거의 모든 학생들의 이름을 외우고 있는 에드 아저씨가 우리에게 인사를 건넸다. 각자 25센트를 내고 입장하는 우리의 손등에 에드 아저씨의 애인으로 보이는 금발의 젊은 여자가 검정색 스탬프를 찍어주었다. 셔먼은 평소 마음에 두고 있던 여학생에게 다가가 그녀의 어깨를 살짝 두드렸다. 셔먼과 그 여학생은 10분 남짓 쉬지 않고 춤을 추었다. 다리를 저는 셔먼은 한쪽 다리로만 균형을 잡아야 했기 때문에 춤동작이 조금 우스꽝스러웠지만 여학생들은 그것 때문에 그의 춤 신청을 거절하지는 않았다. 나는 어둠 속에서 에밀리 수와 투시 로즈가 앉아 있는 모습을 발견하고 그들에게 다가갔다. 대학을 다니며 잠시 집에 와 있던 코니 피어리가 남자 친구가 잠시 담배를 피우러 나간 사이에 나에게 춤을 추자고 했다. 에드 아저씨는 경쾌한 비트의 음악으로 댄스파티 2부의 첫 곡을 틀었다. 학교 응원단원인 캐시 패터슨과 샌디 휘트는 각자의 남자 친구와 춤을 추고 있었다. 캐시는 응원을 할 때와 마찬가지로 춤을 추면서도 에너지가 넘쳤다. 그녀의 열정적인 춤에 보조를 맞추느라 그녀의 남자 친구는 티셔츠가 땀에 흠뻑 젖어 있었다. 내게 손짓을 보내는 그녀에게 나도 손짓으로 인사를 했다. 그녀가 나를 불러냈다. "로켓은 잘 돼가?" 나는 고개를 끄덕였다. 나는 로켓과 다른 모든 걱정거리를 잊고 즐거운 시간을 보냈다. 로큰롤과 친구들에 둘러싸인 시간이 내게 좋은 약이 되어 주었다.

밸런타인과 벅 트랜트가 함께 있는 모습이 언뜻 눈에 들어왔다. 그러지 않아도 그 즈음 두 사람이 아침에 통학버스에서나 점심시간에 나란히 앉아 있는 모습을 보면서 나는 놀라고 있었다. 그것은 두 사람이 보통 사이가 아니라는 뜻이었다. 벅 트랜트는 그녀에게 전혀 어울리지 않았다. 하지만 나에겐 질투할 권리가 없었다. 나의 마음과 영혼은 오로지 도로시만을 향하고 있었다.

두 사람은 말싸움을 벌이고 있었다. 밸런타인은 벅에게 삿대질을 하며 몇 마디를 하더니 갑자기 뒤로 휙 돌아서서 밖으로 나가버렸다. 벅이 쩔쩔매며 그녀의 뒤를 따라갔지만 에드 아저씨가 그를 가로막았다. 에드 아저씨가 몇 마디를 건네자 그 큰 덩치의 벅이 풀이 죽은 모습으로 의자로 돌아와 털썩 주저앉았다. 10대들의 사랑싸움을 잘 이해하고 있던 에드 아저씨는 틀어진 커플을 다시 이어주기 위해 종종 느린 음악을 선택했다. 그의 선곡은 대개 성공적이었다. 나는 그런 경우를 여러 번 목격했다. 서로 몸을 기댄 두 남녀가 눈을 감은 채 에드 아저씨의 로맨틱한 음악에 몸을 흐느적거리다보면 모든 잘못과 허물은 순식간에 사라졌다. 에드 아저씨는 벅을 위해서는 그런 선곡을 할 생각이 없어 보였다. 잠시 후 다시 들어온 밸런타인이 빠른 템포의 음악이 나오는 댄스 플로어로 벅의 팔을 잡아끌었다. 벅은 팔을 축 늘어뜨린 채 그녀를 따라 나갔다.

코니의 남자 친구가 들어오면서 나는 에밀리 수로 파트너를 바꾸었고 이어서 베키 허트, 티시 햄프턴 그리고 데이나 비버스와도 춤을 추었다. 나는 느린 음악이 흘러나왔을 때 1학년생인 맬비 수 할로에게 파트너 신청을 했고, 이어지는 빠른 곡에 맞춰 럭키 조 어데어와 함께 발을 앞으로 내디디며 박자에 맞춰 머리를 앞뒤로 까딱거리는 '오리 춤'을 추었다. 몸과 몸의 움직임들이 내 주위에서 소용돌이를 쳤고 나는 땀과 향수냄새가 뒤섞인 그 열기를 온몸으로 들이마셨다. 셔먼은 파트너와 함께 어두운 구석자리로 사라졌지만 나는 조명이 비치는 곳에서 새로운 파트너를 기다리고 있었다. 바로 그때 도로시가 나타났다.

내가 더그아웃에서 도로시를 본 것은 그때가 처음이었다. 그녀는 검정색 치마와 연두색 스웨터 안에 흰색 칼라가 밖으로 나온 블라우스를 받쳐 입고 출입문 안쪽에 혼자 서 있었다. 그녀가 혼자 왔다는 생각에 나는 정신이 번쩍 들었다. 하지만 다음 순간 나는 그녀의 파트너가 25센트짜리 동전을 들고 뒤따라 들어오는 모습을 보았다. 짧게 다듬은 금발에 거친 인상을 주는 입술 그리고 육중한 체구를 지닌 그를 나는 단번에 알아보았다.

형은 도로시의 작고 예쁜 손을 잡고 분홍색과 파란색 조명이 비치는 댄스 플로어로 들어와서 에드 아저씨가 틀어주는 경쾌한 음악에 맞춰 춤을 추기 시작했다. 내 심장이 콘크리트 바닥에 떨어져 산산이 부서지는 소리가 음악 소리보다 더 크게 들렸다.

내 손과 발을 어떻게 움직였는지도 모르겠다. 나는 조명에서 가장 멀리 있는 의자로 가서 형이 도로시에게 걸고 있는 마법을 지켜보아야 했다. 나는 마치 가라앉는 타이타닉 호를 구명보트에서 지켜보는 생존자처럼 넋이 나간 채 두 사람의 춤을 지켜봤다. 그들 주위에는 여전히 춤의 물결이 넘실댔고 몇몇 여학생들은 춤을 추자며 내 손을 잡아끌었지만 나는 아무런 반응도 보일 수 없었다. 나는 죽어가고 있었다. 그리고 다음 순간, 맙소사, 에드 아저씨가 토미 에드워즈의 "It's All in the Game"을 틀었다.

> 눈물이 흐를 거야
> 원래 다 그런 거야
> 사랑이라고 착각했지만
> 그런 일도 있는 거야

도로시는 형의 품 안에서 녹아내리고 있었다. 형의 투박한 손이 그녀의 가녀린 허리를 확 끌어당기는 모습에 나는 속이 울렁거렸다. 그녀는 여름날 하늘처럼 파란 눈을 살포시 감고 그 완벽한 입술에 잔잔한 미소를 머금은 채 형의 단단한 어깨에 머리를 기댔다.

전화가 오지 않을 때도 있을 거야
하지만 원래 다 그런 거야
그는 곧 꽃 한 다발을 들고
네 곁으로 다시 돌아올 거야

형은 한 걸음 뒤로 물러서며 도로시에게 꽃다발을 건네는 시늉을 했다. 눈에 안 보이는 그 꽃다발을 도로시가 받아 드는 순간 내 영혼은 마지막 숨을 몰아쉬며 앞으로 고꾸라졌다. 몸 안의 모든 피가 발바닥 밑으로 줄줄 흘러나가는 것 같았다. 아무 감각이 없으면서도 동시에 격렬한 통증이 느껴졌다.

"서니?"

밸런타인이었다.

"춤출래?"

나는 눈을 들어 그녀의 얼굴과 그녀가 내민 손을 바라보았다. 나는 본능적으로 그 손을 잡았고 그녀는 뒷걸음질을 치며 나를 잡아끌었다. 일부러 그랬는지 그녀는 형과 도로시에게 가서 부딪쳤다. 도로시는 꿈꾸는 듯한 눈을 떴고 형은 인상을 찌

푸렸지만 두 사람은 별 말 없이 옆으로 비켜났다. 밸런타인은
내 목에 그녀의 팔을 감았다. 우리는 음악에 맞춰 천천히 몸을
움직였다. 그녀의 입술이 내 귓가를 스치는 순간 나는 더 이상
도로시와 형을 생각하고 있지 않았다.

> 그리고 그는 네 입술에 키스를 하고
> 네 외로운 손을 어루만져줄 거야
> 그 순간 네 마음은 훨훨 날아오르겠지

　밸런타인과 더그아웃을 어떻게 나섰는지는 기억이 나지 않
는다. 나중에 더듬어본 기억으로는 에드 아저씨가 내 등을 토
닥거렸던 것 같다. 주차장까지 가기 위해서는 다리를 건너야
했는데 나는 밸런타인과 그 다리를 건넌 기억도 없다. 내가 기
억하는 것은 밸런타인이 주차장에 세워진 벅의 낡은 차 뒷문을
열고 들어가서 나를 안으로 잡아끌었다는 것이다. 그녀는 차의
문을 모두 잠그고 좌석에 등을 기댔다. 그리고는 스웨터를 훌
러덩 벗어서 앞좌석으로 던져버렸다. 고개를 흔들어 머리를 풀
어 내린 그녀에게서 사향과 욕망의 냄새가 났다. 어쩌면 그것
은 나에게서 나는 냄새였는지도 모른다. 그녀는 팔을 벌려 나
를 끌어안았다.
　벅이 차창을 마구 두들기며 애타게 소리를 질러댔지만 그리
오래가지는 않았다. 밸런타인이 라디오를 틀자 로맨틱한 분위
기의 음악이 흘러나왔다.

사랑은 아름다운 것
이른 봄에만 피는 4월의 장미처럼

정신이 다시 들었을 때 라디오에서는 산토 앤 자니의
"Sleepwalk"가 흘러나오고 있었다. 차창에 낀 뿌연 수증기가
굵은 물방울을 이루며 흘러내렸다. 나는 마치 용접이라도 된
것처럼 그녀의 가슴에 뺨을 대고 있었다. 잠시 후 그녀가 나를
놓아주었고 나는 도망치듯 차에서 내렸다. 그녀가 따라 내려서
나를 안아주며 말했다. "너는 앞으로 여러 여자들을 만나게 될
거야. 하지만 너를 처음 가진 사람은 나야. 그걸 잊지 마." 그녀
는 운전석에 올라 차 문을 닫았다. 나는 그 자리를 떠야 할 때
임을 알았다. 나는 비틀거리며 다리까지 걸어갔다. 벅이 고개를
떨어뜨린 채 다리 난간에 팔을 얹고 있었다. 나는 마치 현실이
아닌 꿈속인 듯 그 육중한 덩치 옆으로 다가가서 난간에 팔을
얹었다. 분명 미친 짓이었다. 그는 분명히 자신의 차 안에서 밸
런타인과 함께 있었던 사람이 나였음을 알고 있었지만 이상하
게도 나는 겁이 나지 않았다.

밸런타인이 시동을 거는 소리가 들렸다. 그녀는 주차장에서
차를 한 바퀴 돌린 뒤 빠른 속도로 다리 위를 지나갔다. 벅은 자
신의 차가 멀리 사라지는 모습을 바라보며 쓸쓸한 목소리로 중
얼거렸다. "내가 쟤를 얼마나 좋아하는데……." 나는 갑자기 벅
이 불쌍하게 느껴졌다. 그는 3학년 때 경기에 나서지 못하면서
대학 진학의 기회를 잃었고 자신의 능력을 발휘할 기회조차 영
원히 잃어버렸다. 그가 사랑하는 여자와 방금 전까지 같이 있

었던 장본인이면서도 나는 그를 진심으로 위로하고 싶었다. 그가 양손으로 얼굴을 감싸고 흐느끼는 동안 나는 그의 어깨를 가만히 도닥거려주었다. 나는 흐느끼는 그의 곁을 말없이 지키고 있다가 불현듯 그가 울음을 그치면 나를 다리 밑으로 집어 던질지도 모른다는 생각이 들었다. 나는 조용히 어둠 속으로 뒷걸음질을 쳤다.

더그아웃에서는 마지막 곡인 "Goodnight, My Love"도 이미 끝이 나서 댄스플로어는 텅 비어 있었다. 셔먼도 돌아가고 없었다. 그는 아마 자동차 전용극장이 있는 곳까지 차를 얻어 타고 가서 그곳에서 다시 집까지 히치하이크를 할 것이었다. '올빼미 둥지' 레스토랑 안에 걸려 있는 시계를 보고서야 나는 자정이 넘었다는 사실을 알았다. 밤하늘에 폭풍이 몰려오고 있었다. 나는 서둘러 차가 다니는 길로 걸어 내려갔다. 빗방울이 떨어지기 시작했다. 멀리서 자동차 헤드라이트 불빛이 보였다. 나는 엄지손가락을 들어서 그 차를 세웠다. 다른 차를 한 번 더 얻어 타고 콜우드에 들어섰을 때 시계는 새벽 2시를 가리키고 있었다. 비가 쏟아지기 시작했고 천둥과 번개가 몰아쳤다.

멀리서 보이는 선탄장 주변이 이상하게도 환했다. 잠시 후 탄광 앞을 지나면서 차창 밖으로 대형 조명등이 리프트 승강구를 비추고 있는 모습이 보였다. 마을의 집들도 불이 모두 켜져 있었고 멀리서 선탄장 쪽으로 걸어 올라오는 한 무리의 그림자들도 보였다. 우리 집의 뒷문은 활짝 열려 있었다. 집 안에 들어서자 주방의 벽화 앞에 앉아 있는 어머니의 모습이 보였다. 어머니는 마치 지옥의 문지기 같은 표정으로 나를 바라보며 말했다. "절대로 탄광에 가지 마라." 창밖 하늘에 번개가 치며 짧은 순간 어머니의 얼굴이 희푸르게 변했다. "오늘밤에는 무슨 일이 있어도 탄광에 가선 안 된다."

18장
사고

나는 무슨 일이 일어났는지 알려달라며 어머니를 끈덕지게 물고 늘어진 끝에 대략적인 이야기를 들을 수 있었다. 세 시간 전에 갱도와 연결된 두 개의 지상 환기팬이 번개를 맞았고 그로부터 30분 후 막장 근처에서 매몰 사고가 일어났다. 사고 직후 아버지는 회사 직통전화로 부상자가 발생했으며 매몰된 광부가 더 있을지도 모른다는 보고를 받았다. 설상가상으로 환기팬이 조속히 재가동되지 않으면 갱내 메탄가스의 폭발로 탄광 전체가 날아갈 수도 있는 상황이었다. 아버지는 갱내에 있는 모든 광부들을 밖으로 나오도록 지시한 뒤 전화를 끊고 지하실로 달려 내려갔다.

"아버지를 붙들고 제발 갱도에 내려가지 말라고 부탁했어." 어머니가 씁쓸한 표정으로 말했다. "구조반원들에게 맡기라고 말이야. 하지만 들은 척도 안 하시더라. '내가 직접 내려가야 해.' 그게 대답의 전부였다."

어머니는 내게 시선을 돌렸다. "그래도 네가 집에 들어와서 마음이 놓이는구나. 어디에 있다가 이제 왔는지 묻지 않을 테니 어서 네 방에 올라가서 자라. 형은 아까부터 자고 있어. 저 구덩이 밑에서 무슨 일이 벌어지든 어차피 너희 둘과는 상관없는 일이니까."

나는 어머니가 시키는 대로 방으로 올라갔다. 창밖을 내다보자 여러 대의 차량이 선탄장으로 달려가고 있었다. 웰치 방향에서 넘어오는 도로를 따라 구급차 한 대가 빠른 속도로 달려오는 모습도 보였다. 천둥 번개와 함께 억수 같은 비가 쏟아졌다. 마을 사람들은 우비에 우산까지 받쳐 들고 선탄장으로 올라가고 있었다.

나는 무슨 일이 벌어지고 있는지도 모른 채 방에만 있을 수는 없었다. 나는 창문을 타 넘어서 창틀을 붙잡고 마당으로 사뿐히 뛰어내렸다. 그리고는 울타리를 넘어 선탄장으로 향하는 사람들의 무리에 끼어들었다. 거의 모든 주민들이 몰려나온 것 같았다. 주민들이 승강구 쪽으로 접근하는 것을 막기 위해 바리케이드가 설치되었고, 남편이 갱도에 갇혀 있는 부인들은 바리케이드 안쪽에 따로 모여 있었다. 나는 사람들이 주고받는 이야기를 엿들었다. 구조대가 들어간 지 여러 시간이 흘렀지만 아직 아무런 소식이 없다고 했다.

나는 사람들 틈에서 눈앞에 벌어지고 있는 상황을 지켜보았다. 머리가 복잡했다. 몇 시간 사이에 너무나 많은 일들이 벌어지고 있었다. 가장 먼저 도로시가 내 마음에서 영원히 떠나갔다. 그녀가 형과 함께 있는 모습을 본 이상 그녀에 대한 감정은 전과 같을 수 없었다. 마을의 구세군 신자들이 기도가 필요한 사람들에게 다가가 함께 기도를 해주었다. 나는 밸런타인을 떠올렸지만 마음엔 아무런 희열도 느껴지지 않았다. 나의 첫 경험은 씁쓸했다. 그녀의 행동은 나에 대한 연민에 불과했다.

래시터 박사가 웰치에서 온 의료진과 함께 구급차 옆에서 대기하고 있었고 밴다이크 씨는 몇몇 작업반장들과 함께 사무실 건물 앞에 나와 있었다. 제이크 아저씨도 그곳에 함께 있었다. 어른들을 따라 나온 꼬마들도 조용히 상황을 지켜보았다. 바리케이드 뒤에서 갓난아기가 울음을 그치지 않자 구세군 소속의 어느 부인이 젊은 엄마에게 다가가 아기를 받아 안았다. 그와 동시에 아기 엄마는 옆에 있는 다른 부인의 품에 쓰러져 힘없이 울먹이기 시작했다.

폭풍우가 잦아들었다. 삐걱거리는 소음을 내며 리프트가 올라오는 소리가 들리자 사람들은 기대와 설렘으로 수군거렸다. 하지만 리프트에는 사고 지점 근처에서 추가 사고 예방 조치를 하고 올라온 작업반원 몇 사람이 타고 있을 뿐이었다. 그들은 구조반원들이 사고 지점에 도착했으며 갱도를 뚫기 위해 매몰된 적재기를 끌어내고 있다는 소식을 전해주었다. 사람들은 전해들은 이야기를 토대로 저마다 현장 상황을 추측했다. 나는 은퇴한 광부 두 사람이 래시터 박사에게 상황을 설명하는 것을 엿들었다. "아마 돌덩이들을 일일이 손으로 들어낸 다음 케이블을 연결해서 적재기를 끌어낼 겁니다."

"화약을 사용해서 매몰 지점을 뚫으면 안 됩니까?" 래시터 박사가 물었다.

"안 됩니다. 그러면 검은 안개에 인화가 될 수 있거든요." 나이가 든 광부는 메탄을 뜻하는 그들만의 용어를 사용해서 대답을 했다. "그리고 주위의 천장까지 마저 무너져 내릴 수도 있죠. 현재로서는 손으로 작업을 하는 게 최선일 겁니다."

"얼마나 오래 걸릴까요?"

"몇 시간 걸릴 겁니다. 더 걸릴 수도 있고요. 천장이 얼마나 무너졌느냐에 따라 다른데 구조반이 빨리 들어가기만 하면 안에 갇혀 있는 친구들은 무사히 나올 겁니다. 이 탄광은 환기 시설이 워낙 좋아서 안에는 아직 공기가 충분할 겁니다. 환기팬도 임시 복구가 되었다니까 매몰 지점에서 구멍 하나만 뚫어도 가능성은 충분하죠. 기다려보십시다. 좋은 소식이 있을 겁니다."

동이 영원히 트지 않을 것 같은 어둠이 계속되었으나 비가 그치고 구름도 걷히면서 밤하늘에 별들이 차갑게 반짝거렸다. 산자락을 내려온 바람이 새잎이 돋아나는 나무들을 가볍게 흔들었다. 다른 사람들과 마찬가지로 나의 신경은 온통 리프트의 윈치winch에 쏠려 있었다. 리프트의 수직 통로에서 수증기가 올라올 때마다 마치 탄광이 한숨을 내쉬는 것 같았다. 전화 통화를 하러 들어갔던 밴다이크 씨가 다시 사무실 건물 밖으로 나왔다. 구조반원들 중 한 사람이 부상을 입었지만 마침내 매몰 지점을 뚫고 고립된 광부들을 구조하기 시작했다는 소문이 빠르게 퍼졌다. 사망자가 여럿 발견되었다는 확인되지 않은 소문도 돌았다. 바리케이드 뒤에 모여 있는 광부의 아내들은 고개를 숙이고 간절한 기도를 올리고 있었다. 그때 리프트의 윈치가 삐걱거리는 소리를 내며 돌기 시작했다. 모든 사람들의 시선이 점점 빠르게 돌아가는 윈치를 향했다. 래시터 박사와 레이니어 목사님, 리처드 목사님이 리프트 승강구로 다가갔다. 사람들은 승강구를 초조하게 바라보며 그들의 간절한 기도가 이루어지기를 바랐다.

마침내 지상으로 모습을 드러낸 리프트에는 두 명의 구조반원이 타고 있었다. 구조반원들은 녹색 테이프를 십자가 모양으로 헬멧에 붙였기 때문에 멀리서도 식별이 가능했다. 그들은 회색 담요가 덮인 들것을 들고 있었다. 그들이 들것을 밖으로 운반할 수 있도록 한 광부가 리프트의 문을 붙잡고 있었다. 래시터 박사가 담요를 들춰보더니 모자를 벗고 매몰된 광부의 아내들이 모여 있는 곳으로 걸어가서 누군가의 이름을 불렀다. 사람들이 양옆으로 갈라서면서 한 부인이 몸을 잔뜩 웅크린 채 그 사이로 걸어 나왔다. 그녀는 평정심을 잃지 않고 들것을 따라 구급차가 있는 곳까지 걸어갔다. 들것이 샤워장 앞의 불빛을 지나는 순간 그 뒤를 따라가는 부인의 모습이 보였다. 비코프스키 부인이었다. 내 입에서 고통스러운 신음소리가 새어나왔다. '하나님, 제발 이 악몽에서 깨어나게 해주세요.'

내가 비코프스키 부인에게 다가가려는 순간 누군가가 뒤에서 나를 불렀다. "안 돼." 어머니였다. "지금은 아니야."

어머니는 나를 뚫어지게 쳐다보았다. 나는 어쩔 줄을 몰라 어머니에게 이해해달라는 비겁한 변명을 하려 했다. 하지만 첫마디를 꺼내기도 전에 어머니는 내 뺨을 있는 힘껏 후려쳤다. 나는 휘청했다. 뺨은 후끈거렸고 눈에서는 눈물이 핑 돌았다.

아프기도 했지만 무엇보다 어머니의 반응에 나는 놀라지 않을 수 없었다. 어머니의 얼굴이 분노로 일그러졌다. "오지 말라고 했지." 어머니가 말했다.

나는 물러서지 않았다. "아버지가 걱정돼서 온 거라고요."

"아니야." 어머니는 분노와 혐오가 뒤섞인 표정으로 말했다. "너는 너 자신 이외에는 누구도 걱정하지 않아. 너는 항상 그랬어. 이기적이라고!" 어머니는 뒤로 돌아서서 군중들 사이로 사라졌다.

나는 손으로 뺨을 만지며 샤워장 벽에 등을 기대고 앉았다. 어머니가 내뱉은 말이 머릿속에서 왕왕 울렸다. '이기적이라고!' 비코프스키 씨를 실은 구급차가 도로 쪽으로 내려가는 모습을 지켜보며 나는 기도를 했다. '하나님, 저에게 이러지 마세요. 저를 불쌍히 여기셔서 더 이상의 아픔을 주지 마세요. 제발이요.' 목이 메어서 기도가 입으로 나오지 않았다. 비코프스키 씨의 시신이 구급차에 실려 있는 상황에서도 나의 기도는 나 자신을 위한 것이었다. 어머니의 말이 옳았다. 나는 이기적이었다.

리프트의 윈치가 다시 삐걱거리자 부인들은 차가운 바람이 뼛속을 뚫고 지나간 것처럼 몸을 부르르 떨었다. 리프트가 올라오는 시간이 영원처럼 느껴졌다. 지상에 모습을 드러낸 리프트에는 열 명 남짓한 광부들이 타고 있었다. 그들의 얼굴은 온통 밤하늘처럼 까맣게 변해 있었다. 그들 중 일부는 옆 사람의 부축을 받았다. 구조반원 한 사람이 땅에 발을 내디디며 사고를 당한 남편의 소식을 기다리는 부인들에게 큰 소리로 말했다. "전원 무사히 구조했습니다!"

부인들이 일제히 승강구 쪽으로 달려갔다. 뛰어가다가 진흙탕에 넘어진 부인도 있었으나 그녀는 벌떡 일어나 다시 뛰었다. 그들은 옷이 더러워지는 것도 아랑곳하지 않고 석탄을 잔뜩 뒤집어쓴 남편들을 와락 끌어안았다. 아이들도 달려와 아버지의 다리에 매달렸다.

그때 리프트에서 혼자 내리는 아버지의 모습이 눈에 들어왔다. 안전모는 어디론가 사라지고 피범벅이 된 붕대가 오른쪽 눈을 덮고 있었다. 아버지는 불편해 보이는 걸음걸이로 광업소장에게 다가갔다. 밴다이크 씨는 아무 말 없이 아버지와 악수를 나누었다. 곧 이어 구조반원들이 아버지를 에워쌌다. 등을 도닥거리며 찬사와 격려를 보내는 광부들을 뒤로하고 아버지는 마치 납으로 만든 신발을 신은 사람처럼 힘겹게 걸음을 옮겼다. 어머니도 인파에서 빠져나왔지만 아버지 곁으로 다가가지는 않았다. 어머니는 아버지의 뒤에서 걸었다. 집까지 부축을 받지 않고 혼자 힘으로 걸어가는 것이 아버지에겐 대단히 중요하다는 것을 어머니는 알고 있었다. 나는 두 분과 거리를 두고 뒤따라 걷기 시작했다. 어머니에게 맞은 뺨이 아직도 얼얼했다.

나는 조용히 집에 들어와서 내 방으로 올라갔다. 아버지는 지하실에서 샤워를 하는 듯했다. 잠시 후 두 분이 계단을 올라오는 소리가 들렸다. 잠시 후 아버지의 침대 스프링이 삐걱하는가 싶더니 어머니가 문을 닫고 아래층으로 내려가는 소리가 들렸다.

그때 회사 직통전화의 벨이 울렸다. 평소보다 소리가 열 배는 더 크게 느껴졌다. 황급히 거실로 달려가는 발소리가 들렸지만 어머니는 전화를 받지 않았다. 대신에 전화기를 벽에서 거칠게 뜯어내는 소리와 현관문이 열리는 소리, 그리고 전화기가 마당에 내동댕이쳐지는 소리가 연속적으로 들렸다. 나는 어머니가 괜찮은지 살펴보기 위해 방에서 나왔다.

아버지의 방에 있는 전화기는 여전히 울리고 있었다. 계단을 단숨에 뛰어올라온 어머니는 잠이 덜 깬 채 무슨 영문인지 문을 열고 나오는 형을 밀치고 내 옆을 지나 아버지의 방문을 벌컥 열고 들어갔다. 어머니는 창문을 올리고 벽에서 떼어낸 전화기를 창밖으로 집어던졌다. "가서 의사 선생님 모셔와." 어머니가 내게 명령했다. 나는 두말없이 계단으로 뛰어 내려가다가 현관 앞에 이미 래시터 박사가 도착해서 기다리고 있는 모습을 발견했다. 계단을 올라온 그는 아무 말 없이 어머니를 가볍게 포옹했다. "괜찮을 겁니다, 엘시."

"언제까지요?" 어머니는 감정이 북받친 목소리로 반문했다. 박사와 어머니는 아버지의 방으로 들어가며 문을 닫았다.

래시터 박사가 나올 때까지 형과 나는 밖에서 기다렸다. 우리 둘은 서로 아무 말도 하지 않았다. 어차피 할 말도 없었다. "아버지의 이마를 열두 바늘 꿰맸다." 래시터 박사가 말했다. "매몰된 적재기를 끌어내던 케이블이 무게를 못 이기고 끊어지면서 아버지의 머리를 때렸어. 헬멧이 둘로 쪼개질 정도로 충격이 컸다. 오른쪽 눈은 실명하실 수도 있을 거다. 내일 웰치의 큰 병원으로 가서 검사를 해보면 좀 더 자세히 알게 될 거야."

계단을 내려가던 박사는 걸음을 멈추고 뒤를 돌아보았다.

"너희 아버지가 아니었다면 오늘밤 열두 명이 목숨을 잃었을 거다. 너희들이 알고 있어야 할 것 같아서 얘기하는 거다."

나는 현관까지 박사를 따라 나갔다. "비코프스키 씨는 어떻게 되셨어요?" 내가 물었다.

"비코프스키 씨는 사고 당시 적재기에 타고 있었다."

머릿속이 하얘졌다. 감당할 수 없는 충격이었다. 나는 고개를 꺾고 흐느끼기 시작했다. 그가 내 어깨에 손을 얹었다. "왜 그래?"

"저 때문이에요. 비코프스키 씨는 저 때문에 막장으로 내려가셨어요." 나는 박사에게 그간의 일을 이야기했다. "거기에 안 계셨더라면 돌아가시지 않았을 거예요." 흐느낌으로 목소리가 갈라졌다.

"그만 징징대라." 그가 냉정한 어조로 말했다. "도대체 이곳이 어떤 곳인지 아직도 모르겠어? 이곳 사람들은 매일 죽음과 손을 잡고 갱도로 내려간다."

눈물이 그치지 않았다. 그런 내가 부끄러웠다. 뺨을 타고 내려온 눈물이 턱에서 뚝뚝 떨어졌다.

"비코프스키 씨가 네게 로켓을 만들어주신 건," 그가 단호한 어조로 말했다. "너를 아들처럼 생각하고 가장 좋은 것을 주고 싶으셨기 때문일 거다. 콜우드 사람들은 너와 다른 모든 아이들을 자기 자식처럼 여기고 있어. 그렇게 하라고 시킨 사람은 아무도 없지만 모두가 그렇게 생각하고 있단 말이야."

그는 차에 올라 시동을 건 다음 창문을 내렸다. "네 아버지가 지금 말을 할 수 있는 상태라면 틀림없이 이렇게 말씀하실 거다. 계집애처럼 징징거리는 꼴을 두 번 다시 보였다간 가만 안 둘 줄 알아라. 콜우드는 너처럼 약해빠진 놈들이 있을 곳이 아니야. 그 따위 정신 상태로 살려거든 당장 이곳을 떠나!"

나는 문 앞에 서서 멀어지는 그의 차를 우두커니 바라보았다. 선탄장 쪽에서 사람들이 내려오는 모습이 보였다. 사람들은 마치 아무 일도 없었다는 듯이 이야기를 주고받았다. 어떤 사람들은 웃기까지 했다. 비코프스키 씨가 목숨을 잃었고 아버지는 실명할 지경이 되었는데도 사람들은 안도하고 있었다. 겨우 한 사람이 죽었을 뿐이다. 겨우 한 사람! 콜우드를 비롯한 맥도웰 카운티의 여러 탄광촌에서 한 사람이 죽는 사고는 드문 일이 아니었다. 갱도 입구에서 그들이 올린 간절한 기도는 충분히 응답을 받은 셈이었다. 갑자기 그들이 혐오스러워졌다. 그들에게 용기와 인내로 통하는 것이 사실은 냉담과 무관심에 다름 아니라는 현실이 혐오스러웠다. 나는 콜우드를 등지고 어디론가 도망가고 싶었다.

낮 근무조의 작업반장인 클라이드 비숍 씨가 나를 본척만척 울타리 문으로 들어오더니 뒷마당을 가로질러 계단을 올라갔다. 어머니가 문 앞에서 그를 막아섰다. "호머와 얘기할 게 좀 있습니다." 그가 언짢은 표정으로 말했다. "전화기가 잘못 놓여 있나 봅니다."

"남편은 여기 없어요." 어머니가 차갑게 말했다.

"엘시, 이러지 마시고요."

"클라이드, 남편은 이제 여기에 없는 사람이에요. 앞으론 전화하지 마세요. 전화기는 제가 마당에 집어던졌어요. 다시는 집에 들여놓지 않을 겁니다."

다음날 아침 아버지는 어머니가 모는 차를 타고 웰치의 병원으로 출발했다. 나는 뒷문 계단에 앉아 두 분이 돌아오기를 기다렸다. 마치 내 마음을 헤아리기라도 하듯 댄디가 조용히 옆에 다가와서 무릎에 고개를 기댔다. 나는 녀석의 머리를 쓰다듬어주었다. 댄디는 깊은 생각에 빠진 것처럼 이따금 긴 한숨을 내쉬었다. 잠시 후 포릿이 마치 나를 지켜주려는 듯 발치에 와서 앉았다. 우리는 한참을 그렇게 앉아 있었다. 마침내 어머니가 몰고 온 차가 울타리 밖에 멈춰 섰다. 아버지의 머리에는 붕대가 감겨 있었고 눈에는 두꺼운 안대가 덮여 있었다. 차에서 내리면서 아버지는 균형을 잡기 위해 차에 몸을 기대야 했다. 어머니가 아버지를 부축했다. 나는 울타리의 문을 열고 아버지를 부축하려 했다. 하지만 어머니는 아버지의 체중을 힘겹게 지탱하면서도 나를 노려보기만 할 뿐 도움을 받으려 하지 않았다.

나는 부모님이 집 안으로 들어가는 모습을 우두커니 지켜보았다. 어머니가 문을 닫는 소리가 마치 총성처럼 크게 들렸다. 나도 따라서 들어가고 싶었지만 그럴 수가 없었다. 마치 내 발에서 뿌리가 나와 땅 속에 단단히 박힌 느낌이었다. 문이 닫히는 소리가 귓전에서 울리며 콜우드의 모든 문이 하나하나 차례로 닫히는 것 같았다. 나는 모든 일이 내 계획대로 돌아가도록 하기 위해 늘 분주하게 지냈다. 하지만 이제 내 뜻대로 되는 일은 하나도 없으며 앞으로도 그럴 것 같다는 생각이 들었다. 온몸의 에너지가 빠져나가는 느낌이었다. 절망감과 수치심으로 고개가 떨구어졌다. 래시터 박사의 충고에도 불구하고 나는 더욱더 깊은 자기연민에 빠져들었다. 마치 도둑이 등 뒤에서 슬그머니 다가와 내가 소중히 여기던 모든 것들을 앗아간 느낌이었다. 끔찍했다. 불현듯 이래서는 안 된다는 생각이 스쳤지만 내가 할 수 있는 일은 아무것도 없었다. 고개를 들어 주위를 에워싸고 있는 숨 막히는 산등성이를 올려다보는 그 소년은 이미 조금 전과는 완전히 다른 사람이 되어 있었다. 내 입가에 냉소가 흘러나왔다. 나는 그때까지 한 번도 경험해보지 못한 최악의 기분에 휩싸였다. 모든 감각과 감정이 사라지고 있었다.

19장
일어나 다시 앞으로(오크 21호)

마치 누군가 내 안에 들어와 스위치를 내려버린 것 같았다. 모든 것이 느려지고 멍해졌다. 나는 로켓 제작과 미적분 공부를 그만두었고 철공소도 더 이상 찾아가지 않았다. 부모님과도 마주치지 않으려 했다. 나는 아침에 집에서 일찍 나와 한 시간 뒤에나 올 통학버스를 어둠 속에서 기다렸다.

나는 두려움에 떨고 있었다. 하지만 스스로에게조차 그것을 인정하려 하지 않았다. 이제 나도 평범한 콜우드 사람이 된 것일까? 주제를 모르고 날뛰던 나에게 비코프스키 씨의 죽음과 아버지의 부상이 내가 원래 있어야 할 자리를 가르쳐준 것일까? 나도 결국 속으로는 죄의식에 가득 차 있으면서도 그것을 겉으로 드러내지 못하는, 저 참을성 많고 둔감한 웨스트버지니아 사람이 되고 만 것일까? 나는 교회에 가서 십자가 앞에 무릎을 꿇고 더 많은 고통을 청해볼까 생각했다. 그리스도는 고통을 경험했다. 그리고 그것은 우리에게 주는 그의 선물이기도

했다. 그렇다면 그의 백성인 우리는 마땅히 그와 같아져야 하는 건 아닐까? 나는 감각을 잃고 감정을 느끼지 못하는 나 자신이 혐오스러웠다.

페로 씨가 교회 앞에서 나를 발견했다. "서니, 철공소 직원들이 새 로켓을 완성했어. 가지고 가서 이번 주말에 쏘는 건 어때?"

"아저씨들한테 감사하다고 전해주세요. 하지만 저는 이제 로켓에 관심 없어요." 나는 교회 계단을 올라가다가 도로 내려왔다. 교회 역시 회사가 소유한 건물일 뿐이었다. 리처드 목사님을 찾아가볼까 하는 생각도 있었지만 거긴 너무 멀었고, 또 가봐야 아무 소용도 없을 것 같았다. 목사님은 이미 내가 알고 있는 성경 구절이나 읽어줄 게 뻔했다.

그래, 제이크 아저씨가 있었지! 그에게로 생각이 미치자 가슴이 뛰었다. 제이크 아저씨보다 인생을 더 사랑하는 사람이 있을까? 나는 곧장 클럽 하우스로 달려갔다. 하지만 데번포트 부인은 그가 오하이오로 출장을 갔음을 알려주었다.

집으로 돌아가기 위해 자전거를 몰고 탄광 앞을 지날 때였다. 밴다이크 씨가 나를 불러 세웠다. 나는 그가 아버지를 칭찬하는 말을 덤덤하게 들었다. "네 아버지의 용기는 우리 모두에게 귀감이 되고 있다." 밴다이크 씨가 말했다.

"네." 나는 착실한 콜우드 소년답게 대답했다. "옳은 말씀이세요."

나는 그의 얘기를 마저 듣고 다시 자전거를 몰았다. 잠시 후 노조 사무실 앞을 지나치려 할 때 듀보네 씨가 뛰어나와서 나를 불렀다. "서니, 잠깐만!" 자전거를 세운 나에게 그가 다가왔다. "부모님은 어떠시니?"

"어머니는 잘 지내세요." 나는 공손하게 대답했다.

"넌?"

"저도 잘 지내요." 나는 판에 박은 듯이 대답했다. "제가 좀 바빠서요."

듀보네 씨가 자전거 핸들을 붙잡았다. "아이크가 너에게 얼마나 소중한 사람이었는지 안다. 하지만 너 자신을 그렇게 괴롭히지는 마."

"아저씨, 저 바빠요."

그는 핸들을 놓았다. "그럼 다시 열심히 할 거지?"

나는 밤마다 침대에 누워 어두운 허공을 응시했다. 내 옆에서 가르랑거리는 데이지 메이를 쓰다듬어주었지만 말을 건네지는 않았다. 늘 속마음을 털어놓던 데이지 메이에게조차 나는 할 말이 없었다. 기도도 하지 않았다. 어둔 밤이 어서 걷히기만을 바랐다.

아침에 내다보는 창밖의 풍경도 구질구질하기만 했다. 회사는 선로를 철거하기 시작했다. 인부들이 선로를 뜯어낸 자리는 마치 마을을 길게 할퀸 흉터처럼 보였다. 석탄을 실은 열차가 사라지면 석탄가루는 더 이상 날리지 않겠지만 내 눈에는 여전히 콜우드의 풍경과 사람들에게 달라붙은 채 결코 떨어지지 않을 검정색 껍질이 보였다.

나는 성적 따위는 전혀 신경 쓰지 않고 학교를 다녔다. 더 이상 두려운 것이 없었다. 통학버스에 오른 로이 리가 다른 아이들을 비키게 하고 내 옆에 앉았다. "기분은 좀 나아졌어?" 그가 물었다.

"괜찮아." 나는 건성으로 대답하며 눈을 감았다.

나는 1교시 시작 전이나 점심시간에 혼자 있었고 눈치를 보며 내 옆에 앉으려는 쿠엔틴을 매몰차게 쫓아냈다. "내 옆에 오지 마." 쿠엔틴은 마치 내게 발길질이라도 당한 것처럼 화들짝 일어났다.

밸런타인과 벅이 세상 모든 일들에 대해 이야기를 나누려는 듯이 나란히 앉아 있는 모습도 보였지만 나는 신경 쓰지 않았다. 밸런타인은 내게 베풀 자선을 다 베풀었다. 그녀는 나를 바라보며 미소를 지었지만 나는 그녀의 시선을 외면했다.

도로시와 형이 손을 마주잡고 복도를 걸어오다가 나와 정면으로 마주쳤다. 도로시가 나에게 말을 걸려고 했다. "서니-" 그녀는 흠칫 놀라며 옆으로 비켜서야 했다. 내가 걸음을 멈추지 않고 그냥 지나쳤기 때문이다.

"멍청한 놈." 뒤에서 형의 목소리가 들렸다.

라일리 선생님이 수업이 끝난 뒤 나를 불렀다. "아버지 얘기는 들었어. 좀 어떠시니?"

"괜찮으세요." 나는 선생님의 얘기가 빨리 끝나기만을 기다렸다.

선생님은 걱정스러운 표정으로 나를 바라보았다. "로켓 제작을 포기했다는 얘기가 들리던데 어떻게 된 거지?"

로켓 따위는 완전히 잊기로 했음에도 마음 한구석이 찌릿했다. "사실이에요." 나는 태연하게 대답했다. 마음이 아팠다. 마치 금이 가고 있는 얼음장 위에 서 있는 것처럼 나는 호흡을 가다듬었다.

"왜?"

"저는 포기하면 안 돼요? 누가 신경이나 쓴대요?"

"나는 신경 써. 쿠엔틴도 그렇고. 다른 애들도 마찬가지야."

"그럼 자기들끼리 만들라고 하세요." 나는 가시 돋친 어조로 말했다.

"넌 지금 자기연민에 빠져 있어." 선생님이 조용히 말했다. "자존심이라곤 찾아볼 수가 없어. 보기에 딱하구나."

갑자기 온몸에 전류가 흐르는 것처럼 분노가 일어났다. "선생님이 저에 대해 뭘 안다고 그러세요?" 나의 내면에서 자기연민이 부패한 우유처럼 악취를 풍기고 있었다.

라일리 선생님은 조금도 동요하지 않았다. "네 손을 좀 줘 봐."

"네?"

나도 모르게 주먹이 쥐어진 손을 라일리 선생님이 조용히 잡았다. 주먹을 펴주는 선생님의 손이 부드럽고 따뜻했다. 내 손은 차가웠다. 사고 이후 내 심신은 완전히 얼어붙어 있었다. 밤에 이불을 몇 장씩 덮어도 나는 여전히 한기를 느꼈다. "서니," 선생님이 말했다. "네가 감당하기 힘든 일을 겪었다는 건 알아. 어쩌면 내가 알고 있는 것 이상으로 힘들었겠지. 하지만 여기서 멈추면 너는 평생 후회하게 될 거야."

나는 손을 잡아 뺐다. 선생님 때문에 마음이 흔들리고 싶지 않았다. 나는 내 방식을 끝까지 고집해야 했다. 내가 자초한 혼란에서 완전히 빠져나오기 위해서는 그것이 유일한 방법이었다.

"네가 해야 할 일을 다시 시작하려면 먼저 마음속의 상처와 분노를 털어내야만 해." 라일리 선생님이 말했다.

역시 웨스트버지니아다웠다. 그 잘난 '일'이 모든 것의 처음과 끝이었다. 그 얘기가 나올 거라고 왜 예상하지 못했을까? 그래, 등골이 휘도록 일해서 우리의 부를 바깥 세상에 다 퍼주고 다음날이면 똑같은 일을 반복해야 하는 것이 우리의 운명이었다. "제가 할 일이 뭐죠?" 나는 차가운 목소리로 반문했다.

선생님은 나의 날카로운 어조를 무시했다. "서니, 네가 할 일은 로켓을 만드는 거야."

"왜요?"

"다른 이유를 찾지 못하겠다면 너 자신과 학교를 위해서라도 해야 해."

나는 선생님의 시선을 피하고 싶었다. 그 자리를 박차고 일어나 밖으로 나가고 싶을 뿐이었다. "제 일이 싫어졌다면요?"

선생님의 시선이 내 골수를 후벼 파는 것 같았다. "그럴 때는, 그럴 때는 더더욱," 선생님이 말했다. "그 일에 네 모든 것을 바쳐야 해."

셔먼이 내게 전화를 했다. "서니, 지금 직영매장 앞 정류장에 나가봐."

"왜?"

셔먼이 이유를 설명했다. 그리고 내가 무엇을 해야 하는지도 알려주었다. 셔먼처럼 바르고 착한 친구가 그렇다고 하면 그 얘긴 들어야 했다. 나는 문을 열고 밖으로 나갔다.

비코프스키 부인이 여행용 가방 두 개를 양옆에 내려놓고 정류장에 혼자 서 있었다. 광업소장 밴다이크 씨는 사원 주택에서 한 달 더 머물러도 좋다고 했지만 비코프스키 부인은 규정대로 2주가 지나자 짐을 꾸렸다. 셔먼은 비코프스키 부인이 딸이 있는 웨스트버지니아 북부 지역의 친척 집에서 머물 거라고 전해주었다. "정말 죄송하다는 말씀을 드리려고 왔어요." 내가 말했다. 부인은 아무 말 없이 나를 바라보기만 했다. "죄송해요. 다 제 잘못이에요."

그런데 뜻밖에도 비코프스키 부인이 내게 미소를 지어 보였다. "아저씨는 원하면 언제든지 철공소로 복귀할 수 있었어. 아저씨는 네 아빠가 가끔 불같이 화를 낼 때는 있지만 지나고 보면 늘 공정하게 일을 처리하는 분이라고 말씀하시곤 했다. 아저씨는 철공소로 돌아가기를 원하지 않으셨어. 나도 마찬가지였고. 갱도에서 일을 하면 월급이 훨씬 많이 나오니까."

"하지만 저 때문에—"

"셔니, 아저씨는 너를 참 좋아하셨어. 너도 알고 있었지?"

"네, 하지만—"

"그만해라." 비코프스키 부인의 목소리는 차분했다. "이제 그 얘긴 그만해." 부인은 숨을 길게 내쉬며 거리를 둘러보았다. "참 좋은 곳이었어. 깨끗하고 평화로운 곳이지. 여기에서 오래 살 수 있었다면 좋았을 텐데."

심장이 뜯겨져 나가는 것처럼 아팠다.

버스가 모퉁이를 돌아 가까이 오고 있었다. "살다보면 이런 일 저런 일 다 있는 법이야." 부인이 말했다.

나는 여행용 가방을 버스 승강구 위에 올려놓았다. "아저씨를 잊으면 안 돼." 부인이 승강구에서 나를 바라보며 말했다.

"네, 잊지 않을게요." 나는 버스 승강구에서 한 걸음 뒤로 물러나며 대답했다.

부인은 좌석에 자리를 잡고 차창을 연 다음 내게 미소를 지었다. "네가 해주었으면 하는 게 하나 있다." 부인이 말했다. "아저씨도 무척 바라고 계실 거야."

"말씀하세요."

"로켓을 계속 쏴라." 부인은 말을 마치자 차창을 닫고 슬픈 미소를 지어 보였다. 버스가 출발했다. 나는 멀리 사라지는 버스를 우두커니 바라보았다.

멀리 계곡에서 산들바람이 불어왔다. 산기슭의 층층나무들이 햇빛에 반짝이는 잎들을 가볍게 흔들었다. 참나무와 히코리 나무에서 새로 움튼 연둣빛 잎들 사이로 층층나무의 하얀 꽃들이 마치 하나님이 꽂아놓은 부케처럼 보였다. 문득 어떤 소리가 귀에 들어왔다. 나는 그 소리가 들리는 곳을 찾아 주위를 돌아보았다. 그것은 하나의 소리가 아니었다. 그것은 콜우드의 삶과 일이 꿈틀거리고 이야기하는 교향곡이었다. 나는 그 자리에 서서 마을 전체가 연주하는 음악에 귀를 기울였다.

오크 21호는 사고가 일어난 후 3주가 지나 발사되었다. 아버지는 오른쪽 눈의 시력이 회복되지 않았고 이마에는 꿰맨 자국이 다 아물지 않았음에도 의사의 지시를 무시하고 다시 출근을 했다. 어머니는 출근을 하는 아버지의 뒷모습을 바라보다가 주방에 들어가 벽화 앞에 우두커니 앉아서 직통전화를 다시 가설하기 위해 찾아온 직원들을 쳐다보지도 않았다. 어머니나 아버지에게 나는 여전히 할 말이 없었다. 우리 가족은 각자 자신이 할 일만 했다.

어머니는 매일 저녁식사를 준비했지만 식탁에 음식을 차리는 대신 조리한 음식을 그냥 스토브에 올려놓고 방으로 들어갔다. 형과 나는 따로 먹을 만큼 음식을 떠서 각자의 방으로 가지고 올라갔다. 아버지는 사무실의 간이침대에서 자는 날이 많았고 가끔 집에 들어오는 날에는 차갑게 식어버린 음식으로 늦은 저녁식사를 했다. 나는 이와 같은 생활이 앞으로도 계속될 것이라 생각했다. 형은 체육특기생 장학금을 받아 7월에 집을 떠날 예정이었다. 3학년 진급을 앞둔 나 역시 1년 후에는 집을 떠날 것이었다. 나는 대학에 진학하든 다른 길을 찾든 부모님으로부터 금전적인 도움을 받을 생각이 전혀 없었다. 제이크 아저씨는 내가 지원 입대를 한다면 육군이나 공군은 대환영일 거라고 입버릇처럼 얘기했다. 입대도 괜찮은 생각인 것 같았다. 대학을 몇 년 늦게 가더라도 제대군인원호법GI Bill 덕분에 학비 걱정은 하지 않아도 될 테고 대학에서 열심히 준비한다면 케이프커내버럴에 가겠다는 꿈도 충분히 이룰 수 있었다.

이음매가 없는 강관이 철공소에 들어왔다. 케이턴 씨는 아버지가 아무 것도 묻지 않고 주문을 승인해주었다고 했다. 쿠엔틴과 나는 드 라발 노즐의 수학적 원리를 아직 완전히 이해하지 못했지만 케이턴 씨에게 접시머리 나사 모양으로 노즐의 양쪽을 좀 더 깊이 깎아달라고 부탁했다. 비록 정교한 계산을 거치지는 않았지만 우리는 그렇게 함으로써 드 라발 노즐의 수렴 – 발산 효과를 어느 정도 얻게 될 것이라 기대했다.

"이번 로켓을 잘 지켜봐." 나는 1교시가 시작되기 전 강당에 모인 BCMA 회원들에게 말했다. "이번엔 정말 대단할 거라고." 나는 매몰사고 직후의 내 행동에 대해서도 사과했다. 친구들은 무슨 일이 있었느냐는 듯한 반응을 보였다. 그게 바로 웨스트버지니아식 우정이었고 친구들은 나보다 그 방식에 더 익숙했다.

그 다음 주말, 발사 버튼을 누르는 순간 나는 그 로켓이 우리가 발사한 로켓들 가운데 최고라는 것을 직감했다. 오크 21호는 발사대를 떠나며 꽁무니에서 원뿔형의 불꽃을 뿜어냈다. 로켓은 흰색의 긴 비행운을 남기며 하늘 높이 날아올랐다. 그날 발사장엔 학교 친구 딘 크랩트리와 로니 시즈모어가 우리를 도와주러 나왔고, 듀보네 씨와 기계공들 그리고 삼십 여명의 콜우드 주민들도 구경을 하러 나왔다. 바질 아저씨는 타고 온 차 주위를 빙글빙글 돌며 춤까지 추었다. 오크 21호는 예상 고도에 정확하게 도달한 후 지상으로 떨어졌다. 나는 분탄 폐기장에 로켓이 떨어지는 둔탁한 소리를 음미했다. 모든 것이 완벽했다. "4,100피트야." 쿠엔틴이 관측 결과를 알려주었다.

"1,000피트나 더 올라갔어." 로이 리가 말했다. "다음엔 1마일 높이까지 올라가겠는데."

"그래야지." 내가 말했다. "그런데 로켓 캔디는 오늘이 마지막이야." 나는 그 문제에 대해 이미 쿠엔틴과 이야기를 마친 상태였다. "다음 로켓에는 아연 가루와 황을 섞은 새 연료를 사용할 거야. 그러면 고도를 더 높일 수 있을 거야."

셔먼이 인상을 찌푸렸다. "아연 가루와 황은 어떻게 다른데?"

"나도 많이는 몰라. 조금씩 배워가야지."

"로켓 캔디만으로도 우린 고도를 많이 올렸어!" 빌리도 불만스러운 표정이었다.

"맞아." 오델이 맞장구를 쳤다. "나는 바꿀 필요가 없다고 생각해."

"아연 가루와 황을 사용할 거야." 내가 말했다. "다음번 로켓 연료는 그거야. 마음에 안 드는 사람은 그만둬."

"네가 왕이라도 되냐?" 셔먼이 따졌다.

"나는 우리 모임의 회장이야." 나는 짐짓 그 즈음 목표로 삼고 있던 거친 사내의 분위기를 내며 대답했다. "내가 그렇다면 그런 거야."

발사장 뒷정리를 마치고 다른 친구들이 앞장서 걸어가는 동안 로이 리가 나를 붙들었다. "서니, 나랑 얘기 좀 하자. 너 왜 그렇게 까칠해졌냐?"

"왜 시비야?" 내가 말했다. "쿠엔틴과 내가 노즐을 새로 만들었고, 거기에 맞는 새 연료가 필요할 뿐이라고."

"좋아. 그럼 우리에겐 왜 그걸 설명해주지 않았어?"

"내가 하는 일을 다 설명해줄 시간이 없어서 그랬다, 왜?"

"뭣 때문에 그렇게 시간이 없는데?"

"난, 아니 우리는 내년 과학경진대회에서 우승을 할 거야. 그러려면 웰치 고등학교 애들보다 두 배는 더 열심히 준비해야 한다고. 그러니 할 일도 많고 배워야 할 것도 많아서 시간이 없다. 됐냐?"

"과학경진대회에서 왜 꼭 우승을 해야 하는데?"

"내가 하는 일을 너한테 다 설명해야 돼? 어차피 우리 모임에서 일은 나 혼자서 다 하지 않았어?"

로이 리의 표정이 험악해졌다. "너 혼자 한 거 아니거든. 그리고 설령 너 혼자 했다고 해도 어떻게 말을 그딴 식으로 하냐?"

"네가 뭐라고 생각하든 나는 상관 안 해." 나는 한 단어 한 단어를 또박또박 내뱉었다.

로이 리가 갑자기 내 가슴에 주먹을 꽂았다. 나는 땅바닥에 쓰러져서 가슴을 부여잡고—정말 아팠다—녀석을 올려다보았다. 그는 주먹을 쥔 채 나를 한 대 더 칠 기세였다. "멍청한 자식." 그가 씩씩거리며 말했다. "이제까지 네 형편없는 로켓을 위해서 온갖 고생 다 하면서 도와줬더니 이제 와서 뭐라고? 너 혼자 다 한 거고 우리는 아무것도 아니라 이거지? 네 생각이 진짜 그렇다면 일어나. 너 오늘 나한테 제대로 맞아봐야겠다."

나는 간신히 몸을 일으켜 땅바닥에 주저앉은 채 녀석을 올려다보며 말했다. "내가 뭘 어쨌다고 그래? 나는 그냥 아연 가루와 황을 연료로 사용하고 싶다고."

"미친놈." 로이 리가 고개를 절레절레 흔들면서 말했다. "그래, 네가 쓰고 싶으면 얼마든지 써라." 그가 손을 내밀었다. 나는 그의 손을 잡고 일어났다. "때려서 미안해." 그가 말했다.

"난 너한테 미안한 거 없다." 내가 말했다. 사실 나는 녀석에게 미안할 게 없었다.

20장
오델의 보물

아버지의 눈은 완치가 되지 않았다. 실명에 이르지는 않았지만 다친 눈은 초점이 맞지 않았고 자주 눈물이 고였다. 웰치의 의사는 아버지가 그런 상태로 평생을 살게 될 거라고 했다. 아버지는 신문을 읽거나 TV를 볼 때 손으로 오른쪽 눈을 가렸다. 내가 보기에 아버지와 어머니는 일종의 화해를 한 것 같았다. 비록 대화가 오가는 일은 드물었지만 두 분은 적어도 겉으로는 아무 일도 없었던 것처럼 행동했다. 아버지와 나 사이에도 대화가 없기는 마찬가지였다. 어머니는 내게 부드러운 어조로 학교생활이 어떤지 따위를 물어보곤 했지만 중요한 대화는 역시 오가지 않았다. 형은 이전부터 그랬듯이 내게는 집 안에 있는 유령이나 다름없었다. 가족이 함께 저녁식사를 하는 일은 극히 드물었다. 설령 식사를 하더라도 식탁에서는 포크와 나이프가 접시에 달그락거리는 소리밖에 들리지 않았다. 집 안의 분위기는 숨이 막혔지만 그래도 내게는 데이지 메이라는 좋은 친구가 있었다.

어머니는 아침에도 나를 깨우지 않았다. 형은 어머니가 깨우지 않아도 혼자 일어나서 멋을 한껏 부리고도 여유 있게 집을 나섰지만 나는 늦잠을 자는 바람에 여러 차례 통학버스를 놓쳤다. 아침부터 허둥지둥 히치하이크를 해서 늦게라도 학교에 도착은 했지만 지각을 할 때마다 나는 교장실에 불려갔다. 교장 선생님은 한 번만 더 지각을 하면 가만두지 않겠다고 엄포를 놓았다. 5월 중순에 나는 오델이 빌려준 자명종 시계가 있었음에도 또다시 늦잠을 자고 말았다. 헐레벌떡 길 건너 주유소 앞으로 뛰어간 나는 위 방향으로 가는 차를 얻어 타기 위해 엄지손가락을 들고 있었다. 그때 제이크 아저씨의 콜벳이 내 앞에 멈춰 섰다. "어디 가?" 조수석 문을 열면서 아저씨가 물었다. 반가운 마음이 들었다. 사고 직후 그는 줄곧 본사가 있는 오하이오에 가 있었기 때문이다.

"어디 가긴요, 학교 가죠! 저 지각이에요!" 나는 차에 올라타며 소리쳤다.

제이크 아저씨의 눈이 반짝했다. "좋아, 한번 달려보자고!" 그는 가속 페달을 힘껏 밟았다. 자동차는 빠른 속도로 탄광을 지나 콜우드 산을 오르기 시작했다. 그는 손에 들고 있던 술병을 내게 건넸다. "술 마실 줄 알지?"

"학교 갈 때는 안 마셔요." 나는 대답했다. 적어도 거짓말은 아니었다.

그는 술병을 입에 댄 채 앞을 제대로 보지도 않고 연속적으로 세 차례 굽은 길을 빠른 속도로 돌았다. 산중턱에서 조금 더 올라간 지점에서 데님 바지와 체크무늬 셔츠 차림의 여자가 집 앞 울타리 기둥에 걸터앉아 있는 모습이 보였다. 나는 고개를 숙여 좌석 깊숙이 몸을 묻었다. 제이크 아저씨가 차를 세우고 유리창을 내렸다. "어이, 에거스 양." 그는 있지도 않은 모자를 들어 올리는 시늉을 하며 인사를 건넸다. "오늘 아침은 기분이 어떠쇼?"

"날씨가 좋네요, 제이크." 그녀는 차창 가까이 다가서며 말했다. "옆에 누가 타고 있나 보죠? 어머!" 그녀는 나를 알아보자 마자 미소를 지었다. "서니, 잘 지냈어? 오늘도 버스를 놓친 모양이네."

나는 몸을 더 깊숙이 파묻으면서 작은 소리로 대답했다. "네."

"제이크, 운전 조심해요." 그녀가 차에서 한 발자국 물러서며 말했다.

"정말 근사한 여자야." 제이크 아저씨가 가속 페달을 힘껏 밟자 타이어가 헛도는 요란한 소음과 함께 자동차가 출발했다. "저 아가씨가 널 좋아하는 것 같은데. 둘이 어떻게 아는 사이야?"

나는 어깨를 으쓱했다. "전에 폭설이 내렸을 때 저분 댁에서 몸을 좀 녹인 적이 있어요."

제이크 아저씨는 내 말을 듣자마자 엔진 소음보다 더 큰 웃음을 터뜨렸다.

학교 앞에 도착한 나는 그에게 고맙다는 인사를 건네고 화학 수업이 있는 교실로 뛰어갔다. 숨을 헐떡이며 교실에 들어서는 순간 나는 차에 책을 전부 두고 내렸다는 사실을 깨달았다. 라일리 선생님은 교사용 책상에 앉아서 출석을 부르고 있었다. 내가 자리에 앉자마자 제이크 아저씨가 책을 들고 교실 출입문 앞에 나타났다. 선생님은 보통 낯선 사람에게 시선을 두는 시간보다 1초 내지 2초는 더 오래 아저씨를 쳐다보고는 다시 출석부로 시선을 돌렸다. 내가 손을 흔들자 아저씨는 내 자리로 와서 책을 건네주었다. "선생님은 어디 계시니?" 그는 교사용 책상에 앉아 있는 라일리 선생님을 보지 못한 듯했다.

내가 서로를 소개하자 두 분은 악수를 나누었다. "만나서 반갑습니다, 모스비 씨. 엔지니어시라고 들었습니다." 라일리 선생님이 평소에 들을 수 없었던 나긋나긋한 목소리로 말했다.

"학위가 있긴 한데 저더러 진짜 엔지니어가 맞느냐고 묻는 사람들이 좀 있죠." 제이크 아저씨의 목소리도 부드러웠다. "로켓 만드는 녀석들이 제일 좋아하는 선생님이라고 들었는데 직접 뵈니까 녀석들의 눈이 꽤 높은 것 같네요."

뺨이 발그레해진 선생님이 시선을 출석부로 돌렸다. "또 뵙죠, 모스비 씨."

"제이크라고 불러요." 아저씨가 기대감으로 눈썹을 씰룩이며 말했다. "또 뵙게 될 겁니다, 프리다."

아저씨는 교실을 나서기 전 내게 다가와 귓속말을 했다. "앞으로 통학버스 따원 잊어버려. 내가 네 운전기사 노릇을 해줄게."

두 분이 교제를 한다는 사실을 내가 언제 알아챘는지는 기억이 나지 않는다. 다만 어느 날 수업이 끝나고 라일리 선생님이 나를 불러서 '모스비 씨'에 대해 이것저것 물어보던 모습은 또 렷하게 기억이 난다. 선생님은 그가 어떤 사람들과 만나고 있 는지, 마을 사람들과 광부들의 평판은 어떤지를 물었다. 나는 물론 거짓말을 했다. 나는 그가 콜우드에서 존경과 사랑을 한 몸에 받고 있다고 말했다. 나는 제이크 아저씨로부터 바질 아 저씨를 소개받은 빚을 그렇게 갚는다고 생각했다. 그런데 기분 이 묘했다. 나는 제이크 아저씨에게 질투를 느끼고 있었던 것 이다.

학년말이 되면서 우리 2학년생들은 선배들의 졸업과 동시 에 우리가 학교의 주인이 된다는 생각에 목에 잔뜩 힘을 주고 다녔다. 드디어 우리 세상이 열리게 된 것이다. 방학을 앞두고 BCMA 회의가 내 방에서 열렸다. 몇 가지 안건이 있었다. 우선 우리는 돈이 필요했다. 아연 가루를 사야 했기 때문이다. 또한 밴다이크 씨에게 전화기 값도 물어내야 했다.

오델은 우리 말고 아무도 없는 줄 알면서도 엿듣는 사람이 없는지 살피는 표정으로 방 안을 둘러보았다. 치퍼와 데이지 메이는 잠이 들어 있었다. 오델은 우리를 가까이 모이게 했다. "잘 들어봐. 고철이 산더미처럼 쌓여 있는 곳을 내가 알고 있 어." 오델이 속삭였다. "금덩어리나 마찬가지라고. 우리는 그걸 파내기만 하면 돼."

오델의 설명이 이어졌다. N&W 철도회사는 콜우드 노선의 운행을 영구 중단하면서 케이프 콜우드에서 서쪽으로 5마일 떨 어진 빅 브랜치 숲속의 선로를 철거하지 않았는데, 그 선로 밑 에는 주철로 된 배수 파이프가 묻혀 있다는 것이었다. "우리가 그 파이프를 파내서 고물상에 내다파는 거야. 엄청난 돈이 될 거라고. 그리고 그건 법적으로도 아무 문제가 없어!"

"그럴 바엔 지상에 있는 레일을 뜯어내는 게 훨씬 편하잖아?" 로이 리의 반문은 논리적으로 타당했다.

"레일을 뜯어 가면 고물상에서 우리를 의심해서 철도회사에 신고할지도 몰라." 오델이 대답했다.

"배수 파이프를 파내는 건 합법인데 레일을 뜯는 건 불법이란 얘기야? 그게 뭐가 다른데?" 셔먼도 미심쩍은 목소리로 되물었다.

셔먼과 로이 리의 합리적인 의심은 오델의 논리학에 맞지 않았다. "아무튼 안 된다면 안 되는 줄 알아." 그것으로 설명은 끝이었다.

우리는 한 달 동안 원정을 준비한 끝에 마침내 6월 말 오델의 아버지가 운전하는 쓰레기 운반 트럭을 타고 빅 브랜치 숲속의 버려진 선로를 향해 출발했다. 쿠엔틴과 빌리는 다른 주에 사는 친척을 방문하러 떠나는 바람에 원정대에 합류하지 못했다. 오델의 아버지는 종류별로 정리된 생필품 상자들을 내려놓고 콜우드로 돌아갔다. 텐트, 침낭, 버너, 통조림(주로 쇠고기 스튜)이 가득 들어 있는 가방 네 개, 음료수 상자 몇 개, 바싹 마른 빵, 파이 두 상자, 성냥, 외바퀴 손수레, 삽 두 자루, 해머 두 개 그리고 곡괭이 한 자루가 우리 원정대의 물자였다. 우리는 연장들과 손수레는 이 집 저 집에서 빌렸고 식료품은 우리의 용돈을 긁어모아 구입했다. 숲속의 빈터에 캠프를 차리자마자 우리는 파이프를 찾아 나섰다. A자 모양의 나무 교각이 떠받치고 있는 다리를 100 야드 정도 지나 우리는 첫 번째 파이프를 찾아냈다. 철길 둑 중간에 파이프가 삐죽 튀어나와 있었다. "맙소사," 로이 리가 죽는소리를 했다. "저 정도 깊이면 10피트는 되겠다!"

"그럼 어떨 줄 알았어? 철도회사가 땅 위에 배수 파이프를 깔아놓았을 줄 알았냐?" 로이 리에게 핀잔을 주면서 오델은 삽으로 선로 옆의 땅을 힘차게 찔렀다. 삽날은 1인치도 채 들어가지 않았다. "땅이 의외로 딱딱하네." 오델이 겸연쩍게 말했다.

오델을 돕기 위해 내가 다른 삽을 집어 드는 순간 뱀 한 마리가 그 밑에서 기어 나왔다. 나는 화들짝 놀라서 삽을 내던지고 도망을 갔다. "저리 비켜! 내가 잡을게!" 오델이 소리쳤다.

오델은 삽을 높이 들어 뱀을 향해 내리쳤지만 삽날은 그 징그러운 파충류로부터 적어도 6인치 이상 빗나갔고, 휘청하며 중심을 잃은 오델은 둑 아래로 떨어지고 말았다. 나는 재빨리 둑의 가장자리로 달려가 아래를 살폈으나 강물 위로 흙탕물이 일고 있을 뿐 오델의 모습은 보이지 않았다. 나는 목청껏 오델의 이름을 불렀지만 그의 목소리는 들리지 않았다. 로이 리와 셔먼은 철로에 주저앉아 배꼽을 잡고 웃어댔다. "얘 목이라도 부러진 거 아니야?" 나는 불안감에 휩싸였다.

"그 녀석이 다치려면 적어도 백 피트 높이는 되어야 할 걸." 로이 리가 짐짓 심각한 표정으로 말했다.

오델은 흠뻑 젖은 채로 둑을 기어 올라왔다. 다행히 다친 곳은 없었다. 우리는 선로 옆을 파내려가기 시작했다. 온종일 땅을 팠고 다음날도, 그 다음날도 계속해서 땅을 팠다. 그동안 비가 매일 내렸다. 구덩이 속에는 질퍽한 흙탕물이 허리까지 차올랐다. 텐트에 있는 모든 짐에 곰팡이가 슬었고 음식도 상하기 시작했다.

하지만 상관없었다. 매일 일을 마치면 우리는 강물에 들어가서 몸을 씻고 모닥불에 둘러앉아 숲의 소리를 들었다. 나뭇잎을 스치는 바람소리, 사슴이 아삭아삭 야생 사과를 씹는 소리, 덤불 속에서 너구리가 바스락거리는 소리, 구슬프게 우는 부엉이 소리. 여러 달 동안의 긴장과 걱정을 뒤로하고 콜우드에서 멀리 떨어져 있다는 사실이 새삼 벅차고 홀가분했다. 빅 브랜치 숲속에 들어오기 전까지 내가 무척 외롭고 비참했다는 사실이 비로소 느껴졌다. 나는 머리에서 콜우드는 물론 부모님까지 모두 지우고 창조주가 선사한 자연의 소리와 풍경과 냄새에 흠뻑 젖어들었다. 아주 오랜만에 나는 참으로 행복했다.

날이 어두워지고 별이 강물처럼 머리 위로 흐르면 우리는 침낭을 깔고 누워서 이런 저런 이야기를 나누었다. 여자애들 이야기가 시들해지면 우리는 각자 자신의 미래를 이야기했다. 우리는 모두 우주로 날아오르기를 소망했다. 미국은 우리처럼 모험과 개척에 나서는 이들을 원하고 있었다. 빅 브랜치 원정대도 그런 모험을 하고 있는 것이었다. 그렇게 오래 누워 있다 보면 밤하늘을 가로지르는 인공위성을 보게 될지도 모를 일이었다. 그것이 미국의 것인지 러시아의 것인지는 중요하지 않았다. 인공위성을 바라본다는 것은 여전히 내 심장을 뛰게 만들었다.

땅을 파내려간 지 닷새 만에 드디어 곡괭이에 주철 파이프가 찍히는 금속음이 들렸다. 파이프의 형체가 완전히 드러나도록 흙을 파냈을 때 우리의 모습은 마치 무너져 내린 우상 앞에 엎드린 보르네오의 원주민들 같았다. 셔먼과 내가 해머를 하나씩 들고 양쪽에서 파이프를 번갈아가며 내리쳤다. 주철 파이프에 금이 가기 시작했다. 마침내 오델이 파이프에서 주철 한 덩어리를 떼어내는 데 성공했다. 우리는 모두 구덩이 안으로 뛰어들어가서 주철 조각을 감격스럽게 만져보았다. 그 자그마한 금속조각 하나를 얻기 위해 거의 일주일 동안 땀을 흘린 것이었다. 우리는 조금도 실망하지 않고 더욱 열심히 작업을 했다. 나날이 요령도 좋아졌다. 그 사이 오델의 아버지가 들러서 식량을 조달해 주었고, 2주가 지날 무렵 우리는 주철 덩어리들을 텐트 높이까지 쌓아올리게 되었다.

우리는 열 번째 주철 파이프를 뜯어내기 위해 교대로 작업을 계속했다. 나는 해머와 곡괭이로 떼어낸 톱니모양의 주철 한 덩어리를 들고 구덩이를 기어오르고 있었다. 한 순간 발을 헛디디면서 나는 구덩이의 벽을 잡기 위해 왼손을 뻗었다. 동시에 날카로운 주철 조각이 손목에 박히는 느낌이 들었다.

처음엔 통증이 그리 심하지 않았다. 로이 리가 낄낄대며 웃기 시작했다. 내가 굴러 떨어지는 모습이 웃겼다기보다는 너무 지친 나머지 정신이 오락가락하는 것이었다. 나는 손목에 박힌 주철 조각을 뽑아냈다. 손목에서 붉은 피가 뿜어져 나왔다. 간헐천처럼 솟구치는 붉은 피를 보면서 나도 낄낄댔다. 오델과 셔먼도 웃기 시작했다. "이것 좀 봐." 나는 구덩이에서 나와 배시시 웃으며 말했다. "피를 너무 많이 흘려서 난 죽을 거야."

로이 리는 얼굴이 벌게지도록 웃었다. "맞아, 너 그러다 죽을 거야."

"잠깐만!" 오델이 정색을 하며 말했다. 오델이 내 손목을 살펴보았다. 손목에 1인치 길이로 깊게 찢어진 상처가 보였다. 벌어진 살점에서 피가 뿜어져 나오는 모습을 보는 순간 갑자기 현기증이 났다. 나는 그 자리에 주저앉아 상처를 바라보았다. 어찌 된 일인지 다시 웃음이 나오기 시작했다. 모두들 미친 사람처럼 낄낄거렸다. "지혈을 해야겠어." 마침내 오델이 웃음을 멈추고 말했다. 오델은 자신의 티셔츠를 벗어서 상처 부위에 대고 셔츠의 끝자락을 찢어서 손목 윗부분을 동여맨 다음 나뭇가지를 이용해서 끈을 꼬아 단단히 고정시켰다. "의사 선생님을 불러와야겠어." 오델이 말했다.

나는 더 이상 웃을 수 없었다. 찌는 듯이 더운 날이었음에도 한기가 느껴졌다. 현기증 때문에 철로에 주저앉자 고개가 절로 꺾였다. "의사가 올 때까지 난 여기서 기다릴게." 말을 하는 동안에도 눈꺼풀이 점점 무거워졌다. "잠이 와."

"여기서 걸어 나가려면 반나절은 걸릴 거야." 오델이 태양의 위치를 살피며 말했다. "그러면 어두워질 테고 우리가 돌아올 즈음이면……." 오델이 나를 바라보았다. "서니, 일어나! 너도 가야 해."

나는 간신히 일어났지만 다시 흙바닥에 주저앉고 말았다. 햇빛이 너무 강렬했다. "안되겠어. 못 걸을 것 같아."

셔먼과 로이 리가 그런 내 모습을 보며 다시 웃기 시작하자 오델이 버럭 소리를 질렀다. "너희들도 정신 차려! 얘를 데리고 우린 지금 당장 병원에 가야 돼. 상황이 심각하단 말이야." 오델은 나뭇가지로 만든 지혈대를 다시 한 번 죄었다. "당장 병원으로 옮기지 않으면 얘는 죽어."

"죽어?" 나는 혼미한 정신을 가다듬으며 물었다. "누가 죽어?"

"너 말이야, 이 멍청아!" 오델이 나를 일으켜 세우며 소리쳤다. 나는 셔먼에게 몸을 기댄 채 철로를 따라 비틀거리며 걷기 시작했다.

우리가 여섯 시간을 걸어 프록 레벨에 도착했을 때 날은 이미 어두워져 있었다. 오델이 도움을 청하러 자신의 집으로 뛰어간 사이 나는 길바닥에 누워 밤하늘을 올려다보았다. 캄캄한 하늘에 인공위성이 하나 나타났다. 이어서 빨간색, 분홍색, 하얀색, 파란색, 녹색의 인공위성들이 차례로 나타났다. 하늘 전체가 천천히 돌기 시작하더니 점점 속도를 내면서 빙글빙글 돌았다. 셔먼과 로이 리가 나를 깨우는 소리가 가물가물해졌다. 오델이 돌아왔을 때 나는 이미 기절한 상태였다. 쓰레기 운반 트럭을 몰고 온 오델의 아버지가 나를 안아서 적재함에 실었다. 트럭은 래시터 박사의 집으로 달려갔지만 그의 아내는 현관에서 코를 틀어막은 채 남편이 아직 병원에서 돌아오지 않았다고 말했다. 트럭은 다시 병원을 향했다. 래시터 박사 역시 코를 틀어막고 (주철을 캐던 구덩이에서 묻어온 악취에 쓰레기 운반 트럭의 구정물까지 더해졌기 때문에) 나를 진료실로 옮기도록 했다. 박사는 티셔츠와 나뭇가지를 이용한 오델의 응급처치를 흥미롭게 관찰하며 상처를 들여다보았다. 출혈은 거의 멎어 있었다. 그가 봉합수술 도구를 꺼내며 물었다. "마취해줄까?"

"네." 나는 힘없이 대답했다.

그가 어깨를 으쓱하며 말했다. "네 아버지는 이마를 꿰맬 때 마취를 하지 않겠다고 하더라."

나는 오기가 발동했다. "저도 그럼 마취 안 할래요."

래시터 박사가 바늘을 찔러 넣었다. 너무 아파서 나는 진료실이 들썩하도록 비명을 질렀다. "마취 해주세요! 마취 해주세요!"

"너무 늦었어." 박사가 말했다. 그가 능숙한 솜씨로 상처를 꿰매는 동안 나는 땀을 비 오듯 흘렸다. 바늘이 살을 뚫고 들어갈 때마다 거의 기절을 할 것 같았다. "아주 좋아, 서니." 내겐 몇 시간처럼 느껴진 짧은 수술이 끝나고 박사가 말했다. "다 됐어. 일어나."

나는 자리에서 일어나다가 다시 기절하고 말았다. 진료실의 간이침대에서 눈을 떴을 때 어머니가 나를 바라보고 있었다. 어머니는 손수건으로 코를 틀어막고 있었다. "서니, 얼마나 걱정했는지 아니?"

"엄마." 나는 힘없이 웃어 보였다.

어머니의 옆으로 박사의 얼굴이 보였다. "다른 아이들이 여기까지 데리고 왔죠. 지혈을 잘한 덕분에 애를 살린 겁니다." 그가 내 손목에 감긴 붕대를 살펴보았다. "흉터가 남을 거다. 너의 대단한 모험을 증명해주는 훈장인 줄 알아라."

"애를 집에 데리고 가도 될까요?" 어머니가 물었다.

"그렇게 하시죠. 수술 부위에 훈증소독만 하고요." 박사가 대답했다.

어머니는 나를 데리고 진료실을 나섰다. 대기실에서 기다리고 있던 친구들이 모두 벌떡 일어났다. 내가 자동차의 뒷좌석에 앉아 있는 동안 친구들이 차창에 고개를 들이밀었다. "가서 주철이나 가지고 와." 나는 지친 목소리로 말했다.

어머니는 집에 도착하자마자 붕대에 물이 닿지 않도록 주의해서 샤워를 하라고 일렀다. 방에 올라와 침대에 눕자 잠시 후 퇴근을 한 아버지가 계단을 올라오는 소리가 들렸다. 이어서 방문이 열렸고 아버지와 어머니가 같이 들어왔다. "괜찮아?"

아버지의 목소리가 반가웠다. "괜찮아요." 나는 부모님을 바라보았다. 두 분이 함께 있는 모습이 정말 보기 좋았다. 나는 눈물이 나오려는 것을 간신히 참았다. "죄송해요, 늘 말썽만 일으켜서."

아버지가 말했다. "죄송할 것 하나도 없다……." 아버지가 말을 다 마치기도 전에 나는 잠에 빠져들었다. 나는 온갖 색깔들이 소용돌이치는 꿈을 꾸었다. 마치 거대한 만화경 속으로 들어간 것 같았다. 비몽사몽간에 잠시 눈을 떴을 때 내 침대 옆에서 걱정스러운 표정으로 나를 지켜보고 있는 형의 모습이 보였다. 이것도 꿈인가?

다음날, 내가 온종일 잠들어 있는 동안 친구들은 빅 브랜치로 돌아가서 오델이 몰고 간 쓰레기 운반 트럭에 주철더미를 실었다. 연장과 외바퀴 수레를 실어오는 것은 까맣게 잊은 채 친구들은 트럭을 몰고 웰치에 있는 체스터 매트니 고물상으로 달려갔다. 매트니 씨는 주철의 무게—400파운드가 넘었다!—

를 달아본 뒤 22달러 50센트를 쳐주었다. 우리는 1파운드에 적어도 1달러는 받을 거라 기대했지만 매트니 씨는 고철 가격이 떨어졌다는 얘기만 되풀이했다. 못쓰게 된 침낭과 잃어버린 연장 값을 물어내기는커녕 우리가 식료품을 사느라 지출한 비용만 계산해도 정작 우리 손에 들어오는 돈은 4달러밖에 되지 않았다. 그것도 래시터 박사가 내게 치료비로 5달러를 청구하기 전의 얘기였다.

그때 제이크 아저씨가 우리의 구세주가 되었다. 우리가 일정 기간 아저씨의 차를 세차하고 광택을 내준다면 우리가 지고 있는 빚을 모두 대신 갚아주겠다는 것이었다. 우리는 그 제안을 당장 받아들였고 밴다이크 씨와 래시터 박사에게 지불해야 할 돈은 물론 잃어버린 연장 값을 물어낼 돈까지 충분히 얻게 되었다.

우리는 그 돈으로 아연 가루도 10파운드 살 수 있었다.

21장

징코샤인(오크 22-A, B, C, D호)

이제 큰 걸음을 내디딜 시기였다. 쿠엔틴과 빌리가 돌아온 뒤 우리는 아연과 황을 섞은 새 연료를 시험해보기 위해 케이프 콜우드에 모였다. 로켓 제작을 도와준 기계공 아저씨들도 나와 있었다. 리처드 목사님을 비롯해 백 명이 넘는 콜우드 주민들이 시험 발사를 지켜보기 위해 모여 들었다. 리처드 목사님이 나를 손짓으로 불렀다. "너를 위해 줄곧 기도했다." 목사님이 말했다. "네게 기도가 필요한 것 같아서."

목사님은 꿈에 내가 보였다고 했다. 달에 사람들이 착륙했는데 내가 그 중의 하나였다는 것이다. 목사님은 잠에서 깨어 무작정 성경책을 펼쳤는데 베드로후서가 눈에 들어왔다고 했다. '우리는 그의 약속대로 의가 있는 곳인 새 하늘과 새 땅을 바라보도다.' 목사님이 그 구절을 인용했다.

"저도 그렇게 되었으면 좋겠어요, 목사님." 나의 대답에 목사님은 활짝 웃었다.

우리는 로켓을 거꾸로 세워 분말 연료를 부으면서 화약이 안에서 잘 다져지도록 망치로 동체를 가볍게 두드렸다. 하지만 내가 발사 버튼을 누르는 순간, 오크 22호는 초록빛이 감도는 하얀 연기와 쇳조각들을 공중에 날리며 발사대에서 폭발하고 말았다. 우리의 연료가 폭발 임계점을 넘어선 것일까? 그럴 리는 없었다. 뭔가 다른 문제가 있었다.

마치 찻잎을 따듯 파편을 줍고 있는 우리 주위에 사람들이 모여들었다. "이번 로켓의 발사는 하나님께서 성공을 바라지 않으셨나 보다." 내가 폭발의 단서를 찾기 위해 톱니모양의 쇳조각을 이리저리 살펴보고 있는 동안 목사님이 말했다.

사람들이 차를 타고 모두 사라진 뒤 우리는 긴급회의를 가졌다. 우리가 아직 새 연료의 특성을 파악하지 못하고 있다는 결론이 내려졌다. 누구의 탓도 아니었다. 로켓은 그냥 그렇게 폭발한 것이었다.

나는 우울한 기분으로 집에 돌아왔다. 주방에 들어서자 어머니가 나를 물끄러미 쳐다보았다. 어머니는 할 말이 있는 것 같았다. "무슨 일 있으세요?" 내가 물었다.

"회사에서 사원 임대주택을 매각한다는구나." 어머니가 말했다.

1959년 가을, TV와 신문은 연일 미국의 성공적인 로켓 발사 소식을 쏟아냈다. 'OK!'나 '발사 준비 완료!'처럼 우주항공 분야의 엔지니어들이 사용하던 전문 용어가 이때부터 일상적인 표현이 되었다.

1959년 9월 9일, NASA는 유인 우주비행을 위한 머큐리 프로젝트의 일환으로 시험 로켓의 발사에 성공했다고 발표했다. 그것은 궤도에 도달하지 못한 무인 로켓이었지만 신문들은 인간을 우주로 보내기 위한 야심찬 프로젝트의 서막이 올랐다고 보도했다. 나는 전율을 느꼈다. 나는 온 가족을 달과 화성, 그리고 아주 먼 행성까지 실어 나르는 대형 로켓을 꿈꾸었다. 리처드 목사님의 표현대로라면 그것은 새 하늘과 새 땅을 찾아나서는 여정이었다. 나는 새 땅이 놀라운 계획으로 실현될 것이라는 기대를 품었다.

그러나 대부분의 콜우드 주민들에게 그들이 딛고 있는 땅의 문제는 새 땅보다 더욱 중요했다. 탄광을 소유한 제철회사는 광업소의 재산인 사원 임대주택뿐만 아니라 상하수도 시설과 교회 건물까지 매각하기로 결정했다. 다음 매각 대상은 탄광 자체가 될 수도 있다는 우려의 목소리가 여기저기에서 들리기 시작했다. 광업소장 밴다이크 씨와 아버지는 노조 사무실을 찾아가서 본사의 자산 매각 방침을 통보했다. 어느 날 나는 주방에서 아버지가 어머니에게 그 회의의 내용을 자세히 설명하는 것을 들었다. "듀보네가 나한테 묻더군. 광부들이 무슨 돈으로 집을 사느냐고 말이야." 아버지가 말했다.

"맞는 말이네요. 광부들이 무슨 돈으로 집을 사겠어요?" 어머니가 물었다.

"회사에서 주택 구입 자금을 대출해줄 거야. 무이자 20년 상환 조건으로."

"어쨌든 그 돈은 광부들 주머니에서 나오는 거잖아요." 어머니가 따지듯이 말했다. "그리고 대출을 받아서 그 집을 샀다가 갑자기 회사를 그만두고 이사를 간다고 해봐요. 그 집을 누가 사죠? 회사가 임대주택을 매각하려는 이유가 탄광에 미래가 없기 때문이라는 생각은 안 해봤어요? 사람들은 다들 그렇게 얘기하고 있어요."

아버지는 언짢은 표정으로 어머니를 쳐다보았다. "누가 그딴 소리를 해?"

"모두들 그렇게 생각한다니까요."

"그러면 모두 틀린 거야." 아버지가 언성을 높였다. "본사가 임대주택을 매각하려는 것은 전문가라는 멍청한 작자들이 회사가 사원 주택을 소유하는 것보다 매각하는 게 더 효율적이라고 지껄여서 그런 거야. 오래 전에 대장도 그걸 알고 있었지만 그분은 효율성보다 더 중요한 게 뭔지 알고 있었어. 광부들이 사원 주택에 살면 귀속감과 애사심이 더 강해진다는 걸 말이야. 어쨌든 밴다이크 씨가 오하이오 본사에 가서 사원 주택 매각에 대해 광부들의 의견을 전달할 거야. 콜우드의 예전 방식을 그대로 지키고 싶은 건 소장님이나 내 생각이 같아. 소장님이 좋은 소식을 가지고 돌아오겠지."

"아, 여보." 어머니가 체념하듯 말했다.

일주일 후 어머니는 광업소장 밴다이크 씨가 본사로부터 해고되었다는 소식을 전해주었다. 어머니는 회사의 자산 매각 조치에 이의를 제기한 것이 빌미가 되었을 거라 추측했지만 확실하지는 않았다. 어쨌든 회사의 자산 매각 조치를 강행하기 위해 임시 광업소장이 부임할 예정이었다. 아버지는 다시 탄광

일에 매달렸다. 노조는 분노로 들끓었다. 자전거를 타고 철공소 앞을 지나면서 나는 노조원들의 구호 소리를 들었다. "파업으로 분쇄하자, 분쇄하자, 분쇄하자!"

나는 아연과 황이 서로 잘 섞이지 않는 특성을 가지고 있다고 결론을 내렸다. 혼합된 분말 연료에 미세한 기포가 생겼고, 아마도 그것 때문에 지난 번 폭발이 일어난 것 같았다. 최초에 사용한 화약과 로켓 캔디에서도 우리는 비슷한 시행착오를 경험했다. 흑색화약의 문제를 해결하기 위해 우리는 분말 접착제를 사용했고, 로켓 캔디의 경우 끓여서 녹이는 방법을 사용했다. 하지만 아연과 황을 녹이는 것은 그다지 좋은 생각이 아닌 것 같았다. 용해가 시작되기도 전에 폭발할 위험이 있었기 때문이다. 그래서 나는 결정 포도당과 물을 이용해서 결합력을 높이는 방법을 생각해보았다. 하지만 결과는 만족스럽지 않았다. 혼합용액의 반응이 너무 약했다. 나는 그 이유를 알 수 없었다. "물이 아연을 산화시키는 것 같아." 쿠엔틴이 말했다.

"휘발유를 섞어보면 어떨까?" 오델이 제안했다.

"너무 위험해." 쿠엔틴이 말했다. "휘발유가 아연에 반응을 할지도 불확실해."

우리는 여러 가지로 궁리를 해보았다. 나프탈렌? 탄광에는 콜타르에서 추출한 용제가 많이 있었다. 하지만 그것은 휘발성이 너무 강했다. 경유? 그건 반대로 휘발성이 너무 약했다. 파라핀 같은 반고체는 어떨까? 그건 다루기가 번거롭고 지저분해지기 쉬웠다. 빌리가 알코올을 제안했다. 쿠엔틴의 눈이 번쩍 뜨였다. "그래! 알코올은 안정적이면서도 휘발성이 강해. 완벽해!"

우리는 물자 공급을 책임지고 있는 오델을 쳐다보았다. 그가 씩 웃었다. 콜우드에서 순도 100퍼센트의 알코올을 구할 수 있는 곳은 한 군데밖에 없었다.

"태그 아저씨가 우리를 체포하지는 않을까?" 로이 리가 운전하는 차가 스네이크루트 방향의 비포장도로를 달리는 동안 나는 불안감을 떨칠 수 없었다. 로이 리와 오델 그리고 나는 빌리의 제안을 실행에 옮기는 중이었다.

"태그 아저씨는 그렇게 몰인정한 사람이 아니야." 로이 리가 운전대를 꼭 잡고 비포장도로의 구덩이를 피하면서 말했다.

"하지만 너하고 오델이 노새 축사에 들어갔을 때는 체포했잖아."

로이 리가 어깨를 으쓱했다. "그때하고는 달라. 이건 오래된 전통이잖아. 이곳에서는 남자라면 누구나 때가 되면 존 블레빈을 찾아가는 거라고."

금요일 밤이었기 때문에 주차할 곳을 찾기가 쉽지 않았다. 밀주를 만들어 파는 존 블레빈의 집 앞에는 개울을 따라 차들이 일렬로 세워져 있었다. 우리가 용돈을 털어서 모은 4달러를 나는 초조하게 만지작거렸다. 4달러면 존 블레빈의 독주 1갤런은 살 수 있었다. 우리는 차들이 어느 정도 빠지기를 기다렸다가 수많은 사람들이 들락거리며 반질반질해진 나무계단을 올라갔다. 머리를 땋은 어린 여자아이가 현관문 옆에서 그네를 타고 있다가 우리를 보고 눈을 동그랗게 뜨며 말했다. "여기 오기엔 너무 어린 것 아니에요?"

"너는 뭔데? 네가 밀주 단속 경찰이라도 되냐?" 로이 리가 퉁명스럽게 말했다.

그때 엄청난 덩치의 남자가 문 밖으로 나왔다. "너희들 용건이 뭐야?"

그의 목소리는 마치 깊은 우물 밑에서 울려나오는 것 같았다. 나는 돈을 내밀었다. "이쪽으로 따라와."

작은 거실에는 푹 주저앉은 소파와 삐걱거리는 의자 몇 개가 있었다. 커다란 구식 라디오가 거실 구석을 차지했고, 그 위에 휴대용 축음기가 놓여 있었다. 축음기에서는 내가 한 번도 들어본 적이 없는 재즈풍의 음악이 흘러나오고 있었다. 구슬을 엮어 만든 발이 쳐져 있는 주방에서는 세 명의 흑인 남자가 식탁에 둘러앉아 있었다. 그들은 카드놀이를 하면서 거실 쪽은 신경도 쓰지 않았다. 존 블레빈이 눈썹을 찡그리며 머릿속으로 뭔가 계산을 하는 표정으로 우리를 쳐다보았다. 마침내 그가 손바닥을 우리 앞으로 쑥 내밀었다. 내가 꼬깃꼬깃한 지폐를 건네자 그는 고개를 끄덕이더니 절뚝거리는 걸음으로 주방에 들어갔다. 나는 존 블레빈의 전설을 익히 알고 있었다. 그도 한때는 콜우드의 광부였다. 갱도에서 사고가 일어난 그날 그는 다른 광부들이 빠져나갈 수 있도록 무너지는 천장을 넓고 단단한 어깨로 떠받쳤다. 그리고 마침내 천장이 주저앉았을 때 그의 한쪽 발목이 날카로운 석편에 절단되고 말았다. 회사—즉 아버지—는 탄광 일을 그만둔 그가 자신의 집 뒤편 산마루에

증류기를 설치해놓고 밀주를 만들어 생계를 유지하는 것을 묵인해주었다.

존 블레빈이 투명한 액체가 든 유리병 네 개를 들고 나왔다. 로이 리는 익숙한 솜씨로 병 하나를 들어 불빛에 비춰보았다. "물을 타지는 않았겠죠?"

"물은 한 방울도 섞지 않아." 존 블레빈이 굵은 목소리로 말했다. "나는 순수한 원액만 팔아. 한번 마셔들 보겠어?"

로이 리가 반색을 했다. "물론이죠!"

"야, 이러면 안 돼." 내가 말했다. "우린 마시려는 게 아니었잖아. 이건 어디까지나 과학적 용도로 사용하는 거라고." 말을 내뱉으면서 나는 움찔했다. 그런 말까지 할 필요는 없었기 때문이다.

존 블레빈이 다른 병 하나를 들어 올리며 말했다. "그게 무슨 소리야? 이걸 안 마실 거라고? 이건 맥도웰 카운티를 통틀어서 최고의 술이야. 이걸 마시지 않겠다는 건 나에 대한 모독이라고."

"아저씨, 그게 아니라요, 얘가 지금 농담하는 거예요." 로이 리가 말했다. 그는 나를 거실 구석으로 끌고 갔다. "여기 있는 아저씨들은 죄다 면도칼을 가지고 다닌단 말이야." 로이 리가 낮은 목소리로 말했다. "잘못 건드리면 우리 목을 다 따버릴 거라고. 그리고 연료로 사용하려면 순도를 확인할 필요도 있잖아."

"글쎄……."

"너 술 마셔본 적 없구나?"

"뭐, 그렇다고 할 수 있지."

로이 리가 눈썹을 찡그리며 말했다. "야, 베르너 폰 브라운은 케이프커내버럴에서 술을 안 마시는 줄 알아? 거기에서 일하는 사람들도 틈 날 때마다 술 다 마셔. 술만 마시는 줄 알아? 여자들 꽁무니도 따라다닐 거라고."

나는 더 이상 반대하지 못하고 고개를 끄덕였다. "그럼, 그래야지. 아저씨, 여기요!" 로이 리가 소리쳤다.

존 블레빈이 씩 웃으면서 다시 주방으로 들어갔다. 곧이어 찬장 문이 삐걱하며 열리는 소리와 잔이 부딪치는 소리가 들렸다. 식탁에서 카드놀이를 하고 있던 남자들이 우리를 힐끗 쳐다보더니 웃음을 터뜨렸다. 존 블레빈이 술을 가득 따른 잔 세 개를 쟁반에 얹어서 가지고 나왔다. 우리는 그가 내민 잔을 하나씩 집어 들었다. 로이 리가 잔을 들며 건배를 제안했다. "베르너 폰 브라운을 위하여!" 로이 리는 잔을 비우더니 눈을 동그랗게 뜨며 입맛을 다셨다. "야, 이거 죽인다!"

이어서 오델이 잔을 들이켰다. 그는 눈물을 찔끔 흘리면서 입을 닦았다. "좋은데!" 말은 그렇게 했지만 인상은 잔뜩 찌푸려져 있었다.

이제 모두의 시선이 나를 향했다. 어쨌든 그 잔은 베르너 폰 브라운을 위한 것이었다. 나는 눈을 딱 감고 잔을 털어 넣었다. 술은 혀에 닿을 틈도 없이 곧장 식도에 불을 지르며 내려갔다. 식도에서 위장까지 불이 붙는 느낌에 허리가 절로 꺾였다. 숨조차 쉴 수 없었다. 로이 리가 내 등을 두드려주었다. "어때? 로켓 연료로 쓸 만하겠어?"

"발사… 준비… 완료!" 나는 간신히 대답했다.

"한 잔 더 줄까?" 존 블레빈이 금니를 드러내며 씩 웃었다.

잔을 다시 채운 다음 우리는 서로를 쳐다보며 술잔을 높이 들었다. "베러 포 브라운을 위아여!" 우리는 우렁차게 외치며 잔을 부딪쳤다. 오델과 나는 잔을 비우자마자 자리에 털썩 주저앉았다. 그제야 거실의 의자들이 왜 전부 망가져 있는지 알 것 같았다.

잠시 후 스네이크루트의 비포장도로를 갈지자로 달리는 로이 리의 차 안에서 우리는 "Blueberry Hill"을 우렁차게 합창했다. 교회 앞을 지나가는 아스팔트 도로에서 보안관 태그 아저씨가 우리가 탄 차를 세웠다. 로이 리가 창문을 내리자 차 안에서 풍기는 술 냄새에 태그 아저씨가 인상을 잔뜩 찡그렸다. "로이 리, 오델, 서니, 너희들 지금 뭐 하는 거야?"

한 시간 반 뒤, 나는 주방에서 어머니 앞에 서 있었다. 나는 비틀비틀하며 실없이 웃고 있었다. "너 취했니?" 어머니가 믿기지 않는다는 목소리로 물었다.

취했는지 아닌지는 알 수 없었지만 속이 뒤틀리는 것은 분명했다. 나는 이미 오델과 도랑에서 한참 동안 속을 게운 뒤였다. 태그 아저씨는 우리를 차례대로 집까지 태워다주며 신속하고 확실한 처벌을 각 가정에 일임했다. 로이 리는 그의 어머니에게 귀가 잡힌 채 집 안으로 끌려들어갔다. 오델의 아버지는 집 앞에서 태그 아저씨의 설명을 듣더니 손가락으로 조용히 뒷마당의 헛간을 가리켰다. 고개를 푹 숙인 오델이 헛간으로 걸어가는 모습이 차창 밖으로 보였다. 그의 아버지가 그 뒤를 따랐다.

할 말을 잃은 어머니가 나를 가만히 쳐다보고 있는 동안에도 나는 술병 네 개가 담긴 종이봉투를 품에 꼭 안고 있었다. 태그 아저씨는 우리의 설명을 듣더니 그 술을 그냥 가져가도록 허락했다. 놀랍게도 우리의 말을 믿어준 것이었다. "이 놈들아!" 그가 버럭 소리를 질렀다. "나한테 부탁했으면 대신 사다주었을 거 아니야?"

나는 어머니를 구워삶는 법을 잊을 만큼 취하지는 않았다. "엄마, 진짜, 진짜, 진짜 죄송해요."

어머니가 피식 웃었다. "얼렁뚱땅 넘어갈 생각하지 마. 이번에는 설거지나 방 청소나 돼지 콩팥 삶는 정도로 끝날 일이 아니야. 일단 그 술병부터 지하실에 갖다놔. 안 그래도 우리 집을 날려버릴 만한 물건이 지하실에 가득한데 알코올까지 들어왔으니 이제 있을 건 다 있구나. 어서 지하실에 갖다 두고 2층에 올라가서 씻고 자."

"그게 다예요?"

"오늘은 일단 자고 진짜 벌은 따로 받게 될 거다." 어머니는 내 반응을 살피며 말했다.

"그냥 오늘 한 번에 벌을 다 받을게요." 나는 애원조로 말했다.

"나중에 벌 받을 생각을 하니까 애가 타나보다? 자, 그만 내 눈앞에서 사라져라. 나는 술 취한 사람은 질색이니까."

"엄마……." 나는 애처롭게 매달렸다. "지금 저를 때리시든가 다른 벌을 주시든가 하세요."

어머니가 고개를 천천히 저었다. "안 돼."

나는 무릎을 꿇고 식탁 의자에 앉아 있는 어머니의 무릎에 고개를 내려놓았다. "제가 잘못했어요." 나는 어머니의 드레스 자락을 붙잡았다. "한 번만 봐주세요. 제가 잘못했으니까 딱 한 번만 봐주세요." 어머니가 내 머리를 쓰다듬더니 킥킥 웃기 시작했다. "벌 안 줄 거야." 나는 고개를 들어 어머니를 쳐다보았다. 작전이 성공했다는 생각에 웃음이 나오려는 것을 나는 간신히 참았다. 어머니가 그런 내 표정을 읽었다. "요 녀석을 아주 몽둥이로 흠씬 두들겨 패줘야 하는 건데. 네가 다시는 술 마시지 않겠다고 약속하면 이번 일은 그냥 넘어가겠다. 자, 이제 그거 지하실에 갖다놓고 어서 올라가서 씻어."

나는 무릎을 펴고 일어나서 고개를 끄덕인 다음 술병을 들고 지하실로 내려갔다. 잠시 후 퇴근해서 집에 들어온 아버지가 지하실에서 술병을 발견했다. 내가 변기를 붙들고 한 차례 큰 절을 하고 나왔을 때 아버지는 어머니와 함께 주방에 있었다. "당신, 지하실에 말이야—"

"알아요."

"다음에는 저 녀석한테 아예 마티니 잔에 올리브 열매까지 얹어주지 그래?"

"생각해볼게요."

나는 어머니에 대한 고마움을 가슴 깊이 느끼며 다시 화장실로 뛰어 들어갔다. 변기를 붙들고 있는 동안 어머니와 아버지의 웃음소리가 들렸다. 두 분의 웃음소리가 그렇게 오래 이어진 것은 처음이었다. 나는 주방에 내려가서 두 분 사이에 끼어

들고 싶은 마음이 간절했다.

본사에서 파견된 임시 광업소장은 풀러라는 사람이었다. 그는 기관총처럼 말이 빨랐고 딱 기관총만큼의 인덕이 있었다. 그는 언덕 위에 있는 광업소장 관사 대신에 클럽 하우스에 숙소를 잡았는데 이는 그가 광업소장으로 그리 오래 머물지 않을 것임을 암시했다. 그는 듀보네 씨와 노조 간부들을 모아놓고 사원 임대주택은 공정한 조건 하에 즉시 매각 절차에 들어갈 것이며 이에 반대하는 사람은 회사를 그만두라고 말했다. 풀러 씨는 노조를 향해 파업을 할 테면 한번 해보라며 이전의 노사 합의문을 들고 나왔다. "합의문을 보니까 회사가 여러분에게 주택과 상수도, 전기, 기타 편의를 제공한다는 말이 한마디도 없군요. 멍청이가 아니라면 이 합의문과 다른 소리를 하지는 않겠죠."

듀보네 씨는 물러설 수밖에 없었고 임대주택의 매각 절차는 예정대로 진행되었다. 상수도와 하수도 시설이 블루필드의 민간 회사에 매각되면서 콜우드 주민들은 한 달이 채 지나기도 전에 늘 공짜라고 생각했던 것들에 대해 요금 고지서를 받게 되었다. 교회 건물도 매각 대상에 포함되었다. 나는 직영매장에서 사람들이 이젠 하나님까지 마을에서 쫓겨날 판이라고 불만을 터뜨리는 모습을 보았다.

리처드 목사님과 그의 신자들은 간신히 돈을 모아 회사로부터 교회 건물을 매입했다. 하지만 레이니어 목사님은 일자리를 잃고 말았다. 교회 건물을 사들인 웨스트버지니아 주 감리교단은 레이니어 목사님이 감리교단 소속임에도 그가 회사에서 봉급을 받아왔다는 이유로 세속화된 목사에게는 교회를 맡길 수 없다는 입장을 밝혔다. 목사님은 짐을 싸서 마을을 떠나야 했다. 어머니는 그가 캘리포니아로 떠났다고 전해주었다. 후일 나는 그가 라디오의 방송 설교에 출연하고 있다는 이야기를 들었다. 교단이 웨스트버지니아의 구석진 탄광촌에서 근무할 목사를 찾는 동안 마을이 생겨난 후 처음으로 교회에 자물쇠가 채워졌다.

상황은 점점 악화되었다. 풀러 씨는 대규모 감원을 단행했고 많은 사람들이 해고 통지서를 받았다. 듀보네 씨는 풀러 씨에게 노조 비상 총회에 나와서 회사측 입장을 밝히라고 요구했다. 물론 풀러 씨는 그 요구에 응하지 않았다. 아버지 역시 참석하지 말라는 지시를 받았다. 듀보네 씨가 우리 집을 다시 한 번 찾아왔다. 아버지는 그를 집 안으로 들였으나 곧 격한 언쟁이 벌어졌다. 나는 지하실에서 거의 한 시간 동안 두 분의 고함소리를 들었다. 결국 참다못한 어머니가 나섰다. "내 집에서 떠들지 말고 두 사람 다 밖으로 나가세요." 아버지와 듀보네 씨는 현관문 밖으로 나가면서도 계속 고함을 질러댔다. 그리고는 어딘가를 향해 함께 사라졌다.

나는 로켓 연료 실험을 계속했다. 존 블레빈의 밀주를 아연과 황의 혼합물에 섞자 찰흙처럼 진득한 회색 반죽이 만들어졌다. 나는 그것을 화장지 종이심 안에 넣고 석탄 보일러 밑에서 일주일 동안 건조를 시켰다. 친구들이 모두 지켜보는 가운데 나는 작은 원통 모양으로 건조된 연료 샘플을 보일러 안에 던져 넣었다. 쉭 하는 소리와 함께 엄청난 화력으로 인해 석탄 투입구가 덜컹 열렸고 연통이 순식간에 흐물흐물해졌다. 우리는 자욱한 연기와 함께 뒷마당으로 뛰어나왔다. 연기가 뒷마당으로만 빠져나갔으면 좋았으련만 이미 주방과 거실에도 연기가 꽉 차 있었다. 나는 집 안을 뛰어다니며 창문을 모두 열었다. 친구들도 잡지와 수건을 집어 들고 부채질을 하며 연기를 창문 밖으로 내보내기 위해 안간힘을 썼다.

어머니와 아버지는 집에 없었다. 아버지는 탄광에 있었고 어머니는 웰치에서 쇼핑을 하고 있었다. 그런데 주유소 근처에 있던 사람들이 연기를 보고는 화재가 난 줄 알고 우리 집으로 뛰어왔고 그 중엔 이미 웰치의 소방서에 전화를 건 사람도 있었다. "전화 다시 하세요! 불난 거 아니에요!" 나는 소리를 질렀다. "불 안 났어요! 괜찮아요!"

그때 뒷마당으로 뛰어 들어오는 발자국 소리가 들렸다. 먼저 보안관 태그 아저씨가 들어왔고 이어서 화약통처럼 땅딸막한 남자가 따라 들어왔다. 한 번도 만나본 적은 없었지만 나는 그가 누구인지 한눈에 알아차렸다. "도대체 이게 무슨 일이야?" 풀러 씨가 시가를 문 채 언성을 높였다.

"아, 학생들이 로켓을 연구하는 중입니다." 태그 아저씨가 어색한 웃음을 지으며 말했다. "서니, 너 혹시 밀주에 불을 붙인 건 아니겠지?"

"뭐, 밀주?" 풀러 씨가 시가를 반대쪽으로 물며 나를 노려보았다.

친구들이 연기를 내보내기 위해 창가에서 열심히 부채질을 하는 동안 나는 로켓 제작과 술의 용도에 대해 간략하게 설명을 했다. 풀러 씨의 인상이 일그러졌다. "그 로켓이라는 물건을 어디에서 발사하지?"

"마을에서 멀리 떨어진 곳입니다." 내가 대답했다. "아주 멀리 떨어진 곳이에요."

"그래봐야 회사 부지일 거 아니야?"

"그게 그러니까……" 나는 말끝을 흐렸다. 나는 그의 못마땅해 하는 표정에서 로켓 발사에 대한 그의 생각을 분명하게 읽을 수 있었다.

풀러 씨는 나를 한 번 더 노려보고는 뒤로 돌아서 마당을 빠져나갔다. 보안관 태그 아저씨가 그의 뒤를 따라갔다. 집에 들어온 어머니는 황 냄새에 코를 틀어막더니 곧장 지하실로 내려가서 엉망이 된 보일러를 가만히 바라보았다. 쿠엔틴과 나도 따라 내려가서 어머니의 눈치를 살폈다. 이번만큼은 불벼락이 떨어지는 것을 피할 수 없을 것 같았다. 어머니의 어깨가 들썩거렸다. 나는 어머니가 울고 있다고 생각했다. 그런데 뜻밖에도 어머니는 웃고 있었다. 어머니는 두 팔로 나와 쿠엔틴을 끌어안았다. "너희는 내 인생의 한 줄기 빛이야." 어머니가 말했다. "이 낡아빠진 석탄 보일러를 어떻게 하면 치워버릴까 몇 년째 고민했는데 너희들 덕분에 전기 보일러를 새로 들여놓을 수 있게 됐구나. 이제 언제든지 수도꼭지만 틀면 콸콸 쏟아지는 온수를 쓸 수 있겠지. 록펠러가의 저택이 안 부러울 거야."

쿠엔틴은 집으로 돌아가기 위해 울타리를 나서면서 말했다. "너는 세상에서 제일 좋은 엄마를 가지고 있는 줄 알아."

나는 현관문 쪽을 돌아보며 말했다. "주관이 뚜렷하시긴 해." 나는 속으로 아버지가 집에 돌아와서 우리가 한 일을 보게 될 때 어머니의 주관이 다시 한 번 발휘되기를 바랐다.

아버지는 풀러 씨로부터 틀림없이 그날 일에 대해 이야기를 들었을 것임에도 집에 들어와서 우리의 실험에 대해 아무 말이 없었다. 다음날 직영매장의 주니어 아저씨가 전기 보일러를 트럭에 싣고 왔다. 지하실에 새로 설치된 전기 보일러는 내가 로켓 동체를 세탁기 위에 올려놓고 연료를 넣는 동안 부드러운 소리를 내며 작동했다. 나는 우리의 새로운 연료를 한 번에 몇 인치씩 열 차례 이상 나누어 넣었다. 나는 아연zinc과 황sulfur과 밀주moonshine를 섞은 연료를 동체 안에 조금 붓고 빗자루 막대로 꾹꾹 다진 다음 건조를 시켰다. 그렇게 세 시간을 건조시킨 뒤 연료를 붓고 다지고 건조시키는 과정을 똑같이 반복했다. 나는 원료의 이름을 따서 우리의 새로운 연료를 '징코샤인zincoshine'이라고 명명했다. 작업은 더디게 진행되었다. 일주일 후 드디어 연료의 주입과 건조가 끝이 났다. 우리는 공고문을 붙였고 바질 아저씨는 그것을 기사화해주었다. 그 다음 주말, 2백 명이 넘는 사람들이 발사장에 모여들었다. 사람들은 로켓이 하늘 높이 날아오르거나 아니면 엘시의 집 지하실 보일러처럼 케이프 콜우드가 날아가거나 둘 중의 하나를 목격할 수 있으리라 기대했다. 어느 쪽이 되었든 대단한 장관이 펼쳐질 것임에는 틀림없었다.

오크 22-A호는 사람들을 실망시키지 않았다. 로켓은 엄청난 추진력으로 발사대에서 날아오르며 계곡 전체를 굉음으로 뒤

덮었다. 로켓이 하얀 비행운을 남기며 하늘 높이 사라지자 사람들은 뒷걸음질을 치며 감탄사를 연발했다. 쿠엔틴이 세오돌라이트를 들고 관제소 밖으로 뛰어나갔다. "어디 있어?" 쿠엔틴이 소리쳤다. "안 보여."

우리 눈에도 보이지 않았다. 로켓은 이미 시야에서 사라졌고 비행운도 흩어졌다. 불현듯 로켓이 어디에 떨어질지 걱정이 되기 시작했다. 나는 구경을 하러 나온 사람들에게 소리를 질렀다. "모두 차 안으로 들어가세요!" 나는 미친 듯이 팔을 흔들며 소리를 질러댔다. 그들 중 일부는 내 몸짓을 오해하고 나를 향해 손을 흔들어주었다.

"시간 재고 있지?" 쿠엔틴이 다급하게 물었다.

"응!" 셔먼이 그의 아버지로부터 빌려온 손목시계를 들여다보며 대답했다.

나는 로켓을 찾기 위해 하늘을 계속 올려다보았으나 근시가 있는 내가 남들보다 먼저 로켓을 찾을 가능성은 없었다. 도대체 어디 있는 거야? 그때 빌리가 손가락으로 하늘을 가리키며 소리쳤다. "저기!" 나는 빌리의 손가락이 가리키는 곳을 쳐다봤지만 로켓은 여전히 보이지 않았다. 그때 소리가 들렸다. 휘파람처럼 로켓이 낙하하는 소리가 우리의 머리 위쪽에서 가까워지고 있었다. 우리는 관제소 안으로 뛰어 들어갔다. 관제소 뒤쪽 개울 너머로 나뭇가지가 부러지는 소리와 함께 땅바닥을 강하게 때리는 금속음이 들렸다.

"38초!" 셔먼이 소리쳤다.

로이 리가 셔먼을 쳐다보며 물었다. "시간은 재서 뭐 하게?"

셔먼은 로이 리에게 우리가 새로 익힌 고도 계산법을 설명해주었다. 쿠엔틴과 셔먼과 나는 라일리 선생님으로부터 뉴턴의 물리학을 배우면서 로켓의 고도를 계산하기 위한 공식에 대해 서로 의견을 주고받았다. 낙하하는 물체는 매 초당 32피트의 가속도가 붙는다. 물체의 낙하 거리를 계산하는 공식은 $S=1/2at^2$, 즉 낙하 시간의 제곱에 16을 곱하는 것이었다. 로켓이 고도의 최고점에 도달하는 시간과 낙하하는 시간이 거의 같다고 가정할 때—징코샤인의 빠른 연소 속도로 인해 로켓이 발사대를 떠나는 순간 사실상 자유비행을 한다는 점을 고려하면 이는 타당한 가정이었다—총 비행시간을 반으로 나누고 거기에 제곱을 한 다음 16을 곱해주면……. "5,776피트야!" 셔먼이 흥분한 목소리로 소리쳤다.

우리는 드디어 해냈다! 고도 1마일의 장벽을 깬 것이었다. 낙하지점으로 달려간 빌리가 머리 위로 로켓을 높이 치켜들고 개울을 건너왔다. 우리가 기뻐서 펄쩍펄쩍 뛰는 동안 진입로에 차를 세워놓고 구경을 하던 사람들이 박수와 환호를 보냈다. "1마일이야! 1마일! 1마일을 날았어!"

"이제 우리의 목표는 우주야." 흥분이 조금 가라앉은 뒤 쿠엔틴이 차분한 목소리로 말했다. "정말 우주로 나가는 거라고."

"나도 늘 하고 싶었던 이야기가 있어." 내가 친구들을 모아놓고 말했다. "우주는 30마일 상공부터 시작된다는 글을 읽은 적이 있어. 나는 우리가 그 높이까지 올라갈 수 있다고 생각해."

친구들은 그런 상상에 매혹되었다. 로이 리조차 들뜬 목소리로 하늘을 가리키며 말했다. "그래, 해보는 거야!"

"이 순간의 경이로움에 할 말을 잃을 것 같다." 쿠엔틴이 말했다. "우리는 언젠가 『라이프』지의 표지모델로 등장하고 말거야!"

우리는 관제소 주위를 청소한 뒤 로켓과 장비들을 챙겨서 로이 리의 차에 실었다. 구경을 나온 사람들의 차량 중에서 제일 마지막까지 남아 있던 트럭이 발사장을 빠져나갔다. 그 트럭은 회사 차량이었으며 운전자는 풀러 씨였다.

연기와 화염의 기둥을 높이 세우며 바람을 가르는 은빛 물체가 하늘 높이 솟구쳐 올랐다. 그것은 근육이 아닌 머리를, 미식축구 공이 아닌 아폴로의 불을 사용한 빅 크리크 고등학교 소년들이 보내는 메시지였다. 번개 같은 로켓은 천둥소리를 내며 계곡의 사슴들과 사람들을 똑같이 놀라게 만들었다. 군중들은 끝없이 올라가는 로켓을 올려다보며 벌린 입을 다물지 못했다. 소년들은 관제소에서 뛰어나와 분탄 폐기장 터에 지은 그들의 발사장 아래로 뛰어갔다. 그들의 얼굴에는 젊음과 과학에 대한 열의가 가져다주는 기쁨이 넘치고 있었다. 아, 로켓 보이들이여! 높은 창공으로 날아오른 그대들의 로켓은 달콤한 환희였다. "1마일이야, 1마일!" 그들은 '1마일'을 소리 높여 외쳤다. 그들의 로켓이 1마일 상공까지 날아오른 것이다.

－『맥도웰 카운티 배너』 1959년 10월

다음 단계로 넘어가기 위해서는 노즐 설계와 관련된 방정식을 해결해야 했다. 그런데 우리는 아직 중요한 숫자 하나를 알아내지 못하고 있었다. 그것은 바로 징코샤인의 비추력比推力이었다. 로켓 책자에 따르면, 비추력이란 초당 1파운드의 연료가 연소될 때 로켓이 얻는 추진력을 뜻했다. 추진력을 정확하게 측정하기 위해서는 점화된 로켓을 고정시켜 놓을 필요가 있었다. 오델은 직영매장 내에서 정육점을 운영하는 필즈 씨로부터 흠집 하나 남기지 않고 돌려주겠다는 약속과 함께 저울—천장에 달아놓고 도축된 소의 무게를 재는—을 빌려오는 데 성공했다.

케이프 콜우드에 우리는 두 개의 바리케이드를 갖다 놓고 그 위에 두꺼운 판자를 얹어서 실험용 탁자를 만든 다음 저울을 판자의 아랫면에 고정시켰다. 이어서 저울의 고리에 와이어를 걸어서 로켓의 꽁무니에 연결했고, 동시에 로켓보다 약간 폭이 넓은 강관을 쇠줄에 매달아 그 속에 로켓을 집어넣었다. 쿠엔틴의 아이디어는 점화된 로켓이 와이어를 당기며 지면을 향해 움직이는 순간 우리는 망원경으로 저울의 눈금을 확인하자는 것이었다. 그렇게 얻어낸 수치에 연소된 연료의 양과 연소 시간을 대입하면 우리는 정확한 비추력을 얻게 될 것이었다.

BCMA의 과거를 돌이켜보면 늘 그랬듯이 이번에도 아이디어는 좋았지만 결과가 나빴다. 점화가 된 오크 22-B호는 강관 속에서 불꽃과 연기를 내뿜으며 땅바닥에 부딪치더니 한 치의 오차도 없이 우리를 향해 곧장 날아왔다. 로켓이 쉭 소리를 내며 관제소 위를 지나갔을 때 판자에서 뜯겨져 나온 저울은 이미 개울가의 바위에 부딪친 다음 숲 속으로 날아가 벌집에 처박혀 있었다. 성난 벌떼가 일제히 분탄 폐기장으로 날아왔고 우리는 관제소에서 납작하게 엎드린 채 벌떼가 토네이도처럼 발사장을 휩쓸고 다니는 모습을 지켜보았다. 저녁 무렵이 되어서야 벌떼는 발사장에서 완전히 사라졌다. 우리는 숲 속에서 산산조각이 난 저울을 발견했다. 우리 BCMA 회원들은 4주 동안 매주 토요일 오후 정육점을 청소하는 것으로 저울 값을 대신했다. 풀러 씨는 직영매장에 나타나 우리가 청소하는 모습을 조용히 지켜보았다. 비록 아무 말도 하지 않았지만 그는 우리가 청소를 하는 이유를 정확하게 알고 있었다.

우리가 다음으로 생각해낸 것은 동일한 곡의 변주였다. 이번에는 어머니의 화장실에 있는 저울이 동원되었다. 이번에는 내가 나서서 실험을 설계했다. 앞선 실험의 문제점을 충분히 검토했기 때문에 나는 어머니의 저울을 흠집 하나 남기지 않고 화장실에 도로 갖다 놓을 수 있으리라 확신했다. 우리는 철공소 뒤에서 주워 온 U자 모양의 쇠파이프로 유정油井 구조물 형태의 지지대를 만들었다. 로켓을 집어넣은 강관을 보다 단단하게 고정시키기 위해서였다. 우리는 저울을 그 밑에 내려놓고 망원경으로 저울의 눈금을 읽을 수 있도록 거울도 배치했다. 강철 와이어에 매달린 오크 22-C호는 저울 위에 노즈콘을 맞댄 상태로 점화가 되었다. 예상대로 로켓은 저울을 강하게 누르며 처음 몇 초 동안은 우리에게 눈금을 확인시켜 주었다. 그러나 불행하게도 로켓은 이내 망치로 돌변해서 강관 안을 오르락내리락하며 저울을 마구 내리쳤다. 저울은 처음 몇 차례의 타격을 견뎌내는 것 같았다. 하지만 연료를 모두 소모한 로켓 망치가 잠잠해졌을 때 저울은 이미 심하게 찌그러져 있었다. 저울을 흔들어보자 안에서 자갈이 굴러다니는 소리가 들렸다.

나는 저울의 부속을 대충 끼워 넣고 찌그러진 표면을 원래 상태에 가깝도록 최대한 편평하게 펴놓았다. 나는 어머니가 알아차리지 못하기를 바라며 저울을 어머니의 화장실에 갖다 놓았다. 어머니가 내 방문을 벌컥 열었을 때 화장실의 변기에서는 아직 물이 내려가는 소리가 들렸다. "저울 새로 사다놔." 어머니가 말했다. "24시간 이내에."

오델이 새 저울을 가지고 우리 집을 찾아왔다. 나는 그것을 어디에서 구했는지 묻지 않았다. 나는 어머니의 화장실에 저울을 내려놓고 조용히 내 방으로 돌아왔다.

우여곡절 끝에—새삼스러울 것도 없었지만—우리는 징코샤인의 비추력을 얻어냈다. 이제 우리는 못 할 것이 없었다.

오크 22-D호는 접시머리 나사 모양으로 깎은 노즐을 마지막으로 사용한 로켓이 되었다. 아울러 나는 기계공 아저씨들에게 로켓 날개의 크기를 조금 줄여줄 것을 부탁했다. 이전의 로켓이 산등성이를 넘어갈 때 바람의 영향을 받는 것을 목격했기 때문이다. 나는 날개의 표면적을 조금 줄이면 로켓이 바람의 영향을 덜 받으면서 수직으로 날아갈 수 있으리라 생각했다. 내가 미처 살피지 못한 것은 발사대에 로켓을 설치하는 일을 맡은 오델과 셔먼 역시 바람의 영향을 고려하고 있었다는 것이다. 그날 두 친구는 풍향을 살피면서 로켓의 각도를 바람이 불어오는 쪽으로 약간 조정했다. 오크 22-D호가 발사된 날, 발사장에는 바람이 심하게 불고 있었다. 나는 상공의 기류를 살피기 위해 구름의 움직임도 살폈다. 지상과 마찬가지로 상공에서도 바람은 콜우드에서 서쪽 방향으로 불고 있었다.

오델과 셔먼은 바람을 고려해서 평소와 달리 로켓을 조금 더 기울여 놓았다. 나는 관제소에서 발사 준비를 하느라 그 친구들의 작업을 제대로 살피지 못했다. 나는 점화 케이블을 점검한 뒤 쿠엔틴과 빌리의 세오돌라이트가 제대로 준비되었는지 확인했다. 이어서 로이 리와 함께 새로 만든 점화장치의 작동 상태를 점검했다. 준비가 완료된 후 나는 친구들에게 각자 정해진 위치에서 대기할 것을 지시했다.

앞선 로켓 발사 이후 주민들 사이에는 로켓 발사를 구경하는 것이 위험할 수 있다는 소문이 돌았다. 하지만 그런 소문도 발사장을 향하는 사람들의 발걸음을 막지는 못했다. 다만 일부 주민들이 갱도에서 광부들이 착용하는 헬멧을 들고 오긴 했다. 로이 리가 깃대에 BCMA 깃발을 올렸다. 그것은 발사를 알리는 최종적인 신호였다. 나는 약간은 불안한 마음으로 깃발을 바라보았다. 깃발은 바람에 세차게 펄럭이고 있었다.

하지만 나는 이내 근심을 털어냈다. 나는 이번 로켓은 이전의 것들에 비해 크고 무거웠기 때문에 바람의 영향을 덜 받으며 수직으로 날아오를 것이라 생각했다. 나는 관제소로 들어가서 셔먼과 오델이 제작한 목재 점화장치 앞에 무릎을 꿇었다. 점화장치에는 고물상에 적치된 변압기에서 뜯어온 스위치까지 달려 있었다. 스위치를 누르자 징코샤인을 새로운 추진체로 사용한 로켓이 굉음을 내며 힘차게 날아올랐다. 로켓은 산 정상 방향으로 곧게 날아갔다. 셔먼은 초를 세고 있었다. "10초, 11초, 12초……"

나는 눈으로 로켓의 비행운을 따라갔다. 로켓은 산 정상 너머 콜우드 방향으로 사라져버렸다. "안 돼!" 나는 겁에 질려 소리쳤다.

셔먼이 깜짝 놀라 시계에서 눈을 뗐다. "왜 그래?"

로이 리도 내 시선이 향하는 곳을 바라보고 있었다. "이런, 제기랄!"

우리는 물론 구경을 나와 있던 사람들의 시선도 모두 한 곳을 향했다. 사람들의 입에서 로이 리가 내뱉은 말이 똑같이 튀어나왔다. 로이 리의 차를 향해 달려가는 우리를 위해 사람들이 길을 터주었다. 우리는 차창에 얼굴을 갖다 대고 하늘에서 로켓이 지나간 흔적을 찾으려 애썼다. "지금의 상황에선," 쿠엔틴이 말했다. "로켓의 속도 또한 안정성에 큰 영향을 끼칠 것으로 보이고—"

"입 다물어, 쿠엔틴."

"속도와 풍압의 비율을 수학적으로 계산해보면 아주 흥미로운 결과를 얻을 수 있을 것 같아. 내 생각엔—"

"닥치라고!"

프록 레벨은 평화로웠다. 우리는 계속 차를 몰았다. 차가 미들타운에 들어섰을 때 도로 저만치 앞에 사람들이 떼를 지어 있는 모습이 보였다. 사람들은 뭔가를 구경하기 위해 모여 있는 것 같았다. 로이 리가 낮은 신음소리를 냈다. "우리가 사람을 죽인 거야!"

오크 22-D호는 리처드 목사님의 교회 바로 옆에 있는 공터에 떨어졌다. 그곳은 아이들이 모여서 터치풋볼이나 소프트볼을 하는 장소였다. 그곳에서 놀고 있던 아이 하나가 죽었을지도 모른다는 생각에 우리는 사색이 된 채 군중들 틈을 뚫고 들어갔다. 로켓은 풀밭에 완전히 처박힌 채 노즐과 날개만 보였다. 유황 냄새가 아직도 진동하고 있었다. 갑자기 긴장이 탁 풀리며 웃음이 나왔다. 모여 있던 사람들도 따라서 웃었다. "너희들 조금만 더 노력하면 로켓을 워싱턴 D.C.까지 날려 보내겠다." 무리 속에 있던 톰 아저씨가 말했다. 그는 BCMA의 초창기부터 변함없이 우리를 응원해주었다.

로이 리는 차 트렁크에서 삽을 꺼내 로켓을 파내기 시작했다. 사람들은 저마다 로켓이 떨어졌을 때 자신이 어디에 있었는지, 그 소음과 진동이 얼마나 대단했는지 목소리를 높여 이야기했다. 그때 풀러 씨가 트럭을 타고 나타났다. 그는 우리를 보자마자 소리를 질렀다. "이 빌어먹을 놈들, 또 너희냐?" 그가 눈알을 부라리며 말했다. "이젠 아예 마을을 향해 로켓을 쏴대기로 작정을 했군."

'아, 이젠 정말 어떡하지?' 나는 눈앞이 깜깜했다.

"이것 보시오." 리처드 목사님이 풀러 씨를 향해 말했다. "이 아이들에게 그런 식으로 말하지 마시오. 우린 이 애들이 자랑스럽소."

"그래요, 애들한테 뭐라고 하지 마십시오." 톰 아저씨가 거들었다. "애들을 그냥 내버려 두세요. 아무도 다치지 않았으니까요."

사람들이 웅성거리기 시작하더니 여기저기에서 풀러 씨에게 항의하는 목소리가 터져 나왔다. 풀러 씨는 물러서지 않았다. "이 녀석들은 회사 부지에서 로켓을 발사했고 내가 알아본 결과 회사 물건을 제멋대로 가져다가 로켓을 만들었소. 회사를 대표하는 사람으로서 분명히 말해두는데, 이 시각 이후 두 번 다시 로켓이 발사되는 일은 없을 거요."

"이보시오, 당신이 회사를 대표하는지는 모르겠지만 당신 앞에 있는 이 분들은 모두 마을의 주인이요." 리처드 목사님이 말했다.

"이 아이들은 앞으로도 계속해서 로켓을 날릴 겁니다." 톰 아저씨가 한 걸음 앞으로 나서며 말했다. "당신이 우리가 살던 집을 팔아치우고 우리가 마시는 공기에 요금을 매길지는 모르겠지만 이 애들만큼은 건드릴 수 없을 겁니다."

리처드 목사님의 교회에서 오르간 반주를 하는 부인이 풀러 씨의 팔을 밀치며 말했다. "댁이 오기 전까지 우리 마을은 아주 평온했어요. 댁이 어디에서 왔는지는 모르겠지만 우리한테 더 이상 이래라 저래라 하지 마세요."

분위기가 심상치 않자 풀러 씨는 자신이 타고 온 트럭을 향해 돌아섰다. 그는 잠시 걸음을 멈추더니 나를 쏘아보며 말했다. "네 아버지와 이야기하겠어."

"얘들아, 로켓을 계속 날려!" 톰 아저씨가 우리에게 소리쳤다. "하늘 높이 로켓을 날려버리라고!"

"그런데 저쪽으로만 날려." 누군가 케이프 콜우드 방향을 가리키며 말했다.

집에 도착하자마자 나는 당장 사무실로 오라는 아버지의 전화를 받았다. 나는 호흡을 가다듬으며 집을 나섰다. 사무실의 문은 조금 열려 있었다. 아버지는 한 손으로 다친 눈을 가린 채 갱도의 도면을 살피고 있었다. 노크를 하자 아버지가 고개를 돌렸다. 그 순간 나는 아버지의 수척해진 얼굴에 충격을 받았다. 사원 임대주택 매각 발표 이후 나는 집에서 아버지를 거의 보지 못하고 있었다. 아버지는 모자를 챙겨 들었다. "같이 갈 데가 있다." 아버지가 트럭이 세워진 곳으로 앞장을 섰다. 내가 알기로 지난번 매몰 사고로 다리를 다치지는 않았음에도 아버지는 약간 절면서 걷고 있었다. 문득 아버지의 체구가 예전보다 작아졌다는 느낌이 들었다.

나는 어디를, 왜 가는지 묻고 싶었지만 참기로 했다. 아버지는 트럭을 몰고 우리 집 앞을 지나 콜우드 초등학교와 마을 한복판을 차례로 지나갔다. 차창 밖으로 샛강 건너편의 집 한 채에 노란색 페인트가 칠해지고 있는 모습이 보였다. 낯선 광경이었다. 흰색 페인트가 칠해진 사원 주택들이 길게 줄지어 있는 가운데 새로 노란색을 입은 그 집은 모든 것이 달라졌음을 상징적으로 보여주었다. 그 집은 회사가 매각을 한 최초의 주택이었다. 아버지는 입 밖으로 나오려는 말을 털어내려는 듯 손등으로 입가를 훔쳤다.

우리는 꼭대기의 십자가가 약간 기울어 있는 교회 앞을 지나쳤다. 교회 정문에 채워져 있는 자물쇠는 웨스트버지니아의 작은 교회보다는 지옥의 문에 더 어울릴 것 같았다. 트럭은 프록 레벨로 들어섰다. 아버지는 케이프 콜우드로 차를 몰고 있음이 분명했다. "서니, 다른 사람으로부터 전해 듣기보다는 네가 직접 보는 게 나을 것 같다." 내 시선을 의식하며 아버지가 말했다.

케이프 콜우드가 시야에 들어왔을 때 발사대를 가리고 있는 불도저 한 대가 보였다. 불도저 옆에서 기사에게 작업을 지시하고 있는 풀러 씨의 모습도 보였다. 우리의 관제소는 해체되어 길가에 가지런히 쌓아올린 목재가 되어 있었다. 분탄 폐기장 입구에는 철망이 쳐져 있었다. 철망에는 탄광을 소유한 제철회사에서 파견된 풀러 씨 명의의 경고문이 붙어 있었다.

"출입 금지"

경고문을 보자마자 나는 피가 거꾸로 솟았다. "여긴 허락해주신 곳이잖아요!"

아버지는 운전대를 잡은 채 아무 말 없이 불도저만 바라보고 있었다. "로켓이 마을 쪽으로 날아오지 않게 하겠다고 약속한 건 너다."

"그건 실수였어요. 그리고 문제를 이미 바로잡았단 말이에요."

"결정은 풀러 씨가 한 거다." 아버지가 말했다. "풀러 씨에겐 그럴 권리가 있어."

"무슨 권리요? 저 목재는 아버지가 주신 거지 우리가 훔친 게 아니잖아요. 발사장을 만든 시멘트도 마찬가지고요."

아버지는 무엇인가 말을 하려다 망설이는 표정으로 나를 쳐다보았다. 이윽고 아버지가 입을 뗐다. "잘 들어라. 이 일에 대해 내가 개입할 여지는 전혀 없어. 지금 벌어지고 있는 일이 마음에 안 들지? 그럼 대학에 가. 그리고 다시 돌아와. 그러면 몇 년 안에 네가 이곳 전체를 관리할 수 있을 테니까."

나는 분을 이기지 못하고 소리쳤다. "여긴 지긋지긋해요. 떠나면 다신 안 돌아올 거라고요."

나는 아버지에게 상처를 주고 싶었고 내 의도는 들어맞았다. 아버지는 거친 숨을 몰아쉬며 손을 번쩍 들었다. 나는 아차 싶었지만 이미 돌이킬 수 없었다. 하지만 주먹은 날아오지 않았다. 아버지는 조용히 손을 내렸다. "네가 콜우드에 대해 그렇게 말할 줄은 몰랐다."

나는 방금 내뱉은 말을 주워 담고 싶었다. '이 망할 입!' 바로 그때 로이 리가 오델을 차에 태우고 나타났다. 차에서 내린 로이 리와 오델은 나를 쳐다보며 어떻게 할 것인지 눈으로 묻고 있었다. 나는 트럭에서 내려 두 친구를 데리고 목재가 쌓여 있는 곳으로 성큼성큼 걸어갔다. 나는 판자 하나를 집어 들었다. "다시 짓자." 내가 말했다.

그때 셔먼의 아버지가 차를 몰고 나타났다. 그리고 또 한 대의 차가 도착했다. 그 차엔 기계공들이 타고 있었고, 이어서 도착한 차엔 듀보네 씨와 톰 티클 아저씨를 비롯한 여러 광부들이 타고 있었다. 그들 모두가 철조망 앞으로 모여들었다. 아버지도 트럭에서 내려 우리가 서 있는 곳으로 절뚝거리며 다가왔다. "호머, 이건 옳지 않아." 듀보네 씨가 아버지에게 말했다.

"이건 회사의 일이니 상관들 말게." 아버지의 목소리는 평소와 달리 힘이 없었다.

"우리는 회사가 아닙니다." 톰 아저씨가 말했다. "우린 노조라고요."

"어서들 돌아가게." 아버지가 말했다. 하지만 목소리엔 여전히 힘이 없었다.

"애들의 관제소를 다시 지어주고 갈 겁니다." 톰 아저씨가 말했다.

모여든 사람들은 철조망을 걷어내고 목재를 하나씩 든 채 분탄 폐기장 안으로 들어갔다. 풀러 씨가 달려와 고함을 질러댔지만 사람들은 그를 무시하고 계속 걸어갔다. 듀보네 씨가 불도저에 올라 기사에게 몇 마디 말을 건네자 불도저는 곧 발사대에서 뒤로 물러났다. 관제소가 있던 자리에 도착해 뒤를 돌아보자 아버지가 풀러 씨에게 다가가는 모습이 보였다. 풀러 씨는 아버지에게 삿대질을 해가며 고래고래 소리를 질렀다. 아버지는 길길이 날뛰는 그의 앞에서 잠자코 서 있는가 싶더니 갑자기 두 팔을 쭉 뻗어 멱살을 잡아 풀러 씨를 번쩍 들어올렸다. 로이 리가 그 모습을 지켜보며 한마디 했다. "네 아빠가 지금 협상을 하고 계시는가 보다." 로이 리가 낄낄대자 함께 그 모습을 지켜보고 있던 듀보네 씨도 웃음을 터뜨렸다.

풀러 씨가 도망치듯 분탄 폐기장을 빠져나가자 아버지가 다가와 나를 조용히 한쪽으로 불러냈다. "이곳을 계속 사용해라. 그리고 강관, 기계 작업, 알루미늄 강판, 무엇이든 필요한 건 레온 페로 씨에게 말해라. 내가 결재를 할 테니까. 대신 다시 한

번 사고를 치면 그땐 나를 탓하지 마라. 그땐 모두 네 책임이니까. 알았어?"

나는 빙긋 웃으며 대답했다. "네, 명심할게요."

22장
수학 공부(오크 23~24호)

며칠 후 풀러 씨가 갑자기 마을을 떠났다. 아버지가 그를 쫓아 냈다는 얘기가 울타리 통신으로 돌았지만 진짜 이유는 그가 자신이 맡은 악역을 완수했기 때문이었다. 일주일 후 광업소장이 새로 부임했다. 번디니 씨는 전임 소장 밴다이크 씨를 연상시키는 풍모를 지니고 있었지만 그는 본사로부터 더 나쁜 소식을 가지고 왔다. 탄광은 이제 주 4일 근무를 하게 되었다. 아버지는 작업반장들을 소집해서 본사 방침에 따라 작업 일수가 줄어든 만큼 모든 광부들의 임금이 20퍼센트 삭감되었음을 통보했다. 아버지의 봉급도 예외가 아니었다.

차가운 바람과 함께 가을이 찾아왔다. 마당의 단풍나무가 노랗게 물들더니 한순간에 낙엽이 우수수 떨어졌다. 낙엽을 긁어 모아서 태우는 일은 으레 형과 내가 같이 하는 일이었지만 그해 가을은 온전히 내 몫이 되었다. 텅 빈 형의 방에서 느껴지는 적막함과 그런 사소한 순간들이 형이 정말 떠났음을 실감하게 해주었다. 형의 친구들은 뿔뿔이 흩어졌다. 밸런타인 카미나와 벅 트랜트가 결혼을 했다는 소문이 들렸다. 오델에 의하면 벅은 기대에 부풀어서 디트로이트로 떠났다고 했다. 나는 그가 자동차 공장에 취직을 했을 거라 생각했다. 나는 속으로 밸런타인이 잘 지내기를 바랐다.

형은 늘 그랬듯이 첫 데이트 이후 몇 주 만에 도로시와의 연락을 끊었다. 형에게는 사냥감을 획득하는 것보다 쫓는 과정 자체가 중요했다. 7월에 체육특기생 장학금을 받으며 대학에 진학한 형은 간간이 편지나 전화로 대학 미식축구팀에 잘 적응하고 있다는 소식을 전해왔다. 하지만 집에 연락을 하는 진짜 목적은 옷을 살 돈을 부쳐달라고 말하기 위한 것이었다. 어머니는 그때마다 우편으로 수표를 보내주었다.

우리가 3학년에 진급한 것 이외에도 학교에는 몇 가지 변화가 있었다. 빅 크리크 고등학교 미식축구부에 대한 징계는 풀렸지만 그 사이 게이너 감독이 북부의 다른 학교로 자리를 옮겼고, 팀의 전력도 더 이상 예전 같지 않았다. 미식축구부는 시즌 초 네 차례 치른 경기에서 3패를 기록했다.

도로시는 미식축구 경기의 하프타임에 브라스밴드를 지휘하며 멋진 연주와 행진을 보여주었다. 그녀는 눈부시게 예뻤다. 그런 나 자신이 정말 싫었지만 나는 기회가 있을 때마다 그녀를 훔쳐보지 않을 수 없었다. 하지만 정작 그녀가 브라스밴드를 지휘하거나 수업을 들으면서 나의 시선을 끌려고 할 때 나는 번번이 그녀를 외면했다. 어느 날 아침 복도에서 우연히 마주친 도로시가 나에게 말을 걸었다. 그녀는 형과 있었던 일에 대해, 그리고 미처 내 마음을 헤아리지 못한 것에 대해 사과했다. 나는 아무 말도 하지 않고 그녀를 무표정하게 쳐다봤다. 그녀가 어색한 표정으로 뒤돌아섰을 때 나는 길 잃은 강아지처럼 그녀의 뒷모습을 바라보았다. 나는 줄곧 그녀를 그리워하고 있었다. 그런 속마음을 어느 누구에게도, 도로시에게도 드러낼 수 없었지만 나 자신마저 속일 수는 없었다.

형이 집을 떠난 후 나는 토요일 저녁마다 차를 마음대로 쓸 수 있었다. 로이 리와 나는 콜우드에서 더그아웃까지 자동차 경주를 벌이곤 했다. 일단 콜우드 산을 넘어가면 로이 리의 고물차는 내가 모는 뷰익을 따라올 수 없었다. 자동 기화기가 장착된 뷰익은 리틀 데이토나를 시속 100마일의 속도로 달릴 수 있었다. 나는 그런 무모한 속도에서 희열을 느꼈다. 큰 차체의 엔진에서 들리는 굉음, 운전대의 떨림 그리고 길 양쪽에 늘어선 나무들이 녹색의 얼룩으로 번지는 속도감이 나를 사로잡았다. 더그아웃에서 자동차 전용극장이 있는 곳까지 다시 경주를 벌이면서 로이 리는 몇 번인가 나를 추월하려고 했다. 로이 리는 브레이크를 밟지 않고 곡선 구간을 도는 실력이 나보다 좋았지만 직선 도로가 나오면 상대가 되지 않았다. 결국 로이 리는 자동차 경주를 포기했다. "서니, 나는 그냥 재미삼아 해본 거야." 그가 말했다. "그런데 너는 죽기 살기로 덤비더라." 나는 내가 운전을 더 잘한다고 생각했지만 로이 리는 그것을 인정하지 않았다.

아버지가 약속한 대로 BCMA에 필요한 물건들—강관, 알루미늄 강판, SAE-1020 등—은 레온 페로 씨에게 말만 하면 며칠 내로 내 손에 들어왔다. 페로 씨는 주문한 물건이 들어왔다고 내게 알릴 때 더 이상 거래를 요구하지 않았다. 오히려 그는 내 부탁이라면 무엇이든 들어주려 했다. 이제 로켓 설계에 큰 진전을 이루기 위한 모든 조건이 갖추어졌다. 오크 23호는 라일리 선생님이 전해준 로켓 전문 서적, 쿠엔틴과 내가 하츠필드 선생님의 수업과 독학을 통해 공부한 미적분, 2년간의 시행착오로 얻은 경험과 지식이 총망라된 최초의 로켓이 될 것이었다.

11월 어느 토요일, 쿠엔틴이 히치하이크를 해서 콜우드를 찾아왔다. 우리는 내 방으로 올라가서 미분 방정식과 씨름을 했다. 데이지 메이가 침대의 베개 위에 웅크리고 앉아서 우리를 지켜보았다. 치퍼는 커튼에 대롱대롱 매달려 있었다. 쿠엔틴은 가느다란 손가락으로 온갖 복잡한 방정식을 짚으며 손에 든 로켓 책을 큰 소리로 읽었다.

우리는 로켓 노즐의 설계를 다룬 부분을 주의 깊게 읽었다. 쿠엔틴과 나는 충분히 이해가 될 때까지 토론을 멈추지 않았다. 로켓의 추진 연료가 연소되면 다량의 가스가 노즐 내부에서 수렴 통로를 따라 가장 좁은 부분을 지나가게 되는데 그때의 속도가 음속보다 낮으면 발산 통로에서 가스가 응축되고 그때문에 효율이 떨어지게 되었다. 하지만 가스가 노즐의 가장 좁은 부분("서니, 이게 노즐 설계의 핵심이야!")을 통과할 때 음속에 도달하면 발산 통로를 빠져나갈 땐 초음속이 되고 거기에서 엄청난 추진력이 발생하는 것이었다. 우리는 추진력 계수, 노즐 내부에서 가장 좁은 부분의 면적, 연소실의 단면적, 특정 추진 연료의 연소 가스 속도 등을 알아낼 수 있는 방정식들과 끝없는 씨름을 벌였다.

로켓 전문 서적을 공부하면서 우리는 이전에 해보지 못했던 일에 도전하기로 결심했다. 그것은 로켓의 목표 고도와 속도를 계산하고 최적의 연료량을 산출하는 것이었다. 쿠엔틴과 나는 연료의 양을 계산하는 것은 일단 뒤로 미루기로 했다. 우리는 목표 고도를 먼저 정하기로 했다. "2마일로 하자." 쿠엔틴이 말했다.

"아예 30마일로 하지 그래?" 내가 말했다.

쿠엔틴은 나보다 신중했다. "2마일이면 지금까지 도달한 고도의 두 배야."

나는 책상 서랍에서 연습장을 꺼냈다. 우리가 비행시간을 토대로 고도를 계산할 때 사용한 공식인 $S=1/2at^2$이 가장 먼저 필요했다.

나는 우리의 로켓이 발사 직후 최대 속도를 내서 1만 피트 고도에 도달한다는 가정 하에 계산을 해보았다. 그 결과 초속 800피트, 즉 시속 545.45마일로 날아야 한다는 계산이 나왔다. 계산을 다시 해보았지만 결과는 똑같았다. 그것은 내가 뷰익을 몰고 달려본 최고 속도보다 다섯 배나 빠른 것이었다. 아무리 생각해도 우리의 로켓이 그 정도로 빨리 날 수 있을 것 같지는 않았다. 나는 연습장을 옆으로 밀치며 말했다. "계산이 잘못된 것 같아." 갑자기 짜증이 났다. 나는 간단한 방정식조차 제대로 풀지 못하고 있는 것 같았다.

쿠엔틴이 연습장을 내 앞으로 다시 밀면서 말했다. "계산 정확하게 했어. 계속해봐. 기죽지 말고."

"나 기 안 죽었어!" 나는 발끈하며 소리쳤지만 사실 기가 죽어 있었다. 다음은 드 라발 노즐의 설계를 다룬 부분이었다. 들여다보기만 해도 머리가 아팠다. 그것은 수십 개의 복잡한 방정식이 유기적으로 연결되어 있기 때문에 중간에 한 군데만 틀려도 전체가 틀릴 수밖에 없는 어려운 과제였다. "쿠엔틴, 너는 미적분 수업을 들었잖아. 이건 네가 해."

"안 돼." 쿠엔틴이 단호하게 말했다. "라일리 선생님한테 이 책을 받은 건 너야. 그리고 너도 나만큼이나 미적분에 대해 잘 알고 있어. 핑계대지 말고 어서 풀어."

나는 자신이 없었다. 그것을 풀어내는 것은 1마일을 4분 내에 주파하는 것만큼 어려웠고, 나보다 훨씬 뛰어난 사람에게나 가능한 일로 보였다.

쿠엔틴이 손가락을 나에게 흔들어 보이며 말했다. "이것 봐. 네가 이 방정식을 풀지 않겠다고 하면 이제까지 우리가 해온 게 다 뭐가 되냐? 이런 거 하지 않고도 잘 날아가는 로켓을 만들 수도 있겠지. 어른들과 선생님들도 칭찬을 하실 거야. 운이 좋으면 과학경진대회의 심사위원들도 얼렁뚱땅 속일 수 있을지도 몰라. 하지만 너는 물론이고 우리도 다 아쉬워할 거라고. 네가 포기하지 않았더라면 더 많은 걸 이룰 수 있었을 텐데, 훌륭한 로켓을 만들 수 있었을 텐데 하면서 말이야."

"네가 말하는 훌륭한 로켓이 뭔데?" 내가 물었다.

쿠엔틴은 팔짱을 끼고 턱을 앞으로 쑥 내밀며 대답했다. "설계자의 의도대로 날아가는 로켓이지. 설령 200피트밖에 날지 못한다고 해도 그건 중요하지 않아. 그게 설계자가 의도한 것이라면 그게 훌륭한 로켓이야." 쿠엔틴은 손가락으로 책을 가리키며 말을 이었다. "우리는 2마일을 목표로 하고 있어. 그 목표에 도달하게 해줄 방정식이 이 책에 있다고. 그러니까 어서 풀어!"

나는 방정식에 있는 작은 숫자와 기호들을 바라보았다. 베르너 폰 브라운 박사가 실제 로켓을 설계할 때 사용할 그 방정식들이 어쩐지 친숙하면서도 신비스러운 그의 영역을 보여주는 것 같았다. 제일 먼저 풀어야 할 방정식은 추진력 계수를 구하는 것이었다. 쿠엔틴이 답답하다는 듯이 그 방정식이 나와 있는 페이지를 손끝으로 톡톡 두드렸다. "밤새 이러고 있을 거야?"

"알았어, 자식아. 하면 되잖아." 내가 투덜거렸다. 쿠엔틴은 의자에 등을 기대며 약을 올리듯 웃었다.

내가 계산을 한 흔적들이 연습장을 한 장씩 채워나갔다. 쿠엔틴에게 우유와 쿠키를 챙겨주러 어머니가 잠시 들어왔을 때를 제외하고 나는 그 누구의 방해도 받지 않은 채 두 시간을 꼬박 계산에 매달렸다. 자, 각도기, 컴퍼스를 꺼내놓고 나는 계산한 수치를 토대로 노즐과 동체의 도면을 그렸다. "자, 다 됐어." 나는 완성한 도면을 앞으로 밀어냈다. 도면을 정밀하게 그리느라 긴장을 했는지 팔과 손가락이 저렸다.

쿠엔틴이 나를 옆으로 밀어내고 책상에 앉았다. 고개를 처박고 한 시간 가까이 내 풀이 과정을 꼼꼼히 확인하던 쿠엔틴이 느닷없이 연습장을 벽에 집어던졌다. "제곱수를 반올림했잖아.

네가 그린 도면은 아무 짝에도 쓸모가 없어."

"소수점 이하에서 어떻게 하는지 생각이 나지 않았어." 내가 말했다.

"멍청아, 로그를 써야지. 어떻게 그걸 잊어버려?"

나 자신의 멍청함에 화가 나서 나는 천장을 올려다보며 혼잣말을 했다. "맞아, 로그!" 나는 너무 피곤했다. 그대로 침대에 누워서 자고 싶었다.

"다시 해!" 쿠엔틴이 소리를 질렀다.

나는 쿠엔틴을 두들겨 패주고 싶었지만 마음을 다잡고 숨을 고르며 상용로그표가 들어 있는 미분 방정식 책을 꺼내들었다. 그리고는 처음부터 다시 계산을 시작했다. 데이지 메이가 침대에서 내려와 내 무릎 위로 올라왔다. 녀석은 내 팔에 코를 들이밀며 몸을 웅크리더니 이따금 앞발로 내 가슴을 콕콕 건드렸다. 마치 자신이 방 안에 계속 있었음을 상기시켜 주려는 것 같았다. 잠이 든 쿠엔틴은 코를 골기 시작했다. 방정식을 모두 푼다음 나는 다시 도면을 그렸다. 저녁을 먹으라고 몇 번 올라온 어머니도 더 이상 우리를 부르지 않았다. 한참이 지나 쿠엔틴이 기지개를 켜고 하품을 하면서 침대에서 일어나 내가 계산한 결과를 다시 들여다보았다. 이윽고 쿠엔틴이 연습장을 덮고 의미심장한 눈빛으로 나를 바라보았다. "아주 훌륭해, 서니."

"그래?" 나는 아무렇지 않은 듯 되물었지만 속으로는 환호를 하고 있었다.

"이 정도면 훌륭한 로켓이 만들어지겠어."

"엄마한테 보여줘야지." 내가 말했다. 늦은 시각이었지만 아버지는 아직 탄광에서 돌아오지 않았다. 물론 아버지는 집에 있었다고 해도 내가 얼마나 대단한 일을 해냈는지에 대해 관심이 없을 것 같았다.

쿠엔틴과 나는 미분 방정식의 풀이 과정이 빼곡하게 기록된 연습장과 로켓 도면을 들고 아래층으로 내려갔다. 어머니는 식탁에 앉아 커피를 마시며 시어즈 로벅 백화점의 카탈로그를 보고 있었다. 어머니는 카탈로그를 한쪽으로 치우고 내가 푼 방정식과 도면을 살펴보았다. 그때 쿠엔틴의 배에서 꼬르륵 하는 소리가 들렸다. "자, 이젠 뭘 할 거지?" 어머니가 도면과 연습장을 자세히 살펴본 후 말했다.

"대단한 로켓을 만들 거예요." 쿠엔틴이 대답했다.

"로켓도 좋은데 먼저 뭘 좀 먹는 게 어떻겠니?" 어머니가 쿠엔틴에게 말했다. "돼지 갈빗살 구이, 콩, 옥수수 버터구이, 비스킷 정도면 되겠니?"

"그럼요!"

어머니는 히치하이크를 하기에는 너무 늦은 시각이라며 쿠엔틴에게 우리 집에서 자고 갈 것을 권했다. 어머니는 쿠엔틴을 아들보다 더 아끼는 것 같았다. 내가 TV를 보는 동안 어머니와 쿠엔틴은 식탁에 앉아서 이런 저런 얘기를 나누었다. 여느 때와 마찬가지로 나는 쿠엔틴에게 방을 내주고 거실 소파에서 잠을 잤다. 늦은 시각 아버지가 현관문을 열고 들어와 곧장 위층으로 올라갔다. 나는 벌떡 일어나 아버지에게 도면을 보여주고 싶은 충동을 간신히 억눌렀다.

그 다음 월요일, 나는 미분 방정식의 풀이 과정이 적힌 연습장을 들고 하츠필드 선생님을 찾아갔다. "간단한 대수도 못 하던 학생이 참 대단한 발전을 했다고 말해주고 싶네." 내가 푼 문제를 하나하나 살펴본 뒤 선생님이 말했다. 하지만 선생님은 여전히 내가 수학 과목에 저지른 원죄는 잊지 못하는 것 같았다. "한 가지 궁금한 게 있네. 이걸 가지고 뭘 할 작정인가? 자폭이라도 할 생각인가?"

"아닙니다."

선생님이 미소를 지었다. 나는 하츠필드 선생님이 웃을 줄도 안다는 것을 그때 처음 알았다. "난 자네를 믿네."

나는 노즐의 설계 도면을 들고 점심시간에 라일리 선생님을 찾아갔다. 선생님은 학생들의 시험지를 채점하고 있었다. 새 학년이 시작되는 초가을 들어 라일리 선생님은 부쩍 창백하고 수척해진 모습이었다. 늘 생기가 넘치던 눈에도 어딘가 그늘이 드리워져 있었다. 그럼에도 선생님은 3학년 물리 과목을 열성적으로 가르쳤다. 선생님은 수업 시간에 학생들의 흥미와 집중력을 높이기 위해 박봉을 쪼개 여러 가지 물건들을 직접 마련해 왔다. 보일의 법칙을 설명하는 시간에는 풍선을, 아르키메데스의 원리를 가르칠 때는 장난감 보트를, 원심력과 구심력을 설명할 때는 요요를 준비해 오는 식이었다. 라일리 선생님의 수업은 쏙쏙 이해가 되었다. 선생님은 내가 그린 설계 도면에 칭찬을 아끼지 않았다. "과학경진대회에 나가는 문제는 생각해 봤니?"

"한번 도전해보려고요."

선생님은 책상 위에 있는 티슈를 한 장 뽑아서 코를 풀고는 스카프를 목 안쪽으로 여미었다.

"선생님, 괜찮으세요?" 나는 걱정이 되어 물었다.

"그냥 감기야. 해마다 이맘때면 꼭 감기에 걸리는 것 같아. 자, 따라와. 교장 선생님께 이걸 좀 보여드리자."

라일리 선생님은 나를 데리고 교장실로 갔다. 나는 교장 선생님의 책상 위에 설계 도면과 연습장을 펼쳐놓았다. "이 정도면 아주 놀라운 폭탄이 만들어지겠군." 교장 선생님이 설계도를 자세히 들여다보며 말했다. "몇 주 전 미들타운에 폭탄이 떨어졌다는 얘기를 들었는데 사상자는 없었나?"

"없었습니다. 다만 저희가 로켓을 빼내느라 땅을 좀 팠는데 밤중에 그곳을 지나가던 카슨 씨가 구덩이에 발을 잘못 디뎌서 발목을 좀 삐었다고 합니다. 하지만 그건 저희의 로켓이 직접적인 피해를 입힌 건 아닙니다."

"인간의 운명이란 게 아주 묘해서 행운이 항상 결정적인 요인으로 작용한다는 걸 아나?" 교장 선생님이 라일리 선생님을 힐끗 쳐다보며 말했다.

"네, 그런 것 같습니다." 나는 교장 선생님의 말뜻을 제대로 이해하지 못하고 엉겁결에 대답했다.

"과학경진대회의 맥도웰 카운티 예선은 3월에 예정되어 있네. 라일리 선생님은 자네들이 만든… 장치(device, '폭발물'이라는 뜻도 있다 – 옮긴이)를 학교 대표작으로 출품하기로 하셨네. 우리 학교를 미식축구 말고는 아무것도 내세울 게 없는 학교로 인식하고 있는 심사위원들은 아주 까다로운 질문들을 쏟아낼 거야. 아마 그 사람들은 교사나 학부모가 대신 만들어준 출품작 앞에 허수아비가 하나 서 있다고 생각할 게 틀림없네. 아주 어려운 질문이 쏟아져도 대답할 준비가 되어 있나?"

"네, 교장 선생님."

"좋아. 그럼 내가 간단한 질문을 좀 해보겠네. 로켓을 날게 만드는 원리가 뭔가?"

"뉴턴의 운동 제3법칙입니다. 어떤 물체에 힘이 작용할 때 그와 크기가 같고 방향이 반대인 다른 힘, 즉 반작용이 작용한다는 원리입니다."

교장 선생님은 노즐의 도면을 가리켰다. "이 물건은 왜 이런 형태를 띠어야 하지?"

"그것은 드 라발 노즐이라고 합니다. 느린 속도로 움직이는 고압의 가스를 저압 상태에서 빠르게 움직이도록 변환시키는 장치입니다. 가스가 노즐 입구에서 음속에 도달하면 발산 통로에서 초음속이 되고 그 과정에서 추진력이 생기게 되는 것입니다."

"보셨죠?" 라일리 선생님이 빙긋 웃으며 교장 선생님을 쳐다보았다.

"선생님이 이걸 가르쳤습니까?"

"아닙니다. 서니가 독학으로 배운 겁니다."

교장 선생님은 손가락으로 반들반들한 책상을 톡톡 두들기며 내가 미분 방정식을 푼 연습장을 한 장 한 장 넘겨보았다. "웰치 고등학교 교장이 나한테 과학경진대회 결과를 놓고 내기를 하자고 하던데, 이건 라일리 선생님이 결정하신 겁니다. 선생님이 이 학생을 추천하셨으니 기한 내에 참가 신청서를 제출하도록 지도해 주십시오."

"네, 알겠습니다!"

우리는 교장실을 나와 라일리 선생님의 교실로 발걸음을 옮겼다. 복도에는 오후 수업에 들어갈 준비를 하기 위해 사물함에서 책을 꺼내는 학생들이 가득했다. 도로시가 응원단장인 샌디 휘트와 함께 복도 반대쪽에서 걸어왔다. 샌디는 라일리 선생님과 나에게 손을 흔들며 인사를 했다. 도로시는 가볍게 고개만 까딱했다. 나는 의식적으로 샌디에게만 시선을 보내며 인사를 했다. 계단을 따라 3층에 올라간 라일리 선생님이 갑자기 멈춰 서서 피곤한 기색으로 벽에 몸을 기댔다. "요즘 왜 이렇게 기운이 없는지 모르겠어." 내가 부축을 하려 하자 선생님이 손을 내저으며 말했다. "참, 혹시 제이크 아저씨를 만나거든 안부 전해줘. 블루필드에 한번 같이 가기로 했는데 연락이 없네." 선생님은 스카프를 매만지며 힘없이 미소를 지어보였다.

오하이오 본사의 호출을 받고 여름 내내 콜우드를 떠나 있던 제이크 아저씨는 아직 돌아오지 않고 있었다. 그는 클럽 하우스의 옥상에 천체망원경을 두고 떠났지만 다시 돌아올지는 확실하지 않았다. 나는 클럽 하우스 주차장에 그의 콜벳이 세워져 있는지 계속 살펴보겠다고 대답했다. 선생님은 별로 기대를 하지 않는 표정이었다. 교실에 도착한 선생님은 반나절을 걸은 사람처럼 의자에 털썩 주저앉았다.

내가 정확한 계산을 토대로 완성한 도면을 내밀자 페로 씨는 몇 가지 질문을 하며 도면을 자세히 살펴본 뒤 케이턴 씨를 불러서 작업을 지시했다. 나는 매일 학교를 마치고 집에 돌아오면 자전거를 타고 철공소에 들러 작업의 진척 정도를 살폈고 철공소의 청소와 기계공 아저씨들의 간단한 심부름을 도맡아 했다. 케이턴 씨는 작업 속도를 높이기 위해 다른 기계공들의 도움도 받았다. 나는 옆에서 선반과 절삭기 작업을 거들고 싶었지만 기계공 아저씨들은 허락을 해주지 않았다. 서툰 솜씨로 손을 대기에는 너무나 정교한 작업이었기 때문이다.

저녁에는 거실의 회사 직통전화가 자주 울렸다. 케이턴 씨가 늦게까지 남아 노즐 제작을 하며 내게 전화를 걸어 그때그때 의견을 구했기 때문이다. 입구의 직경과 두 개의 내각이 한 치의 오차도 없이 맞아야 하는 노즐 작업은 꽤 까다로웠다. 어머니는 내가 회사 전화를 붙들고 케이턴 씨와 통화를 하는 모습을 지켜보면서 고개를 흔들었다. "부전자전이구나."

마침내 완성된 드 라발 노즐을 케이턴 씨가 자랑스럽게 내밀었다. "베르너 폰 브라운이 이 노즐을 보면 함께 일하자고 나를 케이프커내버럴로 부를 것 같지 않냐?"

나는 그럴 수도 있겠다는 생각이 들었다. 하지만 나는 그에게 떠나지 않았으면 좋겠다고 말했다.

"아, 내가 떠나면 공짜로 일을 해줄 사람이 없어지니까?" 그가 웃으며 말했다.

우리는 새로 설계한 노즐의 성능 시험을 추수감사절 주말에 하기로 결정했다. 징코샤인을 동체에 채워 넣는 작업은 시간이 많이 걸리는 일이었다. 나는 한 번에 3인치 높이만 채우고 네 시간 동안 건조시키는 과정을 반복해야 했다. 동체 내부의 길이가 45인치였으므로 그것은 일주일에 걸쳐 60시간을 쏟아 부어야 마칠 수 있는 일이었다. 나는 학교에 가기 전에 3인치, 집에 돌아와서 3인치, 그리고 자기 전에 3인치씩 작업을 해나갔다. 지하실에서는 술 냄새가 진동했고 그 냄새는 집 안 전체에 퍼졌다. "우리 집에서 밀주를 만든다는 소문은 퍼뜨리지 마세요." 어머니는 우리 집을 찾아오는 이웃 아주머니들에게 농담을 건네곤 했다.

오크 23호의 연료를 채우면서 나는 가지고 있던 아연 가루를 모두 사용했다. 아연 가루를 새로 사는 것이 문제였다. BCMA의 재정은 바닥을 드러내고 있었다. 하지만 나는 크게 걱정하지 않았다. 로켓 제작에 필요한 물건은 하나님에 의해서든, 아니면 BCMA를 보살피는 임무를 맡은 어리바리한 천사에 의해서든 결국은 주어질 것이라는 믿음이 있었기 때문이다. 오델은 자금을 마련할 방법을 찾아보겠다고 했다. 나는 주철 파이프를 캐는 것보다 더 나은 방법이 있기를 바란다고 말했다.

추수감사절 전날, 아버지는 출근하는 광부들을 탄광 정문에서 기다리고 있다가 추가 해고 대상자의 명단을 발표했다. 열가구가 넘게 마을을 떠났고 그만큼의 빈 집이 생겨났다. 주민들의 마음에도 빈자리가 생기기 시작했다. 교회는 다시 문을 열었지만 새로 부임한 담임목사는 메이슨-딕슨 라인(Mason-Dixon line, 메릴랜드 주와 펜실베이니아 주의 경계선 – 옮긴이)의 감리교단 소속이었다. 어머니는 그 두 가지 요소의 결합이 걱정스럽다고 말했다. 땅딸막한 키에 비음이 심한 그 목사는 '기업의 탐욕'과 '악마의 지시를 따르는 이들'에 대해 설교를 했다.

20년 동안 교회 문턱에도 오지 않았던 푸키 아저씨는 목사의 지적이 옳다며 동조자들을 모아 파업을 선언했다. 하지만 불법 파업이 사측에 또 다른 빌미를 줄 것을 우려한 듀보네 씨의 개입으로 파업은 반나절 만에 종료되었다. 체면을 구긴 푸키 아저씨는 직영매장 계단에서 노조까지 싸잡아 공격했다. "듀보네도 이젠 히컴과 한 패야." 그는 존 블레빈의 밀주를 광부들에게 따라주며 목소리를 높였다. "우리가 믿을 건 이제 우리 자신뿐이라고."

아버지는 추수감사절 저녁에 식탁에 올라온 칠면조 구이를 거의 입에 대지 않았다. 광부들을 해고해야만 했던 것에 대해 아버지는 마음의 짐을 내려놓지 못하고 있는 것 같았다. 형은 추수감사절을 맞아 집에 왔지만 빨랫감을 지하실에 던져놓고는 곧바로 버윈드에 있는 여자 친구를 만나기 위해 차를 몰고 나갔다. 형이 첫 학기부터 주전으로 발탁되었다는 소식조차 아버지의 기운을 북돋아주지는 못했다. 아버지는 저녁식사를 마치고 TV를 잠시 켰다가 이내 외투를 걸치고 탄광으로 갔다. 아버지가 나간 뒤 어머니는 뜨개질 거리와 읽을 잡지를 들고 현관 옆 베란다로 나갔다. 아버지가 돌아올 때까지 데이지 메이는 어머니의 무릎 위에, 댄디는 발치에 그리고 포팃은 어깨 위에서 어머니의 곁을 지켰다. 나는 늦게까지 내 방에서 노즐의 도안을 그리고 있었다. 어머니가 황급하게 방으로 들어가는 소리가 들리더니 잠시 후 아버지가 현관문에 들어섰다. 어머니는 줄곧 아버지를 기다렸음에도 아버지가 그것을 알아차리는 것은 원치 않았다.

그 다음 주말, 케이프 콜우드에서 첫 로켓이 발사된 이래로 가장 많은 인파가 모여들었다. 3백 명 가까이 운집한 사람들 중에는 웰치에서부터 찾아온 이들도 있었다. 나는 오크 23호를 무릎에 올려놓고 로이 리가 모는 차 뒷좌석에서 창밖을 내다보았다. 프록 레벨부터 케이프 콜우드에 이르는 길의 1/4 정도가 주차장으로 변해 있었다. 오크 23호는 길이가 4피트였으며 우리가 그때까지 만든 로켓 중에서 가장 크고 무거웠다. 나는 비코프스키 씨 부부가 이 장면을 볼 수 있다면 얼마나 좋을까 하고 생각했다.

발사장에 도착해서 나는 니크롬선 점화기를 고정시키기 위해 코르크 마개를 노즐 안에 끼워 넣었다. 그동안 로켓 발사를 여러 차례 지켜본 사람들과 달리 처음 온 사람들은 로켓을 가까이에서 보기 위해 분탄 폐기장 위로 올라오기도 했다. 몇몇 어린아이들이 발사대에서 100피트도 떨어지지 않은 곳까지 접근하는 모습을 보며 나는 기겁을 했다. 셔먼이 가서 사람들을 도로 아래쪽까지 물러나게 했다. 쿠엔틴이 고도를 측정하기 위해 세오돌라이트를 들고 발사장 아래로 내려간 뒤 우리는 깃발을 올리고 관제소 안으로 들어갔다. 발사 준비가 완료되었다.

카운트다운을 하면서 나는 긴장이 되었다. 쿠엔틴은 확신을 했지만 나는 로켓의 크기가 여전히 걱정이었다. 나는 숨을 깊이 들이마신 뒤 빌리와 셔먼이 만든 점화장치의 스위치를 눌렀다.

엄청난 불꽃과 연기를 내뿜으며 오크 23호는 순식간에 하늘 높이 솟구쳐 올라갔다. 로켓이 시야에서 사라진 다음에도 인근의 산과 계곡에선 우르릉거리는 소리가 메아리쳤다. 사람들은 입을 벌린 채 하늘만 처다보고 있었다. 우리도 마찬가지였다. 하늘에는 로켓의 흔적조차 찾을 수 없었다. 유머감각이 있는 새 한 마리가 그때 우리 머리 위를 날아갔다면 우린 아마 기절을 했을 것이다. 쿠엔틴은 발사장 아래쪽에서도 로켓이 관측되지 않고 있다고 알려왔다. 까마득한 높이의 비행운이 점차 옅어지고 있었다. 로켓은 저 하늘 어딘가에 있을 것이었다. 만일 발사장에 운집한 사람들 위로 로켓이 떨어지면 어떡하지? 콜우드의 마을 한복판에 떨어지거나 하면 어떡하지?

"보인다!" 빌리가 소리쳤다.

"어디?"

"저기!"

하늘에 점 하나가 있었다. 하지만 점은 점점 커지고 있었다. 로켓은 발사장 뒤쪽 로켓 산에 떨어지며 키가 큰 나무의 윗부분을 때렸다. 우리에게 낙하지점을 알려주기라도 하는 것처럼 나뭇가지들이 흔들렸다. 삽을 들고 우리는 발사장을 가로질러 뛰어갔다. 사람들이 박수와 환호를 보내주었다.

"42초야!" 로이 리가 뛰어가면서 말했다.

"7,056피트!" 쿠엔틴과 내가 거의 동시에 소리쳤다. 우리는 이제 암산으로 고도를 계산할 정도가 되어 있었다. 오크 23호는 이전의 최고 고도 기록을 깼지만 새로운 노즐을 적용하면서 기대했던 것에는 미치지 못했다. "어떻게 된 거지? 우리가 계산한 대로라면 3,000피트는 더 올라갔어야 하는 건데." 나는 뛰어가면서 쿠엔틴에게 말했다.

"나도 모르겠어." 쿠엔틴이 숨을 헐떡이며 대답했다. "일단 로켓의 상태를 살펴보자고."

빌리가 앞장서서 잡목을 치우며 산등성이 부근의 습지로 올라갔다. 오크 23호는 숲 속 빈터의 부드러운 부식토에 깊숙이 박혀 있었다. 오델이 주위를 둘러보더니 손을 번쩍 들었다. "야, 움직이지 마." 그가 소리쳤다. "발밑을 잘 봐."

우리는 걸음을 멈췄다. "왜 그래?"

오델은 커다란 참나무 옆에서 무릎을 꿇더니 삽으로 땅을 조심스럽게 파서 울퉁불퉁한 뿌리를 하나 들어올렸다. "이게 뭔지 알아?"

우리가 어깨를 으쓱하자 그가 미소를 지었다. "돈이야."

"또 무슨 수작을 벌이려는 거야?" 로이 리가 퉁명스럽게 말했다.

"아니야. 이번엔 진짜야. 이건 인삼이라는 건데 한번 주위를 둘러봐. 온 사방에 널려 있어. 이렇게 많은 건 나도 처음 봐."

"인삼이 뭐야?" 로이 리가 물었다.

"인디언들이 약으로 쓰던 식물이야. 일본사람들은 이걸 만병 치료약이라고 믿고 있지."

"값이 얼마나 나가는데?"

"글쎄," 오델은 한 뿌리를 더 캐내며 말했다. "아마 한동안 아연 가루 살 돈을 걱정하지 않아도 될 걸."

나는 맥도웰 카운티 일대에서 그 식물이 자생한다는 소리를 들어본 적은 있었지만 직접 보기는 처음이었다. 나는 오델이 건네준 지저분한 뿌리를 보면서 그것이 하나님, 아니면 BCMA

를 담당한 천사의 선물이 아닐까 생각했다. "여호와께서는 어리석은 자를 보호하신다더니 정말이구나." 우리가 인삼을 발견했다는 이야기를 들은 어머니의 반응이었다.

쿠엔틴과 셔먼이 부식토에 박혀 있는 로켓을 파냈다. 쿠엔틴은 노즐 내부를 들여다보며 손가락으로 안쪽을 훑어보았다. 미끈거리는 잔여물이 묻어나왔다. "녹아버렸어. 이제까지 본 것 중에 제일 심해." 내가 섬세하게 설계하고 케이턴 씨와 그의 동료들이 정교하게 제작한 노즐이 볼품없는 고철이 되어 있었다. "단단한 쇳덩어리를 마분지처럼 태워버렸어." 나는 실망하지 않을 수 없었다.

"우린 이걸 반드시 해결해야 해." 쿠엔틴이 어두운 표정으로 말했다. "그러지 않으면 포기해야 될지도 몰라."

로이 리가 우리의 얼굴을 번갈아 쳐다보았다. "너희들 미쳤냐? 이 로켓은 1.5마일을 날았어. 예전의 로켓을 생각해봐. 날지도 못하고 발사대에서 연기만 뿜었잖아."

나는 로켓의 밑동을 로이 리에게 보여주었다. "여기 좀 봐." 씁쓸한 기분에 목소리가 갈라졌다. "녹아버렸다고."

그는 노즐은 거들떠보지도 않고 내 머리를 만지며 말했다. "내가 보기엔 여기가 녹았어."

웰치에는 인삼을 구입하겠다고 신문에 광고를 내는 사람들이 있었다. 이로써 오델은 주철 파이프의 오명을 단번에 씻어버렸다. 우리는 아연 가루 20파운드를 살 수 있는 충분한 돈을 마련했다. 오크 24호는 3주 뒤에 준비가 되었다. 우리는 고도에 미치는 영향을 알아보기 위해 동체의 길이를 5피트로 늘렸다. 하지만 징코샤인은 6인치만 더 넣었고 나머지 6인치의 여유 공간에는 황과 아연을 2:1의 비율로 섞어서 채워 넣었다. 실험 결과 그러한 배합 비율에서 연소의 속도는 떨어졌지만 연기가 많이 나왔기 때문에 높은 고도에 올라간 로켓을 추적하는 데 도움이 될 것으로 기대되었다. 물론 이는 연료량이 줄어드는 것을 의미했고, 그만큼의 고도는 양보해야 했다.

우리는 노즐의 융해 문제에 대해서도 고민을 했다. 케이턴 씨는 오크 23호의 녹아버린 노즐을 살펴본 뒤 새 노즐의 입구를 굴곡진 형태로 만들어보자고 제안했다. 그런 형태로 만들기 위해서는 훨씬 까다로운 작업이 요구되었지만, 그는 나만 동의해준다면 한번 시도해보겠다고 했다. 케이턴 씨는 내가 설계한 노즐 입구의 테두리가 너무 얇기 때문에 그 부분에 열과 압력이 집중되었다고 보았다. 그래서 일단 융해가 시작되자 노즐 입구 전체가 녹아내린 것이었다.

우리는 빅 크리크 고등학교 크리스마스 무도회가 열리는 날 로켓을 발사하기로 했다. 학교 친구들이 제각기 무도회에 타고 갈 차에 광택을 내거나 웰치에 가서 파트너에게 건넬 코르사주를 사는 동안 우리는 케이프 콜우드에 모여 곧 발사할 로켓을 가지고 씨름을 했다. 우리들 중에는 로이 리만 무도회에 함께 갈 파트너가 있었고 나머지는 혼자 가게 될 처지였다. 나는 파트너 신청을 계속 미루다가 결국 때를 놓치고 말았다. 나는 진정한 로켓 과학자는 그런 사소한 일에 신경 쓸 시간이 없다고 스스로를 위로했다. "도대체 내가 몇 번을 말해야 알아듣

겠냐?" 로이 리가 눈을 동그랗게 뜨고 말했다. "케이프커내버럴의 과학자들도 여자들 꽁무니 쫓아다니기 바쁘다니까. 그 동네엔 비키니만 입고 돌아다니는 여자들이 지천에 널렸다고. 그 여자들 빼고 나면 폰 브라운 아저씨하고 그 아저씨가 데리고 있는 과학자들밖에 없어. 로켓이 성공적으로 발사될 때 너는 기분이 어때?"

"좋지."

"바로 그거야. 케이프커내버럴에 있는 아저씨들도 기분이 좋거든. 그러면 그렇게 좋은 기분을 예쁜 여자가 아닌 누구와 나눌 수 있을 것 같아?"

"로켓이 성공적으로 발사되었을 때 그 기쁨을 누군가와 나눌 수 있다면 좋겠지." 나는 무의식적으로 도로시를 떠올렸다. 이전에 보잘것없는 로켓을 날릴 때에도 도로시에게 로켓에 관해 이야기하는 것은 나에게 큰 의미가 있었다. 이제 내가 로켓에 대해 이야기할 상대는 데이지 메이밖에 없었다.

"만일 네가 오늘밤 같이 갈 파트너가 있다면 로켓 이야기로 그 여자애의 정신을 쏙 빼놓을 수 있을 거라고. 그러면 그 여자애도 아마 팬티를 빨리 못 내려서 안달을 할 거야."

"로이 리, 너는 도대체 머릿속에 그 생각밖에 없냐?"

"응. 그런 것 같아." 그가 히죽거리며 대답했다.

계곡을 따라 차가운 바람이 불어왔다. 우리는 관제소 옆 깃대에 깃발을 올리고 풍향을 고려해서 발사대의 각도를 조정했다. 이번에는 빌리가 발사장 아래쪽의 세오돌라이트를 맡았다. 로이 리는 구경을 나온 사람들에게 다가가 그들을 발사장에서 물러서게 했다. 어쩌다 보니 우리의 로켓이 마을의 유일한 오락거리가 된 것 같았다. 차량이 몰려들면서 이제는 보안관 태그 아저씨가 교통정리를 해야 할 정도가 되었다.

무도회에서 로이 리의 파트너가 되기로 약속한 여학생도 모습을 드러냈다. 브라스밴드에서 같이 활동한 그녀는 성격과 몸매 둘 다 좋았다. 나는 로이 리가 그녀에게 다가가 어깨에 팔을 걸치는 것을 보았다. 그녀는 로이 리의 손이 가슴 쪽으로 내려오자 손등으로 그의 손을 탁 치워버렸다.

카운트다운에 이어 나는 점화 스위치를 눌렀다. 하지만 로켓 꽁무니에서 연기가 피식 날 뿐 아무 일도 일어나지 않았다. 점화장치의 연결 상태를 점검한 뒤 나는 다시 한 번 스위치를 눌렀다. 발사대는 이번에도 조용했다. 나는 전선의 피복을 벗겨서 배터리 단자에 대보았다. 불꽃이 튀었다. 그렇다면 점화장치엔 문제가 없다는 뜻이었다. "가까이 가지 마." 관제소 앞에 나가서 망원경으로 로켓을 살펴보는 나에게 쿠엔틴이 말했다.

구경 나온 사람들이 술렁거렸다. 푸키 아저씨가 22구경 라이플총을 들고 군중 사이에서 걸어 나왔다. 그는 바위 뒤에 쪼그려 앉더니 로켓을 향해 총을 겨누었다. "감독관 아들놈아!" 그가 소리쳤다. "내가 한번 쏴볼까?" 몇 마디만 듣고도 나는 그가 취해 있음을 알 수 있었다.

나는 그에게 다가가 물러서 달라고 말했다. 나는 원인을 알 것 같았다. "코르크 마개가 빠진 거야. 노즐 입구가 곡선형이기 때문에 코르크가 단단히 박히지 못한 거지."

"그럼 어떡하지?" 오델이 사람들을 돌아보며 말했다. 구경을 나온 사람들은 빨리 발사하라고 아우성이었다. 푸키 아저씨 주변에 몇몇 사람이 모여들었다. 나는 그들이 최근에 탄광에서 해고된 사람들일 거라 생각했다.

푸키 아저씨는 발사장 위로 올라와서 마치 로켓이 자신의 적이라도 되는 것처럼 총을 겨누고 있었다. "이 개 같은 호머 아들놈아, 네가 제대로 하는 게 뭐가 있어?" 그가 소리를 질렀다.

"가서 코르크 마개를 제대로 끼워야겠어." 내가 말했다.

"그러다 터지면 어떻게 하려고?" 로이 리가 말했다. "그만두는 게 좋을 것 같아."

"아니야, 우린 할 수 있어." 셔먼이 말했다.

셔먼과 나는 관제소 지붕에서 뜯어낸 철판을 방패로 삼아 낮은 포복으로 로켓을 향해 기어갔다. 푸키 아저씨가 우리를 보며 낄낄대고 웃었다. 그의 옆에 있는 이들도 야유를 보냈다. "저 자식들, 꼭 은색 거북이 같네."

나는 그들의 야유를 무시했다. 팔을 뻗으면 로켓이 닿을 거리까지 접근한 뒤 나는 로켓의 아랫부분을 살펴보았다. 위쪽으로 날개까지 그을려 있었지만 더 이상 연기는 나지 않고 있었다. 니크롬선은 새까맣게 타버린 코르크 마개 속에 묻혀 있었다. 나는 니크롬선을 살짝 당겨보았다. 아니나 다를까, 니크롬선은 이미 산화가 되어 쓸 수 없는 상태였다. 나는 혹시 필요할 경우를 대비해서 주머니에 가지고 있던 폭죽 도화선을 꺼내 노즐 안으로 밀어 넣었다. 도화선이 징코샤인에 쑥 박히는 느낌이 났다. "셔먼, 이 도화선은 3년 된 거야. 아마 엄청나게 빨리 타들어갈 거라고. 불을 붙이자마자 잽싸게 뛰어야 돼. 알았지?"

셔먼이 고개를 끄덕였다. "알았어."

나는 도화선에 불을 붙였다. 불꽃이 튀었다. 우리는 뒤로 돌아 몇 걸음 뛰지도 못하고 다이빙을 하듯 분탄 폐기장에 얼굴을 처박을 수밖에 없었다. 어슬렁거리며 발사대 쪽으로 다가오던 푸키 아저씨는 그럴 여유조차 없었다. 발사의 충격파로 그는 뒤로 벌렁 나자빠졌다. 그는 벌떡 일어나서 비명을 지르며 관제소 쪽으로 도망을 갔다. 오크 24호는 순식간에 시야에서 사라졌다. 사람들은 환호성을 질렀고 관제소에 있던 친구들은 우리를 향해 뛰어왔다. "시간 재고 있어?" 내가 소리쳤다. 친구들이 석탄가루에 새까매진 우리의 얼굴을 쳐다보는 동안에도 귀가 여전히 멍멍했다.

"현재 20초." 로이 리가 대답했다.

우리는 재빨리 관제소로 뛰어갔다. "아직 안 보여." 발사장 아래쪽에서 고도를 관측하고 있던 빌리의 목소리가 전화기를 통해 흘러나왔다. "잠깐, 보인다!"

하늘에 희미한 노란색 연기의 점이 나타났다. 마지막으로 연소될 부분에 황을 많이 넣은 것이 주효했다. 로켓은 최고 고도에서 자신의 위치를 분명하게 보여주고 있었다. "48초!" 로켓이 분탄 폐기장 아래쪽으로 멀지 않은 곳에 떨어지는 순간 로이 리가 소리쳤다.

"8,500피트야." 나는 암산한 거리를 말했다.

푸키 아저씨가 관제소 옆에서 22구경 라이플총의 총신을 잡은 채 낡은 작업복에 묻은 석탄가루를 털어냈다. "이 새끼들, 너희들은 미친 거야." 그는 관제소 벽에 침을 탁 뱉었다. 그는 총구를 하늘로 향하더니 방아쇠를 한 차례 당겼다. "봤냐? 내가 너희들보다 더 높이 쏠 수 있어." 그가 눈을 가늘게 뜨며 누런 이빨을 드러냈다. "마을 사람들은 다 굶어죽게 생겼는데 호머의 자식새끼는 돈이 펑펑 남아돌아서 로켓이나 쏴대고 있단 말이지."

그때 쿠엔틴의 환호성이 들렸다. 나는 발사장을 가로질러 쿠엔틴이 있는 곳으로 달려갔다. 쿠엔틴은 이미 로켓을 파내서 노즐을 살펴보고 있었다. 나도 노즐을 들여다보았다. 노즐 입구에 군데군데 작은 구멍이 나 있었지만 융해는 확실히 줄어들어 있었다. 우리는 서로를 쳐다보며 활짝 웃었다. "이 엄청난 경이로움에 할 말을 완전히 잃었다." 쿠엔틴은 휘파람을 불었다.

그날 밤 나는 체육관의 응원석에 앉아 남녀 학생들이 짝을 지어 춤을 추는 모습을 바라보았다. 브래드쇼에서 온 흑인 밴드의 연주는 경쾌했다. 여학생들은 저마다 파스텔색의 드레스에 페티코트를 받쳐 입고 있었다. 남학생들은 모두 정장에 넥타이를 매고 있었다. 그때 하늘거리는 레이스가 달린 분홍색 드레스 차림의 여학생이 계단을 내려와 내 옆자리에 와서 앉았다. 2학년생 멜바 준 먼로였다. 그녀는 예뻤다. "안녕하세요?" 그녀가 애교 섞인 목소리로 인사를 했다. "제 파트너가 너무 따분해서요. 지금은 어디 갔는지 찾지도 못하겠어요. 오빠처럼 대단한 사람이 어쩌다가 무도회에 혼자 왔어요? 저랑 춤추실래요?"

물론 나는 춤을 추고 싶었고 무도회가 끝난 뒤 그녀를 로이 리의 차 뒷좌석에 태우고 집까지 바래다주고 싶었다. 나는 두 가지 모두를 할 수 있었다. 로켓 보이의 명성 덕분이었다.

1960년 1월, 대통령 선거에 출마한 매사추세츠 주 상원의원이 찰스턴에 도착했다는 기사가 신문에 실렸다. 그의 이름은 존 F. 케네디였다. 또 다른 상원의원인 미네소타 주의 휴버트 H. 험프리도 웨스트버지니아를 방문할 예정이었다. 신문은 두 후보가 웨스트버지니아 주 예비 선거에서 격돌할 것이라고 보도했다. 사진으로 본 케네디는 소년 같은 웃음에 머리가 덥수룩한 남자였다. 찰스턴의 유세장에서 지지자들 앞에 나타난 그의 모습은 웨스트버지니아 출신의 정치인들과는 어딘가 달라 보였다. 찰스턴과 헌팅턴에서 TV 토론에 나선 그는 비음이 심한 목소리로 질문에 대답했고 억양도 북동부의 세련된 정치인과는 많이 달랐다. 나는 도대체 누가 저런 사람에게 표를 던질까 하는 생각이 들었다. 2월 하순 눈이 많이 내린 어느 날, 아버지는 읽고 있던 신문을 내던지며 목소리를 높였다. "조 케네디 그 영감탱이가 밀주를 팔아서 돈을 벌더니 이젠 자기 아들을 위해 웨스트버지니아를 매수하겠다는 거야. 민주당원이라는 놈들은 거기에 홀딱 넘어가겠지."

아버지와 나 사이에는 대화를 나눌 만한 화제가 거의 없었지만 정치라면 얘기를 꺼내볼 수도 있겠다는 생각이 들었다. 나는 한번 시도해보기로 했다. "그 사람이 부자라면 우리 주에 돈을 좀 풀지 않겠어요?" 나는 조 케네디 부자父子 가운데 한 사람을 콕 집지 않고 모호하게 말했다. "그럼 우리에게도 혜택이 돌아올 테니까 좋은 거죠."

"그 자식들은 세상에서 제일 나쁜 놈들이야." 아버지가 말했다. "그놈들의 더러운 돈은 필요 없어."

별것 아니었지만 아버지와 의견을 나누었다는 사실만으로도 나는 속으로 감격했다. 나는 내친 김에 이야기를 더 이어갔다. 나는 세상에서 제일 나쁜 놈들은 러시아 놈들이 아니냐고 되물으면서, 러시아의 수소폭탄이 언제 떨어질지 모르는 위험 속에서 우리가 살고 있음을 상기시켰다. 나는 러시아 놈들이 얼마나 나쁜 족속인지에 대해 아버지의 일장설교가 이어지기를 기대하며 의자에 등을 기댔다. 그런데 아버지의 반응은 뜻밖이었다.

"러시아 놈들보다 더 무서운 놈들이 이 나라에 있어." 아버지가 말했다. "그놈들은 자연법에 어긋나는 일도 정부의 이름으로 하면 괜찮다고 생각하는 놈들이야."

"자연법이 뭔데요?" 나는 궁금해서 물었지만 아버지는 이미 흥분한 상태였다.

"우리는 탐욕에 물든 그놈들의 정체를 똑바로 봐야 해. 그놈들은 기업을 사들여서 근로자들이야 죽든 말든 일을 시키지. 일주일에 4일만 일을 시키면서도 생산량은 일주일 치를 요구하는 게 그놈들이다."

나는 아버지가 탄광의 이야기를 하고 있음을 눈치 챘다. 나는 내 생각을 말해보려고 했으나 아버지는 이야기를 멈추지 않았다. "어떤 사람들은 탐욕스러운 세력과 온정적인 세력이 경쟁을 하고 있다고 말하겠지만 그건 다 헛소리야. 그놈들은 곁만 다를 뿐 속은 다 똑같다. 그놈이 그놈이고, 둘 다 이 나라를 망쳐버릴 놈들이라고."

나는 2층 복도 책장에 꽂혀 있는 아버지의 책들을 떠올렸다. 아버지의 머릿속에는 내가 결코 들어갈 수 없는 자리가 있었다. 물론 나는 들어가고 싶은 생각도 없었다. 내가 속으로 자리에서 일어날 핑계거리를 찾고 있는 동안 아버지가 몸을 앞으로 굽히며 팔을 무릎에 올리고 말했다. "드와이트 데이비드 아이젠하워 같은 대통령은 앞으로 아주 오랫동안 나오지 않을 거다."

바로 그때 총알이 거실의 유리창을 뚫고 불과 1,2초 전까지 아버지의 머리가 있었던 안락의자 등받이 윗부분을 스치고 지나갔다. 총알은 창문 반대쪽 벽에 박혔다.

23장
과학경진대회(오크 25호)

총성이 울린 직후 타이어가 노면을 거칠게 할퀴는 소음과 함께 자동차 한 대가 선탄장 반대 방향으로 쏜살같이 사라졌다. 누군가 우리 집 거실에 총을 쏘고 도주를 한 것이었다. 어머니와 아버지는 총알이 박힌 벽을 살펴보면서 어떻게 구멍을 메울지 차분하게 이야기를 주고받았다. "석고와 페인트만 있으면 감쪽같이 메울 수 있을 거야." 아버지가 벽에 난 구멍을 손가락으로 만져보며 말했다. "유리는 목공소에 좀 있으니까 내일 맥더프에게 가지고 오라고 해야겠어."

어머니는 의자의 윗부분을 살펴보았다. 총알에 천이 조금 뜯겨져 있었다. "가위로 실밥을 살짝 잘라내면 누가 봐도 모르겠어요."

두 분은 믿을 수 없을 만큼 차분했다. 하지만 나는 공포와 분노로 떨고 있었다. 누군가 우리에게 총을 쏜 것이다! "당장 보안관에게 전화하세요!" 내가 말했다. "범인을 잡아야죠."

아버지는 별것도 아닌 일에 웬 호들갑이냐는 표정으로 나를 바라보았다. "푸키 서그스 아니면 그 패거리 가운데 누군가가 술의 힘을 빌려서 저지른 짓이겠지. 보안관? 나는 그 친구가 다치는 꼴을 보고 싶지는 않다."

어머니는 거실 바닥에 떨어져 있는 유리조각을 빗자루로 쓸어 담은 뒤 진공청소기로 바닥과 창틀 아래를 깨끗이 빨아들였다. 어머니가 총알이 뚫고 지나간 유리창에 테이프를 붙이는 동안 아버지는 지하실에서 가지고 온 석고 분말을 반죽해서 벽의 구멍을 메웠다. 아버지는 한 걸음 뒤로 물러서서 메워진 구멍을 보며 말했다. "다 마른 다음에 사포질과 페인트칠을 하면 감쪽같겠어."

어머니는 내친 김에 거실 전체를 청소한 뒤 다시 자리에 앉아 신문을 펼쳐든 아버지의 맞은편에 앉았다. "여보, 머틀 비치에 같이 좀 가야겠어요." 어머니가 말했다.

아버지는 고개를 들며 언짢은 표정을 지었다. "휴가철이 되면 말 안 해도 갈 거야."

"아뇨. 그 전에 말이에요. 이번 주 토요일에 갔다가 일요일을 그곳에서 보내고 월요일에 돌아오는 걸로 해요." 어머니가 말했다. "당신이 며칠 없어도 탄광은 잘 굴러갈 거예요."

아버지는 여전히 어이가 없다는 표정이었다. "한겨울에 머틀 비치는 뭐 하러?"

어머니는 두 손을 입술에 가져다 대며 말했다. "집을 한 채 사려고요."

나는 그렇게 당황하는 아버지의 모습을 한 번도 본 적이 없었다. 아버지는 손에 들고 있던 신문을 떨어뜨렸다. "우리가 머틀 비치에서 집을 산다고?"

"우리가 아니라 나예요. 당신이 같이 가서 계약서에 서명을 해줘야겠어요. 당신의 서명이 계약서에 꼭 들어가야 한다고 해서요."

"엘시, 우리는 집을 살 여유가 없어."

어머니는 앞치마 주머니에서 검정색 표지의 통장을 꺼내 아버지의 무릎 위에 올려놓았다. "웰치에 있는 내 예금 계좌예요. 20년 동안 당신의 월급을 관리하면서 매달 조금씩 떼어낸 돈으로 주식시장에 투자했어요. 사실 이 돈이면 집을 두 채도 살 수 있어요."

아버지는 통장을 손에 들고 한 페이지 한 페이지를 천천히 넘겨보았다. "맙소사, 엘시! 이 많은 돈이 어디에서 난 거야?"

"말했잖아요. 주식시장에 투자했다고."

"주식시장? 뉴욕에 있는 그런 거?"

어머니가 고개를 끄덕였다. "내 중개인은 블루필드에 있어요. 낮에 당신이 탄광에 있는 동안 중개인을 통해서 전화로 주식 거래를 했어요."

아버지는 그 상황을 이해하기 위해 안간힘을 쓰고 있었다. "석탄회사와 제철회사 주식 같은 걸 샀단 말이야?"

어머니가 큰 소리로 웃었다. "여보, 제발 웃기는 소리 좀 그만하세요. 나도 안목이 있다고요. 석탄과 제철은 거들떠보지도 않았어요. 밴드 에이즈 같은 기업을 눈여겨보면서 그 회사 주식을 집중적으로 매수했더니 결국 큰돈이 되더군요."

아버지는 어머니의 말을 제대로 이해하지 못하고 있었다. "나는 나중에 은퇴를 하면—"

"나는 그때까지 못 기다려요." 어머니가 아버지의 말을 끊었다. "어차피 당신은 탄광에서 쓰러질 때까지 일할 사람이에요. 나는 머틀 비치에 가 있을 거예요."

아버지는 충격을 받았다. "날 떠나겠다는 얘기야?"

"함께 노후를 보낼 집에 먼저 들어가 있는 것으로 생각할게요. 휴일이나 꼭 필요한 일이 있으면 잠깐씩 들를게요."

"애들은?"

"짐은 대학에 갔잖아요. 서니도 대학에 가겠다고 하면 등록금은 대줄 생각이에요. 서니가 집을 떠날 때까지만 이곳에 머물게요."

아버지는 아직도 어머니의 속마음을 제대로 읽지 못하고 있었다. "그럼 콜우드 사람들이 뭐라고 하겠어?"

어머니의 대답은 우리 모두를 놀라게 했다. "여보," 어머니가 부드러운 목소리로 말했다. "나는 이곳 사람들이 하는 말은 개똥만큼도 신경 안 써요."

다음날 아침 학교 강당에서 BCMA의 회의가 시작되었을 때 나는 빌리가 하려는 말을 가로막고 전날 밤 우리 집에서 벌어진 일을 이야기했다. 빌리가 하려는 말이 무엇이든 내가 전할 소식보다 중요할 것 같지는 않았다. 나는 친구들에게 충격 사건의 전말을 이야기했다. "그 총알이 유리창을 완전히 박살내고 아버지의 의자를 관통하더니 벽에 커다란 구멍을 낸 거야."

나는 과장을 해서 이야기했다. 나는 머틀 비치에 집을 사겠다는 어머니의 폭탄선언에 대해서는 이야기하지 않았다. 그것은 나조차도 아직 실감이 나지 않는 일이었다.

"총알의 종류가 뭐였는데?" 오델이 물었다.

"22구경! 엄마가 그 총알을 벽에서 파내느라고 애 좀 먹었지."

"22구경?" 오델이 웃음을 터뜨렸다. "야, 그런 장난감 총 가지고 웬 호들갑이야?"

"그 총알이 우리 아버지의 머리를 요만큼 빗나갔다니까." 나는 엄지와 검지를 거의 붙여 보이면서 말했다. 나는 오델이 그 일을 대수롭지 않게 얘기하는 것에 기분이 조금 언짢았다.

내가 계속해서 총격 사건에 대해 이야기를 하는 도중 빌리가 불쑥 끼어들었다. "라일리 선생님이 중병에 걸렸다는 얘기 들었어? 암의 일종이래."

나는 하던 말을 멈추었다. 벌어진 입이 다물어지지 않았다. 내장이 밖으로 다 쏟아지는 느낌이었다. "그게 무슨 소리야?" 내가 다그치듯 물었다.

"교장 선생님이 에밀리 수에게 그러셨대. 에밀리 수한테 직접 들은 얘기야."

그 순간 그동안의 일들이 퍼즐 조각처럼 맞춰졌다. 크리스마스 방학 이후 라일리 선생님은 서서 수업을 하지 못했다. 선생님은 책상에 앉아서 수업을 했고, 실험 시연은 학생 한두 명을 앞으로 나오게 해서 대신 하도록 했다. 운동장에 눈이 소복이 쌓인 2월 어느 날 갑자기 교실에서 나간 선생님은 수업이 끝나도록 돌아오지 않았다. 뒤늦게 교장 선생님이 들어와서 우리에게 조용히 자습을 하라고 지시했지만 라일리 선생님이 수업 중에 갑자기 사라진 이유에 대해서는 아무런 설명이 없었다. 그날 교장 선생님은 뭔가 끔찍한 것을 본 사람처럼 창백한 표정이었지만 우리는 교장 선생님을 그토록 겁에 질리게 만든 것이 무엇인지 알 수 없었다.

빌리의 이야기를 전해들은 그날 나는 물리 시간에 라일리 선생님과 눈을 마주치지 않으려 노력했다. 하지만 시선은 저절로 선생님에게로 향했고, 선생님도 평소와 다른 내 모습에 몇 차례 눈길을 주었다. 라일리 선생님은 안색이 창백했고 눈은 많이 부어 있었다. 수업이 끝난 후 선생님이 나를 따로 불렀다. "오늘은 수업 시간에 정신을 딴 데 두고 있는 것 같더라."

나는 선생님의 병에 대해 묻고 싶은 것을 꾹 참았다. 다른 사람의 일에 절대로 참견해서는 안 된다는 어머니의 가르침은 내 안에 깊이 뿌리를 내리고 있었다. 내가 알 필요가 있었다면 라일리 선생님은 내가 묻지 않아도 말을 해주었을 것이다. "죄송해요. 과학경진대회에 대해 생각하느라고요." 나는 대충 둘러댔다. 그렇다고 그것이 완전히 거짓말은 아니었다. 나는 줄곧 그 생각을 하고 있었다. 다만 구체적인 계획을 세우지 못하고 있을 따름이었다.

"대회와 관련해서 너한테 할 얘기가 있어." 선생님이 말했다. "참가 신청서에는 한 사람의 이름만 적게 되어 있거든. 그런데 너는 신청서에 친구들의 이름을 다 적었더구나. 그래서 내가 신청서를 고쳐 썼어. 네 이름으로."

"선생님, 로켓은 저희가 모두 함께 만든 거예요." 나는 선생님의 말에 반발하지 않을 수 없었다. "대회에 저 혼자만 나간다면 저는 친구들에게 나쁜 놈이 되는 거라고요." 대회를 통해 재정적인 후원자를 찾게 되기를 기대하고 있는 쿠엔틴의 얼굴이 제일 먼저 머리를 스쳤다.

"네가 우리 학교의 대표가 되어야 해. 네가 가장 많은 것을 알고 있으니까." 선생님의 어조는 단호했다.

"쿠엔틴도 저만큼이나 로켓에 대해 잘 알고 있어요."

"그럴지도 모르지." 선생님의 입가에 엷은 미소가 스쳤다. "하지만 너도 쿠엔틴을 알잖니. 그 애는 의욕만 앞서서 아마 심사위원들 앞에서 어려운 말만 잔뜩 늘어놓을 거야. 무엇보다 처음부터 일을 시작하고 주도한 건 너야."

나는 할 말을 찾지 못하고 그 자리에 선 채로 선생님만 바라보았다. 선생님의 입가에서 미소가 사라졌다. "내가 아프다는 얘기는 들었지?"

가슴이 10톤의 석탄에 깔리는 것 같았다. "네." 나는 엉겁결에 대답했다. "어디가 안 좋으세요?"

"호지킨 림프종이라는 병이야. 림프절을 공격하는 일종의 암이지. 여길 만져봐." 선생님은 내 손을 끌어서 자신의 목에 갖다 댔다. "여기가 부으면서 이상을 발견했어. 몽우리가 만져지지? 지난 가을부터 부쩍 피로를 느껴서 뭔가 이상이 있다는 생각을 했어. 병원에서 여러 가지 검사를 받은 다음 확진이 나왔어."

나는 얼른 손을 잡아 뺐다. 선생님의 몸 안에 있는 그런 끔찍한 것을 만진다는 사실이 두려웠다. 나는 암에 걸리면 죽는다는 것 이외에는 아는 게 없었다. 하지만 아버지는 대장암을 극복하지 않았던가? 그렇다면 라일리 선생님도 그 생소한 이름의 암을 이길 수 있지 않을까? "그럼 이제 괜찮아지신 거예요?"

선생님은 책상 위에 팔꿈치를 대고 턱을 괴었다. 잠시 후 고개를 들며 선생님이 말했다. "나도 몰라. 호지킨 림프종은 더 이상 진행이 되지 않을 수도 있대. 병은 있지만 아프지는 않은 상태가 되는 거지. 지금이 그런 상태인 것 같아."

희망적인 얘기였다. "수술을 받으셔야 하나요?"

"아니, 의사 말로는 현재 상태에서는 그저 잘 자고 잘 먹는 게 최고래. 가장 안타까운 건 네가 과학경진대회를 준비하는 동안 도와줄 수 없다는 거야. 하루 일과를 마치면 몸을 가눌 힘조차 없어. 대회 준비를 너 혼자서 해야 할 텐데 할 수 있겠니?"

나는 자신이 없었지만 대답은 씩씩하게 했다. "그럼요, 선생님." 수업 시작종이 울리자 선생님은 어서 다음 수업에 들어가라고 했다.

"다른 사람들한테는 비밀로 해야 해." 선생님이 말했다.

나는 그러겠다고 약속한 뒤 학생들이 모두 교실로 들어간 조용한 복도로 나왔다. 교장 선생님이 복도에 나와서 수업에 늦게 들어가는 학생이 없나 감시의 눈을 번뜩이고 있었다. 나는 교장 선생님 앞을 지나쳤지만 아무런 잔소리도 날아오지 않았다. 오히려 교장 선생님은 내가 어디에 있다가 오는지 알고 있다는 듯 고개를 끄덕였다.

"서니, 더 이상 너를 도와줄 수 없을 것 같아." 케이턴 씨가 회사 직통전화로 난감한 소식을 알려왔다. "우린 내일부터 파업에 들어가. 노조 지도부가 모든 조합원들에게 작업장에서 철수할 것을 명령했어."

"제가 부탁드린 건 다 만드셨어요?" 그는 과학경진대회에 출품할 오크 25호의 동체와 노즐, 노즈콘을 만들어주기로 했었다.

"아니. 페로 씨가 파업이 시작되기 전에 회사에서 요구하는 작업을 먼저 끝내라고 엄청나게 다그쳤거든."

"파업이 얼마나 오래갈 것 같아요?"

"24시간도 못 갈 거다." 아버지가 불쑥 거실에 들어서면서 말했다. "명분도 없는 파업이 얼마나 가겠어?"

케이턴 씨가 수화기 너머로 아버지의 목소리를 들은 것 같았다. "서니, 네 아버지는 지금 착각하고 있어. 이건 일시적인 파업이 아니야. 전국탄광노조가 뒤에서 버티고 있어. 아마 꽤 오래갈 거야."

나는 전화를 끊고 신문을 펴든 아버지의 곁으로 다가갔다. 아버지의 안락의자는 창가에서 멀리 떨어진 곳으로 옮겨져 있었다. "나한테 얘기해봐야 소용없다." 아버지는 내가 입을 떼기도 전에 경고조로 말했다. "이번 파업은 내가 어떻게 해볼 여지가 없어. 하지만 철공소는 열려 있으니까 케이턴이 마음만 먹으면 언제든지 작업을 할 수 있을 거다."

"케이턴 씨는 노조의 방침에 맞설 입장이 아니잖아요."

"그건 나도 마찬가지야."

"아버지, 도와주세요. 다음 주가 과학경진대회 예선이에요.

케이턴 씨가 만들어주기로 한 물건들이 꼭 있어야 한다고요."

아버지는 다친 쪽 눈을 거의 감은 채 왼쪽 눈으로만 신문을 읽었다. 1년 전만 해도 마을 사람들은 아버지의 용기에 찬사를 보냈다. 하지만 탄광의 상황이 점점 어려워지면서 이제는 많은 사람들이 아버지를 비열한 애꾸눈이라고 불렀다. "너한테는 미안하지만 별것도 아닌 일에 파업을 벌이는 노조 놈들에게 아쉬운 소리를 하고 싶은 생각은 전혀 없다."

다음날 나는 BCMA의 아침 회의에서 상황을 설명했다. 우리는 논의를 거듭한 끝에 비상 계획을 수립했다. 그것은 다소 위험이 따랐지만 방법은 그것밖에 없었다.

그날 밤, 철공소는 늘 그랬듯이 문이 열려 있었다. 자전거를 타고 철공소 앞에 도착하자 셔먼이 나를 기다리고 있었다. 우리는 안으로 들어가서 형광등을 켰다. 깜빡거리며 켜지는 형광등 불빛 아래로 선반, 절삭기, 드릴 프레스 등의 기계가 모습을 드러냈다. 나는 케이턴 씨의 선반으로 다가가서 어깨너머로 본 기억을 더듬어 노즐의 재료로 쓰이는 쇠뭉치를 올려놓았다. 이어서 케이턴 씨가 노즐 제작을 위해 특별히 만든 틀 속에 절삭 공구를 집어넣었다. 선반의 전원을 켜자 기계가 돌아가기 시작했다. 처음 깎은 부분은 그런 대로 괜찮았지만 노즐 안쪽을 깎으려고 하자 기계가 덜덜거리며 제대로 작동을 하지 않았다. "제기랄!" 뜻대로 되지 않자 욕이 절로 튀어나왔다. 나는 선반을 멈추고 쇠뭉치를 꺼내 콘크리트 바닥에 내동댕이쳤다.

셔먼이 쇠뭉치를 집어 들고 잘못 깎인 부분을 들여다보며 말했다. "이렇게 어려울 줄은 몰랐는데."

나는 손수건으로 이마의 땀을 닦았다. "그러게 말이야."

나는 새로 꺼낸 쇠뭉치를 올려놓고 다시 한 번 시도해보았다. 이번에도 내각을 깎는 과정에서 쇠뭉치가 틀에서 빠져나왔고 절삭 공구가 말을 듣지 않았다. 한 시간 동안 씨름을 했지만 나는 아무 성과 없이 아까운 쇠뭉치 두 개만 못쓰게 만들고 말았다.

그때 철공소의 문이 열리면서 케이턴 씨가 들어왔다. 그는 손가락을 입에 가져다대며 조용히 하라는 신호를 보냈다. 나는 그를 끌어안고 춤이라도 추고 싶었다. 물론 그것을 행동으로 옮기지는 않았다. 그는 내팽개쳐진 쇠뭉치를 집어 들었다. "이 정도면 잘 한 거야." 그가 낮은 목소리로 속삭였다. "하지만 내각을 깎는 건 보통 힘든 일이 아니야. 너희들은 집에 가 있어. 그리고 내가 여기에 온 건 아무에게도 말해선 안 된다."

철공소 밖의 밤공기는 차갑고 축축했다. 나는 자전거를 타고 클럽 하우스와 직영매장 앞을 지나 다리를 건너 침묵의 어둠을 달렸다. 개울 양옆으로 늘어선 주택들 앞을 지나면서 나는 사람들 몇몇이 푸키 아저씨네 집 앞에 모여 있는 것을 보았다. 길 건너편에 주차되어 있는 트럭 주변에도 사람들의 그림자가 보였다. "야, 너 거기 서!" 누군가 소리쳤다. 나는 고개를 숙이고 페달을 힘껏 밟았다. 우르르 쫓아오는 사람들의 발자국 소리가 들렸다. 심장이 마구 뛰었다. 잠시 후 발자국 소리는 더 이상 들리지 않았다.

나는 페달을 계속 밟았다. 그런데 갑자기 자동차 한 대가 전조등을 켜고 뒤에서 달려오더니 내 앞을 가로막고 멈춰 섰다.

차에서 세 명의 낯익은 얼굴들이 내렸다. 그들은 모두 아버지가 실직을 한 가정의 아이들이었다. 그 중엔 푸키 아저씨의 아들 캘빈도 있었다. 초등학교 시절, 캘빈은 탄광에서 파업이 벌어질 때마다 이유 없이 나를 때리곤 했다. 하지만 그것은 이미 오래 전의 일이었다. 그에게 더 이상 호락호락 당할 내가 아니었지만 그날은 수적인 열세를 극복하기 힘들 것 같았다. 나는 그들을 향해 페달을 힘껏 밟다가 용수철처럼 자전거에서 뛰어내려 가로등이 비치지 않는 산등성이로 뛰어 올라갔다. 콜우드 초등학교로 이어지는 비포장도로가 시작되는 그곳에는 숨을 만한 덤불이 얼마든지 있었다. 나는 숨을 헐떡이며 오르막을 달려 길가 숲속으로 뛰어들었다. 나는 몸을 웅크린 채 내가 숨어 있는 덤불 앞으로 그들이 지나가는 모습을 지켜보았다. "서니!" 그들이 소리쳤다. "그냥 얘기 좀 하려고 그래."

내가 그런 말에 넘어갈 바보는 아니었다. 한참이 지나 주변이 조용해진 것을 확인한 후 나는 언덕길을 내려와서 쓰러져 있는 자전거를 세워 다시 집을 향해 페달을 밟았다. 학교에 가기 위해 일어나야 할 시각까지 몇 시간도 채 남겨두지 않고 나는 침대에 몸을 눕혔다. 그날 밤 어머니, 아버지, 라일리 선생님, 케이턴 씨 그리고 캘빈이 번갈아가며 꿈에 나타났다. 모든 것이 뒤죽박죽이었고 세상은 한쪽으로 기울어져 있었다.

콜우드의 파업은 전국적으로 번진 수많은 파업 가운데 하나에 불과했다. 전국탄광노조는 파업기금이 부족하기로 악명이 높았기 때문에 많은 가정이 절박한 상황에 놓이게 되었다. 구세군이 긴급 구호에 나섰고 주 정부도 구호 식량을 나누어 주었다. 나는 어머니가 샤리츠 부인에게 콜우드 주민들도 끼니를 걱정해야 하는 상황을 맞게 될까 두렵다고 말하는 것을 들었다. 부녀회는 음식을 담은 바구니를 형편이 어려운 가정에 전달했다. 어머니도 음식을 마련하는 일을 도왔지만 직접 바구니를 들고 해고된 광부들의 집으로 찾아가지는 않았다. 사람들이 어떤 반응을 보일지 알고 있었기 때문이다.

그 즈음 케네디 상원의원과 험프리 상원의원은 예비 선거를 앞두고 웨스트버지니아 곳곳을 누비며 치열한 선거 유세를 벌이고 있었다. 전국적인 관심이 웨스트버지니아 주에 쏠려 있는 가운데 주민들은 웨스트버지니아 유권자들을 소득 수준은 물론 정치의식까지 형편없는 사람들로 묘사하는 방송국 기자들에게 분노를 쏟아냈다. 두 후보는 각자 웨스트버지니아의 문제를 해결할 적임자가 자신이라고 주장했다. 그들의 해결책이란 연방정부 차원에서 구호식량의 공급을 늘리고 이 지역에 더 많은 일자리를 창출하겠다는 것이었다. 두 후보 중에 누가 당선되든 웨스트버지니아에는 구호식량이 쏟아져 들어올 것 같았다. 험프리 상원의원은 광부들의 실업 문제를 어떻게 해결할 것이냐는 질문에 재교육을 강화하겠다는 답변을 내놓았다. 그의 답변은 청중의 박수갈채를 받았다. "무슨 재교육?" 로이 리의 집 거실에서 TV를 보고 있던 나는 그 대목이 이해가 되지 않았다.

"광부들을 재교육하겠다는 거야." 거실에서 설거지를 하고 있던 로이 리의 어머니가 기가 막힌다는 듯 웃으면서 말했다.

"광부들을 어떻게 재교육시키나 꼭 보고 싶구나."

아버지는 전국적인 파업 사태를 보도하는 신문의 논조를 못마땅하게 여겼다. 어느 날 아버지는 읽고 있던 신문을 아무렇게나 접어서 식탁 위에 툭 던졌다. "여론을 이런 식으로 몰고 가는데 파업이 끝날 리가 없지."

"머틀 비치에 갈 준비는 됐죠?" 어머니가 물었다.

"다음 주에 가지." 아버지가 내키지 않는 듯 대답했다.

"지난주에도 그렇게 얘기했잖아요."

"노사 협상 때문에 대기하고 있어야 돼."

"협상을 누가 한다고 그래요?"

나는 위층 내 방으로 올라가서 방문을 닫고 침대에 누웠다. 데이지 메이가 옆구리를 파고들었다. 갑자기 속이 메스꺼웠다. 그 즈음 나는 자주 속이 쓰리고 아팠다. 온 세상이 나를 짓누르는 것만 같았다.

1960년 봄에는 비가 무척 많이 왔고 사람들은 홍수를 걱정했다. 골짜기 위쪽의 분탄 폐기장에 엄청난 양의 빗물이 고이고 있었다. 평소 같으면 여러 대의 불도저를 동원해서 물길을 냈겠지만 파업 때문에 신속한 수해 예방 조치가 미뤄지고 있었다. 마침내 식스 근처에서 물이 넘치기 시작했다. 어느 토요일 아침 나는 분탄 폐기장에서 흘러내려온 흙탕물이 작은 급류를 이루며 탄광 앞 도로를 흐르는 것을 보았다. 물은 내리막을 따라 직영매장 앞에서 무릎 깊이까지 불어났지만 자전거를 타지 못할 정도는 아니었다. 그럼에도 자전거를 타고 케이틴 씨 집 앞에 도착했을 때 나는 완전히 젖어 있었다. 보는 사람이 없나 주위를 살피며 나는 그의 집 뒷문으로 다가가 노크를 했다. 케이턴 씨는 여러 개의 노즐과 노즈콘이 들어 있는 밀가루 포대를 조용히 건네주었다. "동체는 철공소 뒷마당에 쌓여 있는 파이프 더미를 살펴보면 있을 거야." 그가 말했다.

나는 조용히 고개를 끄덕였다. 동체는 다음날 로이 리가 차에 싣고 오면 될 일이었다.

자전거를 타고 흙탕물을 가르며 집으로 돌아오는 길이었다. 나는 캘빈 서그스가 다른 두 아이와 함께 그의 집 앞에 서 있는 모습을 보았다. 그들이 갑자기 맨발로 물을 튀기며 내게 달려왔다. 도망갈 틈도 없이 그들이 코앞까지 달려왔다. 내가 자루를 마구 휘두르며 위협을 하자 그들은 움찔했다. 하지만 다음 순간 내 손에서 빠져나간 자루가 길가 아래의 개울에 빠지고 말았다.

나는 자전거에서 뛰어내려 캘빈의 가슴팍에 주먹을 꽂았다. 놀랍게도 캘빈은 흙탕물이 흐르는 길바닥에 주저앉아 반격을 시도하지 않았다. 나는 개울로 뛰어 내려가 정신없이 물속을 더듬었다. 물살이 너무 세서 중심을 잡기조차 쉽지 않았다. 나는 필사적으로 물속을 더듬었지만 손끝에 닿는 것은 차가운 물과 진흙 그리고 돌덩이들뿐이었다. 나는 빈손으로 길 위로 올라와서 캘빈에게 다가가 다시 한 번 주먹을 날렸다. 다시 쓰러진 캘빈의 코에서 피가 흘렀다. 다른 두 아이가 내게 덤벼들었지만 나는 그들에게도 마구 주먹을 휘둘렀다. 캘빈이 일어나서 나를 붙잡으려고 하는 순간 나는 그의 옆구리에 주먹을 꽂았다. 캘빈이 옆구리를 움켜잡고 뒤로 물러서며 소리쳤다. "왜 이래?" 그의 코에선 피가 계속 흘렀고 왼쪽 눈도 벌겋게 부어 있었다.

"너 때문에 노즐과 노즈콘을 잃어버렸잖아!"

"네 로켓에 들어가는 거?"

"그래 내 로켓에 들어가는 거, 이 멍청한 자식아!"

나는 흙탕물이 흐르는 길 위에서 그들 셋을 노려보았다. 캘빈의 눈가는 멍이 크게 들 것 같았다. 그때 캘빈의 집 앞에서 푸키 아저씨가 소리쳤다. "캘빈, 너 거기서 뭐 하는 거야?"

"서니가 자네 아들을 손보고 있는 것 같은데." 옆에 있던 광부 한 사람이 낄낄거렸다.

"병신 같은 놈, 너도 어서 한 방 먹여. 한 방 먹이라고!"

하지만 캘빈은 고함소리를 외면했다. "정말 미안해." 캘빈이 차분한 어조로 말했다. "나는… 우리는 너와 얘기를 좀 하고 싶었을 뿐이야."

나는 그의 말을 믿지 않았다. "헛소리 집어치우고 덤벼, 자식아!"

"물이 좀 줄면 우리가 네 물건을 찾아볼게." 캘빈이 흙탕물을 뒤집어쓴 머리를 쓸어 넘기며 말했다.

나는 그제야 캘빈이 싸울 의사가 전혀 없음을 깨달았다. 나는 흙탕물이 급류를 이루며 내려가는 개울을 내려다보았다. "됐어. 이미 다 쓸려 내려갔어. 다 너 때문이야."

"캘빈! 한 방 먹이라니까!"

"조용히 좀 하세요!" 캘빈은 그의 아버지를 돌아보며 버럭 소리를 지르고는 쓰러져 있는 내 자전거를 세워주었다. "서니, 나중에 케이프커내버럴에 가면 우리한테 일자리를 좀 알아봐 줄 수 있겠지?"

다른 아이들도 고개를 끄덕였다. 젖은 머리카락 사이로 언뜻 보이는 그들의 눈에 간절함이 비쳤다. "그러려면 아직 멀었어." 내가 말했다.

"괜찮아. 우리는 여기에 남아 있든가 아니면 군대에 가 있을 테니까. 네가 연락을 주면 되잖아."

나는 자전거를 타고 집으로 돌아오는 길에 깊은 생각에 잠겼다. 익숙한 세계의 한 조각이 사라지고 있었다.

다음날, 어머니는 현관문을 노크하는 소리에 문을 열고 나갔다가 황급하게 달아나는 캘빈의 뒷모습을 보았다. 문 앞에는 진흙투성이의 자루가 한 개 놓여 있었다. 자루 안에는 노즐과 노즈콘이 그대로 들어 있었다.

그 다음 주 목요일 오후 나는 전국과학경진대회 맥도웰 카운티 예선에 참가하기 위해 어머니가 모는 차를 타고 웰치를 향했다. 차에는 전시용 패널과 포스터, 로켓 부속이 실려 있었다. 나는 출품작의 제목을 '아마추어 로켓 기술에 관한 연구'로 붙였다. 다른 친구들도 로이 리의 차를 타고 웰치 고등학교 체육관에 와서 전시물을 설치하는 것을 도와주었다. 교장 선생님은 우리가 오후 수업에 빠지는 것을 공식적으로 허락해주었다. 어머니의 도움을 받은 것을 제외하면 우리는 모든 일을 스스로 준비했다. 라일리 선생님은 병으로 대회장을 찾지 못했다.

우리는 떨리는 마음으로 전시물을 설치했다. 우리는 세 개의 합판을 이어붙인 다음 노즐 제작에 적용한 계산 과정, 로켓의 탄도, 그리고 고도를 측정하기 위해 사용한 삼각법의 원리 등을 설명하는 포스터를 붙였다. 노즐과 동체의 설계 도면도 붙여 놓았다. 베르너 폰 브라운 박사의 자필 서명이 있는 사진은 정면 한가운데에 배치했고 그 바로 아래에 오크 25호를 전시했다. 그 옆에는 케이턴 씨가 몰래 제작해준 노즐을 올려놓았다. 노즐은 조명을 받아 은색으로 반짝거렸다.

우리는 경쟁자들의 출품작을 대충 살펴보았다. 탄광에서 찾아낸 식물 화석을 전시한 웰치 고등학교의 출품작이 가장 강력한 경쟁상대로 보였다. "그냥 오래된 돌덩어리일 뿐이야." 오델이 말했다. "걱정할 것 하나도 없어."

하지만 나는 불안했다. 각각의 식물 화석은 세부적인 설명과 함께 공룡시대로부터 현대에 이르기까지 식물의 진화 과정을 도표와 그림을 통해 잘 보여주고 있었다. 나는 그들의 출품작이 훌륭하다고 생각했다. 그리고 심사위원들도 그렇게 생각할 게 분명했다.

대회를 후원한 단체는 웰치에 소재한 기업들과 몇몇 대형 탄광이 만든 포카혼타스 경제단체연합회였는데, 오델은 '지역 정치인들'이 심사위원을 맡고 있다고 말했다. 심사위원은 모두 여섯 명이었다. 마침내 내 차례가 되자 그들이 나를 둘러싸고 질문을 던지기 시작했다. 그들의 손엔 채점표가 들려 있었다. "어느 학교에서 왔나?"

"빅 크리크 고등학교입니다. 지도교사는 라일리 선생님이십니다."

그들 중 한 사람이 로켓 동체를 살피며 물었다. "폭발 사고를 일으킨 적은 없나?"

나는 어머니의 정원 울타리를 날려버린 일을 떠올리며 속으로 뜨끔했지만 침착함을 잃지 않았다. "항상 조심을 하고 있습니다."

"혹시 데이비 산에 불을 내지 않았던가?"

"아닙니다. 그 산불은 항공기 조명탄에 의해 일어난 것으로 밝혀졌습니다."

"저건 뭐지?" 다른 심사위원이 노즐을 가리키며 물었다. 나는 노즐의 구조와 원리에 대해 자세히 설명했다.

또 다른 심사위원이 폰 브라운 박사의 사진을 힐끗 쳐다보며 말했다. "학생과 친구들에 관한 기사를 읽으면서 이 친구들이 미쳤구나 하는 생각이 들었네."

"이게 얼마나 높이 날 수 있지?" 다른 심사위원이 오크 25호를 가리키며 물었다.

"약 3마일 정도 올라갈 것으로 생각됩니다." 나는 그렇게 판단하는 근거와 고도를 측정하는 방법에 대한 설명도 덧붙였다.

여섯 명의 심사위원은 서로 눈빛을 교환하며 거의 동시에 헛기침을 했다. "내가 볼 때 이건 너무 위험해." 우리를 가리켜 "미쳤다"고 말한 그 심사위원이 얼굴을 찡그리며 말했다. 그들은 각자 채점표에 기록을 한 다음 다른 출품작을 보기 위해 이동했다.

"저 멍청이들이 우리에게 좋은 점수를 줄 것 같지 않아." 오델이 전시판 뒤에서 걸어 나오며 투덜거렸다. "빅 크리크 고등학교에서 왔다니까 표정이 별로였거든."

"내가 볼 때 이건 너무 위험해." 쿠엔틴이 심사위원의 말을 흉내 냈다. "과학을 연구하다 보면 위험하지 않은 게 어디 있다고?"

하지만 나는 마음이 홀가분했다. 최선을 다했기 때문이다. 어머니는 우리를 데리고 밖으로 나가서 점심을 사주었다. 다시 대회장으로 돌아갔을 때 심사위원들이 내 출품작 앞에서 기다리고 있는 모습이 보였다. 심사위원장이 내게 악수를 청하며 푸른색 리본을 건네주었다. "축하하네, 히컴 군." 그가 말했다. "자네가 카운티를 대표해서 주州 예선에 나가게 됐네."

"우리가 우승할 줄 알았다니까!" 오델이 내 손에서 리본을 낚아채고는 특유의 방정맞은 춤을 추기 시작했다. 심사위원들이 빙긋 웃었다.

어머니는 기쁨과 뿌듯함이 가득한 미소를 지으며 한쪽에 조용히 서 있었다. 어머니는 쿠엔틴을 꼭 안아주기도 했다.

나는 여전히 얼떨떨했다. 믿을 수가 없었다. 우리가 우승을 하다니! 나는 당장 라일리 선생님에게, 그리고 아버지에게 그 기쁜 소식을 전하고 싶었다.

아버지는 그날 밤 늦게까지 작업반장들과 함께 갱도에서 안전 점검을 했다. 어머니는 다음날 아침 아버지에게 소식을 전해주겠다며 나에게 먼저 자라고 했다. 다음날 나는 통학버스에서 내리자마자 라일리 선생님의 교실로 뛰어갔다. 책상에 앉아 있던 선생님은 지역 예선의 결과를 전하자 환한 웃음을 지었다. 교장 선생님이 1교시 역사 수업을 받고 있는 나를 복도로 불러냈다. "웰치 고등학교 교장과 5달러 내기를 했거든." 교장 선생님이 싱글벙글하며 말했다. "다음 대회는 언제 열리나?" 나는 주 결선대회는 2주 후 블루필드에서 열린다고 대답했다. "이번에는 카운티 교육청 장학관과 내기를 해야겠네." 교장 선생님은 가벼운 발걸음으로 교장실을 향해 걸어갔다.

카운티 예선의 우승으로 우리는 더욱 유명세를 탔다. 콜우드 부녀회는 우체국 위층에 있는 부녀회 회의실에서 한 달에 한 번 열리는 정기 모임에 우리를 강연자로 초대했다. 초등학교 시절 우리를 가르친 선생님들도 강연을 들으러 왔다. 선생님들은 뿌듯한 표정으로 우리를 향해 환하게 웃었다. 쿠엔틴과 나는 노즐 제작을 위해 공부한 미적분이 얼마나 어려웠는지 그리고 우리의 로켓이 어떻게 날아가는지 등에 대해 열강을 했다. 부녀회 회원들은 우리에게 열렬한 박수갈채를 보내주었다. 우리는 이어서 키와니스 클럽의 워 지부로부터 초대를 받아 그곳에서도 성공적인 강연을 가졌다.

그 다음 주 금요일, 어머니와 아버지가 머틀 비치를 향해 떠났다. 그 주말에는 학년말 댄스파티가 예정되어 있기도 했다. 부모님이 차를 가지고 갔기 때문에 나는 클래런스 삼촌으로부터 차를 빌렸다. 크리스마스 무도회에서 함께 춤을 춘 멜바 준에게 나는 파트너 신청을 했다. 그녀는 체육관에서 모든 학생들이 지켜보는 가운데 내 품에 뛰어들었다. 그때 혼자 앉아서 우리를 지켜보고 있는 도로시의 모습이 눈에 들어왔다. 내 시선을 눈치 챈 그녀는 재빨리 고개를 돌렸다. 로이 리는 얼마 전 도로시에게 대학생인 새 남자 친구가 생겼지만 둘 사이가 잘 되어가는 것 같지 않다고 넌지시 알려주었다. 나는 그 얘기에 일부러 관심이 없는 태도를 보였다.

우리는 댄스파티가 열리는 날 로켓을 발사했다. 바질 아저씨의 기사가 사람들을 끌어 모으는 데 큰 역할을 했다.

BCMA는 이번 주 토요일 그들의 케이프 콜우드 기지에서 로켓을 발사하기로 했다. 다시 한 번 펼쳐질 장관이 기대되는 순간이다. 기자는 이미 이 지면을 통해 그들의 위기와 모험에 대해 보도한 바 있으나 언제 어떤 일이 벌어질지 모르는 발사장의 분위기를 전달하기 위해 그날 일을 다시 한 번 이야기하는 것도 의미가 있을 것이다. 기자가 지켜보는 가운데 두려움을 모르는 두 소년은 폭발에 대비해서 급조한 방패를 가지고 분탄 폐기장 바닥을 기어……

사람들은 여느 때와 마찬가지로 분탄 폐기장 진입로 주위에 모여 있었다. 하지만 이번에는 회사측 가족들과 노조측 가족들이 확연하게 갈라져서 서로 싸늘한 거리를 유지하고 있었다. 우리는 깃발을 올리고 곧바로 로켓을 발사했다. 오크 25호는 예상 고도인 1만 5,000피트를 찍고 낙하해서 분탄 폐기장 끄트머리에 둔탁한 소리를 내며 떨어졌다. 충격으로 인해 동체가 찌그러졌고 나무로 만든 노즈콘이 깨졌다. 나는 발사 전에 노즐 내부의 표면에 수성 도료를 발라두었는데, 예상한 대로 도료가 열을 어느 정도 흡수해주면서 노즐의 입구에 0.2인치의 작은 구멍 하나가 생기는 정도로 융해가 줄어들어 있었다. 쿠엔틴은 융해가 거의 일어나지 않은 노즐을 살펴보더니 내 어깨에 손을 올렸다. "서니, 너무나 경이로워서 할 말을 잃을 것 같다." 그는 놀랍다는 표정을 지으며 말을 이었다. "가끔은 말이지, 네가 진짜 로켓 과학자 같다는 생각이 들어."

나는 연보랏빛 코르사주를 들고 멜바 준과 함께 빅 크리크 고등학교 체육관으로 들어갔다. 우리는 많은 학생들의 시선을 받으며 쉬지 않고 춤을 추었다. 실망스럽게도 도로시의 모습은 보이지 않았다. 나는 멜바 준을 집까지 차로 태워다주었다. 그녀가 마지막 인사를 건네며 차에서 내리기 전에 우리는 시동을 끈 채 차창을 뿌옇게 만들었다. 그녀가 계단을 뛰어올라 현관문에 다가서자 과학경진대회에서 우승을 차지한 위대한 로켓 과학자와 아슬아슬한 시간을 보낸 딸을 몰래 지켜보고 있던 그녀의 부모님이 문을 활짝 열어 그녀를 맞아들였다.

어머니와 아버지는 월요일 밤 내가 잠든 늦은 시각에 돌아왔다. 화요일 오후 나는 학교에서 돌아와 어머니가 만면에 미소를 머금은 채 콧노래를 부르는 모습을 보았다. 아버지는 지하실에서 먼지가 하얗게 쌓인 오래된 물건들을 뒤지며 휘파람을 불고 있었다. 나는 아버지가 휘파람을 부는 모습을 본 적이 없었다. 아니, 아버지가 휘파람을 불 줄 안다는 사실조차 몰랐다. "아버지는 곧 탄광 일을 그만두실 거야." 아버지가 이상하다고 말하는 내게 어머니가 말했다. "머틀 비치에서 부동산 관련 일을 하실 거다. 올 가을에 네가 대학에 들어가면 바로 이사를 할 생각이야. 그래서 미리 어떤 물건을 가지고 가고 어떤 물건을 버릴지 분류하는 중이다."

어머니는 내 얼굴에서 믿기 힘들다는 표정을 읽은 게 틀림없었다. "정말이야. 아버지도 이젠 탄광에 진절머리가 나신 거야. 버틀러 씨가 아버지에게 동업을 제안하셨어."

그렇다면 신빙성이 있었다. 버틀러 씨는 탄광에서 엔지니어로 일하다가 사표를 내고 머틀 비치에서 부동산 사업을 하고 있는 사람이었다. 아버지는 한 번에 계단을 두 칸씩 뛰어올라왔다. 웨스트버지니아 대학 미식축구팀 감독이 형을 스카우트하기 위해 우리 집에 다녀갔을 때를 제외하고 아버지가 그렇게 들떠 있는 모습을 나는 본 적이 없었다. "지하실에는 가져갈 물건이 없는 것 같아." 아버지가 말했다. "세탁기도 오래돼서 덜덜거리는데 이사 가서 새로 하나 사지." 놀랍게도 아버지는 어머니를 포옹하기까지 했다.

나는 연료 작업을 하기 위해 지하실로 내려갔다. 데이지 메이가 작업대 위로 올라왔다. 주둥이로 내 팔을 비벼대는 데이지 메이를 나는 가볍게 쓰다듬어 주었지만 녀석과 놀아줄 여유는 없었다. 내가 관심을 보이지 않자 데이지 메이는 작업대에서 뛰어내려 문 앞에서 가르랑거렸다. 나는 방해가 되던 차에 잘됐다 싶어서 얼른 문을 열어주었다.

한참이 지나 나는 숙제를 하기 위해 방으로 올라갔다. 속이 메슥거리고 머리가 아팠다. 주 예선대회를 준비하기 위해 할 일이 너무 많았다. 침대 위에 잠시 누울까 생각하다가 데이지 메이가 밖에 나가 있다는 사실이 떠올랐다. 녀석이 곁에 웅크리고 있지 않으면 그것은 내게 완벽한 휴식이 아니었다. 나는 다시 공간 기하학 문제를 붙들고 씨름을 하기 시작했다. 그때 길 건너 주유소 쪽에서부터 우리 집 방향으로 자동차가 급출발과 급정거를 반복하는 소리가 들렸다. 누군지 몰라도 굉장히 바쁜가보다 하고 생각하면서 나는 풀고 있던 기하학 문제에 집중했다. 갑자기 현관문이 쾅 닫히는 소리가 들리더니 아버지와 어머니가 다급하게 대화를 주고받는 목소리가 들렸다. "서니에게 말해야겠어요." 그 순간 나는 무슨 일이 일어났는지 직감했다.

어머니가 나를 부르기도 전에 나는 계단을 뛰어 내려갔다. 어머니가 현관에서 그 작고 예쁜 나의 고양이를 안고 있었다. 데이지 메이는 배를 위로 향한 채 축 늘어져 있었다. 반만 뜨인 눈은 이미 초점이 없었고 입에서는 피가 흘러나와 있었다. 가까이 다가갈 수가 없었다. 가슴속에서 폭풍이 몰아치며 나를 침몰시켰다. 눈앞이 흐릿해졌다. 눈앞에 아른거리는 빨간색과 흰색의 소용돌이 속으로 빨려 들어가는 느낌이었다. 나는 그대로 주저앉아 허공을 바라보았다. '내가 내보냈어.' 그게 제일 먼저 든 생각이었다. '내가 내보냈어. 내가 죽인 거야.'

어떻게 알았는지 샤리츠 부인이 찾아왔다. "서니는 괜찮을 거예요, 엘시." 아주머니는 그 말만 반복했다. "서니는 괜찮을 거예요."

차츰 정신이 돌아오면서 모든 것이 생생해졌다. 나는 2층 화장실로 뛰어 올라갔다. 토가 나왔다. 속을 다 게우고도 구토는 끝나지 않을 것 같았다.

간신히 몸을 가눌 정도가 되어 나는 다시 계단을 내려갔다. 집 전체가 고요했다. 어머니는 뒷마당 계단에 홀로 앉아 있었다. 어머니는 데이지 메이를 구두 상자에 넣어 무릎에 올려놓고 있었다. 우리는 얼마나 많은 고양이들을 구두 상자 관에 넣어 묻어주었던가? 전에는 늘 형과 내가 구두 상자를 들고 뒷산에 올랐다. 우리는 자작나무 가지를 꺾어 십자가를 만든 뒤 고양이의 무덤 앞에서 마지막 기도를 올리곤 했다. 형이 집을 떠난 후 처음으로 나는 곁에 형이 있었으면 좋겠다는 생각을 했다. 내겐 형의 힘과, 감상에 빠지지 않고 오로지 눈앞에 있는 일만 처리하는 형의 능력이 필요했다. 나는 지하실에서 삽을 꺼내왔다. 어머니는 아무 말 없이 상자를 건네주었다. 나는 뒷마당의 사과나무 옆에 상자를 조심스럽게 내려놓고 땅을 파기 시작했다. 아버지는 땅을 파는 내 모습을 조용히 지켜보다가 차를 몰고 어디론가 사라졌다. 댄디와 포팃이 옆에 다가와서 몸을 웅크렸다. 녀석들은 몸을 부르르 떨면서 끼잉거렸다. 데이지 메이를 묻고 뒤로 돌아서자 쿠엔틴을 제외한 모든 친구들이 어느 틈엔가 와 있었다. 콜우드에는 눈에 보이지 않는, 거미줄처럼 사람들을 연결해주는 그 무엇이 아직 남아 있었다.

친구들이 나를 따라 2층으로 올라와 침대 가장자리에 앉아 벽만 쳐다보고 있는 나를 조용히 지켜보았다. 마침내 로이 리가 입을 열었다. "어떤 자식인지 잡고야 말겠어. 서니, 그놈이 반드시 죗값을 치르게 할 거야. 두고 봐."

누가 데이지 메이를 죽였는지 로이 리가 추측을 하기 전까지만 해도 나는 그것이 당연히 사고일 거라고 생각했다. 하지만 나는 이전에도 자동차가 급출발하는 소리를 들은 적이 있다는 것을 깨달았다. 아버지를 향해 총을 쏜 사람이 데이지 메이를 죽인 것이었다.

나는 고개만 끄덕였다. 내가 할 수 있는 일이 없었다. 하지만 누가 그런 짓을 했는지 밝혀내는 게 무슨 소용인가? 데이지 메이를 다시 살려낼 방법은 없었다. 많은 날들이 남아 있었지만 나는 벌써부터 데이지 메이가 그리웠다.

나는 몽롱한 상태로 일주일을 보냈다. 로이 리가 주 결선대회가 열리는 블루필드로 나를 태워다 주었고 다른 친구들과 함께 패널과 전시물의 설치를 도와주었다. 나는 다시 한 번 심사위원들로부터 까다로운 질문을 받아야 했다. 나는 먼저 출품작에 대한 간단한 설명을 한 뒤 그들의 질문에 답변했다. 우리는 점심을 먹고 돌아와서 결과 발표를 기다렸다. 3위와 2위가 발표되었다. 속이 메슥거렸다. '하나님, 제발.' 3위조차 하지 못하고 학교로 돌아갈 생각을 하니 벌써부터 얼굴이 화끈거렸다. 맥도웰 카운티를 벗어난 좀 더 큰 세상에서 우리의 출품작은 아무것도 아니었다. 심사위원장이 일어나서 연단 앞으로 나왔다. "1위를 발표하겠습니다. 신사 숙녀 여러분, 이 학교가 수상하는 것은 처음입니다. 1위는, '아마추어 로켓 기술에 관한 연구'를 출품한 호머 해들리 히컴 주니어 군의 빅 크리크 고등학교가 차지했습니다."

쿠엔틴은 기쁨을 주체하지 못했다. 그는 "와!" 하고 소리를 지르며 자리에서 일어나 껑충껑충 뛰었다. 오델은 마치 승리를 거둔 권투선수처럼 두 팔을 치켜들고 춤을 추었고, 로이 리는 활짝 웃으며 내 어깨를 주먹으로 세게 쳤다. 셔먼도 크게 웃으면서 박수를 쳤다. 빌리는 의자에 등을 기댄 채 안도의 한숨을 내쉬며 이마의 땀을 닦았다. 강당에는 우레와 같은 박수가 쏟아졌다. 나는 바보 같은 미소를 지으며 자리에 그대로 앉아 있었다. 혹시 꿈이 아닌가 하는 생각이 들었다. 우리가 우승을 했다! 우리가 전국대회에 주 대표로 나가게 된 것이다!

"내가 분명히 그랬지! 내가 우승할 거라고 그랬지! 우승한다고 그랬지!" 쿠엔틴은 몇 번이고 그 말을 되풀이했다.

이어서 여러 부문의 특별상 수여가 있었다. 우리가 받을 상은 하나가 더 있었다. 공군 소령 한 사람이 일어나서 우리가 '추진력 연구 부문'의 특별상 수상자로 선정되었다고 발표했다. 그는 우리의 출품작에 대해 언급하면서 자신이 이제까지 본 아마추어 로켓들 가운데 가장 정교한 로켓을 이 자리에서 보았다고 말했다. "소령님, 로켓을 보는 눈이 있으십니다." 오델이 싱글벙글 웃으며 말했다.

시상식이 끝나고 소령이 내게 다가와 악수를 청했다. 그는 나에게 공군에 입대해서 관련 연구소에서 일해보라고 말했다. 나는 소령에게 친구들을 소개했다. "미 공군은 여러분 모두를 기쁜 마음으로 받아들일 준비가 되어 있습니다." 소령이 환하게 웃으며 말했다. 그는 셔먼의 다리와 쿠엔틴의 구부정한 어깨는 보지 못한 것 같았다.

집으로 돌아오는 길은 내내 비가 내렸다. 우리는 머서 카운티와 맥도웰 카운티를 관통하며 마치 천 년 동안 버려져 있는 것 같은 여러 탄광촌을 지나쳤다. 버스 한 대가 우리를 급하게 추월했다. 버스의 옆면에는 '휴버트 험프리를 대통령으로!'라는 문구가 적혀 있었다. 로이 리가 속도를 줄이는 사이 우리가 탄 차에 흙탕물을 뿌리며 버스가 점점 멀어져갔다. 몇 마일 정도 더 달린 곳에서 우리는 아까 보았던 버스가 정차해 있는 모습을 보았다. 누군가 버스에서 내려 그리 많지 않은 군중들을 향해 모자를 흔들었다. 나는 다시 속이 메슥거리고 머리가 깨질 듯이 아팠다. 로이 리가 차를 세우고는 내려서 토를 하고 오라고 했다. 내가 도랑에서 돌아왔을 때 친구들은 석벽 위에 올라가서 무엇인가를 구경하고 있었다. 휴버트 험프리는 몸집이 땅딸막했고 턱과 팔이 줄로 연결된 것처럼 보였다. 연설을 하며 팔을 휘저으면 휘저을수록 말이 점점 빨라졌다. 그는 열변을 토하며 자신이 대통령에 당선되면 잘못된 것들을 바로잡고 필요하다면 정부가 적극적으로 개입하겠다고 말했다. 그는 당선이 되면 단 한 사람도 굶주리지 않고 어느 누구도 실업의 고통을 겪지 않는 나라를 만들겠다고 약속했다.

"저 사람한테 우주개발에 대해 질문해보자." 셔먼은 말을 내뱉기가 무섭게 손을 번쩍 들며 흔들어 보였다. 하지만 험프리는 우리 쪽을 쳐다보지 않았다. 우리는 연설을 끝까지 듣지 않고 차로 돌아왔다. 로이 리는 속도를 높여 차를 몰다가 키스톤이라는 작은 마을에서 속도를 약간 줄였다. 마을의 거리는 버려진 가게 앞에서 쓰레기 더미를 뒤지는 개 한 마리를 빼고는 텅 비어 있었다.

그 다음 월요일 나는 교장실에 불려가 교장 선생님과 악수를 나누었다. "자네는 기대 이상의 놀라운 결과로 학교의 명예를 드높였네. 오늘 강당에 전교생을 모아놓고 환영 행사를 열 생각이야. 전국대회에 나가기 전에는 대대적인 환송식도 열 계획이네."

전교생이 모인 강당에서 교장 선생님이 우리 BCMA 회원들을 앞으로 불러냈다. "빅 크리크를 대표해서 최선을 다하겠습니다." 나는 조명에 눈이 시리고 머리가 아팠지만 소감을 밝히고 박수갈채를 받으며 무대에서 내려왔다. 그 즈음 나는 계속되는 구토와 두통으로 맥을 못 추고 있었다.

라일리 선생님이 일어나서 말했다. "이번의 결과는 빅 크리크의 학생이라면 누구든지 자신이 마음먹은 일을 해낼 수 있다는 사실을 보여주었습니다. 저는 서니가 인디애나폴리스에서 열릴 전국대회에서 더욱 자랑스러운 결과를 얻을 것이라고 확신합니다."

라일리 선생님의 긍정적이고 자신 있는 태도를 보면서 나는 문득 부끄러워졌다. 중병을 앓으면서도 그처럼 씩씩한 선생님 앞에서 구토와 두통 때문에 빌빌대고 있는 나 자신이 한심하게 느껴졌다. 나는 형이 놀리던 것처럼 약해빠진 계집애나 다름없었다.

그날 밤 나는 별다른 이유 없이 뒷마당으로 나갔다. 적막한 어둠을 스치는 산들바람에 사과나무의 나뭇잎들이 가볍게 흔들렸다. 나는 주방의 창문에서 새어나오는 빛이 미치지 않는 뒷마당의 구석으로 갔다. 나는 그 시각 내가 왜 그곳에 있는지 자문하며 내 안의 무엇인가가 대답을 해주기를 바랐다. 청명한 밤하늘에 뿌려진 별들이 산과 산을 잇는 푸르스름한 아치형의 다리처럼 보였다. 나는 반짝이는 별들에 매혹된 채 마음으로 밤하늘을 자유롭게 유영했다. 그때 울타리 쪽에서 인기척이 났다. 누군가 나를 지켜보고 있었다. 주위는 어두웠지만 머리를 갸웃하는 몸짓만으로 나는 그가 누구인지 알 수 있었다. "로이 리? 거기서 뭐 하고 있어?"

"무심코 창밖을 내다보고 있는데 네가 뒷마당에 나오는 게 보이더라고." 그가 말했다. "말해줄 게 있었는데 다른 사람이 없을 때 하려고 기다렸어. 이 뒷마당이 아마 콜우드에서 가장 비밀스러운 곳이겠지."

로이 리는 울타리를 손으로 만지작거리며 헛기침을 한 번 하더니 주위를 한 번 둘러보고 머리를 쓸어 넘기며 한참 동안 뜸을 들였다. 무슨 말을 하려는지 몰라도 그다지 반가운 얘기는 아닌 것 같았다. "할 얘기가 뭔데?" 내가 재촉을 했다.

"그날 일의 전모를 알아냈어." 그는 고갯짓으로 사과나무를 가리켰다. 나는 그가 데이지 메이에 관한 얘기를 하려는 것임을 알아차렸다. "누가 데이지 메이를 죽였는지 내가 반드시 알아낼 거라고 했잖아."

나는 울타리 쪽으로 가까이 다가섰다. "누구야?" 나는 분노가 치밀어 오르는 것을 느끼며 로이 리를 다그쳤다. "푸키 아저씨지, 맞지?"

"아니야. 그 아저씨를 따라다니는 멍청이들 중의 한 명이 저

지른 짓이야. 하지만 푸키 아저씨가 뒤에서 조종을 했겠지."

나는 푸키 아저씨가 죽도록 미웠지만 그 순간 캘빈을 떠올리는 나 자신에게 놀랐다. 캘빈은 나한테 못할 짓을 많이 했지만 지난번 큰 도움을 받은 이후 나는 그를 다시 보게 되었다. 그럼에도 만일 푸키 아저씨가 데이지 메이를 죽게 했다면 캘빈과는 상관없이 나는 그를 용서할 수 없었다. "가만두지 않을 거야." 내가 말했다. "이번 일은 절대로 그냥 넘어가지 않을 거야."

"서니, 너는 그냥 가만히 있어도 돼." 로이 리가 말했다. "푸키 아저씨는 벌써 마을을 떠났어. 들리는 말에 의하면 푸키 아저씨가 아주머니를 때리는 것을 캘빈이 막다가 엄청나게 두들겨 맞았대. 그래서 보다 못한 이웃 주민들이 보안관을 불렀는데, 태그 아저씨가 잠긴 문을 부수고 들어가더니 푸키 아저씨를 질질 끌고나왔대. 그리고는 푸키 아저씨를 그냥 개울에다 처박은 다음 다시 한 번 콜우드에 상판대기를 내비치면 수직갱 아래로 집어던지겠다고 했다는 거야. 그 길로 푸키 아저씨가 도망을 갔다니까 태그 아저씨가 얼마나 무섭게 나갔는지 알 만하지."

"캘빈하고 아주머니는?"

"식스에 클라워스 부인이라고 혼자 사는 분이 있는데 캘빈이 고등학교를 졸업하고 입대할 때까지 같이 와서 살라고 두 모자를 불렀대."

"데이지 메이를 차로 친 사람은 누구야?"

로이 리는 멈칫하더니 어둠에 싸인 산을 올려다보았다. 주유소의 불빛이 그의 검은 머리카락을 비추었다. "네가 정말 원한다면 이름을 말해줄게. 하지만 내가 들은 바로는 그 사람은 지금 자신이 한 짓을 엄청 후회하고 있대. 이름 말해줘?"

나는 잠시 생각을 한 뒤 고개를 가로저었다. 내가 증오하는 사람과 얼굴을 마주치며 한 마을에 산다는 것이 내게 무슨 유익을 주겠는가? 나는 그의 이름을 알아낸다는 것이 아무 의미가 없음을 깨달았다. 데이지 메이를 죽인 그 누군가는 내가 복수를 하지 않더라도 결국 죗값을 받을 것이었다. 푸키 아저씨에게 내려진 콜우드의 심판이 그러했다. 인내심을 가지고 기다리는 사람에게 콜우드는 때가 되면 공동체의 힘으로 문제를 해결한다는 것을 보여주는 것 같았다.

"고마워, 로이 리." 문득 로이 리가 내게 너무나 소중한 친구라는 생각이 들었다. 나는 앞으로 무슨 일이 일어나더라도, 우리가 아무리 멀리 떨어지게 되더라도 서로에게 진정한 친구로 남자고 말하고 싶었다. 하지만 나는 녀석의 어깨를 주먹으로 한 대 치는 것으로 그 말을 대신했다. 로이 리도 주먹으로 내 어깨를 세게 쳤다. 그것으로 우리는 서로에게 하고 싶은 말을 전했다.

나는 로이 리와 헤어진 다음 데이지 메이의 곁에 있기 위해 사과나무 앞으로 다가갔다. 무릎을 꿇은 채 데이지 메이의 작은 무덤을 어루만지며 나는 인디애나폴리스에 들고 갈 빈 병에 무덤의 흙 한 줌을 담았다. 나는 일어서면서 차가운 산 공기를 깊이 들이마셨다. 그 순간 나는 한 가지 사실을 깨달았다. 언젠가 듀보네 씨는 앞으로 내가 어디에서 무슨 일을 하면서 살든 태어나고 자란 이곳에 내가 속해 있다고 말한 적이 있었다. 그

때는 이해하지 못했지만 이제 그 말이 이해가 되었다. 콜우드와 이곳 사람들, 그리고 주위의 산들이 나의 일부를 이루고 있었고 나는 그것들의 일부였다. 그것은 시간이 흘러도 변할 수 없는 사실이었다. 나는 아버지가 클리블랜드 출장에서 돌아온 날 언쟁을 벌였던 일도 떠올렸다. 그날 아버지가 내 방에서 나간 후, 나는 창밖을 내다보며 선탄장을 향해 출근을 하는 광부들을 부러워했다. 그들은 자신이 누구이며 자신이 하는 일이 무엇인지 알고 있는 것처럼 보였기 때문이다. 나는 데이지 메이가 묻혀 있는 사과나무 아래에서 더 이상 그들을 부러워할 필요가 없다는 사실을 깨달았다. 나는 이제 내가 누구이며 내가 해야 할 일이 무엇인지 확실히 알고 있었다. 그 순간 마치 누군가가 내 속에 있는 어떤 것을 끄집어낸 것처럼 한동안 나를 괴롭히던 메스꺼움과 두통이 씻은 듯이 사라졌다.

24장
인디애나폴리스에 입고 갈 옷

"아주머니, 저만 믿으세요." 조수석에 앉은 에밀리 수가 배웅을 나온 어머니에게 말했다.

나는 운전대를 잡은 채 고개를 푹 숙였다. 속이 부글부글 끓었다. 에밀리 수와 나는 인디애나폴리스에 입고 갈 정장을 사기 위해 웰치에 가는 길이었다. 나는 정장이 왜 필요한지 그 이유를 몰랐다. 면바지와 셔츠 차림에 편안한 운동화를 신는 게 뭐가 잘못됐단 말인가? 나는 젊은 과학도로서 과학경진대회에 참가하는 것이지 TV 드라마에 출연하는 것이 아니었다. 게다가 나는 대회에 출품할 전시물과 차트를 준비하느라 눈코 뜰 새가 없었다. 옷을 사러 웰치까지 다녀올 만큼 한가하지 않았다.

에밀리 수는 나를 포함한 철없는 동급생들과는 달리 자신은 어른이라고 생각했다. 때문에 인디애나폴리스에서 빅 크리크 고등학교와, 더 나아가 웨스트버지니아 주 전체가 망신을 당하지 않도록 나를 챙기는 일은 그녀의 위대한 사명이 되었다. 촌티가 줄줄 흐르는 옷을 입고 대회에 나가겠다는 내가 그녀에게는 걱정거리가 아닐 수 없었다. 에밀리 수의 어머니가 그런 딸을 차에 태우고 그날 아침 우리 집을 찾아왔다. 아주머니는 전국과학경진대회에 걸맞은 복장에 대해 어머니를 집요하게 설득했고, 거기에 넘어간 어머니는 지하실에서 패널의 경첩을 달고 있던 나를 거실로 불렀다. "에밀리 수와 웰치에 좀 다녀오너라." 어머니가 말했다. 맞은편 소파에 앉아 있던 에밀리 수는 만족스러운 미소를 지으며 고개를 끄덕였다. "에밀리 수가 네게 잘 어울리는 정장을 한 벌 골라줄 거다."

"정장은 왜요?" 나는 볼멘소리를 냈다.

"그야 네가 전국과학경진대회에서 촌놈처럼 보이게 내버려 둘 수 없으니까 그렇지." 에밀리 수가 끼어들었다.

어머니가 턱을 치켜들었다. "에밀리 수, 그게 아니야. 그보다 더 중요한 이유가 있어."

"그게 뭔데요?" 내가 따지듯 물었다.

어머니가 나를 똑바로 쳐다보며 말했다. "내가 그러라고 했으니까."

나는 차를 몰고 콜우드 산의 구불구불한 오르막을 넘기 시작했다. 웰치까지의 7마일 구간에는 커브길이 서른일곱 번 나왔다. 나는 도로가 곡선 구간이라는 것조차 거의 의식하지 못했다. 내겐 오히려 직선 도로가 낯설었다. 열두 번째 커브길을 돌면서 나는 처음으로 입을 뗐다. "고마워서 눈물이 나려고 한다."

"그렇게 생각해주니 나도 고마워." 에밀리 수가 능청스럽게 대답했다.

옷을 사러 가느라 시간을 빼앗기게 된 것이 반가운 일은 아니었지만 그래도 도로시의 근황에 대해 물어볼 기회가 생겼다는 것은 그리 나쁘지 않았다. 에밀리 수는 여전히 도로시의 가장 친한 친구였다. "너 요즘도 우등생 모임은 잘 나가냐?" 그것은 묻지 않고도 물어보는 방법이었다.

에밀리 수도 질문의 의도를 알아차렸다. "도로시? 잘 지내. 걔도 네가 보고 싶은가 보더라. 너를 화나게 만든 것에 대해서 엄청 미안해하고 있어. 그런데 너 아직도 도로시를 생각하고 있는 거야?"

"도로시를? 웃기는 소리 하지 마!"

에밀리 수가 나를 빤히 쳐다보았다. "너 거짓말할 때 눈썹이 약간 올라가는 거 알아?"

나는 웰치에 도착할 때까지 입을 닫았다.

그날은 토요일이었고 웰치의 중심가는 쇼핑을 나온 사람들로 북적거렸다. 우리는 25센트를 내고 카터 호텔 뒤편에 있는 주차장에 차를 세웠다. 에밀리 수는 나를 데리고 남성복 매장 필립스 앤 클루니로 갔다. 나는 매장 출입문 앞에서 머뭇거렸다. "왜 그래?" 에밀리 수가 물었다.

"너는 따라 들어오지 마."

"왜? 사람들이 나를 네 여자 친구로 생각할까봐?"

"그냥 창피해서 그래. 내 옷은 내가 혼자 고를 거야."

그녀는 나를 잠시 쳐다보더니 한숨을 쉬며 말했다. "알았어.

그럼 한 시간 후에 주차장에서 만나. 네가 산 옷을 꼭 입고 와. 입은 상태에서 봐야 하니까."

나는 그러겠다고 약속한 뒤 숨을 크게 들이마시고 매장 안으로 들어갔다. 필립스 앤 클루니는 규모는 작았지만 맥도웰 카운티에서 최고의 남성복 매장으로 통했다. 드라이클리닝 세제 냄새가 풍기는 매장 내부에는 벽면을 따라 정장과 셔츠가 가득 걸려 있었다. 점원은 내게 다가오더니 혹시 짐 히컴의 동생이 아니냐고 물었다. 내가 그렇다고 대답하자 그는 위층에 있던 주인 내외를 불렀다. 덩치가 크고 우락부락한 인상을 가진 남자와 작은 체구에 밝은 인상의 여자가 내려왔다. 그들은 채소밭에서 토끼를 발견한 고양이처럼 눈에 불을 켜고 내게 다가왔다. 그들은 형의 근황을 묻고는 내게 무슨 일로 왔는지 물었다. 내가 과학경진대회에 입고 갈 정장을 찾는다고 하자 그들은 곧 갈색, 청색, 회색의 정장을 꺼내왔다.

세 벌 모두 콜우드의 남자들이 교회에 갈 때 입는 정장과 비슷한 느낌이 들었다. 나는 어떤 옷을 골라야 할지 몰라 머리를 긁적였다. 내 옷을 고르는 것은 항상 어머니의 몫이었다. 그때 오델이 매장 안으로 들어왔다. 웰치에 인삼을 팔러 나왔다가 길에서 에밀리 수를 만난 것이었다. 내가 에밀리 수 때문에 웰치까지 오게 된 상황을 설명하자 오델이 대뜸 말했다. "에밀리 수 말이 맞네. 너는 새 옷이 필요해."

오델은 주인 내외가 추천한 옷들을 살펴보더니 고개를 저었다. "이건 노인네들이나 입는 옷이야." 벽면을 따라 옷걸이에 걸린 옷들을 천천히 살펴보던 오델이 한 벌을 빼서 들고 왔다.

"야, 너 이거 입으면 아주 근사하겠다." 나는 그의 말에 동의했다. 그것은 내가 본 것들 가운데 최고의 정장이었다.

나는 오델이 고른 옷을 입어보았다. 맞춘 옷처럼 사이즈가 딱 맞았다. 가격도 27달러 50센트인 것을 25달러에 할인해서 팔고 있었다. "이걸로 할게요!" 나는 거울 앞에서 이리저리 몸을 돌려보며 말했다. 주인 내외는 서로를 쳐다보며 어깨를 으쓱했다.

나는 새로 산 정장을 입고 매장을 나왔다. 에밀리 수에게 빨리 내 모습을 보여주고 싶었다. 오델은 인삼을 사기로 한 사람을 만나기 위해 종이봉투 두 개 가득 인삼을 들고 길 반대쪽으로 발걸음을 돌리며 말했다. "이걸 다 팔아서 아연가루를 사면 아마 달까지도 갈 수 있을 거야."

에밀리 수와 약속한 시간이 많이 남아 있었기 때문에 나는 무작정 거리를 걷기 시작했다. 쇼핑을 나온 사람들이 거리에 가득했다. 나를 힐끗힐끗 쳐다보는 시선들이 느껴졌다. 나는 형이 맥도웰 카운티를 떠난 이후 정장을 입은 고등학생을 사람들이 많이 못 봐서 그러겠거니 하고 생각했다. 나는 시에서 운영하는 콘크리트 주차 빌딩 쪽으로 걸어갔다. 그 건물은 3층 전체를 오로지 주차 용도로만 사용하는 미국 최초의 건축물로 웰치의 자랑거리 가운데 하나였다. 나는 그 건물을 볼 때마다 위축감을 느꼈다. 그곳을 놔두고 내가 호텔 뒤편의 주차장에 차를 세운 것도 그 때문이었다.

나는 주차 건물 앞을 지나다가 사람들이 운집해 있는 곳을 비집고 들어가 보았다. '잭 케네디를 대통령으로'라는 문구가 적힌 간판이 세워져 있었고 몇몇 사람들이 대형 스피커를 설치하고 있었다. 잠시 후 스피커에서 "닻을 올려라"(Anchors Aweigh, 미 해군사관학교의 응원가로 제2차 세계대전에 해군 장교로 참전한 케네디가 선거 유세에 사용함 – 옮긴이)와 프랭크 시나트라의 "높은 희망(High hopes)"이 흘러나왔다. "오늘 여기에서 뭐해요?" 나는 전신주에 케네디의 포스터를 붙이고 있는 사람에게 물어보았다.

그는 나를 위아래로 훑어보더니 케네디 상원의원이 잠시 후 그곳에서 선거 유세를 할 예정이라고 알려주었다. 스피커에서 흘러나오는 노랫소리를 듣고 점점 더 많은 사람들이 몰려들었다. 그 많은 인파 속에서 나를 어떻게 찾았는지 에밀리 수가 다가왔다. 그리고는 나를 쳐다보며 벌린 입을 다물지 못했다.

나는 등 뒤에 무슨 구경거리가 있나 돌아보았지만 특별한 것은 없었다. "왜 그래?" 나는 에밀리 수에게 물었다.

"도대체 그게 무슨 색이야?" 에밀리 수는 여전히 입을 다물지 못했다.

"내 옷?" 나는 상의의 소매를 보며 말했다. "이걸 무슨 색이라고 해야 하나… 오렌지색인가?"

"오렌지색이라고! 네가 오렌지색 정장을 샀단 말이야!"

나는 어깨를 으쓱했다. "글쎄, 그게 말이지—."

그때 주차 건물 입구를 향해 십여 대의 캐딜락과 링컨 콘티넨탈 차량이 빠른 속도로 다가왔다. 에밀리 수와 나는 재빨리 옆으로 비켜섰다. 어쩌다 보니 우리는 군중의 맨 앞줄에 서게 되었다. "야, 저 자동차들 좀 봐!" 내가 말했다.

에밀리 수는 자동차 행렬엔 눈길 한번 안 주고 여전히 나만 쳐다보고 있었다. "내 옷이 마음에 안 들어?" 내가 물었다. "오 델이 고르는 걸 도와줬거든."

에밀리 수가 고개를 저으면서 중얼거렸다. "이제 이해가 된 다."

한 남자가 링컨 콘티넨탈에서 내리며 군중을 향해 손을 흔들 었고 사람들은 그를 향해 박수를 쳤다. 그다지 열렬한 환영은 아니었다. 나는 그가 케네디 상원의원일 거라 추측했다. 그가 수행원들의 도움을 받아 캐딜락 차량 지붕 위로 올라갔을 때 나는 내 추측이 맞았음을 알았다. 그는 다소 마른 편이었고 숱 이 많은 머리는 조금 커 보였으며 얼굴은 구릿빛이었다. 그를 보면서 처음 든 생각은, 어떻게 봄볕에 얼굴을 저렇게 태울 수 있을까 하는 것이었다. 그는 사람들에게 다시 한 번 손을 흔든 다음 헛기침을 했다. 수행원 한 명이 그에게 물을 가져다주었 다. 그는 물을 한 모금 마신 뒤 연설을 시작했다. 군중의 분위기 는 전체적으로 어수선했다. 무슨 일인가 호기심으로 왔다가 발 걸음을 돌리는 사람들도 보였다. 그럼에도 꿋꿋하게 연설을 하 는 그의 모습에 나는 들어주는 것이 예의라고 생각했다. 그는 한 단어 한 단어를 내뱉을 때마다 불끈 쥔 주먹을 내뻗으며 애 팔래치아(우리가 그 지역에 속한다는 이야기는 처음 들어봤지 만) 지역을 개발해야 할 필요성을 강변했다. 그는 연방정부가 TVA(Tennessee Valley Authority, 테네시 강 유역 개발공사 - 옮긴 이)와 유사한 형태의 기관을 설립해서 이 지역의 개발을 도와 야 한다고 역설했다. 나는 역사 시간에 TVA에 대해 배운 적이 있었다. 존스 선생님은 루스벨트 대통령이 TVA를 통해 테네시와 앨라배마 지역의 경제를 활성화시켰다고 설명했다. 나는 아버지가 켄 외삼촌에게 TVA는 공산주의자들의 정책과 다를 게하나도 없다고 말하는 것을 듣기도 했다. 켄 외삼촌은 아버지의 말을 반박하면서 그것은 정부가 서민들을 위해 시행한 정책이라고 말했다. 곧바로 아버지는 정부 관리들은 자신들의 배를불리는 데에만 관심이 있지 서민 따위는 안중에도 없다고 맞받았다.

케네디 상원의원은 연설을 계속했다. 그는 요통이 있는 사람처럼 자꾸만 손으로 허리를 짚었다. 뻣뻣하게 서 있는 자세가 마치 아버지를 따라 갱도에 처음 내려갔다 온 신입 엔지니어들을 보는 것 같았다. 그는 눈빛도 왠지 슬퍼 보였다. 나는그가 건강에 문제가 있는 사람이라고 생각했다.

그가 극빈층을 위한 식료품 구매 쿠폰 제도의 도입을 설명하는 동안 사람들은 숨소리도 내지 않고 그의 연설에 집중했다.하지만 박수나 환호는 나오지 없었다. 그의 선거 운동원들이박수를 유도했으나 그에 호응하는 사람들은 별로 없었다. 그는 머쓱한 표정으로 머리를 한번 쓸어 넘겼다. "웨스트버지니아 지역은 중앙정부의 지원이 절실합니다. 저는 그러한 지원이반드시 이루어지도록 하겠습니다." 그가 허공에 주먹을 뻗으며말했다. 하지만 사람들은 아무런 반응도 보이지 않았다. 자리를뜨는 사람들이 여기저기 보였다. 그의 표정이 일그러졌다. 나는그가 안됐다는 생각이 들었다. "혹시 저의 공약에 대해 질문하실 분 계십니까?" 그의 목소리에 절박함이 묻어 있었다.

나도 모르게 손이 번쩍 올라갔다. 그가 나를 곧장 지목했다. "네, 거기 정장 입은 젊은이."

"맙소사." 에밀리 수가 끙 앓는 소리를 냈다. "네가 동네 망신 다 시키는구나."

나는 그 말을 못 들은 척했다. "의원님께서는 미합중국이 우주에서 무엇을 해야 한다고 생각하십니까?"

"내가 너 때문에 못 살아." 에밀리 수가 다시 앓는 소리를 냈다.

군중들이 웅성거렸고 일부는 야유와 조롱을 보냈다. 그러나 케네디 상원의원은 미소를 띠었다. "글쎄요, 아마 저의 정적들은 제가 우주로 가버렸으면 좋겠다고 생각할 텐데요." 그가 농담을 던지며 나를 쳐다보았다. "젊은이에게 제가 물어보죠. 그 질문에 대한 젊은이의 생각은 어떻습니까?"

그 즈음 나는 달에 대한 관심이 점점 커지고 있었다. 그해 봄, 비가 내리지 않는 밤이면 나는 제이크 아저씨의 천체망원경을 들여다보며 달 표면을 걷는 상상을 했다. 데이지 메이가 그립거나 이사 문제로 다툼이 잦아진 부모님 때문에 마음이 불안할 때 그리고 불확실한 진로로 머리가 복잡할 때 달 관측은 내게 큰 위로가 되었다. 어느새 달은 내게 가깝고 친숙한 곳이 되어 있었다. 때문에 내 대답은 아주 명쾌했다. "우리는 달에 가야 합니다!"

수행원들이 웃음을 터뜨렸지만 케네디 의원은 진지한 표정으로 손사래를 치며 그들을 조용히 시켰다. "젊은이는 왜 우리가 달에 가야 한다고 생각합니까?" 그가 내게 다시 물었다.

주위를 돌아보자 안전모를 쓰고 있는 광부들이 보였다. 나는 대답했다. "우리는 달에 가서 그곳에 뭐가 있는지 조사한 다음 이곳 웨스트버지니아에서 석탄을 캐듯 달을 캐봐야 한다고 생각합니다."

군중의 웃음소리가 커졌다. 그때 광부 한 사람이 소리쳤다. "저 학생 말이 맞아. 우리는 달도 캘 수 있을 거야!"

또 다른 광부가 소리쳤다. "그래, 우리가 캐내지 못하는 건 없으니까."

군중들 사이에서 박수가 쏟아졌다. 사람들은 활짝 웃고 있었다. 유세장을 빠져나가는 사람도 거의 없었다.

케네디는 힘을 얻은 것 같았다. "제가 대통령으로 선출된다면," 그가 말했다. "저는 우리가 달에 도달할 수 있을 거라고 생각합니다." 그는 유세장에 모인 사람들을 천천히 둘러보았다. "저는 이 젊은이가 한 말에 주목하고 싶습니다. 중요한 것은 이 나라를 다시 움직이게 하는 것입니다. 국민들과 정부가 활력과 에너지를 되찾아야 합니다. 만일 우리가 달에 도달하는 것이 그러한 일에 도움이 된다면 우리는 그렇게 해야만 할 것입니다. 사랑하고 존경하는 국민 여러분, 저와 함께 이 나라를 끌고 앞으로 나아갑시다."

청중의 반응은 열렬했다. 케네디가 계속해서 미국을 다시 위대한 나라로 만들기 위한 과업에 대해 이야기하고 있을 때 에밀리 수가 내 팔을 잡아끌었다. "왜 그래?" 내가 볼멘소리를 했다. "한참 재미있게 듣고 있는데."

"필립스 앤 클루니로 다시 가야겠어."

"왜?"

"그 오렌지색 정장 차림으로는 절대 인디애나폴리스에 못 가. 나는 이렇게 요란한 정장은 한 번도 본 적이 없어!"

나는 걸음을 멈췄다. "분명히 말해 두는데 나는 이 옷이 마음에 들어."

"그건 나도 알아." 에밀리 수는 뒤에서 내 등을 떠밀었다.

우리는 어둑해져서 콜우드에 도착했다. 결국 나는 영 마음에 들지 않는 짙은 청색 정장을 입고 집에 들어갔다. 에밀리 수의 어머니는 옷을 정말 잘 골랐다고 입에 침이 마르도록 칭찬을 했다. 어머니 역시 내가 그렇게 멋지게 보일 줄은 몰랐다고 말했다. 나는 어머니가 오델이 고른 옷을 봤어야 했다고 생각했다. 하지만 그 말 대신 나는 케네디 상원의원의 유세에 대해 이야기했다. "그때 서니가 케네디 후보에게 뭐라고 한지 아세요?" 에밀리 수가 말했다.

그때 아버지가 거실로 내려왔다. 나는 아버지에게도 케네디 상원의원에 대해 이야기했다. "케네디?" 아버지의 인상이 찌푸려졌다. "그놈은 빨갱이야."

아버지는 탄광에 가기 위해 현관문을 나섰다. 어머니가 아버지의 뒷모습을 바라보며 중얼거렸다. "그래도 잘생긴 빨갱이잖아요."

에밀리 수 모녀가 떠난 뒤 나는 2층으로 올라가서 그 볼품없는 정장을 옷걸이에 걸어두었다. 그나마 위안을 삼을 만한 것이 하나 있었다. 상의 호주머니에는 내가 에밀리 수 몰래 사둔 넥타이가 들어 있었다. 6인치 너비의 반짝거리는 연청색 넥타이에는 웨스트버지니아의 주조州鳥인 홍관조가 크게 그려져 있었다. 주황색 홍관조는 마치 노래라도 부르듯 하늘을 향해 부리를 크게 벌리고 있었다. 그 넥타이를 매고 대회장에 들어가면 사람들의 눈에 잘 띌 게 분명했다. 나는 그 점이 중요하다고 생각했다. 오델이 골라준 옷을 입을 수 없다면 적어도 넥타이라도 BCMA의 스타일을 보여줄 수 있어야 했다.

주 결선을 통과한 후 전국대회까지 한 달이라는 시간이 눈 깜짝할 사이에 지나갔다. 준비해야 할 것이 너무나 많았다. 다행히도 봄이 되면서 라일리 선생님은 기력을 다소 되찾는 것 같았다. 뺨에 발그레한 혈색이 돌았고 눈은 예전처럼 빛이 났다. 매일 수업이 끝나면 라일리 선생님은 내가 발표 연습을 하는 것을 지켜보았다. 선생님은 전국대회에 참가한 학생들을 지도해본 경험이 있는 다른 학교 선생님들에게 전화를 걸어서 대회 준비에 필요한 것들과 주의사항들을 물어보았다. 나는 매일 내용을 조금씩 고치면서 심사위원들 앞에서 간결하고 정확하게 발표를 하기 위해 연습을 거듭했다. 드 라발 노즐 제작 과정의 수학적 원리, 로켓의 추진력과 질량비의 계산 방법, 발사장에서 고도를 측정하는 방법 등이 내가 설명해야 할 내용이었다.

쿠엔틴도 주말이면 우리 집에 와서 노즐의 기능과 로켓의 탄도, 날개의 설계 원리 등을 보여주는 차트와 도표를 같이 만들었다. 오델은 로켓 부속을 올려놓을 검정색 벨벳 천을 구해다 주었다. 그리고 부속을 담아갈 나무상자도 직접 만들어주었다. 그는 외부 충격에 부속이 손상되지 않도록 상자 안에 신문지를 뭉쳐서 넣어 두었다. 셔먼과 빌리는 발사대를 포함한 발사장 이곳저곳의 사진을 찍어서 작은 앨범을 만들었다. 로이 리는 노즐과 노즈콘 그리고 동체의 제원을 깔끔하게 적은 가로 5인치, 세로 3인치의 카드를 만들어주었다.

친구들과 내가 전국대회를 준비하는 동안에도 탄광의 파업은 계속되었다. 경제적으로 곤경에 처한 일부 광부들은 갱도 시설물 점검을 위한 야간 근무조에 지원했으나 갱도 입구를 지키는 강경파 노조원들에 의해 번번이 발걸음을 돌려야 했다. 직영매장의 외상 거래도 중단되었다. 노사 양측 모두 타협을 할 기미가 보이지 않았다.

케이턴 씨가 듀보네 씨를 찾아가서 사정을 설명하자 노조 지도부는 전국대회에 출품할 노즐, 동체, 날개 그리고 노즈콘을 만드는 것에 한해 철공소의 작업을 허용했다. 초기에 설계된 노즐부터 가장 마지막에 만들어진 노즐까지 BCMA의 노즐이 어떻게 진화해왔는지를 보여주는 한 세트의 노즐이 만들어졌다. 그 노즐들은 모두 보물과도 같았다. 케이턴 씨는 특히 한 개의 노즐에 온갖 정성을 기울여서 노즐 내부의 수렴통로와 발산통로가 외부에서 보이도록 제작을 했다. 나는 그 노즐이 케이프 커내버럴에서 발사하는 진짜 로켓의 노즐에 견주어도 전혀 손색이 없다고 확신했다.

나는 케이턴 씨가 작업을 하도록 허락해준 듀보네 씨에게 감사의 인사를 전하기 위해 노조 사무실을 찾아갔다. "사람들에게 전국탄광노조 소속 노동자가 로켓 제작을 도왔다는 얘기를 꼭 해다오." 그가 무거운 표정으로 말했다. 그의 표정은 어두울 수밖에 없었다. 나는 노조의 파업기금이 바닥났고 정부의 구호 식량도 점차 공급이 줄어들고 있음을 알고 있었다. 안 그래도 마음이 어지러울 그를 로켓 문제로 귀찮게 했다는 생각에 나는 부끄러움을 느꼈다.

아버지는 여전히 탄광으로 출근을 했다. 아버지는 시설물 점검을 위해 매일 작업반장들을 만났고, 필요한 경우 직접 갱도에 내려가기도 했다. 아버지는 대회에 출품하기 위해 내가 지하실에서 준비하고 있는 전시물들을 분명히 보았을 텐데도 그에 대해 아무런 말이 없었다. 아버지는 내가 아침에 일어날 시각에 출근을 했고, 또 아버지가 퇴근할 무렵이면 나는 방에서 공부를 하거나 이미 잠이 들어 있었다. 아버지는 내가 도움을 요청하면 다 들어주겠다고 한 약속은 지켰지만 전국대회에 참가하는 것에 대해서는 별로 관심이 없어 보였다. 물론 나도 아버지에 대해 그 이상의 기대를 갖고 있지는 않았다.

전국대회를 일주일 앞두고 나는 어머니와 아버지가 거실에서 이야기를 나누는 것을 들었다. 어머니는 아버지에게 일을 그만두겠다는 뜻을 회사에 밝혔느냐고 물었다. "파업이 끝날 때까지는 기다려야 해." 아버지가 말했다.

"왜요?"

"내가 노조 때문에 도망간다는 얘기를 들을 순 없잖아."

어머니는 그 설명을 받아들이는 것 같았지만 내 생각은 달랐다. 우선 아버지는 노조의 반응 따위에 신경을 쓰는 사람이 아니었다. 또 하나, 만일 정말로 그만둘 생각이 있다면 아버지가 후임자를 정해서 그에게 업무를 완벽하게 인계해주지 않고 회사를 떠난다는 것은 상상하기 힘들었다. 그러기 위해서는 회사가 새로운 감독관을 선임하도록 진작부터 이야기를 해두었어야 했다. 하지만 울타리 통신에서 부모님의 이사 이야기는 들리지 않았다. 어머니는 이사를 개인적인 문제라고 생각했기 때문에 그 이야기를 사람들에게 흘리지 않았다. 하지만 아버지가 누구에게도 그 문제를 꺼내지 않았다는 것은 말이 되지 않았다. 누군가에게 한 마디만 했어도 그 소식은 즉각 울타리 통신을 통해 퍼져나갔을 것이다. 그렇다면 아버지는 속으로 무슨 생각을 하고 있는 것일까? 나는 그것이 궁금했지만 그 이상은 생각할 겨를이 없었다.

인디애나폴리스로 떠나기 전날 밤, 쿠엔틴이 우리 집을 찾아왔다. 그는 나를 재우지 않을 생각이었다. 삼각측량법, 미적분, 물리, 화학, 미분 방정식 등 그는 우리가 로켓 제작에 활용한 모든 것들에 대해 질문을 퍼부었다. 새벽 3시가 되어 나는 더 이상 버티지 못하고 침대에 쓰러져서 베개로 양쪽 귀를 틀어막았다. "쿠엔틴, 이제 그만하자." 나는 거의 애원을 하듯 말했다. "제발 나 좀 살려줘."

베개 때문에 쿠엔틴의 말이 먹먹하게 들렸다. "서니, 철철 넘치는 너의 무식함으로 웨스트버지니아 주 전체를 망신키는 게 네 계획이라면 그냥 자라."

나는 베개를 치우고 일어났다. "알았어, 자식아! 하면 되잖아."

"그렇지. 그래야지." 그 밝은 목소리로 말했다. "쉬운 걸로 물어볼게. 자, 비추력의 정의를 말해봐."

나는 마치 심사위원이 앞에 있는 것처럼 대답을 했다. "비추력이란 일정한 중량의 연료 가 갖는 추진력을 연소율로 나눈 값입니다."

"그걸 왜 알고 있어야 하지?"

나는 숨을 길게 내쉬었다. "그것은 연료의 상대적 장점을 파악하기 위한 수단입니다. 비추력의 수치를 통해 배기 속도를 파악할 수 있고 그것은 궁극적으로 연료의 성능을 판단하는 근거가 됩니다."

"좋아. 이번에는 유량流量계수에 대해 설명해봐."

나는 신음소리를 내며 답변을 시작했다. 인디애나폴리스의 심사위원도 쿠엔틴보다 까다로울 리는 없었다.

나는 고속버스 짐칸에 부속이 담긴 상자와 전시용 패널을 실었다. 웰치의 고속버스 터미널에는 친구들, 어머니와 아버지, 페로 씨, 듀보네 씨, 멜바 준 그리고 교장 선생님이 배웅을 나왔다. 바질 아저씨도 취재차 나와 있었다. 『웰치 데일리 뉴스』가 자신의 기사 일부를 도용해서 주 결선대회 우승 소식을 보도했다고 생각한 바질 아저씨는 이번만큼은 밀착 취재를 통해 기사의 질로 그 신문사를 압도하겠다고 별렀다.

에밀리 수도 나와 있었다. 그녀는 내 여행용 가방을 열어서 자신이 골라준 정장이 들어 있는지부터 확인했다. 그녀는 남자 아이처럼 어깨를 툭 치면서 말했다. "대회 결과는 알 바 아니고 적어도 멋있어 보이긴 할 거야."

언뜻 인파 가운데 제네바 에거스의 모습이 보인 것 같았다. 하지만 그쪽으로 다시 시선을 던졌을 때 그녀의 모습은 보이지 않았다. 도로시는 물론 나오지 않았다. 나 역시 별로 기대를 하지 않았다. 내 옆에 어머니가 있는데도 멜바 준은 입술에 키스를 해서 내 얼굴을 홍당무로 만들었다. "아들, 씩씩하게 다녀와." 어머니가 미소를 지으며 말했다.

버스에 오르기 직전 제이크 아저씨가 승강장으로 그의 콜벳을 몰고 들어왔다. 조수석에 앉아 있는 라일리 선생님의 모습에 반가움이 더했다. 제이크 아저씨가 차에서 내려 내 어깨를 치며 말했다. "그동안의 얘기는 들었어. 서니, 너를 배웅하려고 오하이오에서부터 일부러 달려온 거야. 차에 타고 있는 숙녀분에게도 인사해야지?"

나는 라일리 선생님에게 다가갔다. 선생님은 무척 힘들어 하는 모습이었다. 나는 선생님의 병세가 다시 악화된 것이 아닌지 걱정이 되었다. "서니, 가서 웨스트버지니아 사람의 저력을 보여주고 와." 선생님이 천천히 손을 내밀며 말했다.

"알겠습니다, 선생님." 나는 악수를 하며 말했다. 선생님과 나는 말없이 서로를 쳐다보았다. 내가 돌아서려는 순간 선생님이 나를 꼭 안아주었다.

어머니는 버스 승강구에서 내 팔을 살짝 잡았다. "잘 다녀와." 아버지는 아무 말 없이 손을 내밀어 악수를 청했다. 아버지와 듀보네 씨 사이에 냉랭한 기운이 감돌았다. 나는 버스에 올랐다.

　나는 좌석에 몸을 깊이 묻고 밤새 달리는 버스에서 내내 잠을 잤다. 이른 아침 차창으로 들어오는 햇살에 잠이 깬 나는 산이 하나도 없이 오로지 평지만 이어지는 주위의 풍경에 마치 발가벗겨진 듯한 기분이 들었다. 버스는 정오 무렵 인디애나폴리스에 도착했다. 나는 인근에 있는 인디애나폴리스 엑스포 홀까지 낑낑대며 짐을 들고 가서 나에게 배당된 전시 공간을 확인했다. 나는 전시물을 설치하며 추진체 부문의 다른 참가자들이 설치하고 있는 출품작들을 살펴보았다. 언뜻 보아선 BCMA의 출품작보다 더 정교한 것이 눈에 띄지 않았다. 텍사스 주 대표로 참가한 남자아이가 내 옆에서 자신의 출품작을 설치하고 있었다. 그는 카우보이모자를 쓰고 있었다. 그는 두 개의 전시물을 꺼내 놓았는데 하나는 배관을 사용한 로켓 노즐이었고, 다른 하나는 전구가 달린 전자기식 발사대였다. 우리는 곧 친구가 되었다. 그의 이름은 오빌이었지만 그는 자신을 "텍스"라고 불러달라고 했다.

　텍스는 나에게 몇 가지 정보를 들려주었는데 별로 반가운 소식은 아니었다. "우리가 수상할 가능성은 없다고 보면 돼. 주위를 한번 돌아봐. 결국은 규모가 크고 돈을 많이 들인 출품작이 상을 받게 되어 있어."

　나는 텍스와 함께 전시장 이곳저곳을 둘러보았다. 제각기 출품작을 설치하느라 분주한 참가자들 틈에서 나는 위축되는 느낌이 들었다. 대부분의 출품작들이 크고 정교하며 무엇보다 상당한 비용이 들어간 것으로 보였다. 나는 그제야 텍스의 말이 이해가 되었다. 출품작 중에는 두 마리의 원숭이가 있는 우리에 산소 발생 장치와 먹이를 자동으로 공급하는 장치가 달린 것도 있었다. 그때까지 원숭이를 직접 본 적이 없었던 내가 과학경진대회에 와서, 그것도 한꺼번에 두 마리나 보게 된 것이다. 그 출품작의 제목은 '화성으로 가는 길'이었다. 나는 웨스트 버지니아의 촌놈들이 그런 대단한 출품작을 내놓은 참가자들과 겨루어야 한다는 사실에 현기증이 났다. 갑자기 내 미래에 먹구름이 끼면서 반짝거리는 나의 노즐들이 조악하게만 느껴졌다.

"저런 출품작은 대개 뉴욕이나 매사추세츠 애들이 들고 나오는 거야." 텍스가 어깨를 으쓱하며 말했다. "돈도 많고 영리한 녀석들이지. 문제는 또 있어. 바로 심사위원들이 로켓을 별로 좋아하지 않는다는 거야. 그 사람들은 로켓을 위험한 물건으로 보는 경향이 있어. 나는 여기에 오기 전부터 입상 가능성은 포기했어."

"그런데 왜 왔어?" 내가 불쑥 물었다. 나는 빅 크리크 고등학교의 트로피 진열장에 전국과학경진대회의 우승 트로피가 놓일 가능성이 사라지고 있는 것을 느꼈다.

"재밌으니까. 너도 곧 느끼게 될 거야."

텍스의 말이 맞았다. 대회는 재미있었다. 텍스와 나는 우리의 출품작을 보러 온 관람객들에게 우리가 연구한 내용과 로켓의 발사 원리 등을 설명해주었다. 나는 몸짓과 의성어를 섞어가며 이야기를 했다. 마치 연극 무대의 배우가 된 느낌이었다.

나는 관람객들이 너무 가까이 다가서지 않는 한 그들의 관심과 시선을 내가 즐기고 있다는 사실을 깨달았다. 나는 다른 지역의 사람들은 대화를 나눌 때 웨스트버지니아 사람들보다 훨씬 가까이 다가선다는 사실을 발견했다. 나는 텍스에게 규모가 큰 다른 출품작들보다 우리의 전시물이 관람객들을 더 많이 끌어모으는 것 같다고 말했다. "맞아. 우리의 출품작이 인기가 있는 건 분명해." 그가 말했다. "하지만 심사위원들은 그런 건 따지지 않아."

심사위원들의 평가는 대회 나흘째에 예정되어 있었다. 이틀째 일정을 마치고 우리는 근사한 저녁식사를 대접받은 뒤 호텔 방으로 들어갔다. 텍스와 나는 원래 다른 방에 배정되어 있었지만 각자 룸메이트의 양해를 얻어서 같은 방을 쓰게 되었다. 우리는 다시 밖으로 나와서 인디애나폴리스의 거리를 걸었다. 자동차와 사람들이 홍수를 이루고 있었다. 사람들은 대체로 친절했지만 조용한 콜우드에서 살던 나에게 너무 많은 인파는 편안한 느낌을 주지 않았다.

나는 주위의 탁 트인 공간에도 알 수 없는 불편함을 느꼈다. 나는 콜우드의 산을 그리워하고 있었다. 웨스트버지니아에서는 어딜 가나 산이 있어서 마을과 사람들 사이의 실제적이고 물리적인 경계가 되어 주었다. 그런데 인디애나폴리스에서는 여기저기에서 사람들이 튀어나와 어깨를 부딪치는 것이었다.

내가 텍스에게 그런 느낌을 털어놓자 그는 웃음을 터뜨렸다. "평지가 뭔지 제대로 알고 싶으면 텍사스에 한번 와봐." 우리는 그날 밤 많은 이야기를 주고받았다. 그는 텍사스에 대해, 나는 웨스트버지니아에 대해 이야기했다. 텍스는 내 얘기를 다 듣더니 나를 걱정해주었다. "너는 대회에 참가한 것 자체가 중요한 게 아니라 너에게 기대를 걸고 있는 수많은 사람들을 위해서 반드시 상을 받아야 한다는 얘기잖아? 맙소사, 그러다 빈손으로 가게 되면 어떡하려고 그래?" 그는 고개를 절레절레 흔들었다. "이거 보통 일이 아니네."

다음날 아침 텍스와 나는 기대감으로 새로운 하루를 맞으며 버스에서 내려 전시실로 들어갔다. 그런데 전시실에 있던 노즐과 동체, 노즈콘이 어디론가 사라지고 보이지 않았다.

이해할 수 없는 일이었다. 전시실에 있는 물건이 사라진다는 것이 내 상식으로는 이해가 되지 않았다. 그걸 누가, 무슨 이유로 가져간단 말인가? 텍스가 다가와서 물었다. "상자에 넣고 자물쇠로 채우지 않았어?"

"그래야 하는지 몰랐어!" 울고 싶은 심정이었다.

"서니, 도대체 너 어디에서 온 애냐? 참, 웨스트버지니아라고 했지. 깜빡했네." 텍스는 자신의 출품작을 넣어둔 상자와 거기에 채워진 자물쇠를 가리켰다. "여긴 대도시야. 모든 걸 다 잠가야 한다고." 그는 내게 딱하다는 표정을 지었다. "일단 경비 책임자를 찾아가보자. 따라와. 어디로 가야 하는지 내가 알아."

우리는 행사장 경비를 담당한 직원을 만나 그에게서 전날 밤 전시실에 침입자들이 있었다는 얘기를 들었다. 아마 그들이 내 전시물들을 훔쳐간 것 같았다. 나는 직원의 설명을 들은 후에도 그 상황이 이해가 되지 않았다. "뭣 때문에 그걸 훔쳐가요?"

직원이 나를 물끄러미 쳐다보았다. "너 어디에서 왔니?"

"얘는 웨스트버지니아에서 왔어요." 텍스는 마치 그 말이 모든 것을 설명할 수 있다는 듯이 말했다. 실제로 그 직원도 아무 말 없이 고개만 끄덕였다.

나는 깊은 절망에 빠져 전시실로 돌아갔다. BCMA 회원들과 라일리 선생님, 철공소, 비코프스키 씨, 페로 씨, 케이턴 씨, 그리고 지하실의 세탁기 위에 올라가 있는 데이지 메이의 사진은 모두 그대로 남아 있었다. 노즐 제작의 수학적 원리를 정리한 전시물과 베르너 폰 브라운 박사의 서명이 있는 사진도 온전히 남아 있었다. 오델이 마련해준 벨벳 깔개와 로이 리가 만들어준 제원표도 그대로였다. 하지만 노즐과 동체, 노즈콘이 없이는 모든 게 빈껍데기에 불과했다. 하루 뒤에 나타날 심사위원들 앞에서 나는 보여줄 게 없었다. 텍스는 자신의 출품작을 상자에서 꺼내 다시 설치하느라 바빴다. 잠시 후 관람객들이 입장하기 시작했다. 나는 망연자실했다. 그동안의 모든 일들—우리의 로켓, 비코프스키 씨, 케이프 콜로드, 미적분, 그리고 데이지 메이까지—은 다음날의 심사를 위한 것이었다. 이미 우승은 물거품이 되어버렸다는 것을 알고 있었지만 지나간 기억들이 너무나 생생하게 아팠다. "나 어떡해?" 나는 울먹이는 목소리로 말했다.

텍스가 다가왔다. 그는 카우보이모자를 벗고 머리를 긁적이며 말했다. "네가 사는 곳에도 전화는 있을 거 아니야?"

나는 그때까지 장거리 전화를 한 번도 해본 적이 없었다. 텍스가 나를 공중전화 부스로 데리고 갔다. 나는 0번을 누른 다음 교환원에게 컬렉트콜을 걸겠다고 말하고는 우리 집 전화번호를 불러주었다. 어머니가 전화를 받았다. 나는 상황을 설명했다. 어머니는 말이 없었다. "엄마, 어떻게든 전시물을 다시 준비해야 해요. 아버지나 누구에게든 얘기 좀 해주세요."

수화기 너머에서 긴 침묵이 흘렀다. "이번 주 들어서 상황이 심각해졌어. 작업반장이 갱도로 들어가는 것을 노조원들이 막는 바람에 태그가 갱도 앞을 지키고 있어. 아버지는 듀보네 씨를 가만두지 않겠다고 난리고, 회사의 요청으로 주 경찰이 진입할 거라는 얘기도 돌고 있어."

절망적이었다. "엄마, 도와주세요."

어머니가 긴 한숨을 내쉬며 대답했다. "할 수 있는 데까지 해보마."

문득 내가 지독하게 이기적이라는 생각이 들었다. 마을 전체가 혼란스럽고 아버지는 노조위원장과 주먹다짐이라도 벌일 판이며 마을에 공권력이 투입될지도 모르는 상황인데도 나는 전시할 물건을 다시 마련해야 한다고 우는소리를 하고 있었다. "엄마," 나는 울고 소리치고 애원하고 싶은 마음을 억누르며 아무렇지 않은 듯 말했다. "아니에요. 신경 쓰지 마세요. 정말이에요. 제가 전화를 괜히 했나 봐요."

"아니다, 얘야." 어머니가 말했다. "전화하기 잘했다. 내가 좀 알아보마. 하지만 확실하게 얘기해줄 수 있는 건 없구나."

나는 수화기를 내려놓고 전시실로 돌아갔다. 내 쪽으로 오던 사람들이 다른 출품작이 있는 곳으로 발걸음을 돌렸다. 나는 빈 상자를 하나 발견하고 그 위에 걸터앉았다. 텍스의 말이 옳았다. 추진체 부문의 참가자는 어차피 우승을 하기 힘들었다. 나는 이제 빈손으로 집에 돌아가 아버지가 여러 해 동안 그랬던 것처럼 온 동네의 비아냥거림을 받는 일만 남겨두고 있었다.

그날 밤 호텔방으로 전화가 한 통 걸려왔다. 어머니였다. "내일 아침 8시에 인디애나폴리스 버스 터미널로 나가볼 수 있겠니?"

가슴이 두근거렸다. "네."

"상자를 하나 부쳤다."

"어떻게 된 거에요?"

어머니는 웃었지만 어쩐지 유쾌한 웃음으로 들리지 않았다. "자세한 얘기는 나중에 하자."

다음날 아침 나는 짙은 청색 정장에 홍관조가 그려진 넥타이를 매고 난생 처음으로 택시를 탔다. 버스 터미널에서 내 앞으로 부쳐진 상자를 찾아 나는 다시 택시를 탔다. 속도를 내달라는 부탁을 받은 택시 기사는 마치 경주용 자동차를 몰 듯 차선을 이리저리 타고 넘으며 거리를 질주했다. 택시는 전시장 앞에서 요란한 소리를 내며 급정거를 했다. 택시 기사가 상자를 전시장 안으로 옮기는 것을 도와주었다. 텍스가 달려와서 전시물의 설치를 도왔다. 나는 요금을 지불하기 위해 주머니를 뒤졌다. 그런데 택시 기사는 돈을 받아서 갈 생각은 하지 않고 벽에 붙어 있는 사진들을 하나하나 살피더니 고개를 흔들었다. "야, 나도 웨스트버지니아 출신이야." 그가 말했다. "요금은 안 받을 거다. 대신 대회에서 좋은 성적을 거두어야 한다."

"서니, 이 소식을 들으면 아마 깜짝 놀랄 걸." 텍스가 말했다. "네가 터미널에 간 사이에 내가 주최측에 항의를 했어." 추진체 부문에 참가한 다른 학생들이 주위에 몰려들었다. "모두 같이 몰려가서 전시장의 관리 소홀을 따지고 추진체 부문을 이런 식으로 홀대하면 가만있지 않겠다고 했어. 유럽이나 일본 학생들처럼 피켓을 만들어서 항의시위도 벌이겠다고 말이야. 그랬더니 주최측에서 쩔쩔매면서 추진체 부문을 다른 부문처럼 별도로 심사하겠다고 하는 거야."

정말 깜짝 놀랄 소식이었다. "텍스, 네가 우승했으면 좋겠어!" 불쑥 내뱉은 말이지만 나는 그것이 진심이라는 사실에 스스로도 놀랐다. 하지만 이상하게도 기분은 좋았다.

텍스는 상자에서 꺼낸 노즐과 노즈콘, 동체를 바라보며 말했다. "서니, 여기선 네 출품작이 최고야. 잘됐으면 좋겠다." 텍스는 잠시 머뭇거리다가 한 마디를 덧붙였다. "그나저나 그 넥타이 어디서 샀어? 멋지다."

설치를 마치고 한 시간이 채 되지 않아 십여 명의 심사위원들이 우리가 있는 구역으로 들어왔다. 그들 중에는 말투에 독일어 억양이 있는 남자가 하나 있었다. 그가 자신을 폰 브라운 박사의 연구팀에 소속되어 있다고 소개했을 때 나는 깜짝 놀랐다. "폰 브라운 박사를 알고 계신단 말이에요?" 나는 숨이 멎을 것 같았다. 상상도 하기 힘든 일이었다. 그것은 마치 사도 바울이나 다른 성경 속의 인물과 이야기를 나누는 것과도 같았다.

그가 웃음을 터뜨렸다. "나는 매일 박사님과 같이 일을 해." 그는 곧바로 어려운 질문들을 던지기 시작했다. 나는 준비가 되어 있었다. 대답이 술술 나왔다. 비추력과 질량비에 대한 나의 설명이 특히 그에게 깊은 인상을 준 것 같았다.

다른 심사위원들이 질문을 마치고 돌아서려 할 때 그가 나에게 다가와서 말했다. "폰 브라운 박사님이 지금 여기에 와 계셔. 몰랐어?"

나는 입이 딱 벌어졌다. "몰랐어요. 어디에요? 지금 어디에 계세요?"

그는 넓은 행사장의 반대편을 가리키며 말했다. "아까 저쪽 생물학 부문 전시관에 계셨는데."

"텍스, 내 물건 좀 봐줄 수 있지?"

텍스가 웃었다. "알았어. 가서 사인 두 장 받아와!"

나는 그 위대한 인물을 찾아 행사장 이곳저곳을 뛰어다녔다. 잠시 길을 잃기도 했고 지나가는 사람들을 붙들고 폰 브라운 박사를 봤느냐고 묻기도 했다. 나는 매번 아슬아슬하게 그를 놓치고 있었다. 한 시간 후 나는 어깨를 축 늘어뜨리고 추진체 부문 전시실로 돌아왔다. 텍스가 안타까운 표정으로 나를 맞았다. "야, 뭐라고 얘기해줘야 할지 모르겠다. 그분이 다녀가셨어. 저 노즐도 직접 만져보시더라." 텍스는 케이턴 씨가 특별히 만든 노즐을 가리켰다. "설계를 아주 잘 했다면서 이걸 만든 학생을 직접 만나봤으면 좋았겠다고 하셨어. 그리고는 저쪽으로 가시더라."

나는 텍스의 손가락이 가리키는 방향으로 다시 뛰어갔다. 하지만 폰 브라운 박사는 이미 행사장을 완전히 떠난 뒤였다. 실망한 채 전시실로 돌아온 나는 그사이 또 다른 사람들이 다녀갔음을 알게 되었다. 이번에는 심사위원들이었다. 그들은 나를 기다리다가 수상 증명서와 금메달을 놓고 갔다. 텍스가 좋아서 어쩔 줄을 모르며 내 등을 쳤다. 텍스는 2위를 차지했다. 하지만 나는 우리 두 사람이 공동 우승을 한 것이나 다름없다고 생각했다. 나는 두 번째 장거리 전화를 걸었다.

버스가 블루필드에 도착하자 반가운 얼굴들이 승강구 앞으로 몰려들었다. 박수와 환호로 맞아주는 그들에게 나는 우승 메달을 흔들어보였다. 내가 제일 먼저 들은 소식은 파업이 끝났다는 것이었다. 그 소식을 전해준 케이턴 씨에게 나는 어떻게 모든 부속을 그렇게 빨리 만들어서 보내주었는지 물어보고 싶었다. 하지만 말을 꺼내기도 전에 로이 리가 내 팔을 잡아끌었다. "서니, 라일리 선생님이 병원에 입원하셨어."

어머니가 다가왔다. 아버지는 운전석에 앉아서 기다리고 있었다. 듀보네 씨와 케이턴 씨가 내 짐을 트렁크에 실어주었다. "친구들과 병원부터 다녀오너라." 어머니가 말했다. "자세한 이야기는 나중에 하자."

쿠엔틴, 로이 리, 셔먼, 오델, 빌리 그리고 나는 웰치에 있는 스티븐스 병원에 도착했다. 우리는 조용한 복도를 지나 라일리 선생님의 병실로 들어갔다. 제이크 아저씨가 라일리 선생님의 침대 옆에 앉아 있었다. 선생님의 얼굴은 창백해 보였고 팔에는 주사바늘이 꽂혀 있었다. "안녕, 얘들아." 선생님이 힘없는 목소리로 우리를 맞았다. "서니, 대회에서 돌아오는 길이구나.

어떻게 됐어?"

나는 우승 메달을 꺼내 들었다. "해냈구나!" 선생님이 말했다. "네가 해낼 줄 알았어." 선생님이 우리 한 사람 한 사람을 돌아보며 힘겹게 미소를 지었다. "내가 너희를 가르쳤다는 게 정말 자랑스럽다."

"선생님." 나는 불현듯 내가 선생님을 정말 좋아하고 있었다는 사실을 깨달았다. 그렇게 좋은 분은 만난 적이 없었고 앞으로도 그러하리라는 생각이 들었다.

"내가 메달을 만져봐도 되겠니?" 선생님이 물었다.

"그럼요. 이건 선생님의 것이에요." 나는 목이 메었다. "선생님이 안 계셨다면 저희는 해내지 못했을 거예요." 나는 선생님의 베개에 메달을 올려놓았다.

선생님이 고개를 돌려서 메달을 바라보았다. "내가 한 일이라고는 책을 한 권 준 것밖에 없어."

"아니에요. 선생님은 그것보다 훨씬 많은 것을 주셨어요." 목젖이 뜨거워지며 속에서 분노가 치밀었다. 하나님은 왜 선생님을 아프게 하는 거지? 레이니어 목사님과 리처드 목사님이 늘 말씀하시던 하나님의 은혜는 도대체 어디에 있는 거야? 학생들을 가르치는 것이 유일한 소망인 이 젊은 선생님을 쓰러뜨리는 게 그들이 말하던 은혜란 말인가?

선생님은 졸음이 쏟아지는 듯 눈을 감더니 그대로 잠이 들고 말았다. 제이크 아저씨가 우리를 복도로 불러냈다. "선생님은 잠이 들었어. 약이 독한지 자꾸 잠만 주무신다."

"이렇게 돌아가시나요?" 나는 들릴 듯 말 듯 작은 소리로 물었다. 그 말을 내뱉는다는 것이 너무 힘들었다.

잠시 침묵이 흐른 뒤 제이크 아저씨가 대답했다. "선생님은 치료를 잘 받고 다시 학교로 돌아가서 학생들을 가르치실 거야. 네 메달이 큰 힘이 될 거라 생각한다."

제이크 아저씨는 주차장까지 우리를 따라 나왔다. 그가 나를 잠깐 따로 불렀다. "공연히 우울해 하지 마. 지금은 네가 해낸 일을 자랑스럽게 여길 때야."

나는 고개를 가로저었다. "아저씨, 그건 말도 안 돼요."

제이크 아저씨는 주머니에 손을 찌르고 한숨을 내쉬더니 먼 산을 바라보았다. "서니, 나는 종교적인 사람은 아니다. 성경에서 뭐라고 하는지 듣고 싶으면 교회에 가야겠지. 하지만 나는 우리 모두를 위한 어떤 계획이 있을 거라는 것은 믿어. 너, 나, 프리다 모두에게 말이야. 그것을 가지고 화를 내거나 하나님을 원망해봐야 아무 소용이 없어. 인생이란 게 그런 거다. 그냥 받아들여야 하는 거지."

"아저씨도 그러세요?" 나는 냉소적으로 말했다. "아저씨가 주어진 인생을 그대로 받아들인다고요? 그래서 그렇게 술을 드시는 거예요?"

그가 나를 뚫어지게 쳐다봤다. "나는 가끔 모든 것을 잊으려고 술을 마시지. 또 어떤 때는 그냥 술이 좋아서 마시기도 한다. 마시면 기분이 좋아지니까. 너도 나중에 한번 해봐라. 너 자신을 그만 괴롭히고 싶을 때 말이다."

나는 그에게 오랫동안 담아두고 있던 얘기를 털어놓았다. "아저씨, 저는 아저씨처럼 인생을 즐길 수만 있다면 제 오른팔이라도 내놓을 수 있어요."

"서니, 나는 네가 인생을 사랑한다는 것을 안다. 네 온몸에서 그게 느껴져." 그는 주위를 둘러보았다. "누구나 저 산들의 무게에 짓눌릴 수 있을 거야. 하지만 언젠가 네가 이곳을 벗어나게 되면… 글쎄다, 전혀 다른 세상이 펼쳐지게 될 거야. 두고 보라고."

나는 그가 내 미래에 대해 한 말을 곱씹어보았다. 그 순간 머릿속에서만 맴돌던 생각이 나도 모르게 입 밖으로 튀어나오고 말았다. "아저씨, 저는 미래가 두려워요."

그는 아무 말 없이 나를 가만히 쳐다보았다. 그도 웨스트버지니아에서 오래 생활하면서 이 지역 사람들의 덤덤함이 몸에 밴 것 같았다. "야, 그게 두렵지 않은 사람이 어디 있냐?"

나는 그의 팔에 머리를 기댔다. 문득 아버지가 나를 품에 안고 계단을 오르던 오래 전의 어느 토요일 밤이 생각났다.

26장
발사 준비 완료(오크 26~31호)

1960년 6월 4일

시간이 좀 걸리긴 했지만 나는 인디애나폴리스에서 내가 노즐을 도둑맞은 날 콜우드에서 벌어진 일들을 퍼즐 조각을 맞추듯 알게 되었다. 먼저 친구들이 각자 아는 만큼의 이야기를 해주었고, 케이턴 씨도 그날 철공소를 둘러싸고 벌어진 상황을 들려주었다. 그리고 어머니의 이야기를 통해 퍼즐의 마지막 조각이 완성되었다. 내가 장거리 전화를 건 지 한 시간도 되지 않아 내가 큰 곤경에 처해 있다는 소식이 울타리 통신을 통해 콜우드 전역에 퍼졌다. 그 소식을 들은 케이턴 씨가 곧바로 철공소로 뛰어갔지만 듀보네 씨를 포함한 노조원들의 제지를 받았다. 아버지는 꿈쩍도 하지 않았지만 어머니는 그런 아버지를 억지로 끌고 철공소에 올라갔다. 그곳에서 서로 맞닥뜨린 아버지와 듀보네 씨 사이에 팽팽한 긴장이 흘렀다. 로이 리의 말에 의하면 두 분은 외나무다리에서 만난 원수들처럼 피할 수 없는 일전을 벌일 기세였다고 했다.

어머니는 두 분에게 한번 마음대로 치고받으며 싸워보라고 했다. 하지만 케이턴 씨가 두 분 사이에 끼어들었다. "제 말 좀 들어보세요. 저처럼 노조 활동을 열심히 하는 사람도 없잖습니까? 그런데 문서화된 단체협약이 없다는 회사 측의 주장도 틀린 건 아닙니다. 하지만 지금은 그 아이부터 도와야 하지 않겠습니까? 그 애가 그 먼 곳까지 뭐 하러 갔습니까? 그게 다 콜우드를 위한 거 아닙니까?"

그때 광업소장 번디니 씨가 지프를 몰고 나타나서 아버지와 듀보네 씨에게 냉정을 찾으라고 말했다. 그는 듀보네 씨에게 다가가 어깨를 토닥거리며 말했다. "존, 우리 조용히 얘기 좀 하세."

"아버지는 분을 참지 못하고 씩씩거리기만 하셨지." 어머니가 그때 일을 떠올리며 말했다. "번디니 씨는 네 아버지를 내버려두고 듀보네 씨의 어깨에 팔을 걸친 채 한쪽 구석으로 갔어. 아버지는 호흡이 거칠어지면 기침을 하시잖니. 분을 못 참고 씩씩거리다가 기침이 나오기 시작했는데 아버지는 그것 때문에 화가 더 나신 거야."

형으로부터 노조 내부의 이야기를 전해들은 로이 리는 그 장면을 이렇게 설명했다. 듀보네 씨는 광업소장에게 다른 얘기는 할 필요가 없다면서 광부들을 해고할 때 먼저 노사의 합의를 거친다는 조건만 수용되면 즉시 작업에 복귀하겠다고 말했다.

"그런데 듀보네 씨의 요구는 그게 전부가 아니었어." 셔먼이 어깨를 으쓱하며 말했다. 셔먼은 회사 쪽에 속한 그의 아버지로부터 들은 이야기를 전해주었다. "듀보네 씨는 앞선 해고 조치가 부당하게 이루어졌기 때문에 해고자들을 모두 복직시키라고 요구했대."

"맞아. 그게 노조의 요구였어." 어머니의 설명이었다. "하지만 존은 영리한 사람이거든. 그는 아버지를 끌어들이려고 했어. 그런데 네 아버지도 그렇게 호락호락한 분이 아니시잖니? 존의 의도를 알고 계셨던 거야."

"그날은 광업소장님의 독무대였어." 셔먼이 말했다. "어쩌다 보니 협상의 당사자가 아니라 위대한 중재자가 되어 있었거든. 하지만 소장님도 노조측에 얘기하지 않은 게 있었어."

"존, 네가 자네의 이야기를 제대로 이해했는지 한번 정리를 해보겠네." 어머니가 번디니 씨의 말투를 흉내 내며 말했다. "회사는 해고할 광부들의 수를 정해놓고 있어. 그런데 앞으로는 회사가 일방적으로 해고 대상자를 정하지 말고 근무 연한과 노조의 요구를 고려해서 노사 합의로 결정하자는 말 아닌가? 그리고 해고된 친구들도 복직을 시키라는 얘기고?"

로이 리는 그 다음 장면을 이렇게 들려주었다. "네 아빠가 기침을 멈추고 소장님한테 달려가더니 막 소리를 치시더라고. '소장님, 이러시면 안 됩니다.' 듀보네 씨는 그 옆에서 웃고만 있었지. 이미 노조의 요구가 받아들여졌다는 걸 알고 있었거든."

나는 아버지가 나의 로켓 때문에 노조에 굴복한 게 아닌가 하는 생각이 들었다. "서니, 그게 아니야." 어머니가 말했다. "어차피 아버지가 물러설 수밖에 없는 이유가 있었어."

"소장님이 네 아빠를 한쪽으로 불러서 뭐라고 속삭이기 시작했어."로이 리가 말했다. "소장님은 계속 고개를 끄덕이는데 네 아빠는 심각한 표정으로 고개를 저으시더라."

"나중에 알고 보니까," 어머니가 말했다. "오하이오의 본사는 이미 제너럴 모터스로부터 큰 주문을 받아둔 상태였어. 제철소에서는 석탄 공급을 목이 빠지게 기다리고 있었지. 노조가 무리한 요구를 하더라도 어차피 회사는 들어줄 수밖에 없었어. 아버지만 중간에서 우스운 꼴이 된 거야."

오델이 당시의 상황을 생생하게 전했다. "듀보네 씨가 '이번엔 감독관도 서명을 하게 합시다!' 하고 큰 소리로 말했어. 노조원들과 회사 사람들이 다 있는 데서 말이야."

어머니가 그 상황을 설명했다. "아버지는 화가 머리끝까지 나서 '헛소리 집어치워. 나는 절대로 서명하지 않을 거야' 하고 소리를 치셨어."

"그런데 듀보네 씨는 서명란만 비어 있는 합의문을 파업 기간 내내 들고 다녔거든."빌리가 말했다. "듀보네 씨가 서류봉투에서 합의문과 펜을 꺼내더니 네 아빠 코앞에 탁 내밀었어."

어머니는 고개를 저으면서 말했다. "존이 아버지한테 그랬어. '호머, 자네와 의견이 맞지 않을 때도 많지만 나는 자네를 믿네. 회사는 서명을 해놓고도 언제 그랬냐는 듯이 딴소리를 할지 모르지만 자네는 다를 거라고 믿네. 자네가 서명을 한 합의문을 회사가 어길 경우 자네는 회사를 그만두고도 남을 사람이니 나는 이 합의문에 자네의 서명을 꼭 받아야겠네.'"

"소장님이 먼저 서명을 했어."로이 리가 말했다. "그리고는 네 아빠한테도 서명을 하라고 지시했지."

어머니는 사다리에 걸터앉아 벽화 윗부분에 갈매기 한 마리를 더 그려놓고 있었다. 갈매기가 늘어나는 속도로 볼 때 그림이 완성되기 전에 하늘은 갈매기 떼로 완전히 뒤덮일 것 같았다. "나는 아버지한테 그냥 서명해버리라고 했어. 그게 무슨 대수냐고. 어차피 우린 머틀 비치로 떠날 텐데 말이야."

어머니는 붓을 내려놓고 사다리에서 내려와 고개를 갸우뚱하며 자신의 작품을 바라보았다. "아버지의 어두운 표정에 대답이 쓰여 있더구나. 나는 '당신 마음은 이해해요.' 하고 말했지.

"철공소 주위에 콜우드 주민들이 거의 다 나와 있었어." 오델이 그날 일을 떠올리며 말했다. "어떤 아주머니들은 아예 접이식 의자까지 들고 나왔어. 그 정도면 영화 한 편 관람하는 거나 다름없었지."

"아버지가 나를 쳐다보면서 그러시더라. '엘시, 여기에 서명을 하면 모든 광부들에게 약속을 하는 건데 내가 어떻게 탄광을 떠나?' 나는 할 말이 없었지." 어머니는 고개를 젓고는 고개를 들어 창밖의 화단을 바라보았다. "나는 몰려나온 주민들과 광부들을 둘러봤어. 그리고 저 지긋지긋한 산들을 올려다봤지. 내가 무슨 말을 할 수 있었겠니? 인디애나폴리스에 있는 너를 위해서 선택의 여지가 없었다. '여보, 서명하세요.' 결국 그러고 말았다."

"죄송해요." 내가 말했다. 진심이었다.

어머니는 내 말을 믿지 않는 표정이었다. "아버지가 나한테 여기에 남아 주겠느냐고 묻더라. 나는 아버지한테 그렇게 물어볼 자격이 있느냐고 되물었어. 그랬더니 아버지가 뭐라고 했는지 아니?"

"아뇨."

"자기는 그럴 자격이 없는 사람이라는 거야." 어머니는 커피를 마저 마시고 벽화 앞으로 다가가더니 야자나무에 갈색을 덧칠했다. "자기 잘못을 인정하는 남자를 어떤 여자가 떠날 수 있겠니?"

그 이후의 장면을 로이 리는 이렇게 설명했다. "결국 그렇게 된 거야. 네 아빠가 합의문에 서명을 하자마자 케이턴 씨는 철공소에 들어가서 작업을 시작했고 다른 기계공 아저씨들도 달라붙어서 작업을 했어. 우리는 아저씨들이 일을 하는 동안 철공소 청소와 잔심부름을 했는데, 마을에서 작업을 도울 수 있는 사람들은 죄다 몰려오면서 나중에는 철공소가 북적북적했어. 오델이 부랴부랴 나무상자를 다시 만들었고, 나는 작업이 끝나기를 기다렸다가 완성된 물건들을 상자에 싣고 타이어에 연기가 나도록 웰치의 버스터미널까지 달려간 거야."

나는 사람들이 각자 자신의 관점에서 들려주는 이야기를 들으며 내가 그 장면들을 직접 볼 수 있었다면 얼마나 좋았을까 하고 생각했다. 비록 아버지는 노조에 굴복을 했고 어머니는 콜우드에 남게 되었지만 나는 사람들의 이야기를 들으며 그날 콜우드에서 최고의 순간들이 펼쳐졌다는 생각을 했다. 제이크 아저씨의 말이 옳았다. 모든 사람의 인생엔 어떤 계획이 있었다. 그 계획을 거부하겠다고 발버둥을 쳐봐야 그것을 조금 더

디게 만들 수 있을지는 몰라도 결국 우리는 하나님이 원하시는 곳으로 가게 되어 있었다.

졸업식 날 빅 크리크 고등학교 1960년 졸업생들은 남학생은 초록색, 여학생은 흰색 가운을 입고 자랑스러운 졸업장을 받았다. 수석을 차지한 도로시가 졸업생 대표로 고별사를 했고, 체육 교과에서 B를 받는 바람에 차석에 머문 쿠엔틴이 공동 차석을 차지한 빌리와 함께 내빈 환영사를 했다. 셔먼과 오델도 상위 10위 이내의 우수한 성적으로 졸업을 했다. 로이 리와 나의 졸업 석차는 뒤에서부터 찾는 게 훨씬 빨랐다.

미리 준비한 원고를 꺼내 고별사를 읽은 도로시는 이따금 나를 똑바로 응시하는 것 같았다. "저는 우리가 서로를 늘 기억할 것임을 알고 있습니다. 우리는 빅 크리크에서의 3년 동안 놀라운 경험들을 함께하는 행운을 누렸습니다. 우리가… 함께 나눈 시간을 저는 영원히 잊지 못할 것입니다." 그녀의 시선이 잠시 내게 머무는 동안 나는 안절부절못했다.

교장 선생님은 졸업생 한 사람 한 사람에게 졸업장을 나눠주면서 내 차례가 되었을 때 따로 몇 마디를 건넸다. "자네는 우리 학교에 큰 영예를 안겨주었네." 교장 선생님이 말했다. "폭탄 전문가 치고는 괜찮은 업적이었어."

그는 전국과학경진대회의 우승 메달을 교장실 옆 트로피 진열장에 넣어 두었다. 미식축구부가 받은 트로피들 사이에 놓인 메달에는 다음과 같은 문구가 새겨 있었다.

우 승

아마추어 로켓 기술에 관한 연구

호머 H. 히컴 주니어

빅 크리크 고등학교
웨스트버지니아 주

각자 자리로 돌아간 졸업생들은 졸업장을 들고 서로를 쳐다 보았다. 우리 모두의 얼굴에는 기쁨과 섭섭함이 교차하고 있었 다. 도로시는 말 한 마디 걸어볼 틈도 없이 졸업식장을 먼저 빠 져나갔다. 그날 밤 나는 졸업식 무도회에 멜바 준을 파트너로 데리고 갔다. 도로시는 무도회에 나타나지 않았으며, 나는 25년 이 지나서야 그녀를 다시 만날 수 있었다.

졸업식을 마친 후 BCMA의 회원들이 내 방에 모였다. 세상 이 좀 더 완벽한 곳이었다면 쿠엔틴의 소망대로 모든 일이 풀 렸을 것이고, 아마 우리는 모두 장학금을 받아서 대학에 진학 할 수 있었을 것이다. 하지만 그런 일은 일어나지 않았다. 오델, 빌리, 로이 리는 공군의 특수병과 모집에 응했다. 졸업을 하자 마자 그 친구들은 래클랜드 공군기지의 신병훈련소에 입소했 다. 그들은 제대군인원호법GI Bill의 혜택을 받아 후일 대학에 진학할 생각이었다. 셔먼은 부모님이 마련해준 입학금으로 웨 스트버지니아 공과대학에 입학했고 이후의 학비는 스스로 감당하기로 했다. 나는 어머니가 준비한 '엘시 히컴 장학금'으로 대학에 진학하기로 했다. 나는 어느 대학에 갈지 고민을 거듭하다가 결국 버지니아 공대를 선택했다. 쿠엔틴은 장학금을 받을 수 있는 대학을 찾지 못하고 있었다. 하지만 그는 웨스트버지니아 탄광촌의 별 볼 일 없는 촌놈이 전국과학경진대회에서 우승을 하기도 하는데 그까짓 입학금이 없다고 다닐 대학이 없겠느냐며 자신만만한 모습을 보였다. 그는 결국 헌팅턴에 있는 마셜 대학에 진학하기로 결정했다. 학비는 마련되지 않았지만 일단 그곳에 가서 방법을 찾아보기로 했다. 나는 쿠엔틴이라면 어떻게든 방법을 찾을 거라 생각했다.

BCMA에 남겨진 마지막 숙제는 인디애나폴리스에서 전시를 마치고 가져온 여섯 개의 로켓을 어떻게 처리하느냐 하는 것이었다. 셔먼은 기념으로 한 개씩 나눠 갖자는 제안을 했으나 쿠엔틴이 반대했다. "나한테 좋은 아이디어가 있어." 쿠엔틴이 말했다. "먼저 커다란 풍선을 준비해서 그 안에 헬륨을 가득 채우는 거야. 그런 다음 풍선에 우리의 로켓을 달아서 고도 10마일까지 올려 보낸 다음 거기에서 로켓을 발사하는 거야. 내가 계산을 해봤는데 그렇게 하면 로켓을 우주 공간으로 보낼 수 있어."

오델이 또 다른 제안을 했다. "그걸로 특별한 하루를 보내는 건 어때? 공고문도 붙이고 바질 아저씨에게 부탁해서 기사도 내보낸 다음 아침부터 저녁까지 쏴대는 거야."

"좋은 생각이야. 그게 마을 사람들에게 감사를 표현하는 방법도 될 것 같아." 로이 리가 말했다.

셔먼과 빌리도 그 제안에 동의했다.

쿠엔틴은 침대 끝에 걸터앉아서 불만스러운 표정을 지었다. "너희들, 후회할 거야. 이번이야말로 로켓을 우주 공간으로-"

"야, 우리가 이제까지 로켓을 쏜 것만 해도 기적이야." 로이 리가 말했다. "우리가 모두 떠나기 전, 아직 시간이 남아 있을 때 모두 쏴버리자고."

우리는 직영매장과 우체국 앞에 마지막 공고문을 붙였다. 바질 아저씨는 닭고기와 우유 광고 사이에 우리의 마지막 로켓 발사에 관한 기사를 실어주었다.

맥도웰 카운티의 역사에 길이 남을 순간이 다가왔다. 1960년 6월 4일, 전국과학경진대회에서 우승을 차지한 빅 크리크 미사일국은 케이프 콜우드 발사장에서 여러 기의 로켓을 발사하는 특별한 날을 가질 예정이다. 그들은 이 기사를 읽는 모든 독자들을 초대하기로 했다. 기자도 지인들과 함께 그곳을 찾을 예정이다. 드넓은 분탄 폐기장의 발사대에서 매끈한 은빛 로켓이 날아오르는 모습보다 장엄한 광경은 없을 것이다. 로켓은 푸르른 산들을 배경으로 천지를 뒤흔드는 굉음과 장엄한 연기의 기둥을 뒤로하고 창공을 가르게 될 것이다. 이 장엄한 광경을, 이 놀라운 광경을, 이 눈부신 광경을 우리는 이 날을 끝으로 다시는 볼 수 없을 것이다.

지하실에서는 여섯 기의 로켓에 마지막으로 채워지는 징코샤인의 냄새가 코를 찔렀다. 친구들이 모두 작업을 거들었다. 우리는 마지막 남은 존 블레빈의 밀주 냄새에 취해 낄낄거리며 연료를 채웠다.

발사가 예정된 6월의 첫 번째 토요일 아침, 나는 여느 때처럼 이불을 걷고 일어나서 창가로 다가갔다. 선탄장으로 올라가는 광부들의 행렬이 이어질 시각이었다. 행렬 속에서 분주하게 보고를 받고 지시를 내리는 아버지의 모습도 보일 것이었다. 하지만 선탄장으로 올라가는 길은 텅 비어 있었다. 대규모 주문을 받았음에도 탄광은 전일 근무 체제로 돌아가지 않았다. 그때 뒷마당으로 나가는 문이 열렸다가 닫히는 소리가 들렸다. 아버지였다. 아버지는 고개를 숙인 채 선탄장으로 혼자 올라가고 있었다. 사무실에 조금이라도 늦게 도착하면 큰일이라도 날 것처럼 아버지는 바지 주머니에 양손을 깊이 찔러 넣은 채 바쁘게 발걸음을 옮겼다.

차 한 대가 웰치 쪽에서 내려오더니 우회전을 해서 마을을 가로질러 갔다. 이어서 두 번째, 세 번째 차가 같은 방향으로 지나갔다. 주방에서 아침식사를 하는 동안에도 집 앞을 지나는 승용차와 트럭의 소음은 끊이지 않았다. 나는 그 모든 차량들이 발사장을 향하는 것은 아닐까 하고 생각했지만 그것은 불가능한 일이었다. 발사가 예정된 시각까지 두 시간이 남아 있었기 때문이다. 나는 방에 올라가서 하절기 발사 복장—청바지, 반소매 셔츠, 부츠—을 갖춰 입었다. 방에서 나가기 전에 나는 방 안을 천천히 둘러보았다. 마치 멀리 떠나 있다가 50년 만에 그 방에 다시 들어온 것 같은 낯선 느낌이 들었다. 선반에는 책들과 수학 문제를 푼 연습장이 가득 꽂혀 있었다. 모형 비행기들이 작은 옷장 위에 놓여 있었고 로켓의 부속과 오래된 노즈콘, 찌그러진 동체들, 흠집이 난 노즐들이 여기저기 흩어져 있었다. 마치 까마득한 과거의 손때가 묻은 물건들을 보는 것 같아 나는 잠시 침대에 걸터앉았다. 예전 같으면 데이지 메이가 달려와서 제 몸을 비벼댔을 것이었다. 방 안에는 움직이는 것이 없었다. 집 앞을 지나가는 자동차들 소리 이외에는 모든 것이 침묵에 빠져 있었다.

로이 리가 우리 집을 찾아왔다. 나는 아래층으로 내려갔다. 어머니는 식탁에 앉아 마침내 완성된 벽화를 바라보고 있었다. 벽화에는 해변에 지어진 집 한 채와 그 앞에서 먼 바다를 바라보는 여자가 그려져 있었다. "자폭하지만 마라." 어머니가 형언하기 힘든 표정으로 말했다.

우리가 로이 리의 차 뒷좌석에 로켓을 싣는 동안 쿠엔틴이 도착했다. 오크 31호는 동체가 꽤 길었기 때문에 뒷좌석의 차창을 모두 내려야 했다. 빌리가 셔먼과 함께 개울을 가로지르는 다리에서 우리를 기다리고 있었다. 두 친구는 차의 앞좌석에 억지로 끼어 앉았다. 우리는 프록 레벨의 교차로에서 오델을 마저 태웠다. 오델은 로켓의 날개를 건드리지 않도록 조심하면서 뒷좌석을 비집고 들어왔다. 우리는 아무 말도 하지 않았다.

케이프 콜우드를 1마일 정도 남겨둔 지점에서 우리는 주차된 차량을 처음으로 발견했다. 보안관 태그 아저씨가 도로에 나와 있었다. 그가 우리를 보고 차를 세웠다. "콜우드가 생긴 이래로 이렇게 많은 차가 몰려든 건 오늘이 처음일 거다. 여기서부터 길옆으로 일렬 주차를 시킨 다음 사람들을 내려서 걸어가게 하고 있어."

우리는 자동차와 사람들의 수에 깜짝 놀랐다. 우리의 뒤를 따라 계속해서 차량이 몰려오고 있었다. 로이 리는 사람들에게 식수를 제공하기 위해 1갤런 들이 통에 물을 가득 채워서 트렁크에 실어왔는데 그것으로는 모자랄 것 같았다.

차를 세우고 걸어 올라가던 사람들이 우리가 탄 차의 뒷좌석 차창 밖으로 삐죽 튀어나온 로켓을 알아보고는 환호를 했다. "어이, 로켓 보이들!" "기대할게!" "발사 준비 완료!"

우리가 아는 사람들도 있었으나 대부분은 모르는 얼굴들이었다. "맥도웰 카운티 전역에서 몰려드는 것 같은데." 빌리가 놀란 표정으로 말했다.

우리는 분탄 폐기장에 도착해서 조심스럽게 로켓을 내렸다. 태그 아저씨가 분주하게 움직이며 분탄 폐기장까지 차를 가지고 올라온 사람들을 돌려보내는 한편 발사대에 접근하는 사람들을 뒤로 물러나게 했다. 분탄 폐기장으로 들어오는 몇 굽이 먼 도로에까지 주차된 차량들이 햇빛을 받아 반짝거렸다. 콜우드 부녀회가 피크닉 테이블을 펼쳐놓고 과자와 음료, 차 등을 준비해주었다. 태그 아저씨는 셔먼과 오델의 부모님 그리고 로이 리의 어머니가 일반 관람객들과 조금 떨어진 곳에서 로켓 발사를 지켜볼 수 있도록 자리를 따로 마련해주었다.

정오 무렵 첫 번째 로켓의 발사 준비가 완료되었다. 우리는

BCMA의 깃발을 올렸다. 3년 전 오델의 어머니가 손수 만들어 준 바로 그 깃발이었다. 깃발은 조금 해지긴 했지만 여전히 쓸 만했다. 바람의 영향은 거의 무시할 만했다.

쿠엔틴이 세오돌라이트를 들고 전화선을 끌면서 발사장 아래쪽으로 내려갔다. 우리는 태그 아저씨에게 준비가 완료되었음을 수신호로 알렸다. 발사장은 이내 정적에 휩싸였다. 나는 카운트다운을 시작하기 전에 관제소 밖을 내다보았다. 부녀회의 테이블이 놓여 있는 곳에 라일리 선생님이 앉아 있는 모습이 보였다. 6인방 선생님들 중 두 분이 라일리 선생님의 옆에서 부채질을 해주고 있었다. 제이크 아저씨와 터너 교장 선생님도 그 옆에 있었다.

오크 26호는 접시머리 나사 모양으로 깎은 초기 노즐을 사용한 것이었다. 로켓은 수많은 군중들의 박수와 함성 속에서 발사대를 떠나 하늘로 날아올랐다. 우리는 고도를 3,000피트로 측정했다. 구경을 하고 있던 사람들에게도 곧바로 고도가 발표되었다. 사람들은 다시 한 번 환호를 했다.

직경 1.25인치에 길이가 3.5피트인 오크 27호는 목표 고도가 1만 피트였다. 은빛 연기를 내뿜으며 발사대를 떠난 로켓은 몇 초 후 추진력이 다소 약해지는가 싶더니 이내 불꽃을 다시 한 번 내뿜으며 예정 경로로 힘차게 날아올랐다. 여섯 기의 로켓 중에서 징코샤인을 가장 나중에 넣은 것이기 때문에 아마 건조 상태가 다른 것에 비해 좋지 않은 것 같았다. 하늘을 올려다보고 있는 사람들은 그런 문제를 알아차리지 못하고 로켓이 시야에서 완전히 사라질 때까지 환호를 멈추지 않았다. 로켓은 분탄 폐기장 아래쪽 낙하 예정 지점에 둔탁한 소리를 내며 떨어졌다. 9,000피트였다. 크기가 작고 연료의 건조 상태도 좋지 않았다는 점을 감안하면 나쁘지 않은 결과였다.

우리는 오크 28호를 꺼내 설치를 준비했다. 목표 고도는 1만 5,000피트였다. 우리가 땀을 뻘뻘 흘리며 오크 28호를 발사대에 설치하는 동안 우리에게 누군가 시원한 음료수를 보내주었다. 광업소장 번디니 씨 내외가 딸들과 함께 길가의 나무 그늘에 설치된 피크닉 테이블에 앉아서 우리를 향해 손을 흔들어주었다. 케이턴 씨가 다른 기계공 아저씨들과 한데 모여 있었다. 그들은 마치 선거 유세를 하는 정치인들처럼 사람들 앞에서 로켓을 만든 이야기를 큰 소리로 들려주고 있었다. 듀보네 씨와 몇몇 노조 간부들이 팔짱을 낀 채 환한 표정으로 우리를 지켜보고 있었다.

오크 28호는 발사 직후 사람들이 모여 있는 쪽을 향해 비스듬히 날아가다가 이내 수직으로 방향을 잡고 비행운을 내뿜으며 하늘로 솟구쳐 올랐다. "로켓 산 너머에 떨어지겠는데." 빌리의 예측은 적중했다. 우리는 산 뒤쪽으로 떨어지는 로켓을 육안으로 확인했다. 하지만 사람들의 함성소리에 묻혀 바위나 땅에 로켓이 떨어지는 소리는 들을 수 없었다.

나는 빌리에게 그 로켓은 나중에 회수하자고 했지만 그는 이미 산 쪽을 향해 내달리고 있었다. 구경 나온 사람들 중 일부도 그를 따라갔다. 30분쯤 지나 로켓을 들고 뛰어오는 빌리의 뒤로 사람들이 정신없이 달려왔다. 말벌 떼가 그들을 바짝 쫓아서 날아오고 있었다. 기겁을 한 사람들이 사방으로 흩어졌다.

제이크 아저씨는 신문을 둘둘 말아 손에 쥐고 라일리 선생님 곁을 지켰다. 말벌들은 너무 많은 목표물에 혼란을 느꼈는지 다시 산으로 방향을 틀었다.

오크 29호와 30호는 목표 고도가 둘 다 2만 피트였으나 동체의 크기는 약간 달랐다. 직경이 2인치인 오크 29호에 비해 오크 30호는 직경이 0.25인치 더 컸지만 길이는 훨씬 짧았다. 오크 29호는 우리가 발사한 로켓들 중에서 동체의 길이가 가장 길고 외관도 가장 훌륭했다. 나는 그 로켓이 땅에 떨어져서 찌그러지는 모습을 보아야 한다는 생각에 발사를 결정한 일이 후회가 될 정도였다. 오크 29호는 그때까지 발사한 로켓들 가운데 가장 큰 굉음을 내며 발사대를 떠났다. 엄청난 불꽃과 연기를 내뿜으며 로켓은 하늘 높이 날아올랐다. 로켓의 고도는 4마일 정도로 관측되었다. 오크 30호 역시 비슷한 모습으로 발사되었다. 로켓은 고도 2만 3,000피트를 찍고 우아한 포물선을 그리며 예상 낙하지점으로 떨어졌다. 쿠엔틴이 좋아서 펄쩍펄쩍 뛰는 모습이 멀리서 보였다.

오크 31호는 우리의 마지막 로켓이자 직경 2.25인치에 길이가 6.5피트인 가장 큰 로켓이었다. 우리는 로켓을 조심스럽게 옮겨서 발사대에 내려놓았다. 오크 31호에는 폰 브라운 박사의 손이 닿았던 그 노즐이 들어 있었다. 목표 고도는 5마일이었다. 나는 로켓의 크기 때문에 어쩌면 우리가 징코샤인의 임계점을 넘고 있는지도 모른다는 생각이 들었다. 나는 그저 로켓이 폭발하지 않기만을 바랐지만 폭발의 가능성이 있다는 것을 분명히 알고 있었다. 나는 무릎을 꿇은 채 점화선을 연결하기 시작했다.

"서니," 로이 리가 나를 불렀다. "저기 누가 와 있는 줄 알아?"

"누가 왔는데?" 나는 작업을 계속하며 되물었다.

"네가 직접 봐."

보안관 태그 아저씨가 군중들 사이로 길을 트고 있었다. 그리고 그 한가운데에 작업복 차림의 아버지가 서 있었다. 로이 리가 달려가서 아버지를 맞았다. 로이 리가 아버지에게 하는 말이 들렸다. "아저씨께서 저희를 도와주세요."

"내가 도울 게 뭐가 있다고." 아버지가 말했다. "난 그냥 구경하러 왔을 뿐이다."

모든 친구들이 일제히 아우성을 쳤다. "아니에요, 뭐든 도와주세요." "아무거나 도와주시면 돼요."

나는 바지에 손때를 닦으며 몸을 일으켰다. "로켓이 그냥 날아가나요? 누군가 점화를 해야 날죠." 내가 말했다. "이리 오세요."

아버지가 관제소 안으로 들어왔다. 나는 배선의 연결 상태를 점검한 후 점화장치가 있는 쪽으로 아버지를 안내했다. "아버지가 누르세요, 원하시면요."

나는 점화장치 앞에서 무릎을 꿇는 아버지의 얼굴이 환해지는 모습을 똑똑히 볼 수 있었다. 로이 리가 뒷문에서 소리쳤다. "발사 준비 완료!"

나는 0까지 카운트다운을 했다. 아버지가 스위치를 눌렀다. 오크 31호는 발사대에서 콘크리트 조각을 날리며 굉음과 함께 힘차게 날아올랐다. 구경나온 사람들은 놀라서 뒷걸음질을 쳤고 일부는 도망을 가기도 했다. 계곡의 공기를 찢는 오크 31호의 충격파가 분탄 폐기장 전체에 퍼져나갔다. 여자들은 놀라움과 감탄의 환호성을 질렀고 남자들은 넋을 빼고 박수를 쳤다. 우리는 관제소 밖으로 뛰어나갔다. 빌리가 세오돌라이트를 들었고 오델은 망원경을 들여다보았다. 귀가 멍멍할 정도의 소음이 아직 사라지지 않고 있었다. 오크 31호는 고도를 계속 높이고 있었다. 남녀노소 모두가 휘둥그레진 눈으로 입을 벌린 채 하늘만 쳐다보았다.

그 시각, 직영매장 앞에 앉아 있던 몇몇 노인들은 갑작스런 천둥소리에 놀라 자리에서 일어났다. 그들은 도로에 나와서 손으로 햇빛을 가리며 먼 산에서 불꽃과 연기의 기둥이 마치 하나님의 손가락처럼 하늘을 찌르며 올라가는 모습을 지켜봤다. 리처드 목사님은 종탑으로 달려가서 축하의 타종을 했다. 오하이오에서 온 젊은 엔지니어들은 여자 친구들과 함께 클럽 하우스 옥상에서 끝없이 올라가는 로켓을 바라보았다. 그들은 맥주병을 들고 로켓 발사의 성공을 축하하는 건배를 했다.

로이 리는 시계에서 눈을 떼지 않았다. "38, 39, 40……."

"아직도 보여." 빌리가 소리쳤다. 거대한 연기 기둥은 이제 가느다란 노란색 실로 바뀌어 있었다. "최고 고도에 거의 도달한 것 같아."

"43, 44……."

"사라졌어." 빌리는 로켓이 최고 고도에 도달했음을 알렸다.

로켓은 44초를 날아올랐다. 나는 재빨리 암산을 했다. 수직으로 날았다고 가정할 때 오크 31호는 3만 1,000피트, 그러니까 고도 6마일에서 연료를 소진했다. 그 순간 아버지가 발사대를 향해 성큼성큼 걸어 나갔다. 아버지는 손에 든 모자를 하늘을 향해 휘휘 저으며 큰 소리로 외쳤다. "아름답다! 정말 아름답다!"

그 눈부신 오후 오크 31호가 창공을 날아오르는 동안 나는 로켓 대신 줄곧 아버지를 바라보고 있었다. 나는 아버지가 내 어깨에 팔을 걸치며 무슨 말이든 한 마디 해주기를 기다렸다.

"보인다!" 빌리가 소리쳤다. "저기!"

친구들이 우리의 마지막 로켓을 회수하기 위해 달려가자 사람들 일부가 그 뒤를 쫓아 분탄 폐기장을 가로질러 뛰어갔다. 그때 곁에 서 있던 아버지가 마치 무거운 물건이 갑자기 등에 얹어진 것처럼 상체를 굽히고 가쁜 숨을 몰아쉬었다. 아버지는 입을 벌린 채 내 눈을 가만히 바라보았다. 나는 아버지의 눈에서 행복감이 고통과 뒤섞이며 두려움으로 바뀌는 순간을 읽었다. 나는 숨을 고르기 위해 안간힘을 쓰고 있는 아버지를 부축했다. "아버지, 정말 잘 하셨어요." 몸속 깊은 곳에서 터져 나오는 기침으로 고통스러워하는 아버지를 지켜보며 내가 말했다. "아버지처럼 로켓을 근사하게 발사한 사람은 아무도 없었어요."

에필로그

로켓 보이 모두는 대학에 진학했다. 스푸트니크호 발사 이전이었다면 가능하지 않은 일이었다. 로이 리는 은행원이 되었고, 오델은 보험 영업과 농장 경영을 병행했다. 쿠엔틴, 빌리, 셔먼 그리고 나는 엔지니어가 되었다. 셔먼은 스물여섯이라는 이른 나이에 죽음을 맞았다. 사인은 심장마비였다.

형은 고등학교 미식축구부 감독이 되어 수백 명의 학생들을 가르치면서 청소년기에서 성년기로 힘겹게 넘어가는 그들에게 좋은 스승이 되어 주었다. 자라는 동안 우리는 여러모로 달랐지만 늘 그랬듯이 지금도 나는 짐 히컴의 동생이라는 사실을 자랑스럽게 여긴다.

도로시 플렁크는 가명으로 등장했지만 이 책에서 그려진 그녀는 실제 인물이다. 그녀는 훌륭한 신사와 결혼해서 좋은 아내이자 두 딸의 자랑스러운 어머니가 되었다. 그녀의 딸들도 공부를 썩 잘한다고 들었다. 나는 고등학교 졸업 25주년 기념

동창회에서 그녀를 다시 만났다. 우리는 그날 밤 "It's All in the Game"이 흘러나오는 가운데 함께 춤을 추었다. 나로서는 그리 놀랄 일도 아니었지만 나는 그녀를 여전히 사랑하고 있었다. 세상에는 결코 변하지 않는 것들이 있다. 우리는 지금도 가끔 전화 통화를 한다. 나는 그녀의 친구로 남아 있다.

우리가 소망하고 기도한 대로 라일리 선생님의 병은 한동안 잠복기에 들어갔다. 몇 년 후 다시 증상이 심해졌지만 선생님은 학생들의 부축을 받으면서 끝까지 교단을 지켰다. 프리다 조이 라일리 선생님은 1969년 서른두 살의 나이로 세상을 떠났다.

존 케네디는 재임 기간 동안 두 개의 커다란 꿈을 꾸었다. 하나는 달에 가는 것이었고, 다른 하나는 세계 도처에서 자유를 위해 싸우는 것이었다. 나는 그의 꿈을 둘 다 믿었다. 그래서 우주를 향한 꿈을 잠시 미루고 자원입대를 해서 베트남에 참전했다. 나는 어느 새벽 벙커에서 가까운 곳에 떨어져 있던 러시아제 122밀리 로켓포의 불발탄을 발견한 아이러니를 잊을 수 없다. 내가 살펴본 불발탄의 노즐은 설계가 엉망이었다.

베르너 폰 브라운은 결국 직접 만날 기회를 갖지 못했다. 그는 제2의 조국인 미국이 달에 발을 디디도록 한 뒤 1977년 대장암으로 사망했다. 베트남 전쟁과 여러 가지 사정으로 인해 미뤄졌으나 1981년, 나는 BCMA의 마지막 로켓을 발사한 지 21년이 지나 마침내 오랜 꿈을 실현할 기회를 잡았다. 나는 앨라배마 주 헌츠빌에 있는 마셜 우주비행센터에서 NASA의 엔지니어로 일하기 시작했다. 그곳은 폰 브라운 박사가 오랫동안 연구 활동을 한 곳이기도 했다. 그의 연구팀에서 일했던 많은 이들과 나는 동료이자 친구가 되었다. 나는 우주비행사들을 훈련시켰고 궤도 비행중인 그들이 수행하는 과학 실험을 지상에서 통제했으며 우주왕복선과 여러 로켓의 발사를 위해 자주 케이프커내버럴을 드나들었다. 나는 러시아에서 스푸트니크 1호를 쏘아올린 과학자를 만나 이야기를 나누기도 했고 일본, 캐나다, 유럽 그리고 세계 각지에서 온 과학자와 엔지니어들과 함께 우주 탐험에 대한 꿈을 공유하기도 했다. 내가 NASA에서 한 일들은 내가 오래 전 바라고 꿈꾸던 바로 그것이었다.

아버지는 진폐증에 꺾이지 않고 탄광에서 일을 계속했다. 아버지의 책장에 꽂혀 있던 책들을 물려받게 되었을 때 나는 그 가운데 몇 권의 시집이 포함되어 있는 것을 발견하고 크게 놀랐다. 어떤 페이지들에는 아버지가 그 책을 갱도에 가지고 들어갔음을 보여주는 탄가루가 새까맣게 묻어 있었다. 사람들은 모두 아버지를 막장의 환기와 안전시설 관리만 아는 사람으로 여겼으나 나는 아버지가 막장의 휴식시간에 헤드램프의 불빛에 시집을 읽지 않았을까 생각했다. 아버지가 어떤 시를 좋아했는지는 알 수 없었다. 다만 석탄가루가 까맣게 묻어 있는 페이지들 중에서 유독 한 페이지에 검정색으로 동그라미가 그려져 있었다.

철길 옆에 앉아 텅 빈 화물열차가
돌아오는 모습을 본 적이 있는가?
그르렁 그르렁 낮은 신음소리를 내며

회색 연기를 쿨럭쿨럭 길게 뱉어내며
텅 빈 열차가 돌아온다

내 꿈이 그와 같아서
여자 혹은 돈 혹은 명성을 품던
한 시절이 휘청휘청
고향을 향하는 철길을 따라
텅 빈 열차가 되어 돌아온다

－안젤로 드 폰시아노

　아버지는 65세에 정년퇴직을 한 뒤에도 클럽 하우스에 숙소를 잡고 고문으로 5년을 더 근무했다. 어머니는 벽화 속에 그린 집을 마침내 머틀 비치에서 찾아 이사를 했다. 아버지는 진폐증으로 결국 콜우드를 떠나 머틀 비치에 있는 어머니의 곁으로 갔다.

　1989년, 나는 어느 지긋지긋한 프로젝트를 마치고 카리브 해로 장기 휴가를 떠났다. 출발하기 전 머틀 비치에 전화를 했을 때 어머니는 아버지의 진폐증이 악화되었다고 전해주었다. 어머니는 또한 아버지가 실의에 빠져 있다는 소식도 전했다. 그즈음 콜우드의 탄광이 문을 닫았고 갱도에는 물이 채워져서 다시는 사람이 들어갈 수 없었다. 아버지의 목소리는 평소보다 힘이 없었지만 나머지는 달라진 게 없었다. 여전히 아버지는 자신만만했고 다른 사람의 도움 따위는 필요로 하지 않았다. 나는 아버지를 위해 할 수 있는 게 없었다. 다시 수화기를 넘겨

받은 어머니는 아무 걱정하지 말고 예정대로 휴가를 다녀오라고 말했다. 나는 대략적인 여행 일정과 여행 중 내가 묵을 곳들의 전화번호를 남겨 두었다. 아버지는 내가 카리브 해를 여행하는 동안 병원에서 숨을 거두었다. 내가 휴가를 마치고 돌아왔을 때 어머니는 이미 아버지의 시신을 화장해서 그 재를 바다에 뿌린 뒤였다. 내가 머틀 비치로 어머니를 찾아갔을 때 어머니의 모습은 예전과 달라진 게 하나도 없었다. 어머니는 내가 머틀 비치에 머무는 동안 아버지의 부재에 불편함을 느끼지 않도록 세심한 배려를 했다.

나는 임종을 지키기는커녕 아버지가 돌아가셨다는 사실조차 모르고 있었음에도 별다른 회한을 느끼지 못했다. 내가 콜우드를 떠난 후 거의 30년이 지나도록 아버지와 나의 관계는 여전히 서먹서먹했다. 콜우드와, 후일에는 머틀 비치를 찾아갔을 때도 아버지와 나는 날씨 이야기나 몇 마디 건조한 대화만 나누었을 뿐이다. 그것이 아버지의 방식이었고 나는 아버지의 방식에 순응했다. 사실 내가 부모님의 집을 찾아간 주된 목적은 어머니를 만나서 그동안에 있었던 일들을 이야기하고 그에 대한 어머니의 생각을 들어보는 것이었다.

나는 아버지가 마지막 시간을 보낸 병원을 찾아가 보았다. 아버지를 돌보았던 간병인은 내가 아버지의 마지막 순간들에 대해 있는 그대로의 사실을 듣고자 찾아왔음을 이해하고 덤덤하게 입을 열었다. 나는 알고 싶었다. 간병인과 나 모두 의학적인 지식을 가지고 있지는 않았지만 내가 듣고 싶었던 이야기는 바로 그것이었다. 아버지의 폐를 틀어막은 미세한 석탄가루는 마지막 순간, 모래알만큼의 공기조차 허락하지 않고 아버지의 숨통을 죄었다.

간병인은 아버지를 왜소한 체구를 지녔던 환자로 기억했다. 하지만 진폐증이 최후의 공격을 가하기 전까지만 해도 아버지는 결코 왜소한 사람이 아니었다. 생애의 마지막 몇 주 동안 아버지의 몸은 바람이 빠져나간 풍선처럼 쪼그라들어 양쪽 폐만 존재의 전부로 남아 있었다.

아버지는 마지막 순간까지 싸웠다. 하지만 의사들이 할 수 있는 의학적 조치는 더 이상 남아 있지 않았다. 아버지는 자신의 목과 가슴을 필사적으로 잡아 뜯었다. 간병인은 아버지가 마지막 순간까지 눈을 뜨고 있었다고 했다. 나는 강철처럼 차갑고 푸른 아버지의 눈을 떠올렸다. 아버지는 숨이 끊어지는 순간까지 의식을 유지했고, 그 순간 마치 누군가 내미는 손을 거부하듯 고개를 흔들었다고 했다. 마치 당신이 그토록 사랑했던 탄광으로 돌아가듯, 나는 아버지가 또렷한 의식으로 당신을 감싸는 어둠의 온기를 마지막 순간에 느낄 수 있었기를 바랐다. 나는 아버지에게 내밀어진 그 손이 아버지와 함께 일했던 어느 동료의 손이기를 바랐다. 그래서 어둠에서 빛으로 안내하려는 그 손을 마침내 아버지가 알아보고 잡았기를 바랐다.

하지만 그것은 나의 생각일 뿐이었다. 그것은 결코 아버지의 방식이 아니었다.

어머니는 대서양을 바라보는 해변에 지어진 그 집에서 홀로 생활하기를 원했다. 어머니와 아버지는 콜우드에서 실어온 짐들 가운데 형이나 내가 나중에 찾을 만한 것들을 따로 상자에 담아 두었다. 나는 어머니가 챙겨준 상자 몇 개를 들고 집으로 돌아왔다. 하지만 그 상자들은 구석에 처박힌 채 내 기억에서 밀려났고 아무 일도 없었다는 듯이 다시 일상이 시작되었다. 그렇게 몇 달이 지나고 또 몇 년이 흘렀다. 시간이 흐를수록 아버지에 대한 생각은 점점 애틋해졌다. 나는 혼란스러웠다. 아버지의 죽음에도 왜 나는 아무런 고통을 느끼지 못했을까? 마치 아버지와 나 사이의 모든 일들이 아주 오래 전에 해결된 것처럼 왜 나는 도리어 완성과 화해의 느낌을 가졌을까?

내가 잊고 살아온 과거와 다시 연결되고 싶다는 생각에 나는 어머니로부터 받은 상자들을 열어보기 시작했다. 모든 상자에 내용물의 종류를 기록해둔 어머니의 글씨가 남아 있었다. 그런데 가장 작은 상자에 '서니'라고 한 단어를 휘갈겨 쓴 아버지의 필체가 보였다. 나는 그 상자를 열어보았다. 여러 겹으로 조심스럽게 싸여 있는 휴지를 펼치자 오래 전에 잃어버린 줄 알고 있었던 물건들―색이 바랜 푸른 리본과 메달, 그리고 정교하게 만들어진 드 라발 노즐―이 그 속에 있었다.

1997년 11월 NASA에서 은퇴하기 직전, 나는 절친한 친구이자 우주비행사인 타카오 도이 박사에게 한 가지 부탁을 했다. 그것은 아버지가 나를 위해 간직해둔 푸른 리본과 우승 메달 그리고 오크호의 노즐을 가지고 우주왕복선 컬럼비아호에 탑승해 달라는 것이었다. 케이프커내버럴의 거대한 발사대에서 컬럼비아호가 성공적으로 발사되는 장면을 지켜보면서 나는 뿌듯하고 행복했다. BCMA가 마침내 우주로 날아오른 것이었다.

지금도 가끔 나는 우리 집 계단을 오르는 아버지의 발자국 소리와 야간 근무를 위해 선탄장으로 올라가는 광부들의 나지막한 속삭임에 잠에서 깨곤 한다. 꿈도 아니고 현실도 아닌 그 세계에서는 철공소의 공작 기계가 돌아가는 소리와 선탄장 옆 기계실의 망치 소리가 들리기도 한다. 물론 그것은 내 상상력의 장난일 뿐이다. 내가 알고 있던 콜우드의 모든 것은 영원히 사라졌다. 광부들이 살던 임대주택들은 잡초에 파묻혔고 클럽하우스는 일부가 무너져 내려 더 이상 천체망원경을 들고 옥상을 오를 수 없다. 케이프 콜우드의 관제소와 발사대는 이미 오래 전 불도저에 철거되었고 지금은 무성한 잡초 위로 이따금 사슴이 지나가는 모습이 보일 뿐이다. 탄광은 폐쇄되었다. 남아 있는 장비들과 함께 갱도에는 물이 채워졌다. 그리고 그곳이 어떤 곳이었는지를 알리는 표지 하나 세워지지 않았다. 한때 수많은 이들이 노동을 했고 그들 중 일부는 죽기도 했던 그곳에 지금은 잡초 덤불 사이로 녹슨 간판 몇 개만 남아 있다. 콜우드가 연주하던 노동과 삶의 교향곡은 더 이상 들리지 않는다. 남은 것은 한때 이곳에 존재했던 것들의 먼 메아리와 껍데기들뿐이다.

　하지만 나는 콜우드를 가슴에 품고 있는 우리에게 콜우드는 여전히 살아 있다고 믿는다. 지금도 광부들은 선탄장으로 오르는 길을 터벅터벅 걷고 있고 직영매장에는 사람들이 분주하게 드나들고 있으며 주일 예배가 끝난 교회 계단에서는 사람들이 이야기꽃을 피우고 있다. 울타리 통신으로 수많은 소문들이 오가고 산과 언덕에는 동네 꼬마들의 웃음소리가 가득하다. 교실과 복도에는 생기가 넘치는 학생들의 목소리가 쩌렁쩌렁 울리고 가을과 함께 새로운 시즌이 시작된 미식축구 경기장엔 응원의 함성이 가득하다. 지금도 콜우드는 살아 있다. 누구도, 그 어떤 비정한 기업이나 정부도 콜우드에서 보낸 삶을 우리가 기억하는 한 그곳을 완전히 파괴할 수는 없다. 그리고 따뜻한 사람들의 용기와 사랑, 사랑하는 선생님의 가르침, 그리고 소년들의 꿈이 한데 어울려 쏘아올린 로켓의 기억이 있는 한 콜우드는 영원히 살아 있다.